KB076562

SKUNK WORKS

A Personal Memoir of
My Years at Lockheed

BEN R. RICH
with LEO JANOS

스컹크 웍스

Skunk Works: A Personal Memoir of My Years at Lockheed

2022년 12월 31일 초판 2쇄 발행

저 자 벤 리치, 레오 야노스
번 역 이남규

편 집 오세찬, 정경찬, 정성학
디 자 인 김애린
마 케 팅 이수빈

발 행 인 원종우
발 행 ㈜블루픽
주 소 (13814)경기도 과천시 뒷골로 26, 그레이스 26, 2층
전 화 02-6447-9000
팩 스 02-6447-9009
이 메 일 edit01@imageframe.kr

가 격 20,000원
I S B N 979-11-6769-141-5 03840

스컹크 웍스

벤 리치 지음 / 이남규 옮김

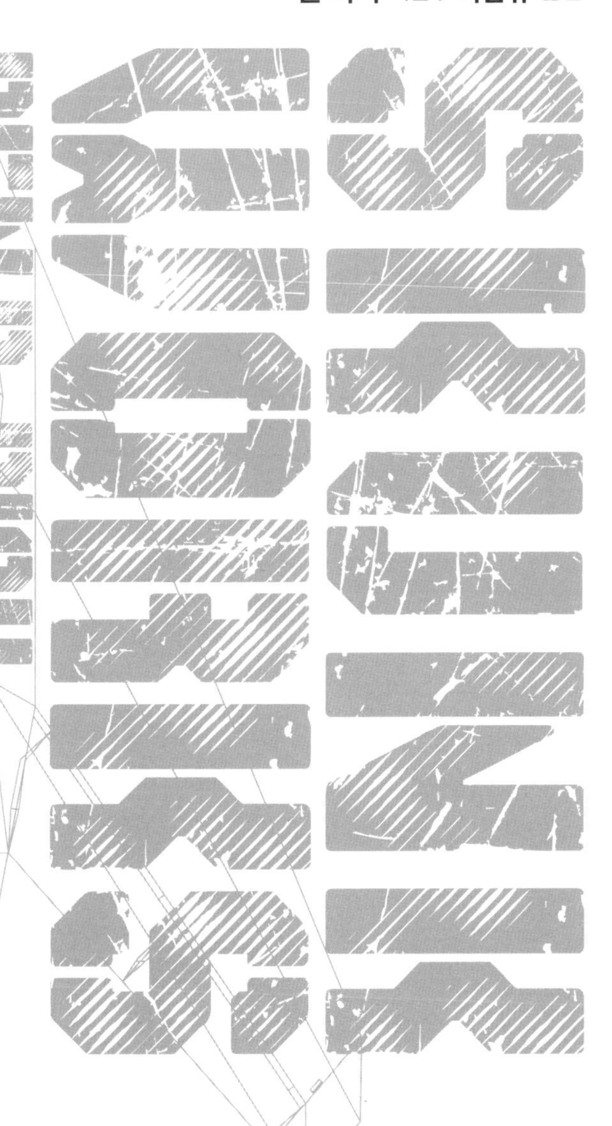

길찾기

1. 화려한 출발 007

2. 엔진은 GE가, 동체는 후디니가 034

3. 실버불릿Silver Bullet 069

4. 모기와의 싸움 096

5. 스컹크 웍스의 유래 115

6. 아이젠하워에게 보낸 그림엽서 128

7. 러시아의 상공을 누벼라 150

8. 버뱅크가 폭발한다 183

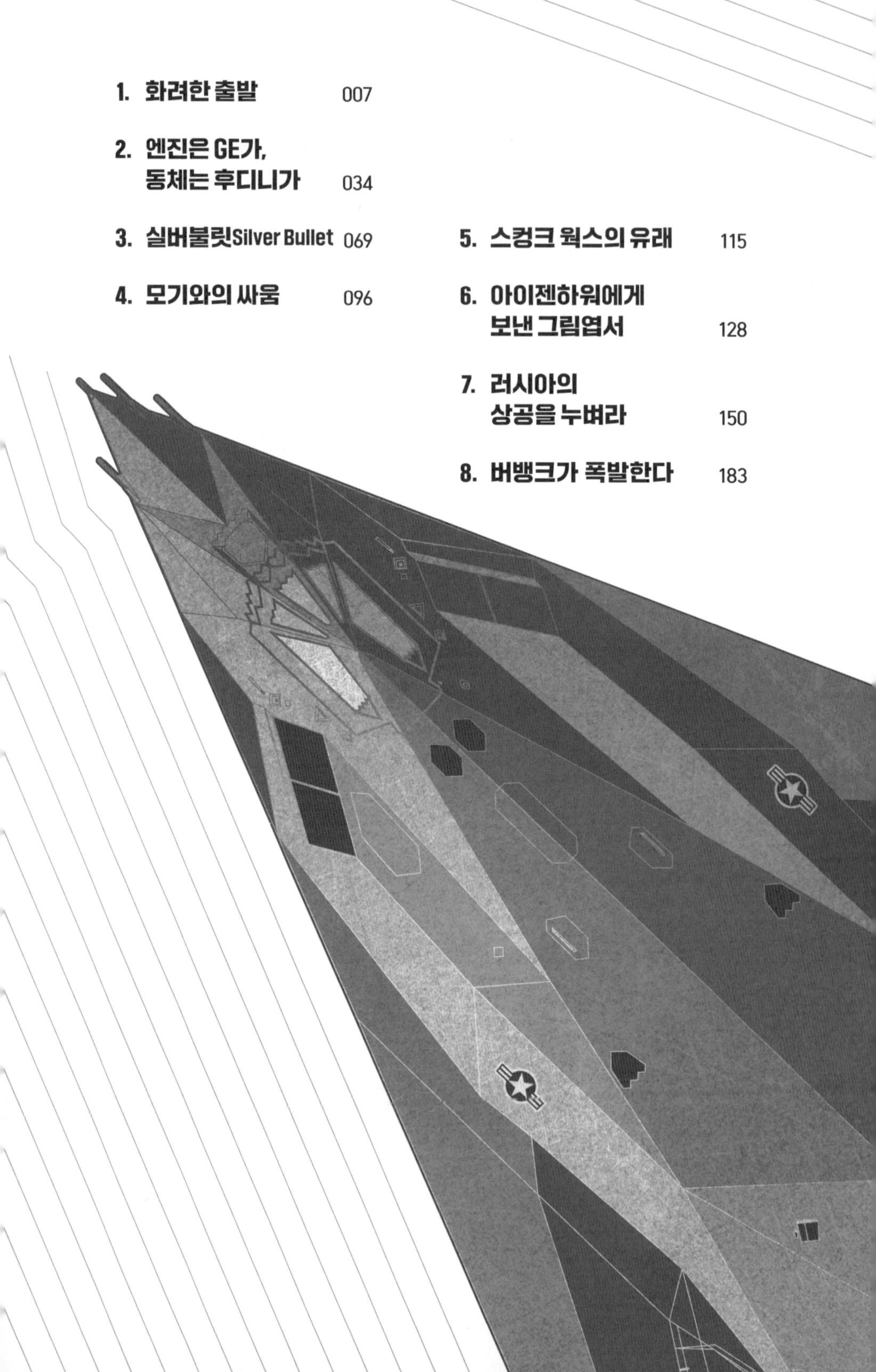

SKUNK WORKS

9. 총알보다도 빠른 비행기 206

10. 궤도에 오르다 236

11. '하부Habu'를 기리며 254

12. 차이나 신드롬 280

13. 존재하지 않았던 배 290

14. 영원한 작별 301

15. 20억 달러짜리 폭격기 321

16. 올바른 결론을 위해서 335

에필로그 정부에서 본 스컹크 웍스 360

감사를 드리며 367

1. 화려한 출발

1979년 8월, 태양이 작열하는 네바다 사막에서 해병대원들은 해브 블루(Have Blue)라는 암호명이 부여된 실험용 항공기를 '격추'하기 위해 호크 지대공 미사일을 준비하고 있었다. 우리 스컹크 웍스(Skunk Works)에서는 호크 미사일 포대의 강력한 레이더 추적을 피할 수 있는 세계 최초의 완전한 스텔스 전투기를 만들었다. 해병대원들은 해브 블루를 최소한 50마일(80km) 밖에서 탐지해서 호크 미사일로 록 온(Lock On) 할 수 있다고 자신하고 있었다. 일을 좀 더 쉽게 하기 위해서 나는 해브 블루의 비행 계획표를 방공부대에 제공했다. 그건 마치 하늘의 한 점을 가리키며 "저기를 조준하시오." 라고 가르쳐 준 것이나 다름없었다.

비행기가 레이더에 잡히면, 호크 미사일의 추적 장치가 자동적으로 후속 절차를 진행한다. 실제 전투 상황이라면 비행기는 산산조각이 날 것이다. 즉, 그들이 록 온에 성공하면 우리들의 스텔스 실험은 참담한 실패로 끝나게 된다.

그러나 나는 우리의 스텔스 기술이 호크 미사일의 강력한 추적 시스템을 피할 수 있다고 확신하고 있었다. 이 미사일은 30마일(50km) 밖에서 날아가는 매도 감지할 수 있었다. 그러나 우리 비행기는 혁명적인 기술로 레이더 빔을 분산시켜 방공 부대의 전자 장치를 무력하게 만들 수 있다. 호크 포대의 추적 시스템에는 우리 전투기가 벌새보다도 작게 나타날 것이다. 적어도 나는 그렇게 믿고 있었다. 만약 그렇지 않다면 나는 엄청난 곤경에 빠질 것이다.

펜타곤의 레이더 전문가들 가운데 절반 정도는 우리가 제트기의 등장만큼이나 군사 항공 분야에 중대한 혁명을 가져올 기술을 개발하는 데 성공했다는 사실을 알고 있었다. 그러나 나머지 반은 우리가 레이더 측정 결과를 착각하고 있다고 생각했다. 우리의 데이터는 눈속임에 불과하며, 레이더 시험장의 기둥 위에 올려놓은 40피트(12m) 정도 되는 해브 블루의 목업(Mock Up)에서 얻은 데이터가 실제 비행기에도 적용될 리 없다는 것이다.

그러나 적어도 실험에서 도출된 숫자들은 공군 사령부의 참모장교들에게 충격을 주었다. 따라서 이번 호크 미사일에 대한 실험은 우리의 기술과 성실성을 헐뜯고 있는 비관론자들의 입을 다물게 할 수 있는 절호의 기회였다. 우리 테스트 파일럿의 말에 의하면 라스베이거스의 도박사들은 3대 2의 비율로 호크 쪽의 승리를 점치고 있었다.

“하지만 그런 도박꾼들이 뭘 알겠습니까?”

그는 내 어깨를 치면서 말했다.

스텔스 전투기는 극비 취급을 받았기 때문에 해병대원들에게는 우리 비행기의 비밀은 기수에 탑재한 블랙박스이고, 그것이 강력한 빔을 방사해서 레이더 빔이 다른 방향으로 반사되는 것이라고 거짓말을 해야 했다. 그러나 실제로는 블랙박스나 빔 따위는 존재하지 않았다. 스텔스기가 레이더 화면에 나타나지 않는 것은 기체의 형상과 레이더 전파를 흡수하는 복합 소재 때문이었다. 방공부대원들은 창문이 없는 지휘차 안에서 레이더 스코프를 통해 이 실험을 지켜보게 되어 있었지만, 젊은 부사관 한 명은 나와 함께 비행기가 지나가는 것을 눈으로 확인하기 위해 밖에서 하늘을 바라보고 있었다. 그가 조지 루카스의 영화 ‘스타워즈’에나 나올 법한 다이아몬드 모양의 UFO처럼 생긴 기묘한 비행체를 발견했을 때 어떤 생각을 하게 될지 아무도 몰랐다.

나는 시계를 들여다보았다. 오전 8시. 기온은 이미 섭씨 32도에 달했고, 일기예보대로 섭씨 49도를 향해 올라가고 있었다. 해브 블루는 이미 레이더의 추적권 안에 들어와 이쪽을 향해서 날아오고 있을 것이다. 얼마 후 나는 멀리 뿌연 하늘 저쪽에서 하나의 점을 발견했다. 그 점은 점점 커졌다. 나는 쌍안경으로 8,000피트(2,400m) 상공을 비행하는 해브 블루를 확인할 수 있었다.

이번 시험에서 추적기인 T-38은 일부러 몇 마일 후방에 떨어져서 비행하게 되어 있었다. 원래 추적기는 사고가 발생했을 때 긴급 착륙을 돕기 위해 실험기에 바짝 붙어서 비행해야 한다. 지휘차의 지붕에 설치된 레이더 안테나는 마치 전원이 끊어진 것처럼 꼼짝하지 않고 있었다. 목표를 포착하여 민첩하게 움직여야 할 미사일은 멍청하게 먼 산만 바라보고 있을 뿐이었다. 젊은 부사관은 아무런 반응을 보이지 않는 미사일을 믿을 수 없다는 듯이 바라보다가, 다이아몬드 모양의 비행체가 바로 우리 머리 위를 지나가자 큰 소리로 외쳤다.

"저런! 어쨌든 굉장히 강력한 블랙박스를 싣고 있는 모양이군요. 우리 미사일이 완전히 마비되었습니다!"

"그런 모양이죠?"

나는 미소를 지었다.

나는 지휘차 쪽으로 갔다. 관제실에 발을 들여놓자, 에어컨의 차가운 바람이 나를 맞았다. 해병대원들은 아직도 진지한 표정으로 전자장치 앞에 앉아 있었다. 레이더 스크린에는 아무것도 나타나지 않았다. 그들은 기다렸다. 그들이 아는 한, 아직 아무것도 레이더 탐지 범위 안에 진입하지 않은 것이다. 갑자기 깜박이는 밝은 점이 하나 나타났다. 점은 서쪽에서 동쪽으로 해브 블루와 똑같은 항적으로 빠르게 이동하고 있었다.

"보기(Bogie, 미식별항공기) 발견!"

레이더병이 젊은 장교에게 보고했다.

나는 순간 놀랐다. 있을 수 없는 밝은 점이 움직이고 있었는데, 그 점은 아주 크고, 뚜렷했다.

"T-38 같습니다!"

레이더병이 말했다. 나는 안도의 한숨을 쉬었다. 추적 임무를 맡은 T-38이

레이더에 포착된 것이다.

레이더병은 하나가 아니라 두 개의 항공기가 레이더 스코프에 나타나야 한다는 것, 그리고 방금 상공을 지나간 해브 블루는 탐지하지 못했다는 것을 모르고 있었다.

"안됐군요, 선생님. 비행기가 제대로 작동하지 않은 것 같습니다."

젊은 대위가 엷은 미소를 지으며 말했다. 이것이 실전 상황이었더라면 그 스텔스 전투기는 이 지휘차에 극히 정밀한 레이저 유도 폭탄을 투하하고, 이 오만한 대위는 자신이 무엇에 당했는지도 알지 못했을 것이다. 그에게는 좋은 교훈이 될 것 같았다.

지휘차의 문이 열리고, 젊은 부사관이 어둡지만 시원한 관제실 안으로 들어왔다. 그는 사막의 열기 때문에 환각을 본 것 같은 표정이었다. 그는 자기 눈으로, 미사일이 포착하지 못한 기묘한 다이아몬드 모양의 유령을 똑똑히 보았다.

"대위님, 믿기 어려우시겠지만…."

이보다 3년 반 전인 1975년 1월 17일, 나는 다른 때와 마찬가지로 캘리포니아주 버뱅크 시내에 있는 사무실에 출근해서 25년 만에 처음으로 주차장의 보스 전용 구역에 내 차를 세워 놓았다. 정면에는 버뱅크 비행장의 분주한 메인 활주로 곁으로 창이 없는 평범한 2층 건물이 서 있었다. 이곳이 바로 록히드의 '스컹크 웍스'였다. 긴장이 계속되던 냉전 시대에는 북미에서 극비 시설로 분류되었고, 핵전쟁이 벌어질 경우 소련의 공격 목표에서 최우선 순위에 올라 있던 건물이었다. 소련의 정찰 위성은 5평방마일(15㎢)에 걸쳐 펼쳐진 록히드 공장의 한복판에 위치한 주차장 상공을 정기적으로 통과하고 있었다. 이들은 아마 주차된 차의 수를 분석해서, 우리들이 얼마나 분주하게 일하고 있는지 조사했을 것이다.

소련의 트롤 어선은 남 캘리포니아 해안선의 영해 바로 밖에서 우리 쪽을 향해 강력한 접시 안테나를 돌려 놓고 전화를 도청하고 있었다. KGB는 우리들의 주요 전화번호를 알고 있었다. 우리는 전화벨이 울리면 트롤 어선에 실려 있는 컴퓨터 도청 장치가 작동한다고 믿고 있었다. 미국의 정보 당국은 소련의 위성 통신 중에 정기적으로 '스컹크 웍스'란 단어가 등장한다는 사실을 탐지했다. 우리 공장의 기묘한 별명을 러시아어로 번역할 수 없었던 모양이었다. 우리들의 정식 명칭은 록히드 선진 개발 프로젝트(Lockheed's Advanced Development Projects)였다.

우리들의 경쟁자들조차 스컹크 웍스의 책임자가 항공 우주 산업계에서 가장 명예로운 직책이라는 사실을 인정했다. 그리고 나는 오늘부터 바로 그 책임자가 되었다. 나이는 50세였고, 원기왕성했다.

스컹크 웍스의 종업원은 모두 은퇴한 책임자 켈리 존슨이 직접 뽑은 사람들이었다. 그는 미국 항공계를 주름잡고 있었다. 1933년 23세의 나이로 록히드에 입사한 그는 쌍발 여객기인 모델 10 엘렉트라의 설계와 제작을 담당해 설립된 지 얼마 지나지 않은 이 회사가 민간 항공계로 진출하는 데 큰 공헌을 했다. 그로부터 42년이 지나 은퇴했을 때, 그는 최고 고도, 최고 속도 기록을 수립한 역사적인 군용기를 개발한 공로로 탁월한 공기역학 기술자로 인정받았다.

스컹크 웍스는 50명 가량의 노련한 설계자와 엔지니어, 100명 가량의 숙련된 기계공으로 구성된 작지만 강력한 팀이었다. 우리들에게 부과된 임무는 최신 기술을 구사해서 기밀 임무에 투입될 소수의 항공기를 제작하는 것이었다. 미국은 우리 설계팀에서 제작된 비행기로 주요한 전략적 및 기술적인 우위를 유지했으며, 적성국들은 상공을 비행하는 이 비행기들을 저지하지 못했다.

우리의 주요 고객은 중앙정보국(CIA)과 미국 공군이었다. 우리는 오랫동안 CIA의 비공식 '장난감 공장(Toy makers)' 역할을 맡아, 고성능 정찰기를 만들어 주면서 정부-민간 산업 사이에 찾아보기 힘든 협력 관계를 유지해 오고 있었다. 그러나 공군의 제복 군인들과는 일종의 애증 관계였다. 관료적 간섭이나 장성들의 고압적이고 오만한 지시를 싫어한 켈리가 스컹크 웍스의 자유를 확보하기 위해 누구와 상대를 하느냐에 따라 상황이 달라졌다 그는 외부의 간섭으로부터 독립을 확보하기 위해 싸웠고, 타협하는 법이 없었다. 이 때문에 공군참모총장이 나서서 켈리와 참모부 장성 간의 싸움을 중재한 경우도 한두 번이 아니었다.

테스트 파일럿과 통신 중인 록히드의 치프 엔지니어 캘리 존슨 (Lockheed)

우리들의 성공은 극비리에 개발한 항공기가 8~10년간 운용된 다음에야 정부가 그 존재를 인정했다는 사실로도 입증된다. 워싱턴의 주문을 받아 만든 우리 비행기나 무기 체계는 너무 혁신적이어서 소련이 저지할 수 없었다. 그래서 우리가 만든 비행기는 대부분 비밀리에 운영될 수 있었다. 상대방이 우리가 어떤 비행기를 운영하기 시작할 때까지 그 정체를 파악하지 못한다면, 그것을 격추할 수 있는 방어 체계를 구축하는 데 훨씬 많은 시간이 걸린다. 그래서 스컹크 웍스 내에서 우리들은 필수불가결한 정보 이외에는 일체 접근하지 않는 원칙을 확립했다. 아마 모스크바의 소련 정보기관이 그들의 아내나 아이들보다도 스컹크 웍스에 대해서 더 많이 알고 있었을 것이다.

스컹크 웍스는 자유 세계의 탁월한 연구 개발 조직이었지만, 그 이름을 들어본 미국인은 거의 없었다. 하지만 우리들의 발명품은 자주 접했을 것이다. 미국 최초의 제트전투기 P-80, 최초의 초음속 제트 요격기 F-104 스타파이터, U-2 정찰기, 경이적인 세계 최초의 마하 3급 정찰기 SR-71 블랙버드, 그리고 사막의 폭풍 작전 중 CNN을 통해 보도된, 바그다드 정밀 폭격 작전에 참가한 F-117A 스텔스 전술전투기 등이 여기 해당한다.

이런 항공기와 스컹크 웍스가 개발했지만 공개는 되지 않은 다른 항공기들 간에는 공통점이 있었다. 그것은 동서 냉전 상황 하에서 힘의 균형을 우리의 우위로 유지해야 한다는 최우선 과제를 위해 정부 최고위층의 결단 아래 개발되었다는 것이다.

예를 들어 '사람이 탄 미사일'이란 별명이 붙은 F-104는 한국전쟁 당시 우리 전투기 파일럿을 위협한 소련의 최신 고성능 미그기에 대항해 제공권을 장악할 수 있도록 제작된 요격전투기다. 이 전투기는 일찍이 경이적인 운동성과 음속의 2배에 달하는 최고 속도로 유명해졌다.

반면, U-2 정찰기는 프랜시스 개리 파워스가 1960년에 불운하게 격추되기까지 4년간이나 알려지지 않고 소련 상공을 비행했다. U-2는 아이젠하워 대통령의 직접 명령으로 제작되었는데, 대통령은 '진주만 공습'처럼 핵공격을 받을 가능성이 높다는 합동참모본부장의 경고를 받자, 소련의 기습 공격 능력을 파악하기 위해 무슨 수단을 써서라도 철의 장막 안을 들여다보려 했다.

이제 냉전이 끝났으므로, 우리는 그동안의 성과를 밝힐 수 있게 되었다. 그래서 나는 안식일에 홀인원을 기록한 랍비(유대교 성직자)처럼 지금에서야 자랑을 늘어놓는 것이다.

나는 켈리 존슨의 휘하에서 부사장 직을 맡고 있었다. 그는 65세에 정년으로 은퇴하면서 나를 후계자로 지명했다. 켈리는 제2차 세계 대전 중에 스컹크 웍스를 창설했고, 1952년 이후에는 록히드의 치프 엔지니어가 되었다. 그는 우주 항공 분야에서는 헐리우드의 오스카 상에 해당하는 콜리어 트로피(Collier Trophy)를 두 번이나 탄 유일한 항공기 설계자였을 뿐만 아니라, 미국 대통령 자유 훈장(Presidential Medal of Freedom)[01]을 받기까지 했다 그는 일생 동안 40종이 넘는 항공기를 설계했다. 그는 온 정성을 들여 설계에 임했으며, 그 결과물은 대부분 걸

01 Presidential Medal of Freedom, 1963년에 케네디 대통령이 제정한 훈장. 훈격면에서 일반시민이 수훈할 수 있는 최고위 훈장인 의회 명예훈장과 동격이다.

버뱅크 공항 주 활주로 곁에 위치한 스컹크 웍스의 건물 (Lockheed)

작기로 평가받았다.

그는 미시시피 강의 동서를 통틀어 가장 완고한 보스였고, 7초 이상 참는 일이 없었다. 그래서 펜타곤이나 공군 사령부에는 그의 찬양자 못지않게 많은 비판자가 있었다. 그러나 켈리의 고집과 불같은 성미를 나쁘게 말하는 사람들조차도 그의 성실성은 존경했다. 실제로 프로젝트 예산보다 실제 경비가 덜 들어갔거나, 우리가 노력을 했어도 계획대로 성능이 나오지 않으면 켈리가 정부에 자금을 반납하는 경우도 여러 번 있었다.

켈리의 신조는 '신속히, 조용히, 계획대로'(Be quick, be quiet, be on time)였다. 그는 오랜 시간 동안 우리의 유일한 보스였다. 부임 첫날, 300평방피트(28㎡)나 되는 사무실 한가운데 놓인 켈리의 커다란 데스크에 앉았을 때, 나는 1미터 남짓한 작은 허수아비가 된 기분이었다. 켈리는 이 자리에서 모든 일을 지휘하고 있었다.

나의 왕국은 창문이 없는 2층짜리 건물이었다. 방공호 같은 이 건물 안에는 300명의 기술자, 관리자, 사무원이 두꺼운 도청 방지용 벽, 경비원, 그리고 엄중한 보안 체계 속에서 일을 하고 있었다. 이 아무런 표지가 없는 건물 옆에는 제작, 조립용 공간으로 사용하는 300,000평방피트(약 8,400평)의 거대한 격납고 두 곳이 있었다. 이 격납고는 제2차 세계 대전 당시 P-38 전투기 제작에 사용했으며, 전후 한동안 민항기의 왕자였던 컨스텔레이션(Constellation)[02]을 제작하던 곳이었다.

나의 임무는 6개의 축구장이 들어갈 수 있는 이 공간이 새로운 비행기의 개발과 생산을 위해 분주하게 돌아가도록 하는 것이었다. 이 거대한 쌍둥이 격납고는 높이가 3층 건물 정도로, 근처에 있는 4~5동의 부품 공장을 압도하고 있었다. 하지만 출입자를 엄격하게 통제하는 경비실을 제외하면 이곳이 스컹크 웍스임을 알 수 있는 표시는 아무것도 없었다.

진짜 중요한 정보는 1962년에 켈리가 건설한 본부 건물에 집중되어 있었다. 콘크리트와 철골로 지은 이 검소한 건물은 1950년대 초에 50여명의 인원이 세 들어 살던 82호 건물 내의 좁은 스컹크 웍스 건물에 비하면 궁전과 같았다. 수백 미터 떨어진 곳에 있는 이 옛 건물은 원래 제2차 세계 대전 당시 폭격기의 조립용 격납고로 사용되었고, 지금도 고도의 기밀을 요하는 프로젝트에 사용되고 있다.

동료들은 모두 기뻐해 주었다. 우리들은 거의 25년 동안 엄청난 압박 속에서 긴밀하게 서로 도우며 일해 왔기 때문이다. 엄격한 기밀 관리로 격리된 작업 환경에서 일을 하는 동안, 우리들 사이에는 미국에서는 보기 힘든 강한 연대의식이 생겨났다. 켈리의 자리를 이어받기 전까지 나는 그의 오른팔이었다. 나는 스컹크 웍스의 다른 동료들과 함께 무진장 고생했다. 그래서 그들은 새 보스를 적어도 얼마 동안은 도와줘야겠다는 생각을 하고 있었다.

그러나 부서장부터 경비원까지, 우리들 모두에게 아버지와 같은 존재였던 클래런스 켈리 존슨의 부재로 모두가 불안감을 느낀 것도 사실이었다. 그는 오랫동안 우리들을 돌봐 주면서 항공 우주 업계에서 가장 많은 보수를 보장하고, 가장 생산성이 높고 존경받는 사람으로 만들어 주었다. 그가 다시 돌아왔으면 하는 생각도 간절했다.

나는 먼저 부장들에 대한 통제를 완화했다. 나는 그들이 이해할 수 있는 이야

02 록히드 컨스털레이션 : 1943년부터 생산된 록히드의 4발 민항기. 대륙간 무착륙 비행이 가능한 여객기를 목표로 개발되었으며, 제트 여객기가 등장한 1950년대 말까지 856대가 생산되었다.

기를 했다. 나는 경험과 직감으로 복잡한 기술 문제를 해결하던 켈리 같은 천재가 아니었다. 나는 이렇게 말했다.

"나는 켈리가 지금까지 한 것처럼, 모든 결정을 나 혼자서 내리지 않겠습니다. 이제부터는 여러분이 어려운 결정들을 대부분 책임져야 합니다. 나는 그저 내가 원하는 것을 이야기한 다음, 비켜서서 여러분이 일을 해나갈 수 있도록 하겠습니다. 내 역할은 장애물을 치우는 것입니다. 그러니까 문제가 발생하면 즉각 내게 알려 주기 바랍니다."

나는 베트남 전쟁이 실패로 끝나고, 국방 예산이 군의 사기와 함께 바닥까지 떨어지던 최악의 시기에 그 자리에 앉게 되었다는 사실에 대해서는 말을 하고 싶지 않았다. 5년 전, 6,000명이나 되었던 우리 인력은 이제 1,500명으로 줄어 있었다. 포드 행정부[03]는 임기를 2년 남겨 놓고 있었는데, 당시 국방장관 도널드 럼스펠드는 신형 항공기에 대해서 설명을 시작하면 보청기의 전지가 떨어진 것처럼 행동하는 사람이었다.

더욱 상황을 어렵게 하는 요소는 록히드가 뇌물 스캔들 때문에 도산 위기에 처하고, 도덕적으로도 파산 상태에 놓여 있었다는 것이다. 내가 취임하기 1년 전에 드러난 이 사건 때문에 전 세계 6개국의 정부가 붕괴 위기에 직면해 있었다.

록히드의 경영진은 비행기를 팔기 위해서 10년 동안 네덜란드 율리아나 여왕의 부군인 베른하르트 공을 비롯해 일본과 서독의 주요 정치가, 이탈리아의 정부 고관과 장성, 홍콩과 사우디아라비아의 고위층에게 수백만 달러의 뇌물을 제공한 사실을 시인했다. 켈리는 그런 사실이 밝혀지자 분통이 터져 한때는 사직할 생각까지 했다. 사건에 관련된 록히드 경영진은 결국 불명예 퇴진했다.

록히드는 이와 동시에 미국 회사를 엄습한 또 다른 최악의 문제로 비틀거리고 있었다. 우리는 1969년, 맥도넬 더글러스의 DC-10에 대항해 L-1011 트라이스타를 개발해서 다시 민간 항공 업계에 진출하려고 했으나, 계획이 어긋나 파산

---

03 제럴드 포드 대통령(1974~1977 재임)은 리처드 닉슨 대통령이 워터게이트 스캔들로 물러나면서 대통령이 되었으나, 베트남 철수와 키프로스 전쟁으로 지지를 잃었고, 1차 오일쇼크까지 겹치며 국방에 별다른 투자를 하지 못했다.

L-1011 트라이스타 여객기 (Aero Icarus)

위기에 처했다. 더글러스가 미국제 엔진을 채용한 데 반해, 록히드는 유럽 시장에서 우위를 차지하기 위해 영국의 롤스로이스와 제휴했다. 그런데 우리가 12대의 트라이스타를 제작했을 때, 롤스로이스가 갑자기 도산하고 말았다. 남은 것은 엔진이 없는 거대한 글라이더 12대뿐이었다. 아무도 그런 것을 사려고 하지 않았다.

1971년, 영국 정부의 지원으로 롤스로이스가 회복되었고, 이듬해 미 의회는 겨우 2억 5,000만 달러의 지급 보증을 승인해서 우리를 도와주었다. 그러나 록히드의 적자는 이미 20억 달러까지 부풀었고, 1974년 말에는 8,500만 달러라는 파격 세일 가격으로 텍스트론에 합병당할 뻔했다. 그랬다면 스컹크 웍스도 다른 자산과 함께 합병된 후 세금을 내기 위해 처분되었을 것이다.

나는 빨리 새로운 사업을 시작해야만 했다. 그러지 않으면 회사 경리 담당자들은 많은 보수를 받는 내 부하를 해고할 것이 분명했다. 켈리는 '미스터 록히드'로 널리 알려져 있었으니 아무도 무시할 수 없었지만, 나는 그저 평범한 벤 리치였다. 나는 회사원으로는 존경을 받았지만, 정치적 수완은 전혀 없었다.

경영진은 내게 '고객 친화적 태도'를 요구했다. 켈리가 공군의 '행정가들'을 상대하는 동안, 켈리 최대의 적이 고집불통에 완고하기 그지없는 켈리 그 자신이었다는 건 업계의 공공연한 비밀이었다. 수많은 2~3성 장군들은 친애하는 우리 리더를 만나기 전까지는 면전에서 "똥과 구두약도 구분하지 못하는 놈들" 같은 말을 들은 적이 없었을 것이다. 하지만 나는 원만한 출범을 원한다면 펜타곤의 별님들과도 원만한 관계를 유지해야 하는 신세였다. 그리고 약속의 땅에 도달하기까지는 더욱 많은 난관들이 기다리고 있었다.

스컹크 웍스가 앞으로도 살아남기 위해서는 영광의 60년대와는 다른 방식을 택해야 했다. 당시 우리는 42개나 되는 프로젝트를 돌리면서 록히드가 방위 산업의 항공 우주분야에서 선도적 위치를 확보하는 데 공헌하고 있었다.

나는 록히드의 이사회 내에 스컹크 웍스의 강력한 적이 있으며, 그들이 스컹크 웍스의 즉각 폐쇄까지 주장하고 있다는 사실을 알고 있었다. 그들은 우리들의 독립적인 운영과 때때로 보여주는 오만한 태도를 싫어했고, 우리가 기밀 프로젝트라는 비밀의 장벽 안에서 지나치게 낭비를 하는 것은 아닌지 의심하고 있었다. 이런 의심은 켈리가 고가의 설비 구입부터 우수한 부하의 승진까지 필요로 하는 모든 것을 경영진에게 교묘한 방법으로 얻어냈기 때문에 더욱 심해졌다. 그러나 사실 켈리는 어느 꼼꼼한 은행가보다도 인색했고, 부하의 승진도 스케줄이 지연되거나 예산을 초과할 우려가 있을 경우에만 요구했다.

나는 새로운 사업을 찾을 시간이 별로 없다는 것을 알고 있었기 때문에, 구두를 깨끗이 닦고 정장 차림에 한 손에 모자까지 들고 밝은 미소를 지으며 워싱턴으로 날아갔다. 목적은 공군참모총장 데이비드 존스[04] 장군을 설득해서 U-2 정찰기 제작을 재개하는 것이었다.

쉽지 않은 목표였다. 그간 공군은 그들이 사들인 어떤 항공기도, 한 번 멈췄던 라인을 재가동해 구입한 경우가 없었기 때문이다. 하지만 이 기체는 달랐다. 나는 U-2가 앞으로 50년 후에도 미국을 위해 봉사할 수 있다고 확신하고 있었다.

04 David C. Jones. 공군참모총장으로 재직하며 F-15, F-16, A-10, E-3 등 현대 미국 공군을 구성하는 핵심 항공기 개발을 주도했고, 전략 분야에서도 공지전(Air-Land Battle) 개념의 기틀을 마련했다. 지미 카터-로널드 레이건 대통령 재임기에는 합참의장직을 수행했다.

이 항공기는 생산된 지 이미 25년이 지났지만, 여전히 공중 정찰 활동의 주력기로서 활약하고 있었다. 이 항공기는 더 강력한 엔진을 탑재하고 임무 장비를 최신형으로 바꿔 준다면 전 세계에 걸친 전술 임무 비행을 소화할 수 있었다. 좀 더 구체적으로 말하자면, 레이더 영상을 활용하는 정찰 장비를 통해 정찰 범위를 전 세계의 절반까지 확장하는 것이다.

그러나 항공기는 사람과 닮은 구석이 있다. 나이를 먹을수록 중량이 불어 가는 것이다. 1955년에 U-2가 처음 소련 상공을 비행했을 때는 17,000파운드(7.7t)밖에 안 되는 날씬한 젊은이였지만, 중년이 되면서 체중도 40%가 불어 40,000파운드(약 18t)가 되었다.

나는 오랫동안 국방부에 U-2의 개량형에 대해 설득하고 있었다. 1960년대에 나는 밥 맥나마라 국방장관 휘하의 시스템 분석 책임자였던 알랭 엔토벤(Alain C. Enthoven)을 만났다. 그는 '위즈키즈'[05]의 일원으로, 포드에서 써먹던 냉혹한 통계 기반의 경영 기법을 펜타곤에 도입한 사람 중 하나였다. 엔토벤은 물었다.

"U-2는 아직 한 대도 떨어지지 않았는데, 왜 더 사야 합니까?"

나는 10년 뒤에는 가격이 10배 이상 올라갈 것이기 때문에, 추락이나 그 밖의 이유로 소모되기를 기다려 구입하기 보다는 지금 구입하고 업그레이드하는 것이 더 싸게 먹힌다고 설명했지만, 그는 이해를 하려 들지 않았다. 그래서 나는 버스를 타는 대신 그 옆을 따라서 달린 다음 아버지에게 25센트를 벌었다고 자랑한 아이 이야기를 했다. 이야기 속에서 아버지는 아이 머리를 쥐어박고, 왜 택시 옆에서 달려 50센트를 절약하지 않았느냐고 꾸짖었다. 그 이야기를 듣고도 앨런은 여전히 이해하지 못했다.

켈리는 재임 당시에 펜타곤의 고위층과 직접 거래를 하는 방법을 고집했기 때문에, 나는 어쩔 수 없이 오랫동안 그의 주변에서 젊은 소령이나 중령들과 접촉할 수밖에 없었다. 이제는 그들이 별을 달고 책임자 자리에 앉아 있었다. 나는

05 미국 통계전문가 집단의 애칭. 로버트 맥나마라는 하버드 조교수로 재직 중 2차대전이 발발하자 미국 육군항공대 장교로 임관해 통계업무를 담당했고, 전후 헨리 포드 2세에게 스카웃되어 포드의 재무기획이사로 취임하면서 군 시절 함께 근무한 통계장교들을 영입했다. 이 통계장교출신 집단인 '데이터 위즈키즈' 혹은 '위즈키즈' 집단이 포드의 체질개선 업무를 이끌었고, 맥나마라가 국방장관으로 취임하자 일부는 국방부에서도 함께 업무를 수행했다.

여러 번 켈리가 펜타곤에서 장군들에게 브리핑을 하는 동안 차트를 넘기는 일을 했다. 한 번은 맥나마라 장관에게 우리가 요격기로 개조하고 싶어 했던 마하 3급 정찰기 블랙버드에 관해 브리핑을 한 적이 있었다. 그는 1차 세계대전의 영웅인 '블랙잭' 퍼싱 장군이 사용했던 커다란 책상 앞에 앉아 있었다.

훌륭한 아이디어였지만, 설득은 쉽지 않았다. 맥나마라는 값비싼 신형 B-70 폭격기를 살 생각을 하고 있었고, 또다른 신형 항공기 프로젝트에는 관심이 없었다.

맥나마라가 점심을 먹고 있을 때, 나는 차트를 펼쳐 들었다. 켈리는 설명을 했다. '맥 더 나이프'(Mac the Knife)라는 별명의 소유자인 그는 옆에 놓인 다른 보고서에 흘깃 시선을 주면서, 일부러 수프와 샐러드에 신경을 집중시키고 있는 듯한 태도를 취했다. 그는 끝내 우리 쪽에 한 번도 시선을 돌리지 않았다. 그는 냅킨으로 입을 닦더니 우리에게 작별 인사를 했다. 돌아오는 길에 나는 켈리에게 말했다.

"식사하면서 뭘 읽는 사람에게는 아무것도 던져 주지 말아야겠는데요."

그때와 비교하면, 지금은 식사를 하며 설명도 할 수 있으니 상황이 훨씬 개선되었다고 할 수 있었다. 존스 장군은 나를 점심 식사에 초대했고, 최신형 U-2에 관한 아이디어를 아주 호의적으로 들어 주었다. 나는 생산 라인에 있는 45대의 U-2를 일괄 구입하면 매우 저렴한 가격을 약속하겠다고 말했다. 그는 35대 정도면 충분할 것이라고 생각하고 있었지만, 내 제안을 검토해 보겠다고 약속했다.

"하지만, U-2의 명칭을 바꿨으면 좋겠습니다. 스파이 항공기(Spy plane)라고 하면 동맹국이 기지 제공을 꺼리니 말입니다."

나는 대답했다.

"장군, 저는 보편적인 금언의 신봉자입니다. 규칙은 돈을 가지고 있는 사람이 만드는 겁니다. 마음대로 이름을 붙이시죠."

펜타곤은 결국 U-2를 TR-1으로 재명명했다. T는 전술(Tactical), R은 정찰(Reconnassance)라는 뜻이다. 하지만 기자들은 이렇게 불렀다. 'TR-1 스파이 항공기'(TR-1 Spy plane).

나는 거래에 성공했다고 생각하면서 펜타곤을 떠났다. 그러나 존스 장군이 명령한 검토가 공군의 관료 조직을 통과하는 데 몇 달이 걸렸고, 최종 계약이 체결되기까지는 2년이 더 걸렸다. 구형 항공기를 개량하는 사업은 우리 회사의 경영에 도움이 되긴 했지만, TR-1의 경우는 그저 시간을 벌어 주는 정도에 지나지 않았다. 스컹크 웍스가 살아남자면 고객이 탐을 낼 만한 첨단 기술을 도입한 새로운 프로젝트가 필요했다.

모험적인 최첨단 기술 개발은 우리들의 특기였다. 켈리는 나에게 충고했다.

"내 흉내를 내지 마. 내가 만든 비행기 덕을 볼 생각을 하면 안 돼. 자네 자신의 비행기를 만들어야 하는 거야. 자신이 확신을 가지지 못하는 비행기를 만들면 안 돼. 너와 스컹크 웍스의 평판을 더럽혀서도 안 돼. 그저 자신이 옳다고 생각하는 확신에 따라 추진하면 되는 거야."

그 후에 일어난 상황은 내게 있어 큰 행운이었다. 스텔스 기술이 바로 내 무릎 위에 떨어졌던 것이다. 그것은 실의에 빠진 경영진을 위해서 하늘이 주신 선물이라고 할 수밖에 없었다. 나는 그저 누구보다도 먼저 직감적으로 이 선물의 가치를 인식하고, 정부의 관심이나 약속을 얻기 전에 개발비를 투입하는 커다란 모험을 한 것뿐이다. 그 결과 우리는 제트엔진이 발명된 이래, 군사항공 분야에서 가장 중요한 기술 혁신을 이룩했고, 소련이 오랜 세월에 걸쳐 3천억 루블을 들여 구축했다는 미사일과 레이더 방공망을 무용지물로 만들 수 있었다.

그들의 미사일이 아무리 우수하고 레이더가 강력하더라도 보이지 않는 것을 격추할 수 없었다. 스텔스 공격기의 유일한 한계는 연료 탑재량과 항속 거리뿐이었다. 현재로서는 스텔스에 대항할 수 있는 기술이 없다.

그런 기술을 개발하려면 거액의 연구 개발비가 필요하다. 최신형 슈퍼컴퓨터를 사용해도 최소한 25년은 걸릴 것이다. 나는 스텔스 항공기가 적어도 내가 살아 있는 동안은 하늘을 제압할 것이라고 확신했다. 참고로 나는 장수 가문 출신이다.

스텔스 개발 이야기는 내가 스컹크 웍스를 맡은 지 6개월 후인 1975년 7월로 거슬러 올라간다. 당시 나는 워싱턴에서 열린 소련의 최신 군사, 전자 기술에 관한 정례 비밀 설명회에 참석했다. 그 무렵 미국이 기지 방위를 위해 보유하고 있던 지대공 미사일은 패트리어트와 호크뿐이었다. 이들은 모두 소련 무기와 비교해서 그저 그런 수준이었다.

이와는 대조적으로 소련은 도시와 전략 거점을 방어하기 위해 15종의 다양한 미사일을 보유하고 있었다. 공격용 장비들을 팔던 우리로서는 그들의 최신 방어 기술에 관한 정보를 알아 둘 필요가 있었다. 그래야 우리는 그런 방어망을 돌파할 수 있는 새로운 방법을 고안해낼 수 있으니 말이다. 물론 그들도 우리 계획을 저지할 수 있는 새로운 장애물을 개발하기 위해 노력하고 있었을 것이다. 그것은 끝이 없는 경쟁이었다.

안테나의 길이만 200피트(60m)에 달하는 소련의 조기경보 레이더 시스템은 수백 마일 밖에서 침투하는 항공기를 발견할 수 있었다. 이 장거리 레이더는 침투하는 항공기의 고도나 기종을 알아낼 수는 없었지만, 그것을 확인할 수 있는 시스템에게 기본적인 좌표를 전달할 수는 있었다.

그들의 SAM(지대공미사일) 부대는 저공으로 침투하는 항공기와 순항미사일을 동시에 요격할 수 있었다. 그들의 전투기는 강력한 탐지용 레이더와 공대공미사일로 무장하고 있었고, 이 시스템은 저공으로 침입하는 항공기와 지면에서 복잡하게 반사되는 레이더 신호(Ground clutter)를 식별하는 능력을 갖췄다.

강력한 추력을 자랑하는 소련의 지대공 미사일 SA-5는 최대상승고도가 125,000피트(38,000m)에 달했다. 소형 핵탄두도 장착할 수 있었는데, SA-5의 최대고도에서는 소형 핵탄두의 폭발에서 나오는 열과 폭풍이 지상에 미치는 영향을 걱정할 필요가 없고, 방사성 낙진도 성층권의 바람을 타고 핀란드나 스웨덴으로 날아갈 것이다. 이 방공 미사일의 핵탄두 폭발은 반경 100마일(160km) 이내의 폭격기를 폭풍과 충격파로 격추할 수 있을 것으로 예상되었다.

우리 공군 파일럿들은 SA-5로 보호되는 지역을 정찰 비행할 때는 핵폭발의 섬광으로 눈이 멀지 않도록 특수한 안경을 쓰고 있었다. 그래서 이런 무기 체계의 발전은 심각한 문제로 다뤄졌다. 더 골치 아팠던 것은 소련이 이렇게 발전된 재래식 방어 시스템을 전 세계의 고객에게 수출해서 우리 항공기와 승무원을 위협하고 있었다는 것이다. 이 때문에 미국은 점점 더 불리한 입장에 서게 되었다. 이제는 시리아마저 재래식 탄두를 탑재한 SA-5를 보유하고 있었다. 우리는 1973년, 이스라엘과 시리아, 이집트 간에 벌어진 욤 키푸르 전쟁[06]에 관한 펜타곤의 무시무시한 브리핑을 들었다. 그것은 정말 등골이 오싹해지는 내용이었다.

이스라엘은 미국산 최신예 공격기를 투입했다. 파일럿의 수준도 미군과 다를 것이 없었다. 그러나 소련이 아랍에 제공한 30,000발에 달하는 지대공 미사일 때문에 이들은 커다란 손해를 입었다. 이스라엘은 18일 동안 109대의 항공기를 상실했는데, 태반이 변변히 훈련도 받지 못하고 규율도 형편없는 이집트군과 시리아군 병사가 조작한 레이더 유도 지대공 미사일과 방공포대에 격추당했다.

특히, 이스라엘 파일럿들이 시도한 미사일 회피기동이 아무짝에도 쓸모가 없었다는 사실이 공군의 기획자들을 공포로 몰아넣었다. 우리 파일럿들도 똑같은 전술을 사용하고 있었기 때문이다. 이스라엘 공군기들은 접근하는 미사일을 따돌리기 위해 급선회를 하거나 침투 경로를 꼬아 댔지만, 그 과정에서 오히려 재래식 대공포에 약점을 노출해 버렸다. 이스라엘의 소모율을 미국과 고도로 훈련된 소련이나 바르샤바 조약군을 상대로 한 전쟁에 대입한 결과, 항공기 수효, 파일럿의 훈련도, 지대공 화력이 동일했을 경우 불과 17일 만에 우리 항공 전력이 괴멸되고 만다는 계산 결과가 도출되었다.

하지만 나는 그리 놀라지 않았다. CIA가 이런저런 수단을 통해서 소련의 최신 장비를 입수하고 있었고, 스컹크 웍스는 그것을 가장 먼저 검토할 수 있는 특권을 가지고 있었기 때문이다. 우리는 그들의 최신 전투기나 레이더, 미사일 시스템을 시험했을 뿐만 아니라, 그것을 상대로 실제로 비행기를 날려 보기까지 했다. 스컹크 웍스의 기술자들은 그것을 분해하고 다시 조립하기 위해 공구를 만들기도 하고, 시험 기간 중에 원활하게 작동시키기 위해 예비 부품을 만들기

06 Yom Kippur War, 제 4차 중동전쟁

도 했기 때문에 적에 대해서는 충분한 지식을 가지고 있었다.

그럼에도 불구하고, 공군은 소련의 방위력을 무력화시킬 수 있는 스텔스 기술에 대해 별로 관심을 갖지 않았다. 우리가 오랜 세월에 걸쳐 레이더에 포착되지 않게 하는 연구를 하는 동안, 소련의 레이더 능력이 비약적으로 발전해서 우리가 연구한 기술을 훨씬 앞서 있다는 것이 국방부의 일반적 견해였기 때문이다. 그 대신 공군은 얼마 안 되는 개발 자금을 초저공 비행으로 적의 레이더망을 회피하는 항공기를 만드는 데 투입했다. 그 대표적인 사례가 바로 전략공군의 주문으로 록웰에서 개발하고 있던 B-1 폭격기다. 이 비행기는 지상포화를 뚫고 소련의 내륙 깊숙이 위치한 전략 거점에 핵무기를 투하하는 임무를 부여받았다.

국방부의 브리핑은 미국-소련 간 전력 균형에서 전에 없이 우리 쪽이 불리하다는 사실을 시인한 것이었기 때문에 특히 주목을 받았다. 나는 우리 선진 기술 개발 요원들에게 모든 공상적 가능성을 검토해 보도록 지시했다. 예를 들면, 엄청나게 어려운 일련의 기술적인 문제를 해결해서 원격 조종 무인 극초음속 전술폭격기를 음속의 5배가 넘는 속도로 날려 소련의 레이더 방어를 돌파하는 아이디어 따위가 여기에 속했다. 나는 새벽 2시에 벌떡 일어나, "유레카(알았다)!" 하고 외칠 수 있기를 바랐다. 그러나 내 꿈은 대부분 도끼와 쇠스랑을 휘두르는 적대적인 회계 전문가들의 공격을 받아 끝없는 미로 속으로 쫓겨 들어가고 말았다.

4월의 어느 날 오후, 스컹크 웍스의 일원이자 수학자이며, 레이더 전문가이기도 한 36세의 데니스 오버홀저(Denys Overholser)가 사무실에 들러, 스텔스 기술에 관해 로제타 스톤(이집트 상형문자 해석의 기초가 된 비석)이 될 만한 방법을 설명해 주었다. 그가 노 카페인 인스턴트 커피를 마시며 내게 준 선물은 최신의 레이더 시스템으로도 탐지하기 어려운 공격기를 만들 수 있는 아이디어였다. 그 공격기는 세계에서 가장 엄중하게 방어된 목표도 공격할 수 있었다.

데니스는 이 귀중한 보물덩어리를 레이더에 관한 두꺼운 논문집 속에서 찾아냈다. 그것은 9년 전에 소련의 어느 저명한 전문가가 모스크바에서 출간한 책이었다. 무엇 때문이었는지, 그동안 아무도 돌보지 않았던 이 논문의 제목은 '물리적 회절 이론에 의한 예각면 파동론'(Method of Edge Waves in the Physical Theory of Diffraction)이었다. 이 러시아어 논문은 최근에 들어서야 공군 해외 기술 연구부에서 영어로 번역했다. 저자는 모스크바 무선 공과대학의 수석연구자 표트르 우핌체프(Pyotr Ufimtsev)였다. 데니스의 말에 의하면 이 논문은 난해하고 지루하기 때문에 바보 중의 바보나 줄을 치며 다 읽어볼 생각을 할 만한 것이었다고 한다. 데니스가 발견한 금덩어리는 40페이지짜리 문헌의 마지막 부분에 있었다.

우핌체프는 1세기쯤 전에 영국의 물리학자 제임스 클락 맥스웰(James Clerk Maxwell)이 개발하고, 독일의 전자물리학자 아르놀트 좀머펠트(Arnold Johannes Sommerfeld)가 개량한 공식을 재차 검토했다. 그들의 공식을 사용하면, 주어진 형상이 반사하는 전자파를 알아낼 수 있는데, 우핌체프는 그 공식을 한 단계 발전시킨 것이다.

"이 공식을 사용하면 익면과 전면의 레이더파 반사 면적을 정확하게 계산할 수 있기 때문에, 이 두 가지 수치를 합치면 비행기 전체의 반사 면적을 구할 수 있습니다."

데니스는 나의 멍청한 시선을 바라보았다. 레이더파 반사 면적의 계산 같은 것에 관심이 없는 사람에게 그런 것은 중세 연금술사의 연금술 이야기나 다를 것이 없었다. 커다란 물체를 레이더 스크린에 조그맣게 나타나게 하는 것은 현대의 군용기 설계에서 가장 복잡하고, 힘들며, 어려운 일이었다.

레이더 빔이라는 것은 일종의 전자파다. 이 전자파가 목표에서 반사되어 오는 에너지의 양에 따라 레이더에 나타나는 크기가 결정된다. 예를 들어, 한 세대 이상 전략공군사령부의 주력기 자리를 지키고 있는 B-52는 레이더에 농장 헛간 정도 크기로 비친다. F-15 전투기는 차고가 딸린 케이프코드의 2층 단독주택 정도다.

F-15나 그보다 신형인 B-70 폭격기는 끊임없이 개선되고 있는 소련의 방공망 속으로 침투했을 때 생존성을 의심받고 있었다. 아마 지형추적 레이더를 사용하여 지표면을 따라 낮게 비행하면서 지표면의 산란파 속에 숨는 F-111 전폭기도 생존을 기대할 수 없을 것이다. 주로 야간에 투입되는 F-111 전폭기는 지형

추적 레이더를 사용해 한밤중에도 산에 충돌하지 않고 날아다닌다. 그러나 베트남 전쟁에서 드러난 것처럼 이 레이더는 적의 방공부대에게는 요란한 경보사이렌 역할을 해서, 200마일 밖에서도 탐지당할 수 있었다.

우리는 필사적으로 새로운 해결책을 찾았다. 그런데 우핌체프가 실용성 있는 이론으로 레이더 반사 면적[07]을 정확하게 계산할 수 있게 한 것이다. 이 방법을 사용하면 레이더 반사 면적을 최소한으로 줄여, 일찍이 상상할 수 없었던 스텔스성을 얻을 수 있었다.

데니스는 설명했다.

"우핌체프의 이론을 이용하면 특정 2차원 형상의 레이더파 반사 면적을 정확하게 계산할 수 있는 컴퓨터 프로그램을 짤 수 있어요. 항공기를 수천 개의 삼각형으로 분해하고 각각의 레이더 반사 면적을 계산해 합산하면 항공기 전체의 레이더 반사 면적이 도출되는 거죠."

왜 2차원, 다시 말해서 평면뿐인가? 답은 간단하다. 나중에 데니스가 설명해준 바에 의하면, 1975년 당시의 컴퓨터는 메모리와 저장장치의 용량이 작았기 때문에 곡면을 계산할 능력이 없었다는 것이다. 3차원 곡면 형상을 계산하려면 어마어마한 양의 계산 능력이 필요했다. 1초에 10억 비트 이상의 계산이 가능한 새로운 세대의 슈퍼컴퓨터가 등장한 다음에야 곡면을 사용한 B-2의 등장이 가능해졌다.

데니스의 아이디어는 비행기를 일련의 평면 삼각형으로 분할해 레이더 반사 면적을 계산하는 것이었다. 각 삼각형마다 세 개의 개별 좌표점이 있으니, 여기에 우핌체프의 공식을 대입해 각 점에 대한 개별적 계산을 진행했다. 이 작업을 거치면 다이아몬드를 커팅하면서 평면을 조합해 3차원 구조물을 만드는 '패시팅'(Faceting) 과정처럼 평면을 재조합해 3차원 항공기의 형상을 구성할 수 있다.

나는 데니스 오버홀저에게 그의 보스로서, 내가 최소한 우핌체프만큼 지적이며 이론적임을 보여주지 않을 수 없었다. 그래서 나는 위엄 있게 책상을 치면서

07 Radar cross section. RCS라고도 한다. 특정 주파수의 전자파가 물체에 닿은 후 발생하는 반사파의 측정 단위 중 하나로, 전파를 완전히 반사하는 금속 구체의 단면적이 기준이다. 면적, 혹은 dBsm 단위로 표기한다.

말했다.

“다시 말해서, 그 비행기의 모양은 선생님이 칠판을 향해 돌아서 계실 때 찢어낸 노트를 접어서 날리던 종이비행기와 별로 다르지 않다는 말이군.”

데니스는 내 요약에 ‘C+’를 주었다.

우핌체프 박사는 1990년, UCLA(캘리포니아 대학교 로스앤젤레스 분교)에서 전자기학을 강의했다. 그는 자기 논문이 미국의 스텔스기 개발에 미친 영향에 대해서 그때까지도 알지 못하고 있었던 것 같다. 그러나 그는 소식을 듣고서도 놀라지 않았다. 그는 쓴웃음을 지으며 이렇게 말했다.

“소련의 나이 먹은 설계자들은 내 이론에 전혀 관심을 가지지 않았습니다.”

평면을 조합한 다면체만으로 비행기를 설계한 사례는 아마 스컹크 웍스가 최초일 것이다. 나는 우리들 가운데 늙고, 낡은 일부 공기역학 기술자들이 어떤 말을 할지 상상하지 않으려고 노력했다. 데니스는 우핌체프 공식에 기반한 컴퓨터 소프트웨어를 개발하는 데 6개월 정도 걸릴 것이라고 했지만, 나는 3개월을 주었다. 우리는 그 프로그램의 암호명을 에코 I 이라고 정했다.

데니스와 빌 슈뢰더는 그 일을 단 5주일 안에 해냈다. 빌은 이미 80세가 넘어 은퇴 생활을 하고 있었는데, 수학과 레이더 분야의 전문가로 이름을 날리던 빌은 자신의 제자를 돕기 위해 현장으로 돌아왔다. 이렇게 해서 데니스가 컴퓨터로 레이더 반사 면적이 작은 형상을 만들어 내면, 우리는 그가 설계한 모형을 만들어 레이더 시험장에서 시험하기로 했다.

내가 스컹크 웍스의 책임자로 임명된 직후에는 퇴직 시의 계약에 따라 켈리 존슨이 매 주마다 두 번씩 나와서 컨설턴트로 일했다. 나는 착잡했다. 그는 분명히 나의 스승이고, 좋은 친구이기도 했지만, 내 부하들이 나 대신 그의 작은 사무실로 몰려가 업무상의 문제점을 상의하고 있는 모습을 보자면 마음이 아팠다. 물론, 그들을 나무랄 수는 없었다. 우리 공장에서 기술에 관해서 켈리만큼 광범위한 지식을 지닌 사람은 없었으니 말이다. 그가 곤경에 빠진 엔지니어를 도와줄 수 있는 분야는 공기역학에 국한되지 않았다. 그는 내가 하고 있는 일을 모두 알고 싶어했고, 부탁을 하든 말든 주저 없이 자신의 의견을 이야기했다.

그의 휘하에서 25년간이나 일했던 나로서는 그의 견해가 내 것과 별로 다르지 않다는 사실을 알고 있었기 때문에 스텔스 기술에 대해서도 마뜩잖게 여길 것임을 충분히 예상할 수 있었다. 그는 유인기의 시대는 얼마 남지 않았다고 생각하고 있었다.

"벤, 앞으로는 미사일의 시대야. 폭격기는 예전에 사라진 역마차 같은 거야."

나는 반격했다.

"왜 사람들이 '히틀(Hittle)'이라고 하지 않고 '미슬(Missile)'이라고 하는지 아십니까? 히트(Hit)보다는 미스(Miss)가 훨씬 더 많기 때문입니다."

그러나 켈리는 고개를 저을 뿐이었다.

몇 년 전, 우리는 D-21이라는 무인기를 개발했다. 이 무인기는 -다음에 더 자세히 설명하겠지만- 길이가 44피트(15m) 정도 되는 가오리처럼 생긴 램제트 추진기였는데, B-52 폭격기에서 발진해서 중국 상공을 비행하면서 핵미사일 실험장의 사진을 촬영했다. 이 무인기는 스컹크 웍스가 그때까지 만든 비행체 중에서 레이더 반사 면적이 가장 작았다. 켈리는 D-21을 레이더망을 돌파하는 유/무인공격기로 제안할 생각을 하고 있었다. 나는 개량형을 개발하기 위해 작은 팀을 구성했지만, 그래도 스텔스는 단념할 수 없었다.

내가 책임자가 된 첫여름, 우리 소련 무기 시스템 전문가 워렌 길모어(Warren Gilmour)가 오하이오주 라이트 기지에서 열린 회의에 출석했다가 우울한 표정으로 돌아왔다. 그는 내 사무실에 급히 뛰어 들어오더니 문을 닫고 말했다.

"솔직히 말해서 우리가 한 방 먹은 것 같습니다. 공군에 있는 친구가 슬쩍 알려줬는데, DARPA[08]가 노스롭과 맥도넬 더글러스, 그리고 다른 3개 회사를 지정해서 스텔스기 개발 경쟁을 시키고 있다는 겁니다. 각 회사에 100만 달러의 자금을 주고, 모든 주파수 대역에서 가장 반사 면적이 작은 개념설계안을 제출하게 해서, 경쟁과정을 통과한 회사가 2대의 기술실증기를 만든다는 거예요. 우리

---

08 Defense Advanced Research Projects Agency, 국방고등연구계획국

들이 먼저 하던 일이니, 이대로는 완전히 뒤통수를 얻어맞은 겁니다."

그것은 바로 우리들이 바라고 있던 프로젝트였다. 그러나 우리들은 한국전쟁 이래 전투기를 한 대도 만들지 않았고, 레이더에 포착되기 어려운 정찰기나 무인기에 대한 기밀 보호가 지나치게 철저했기 때문에, 펜타곤에서는 우리를 자연스럽게 간과해 버렸다.

워렌도 내 생각을 읽었다.

"어쩔 수 없습니다. 그 녀석들은 50년대부터 60년대까지 우리가 만든 정찰기들을 전혀 모르고 있어요. 레이싱 업계에 페라리가 있다면, 저피탐(low observables) 업계의 탑은 스컹크 웍스인데 말입니다."

워렌의 말이 맞았다. 문제는 정찰기를 구입한 고객들에게 정보 공개 허가를 받기 힘들다는 데 있었다. CIA라고 하는 전설 속의 스핑크스가 60년대에 세계 최초의 실전용 스텔스기로 개발한 블랙버드의 피탐 성능 데이터를 펜타곤의 입찰 담당자에게 제공하도록 허가해 줄까? 블랙버드는 중량이 140,000파운드(65t), 전장이 108피트(33m)로 B-58 허슬러 폭격기에 필적하는 크기였지만, 레이더 반사 면적(Radar Cross Section, RCS)는 믿을 수 없이 작아서, 단발 경비행기인 파이퍼 컵(Piper Cub) 수준에 불과했다. 즉, 레이더 관측병이 보는 화면에는 블랙버드가 파이퍼 컵 만한 크기로 보이는 것이다.

고도 80,000피트(24,000m)를 음속의 3배에 달하는 속도로 비행하는 이 놀라운 항공기가 발휘하는 스텔스 특성에는 코브라의 볏을 닮은 독특한 차인(Chine) 구조물 외에도 많은 요소들이 기여했다. 주익, 수직미익, 동체에 철 페라이트 기반의 특수복합재를 적용해 레이더의 전파를 반사하지 않고 흡수한다는 사실은 그때까지 누구에게도 공개되지 않았다. 블랙버드가 지닌 스텔스 성능의 65%는 기체 형상의, 35%는 레이더 흡수 코팅의 몫이었다. 블랙버드는 이후 제작된 해군의 F-14 톰캣 전투기에 비해 100배나 더 '스텔시'했다. 그러나 CIA는 블랙버드가 존재한다는 사실조차 밝히려 하지 않을 것 같았다.

켈리 존슨은 CIA에서 거의 신처럼 여겨졌기 때문에, 나는 그에게 블랙버드의 데이터 공개 허가 교섭을 부탁했다. 놀랍게도 CIA는 즉각 협조를 약속하고, 그때까지 고급 기밀로 구분되어 있던 레이더 반사 면적 시험 결과를 내놓았다. 나는 즉시 스텔스 개발 경쟁에 참가하겠다는 공식 요청서와 함께 그 자료를 DARPA 책임자인 조지 헤일마이어 박사[09]에게 보냈다. 그러나 헤일마이어 박사는 내게 전화를 걸어 유감을 표시했다.

"좀 더 일찍 우리가 알았어야 했는데… 너무 늦었습니다. 예산은 경쟁사 다섯 곳에 이미 분할 지급했습니다."

그는 유일한 방법은 1달러만 받고 정부와 명목상의 계약을 하는 것이라고 말했다. 후에 알았지만, 취임 첫해에 1달러 계약 제안을 거절하지 않았다면 나는 월급 값을 하지 못했을 것이다. 당시 나는 중요한 기술적 혁신의 키를 손에 쥐고 있었다. 내가 계약을 받아들였다면, 연방정부는 우리의 모든 계산 공식, 형상 설계, 복합재, 그리고 개발 성과물에 관한 권리를 손에 넣었을 것이다. 록히드는 모험을 감수하기로 했고, 미래의 이익을 얻을 자격이 있었다.

그 과정에서 많은 논란이 있기는 했지만, 헤일마이어 박사는 결국 우리가 아무런 조건 없이 스텔스 개발 경쟁에 참가하도록 배려해 주었다. 이때만은 정부의 계약을 따지 못한 것이 잘한 일이라는 생각이 들었다.

그러나 켈리의 생각은 달랐다. 그는 말했다.

"자넨 시간을 허비하고 있어. 이건 마치 열대우림에서 나비를 찾는 것과 마찬가지야. 정부는 결국 스텔스에 많은 돈을 투입하는 대신 신형 미사일에 투자할 거야."

어떤 의미에서 켈리가 나를 보호하려 했던 것 같다. 그는 내가 첫 타석에서 장기적으로 가능성이 거의 없고, 위험도가 높은 프로젝트에 승부를 걸어 난처한 실패를 하지 않기를 바랐을 것이다. 나는 수백만 달러의 거금을 이 프로젝트에 투입하고 있었다. 켈리의 판단이 옳다면, 그 돈은 흔적도 없이 사라져 버리는 것이다. 그런데도 나는 스텔스 기술이 스컹크 웍스에게 전례 없는 대박(Bonanza)이

09 George H. Heilmeier. 미국 발명가 명예의 전당에 헌액된 전기공학자. 1975년부터 DARPA 국장으로 임명되어 스텔스 항공기, 우주 기반 레이저, 적외선 탐지, 초기 인공지능 등 수많은 핵심기술 개발에 기여했다. 1977년에는 DARPA를 떠나 텍사스 인스트루먼트로 이직, 현대 LCD 기술의 기초를 완성했다.

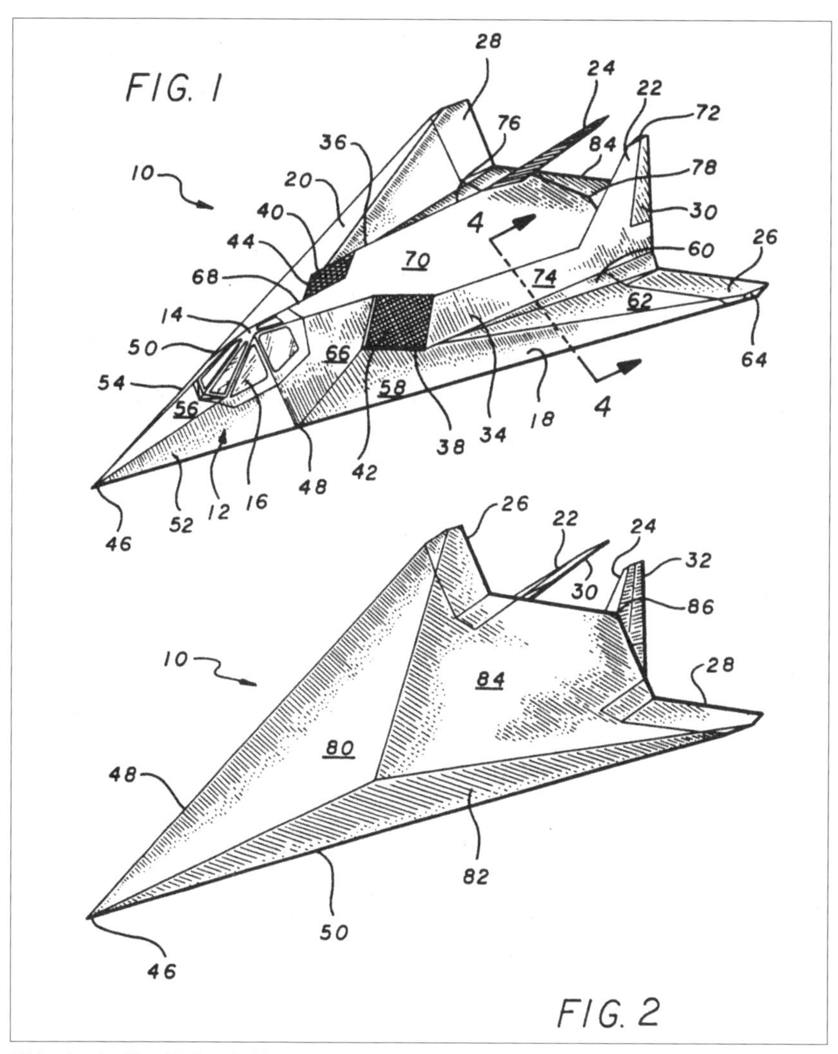

록히드의 스텔스 항공기 특허 도면. 이후 해브 블루로 제작되었다. (USPTO)

될 수 있다는 믿음을 결코 포기하지 않았다. 1950년대에 U-2 정찰기가 끼친 영향보다 훨씬 큰 영향력을 지닌, 1980년대의 군용기 업계를 지배할 수 있는 기술임을 입증할 수 있다면, 그것은 감수할 가치가 있는 위험이었다.

당시 소련은 우리와 같은 정찰용 장거리 항공기가 없기에 우리 상공을 비행할 엄두를 내지 못했다. 반면, 스텔스기는 그들의 귓가를 날아다닐 수 있고, 그들에게는 이에 대항할 기술이 없었다. 그래서 나는 초기에 실패를 감수하더라도 이 계획을 강행하기로 결심을 했다 우리 부장들도 나를 따르겠다고 했다. 그들은 어려운 도전을 좋아했고, 어차피 책임은 보스가 지기에 나를 따르기로 했다.

나는 이 계획을 신임 사장인 래리 키친(Larry Kitchen)에게 보고했다. 그는 1년 반에 걸친 록히드 스캔들과 파산 소동의 폐허 속에서 회사를 다시 일으키기 위해 불구덩이를 맨발로 뛰어다니고 있었다. 사장은 이렇게 충고했다

"우리가 필요한 것은 꿈같은 이야기가 아니라 현실의 프로젝트야. 어느 정도의 위험은 각오하고 있지만, 어쨌든 너무 돈이 들어가지 않게 해 줘. 그래야 목이 날아가지 않은 내가 자넬 도울 수 있는 거야. 문제가 생기면 누구보다도 먼저 나한테 알려 줘. 행운을 비네."

래리 키친은 훌륭한 사람이었다. 나를 계승자로 선택한 켈리의 결정을 승인한 사람도 그였다.

1975년 5월 5일, 데니스 오버홀저가 경쟁에 참여할 스텔스 형상의 설계를 시작하겠다고 보고했다. 그는 자신감 넘치는 미소와 함께 내 사무실 소파에 앉았다. 그의 곁에는 도안 작업을 지원한 보조 설계자 딕 쉐러(Dick Scherrer)가 있었다. 그들이 가져온, 어느 각도에서도 레이더에 잘 나타나지 않는 궁극의 스텔스 형상은 기본적으로 사면이 경사진 4개의 삼각형으로 구성된 다이아몬드형이었는데, 위에서 보면 인디언이 사용하는 화살촉을 닮았다.

데니스는 보편적으로 훌륭한 동료였지만, 그 이전에 레이돔과 레이더 분야에 광적으로 매료된 인물이었다. 항공기의 레이더 앞에 씌우는, 전파를 투과하는 복합재 구조물을 설계하는 것이 그의 전공이었다. 그 모호하고 신비로운 분야에서 데니스는 최고의 인재였다. 그는 다른 사람들이 십자말풀이를 즐기듯이 레이더와 레이돔의 문제를 해결하기를 즐겼다. 그런 인물이 다이아몬드를 닮은 도안을 건네며 말했다.

"보스, 이 절망의 다이아몬드(Hopeless Diamond)를 보시죠."

"이 녀석의 레이더 반사 면적은 얼마나 되나?"

크로스컨트리 스키와 MTB 라이딩을 즐기는 아웃도어 스포츠 중독자는 이렇게 답했다.

"아주 좋습니다. 얼마나 좋냐고 한 번 물어보시죠."

데니스는 장난스레 웃었다.

"그래, 얼마나 좋은데?"

"스컹크 웍스에서 지금까지 만든 가장 스텔시한 비행체보다도 1,000배나 더 작습니다."

"뭐?" 나는 놀라서 물었다. "그러면 D-21의 1/1,000이라고?"

"그렇죠!" 데니스가 외쳤다.

"그렇다면, 이대로 실물 크기의 전술 전투기를 만들면, 레이더 반사 면적은 얼마나 커질까? 파이퍼 컵? 아니면 T-38 훈련기?"

그는 고개를 세차게 저었다.

"벤, 그러지 마세요. 지금 우리는 엄청난 혁명을 일으키고 있다고요. 극단적으로 작은 영역에 대해 이야기중인 겁니다."

"좋아, 그러면 레이더 화면에서… 그렇지. 콘돌, 독수리, 올빼미… 또 뭐가 있을까?"

"독수리 눈알 정도죠." 그는 큰 소리로 웃으면서 말했다.

2. 엔진은 GE가, 동체는 후디니가

켈리 존슨의 표정이 좋지 않았다. 그는 딕 쉐러가 그린 절망의 다이아몬드 도안을 흘깃 보고는 내 사무실로 달려왔다. 공교롭게도 그가 들어왔을 때, 나는 작업용 테이블 위에 허리를 굽히고 청사진을 보느라 다가오는 소리를 듣지 못했다. 그는 내 엉덩이를 찼다. 그것도 아주 세게. 그는 스텔스 제안서를 구겨서 내 발밑에 내던지고 고함을 질렀다.

"벤 리치! 이 멍청아, 너 제정신이야? 이 똥덩어리가 뜨기는 할 것 같아?"

솔직히 말해서, 나는 스컹크 웍스에 켈리처럼 행동하고 싶은 늙은이들이 많다는 것을 알고 있었다. 그저 내 면전이 아닌 등 뒤에서 이야기한다는 차이가 있을 뿐이다. 경력이 긴 공기역학자, 열역학자, 엔진 전문가, 구조 중량 전문가 등등등. 그들은 내가 대학을 다니던 시절부터 비행기를 설계해 온 사람들이다. 그들은 최소 20대 이상의 비행기를 설계한, 이른바 '걸어다나는 항공백과사전'이자, '살아 있는 부품 카탈로그'였다.

그들은 오랜 세월에 걸쳐 각자의 전문 분야에서 별별 어려운 문제를 해결해 왔고, 어떤 것이 가능하고 어떤 것이 불가능한가를 훤히 알고 있었다. 그들은 때로는 완고하고 오만했지만, 납기일을 맞추기 위해서라면 몇 달 동안 일주일에 7일씩, 매일 14시간을 일하는, 헌신적이고 능력있는 이들이었다. 그들의 자신감은 패배보다 훨씬 많은 승리의 경험에서 우러나왔다. 예를 들어, 절망의 다이아몬드에 날개를 달아 준 주익 설계자는 지금까지 스컹크 웍스에서만 27개의 주익을 설계했다. 우리들은 모두 켈리 존슨에게 훈련을 받았기 때문에, 아름다운 비행기만이 멋지게 날 수 있다는 그의 신조를 신봉하고 있었다. 그리고 절망의 다이아몬드를 아름다운 비행기라고 하는 사람은 아무도 없었다. 그것은 외계인의 비행체처럼 보였다.

켈리의 첫 동료들 중 하나이자, 항공 우주 업계에서 가장 번뜩이는 천재성을 자랑하는 유압 전문가이며, 말수가 없는 동료인 데이브 로버트슨(Dave Robertson)은 우리가 설계한 비행기를 '날아다니는 약혼반지'라고 야유했다. 그는 제트기의 테일파이프로 만든 14인치 블로우건을 책상 위에 놓아 두고 자신의 신경을 건드리는 설계실 내의 다른 설계자들에게 진흙덩이를 쏘곤 하는 인물로, 누군가가 자신의 도면을 어깨 너머로 들여다보는 것을 싫어해서 그런 사람들의 넥타이를 가위로 잘라 버리곤 했다.

또다른 반대자는 에드 마틴(Ed Martin)이었다. 그는 프로펠러기 시절부터 비행기를 만들지 않은 사람과는 이야기할 가치가 없고, 그런 사람들의 말에 귀를 기울일 가치는 더욱 없다고 생각하는 사람이었다. 그는 절망의 다이아몬드를 '리치의 얼뜨기짓'이라고 불렀다. 에드에게 잔소리를 듣느니 그에게 물어뜯기는 게 낫다는 사람들도 있었지만, 그건 에드를 잘 모르는 사람들이나 할 수 있는 이야기다.

데니스 오버홀저보다 나이가 많은 계산자를 애용하는 우리의 베테랑들은 갑자기 나타난 이 건방진 애송이가 내 책사로 등용되고, 검증되지 않은 내 정권의 첫 핵심 프로젝트를 지휘하게 된 것처럼 구는 이유를 알고 싶어 했다. 나는 스텔스 기술이 아직 태생 단계에 있으며, 데니스가 우핌체프의 이론을 찾아내기 전까지 누구도 알지 못한 분야임을 설명해 주었지만, 그들은 이해하지 못하는 것 같았다.

데니스가 새로운 방법을 알아내기 전까지, 비행기의 레이더 반사 면적을 감소시키는 방법은 오직 두 가지 뿐이었다. 하나는 동체, 미익, 주익 표면에 특수한 복합소재를 코팅해서 레이더에서 나오는 전자에너지를 발신된 방향으로 반사하지 않고 흡수해 버리는 것이다. 다른 방법은 레이더 전파를 투과시키는 소재로 비행기를 만드는 것이다. 우리는 60년대에 이런 '투명한' 비행기를 실험했는데, 놀랍게도 레이더 화면에는 엔진이 기체보다 10배나 더 크게 포착되었다. 복잡한 구조의 엔진을 가려 줄 동체 구조가 없었던 것이 그 이유였다. 그래서 우리들, 그중에서도 특히 나는 소년처럼 미소지으며 자신감에 차 있는 데니스가 자신의 업무를 매우 잘 이해하고 있으며, 획기적인 성과를 이룩하리라 믿는 수밖에 없었다.

그러나 공기역학 그룹의 책임자인 딕 캔트렐(Dic Cantrell)은 '이교도'인 데니스를 기둥에 묶어 화형에 처하고, 정상적인 프로젝트로 돌아가야 한다고 주장했다. 그는 평상시에는 그레고리 펙[01]처럼 부드럽고 조용하게 이야기 했지만(실은 약간 닮기도 했다), 이번처럼 공기역학적 원칙을 밀쳐내고, 마녀나 미친 수학자밖에 이해하지 못할 신기술을 도입하려고 하는 경우에는 불같은 사보나롤라[02]로 변신했다. 그러나 데니스가 스텔스 기술에 대해 두 시간 가량 설명해 주자, 딕은 어깨를 떨어뜨리고, 장신의 몸으로 내 건너편 의자에 앉아 한숨을 쉬었다. 그는 중얼거렸다.

"알았어, 벤. 내가 졌어. 이 녀석이 주장하고 있는 것처럼 그 평면을 짜 맞추는 개념이 레이더 반사 면적 분야의 혁명이라면, 비행기의 형태가 어떻게 되건 상관하지 않겠어. 어쨌든 그 빌어먹을 쇳덩어리를 날게는 해 주지."

우리는 타면을 초당 수천 번씩 제어할 수 있는 온보드 컴퓨터만 있다면, 자유의 여신상으로도 배럴 롤 기동을 해낼 자신이 있었다. 이 컴퓨터를 사용한 비행안정 시스템 덕분에 까다로운 피치(Pitch)나 요(Yaw)[03] 불안정을 걱정하지 않고 주익이나 미익, 플랩이 모두 작은 스텔스 항공기를 만들 수 있었다.

조종용으로 기존의 와이어나 유압 파이프 대신 신호를 보내는 전선을 사용하여 '플라이-바이-와이어'(Fly-by-Wire)라 불리는 이 시스템이 없었다면, 우리가 만들던 다이아몬드는 이름 그대로 절망적이었을 것이다. 그러나 아무리 강력한 온보드 컴퓨터를 사용한다 해도, 켈리가 내 엉덩이를 걷어차며 훈계한 대로 그것이 하늘을 날도록 만드는 것은 결코 쉬운 일이 아니었다.

01 Gregory Peck, 1960년대 미국의 가장 인기있는 배우 중 한 명. 로마의 휴일 등의 작품으로 유명하다.

02 Girolamo Savonarola, 15세기 이탈리아의 종교개혁가. 메디치 가문과 교황 알렉산데르 6세에 맞서다 파문 후 화형 당했다. 불같은 성격으로 유명했다.

03 Roll, Yaw, Pitch는 각각 항공기의 기본 3축 가운데 세로축, 수직축, 가로축 운동을 뜻한다.

우리 본부 건물 2층, 커다란 창고와 같은 방에서는 10여 명의 아주 우수한 기술자들이 설계판을 앞에 놓고 작업을 하고 있었다. 이들은 안 된다고 생각하는 일에 대해서는 감언이설도 협박도 통하지 않는 사람들이었다. 언젠가 이런 일도 있었다. 켈리가 2층에 있는 밥 앨런이라는 엔지니어에게 전화를 했다.

"밥 앨런, 거기 있나?"

누군가 전화를 받고 대답했다.

"네 있습니다."

그리고 전화를 끊었다.

켈리는 불같이 화를 냈지만, 얼마 후 그의 뛰어난 실적을 생각해 내고는 분노를 진정시켰다.

그들은 기체를 설계한 구조전문가이거나, 연료, 유압, 전기, 전자 기기, 무기 체계 등에 정통한 시스템 전문가였다. 스컹크 웍스의 핵심인 이들은 이제 새로운 스텔스 기술의 구조적 문제를 해결하는 난제에 도전했다. 이들은 우핌체프의 혁명적인 공식에 따라 평면을 짜맞춘 비행기를 만들라는 지시를 받았다. 이 평면들은 레이더 반사파가 발신원 방향으로 돌아가지 않도록 적절한 경사각으로 배열되어야 했다. 이렇게 설계된 비행기는 양항비[04]가 좋지 않아서, 안정적으로 비행하려면 비행 제어를 위해 상당히 큰 컴퓨터를 탑재해야 했다.

딕 캔트렐을 포함한 우리 공기역학 전문가들은 차라리 비행접시를 만드는 편이 나을지 모르겠다고 진지하게 생각했다. 비행접시의 형상은 궁극적인 스텔스다. 문제는 그것을 날리는 방법이었다. 평판 비행기와는 달리, 비행접시는 회전시킬 필요가 있었다. 하지만 어떻게 회전시켜야 하는가? 유감스럽게도 화성인들은 아직 그 방법을 가르쳐 주지 않았다.

절망의 다이아몬드를 개발하던 처음 몇 달 동안, 나는 우선 내가 설 자리를 마련하는 데 주력했다. 나는 아직도 의심의 구렁텅이에서 올라오지 않은 사람들을 억지로 데니스에게 데려가 스텔스 특별 교육을 받도록 했다. 이를 통해 어느

04 양력 대 항력 비율. Lift to Drag Ratio, L/D나 양항비로 표기한다. 이 비율이 작을수록 항공기는 잘 날지 못한다.

정도 그들의 자신감을 회복시켰다. 나는 공화당이 지배한 의회에 도전했던 해리 S. 트루먼처럼 당당하게 행동했지만, 마음속에 켈리를 위시한 비관론자들이 옳고, 내가 엉뚱한 잘못을 저지르고 있지 않은가 하는 생각이 없었던 것은 아니다.

나는 이 프로젝트에 기대할 수 있는 군사적, 경제적 가능성을 감안하면 투입되는 예산이나 개인의 노력은 그리 크지 않다고 생각했다. 하지만 정치적 상황은 좋지 않았다. 아마 두어 개의 프로젝트를 확실하게 성공시킨 다음, 세 번째 프로젝트로 스텔스를 추진했더라면 완벽했을 것이다.

만약 스텔스가 실패하면, 회사 간부들은 이렇게 야단을 칠 것이다.

"어떻게 된 거야? 리치는 형편없는 놈이 아닌가. 켈리라면 그런 괴상한 프로젝트를 시작하지 않았을 텐데. 스컹크 웍스를 다른 사람에게 맡겨서 다시 실용적으로 재편하고, 돈도 벌게 해."

켈리 존슨은 스컹크 웍스 내에서 스텔스 프로젝트에 대해 험담을 하는 등의 행동으로 나를 배반하지 않았지만, 모두들 그의 생각을 환히 알고 있었다. 그는 어떤 일이나 사람에 대해 불만이 있으면 그대로 태도에 나타내는 사람이었다. 그래서 나는 그를 점심에 초대했다.

"켈리, 이 비행기가 당신의 심미안에 차지 않는다는 건 저도 잘 압니다. 하지만 딱 한 번만 데니스를 만나서 스텔스 이야기를 들어 보셨으면 합니다. 나도 그의 이야기를 듣고 우리가 아주 중요한 일을 하고 있다는 확신을 얻었어요. 이 다이아몬드는 우리의 어떤 군용기보다도, 소련의 새로운 미그기보다도 10,000배 내지 100,000배나 레이더 반사 면적이 작습니다. 10,000배 내지 100,000배란 말입니다! 다시 생각해 보세요."

켈리는 막무가내였다.

"그건 이론뿐이겠지. 벤, 우리 D-21 드론이 이 빌어먹을 다이아몬드보다 반사 면적이 더 작을 걸? 25센트를 걸고 내기하자고!"

우리는 크기가 10피트(3m)쯤 되는 절망의 다이아몬드의 목업을 가지고 있었다. 그것과 그전에 있던 가오리를 닮은 D-21 목업을 전자파 실험실에 나란히 넣고 실험을 시작했다.

2. 엔진은 GE가, 동체는 후디니가

1975년 9월 14일은 내 기억에서 영원히 잊을 수 없는 날이다. 내가 켈리 존슨을 상대해서 처음으로 25센트 내기에서 승리한 날인 것이다. 나는 그때까지 기술적인 문제를 놓고 벌어진 25센트 내기에서 매번 패했고, 10달러 정도 적자를 보고 있었다.

동료 중에 켈리와 팔씨름 내기를 해서 25센트를 딴 사람은 있었다. 켈리는 어렸을 때 벽돌 나르는 일을 해서 팔 힘이 엄청나게 셌다. 한 번은 그가 우리 테스트 파일럿의 팔을 너무 세게 비트는 바람에 그 불쌍한 친구가 한 달 동안 비행을 하지 못한 일도 있었다. 따라서 그에게 25센트를 딴다는 것은 어느 의미에서 복권에 당첨되는 것보다 더 흐뭇한 일이었다. 물론 주머니 사정에 따라 다르긴 하지만.

나는 전자파 실험실의 결과를 켈리에게 보여줄 때, 그의 심각한 표정을 역사적 기록으로 남기기 위해 사진사를 대동할까 하는 생각까지 했다. 절망의 다이아몬드는 데니스가 예측한 대로 정확히 21년 전의 무인기보다 1,000배나 스텔스성이 우수했다. 시험 결과가 데니스의 컴퓨터 계산과 일치한 것은 우리가 하고 있는 일이 옳다는 사실을 입증해주는 최초의 증거였다. 그래도 켈리는 무혐의자를 체포했음을 뒤늦게 깨달은 경찰관처럼, 어정쩡한 행동을 취했을 뿐이다. 그는 마지못해 25센트를 나에게 던져주면서 말했다.

"그 돈은 쓰지 마. 그 빌어먹을 놈이 날 때까지는 말이야."

그러고 나서 켈리는 데니스 오버홀저를 불러다 놓고, 그 불쌍한 친구에게 스텔스 기술의 작동 원리에 대해서 질문을 퍼부어 댔다. 그는 나중에 평면에서 반사된 레이더파의 강도가 평면의 면적과는 관계가 없음을 알고 놀랐다고 회고했다. 소형 전투기든, 폭격기든, 심지어 항공모함이라 해도 모양만 같으면 레이더 반사 면적은 모두 똑같은 것이다.

"도저히 믿을 수 없었어." 그는 털어놓았다.

그는 아직도 믿지 못하고 있는 것 같았다.

그 다음 난관은 10피트(3m)짜리 절망의 다이아몬드 목업을 모하비 사막의 팜데일 근처에 있는 야외 레이더 시험장에서 시험하는 일이었다. 이 시험장은 맥

RCS 시험을 위해 테스트 폴 위에 설치된 해브 블루의 모형(USAF)

도넬 더글러스의 소유였기 때문에 마치 GM이 포드의 시험장을 빌려 신형 스포츠카를 테스트하는 것이나 다름없었지만, 록히드는 그런 시설을 보유하지 못했으니 어쩔 수 없는 일이었다.

모형을 높이 12피트(3.7m)의 장대 위에 올려 놓고 1,500피트(460m) 거리에 있는 레이더 접시 안테나를 지향했다. 나는 관제실의 레이더 관제사 옆에 서 있었는데, 그가 말했다.

"리치 씨, 모형을 한 번 확인해 주세요. 장대에서 떨어진 것 같습니다."

나는 바라보았다.

2. 엔진은 GE가, 동체는 후디니가

"무슨 소리야. 모형은 그대로 있어." 나는 대답했다.

바로 그때, 검은 새 한 마리가 바로 절망의 다이아몬드 위에 앉았다.

레이더 관제사는 미소를 지으며 고개를 끄덕였다.

"아, 이제 잡았습니다."

나는 그가 까마귀를 포착했다는 이야기를 하지 않았다. 그의 레이더 화면에는 우리 모형이 전혀 나타나지 않은 것이다.

나는 처음으로 우리가 완벽하게 적절한 파도를 타고 신나게 서핑을 하고 있다는 확신을 얻게 되었다. 그래서 나는 손을 모으고 주님께 다음 시험에서도 성공할 수 있도록 마음 속으로 기도했다

증언: 데니스 오버홀저

1975년 10월, 벤 리치는 우리와 노스롭이 1차 경쟁에서 통과했고, 뉴멕시코주 화이트샌즈에 있는 공군 레이더 시험장에서 두 회사가 서부극 풍 정면 대결을 할 것이라고 이야기해줬다. 두 회사는 150만 달러의 개발비를 받아 4개월 안에 모형을 만들어 낸 뒤에 시험 평가에 참가하라는 지시를 받았다.

정부는 모든 프로젝트에 대해서 경쟁을 요구하고 있었지만, 절망의 다이아몬드에는 대적할 상대가 없었다. 우리는 평면으로 짜맞춘 38피트(11.6m) 크기의 목업을 만들었다. 1976년 3월, 우리는 검게 칠한 모형을 트럭에 싣고 뉴멕시코로 갔다. 화이트샌즈 레이더 시험장은 탄두가 제거된 핵무기를 실험하는 곳으로, 자유진영이 보유한 가장 민감하고 강력한 레이더가 설치되어 있었다.

테스트는 한 달 동안 계속되었다. 규칙에 따라 시험은 각각 다른 날에 실시되었기 때문에 노스롭의 모형은 볼 수 없었다.

결과는 우리의 압승이었다. 우리 절망의 다이아몬드는 스텔스성이 경쟁사의 모델보다 10배나 우수했다. 우리는 역사상 가장 작은 레이더 반사 면적을 구현하는 데 성공했다. 그리고 레이더 시험장의 계측 결과는 우리가 컴퓨터로 시뮬레이션한 결과와 일치했다. 즉, 우리는 어떤 형상이든 레이더 반사 면적을 확실하게 계산할 수 있게 된 것이다. 당시로서는 획기적인 기술이었다.

시험장은 테이블처럼 평탄했다. 그곳에는 각각 다른 주파수를 사용하는 5종류의 레이더용 안테나가 배치되어 있었다. 그 곁에서 모형을 지주 위에 올려놓고 레이더빔을 향해서 회전시켰다. 이때 두 가지 재미있는 현상이 나타났다.

첫날, 우리가 모형을 지주 위에 올려놓았는데 지주가 모형보다 몇 배나 더 밝게 나타났다. 계측원들은 당황했다. 그들은 지주가 레이더 화면에 나타나지 않을 것이라고 생각하고 있었다.

이전까지는 어느 누구도 그렇게 레이더 반사율이 낮은 모형을 만든 일이 없었기 때문에, 그들은 지주의 문제를 알지 못했다. 지주의 레이더 반사 면적은 -20dBsm[05]이었으니, 그 위에 올려놓은 모형이 –20dBsm 이상이라면 아무 문제가 되지 않는다. 하지만 우리 모형이 그보다 훨씬 낮은 값을 나타냈기 때문에 지주가 실험을 방해하게 된 것이다. 한 공군 대령이 나한테 와서 화를 냈다.

"아주 좋습니다…. 당신들이 너무 일을 잘 해서 생긴 문제이니, 이제 새 지주도 하나 세워 주셨으면 좋겠군요."

나는 마음속으로 말했다. '물론이지. 모형보다 10dBsm 정도 낮은 것을 만들어 주겠어. 잘 해 봐.'

하지만 공군은 그 돈을 지불할 생각이 없었기 때문에 우리는 노스롭과 공동으로 주머니를 털어 500,000달러짜리 새 지주를 세워야 했다. 나는 이중 쐐기 모양의 철탑을 설계했고, 이 지주를 50,000w급 송신기로 1마일 밖의 개미만한 물체도 탐지해 내는 레이더로 계측했다. 레이더 스크린에 포착된 지주의 레이더 반사 면적은 호박벌만 했다.

반사 실험을 하는 동안 관제실에는 노스롭 측의 스텔스 엔지니어인 존 캐쉔[06]과 그의 팀이 앉아 있었다. 나는 노스롭 측의 프로그램 매니저가 존에게 이렇게 귓속말을 하는 것을 엿들었다.

---

05 dBsm은 sm(Square meter, 1㎡) 당 레이더 반사 면적을 데시벨로 표기할 때 사용하는 난뷔나.

06 John Cashen, '노스롭의 스텔스 박사'라는 별명으로 알려진 공학자 겸 항공기 설계자. 1974년부터 노스롭의 스텔스 프로젝트에 참가했고, 1978년 노스롭 어드벤스드 프로젝트 시스템 엔지니어링 책임자로 취임해 벤 리치의 스컹크 웍스와 '스텔스 전쟁'을 치른, 가장 강력한 라이벌 중 하나였다. Teal Dawn 순항미사일과 Tacit Blue 스텔스 실험기, B-2 스텔스 폭격기를 설계했지만, 1993년 개인적 피로를 이유로 퇴직 후 오스트레일리아로 떠났다. B-2 폭격기 개발 후기의 혼란과 비용 급등의 이유 중 하나로 존 캐쉔의 부재를 지목할 만큼 노스롭 내에서 비중이 큰 인물이었다.

"망할, 지주만 해도 이 정도라면, 그 빌어먹을 모형은 대체 어느 정도나 된다는 거야?"

벤은 매일 나를 불러 시험 결과를 물어보았다. 모형은 대체로 골프공 크기 정도로 측정되고 있었다. 어느 날 아침에는 우리가 지주 위에 올려 놓은 모델 꼭대기에 새가 12마리 앉아 있는 것을 보았는데, 이 새의 배설물 덕에 레이더 반사 면적이 1.5dBsm 상승했다. 참고로 3dBsm이 올라가면 레이더 반사 면적은 두 배가 된다.

낮에 태양에 달궈진 사막의 열기로 대기에 역전층이 생겨 레이더파를 모형에서 빗나가게 하는 경우도 가끔 있었다. 어느 날인가는 극도로 정밀한 레이더로 계측 실험을 하는데, 역전층이 레이더빔을 굴절시켜 반사값이 실제 모형보다 -4dBsm 이나 좋게 나왔다. 나는 그 문제를 알았지만 관제실의 엔지니어들은 몰랐던 모양이다. 아무튼 내게는 그들의 실수를 바로잡아 줄 의무가 없었다. 아마 노스롭도 한두 번은 이런 에러의 혜택을 누렸을 것이다. 나중에야 다들 알게 되는 문제였지만.

언젠가는 벤 리치가 내게 전화를 걸어 이렇게 말했다.

"잘 들어. 우리가 보유한 형상 중에 가장 좋은 걸 골라서 RCS를 계산하고, RCS값이 같은 볼베어링의 치수를 불러 줘."

이것은 꽤 좋은 아이디어였다. 잘못된 데이터를 쓰는 바람에 베어링의 사이즈는 골프공 크기에서 구슬 크기로 줄어들었지만, 그 문제는 나밖에 몰랐다. 벤은 즉시 베어링을 사서 펜타곤으로 날아갔고, 장군들의 책상 위에 베어링을 올려놓고 외쳤다.

"이게 당신들의 비행깁니다!"

장군들은 눈이 튀어나올 기세로 경악했다. 노스롭의 존 캐쉔은 그런 아이디어를 내지 못했기 때문에 그 소식을 듣고 격노했다.

"빌어먹을 벤 리치!"

그리고 몇 달 후, 벤은 기밀취급인가를 받지 않은 사람의 책상 위에서 베어링을 굴리는 쇼를 그만둬야 했다.

1976년 4월 초, 나는 노스롭을 상대로 한 경쟁에서 우리가 이겼다는 공식 통보를 받고, 절망의 다이아몬드를 기초로 두 대의 실험기를 제작하기 시작했다. 이 프로젝트에는 해브 블루(Have Blue)라는 암호명을 붙였다. 우리는 레이더 반사 면적이 극히 작은 모형을 만드는 데 성공했지만, 모형과 동일한 스텔스 성능을 지닌 항공기를 제작할 수 있을 거라는 확신은 없었다. 실제 항공기는 모형보다 훨씬 큰 데다, 조종석과 엔진, 공기흡입구, 노즐, 주익과 미익의 조종면, 랜딩기어와 도어 등 스텔스성을 떨어트리는 여러 장치가 필수적이기 때문이다.

비행기를 설계할 때는 구조설계팀, 공기역학팀, 디자인구조팀, 공력학팀, 추진, 중량팀 등이 각자 자신들의 주장을 관철시키기 위해 싸우기 마련이다. 나는 해브 블루 제작에서 데니스 오버홀저의 RCS팀에 최우선권이 있음을 선언했다. 그리고 항공기의 비행 성능은 일절 고려하지 않기로 했다. 우리의 유일한 목표는 역사상 가장 작은 레이더 반사 면적 구현이었기 때문이다. 나는 이 비행기가 날지 못하면 현대미술 설치물로 팔아먹자고 농담을 했다.

나는 가장 경험이 많은 구조설계 전문가 에드 볼드윈(Ed Baldwin)을 프로젝트 책임자로 임명했다. '대머리'(Baldy)라는 별명이 붙은 그는 1945년, 켈리 휘하에서 미국 최초의 제트전투기 P-80을 설계하면서 이 분야에 발을 들여놓기 시작했고, U-2 정찰기를 설계하기도 했다. 그의 과제는 절망의 다이아몬드를 기초로 기본 설계를 해서 실제로 날 수 있는 비행기를 만드는 것이었다.

이미 딕 쉐러가 기초적인 설계를 하면서 기본적인 형태는 정해졌지만, 볼드윈은 그 구조가 튼튼하고 실제 구현 가능한 것인지 확인해야 했다. 그는 각 구조에 할당되는 범위나 규모, 하중을 지탱할 수 있는 강도, 부품의 수 등을 모두 결정했다. 특히 구조설계와 주익팀은 모두 볼드윈이 지휘했다. 그는 공기역학 엔지니어들을 몰아세우기를 좋아했는데, 특히 회의 중 그들이 우물쭈물하거나 화를 내며 얼굴을 붉히면 동료 구조설계 전문가들과 함께 낄낄거리는 인물이었다. 그래도 볼디는 1:1로 만나면 유쾌한 사람이었고, 스컹크 웍스에 소속된 수많은 고집불통들이 대체로 그런 평을 받기는 했다. 하지만 회의실에서는 포악한 그리즐리같은 존재였고, 모두가 그의 적이었다. 예를 들어, 매우 예의바른 영국 출

2. 엔진은 GE가, 동체는 후디니가

신의 추력-스텔스 기술 전문가인 앨런 브라운[07]과 설계중인 구조에 대해 열띤 논쟁이 벌어졌을 때, 볼드윈은 시뻘개진 언굴로 이렇게 외쳤다.

"닥쳐, 브라운! 내가 이 망할 비행기를 설계하는 거야. 넌 나중에 거기 빌어먹을 스텔스를 입히는 거고!"

에드 볼드윈이 설계한 비행기는 단좌식 쌍발엔진에 전장은 38피트(11.6m), 익폭 22피트(6.7m), 높이는 7피트(2.1m)가 약간 넘었다. 공중량은 12,000파운드(5.4t). 면도날처럼 날카로운, 후퇴각이 70도에 달하는 델타익을 달았다. 적외선 신호를 억제하기 위해 초음속 비행을 포기하고 애프터버너도 달지 않았다. 속도를 올릴수록 항공기 표면이 마찰로 가열되어 적외선 탐지 장치에 쉽게 포착되기 때문이다. 우리는 이 비행기를 지상에서 탐지하기 어렵도록 완충장치와 차폐장치를 동원해 엔진의 기계소음과 배기음을 최소화했다. 또, 비행운을 끌고 날아가지 않도록 특수한 첨가물질도 사용하기로 했다. 가능한 전자파를 방출하지 않기 위해 처음부터 레이더도 장비하지 않았다.

우리 비행기가 전혀 보이지 않는 것은 아니었다. 그러나 소련의 최신 방공 시스템으로도 탐지하기 어렵게 만들어서 치명적인 미사일이 항공기를 추적하는 데 필요한 시간적 여유를 주지 않는다면, 그것만으로도 개발 목적을 달성한 셈이다.

그들이 우리 전투기를 수백 마일 밖에서 탐지한다면 스스로 죽음의 덫에 뛰어드는 것이나 다름없다. 장거리 레이더가 충분한 시간적 여유를 가지고 지대공 미사일 부대에 침입기의 정보를 전달하고, 미사일을 발사해서 격추할 수 있기 때문이다.

조기경보 레이더 시스템은 우리 비행기를 탐지할 수 있겠지만, 방공 미사일 포대에 알릴 시간은 없을 것이다. 우리 비행기를 처음 발견하는 지점이 목표에서 50마일(80km)이 아니라, 15마일(24km) 앞이라고 하면, 우리가 목표를 명중시키기 전에 격추시키기란 시간적으로 불가능하기 때문이다. 또 우리 비행기는

07 Alan Brown 'Mr.Stealth' 1975년부터 스컹크웍스의 맴버가 되었으며, F-117 나이트호크의 프로그램 매니저이자 수석 엔지니어로 일했다.

탐지가 아주 어렵기 때문에, 5마일 지점에서도 적국의 레이더병은 레이더 클러터 틈에서 작은 신호를 찾아내는 데 무척 애를 먹을 것이다.

나는 켈리에게 2대의 해브 블루 시험기를 제작하는 데 얼마나 들겠느냐고 물었다. 그는 2,800만 달러라는 예상을 제시했는데, 실제로도 거의 비슷한 금액이 들었다. 나는 공군에 3,000만 달러를 요구했다. 그러나 공군이 의회의 예산 승인 절차를 밟지 않고 비밀 프로젝트에 사용할 수 있는 돈은 2,000만 달러가 한계였다. 그래서 1976년 늦은 밤, 나는 부족한 1,000만 달러를 구하기 위해 밥 해크(Bob Haack)[08] 회장에게 찾아가지 않을 수 없었다. 그는 동정적이었지만, 특별히 열의가 있는 것 같지는 않았다. 그는 말했다.

"벤, 지금 우리는 아주 어려운 상황이라네. 그만한 돈을 낼 여유는 없어."

나는 좀 더 설득을 했다. 그는 우리 제안을 이사회에 넘기겠다고 약속했다. 밥이 소집해 준 회의에서 나는 모든 계획을 설명했다. 래리 키친 사장과 로이 앤더슨(Roy Anderson)부회장이 열심히 지원해 주었다. 나는 우리 프로젝트로 스텔스 전투기는 물론 스텔스 미사일, 스텔스 전투함도 만들 수 있으며, 장차 20~30억 달러의 매출을 기록할 수 있다고 예언했다. 이사들 가운데 한두 명은 내가 허풍을 늘어놓는다고 비판했지만, 결국 나는 자금을 얻을 수 있었다. 그리고 시간이 지나면서 내 예언은 우리 프로젝트를 지나치게 과소평가했음이 밝혀졌다.

더 어려운 난관도 있었다. 펜타곤의 어느 관료가 레이더 탐지 시험 당시 노스롭과 경쟁하는 과정에서 내가 테스트 결과를 조작했다고 비난했다는 소문이 들렸다. 얼마 후, 한 공군 장군이 내게 전화를 걸어 성난 황소처럼 고함을 질렀다.

"리치, 당신들이 가짜 데이터로 우리를 속였다는 보고를 받았어."

나는 너무 화가 났기 때문에 전화기를 내던졌다. 켈리 존슨의 스컹크 웍스였다면 아무도 감히 그런 소리를 하지 못했을 것이다. 벤 리치도 절대로 그런 일을 용납하지 않는 인물이었다. 새로운 것을 만들어 내는 우리들에게 정직성은 무엇보다도 중요했다.

08 Robert William Haack. 뉴욕 증권거래소 회장 출신의 금융전문가로, 1976년 록히드 스캔들 이후 록히드의 회장으로 스카웃되어 20개월 가량의 업체의 재정구조 정상화를 위해 노력했다.

나는 그런 주장이 공군에 자문을 제공하고 있던 민간 레이더 전문가에게서 흘러나왔다는 사실을 알아냈다. 그는 적의 레이더와 미사일을 기만하거나 무력화시키기 위해 모든 공군기에 장착되는 재밍 장치 업체와 결탁한 인물이었다. 만약 스텔스가 우리의 주장대로 작동한다면, 그 업체는 새 먹거리를 찾아야 하는 상황이었다.

우리를 헐뜯는 그의 동기는 명백했다. 하지만 펜타곤에서 3000마일 쯤 떨어진 스컹크 웍스에서 우리가 부당한 공격에 맞서 결백을 주장할 마땅한 수단이 없다는 것도 그 못지않게 명백했다. 그래서 나는 미국에서 가장 존경받는 레이더 전문가 중 한 사람을 버뱅크에 초대해 스텔스기의 데이터를 직접 시험하고 평가해 보도록 부탁했다. 1976년 여름, MIT의 린지 앤더슨(Lindsey Anderson)이 내 초청에 응해서 볼베어링 주머니가 든 가방을 들고 방문했다.

앤더슨 교수는 골프공 크기부터 직경 1/8인치(3mm)급까지, 여러 종류의 볼베어링을 가져왔다. 그리고 그 볼베어링을 절망의 다이아몬드의 기수에 장착하고, 레이더를 조사해보도록 했다. 이 방식을 사용하면 우리의 다이아몬드 모델이 볼베어링보다 레이더 반사 면적이 큰지, 작은지 직접 비교할 수 있었다. 만약 베어링 뒤에 있는 절망의 다이아몬드가 레이더 스크린에서 볼베어링보다 밝게 빛난다면 볼베어링은 포착되지 않을 것이다.

이 실험에는 나도 약간 불안을 느끼지 않을 수 없었다. 1/8인치짜리 볼베어링보다 작게 나타날 물건은 없을 것 같았다. 그러나 어쨌든 해보기로 했다. 그 결과 우리는 볼베어링을 모두 쉽게 측정할 수 있었다. 물론 1/8인치짜리도 포함해서 말이다. 앤더슨 교수는 그 데이터가 볼베어링에 대한 이론적 측정치와 일치한 것을 보고 만족하면서, 우리들의 주장이 모두 옳다고 확인해 주었다.

이 실험은 스텔스 계획 전반의 전환점이 되었다. 만약 린지 앤더슨 교수가 우리가 거짓 데이터를 제출했다는 비난을 뒷받침해 주었다면 우리 계획은 당장 중지되었을 것이다. 그러나 그는 워싱턴에 돌아가서 우리 성과를 밀어 주었다. 공군참모총장은 즉시 해브 블루가 최고 기밀 보호 등급의 특별 접근 허가 대상으로 지정되었다는 전보를 보내 왔다.[09] 이런 기밀 지정은 제2차 세계대전 당시 최초로 원자폭탄을 만든 맨해튼 계획과 같은 민감한 계획에나 적용되는, 매우 희귀한 사례였다. 나는 환호하며 이제야 그들도 스텔스 기술의 중요성을 깨달았다고 좋아했지만, 켈리는 정색하며 나에게 즉시 이 프로젝트를 중지하라고 권고했다.

"벤, 그런 보안 규정이 적용되면 넌 죽는다. 비용이 25%는 뛰어오를 거고, 무엇보다도 효율이 나빠져서 예정대로 일을 해낼 수 없어. 제한과 규칙 때문에 넌 숨이 막혀 죽을 거야. 기밀 분류를 다시 조정하든가, 아니면 포기해."

이런 문제에 관해서 켈리는 절대로 틀린 적이 없었다.

***증언 : 래리 D. 웰치**(Larry D. Welch) **장군** (공군참모총장 1986~1990)*

1976년, 내가 버지니아주 랭글리에 있는 전술항공사령부의 기획 담당 공군중장으로 근무하고 있던 어느 날 오후, 상사인 밥 딕슨(Bob Dixon) 장군이 전화를 걸어, 지금 하는 일을 당장 중단하고 특별한 기밀 브리핑에 출석하라고 지시했다. 그는 "이 브리핑에 출석하도록 허가된 사람은 자네와 다른 참모장교 한 사람뿐"이라고 말했다. 내가 본부에 도착하자, 록히드에서 스컹크 웍스를 담당하고 있는 벤 리치가 작전 가능한 스텔스 항공기 제작에 관해 설명했다. 그를 보낸 사람은 펜타곤에서 R&D(연구 개발)를 담당하고 있는 빌 페리(Bill Perry)였다. 페리 박사는 스텔스 이론에 큰 흥미를 가지고 우리들의 의견을 듣고 싶어 했다. 벤은 20분가량 이야기를 하고 돌아갔다. 그가 떠난 후, 우리는 딕슨 장군의 사무실로 갔다. 장군은 어떻게 생각하느냐고 물었다. 나는 대답했다.

"각하, 순수한 기술적인 관점에서 보면 이것이 정말 가능할지 전혀 판단할 수 없습니다. 솔직히 말해서 이 비행기가 날 수 있을지도 알 수 없습니다. 하지만 벤 리치와 스컹크 웍스가 이 물건을 만들어낼 수 있다고 한다면, 그들 말을 따르는

09 Top Secret-Special Access Required. 미국의 경우 공개될 경우 국가안보에 심각한 손상을 초래할 우려가 있는 가장 중요한 정보나 사업 등을 TS로 지정하여 존재 자체를 노출하지 않는다. 국방부의 경우 특별접근프로그램(Special Access Program)을 적용해 지정된 인원만 해당 정보나 사업에 접근할 수 있도록 관리한다.

것이 옳다고 생각합니다."

딕슨 장군은 내 의견에 전적으로 동의했다. 그래서 우리는 벤의 20분간에 걸친 설명과, 벤 리치와 그 조직에 대한 절대적인 신임만을 근거로 스텔스 계획을 시작했다. 그 신뢰는 오랜 개인적인 경험에서 도출된 것이었다.

그보다 훨씬 전인 70년대 초에 내가 대령으로 전투기 분야에서 근무하고 있을 때, FX라는 가변익을 장착한 최신 전투기의 정확한 개발비를 계산해 내라는 지시를 받은 일이 있었다. 이 비행기는 나중에 F-15가 되었다. 공군 내에서는 최저 350만달러, 최대 850만달러의 금액 사이에서 논쟁이 벌어지고 있었다. 우리는 의회에 요청하기에 앞서 일종의 컨센서스가 필요했으므로, 나는 상사를 설득해 버뱅크에 있는 스컹크 웍스에 가서 그들의 분석을 받아 보기로 했다. 이 분야에서는 그들이 최고였기 때문이다.

나는 비행기를 타고 가서 켈리 존슨, 그리고 벤 리치와 마주앉았다. 나는 켈리의 티타늄 잔으로 정확히 1 온스의 위스키를 얻어 마신 다음 일을 시작했다. 벤과 켈리는 한 장의 종이 위에 숫자를 쓰기 시작했다. 조종장치의 값은 얼마고, 기체는 얼마고 하는 식이었다. 그들이 계산해 낸 비행기 1대의 가격은 700만 달러였다. 그래서 우리는 의회에 가서 FX의 가격은 500~700만 달러가 될 것이라고 말했다. 그 후 이 비행기가 인도되었을 때, 대당 가격은 1971년 당시 경제적 가치로 환산해서 680만 달러였다.

그래서 나는 벤과 그의 조직이 훌륭한 스텔스기를 만들 수 있다는 데 절대적인 확신을 가졌다. 본부에는 스텔스 프로젝트에 접근하는 허가를 받은 사람이 5명뿐이었고, 나는 공군 측을 대표해서 군수책임자, 작전책임자, 시설책임자 일을 담당했다.

우리들의 운영 방법은 독특하지만 효율적이었다. 한 달에 한 번, 나는 펜타곤에서 페리 박사를 만나 국방차관보로서 결단을 내리는 데 필요한 정보를 제공했다. 때로는 의견대립도 있었지만, 쓸데없는 회의 때문에 결단이 늦어지거나 시간이 낭비되는 일은 없었다. 우리의 일은 고도의 기밀을 요하는 것이었기 때문에 관료들이 끼어들 수 없었고, 그것이 엄청난 차이를 만들었다. 솔직히 말해서, 펜타곤 안에서 이런 식으로 운영하려면 대단한 용기가 필요했지만, 스컹크 웍스에 대한 변함없는 신뢰 때문에 그렇게 할 수 있었다.

나는 정부와 계약을 체결하기 전에 보안 계획을 제출해서 승인을 받아야 했다. 이미 우리는 방위 산업체로서 엄격한 보안 규정을 가지고 있었지만, 그것을 더 강화해서 구체적인 계획을 만들어야 했다. 우리 건물에는 창이 없었고, 도청방지 대책이 적용된 두꺼운 벽으로 둘러싸여 있었다. 특별히 비밀 회의를 할 때는 납과 철판으로 차폐된 전용 회의실을 사용했다.

그럼에도 불구하고 공군은 모든 보안 시스템을 변경할 것은 물론, 새로운 규칙과 규제를 추가할 것을 요구했다. 그것을 그대로 실시한다면 누구든 언젠가는 미치지 않을 수 없을 것이다. 이 프로젝트에 관련된 서류는 모두 'Top Secret' 도장을 찍어 일련번호를 매긴 다음 특수 보안 파일 시스템에 넣고 자물쇠로 잠궈야 했다. 비행기에 접근하는 작업원들도 모두 철저한 신원조사를 받았다. 그들에게는 엄격한 2인제 규칙을 적용했는데, 엔지니어든 현장작업원이든, 어느누구도 설계도가 있는 방에 홀로 남아 있을 수 없었다. 기계공 한 명이 화장실에 가면 다른 사람은 동료가 돌아올 때까지 설계를 금고에 넣고 잠궈야 했다.

우리들 가운데 5명만이 TS 이상의 기밀사항을 다룰 수 있었다. 우리는 오랫동안 엄청나게 민감한 프로젝트에 종사해 왔지만, 비밀이 누설되거나 스파이에게 정보가 넘어간 일은 한 번도 없었다. 켈리는 독자적인 보안 제도를 만들었다. 이 제도는 1950년대 초까지 아무런 문제 없이 운영할 수 있었다. 우리는 어떤 서류에도 비밀 분류 도장을 찍지 않았다. 그랬더니 아무도 그것을 읽어 보려고 하지 않았다. 우리는 그저 민감한 서류가 스컹크 웍스 밖으로 절대로 나가지 않게 했을 뿐이다.

내게 가장 큰 골칫거리는 이 프로젝트에 참가한 작업원의 신원보증이었다. 이들은 특별한 접근 허가증을 받아야 했다. 그래서 나는 그들이 작업상 필요로 하는 정보를 개인별로 구분하지 않을 수 없었다. 그런데 그것을 인정하느냐를 최

2. 엔진은 GE가, 동체는 후디니가

종적으로 판단하는 것은 고용자가 아닌 정부였다. 공군의 보안 담당자가 결정을 내렸다. 왜 거부되었느냐고 물어도 설명이 없었다. 워싱턴에 있는 누구도 나와 협의를 하거나 의견을 묻고 충고를 구하지 않았다.

나는 우리 직원들을 속속들이 알고 있었다. 경마광도 있었고, 바람둥이도 있었다. 제 날짜에 청구서를 처리하지 못하는 사람도 있었다. 우수한 직원 중에는 가끔 변태적인 사람이 있다는 것도 잘 알았다. 아마 젊은 직원 중에는 록 콘서트장을 쫓아다니거나 마리화나를 피우는 비상습적 마약 사용자도 있었을 것이 분명하다. 그러나 이런 '죄목'을 일일이 들춰낸다면 유능한 직원들을 잃을 수밖에 없다.

나는 두 가지 중요한 양보를 얻어냈다. 공군은 항공기의 레이더 반사 면적을 숙지할 필요가 있는 소수의 엔지니어들에 대해서만 9개월에 걸친 엄격한 신원조사를 적용하기로 했다. 그리고 나는 해브 블루의 특별히 기밀을 요하는 작업을 담당할 기술자 20명에 대한 임시 허가를 발행할 권한을 얻어냈다. 가장 중요한 점은 내 강력한 요구가 관철되어, 공군 보안 담당자가 소위 '경로 예외조항'(grandfather clause)을 인정해 주었다는 것이다. 이 타협을 통해 U-2 이후 우리의 모든 기밀 계획을 진행해 온 많은 베테랑들이 해브 블루 작업에 참가할 수 있게 되었다.

하지만 보안 당국의 간섭 범위는 여전히 우리의 모든 작업 분야를 뒤덮고 있었다. 우리 비행 시험담당관인 키스 베스윅(Keith Beswick)은 자신의 팀원이 사용할 커피 머그에 붙일 로고를 디자인했다. 그는 영리하게도 커다란 구름을 가운데 두고, 한쪽은 해브 블루의 기수가, 다른 한쪽은 스컹크의 꼬리가 튀어나온 그림을 도안했다. 그리고 이 머그는 감히 최고 기밀 항공기의 기수가 묘사되었다는 이유로 TS 지정을 받아 버렸고, 베스윅과 동료들은 커피를 마신 뒤에 컵을 모아 금고에 넣고 봉인하는 신세가 되었다.

항공기 조종석 도어 안쪽에도 기밀 딱지가 붙어 있었다. 이 기체의 공식 기밀 관리자로 지정된 나는 항공기가 격납고를 떠나 시험 비행을 할 때마다 사인을 하는 신세로 전락했다. 만약 비행 도중에 추락사고가 벌어지면 나는 최후의 파편 한 조각까지 회수해 당국에 제출할 의무까지 지고 있었다.

이런 까다로운 규칙이 우리를 꼼짝 못하게 묶어 놓았기 때문에 종종 참지 못하고 분통을 터뜨리기도 했다. 그럴 때마다 켈리는 나를 비꼬았다.

"빌어먹을. 리치, 그러게 내가 뭐랬어?"

언젠가는 매일 일을 시작하기 위해 금고의 비밀번호 세 개를 외워야 했던 적도 있다. 기억력이 좋지 않은 직원 중에는 비밀번호를 메모해 지갑에 넣고 다니는 경우도 있었는데, 보안요원에게 적발되었다면 즉시 파면당했을 것이다. 보안요원들은 비밀서류가 금고 속에 잘 보관되어 있는지 확인하기 위해 밤중에 우리 책상을 뒤지기까지 했다. 모스크바의 KGB본부에서 일을 하는 것이나 다름없었다.

공군은 2대의 시제기를 14개월 안에 납품하라고 요구했다. 그동안 우리들은 다른 계획을 위해서 개발된 기존 부품을 사용해서 시간과 돈을 절약하고, 동시에 시제기 제작 과정에서 실패의 위험을 감소시키는 방식을 사용하고 있었다. 그래서 나는 공군에게 엔진을 공급받기로 했다. 공군은 전술항공사령부의 잭 트윅(Jack Twigg) 소령을 우리 연락 담당으로 임명했다.

잭은 실로 교묘한 수법으로 해군으로 갈 예정이었던 엔진 6개를 가로챘다. 그는 제너럴 일렉트릭의 제트엔진사업부로 가서, 사장과 공장장을 적당히 구워삶고 주요 직책에 있는 사람의 시선을 다른 데로 돌린 다음, 우리가 필요로 하는 J85엔진 6대를 조립 라인에서 빼내 우회루트로 발송했다. 최종 목적지가 스컹크 웍스라는 사실을 안 사람은 아무도 없었다. 우리들은 그 엔진 2대를 시제기에 탑재하고, 나머지는 예비로 확보했다. 잭은 타고난 제임스 본드였다. 그는 부품을 여기저기에 주문하고, 가짜 반송 주소와 우편 주소를 사용해 발송했다.

우리는 입수할 수 있는 부품은 무엇이든지 이런 방법으로 조달할 수 있었다. 이 기체는 스텔스성을 시험하기 위한 시제기였고, 결국은 폐기할 예정이었기 때문에, K마트의 항공부품코너에서 주워 모은 부품으로 만든다 해도 문제 될 것이 없었다. 그래서 F-111 전폭기의 비행 제어용 액추에이터, F-16 전투기의 비행 제어 컴퓨터, B-52 폭격기의 관성 항법 장치를 뜯어 왔다. 서보기구는 F-15

2. 엔진은 GE가, 동체는 후디니가

와 F-111용 제품을 개조해서 사용했고, 사출좌석은 F-16에서, HUD(Heads-up Display)는 F/A-18용 장비를 가져다 개조해 달았다. 우리는 공군에게 300만 달러 상당의 부품을 제공받았는데, 사실 2년 내에 3,000만 달러에 불과한 예산으로 두 대의 시제기를 제작하려면 다른 방법이 없었다. 일반적으로 새로운 기술이 적용된 시제기라면 3~4배는 더 많은 예산을 써야 했다.

하지만 해브 블루의 가장 중요한 요소인 비행 제어용 소프트웨어만은 직접 개발하지 않을 수 없었다. 우리는 일단 제네럴 다이내믹스의 소형 단발 전투기인 F-16에서 온보드 컴퓨터를 떼어다 활용하기로 했는데, F-16은 피치(Pitch) 불안정성을 전자적으로 제어하고 있었다. 하지만 우리의 비행기는 롤, 요, 피치가 모두 불안정했다.

우리는 이 미덥지 않은 물건 때문에 밤잠을 잘 수 없었다. 하지만 우리에게는 항공 우주 업계에서 제어 컴퓨터 분야의 최고 권위자로 인정받는 밥 로슈키(Bob Loschke)라는 사람이 있었다. 그는 그 F-16의 컴퓨터 프로그램을 우리 목적에 맞게 고쳤다. 우리는 비행시뮬레이터로 이 항공기를 비행시키면서 안정성을 향상시켰다. 로슈키가 고성능 컴퓨터를 사용하여 불안정한 항공기의 비행을 인위적으로 수정하는 솜씨는 정말이지 놀라웠다.

해브 블루의 파일럿도 일반적인 항공기처럼 자신의 의도대로 비행 제어 시스템을 조작한다. 스로틀을 당기고, 조종면을 제어하는 풋페달을 밟으면, 전자장치는 파일럿의 의도대로 조종면을 작동한다. 하지만 시스템은 그와 동시에, 파일럿이 인지하지 못하는 동안 불안정성을 억누르고 안정 상태를 유지하기 위해 스스로 작동한다. 이 비행기는 컴퓨터 기술의 승리라고도 할 수 있었다. 컴퓨터가 없었더라면 지상 활주조차 할 수 없었을 것이다.

1976년 7월, 82호동에서 최초의 해브 블루 조립이 시작되었다. 이 건물은 미식축구장보다 3배나 넓은 대형 격납고였다. 우리는 아주 독특한 비행기 조립 방식을 사용하고 있었다. 우리들의 조직은 기술 제조, 품질 관리, 비행 시험 등의 부서로 구성되어 있었다. 기술반은 해브 블루를 설계해서 공장으로 넘겨주지만, 엔지니어들은 청사진이 승인받을 때까지 현장에 남아 있어야 했다. 설계자는 제조, 조립, 시험의 모든 단계에 입회해야 했다. 그들은 도면을 공장에 내던져 버리고, 너희들이 알아서 하라는 식으로 떠나 버리지 않았다.

우리의 베테랑 작업원은 노련하고 충분한 경험을 쌓은 사람들이기 때문에 특정한 도면에 대해서 설계자들과 곧잘 충돌했으며, 설계대로 작동하지 않는 이유를 거리낌 없이 쏟아내곤 했다. 그래서 우리 설계자들은 최소한 하루의 1/3을 현장에서 보내야 했으며, 동시에 작업원 두셋도 늘상 설계실에서 특정한 문제점에 대해 논의했다. 그런 식으로 모든 사람들이 하나의 프로젝트에 함께하고 있었다. 하중 담당자는 구조 담당과, 구조 담당은 설계자들과, 설계자는 시험 비행 담당자와 이야기를 주고받았다. 이들은 모두 서로 무릎이 닿을 정도로 좁은 방에 앉아서 협의를 하고, 천천히 작업을 진행시켰다. 우리는 작업원들을 믿고 있었기 때문에, 항공 우주 업계의 제조 분야에서는 특이할 정도로 모든 권한을 위임하고 있었다. 무엇보다도 나는 절대로 나중에 그들을 책망하지 않았다.

우리 제조 그룹은 기계반, 판금 제작 및 조립반, 계획반, 공구 설계반, 제작반 등으로 구성되어 있었다. 비행기를 제작하려면 특별한 공구가 필요하다. 해브 블루는 2대밖에 만들지 않기 때문에 우리는 목제 도구를 자체적으로 제작해 시간과 돈을 절약했고, 프로젝트가 끝난 뒤에 그냥 폐기했다.

공장에서는 비행기를 제작하고 조립했다. 각 단계마다 품질 관리자가 제품 검사와 품질보증을 했다. 다른 회사에서는 품질 관리 부문이 대개 공장장 아래 속해 있는데, 스컹크 웍스에서는 내게 직접 보고하도록 되어 있었다. 이것도 우리들의 특이한 점이었다. 그들은 현장 작업에서 견제와 균형의 역할을 맡고 있었다. 우리 검사원들은 현장에서 기계공이나 조립공과 함께 지냈다. 그들은 끊임없이 검사했고, 한 단계씩 모아서 작업을 하지 않았다. 이런 방법으로 작업원 각자에게 품질 관리 의식을 함양할 수 있었다. 자주검사는 스컹크 웍스의 기본 정신이었는데, 이 방법은 일본에서 TQC[10]라는 이름으로 널리 활용되고 있다.

10 Total Quality Control, 전사적 품질 관리운동.

우리 작업원들은 동체, 미익, 주익, 조종장치, 엔진 등 각 특수 부문에서 전문가들이었다. 시제기는 거대한 팅커토이[11]처럼 각 부분을 따로 만든 다음 마지막에 하나로 조립했다. 이 프로젝트에는 80명 가량이 일했는데, 기체가 작았고 시간도 별로 없었으므로 기체 후방을 아래를 향해 수직으로 세워 놓고 조립해 버렸다. 이런 방식을 채택한 덕에 조립공들은 평면으로 구성된 납작한 기체의 여러 부위로 동시에 접근할 수 있었다. 나는 스텔스 기술자인 앨런 브라운을 현장에 대기시키며 작업원들의 질문에 언제든 답하도록 했다.

우리는 평면이 일반적으로 항공기에 사용되던 곡면에 비해 훨씬 제작하기 까다롭다는 사실을 알게 되었다. 평판들은 정확하게 맞물려야 하므로 정밀하고도 완벽한 공정을 필요로 했다. 특수한 레이더 흡수 코팅을 표면에 처리하는 작업도 기술적인 난제였다. 이렇게 일이 진행될수록 여러가지 문제가 터져 나왔기 때문에, 나는 켈리의 낡은 책상에 앉아 박스 단위의 두통약을 소모해야 했다.

한편, 해군도 스텔스 무기를 연구하기 위해 우리를 찾아왔다. 그들은 공군보다 두 배는 더 엄격한 독자적인 보안시스템을 가지고 있었다. 우리는 많은 돈을 들여 해군 전용 지역에 특수경보 시스템을 설치해 줘야만 했다. 우리는 육군의 스텔스 포탄 시험 연구도 떠맡았다.

이렇게 각 군 간의 경쟁과 보안, 그리고 여러 기지 소동이 벌어지고 있던 9월 어느 무더운 아침, 전술항공전센터[12] 쪽 책임자인 바비 본드(Bobby Bond)소장[13]이 눈에 핏발을 세우고 스컹크 웍스에 뛰어들었다. 산타아나[14]가 몰아치고 L.A의 절반이 정신 나간 인간의 성냥에서 시작된 산불의 짙은 연기에 뒤덮이던 시절이었다. 천식이 발작한 데다 심한 두통에 시달리던 나는 본드 소장에 대한 개

11 Tinkertoy, 막대와 원형 채결구를 조립해 다양한 구조물을 만드는 장난감.

12 Tactica Air Warfare Center. 전술항공사령부가 1963년부터 운용한 항공기, 무기 체계시험기관. 1983년부터 현재까지 미국 공군의 모든 항공기, 무기 체계의 시험평가를 담당하고 있다.

13 Robert M. Bond. 한국전쟁과 베트남 전쟁에 참전해 은성무공훈장을 수훈한 미국 공군의 장성. F-105, F-111 개발 사업 참가 경험을 바탕으로 다양한 기밀 프로젝트에 참가했으며, 이후 미국 공군 시스템사령부(Air Force Systems Command, AFSC) 무장분과장으로 재직했다. 스텔스 프로젝트에서 공군 측의 담당자 중 한 명이었으며, F-117을 시험 비행한 소수의 장성 중 한 명이기도 하다. 미국 공군이 확보한 MiG-23을 시험 비행하던 도중 사고로 순직했으며, 이후 국방부는 장성의 시험 비행을 금지했다.

14 Santa ana wind. 모하비 사막과 서부 내륙 대분지 에서 불어온 바람이 시에라네바다 산맥을 넘어 발생하는 건조하고 강한 돌풍. 미국 서부 해안지대에 대형 산불이 빈발하는 주 원인으로 꼽힌다.

인적 존경심에도 불구하고 그의 방문을 기분 좋게 받아들일 처지가 아니었다. 본드 장군은 생각도 걱정도 많은 사람이어서, 종종 나와 다른 모든 이들을 완전히 미쳐 버리게 했다. 그는 항상 자신이 어떤 식으로든 돈을 덜 받거나, 희생양이 되고 있다고 여기는 유형이었다. 그는 내 책상을 내리치며 내가 소문의 해군 기밀 계획에 투입하기 위해 해브 블루 프로젝트에서 내가 보유한 최고의 작업원들을 차출했다고 비난했다. 나는 충격을 받은 척하며, 오른손을 들어 엄숙하게 선서까지 하면서 장군을 진정시키려 했다. 나는 마음속으로 중얼거렸다. 이건 새빨간 거짓말이다. 하지만 다른 수가 없지 않은가? 해군의 프로젝트는 TS였고, 본드 장군에게는 알려 줄 수 없었다. 진실을 이야기하면 우리 두 사람은 감옥행이었다.

불운하게도, 점심을 먹으러 가는 도중에 그는 특수한 자물쇠와 경보 시스템이 설치된 이름 없는 방을 발견했다. 펜타곤에서 복잡한 사무실 구조에 익숙해진 그는 그것이 해군의 극비 프로젝트에 사용되는 방이라는 사실을 알아차렸다. 장군은 내 팔을 비틀었다.

"저 방에서 뭘 하고 있지?"

그는 알아야겠다고 우겼다. 내가 새로운 거짓말을 미처 생각해 내기도 전에, 그는 문을 열라고 명령했다. 나는 할 수 없다고 말했다. 그는 그 안을 들여다볼 허가를 가지고 있지 않았다.

"리치, 넌 거짓말쟁이야. 이건 명령이다. 당장 저 빌어먹을 문을 열어. 그렇지 않으면 이 도끼로 문을 부숴 버릴 거야."

장군은 허튼 말을 하는 사람이 아니었다. 그는 소방용 도끼로 문을 부수기 시작했고, 결국 문은 깨졌다. 그는 안으로 들어갔다. 방 안에는 몇 명의 놀란 해군 중령이 앉아 있었다.

"장군, 당신이 생각했던 그런 건 아닙니다."

나는 거짓말을 했지만 소용이 없었다.

"아니라고? 이 거짓말쟁이 새끼야!" 그는 격분했다.

나는 손을 들었지만, 그는 간단히 물러서지는 않았다.

2. 엔진은 GE가, 동체는 후디니가

"좋습니다. 당신이 이겼어요. 하지만 점심을 먹으러 가기 전에 부주의에 의한 기밀 누설 시인 서류에 서명을 하지 않으면, 우리는 보안 담당관에게 체포당할 겁니다."

물론 해군도 격분했다. 공군이 자기들의 비밀 프로젝트를 보는 일은 그들에게 있어 설계를 소련인들에게 넘기는 것만큼이나 용서할 수 없는 행위였기 때문이다.

본드 장군은 해군에 대해 오래 신경을 쓸 여유가 없었다. 그보다 더 큰 걱정거리가 생겼기 때문이다. 해브 블루의 시험 비행이 시작되기 4개월 전, 현장 기계공들이 파업을 시작했다. 록히드와 IAM[15]간의 새로운 2년 계약 협상이 1977년 8월 말에 타결에 실패하자, 우리 노동자들도 해브 블루의 최종 조립 과정을 앞두고 파업에 돌입했다. 유압계통도, 연료 계통도, 전자장비도, 랜딩기어도, 아무것도 장착되지 않은 기체가 조립대 위에 방치되었다. 기존 목표인 12월 1일 초도비행 일정은 불가능해 보였고, 우리 경리책임자는 파업이 하루 더 길어질 때마다 납기도 하루 연장하도록 공군 고위층에 통보하자고 했다. 그러나 우리 베테랑 현장감독 밥 머피는 납기일 안에 일을 마칠 수 있으므로, 첫 비행 일정도 바꿀 필요가 없다고 주장했다. 머피에게는 그것이 스컹크 웍스의 양보할 수 없는 자존심 같은 문제였던 것이다.

밥은 35명의 부장과 엔지니어들을 모아 그 후 2개월 동안 하루 12시간, 휴일도 없이 일을 시켰다. 다행히 우리 설계자들은 대부분 뛰어난 손재주를 가지고 있었다. 아마 그들이 기술 관련 직업을 가진 이유도 그것이었을 것이다. 머피는 우리 비행 책임자 베스윅을 잡아와서 딕 메이슨(Dick Mason)이라는 공장 감독과 팀을 짜서 착륙 장치를 조립하도록 했다. 머피 자신은 사출좌석과 조종계통을, 또다른 공장 감독 존 스탠리는 연료 계통을 각각 혼자서 담당했다. 이렇게 해서 점차 비행기가 모습을 갖추게 되었다. 11월 초에는 스트레인 게이지를 사용하는 구조 시험과 교정 작업, 연료 계통 점검 단계에 도달했다.

15 INTERNATIONAL ASSOCIATION OF MACHINISTS, 국제 기계공조합. 미국 최대의 노동조합 중 하나로, 특히 국방과 항공 우주 산업 분야 주요 기업들의 생산직 노동자들이 주로 가입하고 있다.

해브 블루는 자유진영 최고의 기밀프로젝트였기 때문에 밖으로 끌고 나갈 수 없었다. 그래서 작업원들은 규칙과 규정을 위반하면서 연료탱크에 연결된 호스를 격납고의 문 밑을 통해서 끌어들여 기내 연료를 채운 다음 누설 시험을 했다. 하지만 엔진은 어떻게 시험한단 말인가?

머피가 묘안을 떠올렸다. 그는 날이 저물기를 기다린 뒤, 기체를 격납고에서 꺼내 버뱅크 비행장 주 활주로에서 300야드(270m)가량 떨어진 엔진 시험장까지 끌고 갔다. 그는 주위에 2대의 트레일러를 배치하고, 그 사이를 캔버스 시트로 덮어 해브 블루를 가렸다. 그것은 천장이 없는 격납고였다. 보안당국은 새벽 전에 격납고로 다시 가지고 간다는 조건으로 시험을 허가해 주었다.

한편, 오하이오 라이트필드에서 민간인으로 구성된 독립 기술조사단이 버뱅크로 날아와서 우리들의 전체 계획을 점검하고 평가했다. 그들은 우리들의 노력과 진척 상황을 칭찬해 주었지만, 나는 무척 괴로웠다. 스컹크 웍스의 역사상 지금까지 한 번도 고객의 치밀한 감독을 받고 지시를 받은 적이 없었기 때문이다.

“도대체 왜 우리가 하고 있는 일을 정부 조사팀에게 증명해야 합니까?”

나는 공군의 현장 계획 책임자 잭 트윅에게 항의를 했지만 아무 소용도 없었다. 그것은 우리들의 전통에 대한 모욕이기도 했다. 그러나 우리들은 모두 스컹크 웍스의 오랜 독립성이 10센트짜리 커피처럼, 옛 시절의 향수로 사라질 운명에 처했음을 느끼고 있었다.

우리는 켈리가 40년 전, 만취한 상태에서 썼다는 14개항 기본 원칙을 지켜 왔다. 켈리는 이 원칙을 실행했고, 나도 그것을 따랐다.

1. **스컹크 웍스의 프로그램 관리자는 모든 면에서 자신의 프로그램에 대한 실질적이며 온전한 통제권을 위임받아야 한다. 기술, 재정, 혹은 운영 문제에 관해 신속한 결정을 내릴 권한을 반드시 가져야 한다.**
2. **강력하지만 규모가 작은 프로젝트 팀은 군과 산업체 양자가 모두 제공해야 한다.**

2. 엔진은 GE가, 동체는 후디니가

3. 프로젝트에 관여하는 인원은 악랄할 정도로 줄이고, 소수의 우수한 인력을 사용한다.
4. 설계변경을 상정해, 극단적으로 유연한 단순 도면과 도면 작성 체계를 갖추고, 실패했을 경우 즉시 스케줄을 회복할 수 있도록 한다.
5. 보고서는 최소한도로 줄이되, 중요한 사항은 완벽하게 기록한다.
6. 실제 사용한 비용은 물론, 프로젝트 종료까지 예상 비용도 매월 검토한다. 장부 정리를 90일간 지연시키거나, 갑작스런 비용 초과로 고객을 놀라게 해서는 안 된다.
7. 계약자(스컹크 웍스)는 우수한 하청업자를 선정할 수 있는 특별한 권한과 책임을 가진다. 민간의 입찰 절차는 군보다 나은 경우가 많다.
8. 공군과 해군이 승인한 스컹크 웍스의 검사 시스템은 기존 군 규격에 합치하므로, 새로운 프로젝트에도 적용될 수 있다. 가능한 하청업자나 납품업자에게 기본적인 검사 책임을 돌려주고, 중복 검사를 피한다.
9. 계약자는 최종 제품을 실험할 권한을 위임받아야 한다. 최초 단계부터 실험을 주관하지 않으면, 새로운 장비를 설계할 능력을 빠르게 잃을 것이다.
10. 하드웨어의 사양은 계약 체결 전에 합의해야 한다.
11. 시의적절한 자금 계획을 수립해서, 계약자가 정부 프로젝트 때문에 은행에 달려가는 일을 겪지 않게 한다.
12. 군의 프로젝트 조직과 계약자는 깊은 신뢰 관계를 유지하고, 오해나 불필요한 문서를 최소한도로 줄이기 위해 매일 긴밀하게 협조 연락을 한다.
13. 프로젝트와 담당 직원에 대한 외부인의 접근을 엄격하게 제한한다.
14. 제작과 기타 분야에 소수의 인력만 사용하므로, 휘하 부서의 규모가 아닌 실적에 따라 임금 보상을 한다.

그동안 소중히 지켜 온 이 규칙은 이제 대부분 휴지조각이 되었지만, 우리는 해브 블루를 첫 비행 예정일인 1977년 12월 1일보다 거의 3주가량 이른 11월 중순에 완성시켰다. 밥 머피가 농담을 했다.

"리치, 일반 기계공들이었더라면 납기를 맞추지 못했을 거야. 최고의 정예 부장들을 붙였으니 가능했지."

해브 블루의 기체는 C-5 수송기에 싣고 오전 2시에 멀리 떨어진 시험장으로 가지고 갔다. 나중에 소음으로 잠을 설쳐 화가 난 시민들이 버뱅크 공항의 심야 이륙 금지 규칙을 위반했다고 FAA[16]에 항의했다. 솔직히 말해서 해브 블루를 조립 공장에서 떠나보낸 안도의 기쁨을 생각한다면, 벌금 같은 것은 문제가 되지 않았다.

비행기는 우리 시험 비행팀에 인도되었다. 그들은 2주일에 걸쳐 조종장치, 엔진 시험과 지상활주시험을 했다. 시험장은 인가에서 멀리 떨어진 곳에 있었는데, 우리 비행기는 대부분 격납고 안에 덮어두었다. 소련의 위성이 그 상공을 정기적으로 통과하고 있었다. 비행기를 끌어낼 때, 해브 블루에 대한 보안 허가를 받지 않은 사람은 창문이 없는 식당으로 가서 이륙할 때까지 커피타임을 즐겼다.

첫 시험 비행을 하기 72시간 전, 엔진 작동 시험 도중에 꼬리 부분이 심하게 과열되었다. 밥 머피와 그의 팀은 엔진을 떼어내고 즉석 열차폐판으로 응급조치를 하기로 했다. 그들은 6피트짜리 강철제 공구 캐비닛을 발견했다. 머피는 조수에게 말했다.

"쇠는 다 똑같지. 벤 리치에게 새 캐비닛 청구서를 보내."

그들은 해브 블루의 표면과 그 엔진 사이의 열 차폐판을 만들기 위해 캐비닛을 자르기 시작했다. 그것은 완벽하게 작동했다. 스컹크 웍스에서나 가능한 일이었다.

1977년 12월 1일 해가 떠오른 직후가 시험 비행 파일럿에게는 최적의 시간이다. 다른 때는 거의 바람이 없었는데, 이날은 차가운 바람이 내 코트 속으로 스며들고 있었다. 이 시험 비행을 위해 그렇게 땀을 흘리고 다녔는데,

---

16 Federal Aviation Administration, 미국 연방항공청

왜 그렇게 추웠을까? 내 평생 가장 중요한 시험이었기 때문일 것이다. 이 비행은 우리나라의 미래에도, 그리고 우리 스컹크 웍스에게도, 25여 년 전 바로 이 극비 사막 비행장에서 첫 시험 비행을 한 U-2 정찰기만큼이나 중요한 일이었다.

당시 나는 스컹크 웍스의 신인이었다. CIA를 위해 우리가 만든 이 시험장은 바람에 흔들리는 퀀셋(Quonset)식 가건물과 트레일러가 늘어서 있고, 톰슨 기관단총을 든 CIA요원이 경계를 하는 조그만 전초기지였다. 켈리는 농담으로 신이 버린 이 땅에 '파라다이스 목장'이라는 별명을 붙였다. 오후만 되면 자잘한 돌조각들이 바람에 날리는 메마른 호수바닥으로 물정을 모르는 젊은이와 파일럿들을 유인하기 위해서였을 것이다. 지금은 시골 비행장보다 더 크고 설비도 좋은 비행장이 되어 비밀 비행 시험에 사용되고 있었다. 거짓말 탐지기 테스트를 포함한 특별한 허가를 받지 않은 사람은 이곳에 접근할 수 없었다. 이런 편집광 같은 자세가 미합중국의 극비 국방 기밀을 지켜주고 있었다.

나는 스컹크 웍스의 비행 시험을 하면서 주로 켈리를 따라서 여러 번 이곳을 찾아왔다. 오늘, 3년 전 존슨이 은퇴한 후 내 책임으로 처음 만든 해브 블루가 곧 이곳의 활주로를 이륙하려 하고 있었다. 그러나 우리는 이 비행기가 실제로 이륙할지 100% 확신하지 못했다. 이놈은 노스롭이 1940년대 후반에 만든, 동체 없는 전익기 이래 가장 불안정하고 괴상한 모습을 한 비행기였기 때문이다.

나는 해브 블루가 삼엄한 경비를 받으며 격납고 밖으로 견인되어 나오는 모습을 초조하게 바라보았다. 그것은 평면을 짜맞춰 조각해 낸, 날아다니는 검은 쐐기였다. 날카로운 후퇴익을 지닌 검게 칠해진 기체는 정면에서 보면 거대한 다스 베이더의 면상 같은 인상을 주었다. 그것은 곡면을 일절 사용하지 않은 최초의 비행기였다.

주임 테스트 파일럿 빌 파크[17]는 자기가 타 본 항공기 중에서 가장 흉측한 놈이라고 불평하면서, 위험수당을 2배로 지급해야 한다고 주장했고, 나는 동의했다. 그는 해브 블루 시험 비행으로 25,000달러의 보너스를 받게 되었다. 삼각형의 조종석은 특히 긴급탈출 상황에서 곤란할 것 같았다. 파일럿의 헬멧에서 반사될 레이더파를 막기 위해 캐노피의 유리에도 특수도료를 코팅했다. 해브 블루의 탁월한 스텔스성으로 인해, 아무런 조치를 취하지 않으면 비행기 자체보다 빌의 헬멧이 레이더 화면에 100배는 크게 잡혔기 때문이다.

우리 시험기는 날카로운 전면과 각이 진 모양 때문에 비행할 때 여기저기서 와류가 발생했다. 그야말로 하늘을 나는 와류 발생기였다. 따라서 비행을 하려면 플라이-바이-와이어 시스템이 완벽하게 작동할 필요가 있었다. 그렇지 않으면 해브 블루는 조종불능에 빠질 것이다.

나는 시간을 확인했다. 07:00시가 되려 하고 있었다. 나는 조종석 안에서 마지막 점검으로 여념이 없는 빌에게 엄지손가락을 세워 신호를 보냈다. 내 옆에 서 있던 켈리도 굳은 표정이었다. 그는 여전히 이 항력이 너무 큰 비행기가 이륙하지 못할까 걱정하고 있었다. 그러나 켈리가 버뱅크에서 타고 온 제트스타 안에는 첫 비행을 축하하기 위한 샴페인 상자가 실려 있었다. 지금까지 스컹크 웍스의 비행기가 첫 비행에 성공하지 못한 일은 한 번도 없었다. 그 때마다 우리는 떠들썩한 파티로 어렵게 얻은 성공을 축하했고, 켈리는 도전하는 모든 사람과 팔씨름을 했다. 지금 그는 늙었고, 건강도 좋지 않았지만, 그래도 나는 그를 이길 수 없었다.

오랜 세월 동안 신형기 시험 때 고장이나 추락이 발생하지 않은 것은 아니지만, 사람이 다치지 않는 한 우리는 크게 화를 내지 않았다. 실수에서 항상 중요한 교훈을 얻을 수 있었기 때문이다. 그러나 첫 시험 비행에서 사고가

17 Bill Park. 록히드의 선임 테스트 파일럿. 1945년 미국 육군항공대에 입대한 이후 F-80 파일럿으로 한국전쟁에 참전했고, 1957년 테스트 파일럿으로 록히드에 입사했다. 이후 F-104와 U-2, A-12(SR-71), Have Blue까지, 스컹크 웍스가 개발한 항공기 대부분의 시험 비행을 담당했다.

난 경우는 한 번도 없었다. 여기서 사고가 나면 우리는 꼬리를 말고 설계실로 돌아가지 않을 수 없게 된다.

우리의 긴장이 더 컸던 것은 백악관 상황실에서 이 비행을 지켜보고 있었기 때문이다. 버지니아주 랭글리 공군기지에 있는 전술항공사령부도 마찬가지였다. 그러나 내 걱정은 좀 더 가까운 곳에 있었다. 이 비행과 계획의 성공을 걸고 나는 록히드의 사내보유금 1,000만 달러를 투입했고, 이사회에서는 내가 모든 책임을 지겠다고 공언했다. 그래서 오늘 아침에는 블랙 커피도 필요 없었다. 커피 없이도 온 신경이 곤두서 있었으니 말이다.

빌 파크가 쌍발 엔진의 시동을 걸었다. 엔진은 특수한 레이더파 흡수 철망 안에 설치되었기 때문에 엔진음이 상당히 둔중했다. 빌은 5주간에 걸쳐 비행 시뮬레이터를 사용해서 모든 상황을 가정한 훈련을 마쳤으므로, 어떤 긴급사태에도 대처할 수 있었다.

그와 나는 지금까지 다른 시험 비행에서 여러 번 난관을 헤쳐 나왔다. 그는 SR-71 시험 비행에서 이륙 직후 뒤집혔다가 탈출한 적도 있다. 활주로의 윤활유 자국 신세가 될 뻔했던 그는 발이 땅에 닿기 직전에 낙하산이 펼쳐져 구원받았다. 모래땅에는 10cm 깊이의 흔적이 남았지만 그는 무사했다. 빌은 매우 철두철미한 사람이었고 운도 좋아서 이런 일을 하기에 더없이 적합했다.

켈리 존슨은 시험기가 앞을 지나 활주로 끝으로 이동하는 모습을 바라보았다. 그곳에서 비행기는 U턴하여 바람을 향해 이륙하게 되어 있었다. 갑자기 요란한 소리와 함께 의무요원 2명을 태운 구조 헬리콥터가 이륙해서 실험장으로 날아가, 구조준비태세를 취했다. 이어 빌의 동료 테스트 파일럿이 조종하는 T-38 제트훈련기가 따라갔다. 이 비행기는 시제기를 따라가면서 항상 상황을 지켜보고 긴급시에 도움을 주는 임무를 맡고 있었다.

빌이 스로틀 레버를 밀자, 해브 블루는 천천히 속도를 올리기 시작했다. 이 비행기에는 스텔스성을 위해 애프터버너가 없었기 때문에 연료, 화물, 승객을 만재한 시카고행 B727 여객기처럼 이륙에 긴 활주로가 필요했다.

빌은 스로틀을 다 열었다. 그의 비행기는 우리 앞을 지나서 활주로 거의 끝까지 갔다. 빌어먹을, 이런 바람이라면 이륙할 때가 되었는데….

활주로는 얼마 남지 않았다. 숨을 쉴 수 없었다. 저런, 활주로 끝이 아닌가. 그러자 비행기가 떠오르는 모습이 보였다. 무게가 백 배나 되는 점보제트처럼 느렸지만, 어쨌든 떠올랐다. 기수가 높았지만, 어쨌든 하늘에 올라가 있었다. 올라가라, 더 올라가라… 더…. 조그만 비행기는 그 소리를 들었다는 듯이 눈이 덮인 산을 향해서 상승했다. 이 시험 비행을 볼 수 있도록 허가된 6명 중의 하나인 DARPA의 켄 퍼코(Kenneth Perko)[18]가 다가와 내게 손을 내밀었다.

"축하합니다. 스컹크 웍스가 또 해냈군요."

켈리는 내 등을 두드리며 소리를 질렀다.

"잘 했어. 벤! 이젠 너도 첫 비행기를 가진 거야!"

하지만 너무 느렸다. 감항성을 확인하기 위해 첫 시험 비행에서는 랜딩기어를 수납하지 않고 비행하는 것이 표준 절차긴 하지만, 그렇다고 해도 상승 속도가 너무 느린 것 같았다. 빌의 비행 경로에는 높은 산이 몇 개 있었다. 빌이 그 산을 안전하게 넘어갈 수 있을지 빠르게 암산하며, 나는 쌍안경을 꺼내 초점을 맞췄다. 산이 선명하게 나타났을 때, 우리 비행기는 이미 그 너머로 가 있었다.

증언 : 빌 파크

사람들은 대개 시험 비행이라고 하면 옛날 영화의 한 장면을 떠올린다. 여자 친구나 친구가 하늘을 바라보고 있는 가운데, 파일럿은 고글을 바로 쓰고, 운명적인 강하를 시작한다. 로맨스 스토리라면 시험 결과는 성공으로 끝난다. 어쨌든 새 비행기의 시험 비행은 땀을 쥐게 하는 강하 한 번으로 끝이 난다. 그렇게 간단했으면 얼마나 좋을까. 우리는 계약에서 첫 비행까지 단 20개월 만에 2대의 해브

18 Kenneth Perko. 1974~1979년 동안 DARPA의 항공기술국장으로 재임했으며, 그 기간동안 DARPA 측의 스텔스 연구 계획을 주도했다.

블루 시험기를 만드는 기록을 세웠다. 그러나 이 혁신적인 2대의 비행기가 시험 비행하기에 이르기까지는 2년이나 걸렸다.

구조하중, 성능, 비행특성, 전자 기기의 작동을 검토하고 고치는 데 1년이 걸렸다. 다음 단계에서는 완벽하게 교정을 끝낸 레이더 시스템을 사용하여 모든 각도, 고도에서 스텔스성을 정밀하게 측청하고, 세계에서 가장 정밀한 레이더 시스템에 도전하는 것이다. 이 단계도 1년 이상 걸렸다. 공군은 그 결과를 평가해서 양산체제 이행 여부를 결정하는 것이다.

스컹크 웍스에서는 시험 비행팀에 독특한 책임을 부여하고 있었다. 우리 시험 비행팀에는 독자적인 기술자가 있어서 기체 조립이 시작되면 연료 계통, 유압, 착륙 장치 등의 작업팀과 함께 일을 한다. 그래서 시험 비행이 시작될 무렵이면 기체의 구석구석을 나사 하나하나까지 알게 된다. 이것은 실제로 파일럿이 스로틀 레버를 밀 때 커다란 강점으로 작용한다.

나는 해브 블루의 주임 테스트 파일럿이었고, 공군 중령 켄 다이슨(Ken Dyson)이 후보로 지명되어 있었다. 우리는 이 비행기에 대해 아무것도 모르고 있었다. 이 비행기는 모두 싸구려 부품으로 조립했으며, 시험기로 제작되어 시험이 끝나면 폐기할 운명이었기 때문에 특히 브레이크가 형편없었다. 조종석은 좁아서 불편하고, 모든 전자 기기는 벼룩시장에서 사온 것 같았다.

언젠가 시험장을 찾아온 공군 대령이 이 프로그램에 얼마나 들어갔는지 물은 적이 있었다. 내가 3,400만 달러라고 대답하자, 그는 말했다.

"아니, 이 비행기 한 대 값 말고, 비행기 2대, 전체 계획 말이야."

나는 똑같은 숫자를 되풀이했다. 그는 믿지 못하는 것 같았다.

이 비행기는 정식으로는 XST(The experimental stealth technology testbed), 스텔스 기술 시험 시제기라고 불렀다. 그것은 제어된 환경 하에 작동하는, '하늘을 나는 실험실'이었다.

이 계획에 대한 설명을 들은 사람은 모두 이 비행기가 공군의 미래에 어떤 잠재적 의미를 가질 것인지 잘 알고 있었다. 이 비행기가 그 돈값을 한다면, 우리는 역사를 만들게 된다. 항공전과 전술은 영원히 달라질 것이다. 스텔스는 하늘을 지배할 것이다. 그래서 시험에 참여한 사람은 모두 시험 데이터를 보고 싶어 했지만, 하나라도 잘못되면 책임은 나에게 돌아온다. 나는 대강 일정을 넘기거나 성급한 시험 비행으로 모험을 할 생각은 없었다.

내가 시험 비행을 하는 동안, 의무요원을 태운 헬리콥터가 항상 공중에 대기하고 있었다. 시험이 시작된 지 1년 반 뒤인 1978년 5월, 나는 40회 가량의 비행을 마치고, 실제 레이더 시스템을 상대로 시험하는 다음 단계로 넘어가려 하고 있었다.

1978년 5월 4일 아침, 기지사령관 래리 맥클레인(Larry McClain) 대령이 아침을 먹고 있는 나에게 와서, 자기가 추적기를 조종할 테니 구조반 투입을 생략하면 좋겠다고 말했다. 기지 병원에 사람이 필요하다는 것이다. 나는 고개를 저으며 대답했다.

"대령님, 그렇게 하지 않는 게 좋겠습니다. 해브 블루는 아직 완전하지 않아요. 무슨 일이 있을 때를 대비해서 의무요원이 대기하고 있어야 안심하고 비행할 수 있습니다."

이 말이 내 생명을 구했다.

몇 시간 후, 나는 통상적인 시험 비행을 마치고 착륙 태세에 들어갔다. 나는 125노트(시속 231km)로 진입했는데, 약간 고도가 높았다. 기수를 내리는 순간, 비행기는 급격히 각도를 잃고 20미터 가량의 고도에서 활주로로 기울어져 떨어졌다. 나는 활주로에서 미끄러지면 착륙 장치가 꺾일 것 같아서, 스로틀을 밀어서 엔진을 재시동하고 다시 떠올랐다. 나는 그때 충격으로 오른쪽 랜딩기어가 휘어졌다는 사실을 알지 못했다.

다시 상승한 나는 자동적으로 착륙 장치를 올리고 선회를 한 다음, 다시 착륙하기 위해 내려갔다. 나는 착륙 장치를 내렸다. 추적기에 타고 있던 맥클레인 대령이 무선으로 왼쪽 바퀴만 내려왔다고 알려주었다.

나는 기체를 흔들고, 롤을 하고, G를 거는 등 모든 수단을 써보았다. 랜딩기어가 휘었다는 사실은 알 수 없었기 때문에 한쪽 랜딩기어로 접지해서 그 충격으로 다른 쪽 랜딩기어를 튀어나오게 하는 상당히 난폭한 조작까지 해 보았다.

2. 엔진은 GE가, 동체는 후디니가

나는 사태가 심각하다는 것을 깨달았다. 10,000피트(3,000m)까지 올라가자 한쪽 엔진이 꺼졌다. 연료가 떨어진 것이다. 나는 무선으로 말했다.

"다른 좋은 아이디어가 없다면, 여기서 탈출하겠다."

모두들 입을 다물고 있었다. 탈출을 하려면 좀 더 고도가 필요했지만, 다른 엔진까지 꺼지면 2초 안에 기체가 제어를 잃고 스핀에 들어가기 때문에 당장 실행하지 않을 수 없었다. 내가 탈출하자, 마치 달리는 열차에 충돌한 것같이 커다란 소리가 났다. 기체에서 튕겨나올 때 불꽃과 연기가 났다. 그리고 모든 것이 암흑이었다. 나는 좌석에 머리를 부딪쳐 의식을 잃고 말았다.

맥클레인 대령은 내가 의식을 잃은 채 낙하산에 매달려 있는 것을 보고 무전으로 알렸다.

"녀석은 무사하다."

나는 사막에 얼굴을 부딪쳤을 때도 의식을 찾지 못하고 있었다. 그날은 바람이 강해서 나는 엎어진 채 50피트(15m) 가량 모래 위를 끌려갔다. 헬리콥터가 즉시 도착했다. 의무요원이 뛰어나와 혈색을 잃은 나에게 달려왔다. 입과 코에 모래가 가득 차서 질식 직전이었다. 그들이 1~2분만 늦었다면 내 아내는 과부가 되었을 것이다.

나는 병원으로 이송되었다. 의식을 회복했을 때, 아내와 벤 리치가 침대 옆에서 있었다. 벤은 버뱅크에서 회사 제트기에 아내를 태우고 왔다. 나는 15년 동안 스컹크 웍스의 시험 비행을 하는 동안 4번이나 탈출을 경험했지만, 그때까지 찰과상 하나 입은 적이 없었다. 이번에는 머리가 아팠고 석고 깁스를 한 다리에도 심한 통증이 있었다. 다리가 부러지는 것은 테스트 파일럿에게 중대한 장애가 아니지만, 심한 두통이 문제였다. 가벼운 뇌진탕이었던 같은데, 그것이 내 직업에 종지부를 찍었다. 직업 파일럿의 머리 부상에 대해서는 엄격한 규정이 있었다. 나의 테스트 파일럿 생활은 이 사건으로 끝났다.

벤은 나를 테스트 파일럿 부장으로 임명하고 테스트 파일럿을 관리하는 책임을 맡겼다. 켄 다이슨 중령이 내 대신 해브 블루의 시험을 맡았다. 그는 남은 시험기 한 대를 조종해서 레이더 시험장에서 65회의 비행을 했다.

1979년 7월 11일, 그는 기지에서 35마일(56km) 떨어진 곳에서 양쪽 유압 장치에 경고등이 켜진 것을 발견했다. 동력이 없으면 항공기가 안정성을 잃는다는 사실을 잘 알았던 그는 제어불능 상태에 빠지기 직전에 탈출, 낙하산으로 무사히 사막에 착지했다. 그때는 단 한 번의 시험 비행만 남아 있었고, 대부분의 시험 결과는 입수한 상태였다.

해브 블루는 지구상에서 가장 정밀한 레이더에 대해 도전했고, 레이더 반사 면적에 대한 모든 기록을 깨뜨렸다.

한번은 강력한 레이더파를 사방으로 쏘아대는 보잉 E-3 센트리 조기경보기 바로 옆을 지나간 적도 있었다. 그들은 실제로 건초더미에서 바늘을 찾을 수 있다고 자랑하고 다녔지만, 우리 비행기보다는 바늘을 찾기가 더 쉬웠을 것이다.

3. 실버불릿(The Silver Bullet)

나의 스컹크 웍스 운영 스타일은 켈리 존슨과는 매우 달랐다. 우리를 아주 잘 아는 CIA의 프로그램 책임자이자 스컹크 웍스의 몇 가지 프로젝트를 맡았던 존 패런고스키[01]는 이렇게 비꼬았다.

"켈리가 고약한 성질로 지배한다면, 벤 리치는 고약한 농담으로 지배한다."

나는 텔레비전에서 시추에이션 코미디 프로듀서를 하고 있던 동생에게 매일 끊임없이 짤막한 농담이나 걸쭉한 조크 거리를 얻어들었다. 나는 그것을 밑천 삼아 정력적으로 이런저런 농담을 하면서 응원단장처럼 직원들의 사기를 끌어올렸다.

우리 직원들에게는 켈리보다 내가 상대하기 편했을 것이다. 켈리는 말이 많은 사람이 아니었다. 그는 고참 직원들에게 짧고 날카로운 질문을 던지고, 유의미한 답변을 듣기를 좋아했다. 젊은 사람들은 어쩌다 그가 다가오는 것을 보면 자리를 피했다. 나는 위협적이지 않고 자상하면서도 어느 정도 권위를 세우는 방식을 취하는 것이 사기를 올리고 팀의 단결을 유지하는 데 도움이 된다고 생각했다.

나는 근무시간의 반은 직원들을 칭찬하고 나머지 반은 야단을 치면서 보냈다. 1978년, 나는 모든 사람 사람들이 원하던 기술을 개발한 연구소의 책임자로서 영광과 찬사를 받게 되었다. 새로운 기술을 개발한다는 것은 에베레스트 산을

01 John Parangosky. 1941년부터 1945년까지 육군항공대에서 재직했으며, 전역 후 1948년부터 CIA에 합류해 U-2 프로젝트를 포함한 첨단 항공기와 핵심 정찰장비 사업관리를 전담했다. 특히 미국 최초의 사진 정찰위성체계인 코로나 프로젝트의 사무국 개발팀장으로 재직하며 초기 위성정찰 구조를 확립했다. CIA는 1997년 존 패런고스키를 '정보계의 선구자' 50인 중 한 명으로 선정해 그의 업적을 공증했다.

오르는 일과 마찬가지였다. 스텔스 기술 개발에 있어 우리들의 직접적인 경쟁자였던 노스롭도 대단히 우수했지만, 우리가 좀 더 잘했을 뿐이다.

각 군의 제독이나 장군들이 나를 만나러 왔다. 그들은 탱크와 포탄, 미사일에 이 새로운 기술을 도입하고 싶어 했다. 이럴 때마다 작은 베어링볼을 장군들에게 굴려 보여주면 효과가 있었다.

"비행기가 레이더에 이 정도 크기로 잡힙니다."라고 설명하면 그들은 경악했다. 당시 전투기의 레이더 반사 면적은 모두 그레이하운드 고속버스 정도의 크기였다. 공군은 그것이 구슬 크기로 작아질 때까지 기다릴 수 없다는 듯, 1977년 11월에 서둘러 스텔스 전투기 제작 계약서에 서명했다. 해브 블루의 첫 시험비행이 있기 한 달 전의 일이었다.

나는 놀랄 수밖에 없었다. 해브 블루 시험기가 실제로 비행할 수 있는지 확인도 하기 전에 개발 계획을 체결했기 때문이다. 군이 '구입 전 비행확인' 이라는 엄격한 방위 산업계의 원칙을 스스로 파기한 일은 그때가 처음이었다.

군용기는 값이 비싸고 복잡할 뿐만 아니라, 거액의 세금을 투입할 필요가 있다. 그래서 한 번 납품 계약을 체결하려면 비행 시험에 앞서 거의 10년 이상이 걸리는 한없이 복잡한 구매절차를 거쳐야만 한다.

신형기는 설계를 시작해서 실제로 일선 부대에서 운영하게 될 때까지 보통 거의 12년이 걸리기 때문에 배치 직후부터 구형기가 되고 만다. 그러나 그것이 관료제의 운영 방식이다. 공군에서는 하나의 프로젝트를 결정하기까지 내부 분석, 검토, 논쟁으로 수 개월, 때로는 수 년을 날리곤 한다. 그런 절차를 거쳐야 각 신형기의 개별적인 작전 임무가 결정되는 것이다.

반면, 우리의 비행기는 시험 비행을 하지 않은 것은 물론이고, 전략적인 목적도 분명하지 않았다. 1977년 1월, 카터 행정부의 등장과 함께 윌리엄 페리(William Perry)가 펜타곤의 국방연구기술차관으로 취임했다. 그는 우리들의 기록적인 레이더 반사 면적 데이터를 보고는 즉시 소련이 유사한 스텔스 계획을 가지고 있지 않은지 조사하기 위한 새 스텔스 연구실을 설치했다. CIA는 소련의 스텔스 기술 연구 경과를 알아내기 위해 정찰위성의 궤도를 조정하여 레이더 시험장 상공을 통과하도록 했다. 그 결과, CIA는 소련이 스텔스 분야에서 관심을 가지고 있는 것은 장거리미사일에 관한 초보적인 실험뿐이라는 결론을 내렸다. 러시아인들이 스텔스에 별 관심이 없는 것은 당연했다. 미국이 대공 미사일 체계를 거의 갖추지 않았고, 보유한 장비들조차 소련의 미사일보다 뒤떨어지는 상황에서 왜 스텔스 기술에 돈을 쓴단 말인가?

윌리엄 페리는 소련이 스텔스에 아무런 관심을 가지고 있지 않다는 것을 확인하자 즉각 행동을 시작했다. 1977년 봄, 그는 공군 시스템사령부 사령관 앨턴 슬레이(Alton Slay) 장군을 불렀다.

"이 스텔스 기술의 발전을 보고 즉각 결단을 내렸습니다. 전처럼 한가하게 앉아서 개발 계획을 추진할 수는 없습니다. 우선 몇 대의 전투기로 소규모 계획을 시작해서 스텔스 폭격기를 개발하는 데 필요한 교훈을 얻읍시다."

공군은 상인들처럼 무게로 따져 물건을 산다. 물건이 가벼울수록 저렴해야 한다고 생각하는 것이다. 대체로 비행기의 기체는 1970년대의 가격을 기준으로 1파운드에 1,000달러 정도였는데, 핵심적인 전자 기기는 파운드 당 4,000달러나 되었다. 당시에 페리가 즉시 스텔스 폭격기부터 만들자고 나섰다면 슬레이 장군은 그 계획을 폐기하기 위해 전력을 다했을 것이다. 장군은 스텔스 자체에 반대하지는 않았지만, 당시 B-52 장거리 폭격기의 후계기로 논란 덩어리 신세인 록웰의 B-1A 계획에 예산을 끌어오기 위해 필사적으로 노력하고 있었기 때문이다. 슬레이 장군의 최우선 순위는 어디까지나 B-1 폭격기였다. 그는 자기 부하를 보내서 이렇게 지시했다.

"벤에게 스텔스 폭격기 로비를 하지 말라고 해."

그는 끈질긴 사람이었다.

6월 초, 한 번도 만난 적이 없던 카터 대통령의 국가안전보장회의(NSC) 의장 즈비그뉴 브레진스키(Zbigniew Brezinski)박사가 해브 블루를 직접 보기 위해 스컹크 웍스를 방문했다. 그는 아무런 표식도 없는 자가용 제트기를 타고 멀리 떨어진 기지까지 날아왔다. 나는 엄중하게 경호된 격납고 안에서 그를 기다렸다. 우리는 몇 시간을 함께 보냈다. 그는 해브 블루의 타이어를 발로 차기도 하고, 조종석 안을 들여다보기도 했다.

나는 격납고 옆의 비밀실에서 브레진스키에게 스텔스 계획을 설명했다. 그는 질문을 하기 시작했다.

"스텔스성은 어느 정도면 충분한가?"

"보통 비행기도 개조를 하면 스텔스성을 가질 수 있는가?"

"만약 우리 비행기가 소련의 손에 들어간다면, 스텔스의 다이아몬드 형상을 모방하는 데 얼마나 걸릴 것인가?"

"소련이 스텔스에 대항할 무기와 기술을 개발하는 데 시간이 얼마나 걸릴 거라고 보나?"

브레진스키는 내 대답을 조그만 수첩에다 적었다. 그는 폭격기에서 발사해 소련 영공을 2,000마일(3,200km) 이상 발견되지 않고 비행한 후, 핵폭탄을 투하할 수 있는 스텔스 순항미사일을 개발할 수 있는지도 물었다. 나는 이미 우리 예비 개발팀이 그런 미사일을 연구하고 있다고 말했다.[02] 그것은 기본적으로 해브 블루와 동일한 다이아몬드 형상이었지만, 미사일에 조종석이 필요 없기 때문에 스텔스성은 해브 블루보다 훨씬 좋을 것이며, 따라서 가장 스텔스성이 높은 무기 체계가 될 것이다.

나는 이 분야에서 최고의 권위를 가지고 있는 휴즈의 레이더 전문가가 작성한 위협도 분석 연구의 사본을 그에게 보여주었다. 이 분석에 의하면, 엄중하게 방어된 소련의 시설을 폭격할 경우, B-1A 폭격기의 생존율은 40%밖에 되지 않지만, 스텔스 순항미사일은 아무런 손실이 없었다. 그는 그 연구 결과의 사본과 순항미사일의 설계도를 달라고 하면서, 카터 대통령에게 보여주겠다고 말했다.

브레진스키는 떠나면서 마지막 질문을 했다.

"스텔스 기술의 의미를 대통령에게 정확하게 설명하려면 어떻게 말하면 좋겠습니까?"

"두 가지를 말씀하십시오. 이제 항공전의 양상이 완전히 뒤집히리라는 것, 그

02 또다른 기밀 개발 계획인 시니어 프롬(Senior Prom)을 뜻한다.

리고 소련이 지금까지 방공용 지대공 미사일에 투입한 엄청난 투자가 쓸모없게 되리라는 것입니다. 우리는 마음대로 그들의 상공을 비행할 수 있습니다." 라고 나는 대답했다.

"소련은 우리 비행기의 공격을 탐지하여 저지할 수단이 없다는 말입니까?"

"그렇습니다."

나는 자신 있게 대답했다.

3주일 후인 1977년 6월 30일, 카터 행정부는 B-1A 폭격기 계획을 취소했다. 우리들의 스텔스 기술이 거둔 성공과 이 신규 재래식 폭격기 계획 취소는 밀접한 연관이 있었음이 틀림없다. 이 소식을 들었을 때, 나는 공군의 어떤 실력자가 격분해서 누군가를 저주하는 모습을 상상할 수 있었다. 나는 비서를 호출했다.

"슬레이 장군한테 전화가 오면 외국에 출장 중이라고 말해 줘."

그러나 정부로부터 스텔스 계획을 어떻게 추진할 것인지 명확한 지시를 받기까지는 몇 달이 걸렸다. 나중에 안 것이지만, 이 오랜 침묵의 기간 중 공군과 국방부의 고위 책임자들 사이에서 스텔스 기술을 소련을 상대로 한 전략적 관점에서 최대한 활용하는 방법을 놓고 치열한 논란이 벌어졌다고 한다.

공군 내에서는 B-1A 폭격기를 잃고 화가 난 전략공군과 스텔스 전투기를 가지고 싶어 하는 전술공군 사이에도 논란이 있었다. 그 사이에서 심판 역을 맡은 것은 공군장관 한스 마크(Hans Mark)와 합동참모본부장 데이빗 존스(David Jones)였다. 마크 장관은 원자물리학자로, NASA 에임스 연구소 소장을 지낸 인물이었다. 그는 스텔스 기술에 대해 비관적이었고, 유인폭격기보다는 미사일을 강력히 밀고 있었다. 존스 장군은 결단이 필요할 때까지는 자신의 의견을 덮어두는 사람이었지만, 마지막 단계가 되자 솔로몬의 지혜를 보여주었다. SAC, 전략공군 사령부(Strategic Air Command)에서는 순항미사일 개발을 추진하도록 하고, 스텔스 전투기 계획도 별도로 승인했던 것이다.

전술공군의 밥 딕슨(Bob Dixon) 장군은 버뱅크로 날아와 나를 만났다.

"벤, 우선 착수 단계로 실버 불릿 5발을 만들어 주게. 나중에 20발 더 주문할 테니까."

실버 불릿은 우리들의 은어로, 엄중하게 비밀로 감추어 두었다가 특수부대인 델타 포스처럼 적에게 타격을 주기 위해 사용할 수 있는 치명적인 비밀무기를 가리키는 말이다. 이스라엘 공군이 바그다드에 있는 사담 후세인의 핵무기 제조시설을 폭격한 것은 델타 포스식 공격의 좋은 예다. 실버 불릿은 엄중하게 방위된 최우선적인 목표를 한밤중에 신속하게 공격하는 데 사용된다.

사실 소수의 비행기를 신속하고도 효율적으로, 그것도 극비리에 수작업으로 만드는 것은 스컹크 웍스의 특기였다. 그러나 우리는 이미 존재하는 전자 기기를 짜맞춰 만든 소형 해브 블루 시제기에서 얻은 지식을 최대한 활용해서 그보다 더 크고 복잡한 최신형 전자 기기와 무기 체계를 장비한, 정교한 진짜 전투기를 만들어 내야 했다.

딕슨 장군이 방문하고 얼마 지나지 않아 이번에는 존스 참모총장이 다른 일로 샌디에이고를 방문했다가, 워싱턴으로 돌아가는 길에 일부러 우리 공장에 들렀다. 당시 해군은 '초극비계획'[03]으로 소련의 항만이나 해군 시설에 침투하는 Navy SEAL 부대와 장비에 열을 올리고 있었는데, 존스 장군은 그에 지지 않으려는 듯, 내 사무실에서 샌드위치를 먹으면서 내 주의를 환기시켰다.

"당신들의 스텔스 계획은 공군 최초의 극비 계획입니다. 따라서 비밀이 무엇보다도 중요합니다. 워싱턴에서도 이 계획을 알고 있는 사람은 열 사람도 되지 않습니다. 기밀 유지가 최우선 과제고, 일정 따위는 후순위입니다. 신문에 나가면 끝장입니다. 기밀을 지키기 위해서라면 능률 같은 것은 희생해도 좋습니다. 그러면 다른 문제는 없을 겁니다. 이 비행기의 가치는 최초 공격을 받은 적이 얼마나 놀라느냐에 달려 있습니다."

그는 내가 준비한 설명 자료를 워싱턴으로 가지고 갔다. 대통령이 해브 블루와 기타 스텔스 계획을 사이러스 밴스(Cyrus Vans) 국무장관, 해럴드 브라운 국방장관에게 설명하라는 지시를 내렸기 때문이다. 장군은 떠나기 전에 내게 미국의 모든 위성과 통신 활동을 감시하는 기밀기관인 NSA(National Security Agency)

03 Deep Black Program. 외부에 어떤 형태로든 공개되지 않는 기밀 계획들을 뜻한다. 통상적인 승인과 검증 절차를 거치지 않으며 예산과 인력도 공개하지 않는다. 미국 연방정부 내에서는 SAP(Special Access Program)라 구분한다.

의 국장 바비 인만 (Bobby Ray Inman)이 우리 계획에 참가해서 스컹크 웍스, 시험장, 그리고 펜타곤 간의 통신보안을 책임지게 될 것이라고 말했다. 이에 따라 우리는 특별한 암호기와 도청 방지 팩스, 전화 시스템을 받게 되었다. 나는 공군의 보안 시스템이 적용되는 데 대해 불만이 있었지만, 존스 장군에 대해서 불평할 처지는 못 되었으므로 참을 수밖에 없었다.

1975년, 내가 켈리의 뒤를 이은 지 3주년이 되는 기념일 무렵, 스컹크 웍스에는 1,000명의 새 종업원이 고용되었고, 1981년에는 7,500명으로 늘어났다. 우리 설계실과 작업 현장은 초과근무를 할 수밖에 없었다. 조립장에서는 3교대로 밤낮없이 일했다. 우리는 스텔스 외에도 이미 25세가 된 블랙버드 정찰기들을 보수하고, 새로운 전자 기기를 장비하기 위해 작업을 하고 있었다.

그리고 내 취임 첫해에 존스 장군과 체결한 계약에 따라 신형 TR-1 정찰기 35대를 1년에 6대씩 제작해야 했다. 나는 하루에 12시간 내지 14시간씩 일을 했지만 전혀 힘들다고 생각하지 않았고, 다른 사람도 마찬가지였다. 나는 또 비즈니스맨으로, '쇠는 뜨거울 때 쳐라'라는 속담대로 스텔스 헬리콥터의 로터 블레이드를 비롯해 상상할 수 있는 모든 것을 개발하는 데 필요한 자금을 얻기 위해 국방부를 설득했다.

어떤 장난기 넘치는 직원은 내게 'TOP SECRET'문양을 찍은 볼링공을 선물했다. 여기에는 펜타곤 건물을 다이아몬드형으로 재설계하면 레이더 반사 면적이 볼링공 정도로 줄어들 것이라는 설명서가 붙어 있었다. 직원은 이 설명서에 볼링공을 국방부 장관의 책상 위에서 굴려 보라는 충고까지 덧붙였다.

나는 입을 굳게 다물고 있으면, 약속된 번영의 날이 찾아올 것이라고 낙관했다. 그러나 앨턴 슬레이 장군은 그가 기대를 걸고 있던 B-1 폭격기의 복수를 준비하고 있었다. 그는 보복이라고밖에 생각할 수 없는 계약 조건을 우리에게 강요했다. 공군은 비행 시험으로 기술이 입증되기도 전에 계약을 채결하는 이례적인 방식을 채택하면서 정해진 기간 내에 최초의 스텔스 전투기 5대를 3억 5,000만 달러의 예산으로 납품할 것을 요구했다. 그리고 스텔스 전투기의 레이더 반사 면적은 1975년 화이트샌즈 시험장에서 38피트짜리 목업으로 달성한 것과 동일한 수준을 유지해야 했다. 여기에 성능, 항속 거리, 구조강도, 폭격정밀도, 조종성에 대한 보장 조건도 붙었다. 이 조건은 우리를 파멸로 끌고 들어갈 수도 있었다.

그 계약은 보장 조항이 없는 건강보험 같았다. 건강할 때는 아무런 문제가 없지만, 무슨 사고가 발생하면 완전히 파멸하고 마는 것이다. 우리가 만든 실전용 전투기가 목업과 똑같은 스텔스성을 보여주지 못하면 우리는 위약금을 물게 되고, 우리 돈으로 문제를 개선해야 했다.

나는 계약 협상이 시작되기 몇 주일 전에 일어난 일이 무척 마음에 걸렸다. 비밀 기지에서 비행 시험을 하고 있던 팀의 책임자 키스 베스윅이 긴급전화로 말했다.

"벤, 스텔스성이 사라졌습니다."

그날 아침, 켄 다이슨이 레이더 시험장에서 해브 블루를 조종했는데, 크리스마스 트리처럼 밝게 레이더에 나타났다는 것이다.

"레이더가 켄이 접근하는 것을 50마일(80km) 밖에서 탐지했습니다."

키스와 나는 문제의 원인을 대강 짐작하고 있었다. 스텔스 항공기가 레이더에 포착되지 않으려면 기체 표면이 완전히 거울처럼 매끄러워야 했다. 그래서 비행을 하기 전에는 모든 점검용 도어나 창의 테두리에 특수한 전파흡수물질을 채워 넣는 면밀한 준비과정을 거친다. 이 물질은 리놀륨 시트처럼 만들어 각 부위에 딱 맞도록 잘라서 사용해야 했다.

첫 전화를 받고 한 시간 가량 지난 후, 키스에게 다시 전화가 왔다. 문제가 해결되었다는 것이다. 나사못 3개를 완전히 조이지 않아서 머리가 1/8인치(3mm)가량 튀어나와 있었다. 그것이 레이더에는 창고 문짝처럼 크게 나타났던 것이다!

교훈은 명백했다. 스텔스 항공기를 제작하기 위해서는 우주 항공 산업 사상 전례를 찾아볼 수 없는 무결성이 필요했다. 따라서 처음부터 완벽하게 작업해야만 한다는 중압감이 있었다. 그러지 않으면 실수에 대해 문자 그대로 엄청난 대가를 지불해야 하는 것이다. 하지만 오히려 그 때문에 스컹크 웍스의 도전정

1991년 맥킨리 기후연구소의 밀폐시설에서 저온실험을 받고 있는 F-117A (84-0824) (Skunk Works)

신은 더욱 고양될 것이라는 확신이 생겼다. 우리는 지금까지 항상 그래 왔다.

그러나 내게는 아직 회사 이사회의 승인을 받아야 하는 어려운 난관이 남아 있었다. 그들은 회사를 재건하느라 정신이 없었다. 그들은 내가 이 계약 이야기를 켈리 존슨에게 했을 때와 똑같은 반응을 보였다. 켈리는 그때 이렇게 말했다.

"야, 넌 이제 망했다."

나는 경영진에게 새 사업을 얻어 오라고 요구하지 않았느냐고 반문하고, 거기에는 당연히 위험이 따른다고 주장했다. 로이 앤더슨 신임 회장과 래리 키친 사장은 조그만 목업에서 얻은 스텔스 성과를 실제 규격의 전투기로 재현할 수 있을지 의심하는 것이 분명했다.

"동일한 수준을 약속한 것은 엄청난 문제를 자초한 것이 아닌가?"

키친 사장이 물었다.

나는 그의 말이 옳다는 것을 부인할 수 없었다. 나는 말했다.

"스텔스에 대해서는 우리가 충분한 기술을 가지고 있다는 사실을 증명했습니다. 지금까지 모든 것이 예상대로 진행되어 왔고, 앞으로 문제가 터질 것이라는 근거는 어디에도 없습니다. 비행기 5대를 제작하면서 숙련도가 급속도로 올라가고 있고, 문제가 생기면 해결할 수 있습니다. 15대만 만들면 이익도 올릴 수 있습니다."

임원 한두 명은 계약을 거절하고 해브 블루의 시험이 끝날 때까지 1년가량 기다리면 공군도 시험이 끝난 상품을 살 것이기 때문에 그렇게 가혹한 계약 조건을 고집하지 않을 것이라고 말했다. 나는 반대했다.

"지금 이 계약은 다음 단계로 전진하기 위한 첫 단계입니다. 스텔스 폭격기 제조라는 커다란 보상이 기다리고 있습니다. 그래서 이 위험은 감수할 가치가 있는 것입니다. 공군은 최소한 100대의 폭격기를 원하고 있으니까, 100억 달러의 사업이 됩니다. 앞으로 우리가 기대할 수 있는 것과 비교할 때 이 위험이 어느 정도라고 생각하십니까? 땅콩 하나밖에 안 됩니다."

회의는 별로 유쾌하지 못했고, 결론도 만장일치가 아니었다. 그들은 마지못해 결정을 내렸다. 회사의 경리 담당자가 감독 기구를 설치해서 진행 상황을 감시하고, 일정이 지연되거나 문제에 봉착하면 즉시 통보해야 한다고 주장했다.

"벤, 무엇보다도 나를 놀라지 않게 해주게."

키친 사장이 경고했다. 그의 목소리는 요청보다는 애원에 가까웠다.

그 순간부터 나의 가장 큰 걱정은 폭격의 정확도를 보장하는 것이었다. 우리 앞에 이렇게 시간이 많이 걸리고 골치 아픈 문제가 기다리고 있을 줄은 아무도 예상하지 못했다. 저공을 비행하면서 공격하는 B-1 폭격기와는 달리, 우리 비행기는 비교적 높은 고도인 25,000피트(7,600m)를 날기 때문에 조준해야 할 목표가 작게 보일 수밖에 없었다. 대신, 우리 비행기가 적에게 포착되지 않으므로 대공포나 미사일을 피하기 위해 회피 비행을 할 필요가 없었다. 우리 비행기에는 2,000파운드(900kg) 폭탄 2발을 싣게 되어 있었다. 나는 가능하다면 조종석에서 조준할 수 있는 레이저 유도 스마트 폭탄을 채택하고 싶었다. 그 무기를 달지 않으면 멍청한 폭탄을 영리하게 만드는 다른 방법을 발견할 때까지 나는 감방에 갇혀 있을 수밖에 없었다.

공군은 첫 시험 비행을 22개월 이내에 실시하라고 압력을 가했다. 훨씬 간단한 해브 블루를 만드는 데만도 18개월이 걸렸지만, 나는 어쩔 수 없이 그 기한을 수락했다. 우리 프로그램 책임자 앨런 브라운은 "벤은 '오케이'라고 했지만, 나머지 사람들은 모두 '오, 망할'이라며 불평했다."고 당시의 상황을 표현했다.

1978년 11월 1일, 계약이 체결되었다. 우리는 1980년 7월까지 첫 비행기를 만들어서 날려야 했다.

켈리 존슨은 그동안 엄청난 압력 속에서 수많은 프로젝트를 수행했지만, 1979년에 OPEC가 갑자기 유가를 50% 인상해서 일어난 급격한 인플레이션은 겪어 보지 못했다. 공군과의 계약에는 물가 수준에 연동해서 가격을 수정하는 조항이 없었기 때문에, 연 16%의 인플레이션이 나를 곤경에 몰아넣었다.

'누가 이런 빌어먹을 상황을 예상할 수 있단 말인가?' 나는 허공에 대고 한탄했다. 회사의 회계부는 졸도 직전이었다. 공군은 동정하면서 격려해 주었지만, 인플레이션 초과분을 회사와 정부에서 분담하자는 제안은 거절했다.

1980년의 대통령 선거에서 카터는 사면초가의 상황에서 고전하고 있었다. 로널드 레이건은 그가 군사력을 약화시켰다고 비난하고, 표밭인 남부 캘리포니아에서 8,000명의 실업자를 낸 카터의 B-1폭격기 계획 취소를 선거의 쟁점으로 삼았다. 그러자 카터의 백악관은 구식이 된 B-1 폭격기 취소에 대한 레이건 측의 공격을 무마시키려는 생각으로, 극히 민감한 스텔스 계획을 기밀을 유지하며 설명할 수 있는 브리핑 자료를 만들어 달라고 요청했다.

그것은 쓸데없는 짓이었다. 궁지에 빠진 해롤드 브라운(Harold Brown) 국방장관은 정부가 중요한 스텔스 기술에 대한 연구를 하고 있다고 공개적으로 선언해서 나를 놀라게 만들었다. 당시 카터는 이미 국방 문제에서 완패한 상태였으므로, 브리운 장관은 차라리 입을 다물고 있는 편이 좋았을 것이다.

그동안 스컹크 웍스와 카터 행정부의 관계는 원만했으므로, 우리는 빌 페리 같은 훌륭한 사람이 국방부를 떠나게 된 것을 무척 아쉬워했다. (나중에 그는 클린턴 행정부에서 국방장관에 임명되었다). 레이건은 팜데일에 있는 록웰을 방문해 카터를 격렬하게 비난하고, 자기가 선출되면 B-1 폭격기 생산을 재개하겠다고 약속했다.

항공 우주 산업계의 사람들은 모두 변화를 바라고 있었다. 공장에 모인 사람들은 'Happy Days Are Here Again'[04]을 흥얼거렸다. 레이건의 주장은 그들의 기대에 꼭 맞았던 것이다. 레이건이 주장한 고통지수(Misery Index)에는 나도 공감할 수 있었다. 회계담당자와 함께 앉아서 하늘 높은 줄 모르고 치솟는 제작비를 볼 때마다 나는 고통지수를 생각할 수밖에 없었기 때문이다.

해럴드 브라운 국방장관은 자리에서 물러나기에 앞서 내게 마지막 호의를 베풀어 주었다. 그는 1981년 1월, 레이건 행정부 발족 전야에 나를 펜타곤의 자기 사무실로 호출해서 비밀리에 스텔스 개발에 대한 공로로 국방유공훈장(Defense Distinguished Service Medal)을 달아 주었다. 이 프로젝트는 엄격한 비밀로 구분되어 있었기 때문에, 켈리만이 나를 따라 이 비밀 식전에 참석할 수 있었다. 켈리는 자랑스러운 아저씨처럼 내 옆에서 미소를 짓고 있었다. 브라운 장관은 내 가슴에 훈장을 달아 주면서 이렇게 말했다.

"벤, 당신의 스컹크 웍스는 나라의 보배입니다. 당신들이 해낸 스텔스와 그 밖의 기적에 대해서 우리 국민은 당신에게 빚을 지고 있습니다. 이 건물에 있는 모든 사람을 대표하여 감사드립니다."

나는 그 훈장을 카렌과 마이클, 두 아이에게 보여줄 수 있도록 허락을 받았지만, 왜 그것을 받았는지는 설명할 수 없었다.

레이건 대통령은 취임하자마자 비전시로서는 최대 규모의 군비 지출을 시작했다. 1980년대 초, 방위 산업의 매출은 실질적으로 60%가 증가했고, 항공 산업에서 일하는 종업원 수는 1983~86년 동안 15%나 증가했다. 업계는 250,000명이나 되는 숙련된 고급 인력을 고용했으며, 하청이나 부품 공급자의 수는 그 2배에 달했을 것이다. 베트남 전쟁 이래 이처럼 많은 군사 장비를 만든 적은 없었다.

이 같은 활기는 민간 항공 분야에서도 마찬가지였다. 시애틀의 보잉은 1980

04 여러 가수들이 불렀지만, 일반적으로 1932년 대선 당시 프랭클린 루스벨트 대통령의 캠페인 송으로 널리 알려져 있다.

년대의 첫해에 사상 최대의 붐을 맞았다. 주요 항공사로부터 차세대 보잉 727, 737, 747 같은 기종에 대한 주문이 쏟아지고 있었다. 보잉의 거대한 공장에서는 하루 한 대 꼴로 여객기가 생산되었다. 보잉과 캘리포니아에 기지를 둔 미사일이나 전투기 제조공장 틈에 낀 나는 갑자기 자재, 하청회사, 외부 공장, 숙련공 등 모든 것이 부족해진 현실을 발견하게 되었다, 기본적인 자재를 구입하는 데 필요한 시간이 주 단위에서 문자 그대로 연 단위로 늘어났다.

우리는 특별한 기계 가공이나 단조 제품이 필요했는데, 우리 지역의 하청업자들은 서너 개씩 구입하는 소량 구매자였던 우리의 발주를 거부했다. 텍사스에까지 광고를 냈지만 별 소용이 없었다. 지금까지 우리를 위해서 착륙 장치를 만들던 업자마저도 생산 라인을 그런 소량 주문에 맞춰 개조할 수 없다는 이유로 거절했다.

알루미늄을 조달하는 일도 쉽지 않았다. 보잉이 항공기용 알루미늄의 거의 30%를 가져가 버렸기 때문이다. 나머지는 소프트 드링크나 맥주업계에서 매점했다. 나는 평소 알고 있던 알코아(Alcoa)의 공장장을 직접 찾아가 매달린 끝에 겨우 얼마 안 되는 양을 얻을 수 있었다. 그것은 특별한 배려였다. 사정은 그만큼 어려웠다.

아무리 많은 보수를 준다고 해도 우수한 항공 산업 기술자를 구할 수 없었다. 다른 때는 본사 공장에서 작업원을 빌려 올 수 있었지만, 그곳도 트라이스타 여객기의 조립과 해군에서 수주한 대잠수함 초계기 같은 대형 계약으로 바빠서 숙련공을 보내 줄 여유가 없었다.

우리는 거리에서 사람을 구할 수밖에 없었다. 그러나 신원조사가 큰일이었다. 아주 훌륭한 솜씨를 가졌다는 용접공이 마약중독자라는 이유로 보안심사에서 탈락된 경우도 있었다. 취업희망자의 44%가 약물시험에서 탈락되었다. 남부 캘리포니아에 사는 사람들이 모두 코카인, 헤로인, 마리화나, LSD 같은 약물에 취해 있는 게 아닌가 하는 생각이 들 지경이었다. 탈락한 사람들은 대부분이 공장 작업원이었는데, 유능한 기술자들이 여기에 걸리는 경우도 있었다.

새로 고용한 작업원들은 마약 테스트를 통과한 사람들이지만, 그래도 마냥 안심할 수는 없었다. 그들은 기초부터 가르쳐야 했는데, 아이를 낳는 것보다 더 시간이 걸렸다, 우리는 보안상의 이유 때문에 일부러 그들을 주 작업장에서 멀리 떨어진, '아이스박스'라고 부르는 곳에 보내 별로 중요하지 않은 부품을 조립하도록 했다. 우리는 보안이라는 이름 아래 모든 작업을 분산시켰으므로, 어쩔 수 없이 효율이나 운영 면에서 엄청난 문제를 감수해야 했다. 나는 그들을 분산시켜 자기들이 만들고 있는 것이 무엇인지, 실제로 무엇을 위해 일을 하고 있는지 알 수 없도록 했다. 그들이 만들고 있는 것이 비행기라는 것을 알지 못하도록 분산시켜 일을 시켰으므로, 효율이 나빠지는 것은 당연했다.

생산량을 공개할 수 없었으므로 설계도도 다시 뽑아 일련번호를 지워야 했다. 그것만도 상당한 작업이었다. 또한, 우리가 고용한 사람들은 자신들이 만드는 제품이 전투기임을 알지 못했고, 생산량이 10대인지 50대인지도 알 수 없었다. 그렇게 분산되어 제작된 부품은 복잡한 절차를 거쳐 최종 조립 공장으로 이송되었다.

켈리에게 그가 책임자로 있었을 때는 상상조차 할 수 없었던 이런 보안절차들과 사람 속을 긁어대는 관료제도의 행정 절차 속에서 일을 하도록 했다면 어떻게 나왔을지 생각하니 웃음밖에 나오지 않았다.

나는 1급 비밀 취급 허가를 받았지만, 정부와 계약을 했기 때문에 모든 지침과 규제를 따르지 않을 수 없었다. 켈리는 EPA[05], OSHA[06], EEOC[07] 같은 기구나 차별 금지, 소수인종 고용 정책 같은 것이 법제화되지 않았던, 낙원과 같은 시대에 일을 했다. 나는 법에 따라 자재의 2%를 소수인종이나 장애인에게 구입해야 했는데, 그들은 대부분 보안 기준을 충족하지 못했다. 또, 고용평등위원회의 요청으로 일정 수의 장애인을 고용해야만 했다. 버뱅크에는 라틴계 사람들이 많이 살고 있었는데, 이 때문에 왜 라틴계 기술자를 고용하지 않느냐는 경고를 받은 적도 있었다. 나는 그저 "그 사람들은 기술계 학교에 가지 않았기 때문입니

05 Environmental Protection Agency, 환경 보호청

06 Occupational Safety and Health Administration, 직업 안전 위생국

07 Equal Employment Opportunity Commission, 고용 기회 균등 위원회

다."라고 대답하는 수밖에 없었다. 그러나 그 법을 따르지 않으면 계약이 취소되기 때문에, 나는 반드시 이 문제를 해결해야 했다. 나는 아주 특수한 일을 하고 있기 때문에 인종이나 신앙, 피부색에 관계없이 고도로 숙련된 사람이 필요하다고 주장했지만 아무 소용이 없었다. 나는 스텔스 계획만은 예외로 해 달라고 간청했지만 끝내 거절당했다.

비행기의 표면에 사용하는 특수한 재료에 대해 우리는 전혀 경험이 없었다. 레이더 흡수재인 페라이트 박판을 가공하고 페인팅 작업을 하려면 작업원에게 특별 방호 대책이 필요했다. 노동환경법에 따르면 스텔스 제작 공정에는 65종류의 상이한 마스크와 12종류의 작업화가 필요했다. 도료 도포용 마스크를 착용하는 작업원은 수염을 기를 수 없었지만, 만약 내가 노조에게 스컹크 웍스에서는 수염을 기른 사람을 고용하지 않는다고 했다면, 그들은 나를 화형에 처하려 했을 것이다.

스컹크 웍스의 시설은 오래되었고, 그 대부분은 제2차 세계 대전까지 거슬러 올라갔다. 아무리 눈이 나쁜 OSHA 검사원도 환기가 나쁘다거나 벽에 위험한 석면이 사용되고 있다거나 하는 결함을 금방 찾아낼 것이다. 우리들의 작업장은 허름하기 짝이 없어서 여기저기 사다리가 있고 무질서하게 전선이 깔려 있어 걸려 넘어지기 십상이고 기름 자국도 도처에 널려 있었다. 우리는 처음부터 신축성 있게 일을 했다. 사고나 혼란은 한 번도 없었다. 나는 그것이 우리들의 매력이라고 생각했다.

우리들은 위대한 개혁자였다. 우리는 규칙을 적당히 활용하고, 모험을 하고, 필요하면 지름길을 택하기도 했다. 기름이 새지 않는지 확인하기 위해 대낮에 최고 기밀로 구분된 항공기를 밖으로 가지고 나갈 수 없었기 때문에, 조립장 안에서 비행기에 급유를 하기도 했다. 밀폐된 공간에서의 급유는 화재나 그 밖의 위험 때문에 엄격히 금지된 행위였다. 우리 직원들은 자기가 하고 있는 일을 잘 알고 있었고, 무서운 압력 하에서도 훌륭하게 일을 해냈으며, 그들이 가지고 있는 전문적인 기술과 경험을 통해 위험을 대부분 회피할 수 있었다. 그러나 우리 공장의 규모가 커지면서 기술 수준은 떨어지고, 미숙한 작업이 중대한 문제로 등장하기 시작했다.

스텔스 전투기 사업이 중간 정도 진척되었을 때, 부주의한 작업원 때문에 생기는 FOD[08] 문제에 직면하게 되었다. 이것은 모든 항공기 제작사가 공통적으로 겪는 문제였지만, 그동안 우리 공장에서는 거의 발생하지 않았다. 엔진 안에 남아 굴러다니는 부품은 엔진을 파괴하는 것은 물론이고, 때로는 비행기를 추락시켜 사상자를 내기도 한다. 외과의가 수술 중에 환자 몸 안에 스펀지나 수술용 겸자 등을 넣은 채 봉합했다는 이야기를 들은 일이 있을 것이다. 나는 록히드 본사 공장에서 어느 작업원이 L-188 엘렉트라의 연료 탱크에 진공청소기를 놔둔 채 잊어버린 사건을 기억한다. 이 진공청소기는 비행기가 10,000피트(3,000m) 상공에 도달했을 때 연료 탱크 안에서 요동을 쳤지만, 파일럿은 재난이 닥쳐오기 전에 안전하게 착륙할 수 있었다.

제트기를 운용할 때는 엔진에 파편이 흡입되지 않도록 활주로를 깨끗하게 유지해야 한다. 엔진의 블레이드가 부러져 내부를 휘젓기라도 하면 치명적인 사고가 발생하기 때문이다. 작업원이 비행기 안으로 들어가서 작업을 하다가 호주머니에 넣어 둔 펜을 자신도 모르게 떨어뜨린다거나, 볼트나 너트를 엔진 안에 버리고 오는 경우도 비슷한 일이 일어난다. 그런 볼트 한 개가 250만 달러짜리 제트엔진을 통째로 교체하도록 만들 수도 있었다.

이런 부주의 때문에 매년 수리비로 25만 달러를 지출해야 했다. 우리는 주머니가 없는 작업복을 만들고, 조립 현장에서 부품이나 공구를 엄격히 관리하는 시스템을 개발해서 이 문제를 어느 정도 해결했다. 우리 작업원들은 리벳이나 나사를 하나도 빠트리지 않고 계산했다. 우리는 다른 한편으로 작업원들이 시간을 절약하거나 일을 쉽게 하기 위해 원래 목적과 다른 공구를 사용하고 있지 않은지 감시할 필요가 있다는 것도 알게 되었다.

또다른 걱정거리는 부품을 잘못 다루다 손상이 발생했을 때, 감독자에게 보고하지 않고 부품창고에 몰래 들어가 다음 비행기를 위해 준비해 둔 부품을 가

08 Foreign Object Damage, 이물질 피해, 고장

져오는 일이었다. 그래서 우리는 부품창고의 문을 자물쇠로 잠그고 작업원들이 마음대로 들어갈 수 없도록 해 놓았다.

우리는 또 용접공이나 리벳공이 반년마다 받아야 하는 검정 테스트를 받지 않고 있다는 사실도 발견했다. 공군 검사관들은 사냥개처럼 여기저기 돌아다니며 우리들의 기록을 들춰냈다. 몇십 년 동안 관료주의나 문서 절차 같은 것들과 담을 쌓고 지냈던 우리는 이제 그 안에서 허우적거리게 되었다. 나는 감독관에게 이렇게 말할 수밖에 없었다.

"봐요. 우리 쪽 사람들은 빌어먹을 정도로 풀어져 있어요."

우리는 스텔스 전투기를 만들기 위해 3교대 체제로 쉬지 않고 일했다. 한 번에 한두 대의 비행기를 만들 때보다 12대를 만들 때는 더 강력한 규율이 필요하다. 작업원들은 다음 교대원들이 올 때까지 자기 작업장의 청소를 하지 않았다. 나는 15분 전에 작업을 마치고, 작업장을 깨끗이 정리하도록 지시했다.

문제는 우리가 경험이 부족한 작업원을 많이 고용할 수밖에 없었다는 것이다. 전술항공사령부의 딕슨 장군은 FOD 문제로 화가 잔뜩 난 나머지 생산성 전문가들을 투입하겠다고 나섰다.

"벤, 당신이 지금 싫어하는 이유는 알고 있습니다. 하지만 나중에는 고맙게 생각할 겁니다."

그 점은 그가 옳았다. 결국 공장은 깨끗해지고 모범적인 작업장이 되었지만, 그렇게 되기까지는 커다란 스트레스를 받아야 했다. 한편으로 나는 OSHA의 검사관과도 싸우지 않을 수 없었다. 그들은 스컹크 웍스에 들여보내 주지 않으면 직장을 폐쇄하겠다고 위협했다. 게다가 작업원 몇 명은 새로운 레이더 흡수재가 유독한 물질로 되어 있어, 건강에 해롭다는 이야기를 들었다며 불평하기 시작했다. 실은 우리도 위험한 물질을 다루고 있었기 때문에 무척 조심하고 있었다. 그럼에도 우리는 그 물질의 성분을 공개할 수 없었다. 크렘린 못지않게 우리 경쟁자들도 그 성분을 알고 싶어 했기 때문이다. 나는 어쩔 수 없이 공군장관에게 전화를 걸어서 OSHA 검사관을 쫓아내 달라고 부탁했다. 그는 자기들에게도 무척 껄끄러운 문제라고 하면서, 그저 건투를 빈다고 대답했다.

그래서 나는 OSHA에 전화를 걸어 원자력위원회에서 일한 적이 있는 사람, 즉 최고 기밀 취급 인가를 소지하고 고도로 민감한 물질에 대한 취급 경험도 있는 사람을 보내 달라고 부탁했다. 그렇게 온 검사관은 7,000건 이상의 법률 위반을 지적하고, 벌금액이 합계 200만 달러는 될 것이라고 겁을 주었다. 그러고 나서 나를 사무실로 데리고 들어가 문을 잠그더니 환기 불충분, 긴급 사태시 작업장 조명 미비, 시판 알콜 병에 OSHA 경고 라벨 미부착 등 세 가지만을 지적했다. 벌금은 3,000달러뿐이었다. 나는 반은 희생자, 반은 악덕업자가 된 것 같기도 한 묘한 기분에 빠졌다.

하지만 그 뒤에 더 심각한 문제가 발생했다. 승진에서 누락돼 불만을 품은 어느 직원이 스컹크 웍스의 보안이 허술하며 기밀 서류를 분실한 전적이 있다고 의회의 정부 운영 소위원회 직원에게 제보했다. 때마침 비행기 모형 메이커인 테스터스(Testors)가 F-19라 이름붙인 모형을 미국의 극비 스텔스 전투기라고 주장하며 팔아 엄청난 돈을 벌고 있었기 때문에 우리는 곤경에 빠졌다. 그들은 우리 블랙버드의 기수 부분만 따서 엔진 두 개를 붙이고 스텔스 전투기라고 선전했다. 이들은 이 엉터리 모델을 70만 개나 팔아치웠고, 의원들은 격분하고 있었다.

그들은 어떻게 해서 정부의 최고 기밀 사업이 크리스마스의 베스트셀러가 될 수 있었는지 알고 싶어했다. 의회의 두 위원회에서 나를 증인으로 출석시키려고 했지만, 공군은 최고의 국가 기밀이 관련되어 있기 때문에 어떤 조건에서도 나를 출석시킬 수 없다고 거부했다. 그러자 의회는 우리 임원진을 불러냈고, 래리 키친 사장이 희생양이 되어 의사당에 출두했다. 그는 하원위원회에서 무자비하게 난타당했다. 이 위원회 위원장이며, 미시건주 출신 민주당 하원의원인 존 딩겔(John Dingel)은 보안절차를 조사하기 위해 버뱅크에 감사요원을 파견했다. 그들은 첫해부터 모든 비밀문서를 감사하겠다고 명령했다. 나는 거의 졸도할 지경이었다.

내가 가장 먼저 한 일은 켈리 존슨의 집으로 차를 몰고 가서, 그의 차고에 보관되어 있던 서류와 청사진, 그리고 그 밖의 것들이 담긴 상자를 가져오는 것이었다. 켈리는 자기 방식대로 일을 했다.

"빌어먹을, 놈들이 이제 이 켈리를 믿지 못하겠다면, 당장 지옥으로 꺼져 버리라고 해!"

오랫동안 켈리는 자기만의 보안규칙을 실행해 왔지만, 이제는 완전히 달라진 규칙이 엄격하게 시행되고 있었다. 나는 혹시 그가 리븐워스 교도소[09]에서 자동차 번호판이나 만드는 신세가 되지는 않을까 걱정이 들었다.

정부 감사관들은 비밀문서가 몇 건 없어진 것을 발견했다. 문제의 서류는 적절한 절차에 따라 문서절단기로 파기했지만, 구식 기록 체계를 방치하다 보니 아무도 날짜를 기록하지 않았을 뿐이었다. 그것은 기밀 누설이라기보다는 사무 절차 미비였는데도 그들은 그렇게 생각하지 않았다. 정부는 우리들이 기록 시스템을 정비해서 그런 사태가 재발하지 않으리라는 것을 증명할 때까지 스텔스 프로젝트 계약금의 30%만 지불한다는 조치를 취했다.

그때부터 우리들은 끊임없이 감사를 받게 되었고, 스텔스 프로젝트가 끝날 때까지 40명에 가까운 검사관들과 공장 안에서 함께 살면서 모든 보안 및 계약 내용에 대해 감사를 받아야 했다.

한번은 감사 책임자가 우리 공장을 방문했다가 이렇게 말했다.

"리치 씨, 한 가지 분명히 해 둘 것이 있습니다. 우린 당신 비행기가 엉터리인지 아닌지에 대해서는 전혀 관심이 없습니다. 중요한 것은 우리가 요구한 서류를 제출하는 겁니다."

그들은 토끼풀 위를 날아다니는 벌처럼 공장 안을 돌아다니면서 지불 계획을 조사하고 하청업자로부터 가장 싼 자재나 장비를 구입하고 있는지, 제대로 가격협상을 했는지, 충분한 조사를 했는지, 미국 정부를 위해서 납품 업자로부터 최선의 계약을 체결했는지 조사했다. 이런 요구에 맞추기 위해 나는 사무원을 2배로 늘릴 수밖에 없었다. 좋든 나쁘든 우리는 나사와 볼트, 너트를 하나하나 관리하는 카프카적 관료주의 속에 빠져들어야만 했다.

09 미군과 연관된, 산업 스파이나 보안위반자들이 주로 수감된 곳이다.

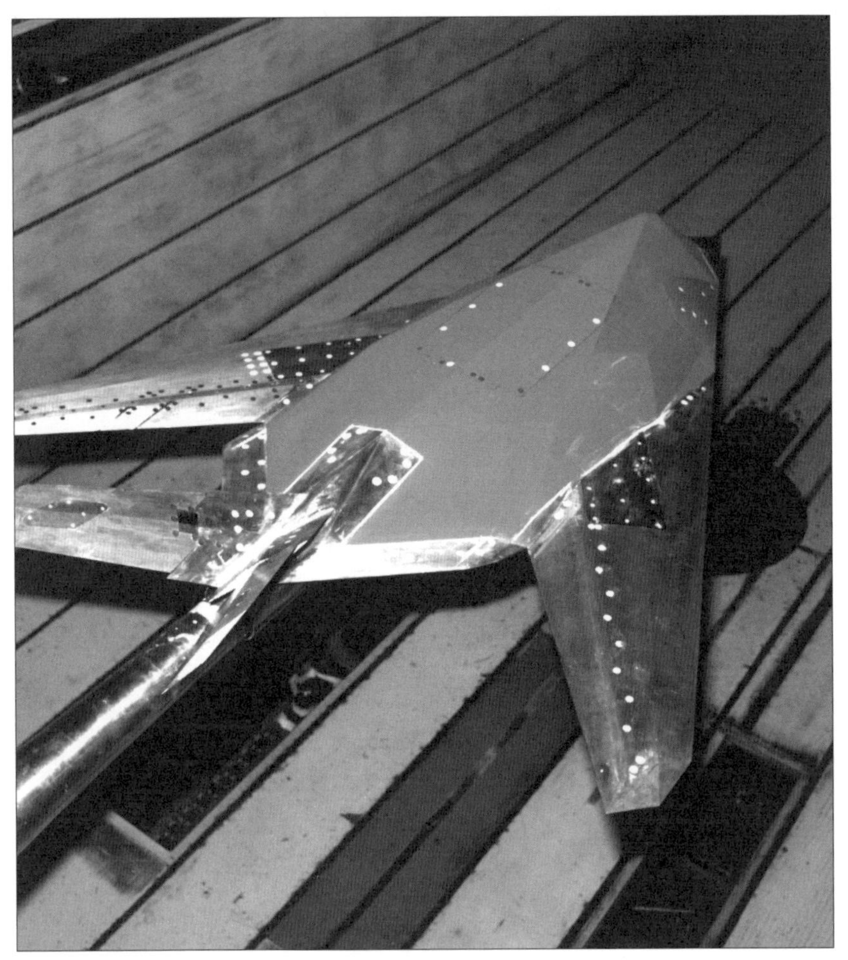

풍동실험을 진행중인 F-117 스텔스 전폭기의 축소모형 (Lockheed)

이런 소동 속에서도 우리는 비행기를 만들기 위해 노력했다. 우리는 맥도넬 더글러스의 F/A-18 전투기와 같은 시기에 조립을 시작했다. 그들은 전투기 20대로 구성된 최초의 비행대대를 편성하는 데 10년이 걸렸지만, 우리는 5년밖에 걸리지 않았다. 그들의 비행기는 재래식이었지만, 우리는 완전히 혁신적인 기술로 전투기를 만들었다.

우리는 먼저 컴퓨터를 사용해서 외형을 설계하고, 그다음에 실물 크기의 목업을 제작했다. 폭탄창처럼 새로운 정밀 작업을 필요로 하는 부분에 대해서는 사전 검토를 통해 문제를 해결했다.

우리는 모형보다 약간 커진 이 새로운 기체가 해브 블루와 마찬가지로 불안정하리라는 것은 알고 있었다. 그러나 얼마나 차이가 있을지는 알 수 없었다. 그것을 알아보기 위해 우리 공기역학 전문가들은 로빈 후드 영화에나 나올 법한 커다란 투석기를 만들어 길이가 축구장의 2배 반이나 되는 조립 격납고의 3층 램프에 설치했다. 그들은 그곳에서 새로운 스텔스기의 모형을 발사해서 지상에 떨어질 때까지 고속카메라로 촬영했다. 이 방법으로 그들은 실제 비행기가 제어를 잃고 추락할 때 발생할 현상에 대한 자료를 입수했다. 보안당국이 옥외실험을 허용하지 않았기 때문에 옥내실험을 한 것이다. 결과는 만족스러웠다.

증언: 앨런 브라운

나는 벤의 프로그램 매니저였다. 스텔스 전투기를 제작하려면 컴퓨터로 설계한 시제기 모델의 저피탐성을 구현하기 위해 온 신경을 집중해야 했고, 극도의 조심성과 스위스 시계에 필적하는 완성도가 필요했다. 우리는 하늘을 나는 벤츠를 만들 시간이나 돈, 인력이 없었지만, 그러면서도 랜딩기어용 도어 같은 곳에 약간의 틈도 허용할 수 없었다. 동체와 정밀하게 맞지 않으면 비행기의 레이더 반사 면적이 3배나 증가했기 때문이다. 그래서 우리는 이 문을 맞추기 위해서 특별한 작업공정을 추가했고, 레이더 빔을 흡수하는 물질로 다시 코팅했다.

우리들은 통상적인 기술자들이 경험한 범주 밖의 업무를 수행 중이라는 것을 잘 알고 있었다. 우리들은 레이더 반사 면적을 수백 분의 1이 아니라, 수천 분의 1단위로 감소시키는 작업을 해야 하는 것이다.

이 비행기를 만드는 데는 여러 가지 기술적 혁신이 필요했다. 특히 공기흡입구와 배기 시스템이 어려웠다. 그중에서도 배기 시스템이 가장 어려웠는데, 적외선 신호 방출을 막기 위해서 방열제와 석영 타일을 써야 했다. 우리는 스텔스성을 유지하기 위해 폭격 목표를 조준할 때도 적외선 탐지장비만을 사용할 수 있었다. 이 장치는 전파를 방사하지 않았지만, 탐지에 사용되는 적외선이 수분에 감쇄되는 경향이 있어서 악천후에는 취약했다. 그리고 평면으로 짜맞춘 외형으로 인해 공기역학적 효율이 유선형 기체보다 20%가량 나빴고, 그래서 목표를 공격하고 돌아오는 동안 여러 번 공중급유를 해줄 필요가 있었다. F-117의 항속 거리는 약 1,200마일(1,900km)가량이다.

나는 추진장치 쪽의 문제를 예상했지만, 이쪽에서는 문제가 발생하지 않았다. 대신 노즐에서 발생하는 균열과 데이터 측정 장비에 엉기는 얼음이 문제였다. 노즐 문제를 해결하는 데는 몇 달이 걸렸다. 원인은 납작하게 설계되어 구조적으로 취약한 노즐의 형상이었다. 이로 인해 높은 압력이 걸리면 쉽게 균열이 발생한 것이다. 이 문제는 우리들만으로는 해결할 수 없어서, 제너럴 일렉트릭의 엔진사업부에 의뢰했다. 그들은 고온 고압 문제의 전문가들이었고, 우리는 그들이 설계한 디자인을 채택했다.

공력 데이터를 측정하는 피토관의 문제를 해결하지 못하면 프로젝트 전체가 실패할 수도 있었다. 이 문제를 해결하는 데 2년 반이나 걸렸다. 피토관은 기수에서 창처럼 뻗어나와 있는 구조물로, 정압(Static Presure), 동압(Dynamic Pressure), 대기속도(Airspeed), 받음각(Angle of Attack), 옆미끄럼각(Angle of sideslip)등을 측정한다. 제어 컴퓨터는 이 피토관의 데이터를 기반으로 1/1,000초 단위로 기체의 자세를 제어한다. 그런 피토관에 얼음이 엉긴다면 2초 내에 기체가 조종 불능에 빠질 것이다. 따라서 피토관만은 절대로 고장이 날 수 없게 만들어야 했다. 게다가 기수에 돌출된 피토관 역시 스텔스성을 고려해야 했는데, 만약 결빙을 막기 위해 열선으로 가열을 한다면 전도성이 생겨 레이더나 적외선 탐지 장치에 포착당할 것이다. 따라서 우리는 사람의 머리카락처럼 가느다란, 비전도성 전열선을 따로 개발해야 했다.

조종석 캐노피의 유리도 문제였다. 레이더파는 들어올 수 없어도 파일럿은 밖을 내다볼 수 있어야 했다. 특히 헬멧을 쓴 파일럿의 머리는 레이더 화면으로 봤을 때 비행기 자체보다 수백 배나 크게 나타날 수 있었다. 우리는 전파는 들어오지 못하면서도 안쪽에선 밖을 볼 수 있도록 하는 코팅용 물질을 개발해야 했다.

때로는 이해하기 어려운 현상도 나타났다. 예를 들면 기체의 전면 부분에 칠한 페라이트 페인트가 갑자기 레이더 흡수능력을 상실하는 경우가 그에 해당했다.

결국 공급처인 듀퐁에 문의를 하고서야 그 원인을 알 수 있었다. 그들이 아무런 통보 없이 제조법을 변경했던 것이다.

벤은 이런 문제에 끊임없이 관심을 두고 있었다. 그는 결코 방관자가 아니었다. 그의 가장 큰 특징은 기술자들과 직접 접촉하는 성향의 켈리 존슨과 달리 간섭을 최소화하며 업무를 지시했다는 것이다. 켈리는 마음에 들지 않으면 자기 생각대로 될 때까지 설계를 다시 시켰지만, 벤은 우리가 일을 하기 쉽도록 공군이나 록히드 경영진과 원활한 관계를 유지하는 데 더 신경을 썼다.

하지만 F-117A는 철두철미하게 벤 리치의 것이었다. 만약 그가 처음부터 밀고 나가지 않았다면, 우리는 결코 스텔스기 경쟁에 뛰어들 수 없었을 것이다. 그는 완벽한 관리자였고, 우리가 곤란에 처하거나 긴급 상황이 발생할 때면 항상 그곳에 있었다. 우리가 잘못하면 옹호하고 변호해 주었고, 새로운 프로젝트를 확보하기 위해 뛰어다니면서 필요한 자금을 끌어왔고, 스텔스 기술의 중요성을 의회나 정부 고위층에게 설득했다. 그는 비전을 가지고 있었고, 그것은 보기 좋게 성공했다.

1980년 여름, 우리는 일정대로라면 최초의 스텔스기 5대의 시험 비행을 목전에 두고 있어야 했지만, 스케줄은 계속해서 지연되었다. 해결하지 못한 문제가 너무 많아서 우리 경리책임자는 안절부절못했다. 1호기의 시리얼 넘버 780이 의미하는 대로 1980년 7월이 시험 비행 예정일로 예정되어 있었지만, 그날은 마치 지평선 너머에 있는 것처럼 보였다.

그럼에도 나는 작업원들의 숙련도가 매일같이 향상되는 것을 보며, 기술적인 문제를 해결하면 앞으로 스텔스 계획을 보다 쉽게 추진할 수 있다는 자신을 가졌다. 하지만 한쪽에서는 공군 장성들이 압력을 가하고, 한쪽에서는 록히드의 경영진이 스트레스를 주었기 때문에 나는 폭발 직전의 상태로 내몰렸다.

7월 초에 F-117의 첫 시험 비행을 하지 못한다고 해서 세상이 끝나는 것은 아니지만, 나는 아무리 늦어지고 문제가 생겨도 결국 극복할 것이라는 확신을 가지지 못했다. 매일매일 새로운 도전과 위기가 닥쳐왔으며, 잠을 자지 못하고 뒤

1980년, 스컹크 웍스의 공장에서 조립중인 최초의 F-117 스텔스 전폭기 (Skunk Works)

척거리며 밤을 새운 적도 한두 번이 아니었다.

1980년 여름은 업무적으로나 개인적으로나 내 인생에서 최악의 시기였다. 나는 마치 정신나간 서커스 곡예사처럼 기진맥진한 상태로 일에 미쳐 돌아다녔다. 우리는 날이 새자마자 회의를 했고, 밤이 되어야 하루의 일을 끝냈다.

아주 어려운 문제를 해결하고 기뻐한 날도 있었고, 복잡한 문제에 직면해 절망에 빠진 날도 있었다. 내 사무실 문 앞에는 문제를 해결해 달라고 늘어선 사람들의 줄이 날이 갈수록 길어졌다. 다른 방법이 없다는 결론이 나오기 전까지는 모든 문제를 스스로 해결하는 훌륭한 직원들이 많이 있었는데도 말이다.

아내 페이는 일밖에 모르는 남자와 결혼한 지 30년이나 되었다. 아내는 내가 늦어도 불평이 없었다. 그러나 6월 초 어느 날 밤, 아내는 창백하고 떨리는 모습으로 나를 문에서 맞았다. 스컹크 웍스의 모든 문제와 스트레스가 단숨에 저 멀리 날아가 버렸다. 아내의 오른쪽 허파에 이상한 반점이 발견되었다는 것이다. 페이는 오랫동안 천식으로 고생을 했다. 때로는 집에 조그만 산소통을 비치하고 있었을 정도였다.

나는 그 반점이 그 천식과 관련된 것이기를 바랐지만, 그런 행운은 없었다. 페이는 세포 검사 결과 암으로 판명되어 수술을 받았다. 의사는 폐수술로 암이 완전히 제거되었으므로 재발하지 않을 것이라고 확언했다. 아내는 8월 1일 퇴원했다. 나는 일주일 휴가를 얻어 아내를 간호했다. 아내의 회복은 느렸지만, 착실히 좋아지고 있었다.

8월 18일, 월요일, 나는 집에 일찍 돌아왔다. 우리는 저녁을 먹은 뒤에 TV 뉴스를 보고 있었다. 그때, 아내가 현기증이 난다고 말했다. 의사를 부르기 위해 전화기로 달려가기 전에 아내의 호흡은 거칠어지고, 얼굴은 급격히 창백해졌다. 나는 달려가서 산소통을 가져왔다. 그러고 나서 심한 천식이 발작할 때를 대비해 가지고 있던 아드레날린을 아내에게 주사했다. 그러나 반응이 없었으므로, 나는 911 구급차를 불렀다.

구급차가 곧 달려왔으나 이미 늦었다. 아내는 내 팔에 안긴 채 급작스레 심장마비로 숨을 거두었다.

나는 이후 몇 주를 망연자실한 상태로 흘려보냈다. 어렴풋이 기억나는 것은 이미 결혼한 아들과 딸이 흐느끼고 있었다는 것, 묘지에서 켈리 존슨이 나의 어깨를 따뜻하게 안아 주었다는 것 정도였다. 켈리의 부인인 메리엘렌은 심한 당뇨병으로 고생하고 있었는데, 그녀도 페이의 죽음으로 큰 충격을 받았다.

나는 정신을 다시 찾는 길은 즉시 직장으로 돌아가는 것뿐이라고 생각했다. 최근에 이혼한 동생이 우리 집으로 와서 함께 살기로 했다. 사무실에 다시 출근한 첫날 아침, 내 책상에는 종이가 한 장 놓여 있었다. 프로젝트 책임자 앨런 브라운이 갖다 놓은 것으로, '1981년 6월 18일'이라는 날짜가 적혀 있었다.

"이게 뭔가?" 나는 물었다.

"시험 비행 일자입니다. 확정된 겁니다. 믿으셔도 좋습니다." 앨런이 대답했다.

나는 희미한 미소를 지었다. 아직 노즐 문제는 해결되지 않았고, 시험 비행 같은 것은 생각할 엄두가 나지 않는 상황이었기 때문이다. 그러나 1981년 6월 18

1981년 6월 18일, 스컹크 웍스 맴버들이 첫 스텔스 전폭기의 비행을 축하하는 모습. 세번째 줄 우측에서 여섯 번째 자리에 벤리치가 보인다. (Skunk Works)

일, 최초의 양산형 스텔스 전투기가 실제로 우리 기지에서 처녀비행에 성공했다. 그 비행기는 마치 꿈처럼 날아갔다.

스텔스 전투기의 성공으로 궁지에서 벗어난 사람은 나뿐만이 아니었다. 우리는 5대의 초도 생산 모델에서 600만 달러가 약간 넘는 손해를 보았지만 나는 아무런 상처를 입지 않았다. 공군 장성들이 아주 만족했기 때문이다. 처음에는 29대, 그다음에는 59대의 주문을 받았다. 내가 좀 더 설득을 했다면 89대까지 주문받을 수 있었을지도 모른다.

최초의 2회분 인도를 마친 뒤로 생산성은 눈에 띄게 향상되어, 우리는 8,000만 달러의 이익을 낼 수 있었다. 한때 나는 이익의 일부를 정부에 반환하려는 생각까지 했다. 아무리 레이건의 시대였다고 해도, 지나치게 많은 수익을 가져갔다는 비난을 받을까 두려웠던 것이다. 그런 행위는 연방범죄였고, 무거운 벌금이 부과될 수 있었다. 그러나 정작 공군이 돈을 되돌려 받을 장부처리 규정이 없다고 거절했기 때문에, 대신 3,000만 달러에 상당하는 보수작업을 무상으로 해주기로 했다. 그것은 우리 생산기술이 완벽했기 때문에 가능했다.

스텔스기는 우리들의 귀중한 보물이 되었다. 회사의 순익은 천장을 모르고 치솟았다. 스텔스 전투기로 우리는 60억 달러 이상을 벌었다. U-2와 블랙버드 개

수 작업에서도 1억 달러의 수입이 있었다. 내가 스컹크 웍스를 맡은 지 5년째 되는 해 이 조그만 비밀 연구 개발 조직의 연간매출은 포춘 500대 회사 안에 들게 되었다. 그 정도면 준수하다고, 아니, 대성공이라고 할 수 있었다.

4. 모기와의 싸움

소령의 이름은 앨 휘틀리[01]였다. 그는 전술항공사령부의 최우수 F-100 파일럿으로, 몇 달 후면 중령으로 진급이 예정되어 있었다. 그는 베트남 전쟁을 포함해 1,000시간의 비행 경험을 가지고 있었는데, 기밀 스텔스 전술비행대대원으로 선발된 최초의 파일럿이었다. 휘틀리는 1982년 2월, 2명의 수석 파일럿과 함께 스컹크 웍스에 나타나 최초의 양산형 기체를 조립하는 광경을 시찰했다. 이 기종의 제식명칭은 F-117A였지만, 스텔스 전투기에 대한 것은 모두 기밀이었기 때문에 이 제식명조차도 기밀 취급이었다.

3개월 후, 이 비행기가 생산라인에서 출고될 때까지 그와 다른 파일럿들은 전선과 계기, 볼트까지 이 비행기에 대해서 모든 것을 숙지해야 했다. 그들 다음에는 최초의 비행대대에 참가할 파일럿이나 정비사가 와서, 그들이 앞으로 책임을 지고 안전하고 효과적으로 운영해야 할 새로운 비행기가 제작되는 광경을 참관할 예정이었다.

이런 일정은 파일럿과 정비사들이 이 미지의 비행기에 대한 우려를 극복하고, 새 기종의 모든 것을 전문적인 수준으로 이해해서 자신감을 얻도록 하는 것이 주목적이었다. 다른 어떤 항공 업계에서도 이처럼 제작자와 운용자가 긴밀한 관계를 가진 경우는 없었다.

휘틀리 소령을 선정한 사람은 전술공군사령부의 '버너 밥' 잭슨 대령[02]이었

01 Alton Whitley. F-117A의 테스트 파일럿을 거쳐, 1991년 사막의 폭풍 작전 당시 F-117A 부대를 지휘하여 바그다드 폭격 임무를 수행했다.

02 Robert "Burner Bob" Jackson

다. 그는 가장 경험이 많고 능숙한 현역 전투기 파일럿들을 모아서 각자에게 보직에 지원할 경우 맡게 될 임무에 대해 2분간 설명했다. 그가 한 말은 이 비행기는 마음대로 몰 수 있다는 것뿐이었다. 그는 임무를 맡으면 가족과는 상당 기간 동안 떨어져 있어야 하고, 그 내용도 극비로 분류되어 있다고 말했다. 결정하는 데 준 시간은 단 5분뿐이었지만, 휘틀리가 결심을 하는 데는 10초밖에 걸리지 않았다. 그는 내 사무실에 앉아서 빨리 스텔스 전투기를 보자고 졸랐다. 나는 말했다.

1995년 4월 1일, 사우디아라비아에서 네바다주의 넬리스 공군기지로 돌아와 기념사진을 촬영한 앨 휘틀리 대령. (Eric Schulzinger)

"스텔스성을 얻기 위해서 공기역학적으로 많은 희생을 했다는 사실을 명심해야 합니다. 이 비행기는 모든 면에서 비행 특성이 불안정합니다."

그리고 나서 나는 휘틀리 소령과 파일럿 2명을 조립현장으로 데리고 가서, 처음으로 비행기를 보여주었다. 세 파일럿의 얼굴이 마치 하이다이빙 보드 위에 처음 올라선 사람처럼 근심에 싸인 것 같았다.

"아니, 이건 정말 완전히 각으로만 만든 비행기군요."

처음으로 극비의 다이아몬드형 비행기를 본 휘틀리가 중얼거렸다. 나는 자신 있는 미소를 지었다.

"휘틀리 소령. 조종석에 앉으면 지금까지의 어느 비행기보다 편안한 비행을 즐길 수 있다고 보장하죠."

그것은 거짓말이 아니었다. 우리들은 F-117A를 공군에서 가장 응답성이 좋고, 조종하기 편한 비행기로 만들기로 작정하고 있었다. 나는 괴상한 모습을 한 비행기일수록 다루기가 쉬워야 한다고 생각하고 있었다. 우리는 이미 5대를 제작해 놓고 있었다. 그러나 공군은 F-117A가 아직 개발 단계에 있었는데도 불구하고 서둘러 비행대대를 편성하려고 했다. 우리는 이제 겨우 이륙하기 시작한 이 비행기의 시험 비행을 급히 진행하지 않을 수 없었다. 우리는 이 선행양산형

5대를 사용하여 공기역학적 특성과 추력 장치를 시험하면서 고쳐 나갔다. 우리는 스텔스 전투기의 모든 부분에 대해서 세밀한 기록을 작성했다. 문제를 하나 고치면 그 경험을 신속하게 다음 생산 현장에서 활용했다.

우리 기술자들은 공군이 비행기를 보유하고 있는 동안, 항상 활주로나 격납고에서 일하면서 공군 측 기술자들이 직면한 문제를 해결해 주고 있었다. 스텔스성을 극대화하려면 기체 표면이 완전히 매끄러워야 했다. 그것이 지상요원들에게는 엄청난 스트레스 거리였다. 비행이 끝나면 비행기의 출입문이나 정비용 패널에 레이더 흡수재를 제거하고 작업을 한 후, 다음 비행을 위해 다시 그 자리에 빈틈없이 흡수재를 붙이거나 도포해야 했다. 이 작업을 제대로 하지 않으면 기체가 적의 레이더에 네온사인처럼 나타나기 때문에, 파일럿과 비행기를 잃을 수도 있었다. 이런 도포 작업을 '버터 바르기'(Buttering)라고 불렀다. 평탄하지 않은 기체 표면을 고르게 하기 위해서 특수한 레이더 흡수 퍼티가 사용되었다.

공군은 처음에 29대의 전투기를 주문했다. 우리는 1호기를 1981년 5월까지 제작한 후, 비행기에 실어 시험장으로 보냈다. 이 첫 비행에서 V형 미익이 너무 작지 않을까 하는 우려가 현실로 드러났다. 시험 비행 계획의 중간쯤에 미익 하나가 떨어져 나간 것이다. 파일럿은 무슨 일이 일어났는지 알지 못한 채로[03] 몇 분 후 무사히 착륙했다.

"비행기 상태가 좀 이상하구나 하고 생각했죠."

그는 나중에 말했다. 하지만 그의 추적기 파일럿은 경고를 보냈다.

"어이, 자네 미익 하나가 떨어졌어!"

우리는 미익이 적정한 면적에 비해 15%가량 작고, 안정적으로 작동하기에는 구조적으로 취약하다는 사실을 확인한 뒤에 재설계했다. 그 일 외에는 아무런 문제도 없었다. 돌이켜보면, 그것 말고는 별다른 문제가 없었다는 사실이 기적 같았다. 솔직히 말해서 당시 우리는 형편없는 상황에서 일을 하고 있었다. 엄격한 보안 규제 때문에 작업 능률이 극단적으로 떨어졌고, 이 비행기를 제작하는

03 각진 동체와 최대한 작게 제작된 창문 때문에, F-117의 조종석에서는 고개를 돌려도 미익을 육안으로 확인하기가 사실상 불가능하다.

수천 명의 현장 작업원들은 스컹크 웍스에서 처음 일해 본 사람들이었다. 그러나 우리들이 마련한 훈련 계획 덕분에 이들은 첫 2년 동안 놀라운 속도로 숙련도를 쌓아올렸다.

우리는 3개월에 2대밖에 만들지 않았기 때문에, 한 달에 25대의 비행기를 만들던 다른 공장보다 훨씬 높은, 78%라는 학습률을 기록할 수 있었다. 일반적으로 항공 산업에서는 많이 만들수록 숙련도가 올라가기 마련이다. 그러나 우리는 고도의 훈련, 신중한 검사와 감독, 그리고 작업원의 높은 동기 덕에 이처럼 훌륭한 결과를 냈다.

더구나 우리는 1981년에서 1984년까지 실시된 레이건 정부의 군비 확충 정책으로 숙련공이 극도로 부족했던 와중에 이런 성과를 얻었다. 사람이 모자라 공구 제작 기술자를 멀리 떨어진 같은 록히드 산하의 조지아 공장에서 빌려와야 했을 지경이었다. 1985년에는 스텔스와 그 밖의 기밀 프로젝트에서 일하는 종업원이 7,500명에 달했다. 같은 시기에 남부 캘리포니아 전체에서는 휴즈, 록웰, 맥도넬 더글러스, 노스롭, 록히드 등에서 45,000명을 새로 채용했다. 군용기 분야의 수입은 1986년에 330억 달러에 달했다. 방위 산업이 최대의 이익을 올리던 시기였다.

그러나 경험이 없는 사람이 중요한 작업을 맡으면 그만한 대가를 치르지 않을 수 없다. 1982년 4월 20일, 공군이 비밀 기지에서 스텔스 전투기를 인수할 때였다. 휘틀리 소령은 자기가 직접 비행하겠다고 주장했다. 그것은 엄격한 회사 규정 위반이었다. 그래서 노련한 우리 파일럿 밥 리데나워가 그 임무를 맡았다.

이 비행기는 인수 전에 진행한 테스트에서는 완벽했다. 시험 비행 전날 밤, 우리는 서보메커니즘을 한 장비칸에서 다른 장비칸으로 옮기고 다시 배선작업을 했다. 리데나워는 활주로에서 이륙하자마자 중요한 종-횡방향 자세 제어용 배선이 반대로 설치되었다는 사실을 눈치채고 경악했다. 비행기는 30피트(9m)가량 상승하다가 뒤쪽으로 뒤집혀서 호수 한쪽에 커다란 먼지를 일으키며 추락했다. 파일럿이 조종석에 매달려 있었기 때문에 안전벨트를 절단하고 꺼내야 했다. 그는 다리에 중상을 입고 7개월 동안 병원에 발이 묶이는 신세가 되었다.

"빌어먹을! 내가 저 꼴이 될 뻔했군." 휘틀리 소령은 소리를 질렀다.

우리는 모두 벌벌 떨었다. 나는 미칠 지경이었다. 그런 치명적인 문제는 검사 절차를 진행하는 과정에서 발견되었어야 했다. 그런 실수가 배선 착오와 겹쳐 버린 것이다. 공군은 사고조사위원회를 소집하고, 사고 48시간 이내에 안전대책과 새로운 검사 절차를 마련하도록 지시했다.

그러나 공군은 이 비행기에 대해 여전히 확신을 가지고 있었다. 휘틀리 소령은 1982년 10월, 양산 2호기로 첫 비행을 했다. 나는 그의 처녀비행을 기념해서 기념패를 만들어 주었는데, 보안 검사를 받아야 했으므로 '중요한 이벤트를 기념하여, 1982년 10월 15일'이라고 쓸 수밖에 없었다. 앨은 웃음을 터뜨렸다. 하지만 그 기념패의 뜻이 무엇인지 자기 아내와 아이들에게 설명하기까지는 6년이라는 시간이 더 필요했다.

휘틀리 소령은 말했다.

"당신의 약속대로였습니다. 활주로를 따라 활주하는 동안은 약간 걱정스럽지만, 일단 이륙하고 바퀴를 집어넣은 다음에는 비행이 아주 순조로웠죠."

이 스텔스 전투기는 1년 뒤 작전에 투입되었다. 그 무렵 공군은 이 전투기를 세계 전역에 배치하기로 결정하고, 59대로 3개 비행대대를 갖춘 비행단을 조직하기로 했다. 1개 비행대대는 영국에 배치되어 서부 유럽, 중동, 소련 그리고 동유럽을 담당하게 되었다. 또 하나는 한국으로 파견해서 아시아 전역에 대한 공격 능력을 부여받았다. 세 번째 대대는 미국 내에서 훈련을 담당했다.

우리는 1986년까지 33대, 나머지 26대는 1990년 중반까지 납품했다. 우리는 1년에 8대씩, 대당 4,300만 달러로 생산했다. 스텔스기는 결코 저렴한 비행기가 아니었다. 그러나 그 혁신적인 특성과 전략적 가치를 고려한다면 충분히 그만한 가치가 있었다. F-117A는 공군이 보유하고 있는 비행기 중에서 가장 가격 대 효용이 높다고 할 수 있었다. 18대의 비행기와 몇 대의 보조기로 편성된 최초의 스텔스 전투기 대대는 공군이 개발을 결정한 지 5년 만에 실전 배치되었다. 그때까지 사고로 상실한 것은 1대뿐이었고, 파일럿의 희생은 없었다.

증언: 앨턴 휘틀리 대령

F-117A는 미국 최대의 비밀이었다. 공군 장성들 중에도 그 존재를 알고 있던 사람은 몇 명뿐이었다. 펜타곤은 우리들을 북미에서 가장 구석진 곳에 배치했다. 고원 사막지대인 그곳에는 핵탄두를 실험하는 산디아 국립 연구소의 활주로밖에 없었다. 라스베이거스에서 140마일(220km)가량 떨어진 이곳은 넬리스 공군기지 시험장에 속해 있었는데, 기복이 있는 황야에 관목지대가 여기저기 널려 있었다. 사람은 살지 않았고. 멀리 시에라 산맥이 보였다.

가장 가까운 도시는 20마일(32km) 정도 떨어진 곳에 있는 토노파(Tonopah)였다. 스위스 국토와 면적이 비슷한 이 거대한 시험장의 한 귀퉁이에서 얼마나 많은 비밀 프로젝트가 진행되고 있는지 아무도 몰랐다. 그저 알 수 있었던 것은 우리가 멀리 떨어진, 외진 곳에 있다는 것뿐이었다. 야생마는 관목 사이를 마음대로 뛰어다니면서 우리 활주로를 가로질렀다.[04] 소련의 첩보위성으로부터 우리 비행기를 숨기기 위해 건설한 새 격납고나 숙소 안에는 커다란 전갈이 기어다니고 있었다.

'버너 밥' 잭슨 대령은 월스트리트 저널의 광고란에서 캐나다의 석유회사 쉐브론이 폐광된 원유 시추 기지에서 사용하던 방한용 트레일러 하우스를 1,000만 달러에 팔겠다는 광고를 발견했다. 그는 캐나다로 날아가 100만 달러로 값을 깎아 구입한 다음, 그 트레일러 하우스를 토노파로 가져왔다. 그것이 우리들의 첫 임시 거처가 되었다. 공군은 이후 몇 년 동안, 이곳에 3억 달러를 투입해서 3개의 활주로와 실내풀장이 딸린 체육관까지 있는 거대한 기지를 건설했다.

이 기지가 완성되기 전, 그리고 우리가 충분한 전투기를 확보하기 전까지, 우리 신설 대대는 넬리스 공군기지의 한 귀퉁이를 빌려 A-7 공격기를 조종하면서 시간을 보냈다. 이 A-7 공격기는 위장용이었다. 1984년 초, 우리는 앞으로 F-117A 대대가 극동지역에 투입될 경우에 대비해, 투입 절차를 시험하기 위해 한국의 군산 공군기지에 배치되었다. 그때 사용된 것이 A-7 공격기였다. 당시 우

04 "토노파에서는 '활주로에서 말을 치지 맙시다' 캠페인이 상시 진행되었다. 일대에는 수백마리의 야생마들이 있었고, 한 마리라도 교통사고가 나는 날에는 온갖 골칫거리를 떠안아야 했다" -웬디 존스 예비역 상사

리는 일부러 그 A-7 전투기에 적의 레이더에 탐지되지 않는, 일급 기밀에 해당하는 원자력 대레이더 장치가 실려 있다는 소문을 냈다. 이 위장 공작을 위해 우리는 검게 칠하고 뒤에 번쩍이는 붉은 경고등을 단, 낡은 네이팜탄 케이스를 비행기에 장착했다. 눈에 잘 띄는 곳에는 방사능 경고마크를 그려 놓고, '원자로 냉각수 주입구'라고 써 놓았다. 이런 위장 장치를 달고 군산 공군기지에 도착하자 공군 헌병이 기지를 폐쇄하고 기관총을 얹은 지프로 주위를 경계했다. 이들은 또 그 비행기가 활주로를 통과하는 동안 지상 정비원들이 등을 돌리게 했고, 이륙할 때는 지면에 엎드려 눈을 감고 있도록 명령했다. 말도 안 되는 우스꽝스러운 짓이었지만, 위장 공작은 완벽하게 성공했다.

1984년에 우리가 토노파로 이동했을 때, 소련의 위성이 그곳을 A-7 기지로 착각하도록 하기 위해 일부러 비행기를 주기장에 늘어놓았다. 하지만 그들의 사진 분석 전문가가 제대로 일을 했다면, 이 기지에 2중 철책이 설치되고 강력한 서치라이트와 TV 카메라, 탐지장치 등으로 엄중하게 경계되고 있음을 알아냈을 것이다. 아마 그들도 이상한 낌새를 눈치챘던 것 같다. 그 후 소련 위성이 상공을 통과하는 빈도가 하루에 3~4회로 증가했기 때문이다. 그들이 무언가 이상 징후를 찾아내려고 했기 때문에, 우리는 해가 진 다음에야 진짜 일을 시작했다.

우리는 스스로 쏙독새라는 의미의 나이트호크스(The Nighthawks)를 자칭했는데, 그것이 우리 제37전술항공단의 공식 별칭이 되었다. 실제로 우리는 몇 년 동안 어두운 동굴에서 사는 흡혈박쥐처럼 생활했다. 낮에는 두꺼운 커튼을 친 방에서 잠을 자고, 해가 지면 활동을 시작한 것이다.

F-117A는 야간 공격기였다. 무전기나 레이더는 물론 조명등도 사용하지 않았다. 스컹크 웍스는 지상의 방공부대에게 탐지될 위험이 있는 전자장치를 전부 제거했다. 엔진에도 소음감쇄장치를 달았다.

달이 뜬 밤에는 비행운을 발생시키지 않기 위해 30,000피트(9,000m) 이하의 고도로 비행했다. 이 비행기는 공중전을 할 수 있도록 설계된 것이 아니라, 적지에 잠입해 두 발의 폭탄을 투하하고 탈출하도록 설계되었기 때문에 기관총이나 공대공 미사일도 장비하지 않았다.

밤이야말로 스텔스기의 세계였다. 우리는 매주마다 5일씩, 밤이 되면 멀리 떨어진 사격시험장에서 폭탄투하와 공중급유 훈련을 했다. 우리는 해가 진 뒤 2시간이 지나서야 일을 시작했고, 해가 뜨기 2시간 전에 일을 마쳤으며, 격납고에서 비행기를 꺼낼 때는 반드시 조명을 껐다. 활주로 유도등조차 켤 수 없었다.

가족들은 우리가 월요일마다 어디로 갔다가 금요일 밤에 돌아오는지 알지 못했다. 우리들은 대부분 라스베이거스 교외에 있는 넬리스 기지에서 가족과 함께 살고 있었다. 주말이면 통근기를 타고 넬리스로 돌아갔는데, 그게 보통 일이 아니었다. 아내나 아이들과 정상적인 이틀을 보낸 다음에 다시 흡혈박쥐 같은 생활을 해야 했기 때문이다. 결혼생활도 시련 투성이었다. 긴급한 일이 생겨도 아내들은 넬리스 기지의 특별한 전화번호로만 연락할 수 있었다. 그 번호로 호출을 받아야 우리가 집에 전화를 걸었다.

진부한 이야기 같지만, 우리들의 사기는 높았다. 12대를 항상 대기시켜 놓고 있다가 대통령의 명령만 있으면 언제라도 즉각 출동하는 것이 우리들의 임무였기 때문이다. 대통령이나 국방장관만이 우리를 출동시킬 수 있었다.

사기가 높았던 또 하나의 이유는 비행기 그 자체였다. 이 비행기를 조종해본 우리들은 모두 사랑에 빠졌다. 부여된 임무 범위 안에서 비행을 하고 지정된 비행영역 안에 머물러 있는 한, 스텔스기는 연인과 같았다. 성능은 최고였다.

우리는 모두가 스마트하면서도 정밀한 레이저 유도폭탄을 능숙하게 조작할 수 있게 되었다. 비행기에 실린 2,000파운드(900kg) 폭탄 두 발은 조종석에 있는 비디오 스크린의 십자선을 목표에 맞추기만 하면 레이저 광선을 따라 목표에 정확하게 명중했다. 우리는 스미스 여사의 집을 찾아서 차고 너머 북동쪽 구석에 있는 손님방을 폭파시킬 수도 있었다. 실로 놀라운 정확도였다.

나는 1990년 초에 대령으로 진급했고, 그해 여름에는 비행단장으로 임명되었다. 우리는 8월 초에 사우디아라비아로 이동했다. 그리고 몇 달 후, 우리는 '사막의 폭풍'작전에서 최초의 타격 임무를 수행했다.

스텔스 전투기의 운용을 시작한 지 1년 후, 우리 위협분석실에서 일하던 컴퓨터 세계의 마법사 두 사람이 나를 찾아와서 매력적인 제안을 했다.

"벤, 스텔스 전투기를 자동화해서 이륙에서 공격, 착륙까지 자동으로 수행하도록 하는 건 어때요? 모든 임무를 컴퓨터로 데이터화해서 카세트에 저장한 다음, 파일럿이 기내 컴퓨터에 입력을 하는 겁니다. 그러면 목표까지 날아갔다 돌아올 때까지 모든 작업을 해낼 수 있어요."

놀랍게도 그들은 이 자동화 프로그램을 단 120일 만에, 그것도 250만 달러의 비용으로 만들어 냈다. 이 프로그램은 다른 것보다 너무나 뛰어났기 때문에 공군은 그것을 구입해서 다른 모든 공격기에도 채택했다.

이 시스템[05]의 심장부는 임무를 모든 면에서 분석하는 두 대의 강력한 컴퓨터였다. 이 컴퓨터는 가장 위험한 적의 레이더와 지대공 미사일을 회피할 수 있도록 항상 최신 위성관측정보를 업데이트했다. 그리고 이 정보를 바탕으로 회피비행 경로를 수립했다. 이 정보를 작전에 투입되는 기체의 항전장비에 입력하면 파일럿이 손을 대지 않아도 특정 지점에서 선회하고, 고도를 바꾸고, 속도를 조절할 수 있었다. 이 오토파일럿 시스템을 사용하면 적의 지대공 미사일 사거리 내에서도 생존할 수 있도록 스텔스기의 대레이더 성능이 극대화되는 각도나 진행 경로를 자동으로 유지할 수 있으며, 1,000마일에 걸친 장거리 비행 이후에도 초 단위의 정확도로 목표에 도달할 수 있게 된다. 파일럿은 목표 상공에 도달하면 컴퓨터를 끄고 적외선 화상을 보면서 두 발의 폭탄을 목표에 유도했다. 필요하다면 폭탄도 오토파일럿이 투하하게 할 수 있었다.

토노파 기지에서 실시된 야간훈련의 도움을 받아 이 장치를 완성하는 데 2년이 걸렸다. 이 오토파일럿 시스템은 아주 효과적이었기 때문에, 파일럿들은 훈련 중 클리블랜드의 고층 건물 중에서 특정한 아파트나 멀리 위스콘신 호수에 떠 있는 보트하우스 같은 것을 조준해서 완벽하게 모의 공격을 성공시켰다.

1986년 4월, 이 비행기와 시스템을 실전에서 시험해 볼 기회가 생겼다. 이 부대는 레이건 행정부의 국방장관 캐스퍼 와인버거(Casper Weinburger)의 직접 비밀

05 이 오토파일럿 시스템은 'George'라는 애칭 겸 암호명으로 불렸다.

명령을 받고 리비아 트리폴리에 있는 무하마드 카다피의 사령부를 델타포스식 야간 기습으로 공격할 준비를 했다. 엘도라도 캐년이란 암호가 붙은 이 작전에는 8~12대의 F-117A가 동원될 예정이었다.

즉시 동해안까지 날아가기 위한 준비가 시작되었다. 그곳에서 파일럿들은 하루를 쉰 후 다음날 이륙해서 공중급유를 받아 가며 곧장 리비아로 날아가 새벽 3시 즈음에 카다피를 공격한다는 계획이었다. 전술공군사령부의 고위 장성은 스텔스 전투기의 존재를 통보받고 실제로 토노파에서 실시되고 있는 훈련계획을 검토한 후, 와인버거 장관에게 F-117A가 그런 비밀공격작전에 가장 적합하다고 건의했다.

"이 작전이야말로 이 시스템을 개발한 목적입니다." 장성들은 이렇게 단언했다.

그러나 와인버거 장관은 주저했다. 그는 비행대대가 예정대로 동해안으로 이동하기 1시간 전에 계획을 취소했다. 그는 단순히 최고 기밀로 구분된 혁명적인 항공기가 소련에 너무 일찍 알려지지 않기를 원했다.

나는 와인버거가 잘못 판단했다고 생각한다. 이 작전은 항공모함에 탑재된 해군 전폭기를 사용해서 진행되었고, 카다피는 목숨을 구할 수 있었다.[06] 리비아 방공부대가 공격기의 접근을 적시에 탐지해서 공습경보를 내보냈고, 공격기들이 미사일과 대공포화를 피하느라 카다피의 숙소를 직접 노렸던 폭탄 몇 발이 모두 빗나갔기 때문이다. F-117A라면 기습으로 스마트 폭탄을 카다피의 베개에 명중시킬 수 있었을 것이다.

1988년, 국방부는 마지못해 스텔스 전투기의 존재를 발표했다. 훈련 작전을 확대해서 다른 공군 부대까지 참여시킬 필요가 있었고, 펜타곤의 분석관들도 소련이 우리 공군에서 보유한 이 비행기의 정체를 파악한 상태라고 판단했기 때문이다. 신문들은 몇 년 전부터 스텔스 전투기에 대해서 많은 추측성 기사를 썼지만, 실제로 어떻게 생겼는지 그 형태와 디자인은 그때까지 완벽하게 비밀

06 실제 작전은 영국에서 발진한 24대의 F-111 전폭기와 28대의 공중급유기, 미국 해군 항공모함에서 발진한 15대의 A-6E와 6대의 F/A-18, A-7 등이 참가해 거대한 규모로 진행되었다.

이 지켜지고 있었다. 신문들은 F-19라는 잘못된 제식 명칭을 사용하기도 했다. 데니스 오버홀저와 딕 캔트렐 같은 우리 전문가들은 신문에 실린 상상화를 보고 회심의 미소를 지었다.

그런데도 공군이 발표한 데 대해 불만을 표시한 고위 정보 관계자들이 있었다. 그들은 이렇게 말했다.

"소련인들은 당황했을 거야. F-117A에 대항할 수단이 없으니까. 이제 밤잠을 자지 않고 주말에도 일해야 할 걸. 하지만 실제로 그들을 공격할 때까지 감춰 뒀으면 좋았을 텐데."

***증언 : 래리 D. 웰치 장군**(공군참모총장, 1986-1990)*

공군참모총장으로서 나는 F-117A를 전면전 상황에서 적의 방공망을 무력화시키기 위해 고가치 표적을 상대로 사용해야겠다고 판단했다. 예를 들어, 우리는 항상 SA-5나 SA-10 같은 지대공 미사일을 어떻게 극복할 것인지, 다시 말해서 어떤 방법으로 그것들을 격파하고 우리 공군 편대를 소련의 심장부 깊숙한 곳에 있는 목표물에 안전하게 접근시킬 수 있는지에 대해 연구하고 있었다. 우리는 스텔스야말로 바로 그런 수단이라고 판단했다. 우리가 아무도 모르는 이 혁명적인 비행기들을 보유하고 있다면, 그리고 이들이 그 골치 아픈 SA-5를 제거할 수 있다면, 소련을 상대로 엄청난 전략적 우위에 설 수 있기 때문이다.

나중에 안 것이지만, 우리는 이 비행기의 성능에 대해 근시안적으로 과소평가하고 있었다. 이라크와의 전쟁에서 판명된 것처럼, 이 비행기는 우리가 상상하고 있었던 것 이상으로 다양한 용도의 공격에 사용할 수 있었다. 우리는 사막의 폭풍 작전에서 F-117A가 첫 야간 출격을 하기 전까지는 적 방공망을 순차적으로 격파하고 본격적인 항공작전에 착수하는 데 걸릴 시간이나 출격 횟수 따위를 계산하느라 고민하고 있었다. 그러나 스텔스기와 정밀 유도폭탄의 조합으로 우리는 첫날부터 적의 방공망을 대부분 파괴하고 거의 손해 없이 신속하게 항공작전을 감행할 수 있었다.

이전까지는 개전 초야에 지상에서 가장 엄중하게 방어된 적의 전략거점을 대부분 격파할 작전계획을 수립하기 위해 온갖 노력을 기울였다. 그러나 벤 리치의 비행기는 사막의 폭풍 첫날 바로 그것을 해냈다.

가장 감격적인 순간은 온 세계가 주시하고 있는 가운데 F-117A가 이라크 국방부의 환기통으로 폭탄을 정확히 투하했을 때였다. 이라크군 지도부는 엄청난 충격을 받았고, 전 세계의 군사 관계자들도 스텔스기의 출현으로 미래의 전쟁에 커다란 영향을 미칠 놀라운 일이 시작되었음을 깨달았을 것이다.

증언 : 도널드 라이스 (공군 장관, 1989-1992)

사막의 폭풍 작전이 시작되었을 때, 나는 펜타곤에 있었다. F-117A의 정밀공격이 감행되는 H아워(작전개시시간)는 바그다드 시간으로 오전 3시 정각으로 결정되어 있었다. 이 시간은 틀림없이 준수되어야 했다. 우리는 이 작전 시각을 몇 주일 전부터 계획했기 때문에 갑자기 CNN이 그 시간 20분 전에 바그다드가 폭격을 받고 있다고 생방송을 하는 것을 보고 당황했다.

호텔에는 버나드 쇼(Bernard Shaw), 존 할리만(John Holliman), 피터 아네트(Peter Arnett)등 세 명의 CNN 기자가 있었다. 그들은 순항 미사일이 굉음을 내며 날아가고 하늘에서 비행기가 공격하는 소리가 들린다고 흥분한 목소리로 외치고 있었다. 하늘로 예광탄이 솟아올랐다. 이 상황은 20분간 계속되었다. 그동안 바그다드 상공에서는 아무 일도 일어나지 않았고, 실제로 아무 일도 없었다.

사전에 이륙해서 바그다드로 날아가기 위해 이라크 국경을 통과한 F-117A 편대를 제외하고, 모든 다국적군 항공기들은 사우디 국경선 부근에 설치된 조기경보 레이더 3개소의 탐지거리 밖에서 대기하고 있었다. 우리는 아파치 공격 헬리콥터를 투입해 그 레이더 기지를 파괴하기로 했다. 그 공격은 3시 21분 전에 시작되었다. 아마 누군가가 바그다드에 무전으로 보고했을 것이다.

"공격을 받고 있습니다!"

바그다드에서는 즉시 그들이 가지고 있는 모든 무기를 밤하늘에 대고 쏘기 시작했다. 결국 3시 1분, CNN 기자 한 사람이 외쳤다.

"아앗! 저희 방의 전화가 방금 끊어졌습니다." 1분 후인 3시 2분, 호텔의 전등

이 나갔다. 그것은 실제 공격이 시작되었음을 알려주었다. 우리는 3시 2분에 첫 F-117A 편대가 바그다드 시내에 있는 전화국과 중앙배전소를 폭격하도록 계획을 짜 놓았다. 이렇게 해서 우리는 워싱턴에 앉아서 F-117A가 정확한 시간에 정밀폭탄을 투하했다는 사실을 알 수 있었다.

우리는 그날 밤, 그리고 이후 계속된 야간 폭격을 통해 정밀 유도 무기와 스텔스의 조합이 항공전에 비약적인 발전을 가져왔다는 사실을 알게 되었다. 제2차 세계대전 이후 레이더 시스템이 도입되자 항공 작전 입안자들은 기습이 더 이상 불가능하다고 판단하고 대편대로 적을 압도한 후 소수의 공격기를 침투시켜 손해를 입히는 구상으로 선회했다. 이제 우리는 다시 소수의 항공기로 기습공격을 가하고, 주요 거점을 정확하게 공격해 제거하는 작전을 생각할 수 있게 되었다.

나는 다음 세기의 첫 20년까지 모든 군용기가 스텔스기가 되리라고 예상하고 있다. 시기는 틀릴지 몰라도, 스텔스기는 틀림없이 하늘을 지배할 것이다.

증언 : 배리 혼(Barry Horne) 대령

박쥐였다. 스텔스기의 실제 위력을 눈으로 확인한 계기는 바로 박쥐였다. 우리는 사우디아라비아의 킹 칼리드 공군기지에 37대의 F-117A를 배치하고 있었다. 킹 칼리드 기지는 바그다드에서 900마일(1,440km) 떨어진 외진 곳으로, 스커드 미사일의 사거리 밖에 있었다. 사우디 정부는 강화된 격납고가 있는 1급 전투기 기지를 우리에게 제공했다. 일대에서는 밤이 되면 박쥐가 나타나 곤충을 잡아먹었다.

어느 날 아침, 우리는 열어 놓은 격납고 안에서 비행기 주위에 박쥐의 사체가 흩어져 있는 것을 발견했다. 박쥐는 소나처럼 음파를 통해 야간에도 장애물을 피해 날아다니는데, F-117의 수직미익이 음파마저 편향시켰기 때문에 박쥐들이 비행기를 인식하지 못한 채 충돌했던 것이다. 우리는 그동안 훈련을 통해서 우리 비행기에 대해 충분한 자신감을 축적했지만, 이처럼 눈으로 그 효과를 확인하게 되니 정말 마음이 든든해졌다.

사막의 폭풍 작전이 시작된 날 밤, 우리는 첫 출격의 임무를 맡았다. 우리는 모두 방화복을 시험하기 위해 불 속으로 뛰어드는 소방대원 같은 기분이었다. 소위 전문가라고 하는 사람들이 안전한 방화복이라 보증하더라도, 실제로 위험을 무릅쓰고 불길 속으로 들어가 보기 전에는 아무도 확신을 가질 수 없는 것이다.

우리가 첫 출격을 위해 비행복을 입고 있을 때, 어느 파일럿이 내게 말했다.

"하느님에게 스텔스기가 제대로 성능을 발휘하도록 해 달라고 기도하고 싶은 심정이야."

그의 말은 우리 모두의 심정이었다.

사막의 폭풍 작전 H아워는 바그다드 시간으로 1991년 1월 17일 오전 3시였다. 나는 자정이 조금 지나서 비행기에 올랐다.

솔직히 말해서 긴장으로 목이 타는 것 같았다. 브리핑에 의하면 우리는 베트남 전쟁 이래, 아니 사상 최대의 대공포 화망과 대공미사일 밀집 지대 속을 비행해야 했다. 사담 후세인은 16,000발의 지대공 미사일과 30,000문의 대공포를 바그다드 일대에 배치했다. 이것은 규모면에서 소련이 모스크바 주변에 설치한 방공망을 능가했다. 다국적군에 있어 F-117A는 바그다드 공격에 사용할 수 있는 유일한 항공기였고, 우리들의 임무는 다른 어느 임무보다도 위험했다. 우리 외에는 해상에서 발사되는 해군의 토마호크 미사일로 바그다드를 공격하는 계획이 있을 뿐이었다.

우리 비행기에는 적의 벙커를 깊숙이 뚫고 들어가 폭발하도록 설계된 2,000파운드(900kg) 레이저 유도폭탄이 2발씩 실려 있었다. 이 폭탄은 GBU-27이라 부르는데, F-117A만 탑재된다. 임무에는 5시간이 걸리는데, 도중에 3번 공중급유를 받아야 했다. 우리는 두 팀으로 나뉘어 바그다드로 향했다. F-117A 10대로 구성된 1차 공격대가 적의 주요 통신 센터를 파괴하고, 1시간 후 12대로 구성된 2차 공격대가 출동하는 것이 우리의 계획이었다.

바그다드의 상공은 마치 7월 4일의 독립기념일 축하 행사를 30배쯤 확대한 것 같았다. 하지만 그 불꽃은 하늘을 향해 대공포를 난사하며 형성된 강철의 장막이었다. 그들은 우리가 있다는 것은 파악한 듯했지만, 추적은 하지 못했다. 우리가 귀 근처를 앵앵대는 모기처럼 날아가니, 화가 나서 맹목적으로 손을 휘두른 것이다. 그들의 행동은 그저 요행을 바라는 것뿐이었다. 운이 좋았다면 우리를 격추할 수도 있었을 것 같은데, 왜 그러지 못했는지 알 수 없는 노릇이다. 비유하자면, 폭발하는 팝콘 공장의 램프 위에서 튀어 오르는 옥수수를 하나도 맞지 않아야 하는 상황이었다. 확률상 불가능해 보였지만 그렇게 되기를 바라는 수밖에 없었다.

공습 당일 밤, 프랑스제 미라지 F1과 소련제 MiG-29 전투기가 날아다니는 모습이 우리 화면에 나타났으나, 그들이 우리를 포착한 징후는 보이지 않았다.

이라크에는 5개의 통신구역이 있었으므로, 미사일이나 비행기를 공격하는 대신에 그들의 두뇌를 때려 부수고 눈을 멀게 하는 것만으로 충분했다. 그래서 우리는 그들의 미사일과 통신센터, 작전사령부, 방공센터를 공격했다. 합계 20분간 계속된 3차례의 폭격과 토마호크 미사일의 공격으로 이라크는 완전히 넉다운 되었다. 그들은 공습 첫날에 보복 공습을 하지도, 우리 공군력에 대응할 효과적인 방어 수단을 온존하지도 못했다.

남은 것은 원시적인 보복 무기인 이동식 스커드 미사일과 공중엄호도 희망도 없이 맨몸을 드러낸 채 싸워야 하는 취약한 지상군뿐이었다. 바그다드를 워싱턴에 빗대어 말한다면 우리는 첫날 밤에 백악관, 의사당, 펜타곤, CIA, FBI를 파괴하고, 통신 기능을 마비시켰으며, 앤드류, 랭글리, 볼링 공군기지를 괴멸시키고, 포토맥 강에 걸린 모든 다리에 커다란 구멍을 낸 것이다. 그것이 첫날밤에 완수한 전과였다. 우리는 다시 돌아가 그다음 달까지 계속해서 공습을 했다.

우리는 2대씩 함께 비행했지만 서로를 볼 수 없었기 때문에, 첫날밤 바그다드 상공의 화망을 볼 때 격추당한 항공기나 파일럿이 있을지도 모른다고 생각했다. 그래서 국경을 넘은 다음 다시 집결해서 모두가 무사하다는 것을 확인하고는 매우 놀라면서 기뻐하고 깊은 감동을 느꼈다. 아무도 격추당하거나 대공포에 맞지 않았다. 스텔스기는 완벽하게 기능을 발휘했다.

증언 : 마일스 파운드(Miles Pound)소령

두세 번 출격한 다음부터 우리들은 주변에서 터지는 대공포화에 관심을 두지 않게 되었다. 그들은 그저 마구잡이로 쏘아대고 있을 뿐이었다. 우리는 그들이 대공포를 식히기 위해 사격을 중지해야 한다는 것을 알았기 때문에, 5분 정도 대기하다 다시 침투해서 공격을 재개했다. 우리는 엄중하게 방어되는, 중요성이 높은 거점에 초정밀폭격을 가하는 어려운 임무를 수행하고 있었다. 사령부는 북 타지(North Taji)의 군사공업단지에 B-52를 투입해 융단폭격을 가하기로 했지만, 그 지역은 아군 폭격기들을 격추시킬 수 있는 지대공 미사일의 보호를 받고 있었다. 따라서 우리는 전날 밤에 10대의 스텔스를 출격시켜 15개 미사일 기지를 전부 파괴해 버렸다. 그들은 우리가 오는 것을 보지 못했다. 이 작전으로 우리는 슈워츠코프 장군과 연합군 상황실에서 우리를 지켜보고 있던 다른 장군들로부터 기립박수를 받았다.

우리는 초정밀 폭격으로 시내에 있는 통신 센터를 찾아내서 민간인 피해 없이 파괴할 수 있었다. 우리는 이렇게 자랑했다.

"남자 화장실을 칠지, 여자 화장실을 날려 버릴지 말씀만 하십쇼. 그대로 때려 부술 테니까."

우리는 스텔스성 덕분에 적에게 발견되지 않고 목표에 도달해서 정확히 조준할 수 있었다. GBU-27 레이저 유도폭탄은 가장 견고한 방공호도 관통할 수 있었다. 사마라 화학공장의 벙커도 이 폭탄으로 파괴했다. 이 방공호는 8피트(2.4m) 두께의 강화 콘크리트로 보호되고 있었지만, 우리는 첫 번째 폭탄으로 그곳에 구멍을 뚫고, 그 구멍을 통해 두 번째 폭탄을 투하해서 완전히 파괴해 버렸다.

전쟁이 반 정도 진행되었을 무렵 이 폭탄의 공급이 한계에 달하자, 우리는 GBU-27보다 가벼운 폭탄을 사용해야 하는 신세가 되었다. GBU-10 폭탄은 H-2로 명명된 이라크 공군 전진기지에 있는 강화 격납고 몇 곳의 지붕에 투하되었지만, 그냥 튕겨나가고 말았다. 정보 보고에 의하면 이라크군은 우리를 이겼다며 기뻐했다고 한다. 그래서 그들은 남은 제트전투기를 모두 이 격납고에 가득 채워 놓았다. 우리는 이틀쯤 기다렸다 훨씬 무거운 GBU-27 폭탄을 가지고 가서 이 기지를 지도에서 날려 버렸다.

이 밖에도 아직도 기억에 남아있는 임무가 세 가지 있다. 그중 하나는 쿠웨이트군 포로를 탈출시키기 위해 포로수용소의 이라크군 공화국수비대 막사를 정밀폭격해서 파괴한 것이다.

CNN 피터 아네트의 입을 막아 버린 것도 인상에 남는다. 그는 사담 후세인의 선전에 이용되는 인물로 여겨졌으므로 우리 파일럿들 사이에서 인기가 없었다. 그날 밤, 나는 기지에서 그의 방송을 보고 있었다. 우리는 동료들이 정확히 6초 후에 바그다드 시내의 통신센터를 폭격해서 아네트의 방송이 끊어지리라는 것을 알고 있었다. 그래서 우리는 큰 소리로 카운트다운을 시작했다.

"다섯… 넷… 셋… 둘… 하나."

스크린에서 화상이 사라졌다. 정확한 시간이었다. 우리는 마치 풋볼 시합의 관중들처럼 환호했다.

스텔스의 위력을 가장 인상적으로 증명한 것은 이라크의 핵시설 공습일 것이다. 이곳에는 화학, 생화학무기 생산 시설도 포함되어 있었다. 공군은 주간에 F-16 14대를 비롯해 호위전투기, 전자전기, 공중급유기 등 72대로 편성된 대편대를 투입했다. 파일럿들은 일찍이 경험하지 못했던 대량의 대공미사일과 대공포화가 솟아오르는 것을 보았다. 이라크군은 그 지역을 연막으로 덮어 버렸기 때문에 우리 파일럿들은 그 연기를 향해 폭탄을 대충 투하하고 목숨만 챙겨 잽싸게 도망쳐야 했다. 제대로 명중된 폭탄은 한 발도 없었다.

우리는 오전 3시, F-117A 8대와 공중급유기 2대만으로 그곳을 공습해서 원자로 3개소를 파괴하고 나머지 1개소에 큰 손상을 입혔다. 첫 번째 폭탄이 명중하자 모든 방공망이 불을 뿜었다. 이때, 내가 탄 기체의 폭탄창이 폭탄을 투하한 뒤에도 닫히지 않았다. 그것은 최악의 상황이었다. 폭탄창의 문은 지상 레이더에 대해 완전한 직각으로 전개되어 레이더 화면에는 스포트라이트를 비춘 물체처럼 포착되기 때문이다. 미사일 한 발이 나를 향해 날아오는 모습이 얼핏 보이는 듯했다. 나는 한 손으로는 탈출용 레버를 잡고, 다른 한 손으로는 고장난 폭탄창의 문을 수동으로 닫으려 했다. 미사일이 계속 접근하는 동안 나는 가까스로 폭탄창을 폐쇄할 수 있었고, 미사일은 목표를 잃고 어딘가로 날아가 버렸다. 나는 한 시간쯤 지난 뒤에야 겨우 한숨을 몰아쉬었다.

바그다드에 대한 첫 공격이 있던 날은 내가 스컹크 웍스의 책임자 자리에서 물러나는 송별연이 열리는 날이기도 했다. 최신 정보가 보도되고, CNN이 생방송을 하는 가운데 감동과 애국심으로 가득 찬 밤이 되었다. 그다음 날 아침 일찍, 아들 마이클이 전화를 걸어 뉴욕 타임즈의 기사를 읽어 주었다. 바그다드에 첫 폭탄을 투하한 F-117A 조종석에는 조그만 성조기가 하나 달려 있었는데, 나중에 그것을 나에게 선사하겠다는 내용이었다. 이 기사에는 또 제37전술항공단 파일럿들이 그 첫 공습을 나의 은퇴에 헌사한다는 내용도 담겨 있었다.

그보다 더 고마운 것은 스텔스기가 기대했던 것을 모두 충족시켜 주었다는 사실이었다. 이 전쟁에서 가장 위험한 임무를 맡았는데도 불구하고 적의 포화에 격추된 F-117A는 한 대도 없었다. 나는 휘틀리 대령이 첫 한 달 동안, 공습의 손실을 5~10% 정도로 잡고 있었다는 사실을 알고 있었다. 손실이 전혀 없으리라고 생각한 사람은 아무도 없었다. 작전에 참가한 다국적군 항공기 가운데 스텔스 전투기의 수효는 2%에 불과했고, 다국적군 전체 소티 내에서 스텔스 전투기의 비중은 1%에 해당하는 1,271회 뿐이었다. 그러나 이들은 공격 목표의 40%를 파괴했고, 명중률은 75%나 되었다. 이 명중률은 무손실 못지않게 경이적인 수치였다. 레이저유도폭탄은 직접 목표를 보면서 유도하기 때문에 명중 여부는 시계에 좌우된다. 하지만 임무 당시 일대의 기후는 최악이었다.

원래 이 비행기는 중요한 목표에 대해 사용될 '실버 불릿' 이었다. 이들은 1차 공격으로 이라크의 통신망을 파괴하여 그 뒤를 따르는 전투기, 폭격기들의 길을 열어 주었다. 이 공격은 CNN을 통해서 미국인들에게도 공개되었는데, 군사적 측면 못지않게 정치적인 충격도 컸다. 그것은 우리가 원하기만 하면 언제든지 도심지로 출격해서 정확하게 적의 군사령부를 공격할 수 있다는 사실을 보여주었다. 이 능력 때문에 사람들의 사기는 올라갔고, 전쟁에 대한 지지도 확고해졌다. 격추될 염려도, 포로나 인질이 될 위험도 없었다.

스텔스기의 임무는 점차 공군기지와 교량으로 확대되었다. 교량은 정확한 위치에 적당한 중량의 폭탄을 투하해야 파괴되기 때문에 가장 어려운 목표였다. 예를 들어 베트남에서는 교량 몇 개를 끊으려면 수천 회 가량의 출격이 필요했

사막의 폭풍 작전 당시 사우디아라비아의 공군기지에서 레이저유도폭탄을 장착중인 F-117A. (Lockheed)

다. 반면, F-117A는 훨씬 적은 출격만으로 티그리스-유프라테스 강에 걸린 43개의 교량 중 39개를 격파했다. 경이적인 기록이었다.

스텔스는 항공전에서 새로운 경지를 개척했고, 비행기를 육안이나 전자광학기기로 탐지할 수 있는 주간 공격에 비해 야간 공격이 훨씬 효과적이며 위험도 적다는 사실을 증명했다. 적들은 대체로 주변의 모든 것이 폭발하기 시작한 뒤에야 F-117A의 출현을 깨달았다. 사막의 폭풍 작전은 미래의 항공작전에 대해 묵직한 경고도 하나 남겼는데, 바로 항공 작전 기간이 보급의 제약을 받을 수밖에 없으며, 대체로 한 달이 한계라는 것이다. 전쟁 중 파일럿의 피로 누적과 부품 보급은 중대 과제가 되었고, 공격 도중에 탑재할 폭탄이 떨어지기도 했다. 그리고 우리는 매일 하루 5시간씩, 한 달 이상 비행할 수 있도록 비행기를 설계하지 않았다.

5. 스컹크 웍스의 유래

1954년 12월에 처음으로 켈리 존슨의 사무실에 출두했을 때, 나는 28세의 주급 87달러짜리 열역학 엔지니어였다. 나는 그 때까지 82호 건물의 스컹크 웍스에는 한 번도 들어가 본 일이 없었다. 그곳은 버뱅크 비행장의 주 활주로와 연결된 창고를 닮은 비행기 조립 공장이었는데, 켈리와 그의 일당들이 좁은 설계실 안에서 바깥 세계에는 눈도 주지 않고 일에 몰두하고 있었다. 그들이 하는 모든 것은 기밀이었고, 심지어 작업장조차 비밀이었다.

내가 아는 것은 켈리가 록히드 주 공장에 전화를 걸어 어떤 문제를 해결하는데 필요하니 좀 똘똘한 열역학 엔지니어 한 사람을 빌려 달라고 하자 주 공장에서 4년간 근무하던 내가 차출되었다는 것뿐이었다. 밴드의 리더가 연주자 조합에 전화를 해서 실로폰 연주자를 하루만 보내 달라고 요청한 것과 비슷한 상황이었다.

나는 그때까지 비행기 엔진의 공기흡입구나 배기구의 열 문제를 해결하거나 설계하는 일을 전문으로 하고 있었다. 당시 록히드는 한창 번창하고 있어서, 2년에 한 대 꼴로 신형기를 개발하고 있었다. 항공 업계는 바야흐로 제트기 시대라는 황금기를 맞으려 하고 있었다.

그것은 내게 믿을 수 없는 행운이었다. 나는 이직 풋내기였지만, 이미 해군 초계기의 소변 배출관을 전기로 가열하는 니크롬선 설계로 특허를 가지고 있었다. 그간 승무원들은 영하의 날씨가 되면 얼어붙어 버리는 소변 배출관에 고통스러워하고 있었다. 내 발명은 그 문제를 해결해 주었고, 나는 그들에게 이름 모를 영웅이 되었다. 그리고 내 설계와 특허는 모두 '기밀'로 분류되었다.

록히드 마틴 F-104 전투기 (NIMH)

미국 최초의 마하 2급 제트전투기인 F-104 스타파이터 개발에서 내가 맡은 일은 그리 대단치 않았다. '유인 미사일' 이라는 별명이 붙은 이 비행기는 소리보다 두 배는 빨리 날 수 있었다. 나는 이 계획에서 공기흡입구 설계를 도왔고, 터보프롭 엔진을 채택한 최초의 군용 수송기인 C-130 허큘리스와, 스테인리스 스틸로 만든 전투기인 XF-90 작업에서도 비슷한 일을 했다.

F-90은 급강하나 선회 시 중력가속도를 12G까지 견딜 수 있었으나, 원래 장착하려던 엔진의 개발이 공군의 예산 문제로 취소되는 바람에 대체 엔진을 얻으면서 출력 부족을 겪게 되었고, 결국에는 폐기되어 네바다의 기지에 있는 핵 실험장으로 이송되고 말았다. 이 실험장은 각종 구조물이나 군 장비가 핵폭발에 얼마나 견딜 수 있는지 시험하는 곳이었다. 결국 다른 것들은 모두 증발하거나 산산조각이 났지만 F-90만은 남아 있었다. 캐노피는 증발하고 페인트는 모래에 깎여 버렸으나, 강철같은 기체는 원형을 유지하고 있었다. 실로 대단한 비행기였다.

록히드의 프로젝트는 하나같이 크고 비쌌다. 행사장처럼 커다란 작업장에는 제도판이 끝없이 늘어서 있고, 흰 와이셔츠 차림의 제도사들이 팔을 부딪치며 일을 하고 있었다. 우리 엔지니어들 역시 팔을 부딪치며 일을 했지만, 방은 좀 더 작았고 분위기도 약간 더 부드러웠다. 우리는 공장의 엘리트라고 할 수 있는 분석 전문가였고, 형상과 크기를 결정해서 제도사에게 지시하는 역할을 맡았다. 우리들은 모두 수석 엔지니어 '켈리' 존슨을 위해서 일을 하고 있다는 것을

비행중인 XF-90 (USAF Museum)

알고 있었다.

그는 세계적으로 유명한 록히드의 수송기 엘렉트라와 컨스텔레이션을 설계한 전설적인 인물이었다. 그는 뚱뚱한 배에 도전적인 턱을 가지고 있었다. 흰머리는 잘 빗어 넘겼지만, 셔츠 자락은 허리춤 밖으로 빼 놓고 오리처럼 우스꽝스럽게 걸어 다니는 중년 신사였다. 크고 둥근 코는 배우이자 코미디언이었던 W.C 필드를 연상시켰지만, 결코 유머가 있는 사람은 아니었다.

켈리는 철두철미하게 사무적이었으며, 간식으로 젊고 야들야들한 엔지니어를 잡아먹는 식인귀라는 평판을 듣고 있었다. 우리 같은 날품팔이들의 입장에서는 그가 구약성서에 나오는 전지전능한 신과도 같았기에 보기만 해도 무릎이 떨렸다. 그의 앞에서 조금이라도 잘못하면 당장 벼락을 떨구거나 해고해 버릴 것 같았다. 사실이든 아니든 그것이 켈리 존슨의 실체였다. 입사 후 2년차가 된 어느 날이었다. 나는 책상에서 별 생각 없이 머리를 들었다가 앞에 서 있는 켈리의 시선과 마주쳤다. 내 얼굴은 새파랗게 질렸다가 금방 새빨갛게 물들었다. 켈리는 내가 설계한 도면을 손에 들고 있었다. 그는 도면을 내게 돌려주었다. 화를 내거나 기분 나쁜 표정은 아니었다.

"리치, 항력이 너무 크게 걸리겠는데. 자네가 그린 이거, 20% 정도 사이즈가 커. 다시 고쳐."

그리고는 사라졌다.

그날 하루 종일 계산을 다시 해본 결과, 공기흡입구가 18%가량 크다는 사실을 발견했다. 켈리는 머릿속에서 그것을 계산해 냈다. 그것이 영감일까, 아니면 단순히 경험 때문일까. 나는 강렬한 인상을 받았다.

그 무렵 켈리는 오후 2시까지 주 공장에서 수석 엔지니어로 일을 한 다음, 같은 구내지만 반 마일 정도 떨어진 곳에 있는 스컹크 웍스로 차를 몰고 와서 2시간 동안 비밀 개발 작업을 하고 있었다. 공장에서는 켈리가 원자력 폭격기를 개발한다는 둥, 로켓추진 초음속 전투기를 만들고 있다는 둥 항상 여러 가지 소문이 나돌고 있었다. 그의 휘하에서 10명 가량의 엔지니어가 일을 한다고 알려져 있었다. 주 공장에서 일하던 우리들은 그 폭군 아래서 일하는 그들을 불쌍하게 여겼다.

하지만, 나는 잠시 주 공장에서 빠져나갈 수 있게 된 것이 기뻤다. 록히드는 너무 조직화되고 관료적인 경향이 강해서 입사한 지 4년차가 되자 답답하다는 생각도 들었고, 특히 창의성을 요하는 분야에서는 좌절감마저 느끼고 있었다.

당시 내게는 아내와 태어난 지 얼마 안 된 아이가 있었는데, 내 투지를 좋게 본 장인은 수입이 괜찮은 자신의 빵집을 인수할 것을 권하고 있었다. 나는 실제로 록히드에 사표를 내기까지 했지만, 마지막 순간에 마음을 바꿨다. 나는 베이글을 굽고 콘비프를 염지하기보다는 비행기를 만드는 것이 더 좋았다.

그래서 나는 비록 몇 주일 동안 잠시 팔려간 신세였지만, 켈리의 스컹크 웍스에서 경험을 쌓고 싶었다. 하지만 그곳에서 평생 일을 하게 되리라곤 꿈에도 생각지 못했다.

나는 록히드에 들어오기 전, 켈리포니아 대학교 로스앤젤레스 분교에서 엔지니어로서 교육을 받았고, 열역학을 가르치기도 했다. 나는 또 미국에 귀화한 시민으로서 애국심이 강했고, 소련에게 패배를 선사할 비밀 프로젝트에서 일하고 싶었다. 나는 일만 열심히 한다면 켈리도 내게 고약한 짓을 하지 않으리라는 자신이 있었다.

켈리는 무서운 사람으로 알려져 있지만, 나는 엄격한 우리 아버지에 비하면 아무것도 아니라고 생각했다. 내 아버지 이시도어 리치(Isidore Rich)는 영국인으로, 제2차 세계대전이 발발하기 전까지 필리핀의 마닐라에서 목공예 공장 지배인을 하고 있었다. 나는 그곳에서 태어나고 자랐다. 우리 가족은 마닐라에 정착한 최초의 유대인이었다. 그런데 아버지의 삼촌 한 사람이 업무 차 이집트를 방문했다가, 한 유대인 고객의 아름다운 딸 사진을 가지고 돌아와서 그때까지 독신이었던 아버지에게 보여주었다. 우리 아버지는 그 사진에 매료되어 열렬한 편지를 주고받게 되었고, 그것이 본격적인 로맨스로 발전해서 몇 년 뒤에 결혼했다.

어머니 애니는 이집트 알렉산드리아에서 태어난 프랑스인이었는데, 어학 능력이 뛰어나 13개 국어를 유창하게 할 수 있었다. 자유분방한 기질을 가진 어머니는 4남 1녀를 두었고, 막내인 나를 애지중지 길렀다. 어머니는 성서의 예언자처럼 우리를 지배하고, 때로는 명령을 이행시키기 위해 매를 들기도 하던 아버지와는 정반대였다.

아버지의 수입이 그리 많지는 않았지만, 우리는 커다란 저택에서 많은 하인을 부리면서 아무런 부담 없이 생활을 즐길 수 있었다. 그것은 원주민을 착취하는 전형적인 식민지 라이프스타일이었지만, 열대의 공기처럼 놀라울 만큼 늘어지고 편안한 생활이기도 했다. 우리 부모님들은 저녁이면 정장을 입고 클럽에 가서 식사를 하고 브리지를 즐겼다.

우리는 열대림 같은 커다란 뒷마당에서 경찰견 23마리를 키웠다. 나중에 나는 켈리에게 14살 때 처음으로 비행기를 만들었다고 자랑했다. 나보다 나이가 많은 사촌이 그 지방 비행 클럽에서 파이퍼 컵[01]을 구입했는데, 10여 개의 박스로 배달되어 왔기 때문에 졸지에 혼자 비행기를 조립하게 되었다며 화를 냈다. 그래서 우리 형제들이 힘을 보태 가며 뒷마당에서 그것을 조립했던 것이다. 우리는 몇 주 동안 고생을 해서 조립했지만, 비행기가 너무 커서 정문을 통과할 수 없었다. 주익을 떼어내도 마찬가지였다. 그래서 미익도 떼고, 착륙 장치까지 해

01 Piper Cub. 1937-1947년간 생산된 미국제 경량항공기. 민간용으로 제작되었으나 저속, 저고도 비행성능과 초단거리 이착륙 능력을 살려 L-4 라는 이름의 군용 연락기로도 채택되었다.

체했다. 결국 우리는 비행기를 다시 포장해서 반품하고, 사촌은 돈을 돌려받았다. 그 사촌은 몇 년 후에 악명 높은 '바탄 죽음의 행진'에서 겨우 살아돌아왔다.

당시 우리 가족은 일본군이 진주만을 공격하기 몇 달 전에 필리핀에서 빠져나와 로스앤젤레스로 안전하게 이주했다. 새로운 생활을 시작하는 일은 쉽지 않았지만, 아무도 불평을 하지 않았다. 필리핀에 남았던 이모는 전쟁 전 체중이 150파운드(68kg)나 되었는데, 일본군 수용소에서 나왔을 때는 해골처럼 야위어 80파운드(36kg)밖에 나가지 않았다.

전쟁 기간 중, 나는 생활을 위해 아버지와 함께 로스앤젤레스의 기계공장에서 일했다. 나는 전쟁이 끝난 다음에야 겨우 대학에 갈 수 있었는데, 그때 나이가 이미 스물하나였다. 그래서 세계적으로 유명한 열대의학자였던 삼촌 같은 의사가 되려는 꿈을 버리고 엔지니어가 되기로 했다. 나는 1949년에 UCLA 기계공학과를 3,000명 중 20등 이내의 성적으로 졸업하고, 석사과정에서 항공열역학을 공부하면서 여학생들과의 데이트에 열을 올렸다.

거기서 나는 미래의 아내를 만났다. 페이 메이어라는 이 젊은 패션모델은 왠지 파이프 담배를 피는 말라빠진 엔지니어에게 약했다. 우리는 전후의 불경기가 한창일 무렵에 취직도 하지 못한 상황에서 결혼을 했는데, UCLA를 갓 나온 석사 나부랭이가 일자리를 잡는 것이 얼마나 어려운지 그때 처음 알았다. 교수 한 사람이 록히드의 버뱅크 공장에 엔지니어 자리가 있다고 알려 주었고, 나는 그곳에 취직되어 열역학 담당자인 버니 매싱거(Bernie Messnger) 밑에서 일했다. 그는 켈리가 전화로 스컹크 웍스의 비밀 프로젝트에서 일할 유능한 열역학 엔지니어를 빌려 달라고 부탁하자 나를 추천해 주었다.

스컹크 웍스는 유럽의 항공전 무대에 최초의 독일 제트전투기가 출현했던 1943년에 창설된 이후, 지금까지 켈리가 통제하고 있었다. 당시 전쟁부[02]에서는 33세에 불과한 나이에 록히드의 수석 설계자가 된 그에게 제트전투기의 초기 설계를 요구했다. 그가 2차대전 중 가장 뛰어난 조종성을 지닌 항공기로 평가받

02 The United States Department of War, the War Department, 현 미국 국방부의 전신

던 쌍발 전투기인 P-38 라이트닝을 설계한 사람이었기 때문이다. 이 요구에 따르면 켈리는 180일 내에 음속에 가까운 시속 600마일(960km/h)의 속도를 내는 전투기를 만들어야 했는데, 이는 P-38보다 시속 200마일 가량 빠른 속도였다.

켈리는 이 프로젝트를 위해서 주 공장에서 우수한 설계자 23명과, 기계공 30명을 빌렸다. 그들은 전시의 엄격한 보안 규정 속에서 일했다. 록히드의 모든 공장이 24시간 체제로 전투기와 폭격기를 생산하는 데 사용되고 있다는 것을 알게 된 켈리는 대형 서커스 텐트를 빌려서 유독한 물질을 사용하는 플라스틱 공장 옆 공터에 공장을 설치했다. 그곳은 악취 때문에 아무리 호기심이 많은 사람이라도 접근하려 하지 않을 만한 장소였다.

켈리의 부하들이 서커스 텐트를 세웠을 무렵, 만화가 알 캡(Al Capp, Alfred Gerald Caplin)이 '릴(리틀) 애브너'라는 만화 시리즈에 '인전(인디언) 조'와 그의 숲속 양조장 이야기를 풀어놓고 있었다. 그 작품에서 주인공은 낡은 구두와 죽은 스컹크를 연기가 나는 통 속에 넣어 '키카푸 조이 주스'(Kickapoo joy juice)라는 것을 만들었다. 캡은 그 옥외 증류 공장을 '스콩크웍스'(Skonkworks)라고 불렀다. 켈리의 텐트 안에서 플라스틱 공장의 악취에 시달리던 사람들은 그 만화를 보고 바로 자신들의 처지를 떠올렸다. 언젠가는 엔지니어들 중 한 사람이 장난으로 민방위용 방독면을 쓰고 출근하기도 했다. 어브 컬버(Irv Culver)라는 설계사는 한 술 더 떠서, 전화가 걸려 오자 "예, 스콩크 웍스입니다." 하고 전화를 받았다. 켈리는 그 소리를 듣더니 어브에게 조롱을 받았다며 화를 냈다.

"컬버, 넌 해고야. 내 텐트에서 당장 꺼져!"

켈리가 해고 선언을 한 것은 한두 번이 아니었다. 그러나 항상 말뿐이었다. 어브 컬버는 다음 날에도 멀쩡하게 출근했고, 켈리는 아무 말도 하지 않았다.

모든 직원들은 켈리의 등 뒤에서 공장을 '더 스콩크 웍스'라고 부르기 시작했고, 얼마 안 가서 주 공장의 사람들도 모두 그 별명을 사용하는 집단에 합류했다. 바람이 그쪽으로 불면 그들도 그 '스콩크' 냄새를 맡았던 것이다.

1960년, 캡의 책을 내고 있던 출판사가 록히드에서 '스콩크 웍스'라는 명칭을 사용하는 데 대해 이의를 제기했다. 그래서 우리는 발음을 약간 고친 '스컹크 웍스'로 명칭과 로고를 상표 출원했다. 랜덤하우스의 사전에는 스컹크 웍스를 '컴퓨터나 항공 우주 산업에서 비밀리에 혁신적 설계나 제조를 하는 실험부문, 연구소, 또는 프로젝트'라고 정의하고 있다.

스컹크 웍스의 로고 (Skunk Works)

세상일은 모르는 것이다. 켈리 일당은 이 악취에서 벗어나려고 했는지, '룰루 벨'(Lulu Belle)이라는 별명이 붙은 시거 모양의 P-80 슈팅스타 시제기를 예정 기한보다 37일이나 빠른 143일만에 완성했지만, 정작 유럽의 전쟁은 P-80이 실력을 발휘해 보기도 전에 끝났다. 하지만 록히드는 이후 5년간 P-80을 9,000대 가까이 제조했고, 한국전쟁이 발발하자 이 비행기는 북한 상공에서 최초의 제트기 간 공중전을 벌여서 소련제 MiG-15를 격추했다.

이후 원시적인 스컹크 웍스의 운영 방식은 모범 사례가 되었다. 이는 우선 순위가 높고, 시간이 무엇보다도 중요한, 극비 프로젝트를 위한 시스템이었다. 공군은 켈리의 모든 요구를 들어주기 위해 협력했고, 그가 뭐든 마음대로 하도록 내버려 두었다. 켈리의 텐트 안을 들여다볼 수 있는 사람은 장교 2명뿐이었다.

록히드의 경영진은 켈리가 예산의 범위를 넘지 않고, 본업인 수석 엔지니어의 활동에 지장이 없는 한, 항공 산업계에서는 처음 시도된 그의 소규모 연구 개발 부서를 유지할 수 있도록 배려했다. 그렇게 켈리와 그가 선발한 소수의 젊고 우수한 설계자들은 82동 건물의 한 구석을 차지할 수 있게 되었다.

켈리는 매일 귀가하기 전 한두 시간 정도 그곳에 들렀다. 이들은 장차 군용이나 민간용 항공에 필요한 것이 무엇인가를 두고 자유 토론을 했다. 그렇게 시제기를 만들 수 있는 계약을 따내면, 켈리가 주 공장에서 필요한 인원을 빌려와서 일을 진행했다. 이런 방식이었으므로, 관리비가 얼마 들지 않았고 재정적인 부담도 크지 않았다.

P-80에 이은 두 건의 개발은 완전한 실패였지만, 켈리에게는 다행히도 손해가 크지 않았다. 그중 하나는 새턴이라는 소형 여객기로, 경제성은 있었지만 항공

사가 외면했다. 그들은 군에서 전쟁 잉여품인 C-47을 싸게 사들여 DC-3이라고 개칭한 다음에 손님을 실어 날랐던 것이다.[03]

그다음으로 켈리의 그룹이 만들어 낸 것은 기묘한 형태의 수직 이착륙기 XFV-1이었다. 이것은 배의 갑판에서 수직으로 이착륙하는 기능을 시험하기 위한 비행기였다. 끝내 극복하지 못한 가장 큰 문제는 비행기가 갑판에 내리는 결정적인 순간에 파일럿이 하늘밖에 볼 수 없다는 점이었다. 그 켈리조차도 이 문제에 대해서는 손을 들었다.

우리 회사에서는 켈리 존슨이 로버트 그로스(Robert Gross) 회장의 완전한 신임을 받고 있다는 사실을 모두 알고 있었다. 1932년, 그로스는 파산 상태에 있던 록히드를 40,000달러에 사들이고 쌍발 민간 수송기 개발에 사운을 걸었다. 이 수송기 모형은 미시간 대학교에서 풍동 실험을 했는데, 그때 클래런스 존슨이라는 학생이 록히드 엔지니어 팀의 설계를 칭찬한 지도교수의 의견에 도전했다. 당시 23세의 켈리는 그 설계가 불안정하고, 특히 엔진 하나가 정지했을 때 방향안정성을 잃기 쉽다며 당시 록히드의 수석 엔지니어에게 경고했다.

록히드는 여기서 큰 인상을 받아 그 오만한 젊은 엔지니어를 채용했다. 그리고 록히드 사람들이 스웨덴계 이민 2세인 클래런스가 학교 친구들에게 '켈리'라는 별명을 얻은 이유를 알기까지는 그리 긴 시간이 걸리지 않았다.[04] 그는 스웨덴 사람답게 완고했지만, 불같은 성미는 아일랜드 사람 뺨칠 지경이었다.

켈리는 엘렉트라[05]의 불안정성을 특이한 H형 미익을 채택하여 해결했고, 이 미익 구조는 그와 록히드의 트레이드 마크가 되었다. 엘렉트라는 1930년대 민간 항공에 혁명을 가져왔다. 한편 켈리는 록히드의 공기역학, 구조 해석, 중심 계산, 풍동 실험, 시험 비행 등 6개 부문에서 등대와 같은 존재였다. 그 자신이

03 록히드는 계단 없이도 탑승이나 화물적재가 가능해 소형 공항에서 운용할 수 있는 소형 여객기라는 개념 하에 Model 75 새턴을 출시했지만, 전쟁이 끝나자 훨씬 크고 많은 사람이 탈 수 있는 군용 C-47 수송기가 중고로 불하되어 새턴의 1/4에 불과한 가격으로 시장을 장악해 버렸다.

04 초등학교에서 여성적인 이름(클래런스)으로 인해 '클라라'라는 별명이 붙었던 켈리 존슨은 자신을 놀리던 학생 한 명의 다리를 부러뜨려 버렸고, 클라라라는 별명을 꺼리게 된 주변 학생들은 대안으로 당시에 유행하던 노래인 'Has Anybody Here Seen Kelly?'라는 노래에서 따온 켈리라는 별명을 붙여주었다.

05 록히드 Model 10 엘렉트라를 뜻한다. 전후에 등장한 L-188 엘렉트라와는 애칭만 같다.

시험 비행을 하기도 했다. 그의 말에 의하면, 1년에 한 번 정도 조종석에서 공포를 겪어 보지 못하면 비행기를 설계하기에 적절한 감각을 잃는다는 것이다. 그는 한 번 결정하면 볼링공이 10핀 스트라이크를 향해 굴러가는 것처럼 돌진했다. 그의 불같은 성미를 마주하면 어떤 관료도 맥을 추지 못했고, 핑계쟁이나 구실만 대는 사람, 남의 흠만 찾는 사람은 그 주변에서 살아남을 수 없었다.

록히드에서 켈리의 첫 상사였던 홀 히바드[06]는 2차 세계대전 당시 영국의 요구로 엘렉트라를 허드슨이라는 폭격기로 개조하기 위해 켈리가 사흘 동안 계속해서 일을 하던 모습을 눈여겨보았다. 이 개조 작업은 큰 성공을 거두어, 영국 공군으로부터 3,000대의 주문을 받았다. 히바드는 켈리의 설계 기술에 깊은 감명을 받고 이렇게 말했다.

"저 스웨덴 녀석의 눈에는 공기가 보이는 모양이야."

켈리는 나중에 히바드의 그 말이 최대의 칭찬이었다고 말했다.

스컹크 웍스는 외부인의 출입을 엄격히 금지하고 있었기 때문에, 나는 1954년의 크리스마스 바로 전날에 처음으로 82동 건물에 출두하기까지는 거기서 누가 일을 하고 있는지조차 알지 못했다. 그 건물은 전쟁 중 폭격기를 조립하기 위해 만든 격납고였다.

켈리의 사무실은 드릴이나 프레스기가 가득 차 있고, 소형 부품 조립부, 대형 조립장 등이 위치한 생산 공장에서 떨어진 좁은 복도에 있었다. 놀랄 만큼 원시적이고 사람이 가득 찬 방 두 곳에서 50명 가량의 기술자와 제도사들이 북적거리며 일하고 있었다. 자리가 없어도 너무 없었기 때문에 켈리 휘하의 자재 담당 직원 10명은 조립 현장이 내려다보이는 발코니에서 일을 하고 있었다.

건물 안은 통풍도 제대로 되지 않는 휑한 공간으로, 마치 선거를 마치고 빌린 의자나 책상을 반납한 임시 선거사무소 같은 느낌이었다. 그러나 스컹크 웍스에서 일하는 사람들은 아무도 그곳을 그만둘 생각을 하지 않았다. 켈리의 얼마

06 Hall L. Hibbard. 록히드의 초기 핵심 엔지니어이자 엘렉트라의 최초 설계자였다. 엘렉트라 이후 허드슨 폭격기, P-38, P-80 전투기, C-69 컨스털레이션과 XR-60 컨스티튜션의 개발이 진행되는동안 록히드의 수석 엔지니어로 켈리 존슨과 함께 일했다.

되지 않는 부하들은 모두 젊고 의욕이 흘러 넘쳐서, 비행기를 만들 수만 있다면 전화박스 안에 가둬놔도 일을 할 사람들이었다.

격납고의 문을 열면 새가 날아 들어와 제도판 위를 날아다녔다. 심지어 켈리가 보안을 위해 필요하다고 고집해서 막아 버린 창문에 새들이 충돌해서 우리 머리 위로 추락하는 기묘한 일도 벌어졌다. 이 새들은 정말 골칫거리였지만, 켈리는 그렇게 무심할 수 없었다. 그의 유일한 관심은 생산 현장이 얼마나 가까운가 하는 것이었다. 그는 구조나 부품을 변경하거나 기술적 질문에 즉각 대응할 수 있도록 현장 근처에, 돌을 집어던지면 맞는 사람이 나올 만한 거리 내에 머물 것을 우리들에게 요구했다. 생산을 담당한 작업원들도 모두 켈리가 주 공장에서 차출한 사람들로, 이전부터 켈리 아래에서 몇 가지 프로젝트를 함께 진행한 경험자들이었다. 엔지니어들은 제멋대로 옷을 입었고, 정장이나 넥타이는 모두 치워 버렸다. 켈리 이외에는 그들이 접할 회사 간부가 없었기 때문이다.

"우린 정장을 빼 입을 일이 없지."

켈리의 조수인 딕 뵈임(Dick Boehme)이 웃으면서 말했다.

나는 내가 얼마나 이곳에서 일을 할 수 있겠느냐고 물었다. 그는 어깨를 으쓱했다.

"켈리가 자네를 얼마나 데리고 있을지 정확히 몰라. 하지만 6주일에서 6개월 정도는 될 거야."

그의 예언은 약간 빗나갔다. 나는 36년이나 남아 있었다.

좁은 2층 방에는 20명의 설계자들이 둘러앉아 일하고 있었다. 창은 완전히 밀폐되어 있었다. 당시에는 거의 모든 사람들이 담배를 피웠다. 다행하게도 나는 분석분과의 일원으로, 6명의 엔지니어와 사무실을 함께 쓰게 되었다. 그들은 대부분 이전에 F-104 스타파이터 개발 업무를 진행하던 중에 알게 된 사람들이었는데, 다들 감탄스러울 정도로 우수한 기술자였다. 켈리의 사람을 보는 안목은 틀리는 법이 없었다. 물론 나는 빼고 말이다.

우리와 보스의 큰 사무실과는 문 2개를 두고 떨어져 있었다. 내가 실제로 일을 시작하기 전에, 밥은 등사판으로 인쇄된 켈리의 '폭동법' 10개항을 한 장 주었다. 그중 몇 가지를 소개하면 다음과 같다.

- **목적은 하나, 훌륭한 비행기를 시간에 맞춰 만드는 것이다.**
- **엔지니어는 비행기에서 돌을 던지면 얻어맞을 거리 내에서 일해야 한다.**
- **지연 사유가 발생하면, 그것을 예상한 사람이 즉시 서면으로 C. L. 존슨에게 보고해야 한다.**
- **가능하면 특별한 부품, 자재를 사용하지 않아야 한다. 중량이 증가하더라도 기존부품을 사용하라. 그렇지 않으면 일정이 지연될 가능성이 높다.**
- **시간을 절약하기 위해 최대한의 노력을 다하라.**

"여기서 일을 하는 동안은 이게 자네의 바이블이야." 딕이 말했다.

그는 우리가 프랫&휘트니 사람들과 공동으로, 일반적인 제트엔진을 개조해서 지금까지 등장한 다른 어떤 비행기들보다도 15,000피트(4,600m) 이상 높은 고도에서 비행하는 기체를 연구하고 있다고 말했다. 그런 고도에서 비행하려면 엔진에 공기를 공급할 공기흡입구가 완전히 달라져야 하는데, 그것이 내가 맡을 일이었다.

나는 소련인들이 형편없는 엔진을 만들고 있으며, 기술적으로 우리보다 한 세대 이상 뒤처져 있다는 사실을 알고 있었다. 그래서 우리가 공전절후의 고고도로 비행하는 신형 장거리 폭격기를 개발하는 것이라고 지레짐작했다. 그러나 정작 작업할 기체의 도면을 보자 놀라서 헛소리가 나왔다. 그 기체는 날개 길이가 80피트(24m)에 달하는 글라이더 같은 형상이었다.

"이게 뭡니까?" 나는 물었다.

"U-2지. 자넨 방금 자유진영 최고의 비밀 프로젝트를 본 거야."

딕은 입술에 손을 대고 속삭였다.

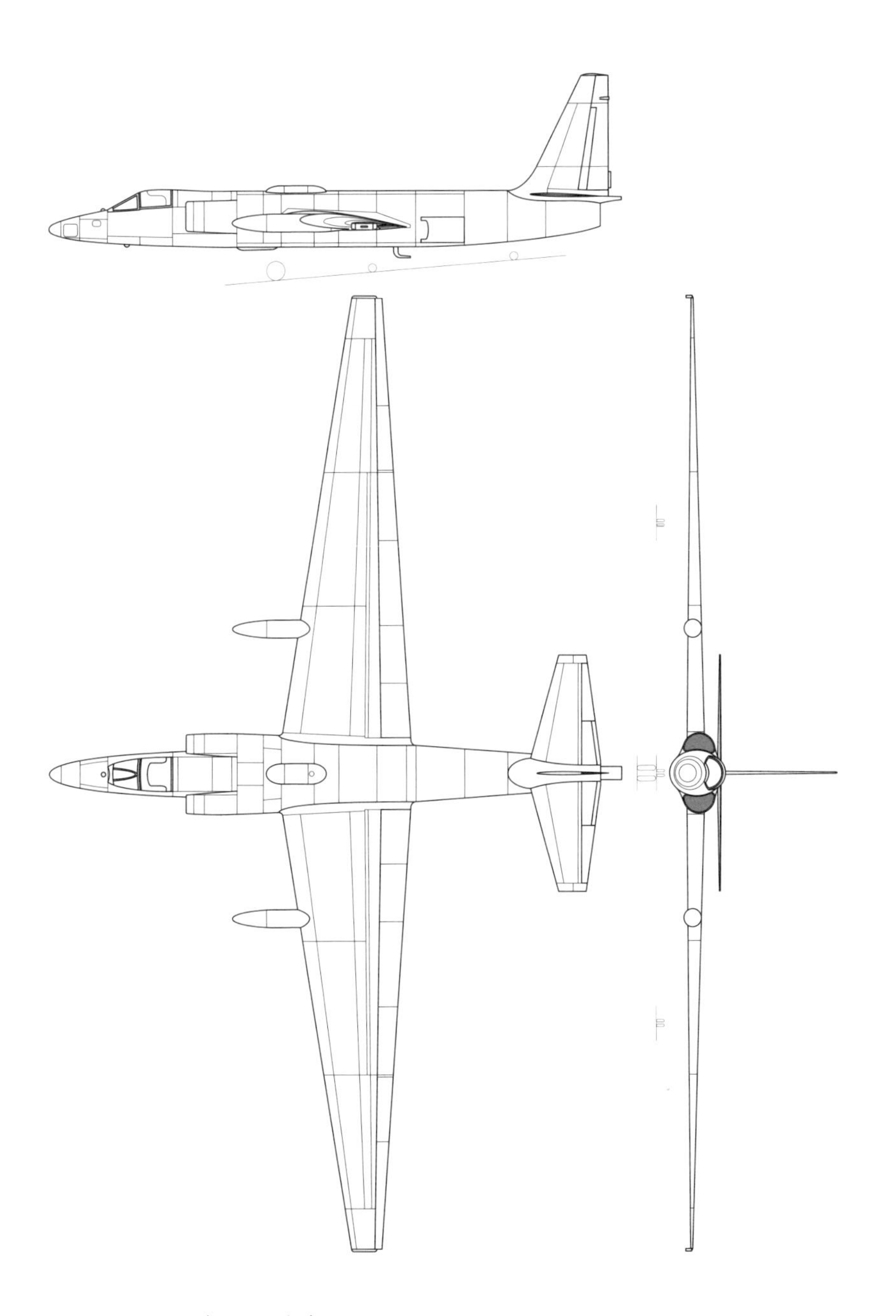

U-2의 블루프린트(Kaboldy Péter)

6. 아이젠하워에게 보낸 그림엽서

내가 켈리 존슨의 엄중하게 보호된 세계 속에 들어간 첫날부터 정부의 기밀이 시멘트 포대처럼 나를 짓눌렀다. 엄청난 국가적인 기밀을 알게 된 순간, 나는 숨이 막힐 것 같았다. 한편으로는 나라를 위해서 그렇게 중요한 극비 프로젝트에 참가할 수 있게 되었다는 긍지 때문에 용기가 솟아났지만, 그것이 내 생활에 가할 부담 때문에 초조해지기도 했다.

나는 스컹크 웍스에 발을 들여놓은 지 2분도 지나지 않아, 그곳에서 일어나고 있는 모든 일이 클래런스 L '켈리' 존슨이란 한 사람을 중심으로 돌아가고 있다는 사실을 깨달았다. 그의 조수 딕 뵈임은 내가 해야 할 일을 이야기해 주려고 하지 않았다. 그것은 보스의 몫이었다. 딕은 그저 나를 공장 구석에 있는 켈리의 사무실까지 안내하고는 옆에 조용히 서 있을 뿐이었다. 셔츠 차림의 켈리는 커다란 책상을 앞에 놓고, 엄청난 청사진 더미에 반쯤 가려진 채 앉아 있었다. 그는 미소나 악수로 나를 맞는 대신, 즉각 용무에 들어갔다.

"리치, 이 프로젝트는 비밀이니까, 자네 이력서에는 이제 반년에서 1년 정도 공백이 생길 거야. 자네가 이 건물 안에서 알게 된 것, 본 것, 들은 것은 영원히 모두 이 안에 남아 있어야 해, 알았나? 우리가 하는 일이나, 자네가 하는 일을 누구에게도 말해서는 안 돼. 아내나 어머니, 형제, 애인은 물론 목사나 회계사에게도 말이야. 알았지?"

"알겠습니다." 나는 대답했다.

"좋아. 그럼 이 서약서를 읽어 봐. 지금 내가 한 말을 행정용어로 써 놓은 거야. 괜히 입을 잘못 놀렸다간 리븐워스 교도소에서 최소 20년쯤 썩게 된다는 걸

명심해 둬. 여기 서명을 하고. 업무 이야기는 그 뒤에 하지."

그러고 나서 말을 이어나갔다.

"이제 자네가 일하는 데 필요한 이야기를 해주지. 꼭 필요한 것만 말이야. 우린 지금 소련의 전투기나 미사일보다 적어도 15,000피트 이상 높이 날 수 있는 특수한 비행기를 만들고 있어. 소련 상공을 가능하면 발견되지 않고 횡단해서, 아이크(아이젠하워 대통령의 애칭)에게 아름다운 그림엽서를 선물로 보내는 거야."

나는 침을 삼켰다.

"그게 이 비행기의 임무야. 폴라로이드 카메라를 발명한 에드윈 랜드[01]가 세계 최고의 분해능을 지닌 카메라를 개발해 주기로 했어. 그의 주문으로 하버드 천문대의 짐 베이커가 36인치(91cm)짜리 광학렌즈를 만들고 있지. 이 정도면 차의 번호판도 읽을 수 있을 거야. 이스트먼 코닥도 길이가 3,600피트(1,100m)나 되는 초박막 필름을 개발하고 있으니 중간에 필름이 떨어질 염려도 없고."

그는 서류가 가득 든 커다란 폴더를 내게 주었다.

"엔진의 공기흡입구와 노즐 설계를 하던 친구가 있었는데, 이게 그 녀석이 하던 거야. 하지만 결과물이 신통치 않은 것 같으니까 자네가 한번 꼼꼼하게 검토해 봐. 조종석의 온도조절장치, 유압, 연료제어 장치 같은 것도 다시 계산해 줬으면 좋겠어. 자네가 얼마나 여기서 일을 하게 될지는 몰라. 6주일이 될지, 아니면 6개월이 될지…. 나는 이 시제기를 6개월 안에 만들겠다고 약속했어. 그러니 최소한 1주일에 6일은 일해야 해."

그는 손짓으로 나에게 돌아가라고 했다. 그리고 몇 분 후, 나는 35명 가량의 제도사와 엔지니어들로 가득 차 있는 방에서 빈 책상을 찾아 일을 시작했다. 시끄럽게 떠들고 있는 그 설계자들은 대부분 F-104 스타파이터를 개발하던 시절부터 안면이 있었다. 내 옆에 앉은 딕 풀러(Dick Fuller)라는 공기역학 엔지니어는 그 전날 주 공장에서 온 사람이었고, 반대쪽에 앉아 있는 돈 넬슨(Don Nelson)은 안정-조종 전문가였다. 우리들의 책상은 서로 붙어 있어서 자칫하면 팔이 부딪

01 Edwin Land. 미국의 과학자이자 발명가. 하버드에서 광학을 전공한 후 폴라로이드를 창업하고 자신이 발명한 편광 필터와 즉석 카메라로 큰 성공을 거뒀다. 광학 전문가로 미국의 냉전 초기 정찰작전용 기술개발에 크게 기여했다.

칠 정도였다. 켈리의 조그만 섬에서는 비밀이 엄격하게 지켜졌지만, 프라이버시는 전혀 없었다.

새 업무를 시작한 첫날 밤, 나는 평소보다 2시간이나 늦게 집으로 돌아갔다. 아내는 별로 좋아하는 기색이 아니었다. 아내는 이미 두 살짜리 아들 마이클을 목욕시키고 잠을 재운 다음, 혼자서 저녁식사를 마친 뒤였다. 그전까지 우리는 항상 저녁을 같이 먹었다. 아내는 직장에서 일어나는 재미있는 일이나 내가 만들고 있는 비행기 이야기를 듣기 좋아했다. 물론 나는 자세한 기술적인 이야기는 하지 않았다. 나는 파티에서 자기 직장 이야기를 하는 엔지니어가 얼마나 재미없는지 잘 알고 있었다.

"참, 일은 잘 되고 있어요?" 아내가 물었다.

나는 한숨을 쉬었다. "이제부터 나는 저녁은커녕 한밤중에 집에 돌아오게 될 거야. 게다가 토요일에도 일을 하고… 기밀업무라 사무보조원이나 청소부도 없는 곳에서 말이야."

"저런, 설마 원자폭탄을 만드는 것은 아니겠죠?" 아내가 말했다.

5년 후, 프랜시스 게리 파워스가 소련 상공에서 격추되어 U-2 정찰기가 톱 뉴스로 온 세계에서 보도되자, 나는 아내에게 그 비행기를 만드는 일을 돕고 있었다고 말할 수 있게 되었다.

"알고 있었어요." 아내는 우겼다.

나는 우리가 미 공군을 위해서 U-2를 만든다고 착각하고 있었다. 이 정찰기도 날개가 달렸고 비행을 하니까 당연히 공군에 속한다고 생각한 것이다. 그러나 에드 볼드윈이 그게 아니라고 가르쳐 주었다. 별명이 '대머리'인 그는 무뚝뚝한 구조설계가로, 20년 후에도 변함없이 스컹크 웍스에 남아 내 휘하에서 스텔스 전투기 개발을 진행했다. 점심 때, 나는 이 비행기를 만드는 동안 공장에 공군 관계자를 한 명도 보지 못했다고 말했다.

"이 프로젝트는 처음부터 끝까지 중앙정보국 소유야. 모든 지시는 CIA에서 받고 있단 말이야." 볼드윈이 말했다.

"CIA가 공군도 가지고 있어요?"

"네 말대로야. 소문이긴 하지만, 이 비행기를 날리기 위해 켈리가 록히드의 모든 테스트 파일럿을 저쪽에 제공한다더라. 게다가 기계 기술자와 지상 정비원도 제공하고, 어느 구석에 훈련용 비밀 기지까지 만들어 준다던데."

그는 히죽 웃었다.

볼드윈이 이야기해 준 소문은 2/3정도 사실이었음이 나중에 판명되었다. CIA는 공군에서 자체 파일럿을 고용한 다음, 록히드의 직원인 것처럼 위장했다. 그들은 직접 월급을 주지 않고 돈을 세탁해서 입금해 놓은 록히드의 특별계좌에서 지출이 되도록 처리했다. 다시 말해서, 명목상으로는 록히드가 정부와 계약한 고고도 기상 및 비행 성능 연구 사업을 위해 그들을 고용한 것처럼 되어 있었던 것이다.

이 프로젝트는 모든 부문이 비밀 공작의 베일 속에 가려져 있었다. 운영비도 비정규 경로로 특수한 비밀자금에서 지출되었다. 100만 달러가 넘는 착수금이 켈리 앞으로 보내는 개인수표 형식으로 록히드 측에 지불되었다. 이 수표는 보통우편으로 엔치노에 있는 그의 집에 배달되었다. 역사상 정부가 그렇게 허술하게 돈을 지불한 적은 없었을 것이다. 켈리가 그 돈을 챙겨 편도 티켓을 끊고는 타히티로 도망갈 수도 있었기 때문이다.

캘리는 C&J 엔지니어링이라는 유령 회사를 통해서 그 수표를 현금으로 바꿨다. 'C&J'란 켈리 존슨의 약자였다. 우리들의 도면에도 C&J라는 로고가 들어 있었고, 록히드의 이름은 절대로 드러나지 않았다.

우리는 부품을 수령하기 위해서 멀리 샌 페르난도 계곡에 있는 선랜드라는 외진 곳에 사서함을 마련했다. 그곳의 우체국장은 소포와 상자가 쏟아져 들어오는 것을 이상하게 여기고 전화번호부에서 'C&J'를 찾아보았다. 물론 아무것도 나올 리가 없었다. 그래서 그는 검사원을 시켜 아무런 표지가 없는 밴이 그 짐을 싣고 가는 것을 따라가 보도록 했다. 하지만 보안요원이 그를 버뱅크의 공장 밖에서 붙잡았고, 국가보안 기밀 유지 선서 서류에 손에 경련이 날 정도로 서명을 시켰다고 한다.

물론 이 비행기의 개발은 엄청나게 중요한 사업이었다. 스컹크 웍스 안에서 우리들 보안과는 관계가 없는 사람들은 이 사업 때문에 출장을 갈 때마다 가명을 사용하도록 강요한 보안요원들의 사고방식을 비웃고 있었다. 나는 '벤 도버'(Ben dover)라는 가명을 썼다. 우리 아버지가 젊었을 때 좋아했던 영국 버라이어티 쇼의 스타였던 밴드 오버(Bend over)에서 따온 것이다.

그러면서도 우리들은 모두 각자가 맡은 일이 무척 중요하다는 것을 깨닫고 있었다. 켈리는 정기적으로 CIA에 가서 세계 정세에 관한 브리핑을 받았다. 그의 말에 의하면 실제 정세는 우리가 조간신문에서 읽는 것보다 70%는 더 불리했다. 그는 U-2가 성공하면 미합중국의 생존에 큰 이익이 될 것이라고 확언했다.

당시 소련은 강력한 액체연료 로켓을 사용한 대륙간 탄도미사일 개발을 추진하고 있었고, 동서진영 간의 긴장은 폭발 직전이었다. 미국과 소련은 이미 수소폭탄 실험에 성공했고, 언제든지 그 무기를 사용할 수 있는 상태였다. 아이젠하워 행정부의 국무장관 존 포스터 덜레스(John Foster Dulles)는 공산주의의 팽창정책과 싸우기 위해 전쟁 직전 상황까지 밀고 갈 것이라고 경고하면서, '벼랑 끝 전술'(Brinksmanship)이라는 말까지 만들어 냈다. 그는 소련이 미국에 비해 사단 수는 10배, 전차 수는 8배, 항공기 수는 4배에 달하는 엄청난 재래식 전력을 보유하고 있다는 사실을 인정했다. 하지만 그는 세계지도 위에 선을 긋고, 공산주의자가 그 선을 넘으면 즉시 대규모 핵전쟁이 벌어질 것이라고 경고하는 것을 잊지 않았다. 덜레스는 선언했다. "전쟁 발발 직전까지 몰고 가면서, 실제로는 전쟁을 하지 않는 기술이 필요하다." 그럼에도 소련이라는 이름의 곰은 여전히 15피트(4.6m)짜리 거대한 괴물처럼 보였다.

우리가 U-2를 만들기 위해 3교대로 일했던 1955년 여름, 미국 성인의 반 이상은 늙어서 병으로 죽기보다는 핵전쟁으로 죽게 될 것이라고 생각하고 있었다. 걱정 많은 사람들은 자기 집 뒤뜰에 핵 방공호를 만들고, 가이거 계수기와 산소탱크를 준비했다. 그들은 뉴욕 맨해튼에 수소폭탄이 떨어지면 직경 4마일(6.4km)의 화구가 부풀어 오르며 센트럴 파크에서 워싱턴 광장에 이르기까지 모든 것이 증발하고, 2분 이내에 100만 명 이상의 사상자가 나올 것이라고 예측한 신문 1면 기사를 보며 겁을 먹었다.

6. 아이젠하워에게 보낸 그림엽서

가족을 가진 수백만의 다른 사람들과 마찬가지로, 나와 아내도 이 상상조차 두려운 상황을 걱정하지 않을 수 없었다. 로스앤젤레스가 핵공격을 받으면 어떻게 할 것인가? 폭풍에서는 살아남을 수 있다고 해도, 그다음에 어디로 갈 것인가? 방사능이나 죽음의 재는 어떻게 막을 것인가? 생각만 해도 가슴이 미어지는 것 같았다. 해답이 전혀 없었기 때문이다.

그래서 나는 U-2를 만들기 위해 장시간 힘겹게 일하면서도 아무렇지 않았다. 그것은 우리 정부가 철의 장막을 뚫고 들어가서 소련의 위협이 얼마나 큰지 알아내는 데 절실하게 필요한 장비가 이 비행기였다. 우리가 들이댈 카메라로부터 숨을 방법은 없었다. 비행을 중지시킬 방법도 없었다. 우리 비행기는 그들의 방공 능력이 미치지 않는 곳을 비행할 것이기 때문이다.

아이젠하워 대통령은 정기적으로 우리의 작업 상황에 관한 보고를 받았다. 그는 존 포스터의 동생이며 CIA국장인 앨런 덜레스(Allen Welsh Dulles)를 통해, 켈리에게 U-2를 빨리 제작하라고 지시했다. 대통령은 합동참모부의장이나 CIA로부터 소련이 미국에 대한 핵 선제공격을 준비하고 있을지도 모른다는 경고를 끊임없이 받았다. 증거는 단편적이었지만 안심할 수는 없었다. 흐루쇼프는 "우리는 당신들을 묻어 버릴 것이다"[02]라며 공개적으로 위협했고, 1954년 5월의 퍼레이드에서는 우리 대사관 무관들을 세워 두고 우리를 묻어 버리기 위한 용도로 추측되는 몇 가지 무기를 과시해서 가슴을 서늘하게 만들었다.

신형 장거리 탄도미사일을 장착한 이동식 발사차량 6대가 붉은 광장을 지나갔고. 상공에서는 신형 중폭격기 편대가 끊임없이 모스크바의 상공을 통과했다. 모스크바 주재 우리 무관은 핵무기를 싣고 뉴욕까지 날아갈 수 있는 이 '바이슨'[03] 폭격기를 100대 이상 목격했다.

100대 이상의 폭격기가 있다는 보고는 U-2가 처음으로 비행을 한 뒤에야 우

---

02 1956년 12월 18일 모스크바 주재 폴란드 대사관에서 서방진영 대사들을 향해 한 발언. 전체 발언은 다음과 같다. "당신들이 좋든 싫든 간에, 역사는 우리 편이다. 우리는 당신들을 묻어 버릴 것이다."(We will bury you)

03 Myasishchev M-4 Molot, NATO 코드 '바이슨'은 항속 거리 8000km 급 전략폭격기로, 등장 당시만 해도 미국을 폭격하기에는 성능이 부족했고 전체 생산량도 93대 뿐이었다. 그러나 이런 정보를 알 수 없었던 당시의 미국에게는 큰 위협으로 간주되었다.

1982년 촬영된 M4 바이슨 폭격기(US DoD)

리 관측자가 속아넘어간 것으로 판명되었다. 소련인들은 20대 가량의 폭격기를 동원해서 크렘린 궁전 상공을 지나가는 큰 원형 경로를 계속해서 돌도록 비행시켰던 것이다. 그러나 소련이 추력 240,000파운드(108t)급 거대 로켓을 개발하고 있다는 스파이들의 보고는 사실로 확인되었다. 소련은 대체 왜 이런 장거리 무기를 서둘러 개발하고 있는 것일까?

우리는 신형 장거리 폭격기 B-52로 바이슨에 대항하고 있었지만, 소련의 군사기지나 중요 공업 지대에 관한 정확한 정보가 없었기 때문에 구체적인 전략 폭격 계획을 수립할 수 없었다. 우리는 소련의 주요 기지나 공업지대가 어디 있고, 얼마나 잘 방어되고 있는지 알 수 없었다. 폭격을 위한 침입 루트나 이탈 항로의 지형에 대해서도 초보적인 정보밖에 가지고 있지 않았다. 전략공군사령부가 최신 종합 목표 계획을 수립하려면 대량의 사진과 전술 정보가 필요했다.

적의 상공을 방해받지 않고 비행할 수 있는 U-2 같은 비행기가 없었기 때문에 공군은 도전적이고 위험한 수단을 취할 수밖에 없었다. 당시 초강대국 사이에서 벌어지고 있던 '비밀 항공전'을 미국 국민들이 알았다면, 세계 정세에 대해서 한층 더 절망하지 않을 수 없었을 것이다.

1950년대 초, 미국은 소련의 레이더와 통신장비 주파수를 알아내기 위해 적어도 10번 이상 소련의 해안선을 따라 도발적인 비행을 하거나 200마일(320km)

이상 영공을 침입했다. 당시 동원된 비무장 정찰기 중 몇 대는 소련의 요격기나 대공 포화에 격추당했고, 100명 이상의 승무원들이 레이더 화면에서 사라졌다. 그들은 시베리아로 보내졌거나 살해당했을 것이다.

아이젠하워 대통령은 결국 이런 임무를 수행하는 정찰기에 전투기 호위를 붙이도록 명령했고, 한국의 동해 상공에서는 소련의 미그 전투기들과 호위기 사이에 몇 차례나 치열한 공중전이 벌어졌다. 아이젠하워는 대단히 신중한 성격의 소유자였지만 소련의 미사일 개발 상황에 대한 정보가 절실하게 필요했기 때문에 1955년에 CIA와 영국 공군의 공동 작전을 허가했다. 캔버라 폭격기에서 무장을 제거하고, 소련 전투기의 상승 한도보다 훨씬 높은 55,000피트(16,800m) 이상의 고도를 비행할 수 있도록 개조해서 볼고그라드 동쪽에 위치한 카푸스틴 야르(Kapustin Yar)라 부르는 비밀 미사일 시설의 사진을 촬영한다는 계획이었다. 이 캔버라는 10여 회 이상 대공포에 맞은 채 간신히 기지로 돌아올 수 있었다. 파일럿은 소련군이 이 작전을 미리 알고 있었던 것 같다고 보고했다. 몇 년 뒤, CIA는 실제로 영국 정보부의 고위 관리로 재직하면서 동시에 KGB의 스파이로 활동한 킴 필비(Harold Adrian Russell "Kim" Philby)가 정보를 유출했다는 결론을 내렸다.

우리의 스파이 정찰기가 등장하기 전, 정찰 수단 마련에 필사적이었던 공군은 최후의 시도로 전자 정보 수집 장치를 실은 기구를 소련 상공을 향해 날려 보냈다. 공군은 이 풍선이 기상관측용이라고 발표했지만, 소련인들은 속지 않았고, 미국 정부에 격렬하게 항의했다. 그중 일부는 격추당했지만 대부분은 어디론가 날아가 실종되었다. 아군이 회수에 성공한 것은 30개밖에 되지 않았다.[04] 이 풍선들 덕분에 우리는 소련의 기상, 특히 풍향과 기압 등에 관해서 귀중한 정보를 입수할 수 있었지만, U-2의 능력에 비하면 불쌍할 정도로 원시적이었다.

고공정찰기 아이디어를 강력히 추진하고 있던 백악관 특별기술고문 에드윈 랜드 박사는 아이젠하워 대통령에게 이전까지는 기대조차 할 수 없는 수준의

04 WS-119L, Project Genetrix를 뜻한다. 기상관측용 무인풍선을 개조해 정찰용으로 사용하려 했으나, 대부분 실패하거나 오히려 소련 측에 회수당했다.

정보 수집을 약속했다. 그는 제안서에 이렇게 썼다.

> *“날씨가 맑은 날, 한 차례 비행으로 소련 영토에서 폭 200마일(320km), 길이 2,500마일(4,000km)에 달하는 지역을 촬영해서 자세한 정보를 수집하고, 4,000장의 선명한 사진을 가져올 수 있습니다.”*

그는 U-2가 소련의 철도, 송전망, 공업시설, 핵시설, 조선소, 공군기지, 미사일 시험장 그리고 기타 모든 전략 목표의 사진을 찍을 수 있다고 생각했다.

“성공한다면 사상 최대의 혁신적인 정보 수집 성공 사례로 기록될 것입니다.” 그는 대통령에게 단언했다.

우리는 U-2가 전무후무한 항속 거리와 비행고도를 달성할 수 있도록 극단적으로 설계했다. 이 비행기는 9시간을 날 수 있고, 항속 거리는 6,000마일(9,600km)이나 되었으며, 70,000피트(21,400m)의 고도까지 상승할 수 있었다. 익폭이 80피트(24m)나 되는 주익은 상승기류를 타고 활공하는 거대한 콘도르의 날개처럼 엄청난 양력을 생성했다. 물론 U-2는 제트기류 위를 날기 때문에 상승기류를 이용하지는 않았다. 그 긴 주익에는 4개 구획으로 분리된 연료탱크가 들어 있어서 1,350갤런(5,100리터)의 연료를 실을 수 있었다.

비행기는 총중량이 1파운드 늘어날 때마다 고도가 1피트씩 떨어지기 때문에, 우리는 U-2를 만들면서 무자비하게 무게를 줄였다. 작전고도는 70,000피트였다. 정보전문가들은 그 정도 고도라면 우리 비행기가 소련의 방공레이더에 걸리지 않을 것이라고 믿었지만, 후일 오산이었음이 확인되었다. 다만 소련의 전투기나 미사일은 그 고도까지 도달할 수 없었다.

우리는 이 비행기를 가볍게 만들었다. 예를 들어, 날개는 1평방피트 당 4파운드(1m² 당 19kg)밖에 되지 않았는데, 이는 일반 제트기의 1/3이었다. 이륙을 위해 활주로를 달리려면 날개 끝에 보조바퀴를 장착해서 엄청난 양의 연료를 적재해서 그 무게로 쳐진 날개가 활주로에 끌리는 상황을 방지해야 했다. 이 보조바퀴는 U-2가 이륙할 때 떨어져 나가게 했다.

6. 아이젠하워에게 보낸 그림엽서

U-2의 Q-bay에 카메라를 설치하는 정비병들(USAF Museum)

동체의 길이는 50피트(15m)로, 아주 얇은 알루미늄으로 만들었다. 어느 날, 나는 조립 현장에서 작업원이 실수로 공구상자를 비행기에 떨어뜨리는 것을 목격했다. 상자가 떨어진 자리에는 4인치(10cm) 크기의 자국이 생겼다. 우리는 서로를 바라보면서, 말은 하지 않았지만 같은 생각을 했다. 이렇게 약한 비행기가 과연 날 수 있을까? 이런 걱정은 스컹크 웍스 안에서 급속히 퍼져 나갔고, 이 비행기를 조종할 사람들도 예외는 아니었다. 파일럿들은 악천후를 만나 그 커다란 날개가 흔들리게 되면 곧장 찢어질 것이 분명하다며 걱정했다. 이 때문에 U-2를 다룰 때면 다들 세심하게 주의를 기울였는데, 실제로는 내가 생각했던 것보다 훨씬 튼튼했다.

랜딩기어는 지금까지 나온 모든 랜딩기어들보다 가벼워서, 200파운드(90kg) 밖에 되지 않았다. 이 장치는 2륜 자전거처럼 바퀴 하나는 기수에, 다른 하나는 비행기 동체 아래 달려 있었다. 이런 형태의 2륜 랜딩기어는 글라이더에서 흔히 사용되지만, 동력 비행기에 사용된 일은 처음이었다.

일반적인 비행기의 랜딩기어는 3륜식이다 보니, 파일럿들은 U-2의 착륙절차에 대한 불안을 안고 있었다. 아무리 여러 번 착륙에 성공해도 그 불안은 가시지 않았다. 면도날처럼 얇은 미익이 겨우 5/8인치(16mm)규격 볼트 3개로 동체에 고정되어 있다는 사실도 불안감을 부채질했다.

U-2의 심장부는 Q베이(Q-Bay)라 부르는 격납 공간이었다. 그 안에는 고해상도

카메라 2대가 실려 있었는데, 하나는 70,000피트 상공에서 2~3피트 크기의 물체를 식별할 수 있는 특수한 장초점 카메라였고, 다른 하나는 비행 경로를 따라서 연속적으로 지상을 기록하는 추적용 카메라였다. 이 카메라 두 대의 무게만 750파운드(340kg)였다.

켈리와 랜드 박사는 서로 이 Q베이의 좁은 공간을 조금이라도 더 차지하기 위해서 끊임없이 논쟁했다. 켈리는 배터리를 넣을 공간이 필요했고, 랜드는 거대한 카메라를 장치하기 위해 가능한 넓은 공간을 확보하려 들었다. 켈리는 랜드에게 화를 냈다.

"정작 비행기가 뜨지 못하면 사진을 찍을 수가 없잖아!"

결국 그들은 타협했다.

나의 주 임무는 공기흡입구를 설계하는 일이었다. 밀도가 낮은 고고도의 공기를 효율적으로 압축기에 보내기 위해서는 고도로 정밀하게 설계하고 제작해야 했다. U-2가 비행하려는 고도는 거의 천국의 입구에 해당하는 곳이어서, 공기가 거의 없고 산소 분자는 모하비 사막에 떨어지는 빗방울만큼 희소했다. 그래서 흡입구의 효율을 최대한 높여서 최대한 많은 공기를 빨아들여 압축과 연소에 필요한 산소를 공급해야 했다.

가장 어려운 문제는 성층권 꼭대기에서도 작동하는 신뢰성 있는 엔진을 개발하고, 희박한 산소로도 효율적인 연소가 가능한 특수한 연료를 찾는 것이었다. 프랫 & 휘트니는 당시로서는 최고의 압축비를 자랑하는 엔진인 J57을 개발해 놓고 있었다. 켈리는 이 엔진을 개조하면 U-2에 사용할 수 있을 것이라고 생각했다. 그는 코네티컷 주 하드포드에 있는 프랫 & 휘트니 본사에 찾아가 사장 빌 그윈(Bill Gwinn)[05]을 만났다.

"빌, 우리 비행기는 70,000피트 상공을 날아야 합니다."

그윈은 머리를 긁적거렸다.

05 William P. Gwinn은 19세에 재고관리사원으로 프랫에 입사했으며, 1942년부터 휘트니와 합병한 회사의 총책임자가 되어 제2차 세계대전 중 피스톤 엔진 생산과 그 직후의 제트엔진 전환을 이끌며 프랫 & 휘트니를 세계 최대의 엔진전문업체 중 하나로 이끌었다. 영업관리 출신이지만 매우 뛰어난 기술적, 마케팅적 감각을 지닌 인물로 유명했다.

"우린 그렇게 높은 고도로 날려본 일이 없습니다. 연료소비량이 얼마나 될지, 그렇게 높은 곳까지 올라가려면 추력이 얼마나 필요한지도 모르겠고요."

그렇게 말하면서도 그윈은 문제를 해결하기 위해 최고의 인재를 동원했다. 이들은 발전기, 오일 쿨러, 유압 펌프 등 J57의 거의 모든 주요 부품을 초고고도 비행용으로 개조했다. 2축 압축기와 3단 터빈은 수작업으로 만들었다. 이렇게 개조했는데도 엔진은 70,000피트 고도에서 지상 추력의 7%밖에 내지 못했다.

U-2는 외부 기온이 화씨 영하 70도(섭씨 영하 57도)인 환경에서 비행하기 때문에, 일반 군용 항공유인 JP-4는 얼어버리거나 낮은 기압으로 인해 끓어서 증발해 버리고 만다. 그래서 켈리는 퇴역한 지미 둘리틀 장군[06]을 찾아갔다. 그는 아이젠하워 대통령의 군사 정보 고문이자 석유회사인 쉘의 이사도 겸하고 있었다. 둘리틀 장군은 쉘 석유에 압력을 넣어 고공비행 환경에서도 증발하지 않는 특수한 등유를 개발하게 하고, LF-1A라는 이름을 붙였다. 그랬더니 LF가 라이터 기름(Lighter Fluid)의 약자라는 소문이 났다. 사실 이 연료에서 라이터 기름 냄새가 나기는 했지만, 성냥을 가져다 대도 불이 붙지는 않았다. 실제로 이 물질의 화학성분은 플리트(Flit)라는 이름으로 팔리고 있던 살충제와 흡사했다. 그래서 1955년 여름, 쉘 석유가 수천 갤런의 플리트를 LF-1A로 전환하자 미국 전역에서 살충제 부족 현상이 발생했다.

켈리는 이렇게 엄청난 고공을 비행하기 위한 엔진과 연료의 성능 문제로 골치를 앓고 있었다. 우리 공장의 엔지니어 중에도 재래식 제트엔진이 그런 높은 고도에서 제대로 작동할 수 있을지 의문을 품고 있던 사람들이 적지 않았다. 이전까지 그런 고도에서 엔진이 작동한 사례는 실험용 램제트 엔진이 겨우 몇 분간 초음속으로 비행한 경우 뿐이었다. 산소가 희박한 공기를 대량으로 빨아들이기 위해서는 그만큼 엄청나게 강력한 힘이 필요했다. 우리들은 소련 영공에서 엔진이 멈춰 버리면, 엔진을 재시동하기 위해 고도를 내리다 소련의 미사일과 전

06 James Harold Doolittle. 제2차 세계대전 최초로 일본 본토를 폭격하는 임무를 지휘한 장교. 이 공습의 성공으로 명예훈장을 수훈하고 2계급 특진하여 제12공군 사령관이 되었으며, 이후 제15공군과 제8공군을 지휘하여 육군항공대의 핵심 지휘관 중 한 명으로 활약했다. 전후에는 육군에서 독립한 공군 창설에 기여하고 로켓 개발을 지원하는 등 다방면에서 활약했다.

투기의 사정거리 안으로 들어가게 되면 어쩌나 하는 걱정도 했다.

나는 그때까지 그렇게 동료애를 가지고 열심히 일한 적이 없었다. 주 45시간 근무는 얼마 안 가서 사치가 되어 버렸다. 우리는 일정을 맞추기 위해서 주 60시간 내지 70시간씩 일을 하기 시작했다.

나는 유능했던 내 전임자의 실적을 연구해 보았다. 그러나 나는 곧 켈리가 사람들에 대해 일종의 선입견을 가지고 있으며, 한 번 박힌 선입견은 절대로 변하지 않는다는 사실을 발견했다. 예를 들면, 그는 내가 독보적으로 우수하다고 생각하던 두 엔지니어를 특히 가혹하게 다뤘다. 당시 젊고 순진했던 나는 그것이 시기심 때문일지 모른다는 생각은 전혀 떠올리지 않았다.

켈리가 직접 진두지휘를 하고 있었으므로, 나는 다른 생각을 할 여유가 없었다. 물론 그렇지 않은 사람들도 있었다. 나는 실제로 그와 이야기를 할 때마다 얼굴이 붉어지고 흥분해서 땀을 뻘뻘 흘리는 사람을 몇 명 목격했다. 그런 사람들을 하루 동안 몇 번씩이나 본 경우도 있다.

나는 금방 캘리의 팀에 녹아들었지만, 핵심적인 역할을 맡은 것은 아니었다. 어느 날은 그가 내 이름을 기억했지만, 어떤 때는 우물쭈물 넘어갔다. 그러나 어쨌든 나는 그를 두려워하지는 않았다. 실수를 하면 즉시 잘못을 시인하고 고쳤다.

어느 날 나는 유압 댐퍼를 설계에 추가하자는 제안을 했는데, 이 때문에 중량이 늘어나 비행기의 상승 고도가 떨어지게 되었다. 내가 채 말을 끝내기도 전에 켈리의 얼굴이 일그러지는 것이 보였다. 나는 즉시 이마를 치면서 말했다.

"잠시만요. 내가 멍청했네요. 중량을 줄여야 하는데… 다시 설계하겠습니다."

잘못을 속이고 켈리가 눈치채지 못하기만 바라던 사람들은 그만한 대가를 치렀다. 캘리의 눈을 속일 수 있는 사람은 아무도 없었다. 내가 그에게 가장 강렬한 인상을 받은 특징도 바로 그것이었으며, 이런 안목은 해가 가도 달라지지 않았다. 그처럼 비행기의 구석구석까지 알고 있는 전문가는 일찍이 없었다. 그는 위대한 설계가이자, 항공역학 전문가였으며, 중량 전문가였다. 그는 너무나 날카롭고 천재적이었기 때문에 나는 가끔 기절할 지경이었다.

내가 "이 스파이크에서 생기는 충격파가 꼬리를 칠 것 같은데요."라고 말하면 그는 머리를 끄덕이면서 이렇게 말했다. "그래, 온도가 600도까지 올라갈 걸." 그러면 나는 책상으로 돌아가, 2시간 동안 계산기로 계산한 끝에 614도라는 수치를 얻을 수 있었다. 정말 놀라운 일이었다. "여기 구조 하중은 아마…" 라고 켈리에게 이야기를 꺼내면, 그는 내 말을 멈추고 이렇게 말했다. "6.2psi 정도일 거야." 그러면 나는 돌아가 30분 동안 열심히 계산한 다음, 6.3psi라는 수치를 얻을 수 있었다.

켈리는 자기가 선발한 사람이 단순히 일만 잘하기를 기대하고 있지는 않았다. 나는 그가 내게도 그런 기대를 가지고 있다고 생각했다. 그러나 U-2 시제기를 만들기 위해 전력을 다하던 무렵의 나는 그저 그의 벌통 안에서 정신없이 일하던 일벌 한 마리였을 뿐이다.

나는 빈민굴 같은 그 공장을 좋아하기 시작했다. 당시에는 모든 사람이 담배를 피웠다. 그 연기로 공장 안은 마치 안개 낀 런던처럼 앞이 보이지 않았다. 비서나 청소원 같은 사람을 우리 작업장 안에 들일 수가 없었으므로, 우리가 직접 청소를 하고 차례를 정해 커피를 끓였다. 우리는 마치 대학 2년생처럼 정신없이 엄청난 시간을 일했다.

우리는 아슬아슬하게 몸을 가린 미녀들의 사진을 벽에 걸어 놓았다. 이 사진은 뒤집으면 물새 사진이 나오도록 되어 있었다. 어쩌다가 켈리가 손님을 안내해서 들어오면, 누군가가 소리를 질렀다.

"치워!"

그러면 우리는 가슴을 드러낸 미녀의 사진 액자 세 개를 뒤집었다.

언젠가는 캘리퍼스를 가지고 엉덩이를 재는 시합을 했다. 나는 평생 시합에서 이긴 일이 한 번도 없었지만, 여기서는 우승을 했다. 나는 '올해의 가장 큰 엉덩이' 상을 받았다. 그때부터 내 별명은 '브로드 버트(넓은 엉덩이)'가 되었다. 하지만 그것은 딕 풀러의 별명보다는 나은 편이었다. 모두가 그를 '풀라 딕'(Fulla Dick)이라 불렀다. 그러면서도 우리는 획기적인 업무를 담당하는 엘리트 그룹임을 자처하고 있었다.

내가 CIA의 존재를 알게 된 것은 한참 시간이 지난 다음이었다. 나는 몇 주에 한 번, 키가 크고 귀족적인 모습을 한 신사를 볼 수 있었다. 그는 어울리지 않게 테니스화에 금방 다린 회색 바지, 그리고 경마장의 도박사나 좋아할 만한 큰 체크무늬의 화려한 스포츠 재킷을 입고 있었다. 나는 딕 뵈임에게 그 사람이 누구냐고 물었다. 그는 무뚝뚝하게 대답했다.

"누구 말인가? 난 아무것도 안 보이는데?"

켈리는 가끔 나타나는 이 방문객과 우리들이 가능한 한 접촉하지 않도록 하고 있었다. 몇 달이 지난 다음에야 나는 누군가가 그를 '미스터 B'라고 부르는 것을 들었다. 켈리 이외에는 아무도 그의 이름을 몰랐다.

'미스터 B'는 예일대 경제학 교수이자 앨런 덜레스의 특별보좌관인 리처드 비셀(Richard Bissell)이었다. 그는 CIA의 스파이 항공기 프로젝트의 책임자로, 스컹크 웍스의 비공식 후원자이자, 우리를 지휘하는 정부의 관리였다. 그는 켈리가 가장 신뢰하는 후원자가 되었다. 그는 1959년 말, 아이젠하워 정권의 마지막까지 CIA의 모든 스파이 항공-위성작전에 관여했다. 이후 앨런 덜레스는 그를 피그만 침공 작전에 투입될 쿠바인 게릴라 부대를 조직하는 책임자로 임명했다. U-2를 개발하던 당시만 해도 그는 우리들에게 신비로운 존재였다. 당시 우리는 CIA, 록히드, 그리고 공군이 마련한 복잡한 협조 절차에 따라 일했는데, 그런 방식은 군과 산업계의 관계에서 유례가 없었다.

아이젠하워 대통령은 우리가 만든 극비 항공기를 투입하는 작전 계획을 직접 승인했다. 이 계획에 따라 CIA는 이 항공기와 카메라의 생산, 기지의 선정과 보안, 그리고 필름의 현상에 관한 책임을 지게 되었다. 이스트먼 코닥이 개발한 꽉 감긴 특수필름들은 각 임무마다 워싱턴에서 볼티모어까지 쭉 깔 수 있을 정도의 양을 사용했기 때문에, 필름 현상만 해도 만만치 않은 업무였다.[07]

공군은 파일럿을 선발해서 임무를 부여하고, 기상계획을 자성하며, 매일 매일의 작전을 관리하게 되었다. 록히드는 비행기를 설계-제작하고, 기지에서 일

07 ESTAR Base(PET)로 제작된 U-2용 필름의 길이는 1롤 당 3.2km 가량이었다. 언급된 워싱턴-볼티모어는 도로 기준 35마일(56km)가량 떨어져 있다.

할 지상 정비원을 제공했다. 록히드는 또 파일럿들에게 위장 신분을 제공하여 신분증을 발급하고, 정부와 계약한 기상관측계획의 정식 직원으로 등록해 주었다.

켈리가 U-2를 신속하게 제작할 수 있었던 비결은 XF-104 전투기의 시제기를 만들었을 때 사용했던 공구를 그대로 사용하는 것이었다. U-2는 기수에서 조종석까지는 XF-104의 동일 부위와 같은 방식으로 만들고, 조종석에서 꼬리까지는 죽 늘려서 사용했다. 동일한 장비를 사용했기 때문에 개발 기간과 비용을 절약할 수 있었다. 우리들의 목표는 첫해 말까지 4대를 비행시키는 것이었다. 이 비행기 한 대 값은 100만 달러로, 거기에는 모든 개발비가 포함되어 있었다. 실로 일찍이 없었던 바겐세일이었다.

1955년 4월이 되자, 엄중히 경비된 82동 건물의 조립장에서 최초의 U-2가 모습을 드러내기 시작했다. 켈리는 토니 레비어(Tony Levier)를 불러왔다. 그는 P-38 이래 켈리가 만든 모든 비행기를 테스트해 온 파일럿였다. 토니가 오자 켈리는 문을 닫으라고 하면서 물었다.

"어때, 내가 만든 새 비행기를 타고 싶지 않나?"

"어떤 비행기죠?" 토니가 물었다.

"말할 수 없어. 자네가 예스라고 하기 전에는… 싫으면 당장 여기서 나가고."

토니는 '예스' 라고 말했다. 켈리는 책상을 뒤지더니 U-2의 커다란 도면을 꺼내서 펼쳤다. 토니는 웃음을 터뜨렸다.

"제기랄, 처음에는 세상에서 날개가 제일 짧은 그 빌어먹을 F-104에 타라고 하더니, 이제는 세상에서 날개가 제일 긴 이 커다란 글라이더 같은 놈을 타라는 말입니까? 꼭 엿같은 다리(Goddam Bridge)처럼 생겼네요."

켈리는 도면을 다시 말면서 말했다.

"토니, 이 기체는 극비야. 지금 본 것은 누구에게도 이야기해서는 안 돼. 아내나 어머니나 누구에게도 말이야. 알았나? 자, 이제 업무용 보난자[08]를 타고 사막으로 날아가서 이 비행기를 비밀리에 시험할 수 있는 곳을 찾아 줘. 그리고 아무에게도 이 여행의 목적을 말해서는 안 돼."

토니 레비어는 캘리포니아와 네바다에 걸쳐 있는 이 사막을 1849년의 골드러시 시대에 노새를 타고 이곳을 헤맸던 금광꾼 못지않게 훤하게 꿰고 있었다. 그는 버뱅크와 리스베이거스 사이에 있는 모든 마른 호수바닥 중에서 긴급시에 불시착할 수 있는 곳을 전부 기억했다.

토니는 동료 파일럿들에게 해군을 위해 고래를 관측한다고 말하고, 탐사 비행 명목으로 이륙해서 데스벨리를 향해 북상했다. 실제로 록히드는 가끔 해군의 의뢰를 받아 그런 일을 한 적이 있었다. 이틀 후, 그는 완벽한 장소를 발견했다. 그는 몇 년 후 나에게 말했다.

"나라면 10점 만점에 추가점까지 줄 거야. 완벽했지. 주위가 3마일 반(5.5km)쯤 되는 마른 호수였어. 가지고 갔던 16파운드(7kg)짜리 쇳덩어리를 떨어뜨려서 표면의 모래가 얼마나 깊은지 알아봤는데, 빌어먹을, 테이블만큼 딱딱했어. 착륙해서 사진도 찍었지."

며칠 후, 토니는 켈리, 그리고 '미스터 B'라고만 소개받은 그 키 큰 민간인과 함께 그곳으로 갔다. 그의 아내는 피크닉용 도시락을 싸 주었지만, 그들의 행선지는 거센 바람이 울부짖고, 마른 호수 표면에 큰 돌들이 굴러다니는 곳이었다. "여기가 괜찮겠군." 미스터 B가 말했다.

이 지역은 외진 곳이었고, 근처에 핵실험장이 있어서 허가를 받지 않은 비행기는 접근할 수 없었다. 켈리는 일기에 이렇게 썼다.

'비행기를 타고 가서 호수 남쪽 끝에 활주로를 설치하기로 했다. 돌아올 때는 9시간 후에 폭발할 핵폭탄이 탑 위에 설치된 핵실험장 상공을 비행(위반이었지만)했다. 비셀은 아주 기뻐했다. 그는 파라다이스 목장이라고 명명하자

08 Beechcraft Bonanza. 비치크래프트가 1947년부터 생산한 단발 경비행기.

는 내 제안을 기꺼이 받아들였다."

5월 중순에서 7월 중순에 걸쳐 U-2 제작에 대한 압력이 심해지면서, 작업원들은 3교대로 주 80시간씩 일을 하지 않을 수 없게 되었다. 8개월 안에 비행기를 만들어 날린다는 것은 쉬운 일이 아니었다. 1955년 6월 20일, 켈리는 이렇게 기록했다.

'기체 완성까지 650시간밖에 남지 않아 아주 바쁘다. 주익 때문에 크게 고생했다.'

한쪽의 길이가 동체의 2/3에 달하는 길고 좁은 주익은 고공을 장시간 비행하는 데 필수 불가결한 요소였다. 하지만 긴 날개는 구조적 문제를 안고 있었다. 공탄성 발산(Aeroelastic Divergence)이라 불리는 이 현상은 문학적으로 표현하자면 갈매기가 날개를 펄럭거리는 것과 비슷한데, 자칫하면 펄럭이던 날개가 찢겨 나갈 수 있다는 것이 문제였다. 우리는 끊임없이 이 문제를 해결하기 위해 노력했다.

한편, 켈리는 동시에 발생한 대여섯 가지 생산 공정상의 문제를 해결하느라 정신이 없었다. 그는 또 기체가 거의 완성되자 멀리 떨어진 곳에 세우게 된 시험장 때문에 땀흘려야 했다. 그는 CIA의 위장회사로 설립한 C&J 엔지니어링의 이름으로 한 건설회사와 계약을 체결해서 우물을 파고, 2동의 격납고와 활주로, 그리고 사막 한복판에서 영상 50도의 여름 기온에도 문제가 없는 식당을 건설했다.

언젠가 켈리가 계약한 업자가 하청 입찰 공고를 낸 적이 있었다. 그러자 한 하청업자는 그에게 이렇게 경고했다.

"C&J란 회사는 조심하는 것이 좋아. 신용평가를 찾아보니 이름조차 나오지 않더군."

이 기지를 완성하는 데는 800,000달러밖에 들지 않았다. "지금까지 정부가 이렇게 유리한 계약을 해본 적이 없을 거야." 켈리는 우리들에게 자랑했다.

그건 사실이었다. 7월 초, 비행기와 시험장이 모두 거의 완성되고 있을 무렵, 켈리는 자동차 사고로 거의 생명을 잃을 뻔한 중상을 입었다. 엔치노에서 정지 신호를 무시한 운전자가 그의 차를 들이받았던 것이다. 그는 늑골이 4개나 부러진 채 입원했지만, 2주일 정도 치료를 받은 다음 직장으로 복귀했다. 그의 일기에 남은 표현을 빌리자면, '항공기를 완성하는 최후의 순간'에 맞춰 복귀한 것이다.

1955년 7월 15일, U-2 시제기가 완성되었다. 나는 조립장에서 그 비행기 옆에 섰을 때의 감격을 지금도 잊을 수 없다. 그 비행기는 아주 낮아서, 키가 6피트(185cm)밖에 안 되는 내 코가 동체보다 높았을 정도였다. 그 후 며칠 동안 모든 종류의 플러터와 진동, 조종 시험을 했다. 물론 가장 어려운 최후의 관문은 켈리의 시험이었다. "30군데 쯤 고칠 곳이 있어." 그는 얼굴을 찡그리면서 딕 뵈임에게 말했다.

7월 23일, 우리는 이 비행기를 해체해서 특수한 운송 컨테이너에 실었다. 새벽 4시, 이 컨테이너는 버뱅크 공항의 한구석에서 C-124 수송기에 적재되어, 해가 뜨기 전 사막이 있는 기지로 향했다. 켈리는 C-47을 타고 따라왔다. 우리는 이 비행기를 예정대로 내려서 반쯤 완성된 격납고로 운반한 다음 조립하기 시작했다. 비행 준비는 모두 끝났다.

증언 : 토니 레비어

7월 초에 켈리가 나에게 전화를 걸어 그 비밀 기지 '목장'으로 가서 테스트할 준비를 하라고 말했다. 나는 비셀과 켈리를 태우고 그곳에 갔었는데, 그곳의 변화에 기절할 수밖에 없었다. 놀랍게도 그곳에는 활주로와 관제탑, 2개의 커다란 격납고, 식당, 그리고 이동식 주택단지가 있었다. 전에는 엔지니어 4명과 정비, 보급, 행정 등을 맡은 사람 20명뿐이었지만, 지금은 비행기에 급유하는 사람만 20명쯤 돌아다니고 있었다.

U-2는 대단히 가볍고, 약했고, 물렀다. 켈리는 내가 그 비행기를 어떻게 착륙

시키려는지 알고 싶어 했다. 나는 그 때까지 한 번도 앞뒤로 배치된 글라이더식 랜딩기어로 착륙해본 적이 없었다. 일반적으로 파일럿들은 착륙을 위해 접근할 때 기수를 드는 편을 선호한다. 하지만 캘리는 착륙 문제가 내심 우려되었던 모양이다. 나는 다른 조종사들에게 노즈 휠부터 착륙하면 기체가 튀어올라 파손될 수 있으니 노즈휠부터 착륙해서는 안된다는 조언을 들었다. 하지만 켈리는 그 조언에 반대했다.

"아니, 노즈부터 착륙시키게. 그러지 않고 기수를 치켜든 채 착륙하려 들었다가는, 금방 실속에 빠져 비행기가 박살이 날 거야."

마른 호수바닥은 때때로 착륙하기가 무척 까다로웠다. 사막의 가시광선 환경에서는 자신이 얼마나 낮게 비행하고 있는지 육안으로 파악할 수 없을 때가 많았다. 그래서 나는 U-2를 착륙할 때처럼 랜딩기어가 땅에서 떨어지기 직전까지 들어올리도록 하고 수평선을 확인했다. 그리고 조종석에 앉아 캐노피에 수평선과 평행이 되도록 양쪽으로 검은 테이프를 붙였다. 이 검은 테이프를 보면 수평선과 정확하게 일치되는 순간을 알 수 있었다. 그때가 바로 바퀴가 지면에 닿는 순간인 것이다.

1955년 8월 2일, 나는 비행기를 300피트 가량 호수 바닥으로 끌고 가서 첫 활주 테스트를 했다. 켈리는 활주로를 달리다가 스로틀을 올려 50노트(시속 95km)까지 낸 다음 브레이크를 밟으라고 말했다. 나는 페달을 힘껏 밟았다. 제기랄, 브레이크가 형편없었다. 켈리는 마이크를 잡더니 소리를 질렀다.

"좋아! 그러면 70노트(시속 130km)로 올렸다가 브레이크를 밟아 봐."

그대로 했더니 글쎄, 비행기가 공중에 떠오르는 것이 아닌가. 호수바닥이 워낙 매끄러웠기 때문에 바퀴가 떠오른 것을 느끼지 못했던 것이다. 나는 하도 놀라서 거의 똥을 지릴 뻔했다. 하느님 맙소사! 나는 황급히 엔진 출력을 줄였다. 비행기는 실속 직전처럼 진동하기 시작했는데, 도대체 지면이 어디 있는지 알 수 없었다. 나는 그저 비행기를 제어하기 위해 전력을 다하고 기체를 똑바로 유지하는 수밖에 없었다. 비행기는 강하게 호수바닥에 내려앉았다. 쾅! 나는 쿵쿵쿵 하는 소리를 들었다. 타이어 두 개가 모두 터지고 연료파이프 바로 밑에 달린 그놈의 브레이크가 터지면서 불이 났다.

소방대원이 소화기를 가지고 달려왔다. 그 뒤를 켈리가 지프를 타고 따라왔다.

"제기랄, 도대체 어떻게 된 거야?"

나는 말했다. "켈리, 이 빌어먹을 녀석이 글쎄 나도 모르는 틈에 떠오른 거라니까요."

비행기가 70노트밖에 안 되는 속도에서 이륙할 수 있다고 생각 한 사람이 대체 몇이나 있을까? 이 비행기는 그만큼 가벼웠다. 우리들의 진짜 첫 비행 시험은 그 며칠 뒤인 8월 4일 오후에 실시되었다. 나는 시커먼 적란운이 덩치를 불리는 가운데 4시쯤 이륙했다. 나는 8,000피트까지 올라갔다. 켈리는 내 동료 밥 메이트가 조종하는 T-33을 타고 내 뒤를 쫓아왔다. 나는 마이크를 집고 소리를 질렀다.

"켈리, 비행기가 마치 유모차처럼 날아갑니다!"

비가 유리창을 때리기 시작했다. 우리는 기상 때문에 첫 시험 비행을 단축하기로 했다. 내가 착륙을 하기 위해 선회하자, 켈리는 초조해지는 것 같았다.

"잊지 마. 기수의 바퀴로 착륙을 하란 말이야." 나는 그러겠다고 대답했다.

내가 최대한 조심하면서 고도를 내리고 기수로 착지를 하는 순간, 비행기가 튀어 올랐다. 나는 즉시 고도를 올렸다.

"어떻게 된 거야?" 켈리가 무전으로 물었다.

이런 현상이 계속되면 비행기는 부서진다. 그게 문제였다. 나는 기수부터 착지하려는 순간 기체가 튀어 올랐다고 말했다.

그는 말했다.

"다시 돌아서 이번에는 아까보다 낮은 고도로 진입해 봐."

나는 시키는 대로 했으나, 비행기는 다시 튀어 올랐다. 나는 다시 엔진 출력을 올렸다. 이제 주위는 어두워지고, 비바람이 세차게 불기 시작했다. 켈리의 목소리는 거의 공포에 물들어 있었다. 약한 기체가 폭풍우 때문에 부서질까 걱정하던 그는 소리를 질렀다.

"동체 착륙을 해!"

"켈리, 그런 짓은 할 수 없어요!" 나는 대답했다.

나는 세 번째로 선회해서 돌아온 다음, 내가 하고 싶었던 대로 기수를 높이 들고 완벽한 2점 착륙 자세로 착지했다. 약간 튀어오르기는 했지만, 멋지게 착륙할 수 있었다. 착지하자마자 하늘이 열리고 비가 쏟아져서 호수 바닥에 5cm 가량 물이 찼다. 그날 밤, 우리는 성대한 파티를 열고 모두 취했다.

"토니, 오늘 참 잘했어."

그러고 나서 켈리는 나에게 팔씨름을 하자고 도전했다. 그는 황소 두 마리를 합친 것처럼 힘이 셌다. 내 팔을 어찌나 세게 꺾었던지 조금만 더 버텼더라면 손목이 부러졌을 것이다. 나는 다음날 붕대를 감고 출근했다.

"무슨 일이 있었나?"

켈리가 내게 물었다. 그는 너무 취해서 나와 팔씨름을 한 사실조차 기억하지 못했다.

바로 그날, 영국과 서독의 정보기관은 동베를린 쪽으로 터널을 파서 소련과 동독의 군사령부를 도청하기 시작했다. 앨런 덜레스는 아이젠하워 대통령의 백악관 집무실을 방문하고 이렇게 보고했다.

"오늘은 두 가지 성공에 대해서 보고하려고 왔습니다. 하나는 아주 높은 곳에서, 다른 하나는 아주 낮은 곳에서 달성했습니다."

7. 러시아의 상공을 누벼라

U-2가 첫 시험 비행을 한 지 한 달 후, 스컹크 웍스의 테스트 파일럿들은 사막 상공 70,000피트(21,400m)를 비행하면서 비밀리에 그때까지 세워진 모든 고도기록을 깨뜨렸다. 몇 달 후, 우리 파일럿들은 1,000시간의 비행시간을 기록하고, 고도 74,500피트(22,700m)까지 올라가 공중급유 없이 5,000마일(8,000km)을 10시간 동안 비행했다.

이렇게 높은 고도에서는 엔진이 가끔 멈추곤 했지만, 켈리는 이 비행기의 성능에 아주 만족했다. 프랫 & 휘트니의 기술자들은 효율을 높이기 위해 장시간 잔업을 하면서 고공 비행용 엔진을 조정해 주었다.

U-2는 양력 효율을 높이기 위해 익폭을 엄청나게 넓혔기 때문에 70,000피트 상공에서 1시간 이상에 걸쳐 250마일(400km)가량 활공할 수 있었다. 문제는 엔진이 산소의 농도가 좀 더 짙어지는 고도 35,000피트(10,700m) 이하로 내려가지 않으면 재시동이 걸리지 않는다는 것이다. 다른 문제는 조종석의 에어컨디셔너를 작동시키는 컴프레셔에서 새어 나온 오일이 조종석 앞창을 더럽히는 증상이었다. 이것은 내 파트가 담당할 일이었다.

이 비행기 엔진에는 64쿼트(73리터)의 오일이 있었는데, 한번 비행을 하고 나면 20쿼트나 줄어드는 일이 가끔 있었다. 우리 파일럿들은 밀폐된 헬멧을 쓰고 순수한 산소로 호흡하고 있는데, 조종석 앞창에 뜨거운 휘발성 오일이 쏟아지고 있었던 것이다. 별별 수단을 다 써 보았지만, 소용이 없었다. 나는 거의 절망한 상태에서 한 베테랑 기계공의 제안을 적용해 보기로 했다.

U-2 정찰기 (Lockheed)

"오일 필터 주변에 코텍스[01]를 채워서 흡수하면 오일이 유리창에 뿌려지지 않을 텐데요…."

나는 몹시 주저하다가 켈리에게 갔다. 그 강철 같은 눈초리가 내게 집중되더니 한참 훑어보았다. "리치, 넌 해고야!"라는 고함과 함께, 얼마 일해 보지도 못한 이 직장에서 쫓겨날 것 같은 예감이 들었다.

켈리는 조용히 여성용 생리대를 쓰자는 제안을 듣더니, 눈썹을 올리고 어깨를 으쓱했다.

"네 마음대로 해 봐!"

나는 기지 요원들을 불러 즉시 공수되어 올 생리대 박스를 수령할 준비를 하라고 지시했다. 놀랍게도 효과가 있었다!

01 Kotex, 킴벌리 클라크에서 개발한 일회용 생리대.

그 와중에 갑자기 이상 현상을 동반한 심각한 문제가 터져 나왔다. 정비원이 엔진 밸브 안의 고무패킹이 파손되고, 조종석 주변의 압력 챔버에 누출이 발생했다고 보고한 것이다. 확인해 보니, 고무 부품이 몇 주일도 안 돼 심하게 산화된 상태였다. 우리는 머리를 긁고 있을 수밖에 없었다. 패킹은 즉시 교체했지만 몇 주일만 지나면 다시 새기 시작했다.

이 이상한 현상에 대한 해결책은 로스앤젤레스 타임즈의 제1면을 반쯤 읽다 찾아냈다. 그 기사에는 유럽산 자동차 타이어가 로스앤젤레스의 자동차에 전혀 적합하지 않은 이유가 설명되어 있었다. 스모그 때문에 고무가 심하게 산화되고, 타이어가 피로 누적으로 터지거나 이상 마모된다는 것이다. 범인은 스모그의 주성분인 질소산화물에 의해 생기는 오존이었다.

미국의 타이어 제조업자들은 이 스모그 문제를 알고 있었기 때문에 남부 캘리포니아로 보내는 타이어의 고무에 실리콘을 첨가해서 그런 산화현상을 방지하고 있었다. 나는 그 기사를 읽다가 의자에서 벌떡 일어났다. U-2는 오존층에 가까운 대기권의 최상층을 비행한다. 나는 이 기사를 프로그램 매니저 딕 뵈임에게 보여주었고, 그는 즉각 켈리에게 보고했다. 개선책은 신속하게 마련되었다. 비행기의 모든 패킹은 실리콘으로 대체되었고, 문제는 해결되었다.

가정 생활이라는 측면에서는 스컹크 웍스의 오랜 근무 시간과 여러 가지 업무들이 문제를 일으켰지만, 개인적으로는 보람이 있었다. 나는 매일 동료들과 보조를 맞추기 위해 최선을 다했다. 그들과 함께 일하면 행복했다. 친한 동료 중 한 사람인 유압 전문가 데이브 로버트슨은 한가할 때 장난감 대포와 포탄 자작을 즐겼다. 언젠가 일요일에 내가 그의 집을 방문했을 때였다. 그는 자작 미니어처 대포를 마당의 잔디밭에 가지고 나가서 화약에 불을 붙였다. 쾅! 포탄은 큰 포물선을 그리며 길을 건너가 이웃집 2층의 유리창을 뚫고 들어갔다.

"야! 이 조그만 놈이 제법인데!" 그는 만족스럽게 미소를 지었다.

나는 데이브에게 1955년 여름, U-2의 시험 비행 도중 벌어진 일로 도움을 받았다. 우리 테스트 파일럿들은 고도 50,000피트(15,300m)에서 공기흡입구에 진동이 생긴다고 보고했다. 마치 험한 길을 4륜구동 차량으로 달리는 것 같다는 것이다. 그런 진동은 U-2 같은 약한 기체에는 중대한 문제가 될 수 있었다.

원인은 이 비행기가 비스듬히 날고 있을 때 한쪽 공기흡입구에 다른 쪽보다 더 많은 공기가 흘러 들어가는 현상이었다. 그 흡입구는 내가 설계했기 때문에 이 문제는 내가 해결해야 했다. 데이브의 도움으로 나는 스플리터를 설계해서 공기가 고르게 흘러갈 수 있도록 했으나, 문제가 완전히 해결되지는 않았다.

파일럿들은 고도 50,000피트에서 날개가 펄럭거리며 떨어져 나갈 것 같았던 끔찍한 현상은 없어졌지만, 그래도 진동은 남아 있다고 보고했다. 나는 켈리에게 말했다.

"거의 해결은 했지만, 아주 없어지지는 않습니다. 왜 50,000피트에서만 그런 현상이 일어나는지 알 수 없습니다."

그도 이유를 몰랐다. 그는 파일럿들에게 말했다.

"가능하면 50,000피트로 비행하지 마. 어쨌든 자네들은 그보다 높이 날아야 하니까."

프랫 & 휘트니는 결국 1년 후에 그 문제를 완전히 해결했다. 연료와 공기의 혼합비가 최적의 비율을 유지하도록 연료제어계통을 개선했던 것이다. 그러나 우리 테스트 파일럿들에게 문제는 공기흡입구만이 아니었다. U-2를 앞뒤로 달린 바퀴로 착륙시키는 일은 쉽지 않았다. 그것은 전혀 새로운 경험이었다. 우리 베테랑 파일럿들은 CIA 파일럿에게 U-2 훈련을 시킬 때 사망자가 생기지 않으면 기적일 것이라고 경고했다.

파일럿들은 난기류를 만났을 때 새의 날개처럼 펄럭이는 주익에 대해서도 걱정했다. 큰 돌풍을 만나면 날개가 완전히 떨어져 나갈 것만 같았던 것이다. 게다가 U-2의 초기 모델에는 사출좌석도 없었다. 사출좌석은 일반 좌석보다 30파운드(13.5kg)가량 더 무거웠다. CIA는 중량을 줄이기 위해 사출좌석을 채택하지 않기로 결정했다.

U-2 파일럿은 소련 영공을 깊숙이 침투했다가 돌아오는 임무를 수행하기 위해 9시간 40분간 비행을 하는 훈련을 받았다. 10시간 동안 조종을 하려면 강철 같은 엉덩이가 필요했다. 어떤 U-2 파일럿은 나중에 이렇게 불평을 했다.

"기름이 떨어지기 전에 내 궁둥이가 먼저 나갈 거야."

사실 그들을 나무랄 수는 없었다. 파일럿은 폭스바겐의 앞자리보다 좁은 좌석에 틀어박혀서 거북한 부분 여압복을 입고, 무거운 헬멧을 쓰고, 산소호흡관과 소변배출관을 연결한 채 근육마비와 배고픔, 졸음, 그리고 피로와 싸워야만 했다. 해발고도 13마일(21,000m)에서 조종석의 여압과 산소 공급이 중단되면 파일럿의 피는 몇 초 안에 끓어올라 버릴 것이다.

U-2는 무척 까다로워서 파일럿의 실수나 집중력의 결핍을 절대로 용서하지 않았다. 파일럿은 아무리 피로해도 자동조종에 맡기고 잠깐 눈을 붙일 수 없었다. 이 비행기는 이륙하는 순간부터 극히 세심한 주의가 필요했다. 이 비행기는 이륙 후 매우 빠르게 고도를 끌어올리도록 설계되었지만, 상승하면서도 날개는 항상 수평으로 유지하고 있어야 했다. 날개에 무거운 연료가 가득 차 있었고, U-2가 상승할수록 주변 기압이 내려가면서 연료가 팽창했기 때문이다. 한쪽 날개의 연료가 다른 쪽보다 빨리 엔진에 흘러 들어가게 되면, 비행기의 미묘한 균형이 깨지고 만다. 이 균형을 유지하기 위해서 파일럿은 펌프를 작동해 연료를 한쪽 날개에서 다른 쪽으로 옮겨야 했다.

이 기체를 조종하는 데 있어 또다른 난점은 주의깊게 속도를 제어해야 한다는 것이다. U-2의 파일럿은 특수한 돌풍 제어 장치로 날개를 고정하면 50노트의 돌풍에도 견디며 220노트(시속 407km)로 비행할 수 있었다. 그러나 너무 천천히, 즉 98노트(시속 181km)이하로 비행해선 안된다. 만약 그 이하로 속도가 떨어진다면 실속에 빠져 그대로 추락해 버리는 것이다. 반대로 102노트 이상이 되면 마하, 혹은 스피드 버페팅(Speed Buffeting, 난기류에 의한 이상진동)을 일으킬 위험이 있었다. 따라서 고도 65,000피트(19,800m)이상에서는 안전하게 비행할 수 있는 최저속과 최고속의 폭이 아주 좁았다. 끔찍하게도 하한 속도와 상한 속도에서 발생하는 진동이 별 차이가 없기 때문에, 조종사는 속도를 바꾸려면 완전 경계 태세를 유지해야 했다. 여기서 조금이라도 실수하면 버페팅이 더 악화되어 비행기가 그 진동으로 공중분해될 수 있었던 것이다. 흥미롭게도, 파일럿들은 고고도에서 선회하면 선회반경 안 쪽의 날개에서는 실속에 의한 버페팅, 바깥쪽 날개에서는 고속에 의한 버페팅이 일어난다고 보고해 왔다.

파일럿은 일단 70,000피트 고도에 도달하면 엔진의 과열을 막고 최대 효율을 얻기 위해 속도를 민항기와 비슷한 400노트(741km)로 유지하려고 했다. 이 고도에서는 기수가 올라가고 날개는 수평을 유지하기 때문에 아래쪽이 잘 보이지 않는다. 그래서 우리는 배율을 4단계로 변화시킬 수 있고 360도로 돌릴 수도 있는, 마치 잠망경을 거꾸로 뒤집은 것 같은 하방관측경을 조종석에 설치했다. 파일럿은 무전기를 모두 끄고 폭격 조준을 하는 것처럼 정밀하게 특정한 목표의 사진을 촬영하고, 한편으로는 육분의로 측정해서 정확한 항로를 잡아야 했다. 여기서 잘못하면 지상포화나 전투기의 공격으로 격추당하고, 국제적인 위기가 초래되는 것이다.

이 비행기의 조종과 임무는 대단히 어려운 것이었기 때문에 아무에게나 맡길 수 없었으므로, 최고의 파일럿을 구해야 했다. CIA는 1955년 늦가을에야 그런 사정을 알게 되었다. 그때까지 그들은 즉흥적인 결정으로 이 극비 계획에 외국인 파일럿을 사용할 생각을 하고 있었다. 소련 상공에서 격추되었을 때 파일럿이 미국인인 것보다는 터키인인 편이 난처함이 덜할 것이라는 단순한 생각이었다. 그러면 우리 정부가 관련되지 않았다고 부인할 수 있다는 것이다.

대통령은 공군을 U-2 계획에서 제외했다. CIA가 이 극비 계획의 보안을 좀 더 잘 지킬 수 있고, 비행기가 격추되었을 때 민간인 파일럿이 공군 전투기 파일럿보다는 어쨌든 덜 도발적일 것이라고 생각했기 때문이다. 백악관은 공군과 일부 고위 CIA 관리들의 불만을 무릅쓰고 CIA에게 NATO 가맹국으로부터 U-2 계획의 위장사업인 국제 고공기상관측계획의 파일럿으로 통용될 수 있는 사람을 모집하라고 명령했다.

1955년 가을이 끝날 무렵, 7명의 외국인 파일럿이 도착해서 전략공군사령부의 빌 얀시(Bill Yancy) 대령이 지휘하는 교관들로부터 훈련을 받기 시작했다. 이 교관들은 우리 테스트 파일럿들로부터 U-2에 관해서 철저한 교육을 받은 우수한 사람들이었다.

그러나 이 계획은 첫날부터 무너지기 시작했다. 그 파일럿들은 U-2와 같이 조종이 어려운 비행기에 탑승한 경험이 없었을 뿐만 아니라, 그중 몇 사람은 앞뒤로 달린 탠덤 랜딩기어로 착륙해야 한다는 사실을 알고는 꽁무니를 뺐기 때문이다. 2주도 안 되어 이들은 짐을 싸서 돌아가 버렸다. 켈리는 안도의 한숨을 쉬면서 일기에 이렇게 적었다.

'이제부터 미국인 파일럿만 사용하기로 했다. 다행이다.'

그해가 끝날 무렵, 전략공군사령부의 커티스 르메이(Curtis Lemay)장군[02]이 U-2의 파일럿은 전략공군사령부에서 뽑아야 한다고 주장하고 나섰다. 시거를 문 이 강인한 장군은 자기들이 이 계획 운영에서 제외된 데 대해 격분했고, 아이젠하워가 멍청하게 CIA에게 자체적인 공군을 창설하도록 허용했다고 생각하고 있었다. 그는 공군장관 해럴드 탈보트(Harold Talbott)에게 강력하게 항의했다. 결국 그는 전략공군사령부의 파일럿을 고용해서 훈련할 수 있게 하고, 장차 공군도 U-2를 사용할 수 있게 해주겠다고 약속할 수밖에 없었다.

당시 전략공군사령부는 폭격기를 호위하기 위한 별도의 전투기 비행대를 예하에 두고 있었다. 그곳에서 선발된 전략공군의 파일럿은 일단 퇴역한 다음, 가명으로 록히드에 취직해 계약직 사원으로 일을 하게 되었다. 우리는 그들을 우리 급여표에 올리고 사원으로 등록했기 때문에 KGB조차도 그들이 공군 파일럿 출신이라는 사실을 알아내기 힘들었을 것이다.

CIA에서는 이러한 신원 세탁 과정을 '쉽 디핑'(Sheep deeping)이라 불렀다. 정부와 민간 기업이 손을 잡고 극비 첩보작전을 진행한 것이다. 스컹크 웍스는 U-2가 비행하는 동안 해외의 비밀 기지에서 일한 기계공과 정비원들의 급여를 정부의 특별자금에서 인출받아 지불했다. CIA는 공군 요원보다는 우리 정비원들을 쓰겠다고 고집했는데, 그것은 우리가 U-2에 대해 독점적인 지식과 경험을

02 전략폭격의 선구자 중 한 명으로 꼽히는 미국 공군 장성. 제2차 세계대전 당시 제8공군을 지휘하여 독일 본토 폭격 임무를 수행했고, 그 공로로 최연소 소장이 되었다. 이후 일본 본토 공습 임무에서도 크게 활약했으며, 냉전기에도 전략공군의 주축으로 베를린 공수작전과 폭격기 개발, 핵무기 개발 등 다양한 분야에서 족적을 남겼다. 냉전기 미국 국방부 초강경파의 대표주자로 꼽힌다.

가지고 있었기 때문이다. 소련 영공을 비행하는 중요한 임무 도중에는 절대로 고장을 허용할 수 없었다. 우리는 이륙에서 착륙에 이르기까지 완벽하게 날 수 있는 비행기가 필요했다. 실수로 소련의 밭에 비상착륙을 한다는 것은 절대로 있을 수 없는 일이었다.

스컹크 웍스가 CIA의 신뢰를 얻기 위해서 얼마나 노력했는지 아무도 모를 것이다, 우리는 의회가 CIA의 비밀 긴급예비예산을 승인할 때까지 우리 돈을 들여 생산라인을 운영했다. 결국 5,400만 달러가 넘는 자금이 U-2 계획에 배정되었다. 켈리는 순수한 애국심에서 그가 엄격하게 지키고 있던 계율, 더 정확히 말하면 '고객은 자금을 일정대로 지불해야 한다'는 11번째 계명을 위반하기까지 했다.

우리는 매월 진척 상황을 즉각 고객에게 보고하고, 비용을 면밀하게 점검했다. 켈리는 우리가 자체 융자를 받아서 정부에게 부담을 주기보다는 고객이 매달 지불하도록 해야 한다고 주장했다. 그러나 국가 보안 문제 때문에 켈리는 U-2 생산 비용으로 300만 달러의 은행 융자를 받았다. 이자는 5%에 불과했다. 그래도 그것은 방위 산업체가 정부를 도와준 좋은 예라고 할 수 있었다.

결국 우리는 U-2 총 생산 비용의 15%를 CIA에게 돌려주고, 더 이상 필요로 하지 않는 여분의 동체와 부품을 사용하여 5대를 더 만들 수 있었다. 스컹크 웍스와 U-2가 너무 완벽하게 기능을 발휘했기 때문이다. 군산복합체 역사상 집행 비용이 예산을 밑돈 사례는 U-2 뿐이었을 것이다.

1956년 가을, 전략공군사령부의 전투비행대에서 모집한 최초의 U-2 파일럿 6명이 민간인 복장으로 가짜 신분증을 가지고 스컹크 웍스에 나타났다. 그들은 사흘 동안 이 비행기에 대해서 브리핑을 받은 다음, 우리 테스트 파일럿과 함께 비밀 기지로 떠났다. 나는 그중 한 사람, 듣기 좋은 웨스트버지니아 사투리를 쓰는 검은 머리의 선량해 보이는 친구와 이야기를 나누던 기억이 있다. 그는 공기 흡입구에 대해서 기술적인 질문을 했다. 4년 후, 그의 얼굴이 프랜시스 게리 파워스란 이름으로 온 세계의 신문 1면을 장식했을 때, 나는 금방 그를 알아볼 수 있었다. 이 파일럿들은 연봉으로 40,000달러를 받았고, 해외 기지에서 근무할 때는 매달 1,000달러의 보너스를 받았다. 40,000달러는 그들의 이름으로 우리 회사가 보관하고 있다가, 비행이 끝나면 지불하게 되어 있었다. 따라서 정당한 보수를 받으려면 살아서 돌아와야 했다.

이 파일럿들은 어느 날 아침, CIA가 운용하는 C-47을 타고 비밀 기지로 날아간 이후 다시는 볼 수 없었다. 그 비행기의 창문은 모두 검게 칠해져 있었다. 그러나 스컹크 웍스의 기계공과 정비원들은 해외에 파견되어 이 비행기 정비를 계속했다. 또 우리 동료 몇 명도 U-2를 운영하는 데 필요한 새로운 장비를 설치하거나 개조 작업을 위해 해외로 급히 파견되곤 했다.

최초의 U-2 파견부대는 서독의 비스바덴에서 작전을 시작했다. 첫 시험 비행에서 10개월 후, 설계를 시작한 지 겨우 18개월만이었다. 비셀은 직접 당시 콘라트 아데나워(Konrad Adenauer) 독일 총리로부터 이 비밀 스파이 작전을 위해 독일 영토를 사용할 수 있는 허가를 얻었다. 이와 함께 1956년 6월 초, NASA의 전신인 NACA(National Advisory Committee for Aeronautics)는 10마일 이상의 고공을 비행할 수 있는 U-2 항공기를 사용해서 고공기상조사를 시작한다고 발표했다. 이 위장성명은 미래의 제트여객기 비행을 위해서 U-2로 기상 패턴을 연구한다는 내용이었다.

우리들의 U-2부대는 '제1기상관측비행대(가칭)'라고 불렀다. 그들은 이 기묘한 기상관측기를 비스바덴 공군기지의 한구석에 숨겨 두고 기관단총을 휴대한 CIA요원들이 경비를 섰다. 이들이 6명의 파일럿과 4대의 U-2로 서독에서 작전을 시작했을 무렵, 우리는 10대의 U-2를 더 만들어 3개의 작전부대에 납품하게 되었다. A파견대는 독일, B파견대는 터키, C파견대는 일본이었다.

첫 파견대가 배치된 다음, 비밀의 문은 완전히 폐쇄되었다. 스컹크 웍스에서 일하던 우리들은 소련 상공 비행이 임박했다는 것을 몸으로 느끼고 있었지만, CIA와 접촉할 수 있는 사람은 켈리뿐이었다. 그가 갑자기 며칠 동안 사라지는 일도 있었는데, 우리들은 그가 독일에 갔거나(이건 사실이 아니었다) 워싱턴에서 미스터 B로부터 설명을 듣고 있다던가(이건 사실이었다), 아니면 최초의 비행에서 찍은 사진을 보고 있을 것(이것도 사실이었다)이라고 추측했다.

최초의 소련 상공 비행은 1956년 7월 4일에 감행되었다. CIA는 하비 스토크먼(Harvey Stockman)을 지명해서, 폴란드 북부에서 벨라루스를 거쳐 민스크 상공에 도달, 왼쪽으로 선회하여 레닌그라드로 비행하도록 임무를 부여했다. 그는 비행 도중 줄곧 레이더의 추적을 받았고, 10여 대의 소련 요격기가 추격해 오기도 했지만, 거의 9시간을 비행한 끝에 무사히 독일로 돌아왔다.

주말 휴일을 마치고 회사에 출근한 켈리는 나와 몇 명을 분석실에 불러 모아 놓고 간단히 설명했다.

"성공이다. 아이젠하워는 첫 그림엽서를 받아 보았어. 1차 촬영분은 지금 현상 중이지. 하지만 유감스럽게도 우리는 이륙하자마자 탐지당했다. 놈들이 보유한 레이더 능력을 너무 과소평가했던 것 같아. 놈들의 지상통신을 분석해보면 우리 비행기의 고도는 알아내지 못한 것 같다. 우린 65,000피트(19,800m) 이상 올라가면 탐지하지 못할 거라 생각했는데 말이지. 우리쪽에서 2차대전 중에 전시무기대여법으로 제공한 조기경보 레이더를 그대로 쓸 거라고 생각했는데, 놈들도 무슨 수를 쓴 모양이야. 어쨌든 놈들은 그걸 해낸 것 같고. 서둘러서 비행기가 탐지되기 어렵게 하던가, 더 높은 고도를 날도록 해야겠어."

소련군은 U-2의 비행을 저지하기 위해서 보유하고 있는 전력의 절반을 동원했다. 대통령은 소련이 어떻게 해서 그렇게 간단히 U-2를 추적할 수 있었느냐며 화를 냈다.

"미스터 B는 아이젠하워의 열의가 식던가, 소련이 행운을 얻기 전에 이 비행을 끝내고 싶어 하는 것 같다. 대통령은 10일간 이 임무를 위해 비행할 수 있도록 허가해 주었다. 그다음은 어떻게 될지 아무도 모른다."

말을 마친 켈리는 한숨을 쉬었다.

증언 : 마티 넛슨(Marty Knutson)

나는 U-2 계획의 첫 파일럿으로 선발되어, 1956년 7월 8일 아침, 세 번째로 소련 영공을 비행했다. 당시 나는 26세였고, 1,000시간의 전투기 비행 기록을 가지고 있었지만, 처음 U-2를 보았을 때는 실망해서 죽고 싶을 지경이었다. 조종석을 들여다보았더니, 조종간 대신 자동차처럼 스티어링 휠이 달려 있는 것이 아닌가. 기가 막혔다. 전투기 파일럿은 자존심이 있지, 결코 그딴 것을 잡을 수 없다. 스티어링 휠이란 대형 트럭운전사나 치욕스러운 폭격기 운전사들이 쓰는 물건인 것이다.

나는 그 후 29년간 CIA를 위해서 U-2를 조종했다. 착륙이 까다롭고 실속하기 쉬웠지만, 나는 이 비행기에 매료되었다. 그 스릴이 나를 사로잡은 것이다.

나는 날개가 브루클린 다리만큼 길고 약해 보이는 조그만 비행기를 타고 소련 영공을 비행하고 있었다. 아래쪽으로 수백 마일에 걸쳐 시야가 펼쳐져 있었다. 그곳은 적의 영토였다. 특히 당시 소련에 대한 나의 생각은 무척 단순했다. 소련은 악의 제국이고, 접근할 수 없는 금단의 땅이었다. 나는 조금도 그곳에 불시착하고 싶은 생각이 없었다. 나는 실제로 소련 상공을 비행하고 있는지 확인하기 위해 내 몸을 꼬집어 보기까지 했다.

비행에 앞서 나는 스테이크와 달걀 등 고단백식으로 아침을 먹고, 거창한 여압복과 무거운 헬멧을 착용한 다음, 이륙하기 전 2시간 정도 소파에 누워서 순수한 산소를 호흡했다. 질소를 내 몸에서 제거하고 급격히 고도를 내려야 할 때 색전증에 걸리지 않도록 하기 위해서였다.

나는 앞서 비행한 두 사람으로부터 이야기를 들었기 때문에 소련군의 요격기가 많이 올라오리라는 것은 각오하고 있었다. 그 악당들은 내가 이륙한 직후부터 추적을 시작해 나를 놀라게 했다. 기분 좋은 일은 아니었다. 우리는 그런 고도에서는 소련의 레이더에 잡히지 않을 것이라 생각하고 있었던 것이다. 하지만 현실은 반대였다. 하방관측경으로 15,000피트(4,600m) 아래에서 15대의 소련 미그 전투기가 날아오는 모습이 보였다. 전날 카르멘 비토(Carmen Vito)는 철도를 따라서 모스크바로 직행했는데, 그가 비행하는 고도까지 올라오려다가 미그기 2대가 충돌해서 추락하는 광경을 보았다고 했다.

비토는 아주 위험한 상황에 처할 뻔했다. 지상 정비원이 자살용 청산가리를 실수로 다른 주머니에 넣었던 것이다. 우리는 체포되어 고문 같은 것을 받게 될 경우를 대비해서 자살용 정제를 지급받았다. 하지만 그것의 사용 여부는 개인의 판

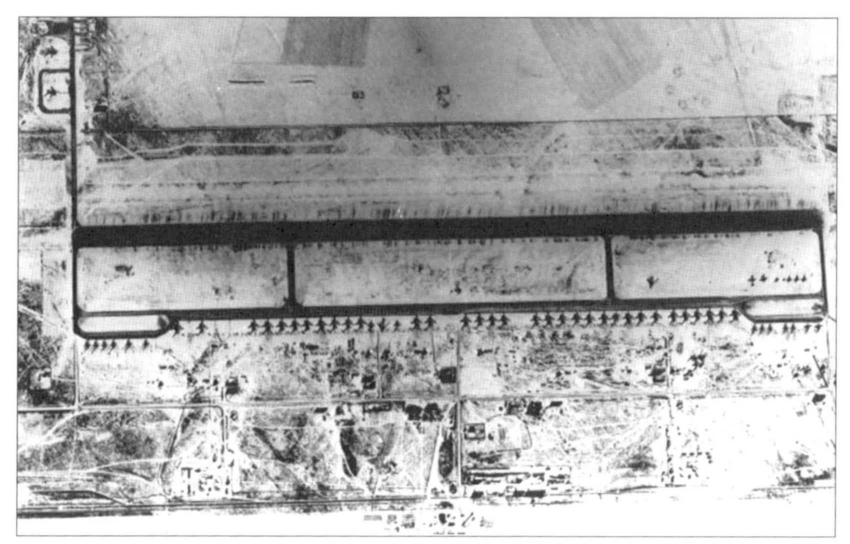
CIA 파일럿 마티 넛슨이 1957년 엥겔스 비행장 상공에서 촬영한 바이슨 폭격기 부대 (CIA)

단에 맡겨졌다. 비토는 청산가리가 비행복의 오른쪽 가슴 주머니에 들어 있다는 것을 모르고, 그곳에 레몬 냄새가 나는 기침약을 한 움큼 넣어 두었다. 원래 청산가리는 안주머니에 넣어 두도록 되어 있었다. 비토는 처음으로 모스크바에 접근하면서 목이 타는 것을 느꼈다. 그건 그의 잘못이 아니었다. 그는 기침약을 찾아 호주머니를 뒤지다가 그 청산가리 정제를 집어 입안에 던져 넣었다. 다행히도 그는 금방 이상을 느끼고 깜짝 놀라서 효과가 나타나기 전에 뱉어 버렸다. 그 알약을 씹었다면 그는 즉사하고, 비행기는 붉은 광장 한복판에 추락했을 것이다. 그 후 일어날 국제적 분쟁은 생각만 해도 끔찍했다.

나는 청산가리 정제를 안주머니에 넣어 두고 엔진이 꺼지는 일이 없기를 기도했다. 엔진이 꺼지면 여러 트러블 속에서 허우적대다 소련의 시체보관소나 빌어먹을 어느 수용소에 들어가게 될 것이다.

나는 한국에서 공중전을 벌이던 때처럼 긴장하고 있었다. 한국전 이래 조종석은 하나도 자동화된 것이 없었다. 우리는 70,000피트 상공에서 하방관측경과 지도를 보면서 정확하게 항로를 따라 비행해야 했다. 나는 보이는 것과 지도를 대조했다. 그것은 마치 1930년대에 육감에 의존해 비행했던 것만큼이나 원시적이었다. 하지만 우리들은 모두 이 방식에 아주 익숙해졌다.

나는 레닌그라드 상공을 비행하면서 흥분을 느꼈다. 전략공군사령부 파일럿 시절에 레닌그라드는 나의 공격 목표였고, 2년 동안 지도와 영화를 사용해서 훈련을 받았다. 지금 나는 전략공군사령부의 전투 계획과 똑같은 경로로 침입해서 조준경으로 아래를 내려다보고 있는 것이다. 다른 것이 있다면 폭탄을 투하하기 위해서가 아니라, 사진을 찍기 위해서 조준을 맞추고 있다는 사실뿐이었다.

날씨는 아주 맑았다. 레닌그라드를 지나서 20분 후, 나는 목표에 도달했다. 바로 미국 대통령이 보고 싶어 했던 장면이었다. 나는 엥겔스 비행장이라 명명된 기지의 상공에 도달했다. 50대의 미야쉬체프 M-4 바이슨 폭격기가 내 카메라를 위해 정렬해서 기다리고 있었다. 이것은 최악의 상황을 증명하는 증거가 될지도 모른다고 생각했다. 워싱턴의 권력자들은 우리가 폭격기 수에서 크게 뒤져 있다고 걱정하고 있었기 때문이다 나는 그 증거를 발견했다. 적어도 그렇게 생각했다.

나중에 안 이야기지만, 앨런 덜레스 장관은 내가 촬영한 사진을 가지고 대통령 집무실로 달려갔다고 한다. 몇 주일 동안 워싱턴은 발칵 뒤집혔다. 그러나 그 후 다른 비행에서 나온 자료가 들어오기 시작했고, 내가 찍은 바이슨이 소련에서 유일한 비행단이었다는 사실이 판명되었다. 우리 책임자들은 약간 안심하게 되었고, 소련의 미사일 생산에 관심을 돌렸다.

이후에도 나는 CIA를 위해 수백 회나 비행했지만, 엥겔스 비행장 상공을 지나던 순간만큼 내 임무의 중요성을 느낀 적은 없었다. 지구상에서 가장 비밀스러우며 우리가 가장 일고 싶어 했던 곳의 상공을 비행하면서 카메라의 렌즈를 통해서 어쩔 수 없이 노출된 그들의 항공 전력을 상당 부분 목격할 수 있었기 때문이다. 나는 카메라가 돌아가는 동안 중얼거렸다. “대단하군!” 그것은 중요성이나 의의 면에서 일찍이 없었던 획기적인 스파이 활동이었다.

이와 같은 일련의 첫 비행 후, 소련은 U-2 비행을 저지하기 위해 총력을 동원했다. 소련 대사는 국무부에 공식 항의문을 전달했고, 크렘린은 서독에게 기지를 폐쇄하지 않으면 로켓 공격을 가하겠다고 비밀리에 위협했다. KGB 요원들은 기지의 철망 바로 밖에 검은 대형차를 세워 놓고, 우리들이 이착륙하는 모습을 지켜보고 있었다. 그래서 우리는 터키 남부로 기지를 옮겼다. 터키 기지에서 발진한 U-2는 소련의 남부 국경지대에 있는 미사일 기지를 감시했다.

1957년 10월, 스푸트니크가 발사되었고, 소련은 인류 최초로 우주 궤도에 물체를 올려놓았다. 이들은 1958년부터 다음해 2월까지 아무런 시험을 하지 않았지만, 미국 내 어느 곳도 공격할 수 있는 ICBM을 보유하고 있다고 호언했다. 아이젠하워는 언론으로부터 소련이 미국을 공격할 수 있도록 방치한다며 맹렬한 비판을 받았다. 우리는 미사일 시험장과 핵실험장이 있는 튜라탐(Tyuratam), ABM(요격미사일)의 작전 센터가 있는 카푸스틴 야르 상공을 비행했다.

나는 미사일 시험 센터를 관측하기 위해 우랄 산맥의 동쪽을 날았다. CIA는 그 곳에 스파이를 잠입시키고 있어서 언제 미사일 시험이 진행될지 파악한 상태였다. 우리는 보통 시험 하루 전에 통보를 받았는데, 시험을 관측하려면 대통령 허가를 받아야 했다.

1959년 가을이 되자 소련은 1주일에 한 번씩 미사일 시험을 하기 시작했다. 나는 한두 번 그 시험을 관측하기 위해 비행을 했는데, 정말 장관이었다. 나는 한밤중에 세계에서 가장 외진 지역 위를 비행했다. 아래에는 불빛이 전혀 없었다. 달이 없는 밤에는 마치 잉크의 바다 속을 비행하는 것 같았다.

나는 커다란 카메라를 무릎 위에 올려놓고 비행했다. 이 카메라는 손에 들고 찍는 장비로, 로켓 노즐에서 나오는 불꽃의 색으로 연료의 종류를 알 수 있는 특수한 필름이 들어 있었다. 로켓을 만든 방법까지도 알 수 있었다. U-2의 동체 밖에도 특수한 분자감지기를 장착했는데, 로켓 발사 후 대기중의 화학성분을 채집해서 워싱턴에 가져가 분석하기 위한 장비였다. 갑자기 하늘이 밝아지더니, 로켓이 발사대에서 굉음을 내며 솟아올랐다. 나는 재빨리 그 미사일이 우주 속으로 사라지기 전에 그 불꽃 사진을 찍었다. 소련인들은 내가 그 곳에 있는 것을 알지 못했다.

하지만 가장 신나는 비행은 파키스탄의 페샤와르(Peshawar)에 있는 조그만 비행장에서 이륙했을 때였다. 그곳에는 1958년 말부터 지원대가 배치되어 있었다.

해당 비행은 초장거리 비행이었기 때문에 나는 그 기지로 돌아갈 수 없었다. 주 목표는 카자흐스탄에 있는 레이더와 미사일 시험장이었고, 그다음에 세미팔라틴스크(Semipalatinsk) 근처에 있는 핵실험장과 ICBM 발사시험시설 상공을 비행하도록 되어 있었다. 하지만 그렇게 하려면 비행기의 항속 거리가 한계에 달해, 연료가 거의 떨어지게 되어 있었다. 그래서 비행 계획은 우랄 산맥 위에서 연료를 절약하기 위해 활공해서 이란의 자헤단(Zahedan) 근처에 있는 2차 대전 시절에 만든 조그만 활주로에 착륙하도록 수립되었다. 이 지역은 아프가니스탄, 인도, 파키스탄으로 둘러싸인 삼각형의 중앙에 위치하고 있었다. CIA는 이 지역을 지배하고 있는 산적으로부터 기지를 수비하기 위해 톰슨 기관단총과 수류탄으로 무장한 요원을 태운 C-130 수송기를 파견하기로 했다. 만약 국경을 지나갈 때 검은 연기가 솟아오르는 것이 보이면, 그 활주로가 산적의 공격을 받고 있다는 것을 의미했다. 그러면 나는 사출장치를 사용해 탈출해야 했다. 소련 국경을 넘을 때, 비행기에는 연료가 100갤런밖에 남아 있지 않았다. 정말 아슬아슬한 상황이었다. 검은 연기는 보이지 않았다. 그래서 나는 그대로 진입해서 착륙했다. 탱크에 남은 연료는 20갤런뿐이었다. CIA 요원 한 사람이 얼음에 차게 식힌 6캔짜리 맥주를 준비하고 있었다. 그들은 안테나를 설치해 놓고 나의 안착을 암호로 송신하려고 했다. 한 요원이 내게 와서 말했다.

“우리 통신장비가 고장났습니다. 당신이 아마추어 무선통신사라는 걸 알고 있습니다. 혹시 모르스 부호를 아십니까?”

나는 이글거리는 태양 아래서 여압복을 입은 채 앉아 한 손으로 맥주를 마시며 다른 손으로는 모르스 부호를 쳤다.

1959년 초가 되자 소련 안에서 심상치 않은 징후가 나타나기 시작했다. 전략기지 주위에 기묘한 6각형 별 모양이 나타났다. 우리는 즉시 그들이 지대공미사일 기지를 건설 중이라는 사실을 파악했다. 그런 별 모양을 발견하면, 예정 항로를 벗어나도 좋으니 사진을 촬영하라는 명령을 받았다.

이 초기형 대공미사일은 우리의 고도까지 도달할 수 없었다. 이 미사일은 우리 폭격기를 공격하기 위해 개발된 장비로, 최대상승고도는 55,000피트(16,800m)

> 밖에 되지 않았다. 우리가 날아다니는 고도까지 미사일이 올라오는 것은 시간문제였고, 조만간 우리 중의 누군가가 희생될 것이 분명했지만, 나는 그 희생자는 내가 아니라고 확신했다.
>
> 소련 공군은 우리를 저지하기 위해 전투기를 몰고 마치 탄도미사일처럼 날아올라 들이받으려고 했다. 그들은 속도를 내기 위해 미그 21에서 일부 장비를 떼어내고 최고 속도로 수직 상승해서 큰 호를 그리며 고도 68,000피트에 도달했으나, 엔진이 꺼져 내려가고 말았다. 아마 그 비행기는 35,000피트(10,700m) 부근까지 내려가서야 엔진이 점화되었을 것이다. 이런 자살특공대식 공격으로 많은 파일럿과 비행기를 상실했을 것이 분명하다. 그것은 미친 짓이었지만, 그들이 얼마나 격분했고 절망에 빠졌는지 알 수 있었다.
>
> 1960년 겨울이 되자 우리는 브리핑에서 소련의 추적 시설과 대공미사일의 능력이 개선되고 있다는 경고를 받기 시작했다. 그들의 신형 SA-2 미사일은 이전에 사용하던 미사일을 개량한 것으로, 우리 비행기의 고도에 도달할 수 있었을 뿐만 아니라 400피트(120m) 이내에서만 폭발해도 항공기에 심각한 손상을 입히는 강력한 탄두를 장착하고 있었다. 우리는 가능한 한 SA-2를 멀리 피해서 비행했지만, 솔직히 말하자면 다들 걱정하고 있었다. 우리 비행기에는 오래 전부터 사출좌석이 장착되었는데, 그 때문에 중량은 늘었지만, 제정신으로 그것을 거부할 사람은 아무도 없었다.

CIA는 생존성 개선 사업에 레인보우라는 암호명을 붙였다. 그 명령은 대통령으로부터 직접 하달되어 최우선 시행 대상이 되었다. 켈리의 엔지니어와 설계자가 전부 동원되어 이 사업에 달려들었다. 명령은 U-2의 레이더 반사 면적을 대폭 감소시키는 것이었다. 이 목표를 달성하지 못하면 대통령령으로 U-2 계획 전체를 취소하겠다고 했다.

이 명령은 1956년의 새해 직전에 전달되었다. 그때까지 우리는 소련 상공을 7~8회밖에 비행하지 못했다. 소련은 외교 채널을 통해서 아우성을 쳤다. 그들은 공개적으로 위협을 하면 자신들이 자국 영공의 비행을 저지할 수 없다는 사실을 인정하게 되기 때문에 그렇게 하지 않았지만, 그렇다고 해서 위협을 무시할 수는 없었다.

그래서 우리들은 이 비행기의 레이더 반사 면적을 뉴욕시 5번가를 달리는 버스 크기에서 2도어 쿠페 정도로 줄이는 방법을 발견하기 위해 노력을 집중했다. 그러나 U-2의 거대한 미익과 날개, 그리고 양력과 추력을 얻기 위해 설계한 커다란 공기흡입구가 문제가 되었다. 그것이 마치 서커스의 스포트라이트처럼 작용해서 적의 레이더 화면에 U-2의 위치가 드러났던 것이다.

켈리는 매사추세츠주의 케임브리지로 날아가서 대 레이더 기술을 연구하고 있는 권위자들로부터 충고를 들었다. 그는 레이더 전문가 프랭크 로저스 박사와 에드 피셀을 초대해서 우리 연구를 돕도록 부탁했다. 나는 비행기의 중량을 너무 증가시키지 않고 레이더파의 에너지를 흡수할 수 있는 여러 가지 복합재와 페인트의 연구를 담당했다. U-2는 태양광의 반사를 막기 위해 무광 검정 페인트를 칠했다. 이 페인트는 지상에서 육안으로 발견하거나 요격기가 아래쪽에서 접근하는 것을 가능한 어렵게 하는 효과도 있었다. 우리는 온도에 따라 검은색에서 청색에 이르기까지 카멜레온처럼 색이 바뀌는 크롬 페인트를 시험했다. 하지만 페인트는 중량 증가만큼의 효과가 없었다. U-2를 하늘 배경에서 쉽게 드러나지 않도록 물방울무늬로 칠하자는 아이디어도 마찬가지였다.

레이더를 기만하는 방법으로 로저스와 피셀은 기발한 아이디어를 냈다. 레이더파의 에너지를 모든 방향으로 산란시키기 위해 다양한 파장 길이의 피아노선을 동체에 감는 것이다. 그러나 이 피아노선 때문에 항력이 증가되어 U-2의 비행고도가 7,000피트나 내려갔다.

그다음으로 우리가 시도한 기술은 솔즈베리 스크린(Salisbury screen)으로, 레이더파를 산란시키기 위해 금속 격자를 부착하는 것이었지만, 특정한 주파수와 고도에서만 효과가 있었다.[03] 켈리는 레이디파를 흡수하는 특별한 칠 페라이트

03 윈펠드 솔즈베리가 1940년대에 개발한 기술로, 최초의 레이더 스텔스 기술 중 하나다. 원리는 카메라 렌즈나 안경에 쓰이는 광학 반사 방지코팅의 전파버전에 가까운데, 흡수할 전파 파장의 1/4에 해당하는 무손실 유전체를 배치해 간섭현상으로 전파를 상쇄한다. 이론상 매우 효과적인 구조지만, 극히 제한된 주파수에서만 작동하며, 두께가 두껍고 무거워서 실용화에 어려움이 있었다.

도료를 칠하는 것이 더 실용적이라고 생각했다. 이 페인트는 어느 정도 효과가 있었지만, 기체표면의 열 발산을 억제하기 때문에 엔진이 과열되는 현상이 나타났다. 그래도 이 페인트가 레이더 반사 면적을 한 단계 정도는 떨굴 수 있었으므로, 우선 시험해 보기로 했다.

우리는 이 특수 페인트를 칠한 비행기를 '더티 버드(더러운 새)'라고 불렀다. 1957년 4월, 우리는 그 첫 비행기를 시험해 보았다. 테스트 파일럿 밥 시커는 이 U-2를 타고 70,000피트까지 상승했으나, 갑자기 기체 온도가 상승한다고 보고했다. 곧이어 엔진이 정지하고, 순식간에 파일럿의 여압복이 부풀어올라 산소 마스크와 함께 캐노피를 날려 버렸다. U-2는 급강하해서 그대로 지면에 격돌했다. 기체 파편과 밥의 시체를 찾는 데 사흘이 걸렸다. 검사 결과 고도 70,000피트에서 급격한 저산소증 때문에 10초 안에 파일럿이 의식을 잃었다는 사실이 판명되었다. 50센트짜리 전면유리판 고정 걸쇠의 결함이 원인이었다.

CIA는 소련 상공 비행 시간을 조금이라도 더 늘리기 위해 필사적이었다. 그래서 비셀은 켈리에게서 테스트 파일럿 4명을 빌려다가 U-2의 가짜 비행매뉴얼을 만들도록 했다. 이 매뉴얼에 의하면 U-2의 중량은 실제보다 2배나 무겁고, 최고고도는 50,000피트(15,300m)에 불과했다. 격납실에는 기상관측기만 실려 있는 것으로 되어 있었다. 이 매뉴얼에는 가짜 계기판의 사진도 들어 있었다. 속도, 고도, 제한하중 등의 표지도 모두 변조되었다. 이 매뉴얼은 4부를 작성해서 기름, 커피 얼룩, 그리고 담배 탄 자국 등으로 오래 된 것처럼 보이게 만들었다. 이 매뉴얼을 CIA가 어떻게, 그리고 실제로 소련인들에게 넘겨주었는지는 미스터 B만이 알고 있었다. 그는 절대로 입을 열지 않았다.

증언: 제임스 샤보노(James Cherbonneaux)

1957년 7월, 수송기가 최초의 '더티 버드'를 터키에 있는 우리 기지로 운반해 왔다. 비행기는 플라스틱 포장재로 싸여 있었다. 기수 양쪽에서 날개에 삐죽 나온 돌기까지 2조의 피아노선이 연결되어 있었는데, 이 와이어는 레이더파를 산란시키고 도료는 피아노선으로 커버할 수 없는 다른 주파수를 흡수하도록 되어 있었다. 하지만 나는 영 탐탁지 않았다. 내가 많은 봉급을 받고 있는 이유 중 하나는 시험용 항공기로 위험도가 높은 임무를 수행하는 것이었다. 그러나 지금까지 기타처럼 줄을 맨 비행기에 목숨을 걸어본 적은 없었다.

이 더티 버드와 함께 온 스컹크 웍스의 엔지니어는 추가된 중량 때문에 비행고도가 낮아지고, 항속 거리도 3,000마일(4,800km)까지 줄어든다고 말했다.

1956년 7월 7일, 나는 더티 버드를 조종해서 소련의 방공망을 시험하기 위해 흑해의 해안선에서 12마일(19km) 가량 소련 영내로 들어가 비행을 했다. 이 비행에는 8시간이 걸렸다.

나는 여러 기지 특수한 기록 장치를 싣고 소련 남부 방공망의 반응을 고의로 도발했다. 이 계획은 그들이 우리 더티 버드를 탐지할 수 있는지를 알아보는 것이었다. 대체로 그 코팅과 와이어는 효과가 있었지만, 내가 기록한 자료를 분석한 결과 놈들은 아무런 조치를 하지 않았던 조종석과 테일 파이프를 조준하고 있었다는 사실이 드러났다.

2주일 후, 나는 아이젠하워 대통령의 특별 승인 임무를 위해 다시 더티 버드를 타고 가장 대담한 비행을 했다. 나는 극비리에 더티 버드로 파키스탄의 기지를 이륙, 소련 영내로 깊숙이 들어갔다. 임무는 대륙간 탄도미사일 시험을 준비중인 것으로 추정되던 미사일 기지를 촬영하는 것이었다. 중량이 추가되었기 때문에 나는 고도를 58,000피트(17,700m)까지만 올릴 수 있었다.

미사일 시험장은 3시간쯤 걸리는 곳에 있었지만, 이륙 후 75분이 지났을 무렵에 나는 아래를 내려보다 놀라운 것을 발견했다. 미국 유카 평원에 있는 핵실험장에서 흔히 보았던 것과 비슷한, 둥근 윤곽이 있었다. 심장이 마구 뛰었다. 대체 어떻게 그럴 수가 있을까? 우리는 이곳에 시험장이 존재한다는 사실조차 몰랐다. 나는 하방관측경의 배율을 최대인 4배로 올려 커다란 탑에 초점을 맞췄다. 소름이 끼쳤다. 탑 위에는 기다린 물체가 있있다. 2마일(3.2km) 가량 떨어신 곳에 있는 거대한 건물에서는 사람들이 바쁘게 돌아가는 모습이 보였다.

나는 갑자기 표현하기 어려운 공포감에 휩싸였다. 내가 탑 바로 위를 지나갈 때 놈들이 핵무기를 폭발시키면 어떻게 될까? 그런 황당한 생각이 나를 엄습하

U-2가 촬영한 튜라탐 미사일 실험장 사진(CIA)

자, 공포로 식은땀이 흐르고, 목이 타기 시작했다.

"좀 기다려라, 이 새끼들아. 기다려 줘. 내가 지나간 다음에 불을 붙이란 말이야." 나는 헬멧 속에서 그렇게 외쳤다.

비행기에는 카메라가 3대 있었다. 하나는 수직, 나머지 2대는 45도 측면을 향해 있고, 카메라의 촬영각이 겹쳐 설치되므로 합성하면 입체상을 만들어 낼 수 있었다. 스위치를 넣자 카메라가 돌아가기 시작했다. 비행기가 탑 바로 위를 통과할 때는 마치 시간이 정지된 것처럼 느껴졌다. 심장이 뛰고 목이 탔다. 몇 초 후에는 내가 증발될 수도 있었다.

5분 후, 나는 그 핵실험장을 벗어났다. 그처럼 겁을 먹었던 일이 우스꽝스럽게 여겨졌다. 3시간 후, 나는 중앙아시아의 옴스크 상공을 비행하면서, 전략공군사령부가 잠재적인 목표로 관심을 가지고 있던 군수산업시설의 사진을 찍었다. 그리고 나서 동쪽으로 기수를 돌려, 내 임무의 주목표였던 미사일 시험장으로 향했다. 그곳에서 최근에 시험발사가 있었던 흔적을 촬영한 다음, 파키스탄으로 기수를 돌렸다.

나는 하방관측경으로 광대한 중앙아시아의 경치를 내려다보았다. 그것은 상상을 초월하는 광경이었다. 나는 외롭게 버려진 존재처럼 느껴졌다. 미그 전투기가 쫓아오는 비행운도 없었기 때문에 스컹크 웍스의 마법이 작용해서 놈들의 레이더에 내가 나타나지 않은 것 같다고 결론을 내렸다. 그것이 사실이라면, 내가 이 순간 여기에 있다는 것은 아무도 모르는 셈이다. 나는 미국의 추적소와도 멀리 떨어져 있었다.

갑자기 나는 정신이 들었다. 엔진에서 시끄러운 소음이 나기 시작했다. 나는 오랜 경험으로 엔진의 소음 강도는 적대적인 나라의 국경을 안전하게 넘을 때까지 비행해야 할 시간에 정비례한다는 것을 알고 있었다. 20분 후, 나는 짙푸른 하늘을 배경으로 반짝이는 눈이 덮인 웅장한 산을 보았다. K2봉이었다. K2는 뜨거운 샤워와 잠이 기다리고 있는 파키스탄으로 돌아가는 데 필요한 이정표였다. 나는 앞으로 1시간, 450마일(720km) 정도면 국경을 넘을 수 있을 것이라고 계산했다.

비행시간은 이미 8시간이 넘어서 소변이 마려웠다. 나는 비행 전날 밤 물을 마시지 않아야 하는 규칙을 지키지 않았던 것을 몹시 후회했다. 나는 여압복을 입은 채 소변을 볼 수 없었기 때문에 항상 이 규칙을 지켜 왔다. 여압복을 입은 채 소변을 보려면, 3겹으로 된 여압복을 헤치고, 노즐을 향해 위쪽으로 소변을 봐야 하는데, 나는 그렇게 할 수 없었다.

고통이 올라오기 시작했다. 참을 수 없는 고통이었다. 마치 칼로 그곳을 쑤시는 듯했다. 나는 불안 속에서 기진맥진한 상태가 되었다. 노즐을 향해서 소변을 누려 했지만 잘 되지 않았다. 바지 속에 그대로 싸려고도 해 봤지만, 경련만 생길 뿐 소변은 나오지 않았다. 고통이 너무 심해서 눈의 초점을 맞출 수도 없었다. K-2의 웅장한 화강암이 내 바로 밑을 지나가는 것을 어렴풋이 느낄 수 있었다.

착륙을 위해 접근할 때 고통은 최고조에 달했다. 나는 고도를 너무 내려 활주로에 내리지 못하고 숲속에 처박힐 뻔했다. 나는 그저 정비원이 사다리 꼭대기에서 캐노피를 열었을 때, 미친 듯 밀쳐내고 사다리를 순식간에 뛰어내렸던 일을 어렴풋이 기억하고 있을 뿐이다. 그러고 나서 누가 보든 말든, 그 활주로 위에서 새로운 세계기록을 수립했다.

나는 폭탄이 탑 위에 장치된 소련의 핵실험장을 발견한 공로로 받게 될 영웅 대접을 기대했다. 하지만 내 보고를 받은 분석팀은 믿을 수 없다는 듯이 일소에 붙였다. 한 분석관이 말했다.

"중부 소련의 그 지역에는 핵실험장이 없어."

하지만 그들은 내 관측 보고를 특별 전신으로 워싱턴에 보냈고, 다른 분석관은 내가 찍은 사진을 현상했다.

한 시간도 못 되어 CIA본부에서는 암호전문을 보냈다. 그 내용은 매우 가혹해서, 개인적 질책과 공식 징계의 중간 정도에 상당하는 것이었다. 나의 신뢰성은 땅에 떨어지고 말았다. 그러나 다음 날 점심 때, 우리 작전의 CIA 책임자인 존 패런고스키가 나를 한쪽으로 데리고 가더니 멋쩍은 표정으로 말했다.

"짐, 사과하네. 방금 별도의 정보소스가 자네가 통과한 지 2시간도 지나기 전에 그 탑에서 핵폭발이 있었다는 정보를 보내왔어."

U-2의 소련 상공 비행이 마지막 겨울을 맞고 있던 어느 날, 켈리 존슨은 CIA 본부를 방문했다가 아주 심각한 표정으로 돌아왔다. 그는 소련 측이 우리들의 비행을 그렇게 쉽게 추적할 수 있었다는 사실을 믿지 못했다. 그들의 지대공미사일 방어부대가 레이더 기술의 발전을 이용해 우리를 하늘에서 몰아내는 것은 시간문제였다. 켈리는 말했다.

"이 비행기를 개량하는 것만으로는 소용이 없어. 새로운 아이디어가 필요해."

그의 머리는 이미 바쁘게 돌아가면서 모스크바 상공을 안전하게 비행할 수 있는 U-2의 후계기를 생각하고 있었다. 그는 우리들 중에서 가장 권위 있는 수학자인 빌 슈뢰더에게 소련이 최신 미사일로 U-2를 격추하는 데 얼마나 걸리겠느냐고 물었다. 그는 1년 미만이라고 대답했다. U-2를 긴급 수리하기 위해 터키 내의 비밀 기지에 다녀왔던 우리 기술자 한 명이 파일럿들의 사기가 떨어지고 있었다고 말했다. 그들은 소련의 주요 목표 주위에 건설되고 있는 새로운 SA-2 미사일 기지에 대해 걱정하고 있었다. 대통령도 위험이 심각해지고 있음을 인식하고, U-2의 비행 허가를 대폭 감축했다.

터키에 다녀온 우리 엔지니어의 보고도 우리 파일럿의 안전이 위협당하고 있다는 사실을 보여주었다. 그는 U-2의 동체 후방에 레이더 빔을 전자적으로 방해하는 새로운 '블랙박스' 장치를 설치하는 작업을 감독하기 위해 다녀왔다. 이 상자는 전문용어로 ECM(Electronic Counter-Measure)이라고 불렀는데, U-2를 향해 발사된 미사일의 유도레이더가 추적을 하지 못하도록 전파를 교란하는 장비였다.

켈리가 비셀에게 들은 바에 의하면 정보부 사람들은 최소한 한 번 더 우랄 산맥 깊숙한 곳에 있는 튜라탐(Tyuratam)의 대규모 미사일 시험장 상공을 비행하기를 바라고 있었다. 최근의 정찰 비행 분석에 의하면 최초의 실전형 대륙간 탄도미사일이 큰 발전을 이룩한 징후가 그곳에 있다는 것이다.

아이젠하워는 즉각 이 확인비행을 허가하려고 했지만, 국무부에서 그 소식을 듣고, 크리스티안 허터(Christian Herter)장관이 강력히 반대했다. 허터는 지난해 암으로 사망한 존 포스터 덜레스의 후임자였다. 그는 이 비행이 5월 14일부터 파리에서 시작될 예정인 있던 흐루쇼프와 아이젠하워 간 정상회담에 나쁜 영향을 미칠까 걱정하고 있었다.

비셀은 켈리에게 앨런 덜레스가 파리 회담 2주일 전에 임무를 끝낸다는 것을 조건으로 대통령으로부터 이 마지막 비행의 허가를 받았다고 말했다. 작전 예정일은 1960년 5월 1일, 미국의 독립기념일에 해당하는 소련의 메이데이였다.[04] 우리는 레이더 근무요원의 수가 급감하여 방어능력이 저하되어 있기를 바라고 있었다.

나중에 판명된 것이지만, 우리들의 ECM과 CIA가 최종적으로 선택한 비행경로는 최후의 비극적 비행과 관련되어 있었다. 아이젠하워는 두 가지 임무를 허가하고, 최종선택은 CIA에게 위임했다.

하나는 암호명 타임스텝(Time step)이라는 임무로 주요 핵 및 미사일 시험장 상공을 비행하는 것이고, 다른 하나는 암호명 그랜드슬램(Grand slam)으로 파키스

04 춘계 노동축일을 뜻한다.

탄을 출발해서 9시간에 걸쳐 소련 영공을 통과하여 노르웨이의 보도(Bodo) 기지에 착륙하는 장거리 임무였다. 이 비행의 핵심은 튜라탐 상공에서 남쪽으로 향해 엄중하게 방어된 스베르들롭스크(Sverdlovsk)와 플레세츠크(Plesetsk)에 있는 거대한 군수공업지대를 촬영하는 것이었다. 이 두 가지 작전안은 공군장관 네이선 트와이닝에게 송달되어 검토를 거쳤다. 그는 즉각 그랜드 슬램 계획의 결함을 발견하고, 직접 앨런 덜레스에게 전화를 걸어 경로를 변경하도록 요구했다. 트와이닝은 남쪽에서 스베르들롭스크로 들어가는 비행 경로가 한 달 전 마티 넛슨이 비행했던 것과 똑같은 것이라고 지적했다.

“다시 이쪽에서 진입하면, 그들은 우리가 어디로 향할지 정확히 알고 기다리게 됩니다. 반드시 격추될 겁니다.”

덜레스는 그 의견을 받아들이지 않은 것 같다. 그는 아무런 변경 없이 그랜드 슬램을 선택했다.

이 임무는 파키스탄에서 노르웨이까지 3,700마일(6,000km)을 비행하는 아주 어려운 것이었으므로, CIA는 경험이 풍부하고 가장 항법기술이 뛰어난 파일럿을 선정했는데, 그가 바로 당시 34세인 프랜시스 게리 파워스였다. 그는 U-2로 27번이나 비행을 했다. 그중에는 1956년 수에즈 위기 때, 이스라엘과 연합해서 이집트를 공격 중인 영국과 프랑스 군함의 동향을 정찰하는 등 지중해 동부를 장시간 비행한 임무도 몇 차례 포함되어 있었다.

1960년 5월 1일, 일요일 새벽. 파워스는 파키스탄의 페샤와르를 이륙했다. 파키스탄 쪽에서 소련 영내로 침입하는 방식은 이때 처음 시도했는데, 이는 상대방의 의표를 찌르기 위한 선택이었다. 처음 3시간은 계획대로 순조롭게 비행했다. 파워스는 아무런 문제 없이 튜라탐 상공을 통과한 후, 항로를 남쪽으로 돌려 스베르들롭스크로 향했다 이 코스는 몇 주일 전 넛슨이 비행한 것과 똑같은 항로였다.

스베르들롭스크 공업지대에 접근하던 파워스는 갑자기 오렌지색 화염에 휩싸여 눈앞이 보이지 않았다. 뒤쪽에서 폭발음이 들렸다. 오른쪽 날개가 내려가고, 기수가 곤두박질치기 시작했다. 비행기가 급강하하기 시작하

U-2 전용 비행복을 입은 프랜시스 게리 파워스. 소련에서 석방된 이후 록히드의 테스트 파일럿으로 일했다 (Lockheed)

자, 그는 본능적으로 꼬리를 맞았다는 것을 알았다. 그는 날개가 떨어져 나가는 것을 공포스럽게 바라보았다. 여압복이 부풀어 올라 마치 바이스처럼 몸을 조여 왔다. 헬멧 전면유리에 서리가 끼기 시작했다. 고도계를 보자 34,000피트(10,000m)였고, 고도는 급격히 떨어지고 있었다.

그는 공포에 휩싸인 채, 자기 몸이 원심력 때문에 계기판에 눌려 있다는 것을 깨달았다. 탈출 레버를 잡아당기면 조종석에 다리가 붙은 채 사출되고 만다. 그는 필사적으로 좌석으로 돌아가려 노력하면서, 손으로 캐노피를 열고 안전벨트를 풀었다. 그는 날개가 없는 동체가 거꾸로 돌기 시작하는 순간, 기체에서 벗어났다.

낙하산이 펼쳐졌을 때, 파워스는 멀리 또 하나의 낙하산이 펼쳐져 있는 것을 발견하고 놀랐다. 그의 비행기에 명중한 미사일이 소련 비행기도 격추한 것 같았다. 그는 농장에 떨어졌다. 동네 사람 몇 명이 그에게 달려왔다. 그들은 적대적이지는 않았고, 그가 미국인인 줄도 몰랐다. 그들은 뭐라고 떠들어댔지만, 그는 한마디도 말을 할 수 없었다.

그들은 결국 파워스를 트럭에 태우고 달리기 시작했다. 나중에 안 것이지만, 그들은 그를 소련 파일럿으로 여기고, 어떻게 해야 할지 몰라서 근처의 비행장으로 갔던 것이다. 그러나 트럭은 도중에 경찰에게 정지당하고, 파워스는 체포되어 연행당했다.

이후 소련의 방공부대가 접근하는 U-2를 향해서 산탄총처럼 24기의 SA-2 미사일을 발사했던 것으로 판명되었다. 이는 그들이 U-2를 기다리고 있었다는 사실을 의미했다. 그 미사일 하나가 파워스를 요격하려던 소련 전투기에 명중했는데, 그 충격파가 U-2의 미익을 파괴했던 것이다.

켈리는 한밤중에 집에서 이 통보를 받았다. 그는 월요일 아침 침통한 표정으로 스컹크 웍스에 나타나서 우리를 모아 놓고 이렇게 말했다.

"U-2는 스베르들로프스크에서 SA-2에 맞았어. 그것뿐이야. 이제 끝이다."

사상 처음으로 지대공미사일이 비행기를 격추했다. 우리는 U-2가 얼마나 약한지 잘 알고 있었으므로, 그런 고도에서 피격당했다면 파일럿은 죽었을 것이라고 생각했다. CIA는 즉시 NASA에게 준비했던 은폐용 성명을 발표하게 했다. 터키에서 발진한 기상관측연구용 비행기의 파일럿이 산소장치에 이상이 있는 것 같다고 보고한 후 항로를 이탈해서 실종되었다는 내용이었다.

음흉한 흐루쇼프는 아이젠하워가 정상회담에 참석하기 위해 파리에 도착하기를 기다렸다가, 소련이 U-2 정찰기를 격추했다고 발표했다. 미국 정부는 그것을 근거 없는 낭설이라고 일축했다. 아이젠하워는 스파이 비행을 부인했다. 그러자 정상회담 전날 밤, 흐루쇼프는 파일럿이 체포되었으며, 스파이 활동을 자백했다고 발표했다. 파일럿의 이름은 프랜시스 게리 파워스라고 발표되었다.

궁지에 빠진 아이젠하워는 U-2가 스파이 활동을 했다는 사실을 시인하고, 흐루쇼프가 최근 제안한 영공개방안을 거부했기 때문이었다고 해명했다. 아이젠하워는 소련인들을 진정시키고 정상회담을 성사시키기 위해 그 비행을 중지시켰다고 발표했다. 안 그래도 아이젠하워는 그 비행을 중지할 생각이었다. 그러나 흐루쇼프는 사과를 요구했기 때문에 회담은 열리지 못했고, 아이젠하워는 빈손으로 귀국하고 말았다.

스컹크 웍스에서 일하고 있던 우리들은 파워스가 살아 있다는 사실에 CIA나 백악관 못지않게 놀랐다. CIA는 파워스가 공격받았을 때 사망하지 않았으며(청산가리 대신 지급한 독침을 사용하는 것은 파일럿의 선택에 맡겨져 있긴 했지만), 자살하지도 않은 데 대해 격분하고 있었다. 스컹크 웍스 안에서도 애국심에 불타는 사람들은 파워스가 자결하지 않은 것은 반역 행위라며 CIA에 거세게 항의했다. 그들은 그 비겁자 때문에 대통령이 국제적으로 궁지에 몰렸다고 확신하고 있었다. 파워스의 생존으로 덜레스와 비셀도 구석으로 내몰렸다. 그들은 대통령에게 U-2가 미사일에 맞아도 기체나 파일럿은 흔적이 거의 남지 않을 것이라고 장담했던 것이다. 파워스도 잘못을 범했다. 그는 비행기에서 탈출하기 전에 70초 후에 폭파될 수 있는 자폭 장치를 작동시키지 않았다. 그랬더라면 그 필름과 카메라가 KGB의 손에 넘어가지 않았을 것이다.

파워스를 동정하는 사람은 거의 없었다. 그는 악명 높은 루뱐카(Lubyanka)의 감옥에 몇 달 동안 감금된 다음, 선전장이나 다름없는 재판정에 끌려 나와 3주일 이상에 걸쳐 CIA와 미국 정부를 궁지에 몰아넣었다. 그는 10년의 중노동형을 선고받고 2년 가량 복역한 후 1962년 2월, 체포된 소련 스파이 두목 루돌프 아벨과 교환되어 돌아올 수 있었다. 이 결정에 대해서는 격분한 사람들이 많았고, 특히 CIA가 더욱 그랬다. 그 소식을 들은 CIA의 한 요원은 이렇게 말했다.

"이건 미키 맨틀[05]과 후보 투수를 바꾸는 것과 마찬가지다."

파워스가 자살하거나 미사일에 맞아 죽었다면 국기에 싸인 관에 실려 영웅으로 귀환했을 것이다. 그러나 수척한 모습으로 살아 돌아온 그는 배반자로 대접을 받았고, CIA는 그를 비밀리에 버지니아에 있는 안전가옥으로 데려가 소련 내의 경험에 대해 매일 가혹한 심문을 가했다. 켈리는 격추 당시 상황에 대한 심문에 입회했는데, 파워스가 정직하게 대답하는 것을 듣고 만족했다. 켈리는 오

05 Mickey Mantle, 뉴욕 양키스에서 활약한 메이저리그 역사상 최강의 스위치히터

래전에 소련이 공개한 U-2의 잔해 사진을 분석해서, 꼬리를 맞은 것이 분명하다고 비셀에게 보고한 일이 있었다. 그는 "꼬리가 맞아 날아간 것 같다."고 보고했었다. 그리고 파워스의 증언은 그것을 확인해 주었다. 켈리는 미안한 생각에 파워스에게 스컹크 웍스의 테스트 파일럿 자리를 주었다. 그는 기쁘게 그 제의를 받아들이고 그 후 8년 동안 우리와 함께 일을 했다. 그리고 지방의 텔레비전 방송사로 직장을 옮겨서 헬리콥터를 타고 교통정보를 제공하는 일을 하다 1977년 8월 1일 헬리콥터 추락 사고로 사망했다.

10년 후, 공군은 이 전직 대위에게 사후 비행공로훈장을 수여했다. 너무 늦었지만 그 가치는 충분히 있었다. 켈리는 오랫동안 우리가 U-2의 동체 후방에 설치한 ECM용 블랙박스가 원래의 의도와는 반대로 작용하지 않았는지 의심을 품고 있었다. 이 박스에는 그레인저(Granger)라는 암호명이 붙어 있었는데, 이 장치는 적의 미사일 유도를 방해하기 위해 소련이 방공용 레이더에서 사용하고 있던 주파수와 똑같은 전파를 발신하고 있었다. 그러나 우리가 ECM 장비를 탑재한 시점에서 소련은 이미 방공용 레이더의 주파수를 변경했을 가능성이 있었다. 만약 그것이 상대방의 추적용 레이더와 동일한 주파수였다면 오히려 적의 미사일 유도를 도왔을 가능성이 있다. 몇 년 후, 같은 블랙박스를 실은 CIA의 U-2가 대만 출신 파일럿을 태우고 중국 본토 상공을 비행하면서 위험한 임무에 투입되었다.[06] 어느 날 4대의 U-2 중 3대가 격추되었는데, 유일한 생존자는 CIA에게 자신은 깜박 잊고 블랙박스를 가동하지 않았다며 자신이 어떻게 살아남았는지 모르겠다고 말했다. 켈리는 그것으로 모든 의문은 풀렸다고 생각했다. 하지만 진실은 아무도 알지 못한다.

***증언 : 리처드 헬름스**(Richard Helms. CIA 국장, 1966-1973)*

U-2의 소련 상공 비행은 정보 측면에서 20세기 최대의 성과를 이룩했다. 처

06 미국은 중국의 상황을 감시하기 위해 U-2를 대만에 투입했다. 외형적으로는 국민당 정부에 판매하고 대만 공군 소속 '흑묘중대'가 운용했지만, 교육과 운용 주체는 여전히 CIA였다. U-2는 이 임무에서 14년간 5대가 중국군의 지대공미사일에 격추당했다.

음으로 미국의 정책 수립자들은 소련의 전략적 능력에 대해서 정확하고 신뢰할 수 있는 정보를 입수하게 되었다. 우리는 실시간으로 그들의 강점과 약점을 평가해서 준비 상태, 연구와 개발, 방위비 지출의 우선 순위, 하부구조의 상황, 그리고 그들의 가장 중요한 군부대 배치 등에 대한 최신 정보를 얻었다. 눈이 깨끗해지면 앞을 똑똑하게 볼 수 있는 것처럼, 우리 정보 분야 업계인들의 눈에서 백내장을 치료한 듯한 느낌을 받았다. U-2가 비행하기 전까지는 철의 커튼 너머로 볼 수 있는 것은 불확실하며 그 결과도 모호한 것이 많았다. 우리는 상대방의 현황을 알기 위해서 망명자의 정보나 기타 신뢰성이 없는 방법에 의존하지 않을 수 없었다. 실제 서방측으로 유출된 확실한 정보가 거의 없는 상황에서 우리는 그래도 열심히 일했다.

그러나 U-2는 우리에게 새로운 치원의 비약적인 발전을 가져다주었다. 예를 들어 이 비행 때문에 크렘린은 서방측에게 기습적인 선제공격을 할 수 없게 되었다. 우리 카메라가 그들의 활동 규모나 범위를 샅샅이 감지하고 있는 상황에서 비밀리에 전쟁을 준비할 수는 없었다. U-2를 만들기로 한 것은 CIA가 내린 결정 중에서 가장 현명한 것이었다. 그것은 최대의 소득이었고, 냉전에서 최대의 승리였다. 더구나 이 비행기는 지금도 계속 비행하고 있으며, 아직도 그 효과는 엄청나다.

나는 국가 안보를 위해 이런 종류의 비행기가 필요하며, 한걸음 더 나아가 차세대 정찰기를 계속 우리 정책 수립자에게 제공해야 한다고 생각한다. 유인기가 제공하는 중요한 데이터를 대체할 수 있는 것은 없다. 인공위성은 유연성과 즉응성이 없으며, 그것은 U-2 같은 스파이 항공기만이 기능하다. 어느 대통령이나 정보당국도 이런 불확실하고 위험한 세계에서 한쪽 눈만 가지고 일을 할 수는 없을 것이다.

증언 : 리처드 비셀

나는 U-2의 소련 상공 비행이 서방측이 실시한 가장 중요한 정보 수집 활동이었다고 확신하고 있다. 이 비행이 있기 전에는 그들의 핵 개발 능력에 대해서 우리 측 천재들의 분석에 의존하는 수밖에 없었지만, U-2 덕분에 우리는 그간의 분석이 놀라울 정도로 정확했다는 사실을 검증할 수 있게 되었다. 우리의 분석은 그들의 미사일 개발에 대해서는 그리 정확하지 못했다. 우리는 그들이 액체연료 미사일을 계속 개발할 것이라고 잘못 추정했는데, 실제로는 도중에 은밀히 개발 방침을 수정해서 보다 정교한 고체연료 미사일을 개발했던 것이다. 전혀 예상치 못한 행동이었고, 그래서 이른바 '미사일 격차'가 생겨났다.

그들의 장거리 폭격기 부대의 규모에 대해서도 심각한 우려가 있었다. 아이젠하워 대통령은 앨런 덜레스에게 소련 폭격기의 수효를 확인하는 것이 정보당국의 최우선 과제라고 지시했다. 앨런이 나를 U-2 계획의 책임자로 임명했을 때 대통령은 나에게 소련의 폭격기 보유 규모를 확인하는 것이 국가안보에서 가장 중요한 과제라고 재차 강조했다. 내가 켈리 존슨이 그런 비행기를 만들 준비가 되어 있다고 하자, 대통령은 비행을 허가하겠다고 말했다. 나는 대통령에게 소련인들이 2년 정도면 우리를 격추하는 방법을 알아낼 것이라고 말했다. 그러나 우리는 4년이나 짭짤한 시간을 얻었다.

나는 첫 비행을 대대적으로 실시하기로 했다. 첫 비행은 기습적이고 가장 안전할 것이기 때문에, 우선순위가 높은 모든 목표 상공을 비행해야 한다는 생각이었다. 첫 비행은 레닌그라드 상공에서 그 주변의 중요한 미사일 시험장과 도중의 공군기지의 사진을 촬영하고, 그다음에 발트해 연안으로 날아가는 것으로 되어 있었다. 나는 앨런 덜레스의 사무실에 들러 그에게 말했다.

"대통령의 재가를 받았습니다. 이제 작업을 시작합니다."

내가 비행 계획을 설명하자, 그의 얼굴은 사색이 되었다.

그러나 몇 시간 후에는 모든 것이 제대로 되어 가고 있다고 보고할 수 있었다. 다음날에는 2건의 비행이 예정되었다. 하나는 우크라이나로 들어가는 것이고, 다른 하나는 그 북쪽을 비행하는 것이었다. 우리들은 주공격 목표인 군 비행장을 찾고 있었다. 강화된 미사일 기지를 우선적으로 정찰하게 된 것은 몇 달 후였다.

첫 번째 비행에서 입수한 사진을 보게 된 것은 그 나흘 뒤였다. 나는 긴 테이블 주위에 앨런과 나란히 서서, 놀랄 만큼 선명하게 찍힌 환상적인 흑백사진을 보고

낄낄거리며 웃었던 일을 생생하게 기억하고 있다. 70,000피트(21,400m) 상공에서도 활주로에 있는 비행기를 셀 수 있었을 뿐만 아니라, 확대경이 없이도 그 기종까지 알아낼 수 있었다.

우리는 경탄했다. 우리는 드디어 단단한 소련의 조개껍질을 열어젖히고 커다란 진주를 발견한 것이다. 앨런은 그 사진 몇 장을 들고 대통령 집무실로 달려갔다. 그의 말에 의하면 아이젠하워 대통령은 그 사진을 사무실 바닥에 깔아 놓고, 마치 아이들이 장난감 전차를 손에 넣은 것처럼 흥분했다.

우리는 다음 비행에서 무엇을 발견할 수 있을지 전혀 알 수 없었다. 비행장을 하나씩 발견할 때마다 우리들의 지식은 비약적으로 늘어났다. 어떤 비행에서는 파일럿이 느닷없이 철로를 발견하고 따라갔다가 그때까지 알려지지 않았던 소련 미사일 발사기지의 놀라운 사진을 찍어 돌아왔다. 소련 내부의 첩보조직에서 보고받은 중요한 기지의 위치를 이 사진으로 확인한 경우도 많았다. 새로운 공장이 어느 곳에 건설되고 있다는 첩보를 받기는 했지만, 그것이 탱크를 만드는지 미사일을 만드는지 알 수 없었을 때는 비행 계획에 그곳을 넣었다. 파키스탄에서 발진한 최초의 비행에서는 중앙시베리아 상공에서 시베리아 횡단철도를 정찰하도록 했다. 그곳에 원자력 시설이 건설되고 있다는 미확인 첩보가 있었기 때문이다. 우리는 그곳에 핵실험 시설이 거의 완성 단계에 있음을 보여주는 사진을 찍어 왔다.

우리 분석관들은 4, 5회의 비행만으로 소련의 폭격기 전력을 기종별로 훨씬 정확하게 추정할 수 있었다. 우리는 램프에 정렬 중인 비행기의 사진을 촬영해서 기종을 계산했다. 물론 그것이 완벽하다고는 할 수 없었다. 비행기가 항상 같은 기지에 있는 것은 아니고, A기지에 있던 비행기가 B기지로 이동한 것을 두 번 계산한 것인지, 새로 추가된 것인지 분간하기가 어려웠기 때문이다. 하지만 이렇게 해서 입수된 정보를 보고 미국 대통령은 안도의 숨을 쉬고 미소를 지으며 긴징을 풀 수 있었다. 나는 대통령에게 이른바 '폭격기 격차'는 존재하지 않는다고 확언했다.

소련 상공 비행을 시작한지 6개월이 되자, 우리들의 관심은 소련의 미사일 개발 상황으로 옮겨갔다. 우리는 카스피해의 북쪽, 볼가강의 바로 동쪽에 거대한 미사일 개발 시험 기지를 발견했고, 그곳에서 여러 번 시험발사가 있었다는 증거를 확인했다. 우리는 투르키스탄과 시베리아 사이의 사리 사간(Sari Sagan)에서 거대한 레이더 시설을 발견했다. 그 부근에 건설 중인 미사일 시험장도 발견했기 때문에 우리는 이 지역을 특별히 관심을 가지고 주시하기 시작했다.

그들의 대공미사일은 U-2의 고도에 도달할 수 있었지만, 지상관제가 가능한 고도가 55,000피트(16,800m)밖에 되지 않았다. 우리는 그 이상의 고도에 대해서는 미사일 유도가 불가능하므로 우리 스파이 항공기를 격추할 수 없다고 판단하고 있었다. 그러나 우리를 놀라고 불안하게 한 것은 그들이 우리 비행기를 이륙하자마자 모두 쉽게 추적할 수 있었다는 사실이다. 하지만 파워스의 비행이 있기까지 그들의 미사일은 격추할 수 있을 만큼 접근하지 못했다.

어느날 밤, 터키에서 이륙한 U-2 한 대를 노리고 전투기 57대가 긴급 발진한 경우도 있다. 그러나 대부분 편대를 지어 U-2 아래 15,000피트(4,600m)를 비행하면서 시야를 가리려 했을 뿐이다. 켈리 존슨은 그것을 '알루미늄 구름'이라고 불렀다.

소련인들은 몇 차례 U-2를 추적한 다음 항속 거리, 속도, 고도, 레이더 반사 면적 등을 추정할 수 있었고, 우리가 극비로 감추고 있었던 비행기의 중요한 정보를 모두 알아냈다. 아이러니하게도 적대적이었던 두 나라 정부는 이 비행을 사람들에게 알리지 않으려 한 점에서는 서로 협력하고 있었다. U-2에 대한 이야기가 공개되면 소련은 우리에게 최후통첩을 할 수밖에 없고, 자기 영토 상공 비행조차 저지할 수 없었다는 사실도 시인하게 되기 때문이다. 크렘린 안에서도 적(미국)이 마음대로 자국 상공을 비행할 수 있었다는 사실을 알게 되면 무척 곤혹스러운 상황이 벌어질 수 있었다. 그래서 나는 좀 더 비행을 계속하자고 대통령에게 건의했지만, 그는 항상 난색을 표했기 때문에 비행 허가를 얻으려면 무척 애를 써야 했다. 그는 앨런의 형 존 포스터 덜레스 국무장관의 조언을 받고 있었는데, 그는 처음부터 정찰 비행을 반대했다.

우리는 4년 동안 30회 미만을 비행했는데, 그때마다 놀라운 성과를 얻었다. 우리는 필름으로 120만 피트(366,000m)의 사진을 찍었다. 지상거리로는 250마일(400km)에 상당하고, 소련의 100만 평방마일(256만 평방km)을 망라한 셈이다. 이 비행에서 우리는 소련의 원자력 에너지 계획, 핵분열 물질 개발, 무기 개발 및 시험, 핵무기 저장고의 규모와 위치 등에 관한 중요한 자료를 얻을 수 있었다. 방공시스템, 공군 기지, 미사일 기지, 잠수함 기지와 해군 시설의 위치에 관한 정확한 정보도 얻을 수 있었고, 전투서열, 작전 기술, 수송 및 통신망 등에 대해서 상세한 정보를 확보했다. 국방부 자체의 추산에 의하면 소련군 배치에 대해 신뢰할 만한 데이터의 90%는 U-2에 실린 카메라에서 직접 입수한 것으로 되어 있었다.

나는 파워스가 격추되기 3년 전, 부관 재크 깁스 대령과 함께 버뱅크로 날아가 켈리를 만나 미래에 관해 이야기를 했다. 우리는 2년 뒤부터는 U-2의 안전을 보장할 수 없다고 추산했다. 나는 켈리에게 이제 후계기를 설계하기 시작해야 한다고 말했다. 그는 이미 액화수소 추진 항공기를 검토하고, 자체적인 액화수소 생산 시설과 저장탱크를 생각하고 있었다. 액화수소추진 비행기는 확실히 대단한 아이디어였다. 그 무렵 켈리는 온 세계를 움직일 수 있는 힘을 가진 것 같았다.

8. 버뱅크가 폭발한다.

1956년 초겨울에 켈리가 나를 불렀다. 나는 내키지 않는 걸음으로 그의 사무실로 갔다. 그가 악수를 한 다음, 작별인사를 하고 나를 주 공장으로 돌려보내지 않을까 걱정이 되었던 것이다. 그는 문을 닫으라고 말했다. 나는 판결을 기다리는 피고처럼 그의 책상 앞에 앉았다.

"리치, 자넨 초저온에 대해서 아는 게 있나?"

나는 어깨를 움츠렸다.

"대학에서 화학을 공부한 다음에는 별로 아는 것이 없습니다."

"새로운 연료, 특히 액화수소에 대해서 철저히 읽어 봐. 그리고 다시 와서 더 이야기를 하지. 이 일은 다른 사람에게 말하면 안 돼."

켈리가 이 과제를 준 다음 내가 처음 한 일은 마크스 핸드북[01]에서 액화산소에 관한 내용을 찾는 것이었다. 엔지니어의 성서로 꼽히는 이 책에도 내가 이미 알고 있는 내용 이상이 없었다. 액화수소는 저장과 취급이 위험하기 때문에 실용적이지 않으며, 실험실에서 호기심을 충족할 뿐이라는 것이다. 나는 그 정의를 켈리 존슨에게 읽어 주고, 나도 같은 의견이라고 말했다. 켈리의 얼굴은 벌겋게 달아올랐다. 폭풍우가 몰아쳤다.

"제기랄! 그 빌어먹을 책에 뭐라고 써 놨든, 네가 뭐라고 생각하든 상관없어. 액화수소는 수증기와 같은 거야. 수증기는 뭔가? 응축하면 물이야. 수소에다 산소를 합치면 물이 생긴다. 액화수소도 실체는 그거야. 자, 이제 나가서 내가 시

01 Marks' Standard Handbook for Mechanical Engineers. 1916년 라이오넬 시메온 마크스 교수가 출간한 기계공학 개론서. 이후 증간을 거듭하며 기계공학 분야의 스테디셀러가 되었다.

킨 일이나 해!"

그 후 몇 주일 동안, 나는 소년 시절의 환상 속에서 살았다. 나는 첩보 세계의 전통에 따라 '벤 도버'란 가명을 사용하면서, 첩보원처럼 전국을 여행했다. 켈리는 내가 절대로 스컹크 웍스에서 일하고 있다는 것을 알려서는 안 된다고 경고했다. 그래서 나는 어떤 투자그룹을 위해서 수소연료 비행기의 가능성을 조사하고 있는 독립적인 열역학 전문가 행세를 했다. 나는 켈리의 꿈을 실현하기 위해 액화수소를 대량으로, 안전하게 만들 수 있는 방법을 알아내기 위해 수소 전문가들과 논의했다.

켈리는 U-2의 후계기로 액화수소를 동력원으로 하는 스파이 항공기를 만들 생각을 하고 있었다. 이 비행기는 재래식 비행기보다 20배나 되는 추력을 발휘하며, 100,000피트(30,000m)의 상공을 음속의 2배로 비행할 수 있었으므로 사실상 우주선이라고 할 만했다. 소련의 모든 방공시스템은 정신을 잃고, 우리 비행기를 날아가는 혜성으로 오인할 것이다.

"내가 원하는 것은 해답이지, 안 되는 이유가 아니란 말이야."

켈리는 이렇게 말하고 나를 문 밖으로 밀어냈다.

그래서 나는 벤 도버란 이름으로 콜로라도주 볼더에 있는 국립표준국을 방문했다. 그곳에는 액화수소의 취급과 저장 분야에서 세계적인 권위자인 러셀 스콧 박사의 초저온연구소가 있었다. 내가 자체 저장소를 운영할 수 있을 정도로 대량의 액화수소를 다루는 방법을 배우고 싶다고 하자, 박사의 얼굴에서 핏기가 사라졌다.

"도버 씨, 이 물질은 아주 폭발성이 높습니다. 자동차 연료탱크 하나로도 쇼핑몰 하나를 완전히 날려 보낼 수 있어요. 그런 위험을 알고 있습니까?"

나는 캘리포니아주 버클리에 있는 음침한 지하 화학연구소를 방문했다. 그곳에는 노벨상 수상자 윌리엄 지오크가 강화된 지하 벙커를 개조해서 그의 연구 과제인 저온 연구를 하고 있었다. 벽에는 연구실의 학생 조수들이 소량의 액화수소를 다루다가 생긴 찻잔 정도 크기의 구멍들이 있었다. 지오크 교수는 경고했다.

8. 버뱅크가 폭발한다.

"도버 씨, 액화수소는 조심해서 다뤄야 합니다. 그래서 나를 스스로 이 지하 감옥에 가둔 겁니다."

내가 액화수소를 생산해서 수백 갤런을 저장하는 방법을 알고 싶다고 하자, 교수는 고개를 엄숙하게 흔들었다.

"아무리 봐도 당신은 좀 어떻게 된 것 같군요."

나는 반박을 하고 싶었다.

"교수님, 어떻게 된 것은 제가 아니라 우리 보스랍니다."

실제로 수소를 추진 연료로 사용하려던 아이디어는 제2차 세계대전이 끝난 뒤, 주로 로켓엔진용으로 활발하게 실험되고 있었다. 그 폭발성을 이용하면 엄청난 추력을 얻을 수 있기 때문이다. 그러나 켈리가 생각하고 있었던 것은 로켓 엔진이 아니었다. 그는 음속의 2배로 몇 시간 동안 비행을 계속할 수 있는 액화수소 엔진을 장착한 재래식 비행기를 만들 생각이었다.

로켓엔진은 사실 혜성과 같은 것으로, 1, 2분이면 전부 연소해 버리고 만다. 빈틈없는 사업가였던 켈리는 충분한 수소를 생산해서 공급할 수 있고, 안전하게 다룰 수 있다고 확신하기 전에는 비행기를 만들려 하지 않았다. 그래서 내가 청사진과 기술적인 매뉴얼을 수집해서 버뱅크로 돌아가자 켈리는 자애로운 미소를 지으면서 나를 액화수소 생산 공장의 건설 책임자로 임명했다.

그는 나를 록히드 공장 구내의 한구석에 가 보라고 했다. 그곳에는 제2차 세계대전 중 근처에 있던 B-17 폭격기 공장의 종업원 수백 명을 위해서 건설한 방공호가 있었다. 그 이후 그곳은 우리 비행 시험부의 폭탄이나 포탄이 저장되어 있었다. 벽의 두께가 8피트(2.4m)나 되는 지하 벙커였기 때문에 잘못해서 폭발사고가 일어나 우리가 모두 날아가도 다른 곳에는 피해가 미치지 않을 것 같았다. 그는 내게 말했다.

"여기라면 됐어. 공군에게 다루는 경험만 쌓으면 액화수소는 그렇게 위험하지 않다는 것을 보여주었으면 해. 벤 리치는 물론, 공군의 일반 사병 애들도 다룰 수 있다는 것을 증명하란 말이야."

그가 특히 공군을 지적한 것은 수소 비행기를 U-2의 후계기로 만들자는 아이디어를 CIA가 즉각 거부했기 때문이다. 비셀은 경리 담당자를 시켜 수소 비행기의 개발비를 계산했는데, 1억 달러라는 액수가 나왔다. 그것은 CIA가 의회의 승인을 받지 않고 사용할 수 있는 비밀 긴급 자금의 테두리를 벗어나고 있었다. CIA조차도 1억 달러를 숨길 수는 없었다.

한편 U-2의 소련 상공 비행 작전에서 보조 역할만을 맡은 데 치욕을 느끼던 공군은 적극적이었다. 수소 항공기가 실현되면 공군은 다음 스파이 비행에서 주도권을 장악할 수 있게 된다. 켈리는 공군의 고위 장성들과 사전 협의에서 이 비행기의 계획과 개발에 대해 호의적인 반응을 끌어냈다. 그들은 소련 상공을 비행하는 프로젝트라면 무엇이든지 켈리와 손을 잡고 싶어 했으므로, 타당성 연구 자금을 내기로 결정하고, 수소 엔진을 생산할 회사를 선정하기 시작했다.

나는 그 타당성 연구에서 핵심적인 역할을 맡았다. 나는 그 연료가 안전하고 대량 생산이 가능함을 증명해야 했다. 켈리는 나에게 제어된 폭발과 연소 시험을 해서 거기서 발생하는 문제를 알아보도록 했다. 나는 데이브 로버트슨에게 도움을 청했다. 그는 내가 아는 가장 천재적인 엔지니어로, 이런 황당한 실험에는 가장 알맞은 사람이었다. 다행히도 아내 페이는 내가 1959년 늦가을에 무슨 일을 해서 봉급을 받고 있는지 전혀 모르고 있었다. 나는 '제어된' 폭발을 일으키기 위해 콘크리트 방호벽 뒤에서 로버트슨과 함께 고압 액화수소가 든 탱크를 파열시켜 보았다. 아무 일도 일어나지 않았다. 수소는 그저 공중으로 빠져나갔을 뿐이다. 그래서 우리는 화약을 장치하고 점화시켜 보았다. 그러나 밀도가 낮았기 때문에 화염은 금방 사라지고 말았다. 가장 큰 폭발이 일어나 우리를 4피트(1.2m)나 뒤쪽으로 밀어낸 것은 액화수소에 같은 양의 액화산소를 혼합시켰을 때였다. 충격파가 500야드(450m) 정도 떨어진 곳에서 건설 중이던 대형 격납고를 뒤흔들어 작업원 4명이 발판에서 떨어질 뻔했다. 우리는 콘크리트 벽 뒤에 몸을 숨기고 어린애들처럼 낄낄거렸다. 우리 동료 가운데 한 사람이 이 방공호의 실험실을 '로버트슨 요새'라고 불렀는데, 아주 적절한 이름이었으므로 그 뒤에도 널리 사용되었다.

우리는 보안 담당의 허가를 얻어 국립표준국의 스콧 박사를 고문으로 초빙했다. 로버트슨 요새는 시립 공항의 착륙 활주로에서 1,000야드(900m)밖에 떨어져 있지 않았다. 스콧 박사는 첫날 우리 연구실을 방문했다가 수백 갤런의 액화수소가 담긴 탱크가 세 개나 있는 것을 보고는 벌벌 떨기 시작했다.

"신이시여, 버뱅크를 날려 버릴 생각입니까?"

스콧은 멋있는 아이디어를 생각해냈다. 액화수소보다 폭발성이 약하고 위험성이 낮은 액화질소를 사용하면 일정한 조건 아래서 액화수소를 사용하여 실험할 때 생기는 위험을 피할 수 있다는 것이다. 우리는 액화질소를 1,200갤런(4,540리터) 정도 만들었다. 그리고 종이컵에 마티니를 넣고 액화질소에 담갔던 아이스캔디로 저어 마시는 방법을 개발했다. 그것은 허가를 받고 우리 연구실을 방문하는 사람들에게 큰 인기를 끌었다.

3개월이 채 지나지 않아 스컹크 웍스의 작업원과 기계공 12명이 매일 200갤런(760리터) 이상의 액화수소를 만들 수 있게 되었다. 이것은 미국 최대의 생산량이었다. 이 액화수소는 높이 10피트(3m)의 탱크에 저장해서 매분 600갤런(2,270리터)씩 뽑아낼 수 있었다.

우리는 특수하게 접지된 신발을 신었고, 주변에 스파크를 일으킬 수 있는 열쇠나 기타 금속은 일절 휴대할 수 없었다. 우리는 폭발 방지 전기 시스템을 설치하고 스파크가 생기지 않는 공구만을 사용했다. 데이브 로버트슨은 특수한 수소 누설 탐지경보기를 발명해서 탱크 주위에 설치했다. 여기서 경보음이 나면 우리는 목숨을 위해 도망쳐야 했다.

켈리는 우리들의 진척 상황에 만족했다. 제도판 위에서는 다트를 닮은 CL-400[02]의 설계가 진행되고 있었다. 이 비행기는 고도 100,000피트(30,000m)를 음속의 2.5배로 3,000마일(4,800km)가량 날 수 있게 되어 있었다. 기체의 규모는 실로 어마어마해서 그때까지 설계도로 그려 본 다른 어떤 비행기보다도 컸다. 예를 들어 양키즈 스타디움에 이 비행기를 갖다 놓으면 미익이 홈베이스에 있을 때 기수는 292피트(89m) 앞에 있는 라이트필드의 파울폴에 도달할 것이다. B-52

02 1956년 미국 공군의 지원으로 계획이 구체화되면서 CL-400 Suntan으로 명명되었다.

폭격기의 2배나 되는 크기였다.

이렇게 동체가 길어진 것은 162,850파운드(73.5t)의 액화수소 연료를 싣기 위해서였다. 거대한 동체는 사실상 세계 최대의 보온병이었다. 음속의 2배 이상의 속도로 비행을 하면, 기체 표면은 마찰열로 인해 섭씨 180도까지 가열된다. 그러나 그 내부에는 섭씨 마이너스 240도의 연료가 들어있다. 그 온도차가 420도 가까이 되기 때문에 열역학적으로 엄청난 문제가 생긴다. 그래도 켈리는 18개월 안에 시제기를 만들겠다고 약속했다. 공군은 9,600만 달러의 자금을 배정했고, 우리는 작업을 시작했다. 암호명은 '선탠'(Suntan)으로 정했고, 최고 기밀로 분류되었다. 그런 일은 우리에게도 처음이었다. 이 일을 할 수 있도록 비밀 취급 허가가 난 사람은 스컹크 웍스 내에서도 25명뿐이었다.

그 무렵, U-2의 소련 상공 비행으로 폭격기 격차는 존재하지 않는다는 사실이 확인되었지만, CIA는 소련이 자체적으로 수소동력 항공기를 개발 중임을 입증하는 명확한 징후가 나타났다고 아이젠하워 대통령에게 보고했다. 사람들은 크게 놀랐다. 소련은 표트르 카피차(Pyotr Kapitsa)라는 유명한 과학자를 시베리아 수용소에서 석방했다. 그는 핵폭탄 개발에 대한 협력을 거부했기 때문에 1946년 스탈린에게 체포되었던 사람이었다. 카피차는 액화수소 분야에서 소련 제1의 권위자로, 모스크바에 돌아와 극비 계획에 종사했다. 앨런 덜레스와 딕 비셀은 소련이 U-2의 고도까지 간단히 상승해서 정찰기를 격추할 수 있는 액화수소 추진 요격기를 서둘러 개발하고 있다고 판단했다. CIA는 켈리를 찾아와서 의견을 물었다. 그는 덜레스에게 말했다.

"그들은 이 비행기를 만들기 위해서 필사적일 겁니다. 하지만 3년 안에는 시제기를 완성할 수 없고, 그 이상 걸릴지도 모릅니다."

그래서 우리는 갑자기 세계 최초의 수소연료 비행기를 놓고 소련과 개발 경쟁을 하게 되었다. 공군은 프랫 & 휘트니와 계약하고 플로리다 공장에서 엔진 개발을 시작했다. 이 엔진의 시험을 위해서 특별한 액화수소공장이 건설되고, MIT에서 관성항법시스템의 개발을 담당했다. 켈리는 비행기 제작에 필요한 2마일 반(4,000m)의 알루미늄 자재를 주문했다.

8. 버뱅크가 폭발한다.

그러나 6개월이 경과했을 무렵, 켈리의 미간에 주름살이 깊어지기 시작했다. 비행기가 임무를 수행하는 데 필요한 항속 거리를 얻을 수 없으리라는 우려가 드러난 것이다. 그는 매주 있는 진행 상황 검토 회의에서 이렇게 말했다.

"동체에 아무리 연료를 가득 채워도 항속 거리를 2,500마일(4,000km) 이상 늘릴 수 없어."

문제를 더욱 어렵게 만든 것은 라이트필드에 있는 공군 엔지니어들이 황당하게도 3,500마일(5,600km) 이상의 항속 거리를 달성할 수 있다는 낙관적인 수치를 제시했다는 것이다. 이는 U-2와 비슷한 수준이었으므로, 충분히 설득력이 있었다. 켈리는 설계를 고치기도 하고 목업으로 풍동 시험도 했지만, 라이트필드의 계산이 완전히 틀렸다는 확신을 뒤집지 않았다.

한편, 내가 담당한 분야에서도 문제가 생겼다. 나는 격납고 안에 1:2 크기의 동체 모형을 만들어 놓고 그 안에 2중벽 구조의 연료탱크를 장치했다. 나는 초음속 비행 중의 온도 환경을 모의 시험하기 위해서 그 동체 둘레에 나무로 짠 오븐을 만들어 놓고, 섭씨 180도 이상으로 가열해 보았다.

1959년의 어느 음산한 봄날 저녁, 700갤런(2,650리터)의 액화수소를 담은 저장 탱크에서 몇 피트밖에 떨어져 있지 않은 곳에서 스토브가 타오르기 시작했다. 우리는 시판 소화기로 불을 끄려고 했지만 아무 소용도 없었다. 버뱅크 소방서에 통보하면 액화수소의 정체가 드러날 수 있으니 가능한 피하고 싶었다. 나는 즉시 아이디어를 내서 작업원들에게 수소를 빼내서 탱크를 비우라고 명령했다.

이미 격납고 안은 연기가 가득 차 있었고, 모형 동체 위로 화염이 보였다. 작업원들은 나를 이상한 표정으로 바라보더니 지시대로 했다. 금방 음습한 격납고 안에 5피트(1.5m) 두께의 짙은 안개가 차올랐다. 보이는 것은 사람들의 머리뿐이었다. 화재가 아니었더라면 우리는 모두 배를 잡고 웃었을 것이다.

소방차가 요란한 소리를 내면서 격납고 문 앞에 도착했으나, 보안책임자는 소방대원을 들여보내지 않았다. 그들은 비밀 취급 허가가 없었다. 우리 연구실은 최고 기밀 사업을 진행하고 있었다. 그렇다고 소방대원을 들여보내지 않는다는 것은 정말 우둔한 짓이었다. 나는 보안요원 한 사람을 옆으로 불러서 말했다.

"저 안은 온통 증기로 차 있어. 뭐가 타고 있는지 보이지 않는단 말이야."

"안에 뭐가 있습니까?" 소방대장이 내게 물었다.

"국가기밀입니다. 말할 수 없어요." 나는 대답했다.

소방대원들은 안개를 보더니 가스마스크를 들고 왔다. 우리가 버뱅크 공항에서 그렇게 가까운 곳에서 액화수소를 가지고 일하고 있었다는 사실을 그들이 알았다면 내 머리 껍질을 벗기려고 했을 것이다.

그러나 그들은 2분 안에 불을 끄고 돌아가 버렸다. 아무런 질문도 하지 않았다. 켈리는 화를 냈다.

"제기랄, 리치. 도대체 왜 그 빌어먹을 목제 스토브를 사용한 거야?"

나는 그가 이 프로젝트에 대해서 너무 짜게 굴었기 때문에, 나무로 만든 스토브밖에 사용할 수 없었다고 답했고, 그는 더 이상 말을 하지 못했다.

내가 켈리가 이끄는 소규모 팀의 일원으로 그의 사무실에 앉아, 모든 데이터를 훑어보면서 항속 거리를 조금이라도 연장하기 위해 얼마나 오랜 시간을 필사적으로 일했는지 아무도 모를 것이다. 우리는 문제를 너무나 잘 알고 있었다. 양항비가 처음 예상했던 것보다 16%나 낮았기 때문에 효율이 나쁠 수밖에 없었다. 우리는 마하 2.5로 비행했을 때 연료 소비가 표준적인 케로신 연료의 1/5 정도가 될 것이라고 예상했는데, 실제는 1/4밖에 되지 않았다. 이래서는 목적지까지 갔다 올 수 없었다.

항속 거리를 늘릴 방법은 연비를 개선하거나 연료 탑재량을 늘리거나 공력 특성을 개선해서 양항비를 끌어올리는 것뿐이었다. 우리는 이 세 가지 분야에서 가능한 모든 개선을 시도해 보았다. 그래도 공군에게 보증했던 항속 거리에서 1,000마일(1,600km)정도가 모자랐다. 나는 이 특이한 연료의 '전문가'로 통하고 있었기 때문에, 켈리는 내 의견을 물었다. 나는 대답했다.

"2,000마일이면 로스앤젤레스에서 오마하까지밖에 갈 수 없습니다. 재급유를 하려면 액화수소를 저장하고 있는 기지에 착륙해야 합니다. 공중급유는 불가능하므로, 소련 상공을 비행하려면 유럽에서 아시아에 이르기까지 전략적으로 배치된 액화수소 탱크시설이 있어야 합니다. 그러자면 예민하고 폭발 위험이 높

8. 버뱅크가 폭발한다.

은 이 연료를 보급하고 다루는 골치 아픈 문제가 생깁니다. 지금 특별히 냉동을 하거나 전문가를 붙일 필요가 없는 특수항공유를 터키의 우리 U-2 기지로 보내는 데도 큰 골치를 앓고 있습니다."

켈리는 한숨을 쉬면서 고개를 끄덕였다. 그는 전화기를 들고 공군장관 제임스 더글러스 주니어를 불렀다.

"장관님, 아무래도 실패작인 것 같습니다. 선탠 계획을 취소하는 것이 좋겠습니다. 가능한 한 빨리 돈은 돌려드리겠습니다. 이 프로젝트를 추진할 수 있을 만큼 항속 거리가 나오지 않습니다."

켈리와 국방부가 몇 차례 회의를 가진 후, 공군은 마지못해 켈리의 건의를 받아들였다. 우리는 600만 달러 가량을 개발비로 썼다. 남은 9,000만 달러는 정부에 반납했다. 이 사건에는 이런 뒷이야기가 있었다. 이 계약이 취소되고 얼마 후, 소련은 스푸트니크 1호를 궤도에 올려놓았다. 스푸트니크를 우주에 쏘아 올린 로켓은 수소연료를 사용했고, 엔진을 만든 사람은 표트르 카피차였다. 그는 수소비행기가 아니라, 스푸트니크를 발사하기 위해서 수용소에서 석방되었던 것이다. 우리들은 처음부터 잘못 생각하고 있었다.[03]

그러나 수소 항공기의 연구가 전혀 무익했던 것은 아니다. 제너럴 다이내믹스는 센타우르(Centaur)라 명명된 수소추진 로켓을 개발하고 있었으므로, 우리가 개발한 저온 냉각기와 액화수소 펌프를 모두 넘겨주었다. 우리들은 또 대형 초음속 여객기와 엔진을 개발할 수 있다는 사실도 증명했다.

파워스가 격추되기 훨씬 이전에, 켈리는 우리 정찰기가 소련 상공을 계속 비행하려면 비약적인 기술 혁신이 필요하다고 생각하고 있었다. 그리고 몇 달 안에 우리는 U-2의 후계기로 혁신적인 블랙버드 계획을 추진했다. 우리는 다시 한 번 딕 비셀 및 CIA와 팀을 짜서 새로운 기적에 도전했다.

수소비행기라는 엉뚱한 계획이 있기는 했지만, 스컹크 웍스의 주업무는 새로

03 냉전기에 잘못 알려진 정보들 중 하나다. 표트르 카피차는 스푸트니크 발사의 지도위원장으로 일했으나, 스푸트니크 1호를 발사하는 데 사용된 8K71Ps 로켓은 액화산소와 케로신을 연료로 사용하는 로켓으로 확인되었다.

운 U-2의 생산 라인을 유지하는 것이었다. 많은 미국인들은 U-2가 파워스가 격추된 순간 끝났다고 생각했다. CIA는 실제로 해외 비밀 기지를 폐쇄하고 돌아왔지만, 우리는 1950년대 말에 20대 이상의 U-2를 공군에 팔았고, 그 이후에도 그 2배가 넘는 비행기를 납품했다. 1956년 운영을 시작한 이래, 세계 어딘가에서 U-2가 공군, NASA 또는 마약감시국 등을 위해 정찰 비행을 하지 않은 날은 하루도 없었다. 실제로 U-2는 한 번 이상 세계를 핵전쟁으로부터 구해냈다.

파워스의 비극 이후 아이젠하워 대통령은 소련 상공 비행을 금지시켰지만, 공군은 곧 측방감시레이더와 같은 새로운 기술을 사용하면서 소련의 국경선을 따라 비행을 재개했다. 이 장치는 국경 밖에서 소련 영내를 200마일(320km) 안까지 들여다볼 수 있었다. 특수한 전자장치를 사용하면 소비에트 공군이 사용하는 모든 군용 통신이나 레이더 주파수를 수록할 수도 있었다. 이 정보는 적대 행위가 발생했을 때 쓸 수 있는 효과적인 교란 장치를 개발하는 데 도움이 되었다. 이 전자정보 수집은 과거에 진행하던 사진 촬영 작전보다 더 유용한 경우가 많았다.

1960년에 아이젠하워 대통령이 물러날 무렵, 딕 비셀과 CIA는 록히드 미사일 스페이스와 팀을 짜서 최초의 스파이 위성 개발을 시작했다. 그러나 이런 위성은 궤도상에 고정되지만 U-2는 어떤 분쟁지에도 몇 시간 안에 그 상공을 비행할 수 있었다. 우리는 끊임없이 이 비행기를 개량했다. 우리는 모듈 구조를 개발해서 부여된 임무에 따라 한 시간 내에 임무 장비를 변경할 수 있게 했다. 어떤 모듈에는 레이더, 어떤 모듈에는 카메라가 들어 있었다. 공기채집 필터가 실린 것, 레이더 전파와 군용 통신 주파수를 기록하는 장치가 있는 것, 소련이 발사한 시험 미사일의 비행 경로를 기록할 수 있는 특수한 회전식 카메라가 들어 있는 것도 있었다. 무거운 전파감청장치를 실은 비행기도 있었다. 우리는 소련의 시험 미사일 발사를 추적해서 그 미사일이 목표 탐지에 사용하는 주파수를 알아낼 수 있었다. 이렇게 입수된 정보는 우리 공격기의 강력한 ECM 장비에 사용했다.

파워스가 격추된 사건으로 한 가지 예상하지 못했던 사태가 벌어졌다. U-2의 해외 기지가 우리 비행기의 이착륙을 허용하던 나라에서 정치적으로 뜨거운 감자가 되어 버린 것이다. 소련은 U-2 이착륙을 허용하는 나라에 대해서는 공습을 포함한 보복을 할 것처럼 입에 거품을 물었다. 이렇게 압력이 고조되자 일본과 터키는 겁을 먹고 우리에게 천막을 걷고 물러가 달라고 요청했다.

우리는 보다 독자적인 작전이 가능하도록 공중급유장치를 개발해서 U-2의 항속 거리를 연장하고, 본토에서도 장거리 정찰 비행에 나설 수 있도록 개조하기로 했다. 그렇게 하면 레이더 탐지를 피하기 위해 보다 저공으로 비행을 할 수 있었다. 저공비행은 연비가 아주 좋았지만, 공중급유를 하면 U-2 항속 거리는 7,000해리(12,960km)까지 늘고, 14시간을 비행할 수 있었으니 큰 문제가 되지 않았다. 이는 사실상 파일럿이 견딜 수 있는 피로의 한계치이기도 했다. U-2는 KC-135 급유기에서 5분 동안에 900갤런(3,400리터)의 연료를 받아올 수 있었다. 그러나 대부분의 U-2 파일럿들은 우리 테스트 파일럿 빌 피크와 같은 의견을 가지고 있었다. 처음으로 연장된 장거리 비행을 하고 난 뒤 그는 한숨을 쉬었다.

"두 번 할 짓은 못 돼. 엉덩이보다 정신이 10분 먼저 마비되더군."

육군은 전장 정찰을 위해서 U-2를 사용하고 싶어 했다. 해군도 마찬가지였다.

켈리는 어느 날 에드워드 공군기지에서 옛 공군 장성 친구들과 화이트호스 위스키를 마시고 있었다. 그중 한 장군이 해군은 U-2가 항공모함에 착륙할 수 없으니까 절대로 사지 않을 것이라고 장담하면서 내기를 걸었다. 다른 장군은 "말을 타고 하늘에 오를 수는 없지 않은가?"하고 켈리의 속을 긁었다. 켈리는 화가 나서 그 장군들에게 알지도 못하면서 떠들지 말라고 소리를 질렀다. 그러고 나서 세 사람은 장교클럽을 비틀거리며 빠져나와, 에드워드 공군기지의 주 활주로에 항공모함 갑판 길이로 표시를 했다. 그날 저녁, 그들은 거기서 U-2를 이륙시켰다. 켈리는 간단히 그 내기에서 이겼다. 그리고 해군은 장거리 대잠수함 초계 등 자체 정찰 임무를 위해 U-2를 구입할 생각을 했다.[04]

04 해군과 CIA는 항공모함에서 U-2를 이륙시키는 Whale tale 실험계획을 추진했다. 1963년 8월 5일, 해군은 항공모함 키티호크에서 U-2를 이륙시키는 데 성공했으나, 착함에는 실패했다. 이듬해에는 착함도 성공했으며, 단 한 차례지만 정찰 임무도 수행했다. 그러나 이후 U-2가 대형화되어 항공모함 운용이 어려워지자 함상 운용 계획은 사실상 폐기되었다.

우리는 CIA를 통하기는 했지만, 대만에 있는 국민당 정부에도 U-2 몇 대를 600만 달러에 팔았다. 여기에는 지상 정비원과 기술자의 지원도 포함되어 있었다. 우리를 대표해서 켈리가, 대만 측에서는 장제스 총통이 서명을 했다. 대만 정부는 파일럿을 제공한 것 이외에는 그 운영에 아무런 일도 하지 않았다. CIA가 그 작전의 실질적인 책임자였다.

대만의 U-2 운용 부대인 흑묘대의 마크 (ROCAF)

H파견대라고 불리던 이들의 임무는 대만에서 이륙하여 중공 본토 상공을 비행하는 것이었다. 이 작전은 정부 안에서도 최고의 극비 계획으로 분류되고 있었다.

우리는 대만 출신 파일럿 6명을 훈련시키기 시작했다. 나는 1959년 여름, 버뱅크에서 그들에게 U-2의 추진 장치에 대해서 설명해 준 기억이 있다. 파라다이스 랜치 비밀 기지에서 이륙하여 훈련을 받던 한 대만 파일럿이 콜로라도주 코르데즈 상공에서 엔진이 꺼지는 바람에, 저녁 무렵 한 시골의 조그만 공항에 활공을 하면서 긴급착륙을 한 일이 있었다. 공항관리자는 그 비행기를 보고 까무러칠 뻔했다. 그런 비행기는 처음 봤으니 말이다. 동체가 무척 길었고, 날개는 엄청나게 컸다. 그리고 캐노피가 열리자 우주복을 입은 외계인이 나왔다. 바이저를 통해서는 파일럿의 가느다란 눈만 보였다. 그 파일럿은 달려오면서 떠듬거리는 영어로 소리를 질렀다.

"빨리, 총 가져와. 비행기 지켜. 베리 베리 시크릿!"

블랙 캣츠라고 알려진 CIA와 대만의 합동비행대는 타이페이 남쪽의 타오위안 비행장에서 이륙했다. 이 같은 U-2의 중국 본토 상공 비행은 1959년 말부터 시작되어, 1974년에 닉슨 대통령이 외교 방침을 바꿔 중국과 국교 정상화를 위해 항공정찰 중지 명령을 내릴 때까지 14년 이상이나 계속되었다.

1960년대 초에는 정보당국자들이 이 비행에서 얻는 정보가 대단히 중요하다고 생각했다. 우리는 중국의 핵과 미사일 개발에 대해 확실한 정보를 알고 싶어

흑묘대가 운용한 U-2 (ROCAF)

했다. 국방부는 특히 중소국경분쟁으로 중국의 군사능력과 무기 조달이 얼마나 영향을 받고 있는지 알고 싶어 했다.

이 비행은 소련 상공을 비행하는 것보다 훨씬 어렵고 위험했다. 이륙에서 착륙까지 8~10시간에 걸쳐 적지의 상공을 3,000마일(4,800km)이나 비행해야 했기 때문이다. 중국 북서부의 핵실험장이나, 위구르 자치구에 있는 주취안[05] 탄도미사일 시험장 같은 중요한 목표까지 갔다 오려면 12시간이 걸렸다.

해가 지나는 동안 중국의 지대공미사일 방어력이 향상되면서 대만은 큰 타격을 받았다. U-2 4대가 격추되고 파일럿은 실종되었다. 60년대에는 격추된 비행기의 잔해가 베이징 시내에 전시되었다. 화가 난 중국 당국은 U-2를 가지고 본토에 망명하는 파일럿에게는 250,000달러 상당의 금을 주겠다고 제의했다. 그것은 놀랄 일이 아니었다. 이 비행으로 얻은 정보는 너무나 자세했기 때문에 미국 전문가들은 중국이 최초의 핵무기를 1964년 10월에 시험할 것이라고 정확히 예측할 수 있었다.

한편 버뱅크에서는 U-2가 격추되지 않도록 연구를 계속했다. 우리는 개선된 ECM 장치를 개발해서 SA-2 지대공미사일을 조작하는 중국의 레이더 요원을 교란했고 레이더 화면에는 U-2의 가짜 정보가 나타났다. 중국인들의 미사일은 잘못된 방향으로 향했다. 그러나 우리 ECM 장치는 덩치가 크고 무거워서 연료 탑재량이 200갤런(760리터)이나 줄었기 때문에 항속 거리와 고고도 비행성능도

05 酒泉. 원문에서는 냉전기 방식으로 Chiuchuan으로 표기했으나, 현재는 Jiuquan으로 변경되었다. 과거 미사일 발사시험 시설이 있었고, 현재는 주취안 위성발사센터가 설치되어 있다.

감소했다. 좀 더 먼 곳, 티베트 국경에 가까운 핵실험장은 대만 기지에서 발진하는 U-2의 항속 거리 밖에 있었다. 이 목표를 정찰하기 위해 CIA는 임시로 인도와 파키스탄에 있는 활주로에서 이륙할 수밖에 없었다.

파워스가 소련 상공에서 격추당하기 3개월 전, CIA의 파일럿이 타이의 비밀 비행장에서 중국의 핵실험장을 향해서 발진했다. 이 U-2는 소형 지진계를 탑재한, 창처럼 생긴 캡슐을 투하해서 핵폭발을 탐지하려고 했지만 유감스럽게도 자료를 입수할 수 없었다. 그 이유도 알 수 없었다. 그러나 그 비행기의 파일럿은 타이로 돌아오면서 기지에 도착하지 못하고 논바닥에 불시착했다. 그는 인근 마을의 촌장과 협상을 해서, U-2를 분해하고 소달구지로 개활지까지 운반했다. 다음 날 CIA의 C-124 수송기가 착륙해서 파일럿과 그 기체를 싣고 갔다. CIA는 촌장에게 학교를 지을 수 있도록 500달러를 지불했다. 게리 파워스에게도 그런 행운이 있었다면 얼마나 좋았을까.

증언 : 바디 브라운

나는 세상 물정을 모르는 23세의 혈기왕성한 전투기 파일럿였다. 1957년, 미 공군이 찾고 있던 것은 바로 그런 사람이었다.

그들이 물은 것은 단 한 마디, "여압복을 입고 고공비행을 해보지 않겠나?"였다. 나는 즉각 로켓 비행기를 생각했다. 벅 로저스[06] 같은 것 말이다.

"좋습니다."

그러자 나는 즉시 멕시코 국경지대의 텍사스주 델 리오에 있는 리플린 공군기지로 전출되었다. 그 한적한 곳이야말로 공군이 원하던 바로 그런 곳이었다. 때문에 사람들은 1962년 쿠바 미사일 위기까지 공군이 U-2를 운용하고 있었다는 사실을 모르고 있었다.

그곳에는 20대의 U-2가 있었다. 공군교관들이 철저히 점검을 했지만, 치명적인 사고가 많이 발생했다. U-2는 철두철미한 단좌기였다. 첫 비행부터 나는 싫

06 Buck Rogers. 1928년부터 소설과 코믹북으로 출간된 공상과학소설. 이후 Buck Rogers in the 25th Century 등 TV 드라마로도 제작되어 매우 유명해졌다.

든지 좋든지 단독 비행을 할 수밖에 없었다. 우리는 이착륙 연습을 많이 한 다음 60,000피트(18,500m)까지 올라가 여압복의 상태를 점검했다.

이 비행기는 아주 까탈스러워서 파일럿의 실수로 여러 번 치명적인 사고가 발생했다. 한 녀석은 자기 집 위를 비행하면서 아내와 두 아이에게 자랑하다가 추락해서 사망했다. 그는 너무 낮은 고도에서 뱅크(선회를 하기 위해 기체를 기울이는 것)를 하다 언덕을 들이받았던 것이다. 한번은 비행대장의 플랩 스위치가 고장이 났다. 그는 미익을 움직일 수 없었기 때문에 기체를 제어할 수 없어 탈출해야 했다. 이 비행기에는 사출좌석이 없었다. 그래서 비행대장은 55,000피트라는 최고 탈출고도기록을 세웠지만, 그 과정에서 중상을 입고 말았다. 내 눈앞에서 착륙을 하다 파일럿이 사망한 사고도 있었다. 나는 그 다음에 비행을 해야 했기 때문에 제정신이 아니었다.

나의 첫 임무는 일찍이 경험하지 못했던 위험한 것이었다. 나는 알래스카에서 이륙하여 공식적으로는 '고공표본수집비행'이라 불리던 비행을 시작했다. 소련과 중국의 핵실험에서 나온 방사능 물질이 포함된 구름 속으로 들어가는 것이다. 극지방 상공을 비행할 때, 하늘이 수정처럼 맑으면 지구의 만곡된 곡선을 볼 수 있었다. 어디서 흘러왔는지 모르는 방사능 아이오딘이 포함된 구름도 멀리서 볼 수 있었다. 그러면 우리는 그 구름 속으로 돌입했다.

이 계획은 전적으로 공군의 것이었지만, CIA가 추진하고 있던 소련 상공 비행과 마찬가지로 중요했다. 우리는 DASA(Defense Atomic Support Agency)를 위해 비행했다. 이 기관은 우리가 비행을 마치고 돌아올 때마다 가스표본이 든 6개의 병을 꺼내 워싱턴으로 급송했다.

연구실에서는 바람을 타고 날아온 미세한 표본에서 중국이 공중에서 핵무기를 폭발시켰는지, 아니면 지상에서 시험을 했는지, 이 나라의 어느 지역에서 폭발시켰는지 판별했다. 증발된 물질만으로도 그들의 기폭 장치나 폭탄이 어느 정도 발전했는지 알 수 있었다. 그 방사능 물질이 미국의 핵실험에서 발생하지 않았다는 것도 간단히 확인이 가능했다. 미국의 핵폭탄에는 특수한 금속조각을 넣어 놓아서 분광기로 보면 그 특징을 확인할 수 있었기 때문이다.

우리는 여압복으로 보호되고 있었으므로 방사능의 위험에서 안전할 것이라고 생각했지만, 당시에는 그 위험에 대해서 너무 무지했다. 가장 투과성이 강한 방사능 물질은 반감기가 짧기 때문에, 우리가 그 가스구름 속에 진입했을 때는 아무런 해가 없을 것이라고 여겼다.

우리들은 방사능 표지 배지를 달고 있었다. 그래도 비행기가 착륙했을 때 기체가 오염되어 있던 경우가 많았다. 오염된 기체는 격리해서 세척했다. 파일럿도 만일을 위해 병원에서 하룻밤을 보냈다. 하지만, 내가 이는 한 최악의 상황은 없었던 것 같다.

우리는 매주 화요일과 목요일에 비행을 했다. 같은 날 다른 팀은 푸에르토리코와 아르헨티나에서 우리와 반대 루트로 비행했다. 이렇게 한 팀은 북에서, 한 팀은 남에서 비행을 하면 한번에 지구의 거의 절반에 걸쳐 표본을 채집할 수 있었다. 나는 우리의 에드워드 공군기지에 해당하는 오스트레일리아 측의 시설인 레버론 기지에서 몇 차례 정도 발진해 남극 비행을 한 일이 있었다. 당시의 나는 이후 베트남 전쟁 중 U-2로 정찰 비행을 했을 때보다도 두려움을 느꼈다. 극단적인 기후 때문이었다. 남극의 끔찍한 기온에서 탈출하면 2초도 지나기 전에 죽고 말았을 것이다. 지상에서는 기껏 5분이나 버틸 수 있었을지 모르겠다. 유인지대와의 거리도 워낙 멀어서 시간 안에 구출되기란 도저히 불가능했다.

나는 중국이 여러 차례 핵실험을 했을 때 비행을 했기 때문에 10시간 비행에는 상당히 익숙해졌다. 나는 헬멧을 쓴 채 튜브를 통해서 오렌지주스를 1파인트 반(700cc)이나 마셨지만, 그래도 너무 장시간 비행이었기 때문에 손톱이 탈수증상으로 약해져서 그냥 빠져나가는 형편이었다. 우리는 또 고공의 짙은 오존 농도 때문에 치아가 상하지 않을까 걱정했다. 쓸데없는 걱정일 수도 있었지만, 어쨌든 우리로서는 걱정하지 않을 수 없었다. 나는 기지의 치과의사에게 부탁해서 썩은 이처럼 보이도록 녹색 의치를 만들어 끼고 기지 파티에 등장해 사람들을 놀라게 했다.

나는 또 몇 차례나 소련이나 중국의 국경 바깥을 비행하면서 정보를 수집하는 외곽비행 임무도 수행했다. 내가 하는 일은 그저 그들이 발사하는 레이더 전파나 신호를 기록하고 무엇이든 감청하는 것이었다. 가장 기억에 남는 임무는 '콩고 메이든'(Congo Maiden)이라는 암호명으로 5대의 U-2가 동시에 발진해서 소련 북부를 비행한 것이다. 우리 비행기에는 시스템 12라는 이름의 ECM 패키지가 탑재되어 있어서 소련의 레이더파를 탐지하면 헤드셋에서 삑 하는 소리가 났다. 그 소리가 나면 우리는 긴장했다. 1960년 초에 오키나와에서 이륙해 베트남을 정찰 비행했을 때, 나는 프랑스군이 호치민군에게 데였던 자르(Jars)평원 상공을 날기도 했고, 1962년의 쿠바 위기 때는 소련인들이 내게 SA-2 미사일 몇 발을 발사했다. 그러나 기체 후방에 탑재된 블랙박스가 효과적으로 방해했기 때문에 접근하지는 않았다. 적어도 나는 그렇게 믿고 있다.

그러나 이런 내 경험은 다른 공군 U-2 파일럿에 비하면 아무것도 아니다. 척 몰츠비 소령은 쿠바 위기가 최고조에 달했을 때, 알래스카를 출발해서 통상적인 표본 수집 비행을 하고 있었다. 그는 한밤중에 북극을 통과한 다음 알래스카로 돌아오는 도중에 항로를 잘못 잡아 소련 영내 깊숙이 들어가고 말았다. 소련인들은 즉각 그를 발견했고, 미 전략공군이 핵공격으로 3차 대전을 시작하기 위해 몰래 침투하고 있다고 생각했다. 우리는 그들이 척을 향해 요격기를 발진시키라고 명령하는 무전을 들었다. 척도 자기를 격추하기 위해 그의 고도로 접근하고 있는 10여 개의 비행운을 목격했다.

결국 케네디 대통령은 핫라인을 통해서 흐루쇼프 수상에게 기상관측 중이던 U-2 파일럿이 행방불명이라는 것, 그리고 그것이 절대로 적대 행위가 아니라고 해명했다. 척에게는 직접 통화할 수 있는 무전기가 없었고, 수신용 단파수신기만 장비한 상태여서 직접 해명할 수가 없었다. 그를 찾아 급유해 준 급유기의 승무원이 무전으로 척에게 알래스카에서 해가 뜨고 있으므로, 밝은 곳이 보일 때까지 90도로 항로를 바꿔 계속 비행을 하라고 알려 주었다.

척은 그 지시에 따라 알래스카의 서쪽 끝까지 도달해 2대의 F-106을 만나서 그들의 도움으로 기지에 복귀할 수 있었다. 그는 15시간이라는 U-2 사상 최장시간 비행을 한 후, 연료가 고갈되어 엔진이 꺼진 상태로 안면 마스크에는 온통 서리가 낀 채 활공했다.

CIA는 몇 년 동안 U-2로 쿠바를 정찰하고 있었다. 1962년 8월, 그 성과가 나타났다. 소련인들이 바로 우리 이웃에 SS-4와 SS-5 탄도미사일을 설치하고 있는 사진을 입수한 것이다. 케네디는 기지가 건설되고 있는 사진을 보자 물었다.

"이 기지에 사람들이 있다는 것을 어떻게 알 수 있나?"

CIA는 72,000피트(22,000m) 상공에서 찍은 사진을 보여주었다. 거기에는 야외 화장실에서 일을 보고 있는 노동자의 모습이 보였다. 사진은 아주 명료해서 그 사람이 신문을 읽고 있다는 것도 알 수 있었다.

케네디 대통령이 취한 최초의 조처는 정찰 비행을 강화한 것이었다. 그리고 그는 CIA 대신 공군에게 그 임무를 맡겼다. 만일 파일럿이 격추를 당해도 CIA 요원보다는 공군 파일럿인 편이 낫다고 생각했던 것이다. 그래서 나를 포함한 8명의 공군 파일럿이 쿠바 상공 비행 임무를 맡게 되었다. 우리는 플로리다에 있는 맥코이 공군기지에서 이륙하여 하루 3, 4회가량 비행을 했다. 우리 비행은 비교적 짧았으므로 연료를 덜 싣고 갔다. 그래서 다른 때보다 고공으로 비행할 수 있었다. 임무가 위험했기 때문에 그 편이 좋았다.

10월 27일, 우리 동료 중 한 명인 루디 앤더슨 소령이 섬의 동쪽 끝에 있는 쿠바 해군기지에서 발사된 SA-2 미사일에 격추되었다. 미사일은 그의 후상방에서 폭발했다. 파편이 루디의 캐노피를 뚫고 들어와 그의 몸을 관통했다.

우리가 임무를 수행할 때는 임무를 수행할 파일럿과 예비 파일럿에게 함께 브리핑을 하도록 되어 있었다. 루디가 대공미사일에 맞은 날 아침, 나는 주임무 지역을 비행하고 그곳이 악천후일 경우는 루디가 예비지역을 날게 되어 있었다. 그날 내가 맡은 지역이 완전히 구름으로 덮여 있었기 때문에 루디는 예비임무지역에 들어갔다가 격추당한 것이다.

이 비극에는 또 하나의 끔찍한 이야기가 있다. 그해 초 캘리포니아에서 공중급유훈련 중에 캠벨이라는 파일럿이 사망했다. 통신상태가 나빠서 에드워드 기지 관제탑에는 사망한 파일럿이 루디라고 잘못 전달되었다. 그래서 모두들 그의 아내인 제인을 위로하기 위해 루디의 집으로 달려갔다. 전화가 울리고 루디의 목소리가 들렸을 때까지 제인이 어떤 심경이었을지 충분히 상상할 수 있을 것이다.

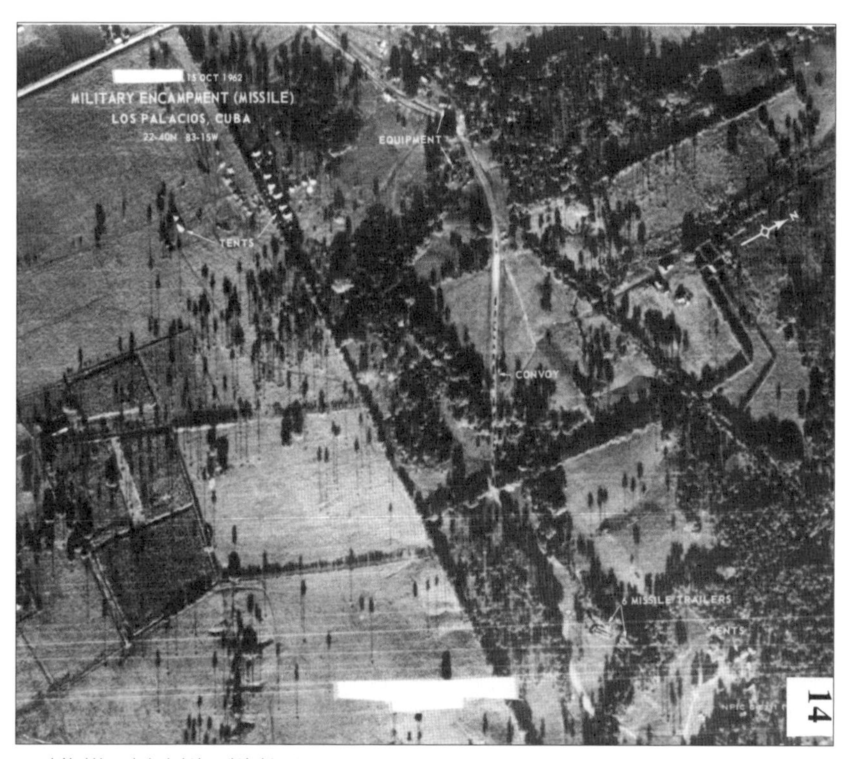

U-2가 촬영한 쿠바의 미사일 트레일러 (CIA)

제인은 루디의 목소리를 듣고 거의 기절할 뻔했다. 그리고 나서 8개월 후, 다시 한 번 제인은 그런 상황에 직면했다. 하지만 이번에는 진짜였다.

루디가 격추당한 뒤, 케네디 대통령은 카스트로 수상과 흐루쇼프 수상에게, 앞으로 정찰기가 다시 격추되면 그 시설에 대해서 총공격을 가하겠다고 경고했다. 미국은 이 섬에 핵공격을 가하려 하고 있다는 소문도 있었다. 우리가 그런 소문을 들었으므로, 쿠바인들도 같은 소문을 들었을 것이다.

나는 플로리다의 홈스테드 공군기지로 날아가 케네디 대통령에게 쿠바 정찰비행에 관해 설명하게 되었다. 내가 소개되자 대통령은 미소를 짓고 말했다.

"브라운 소령, 자넨 정말 훌륭한 사진을 찍었어."

1963년 말, 우리는 테일후크[07]를 개발해서 U-2를 항공모함에서 발진시키기 시작했다. 1964년 5월, U-2는 항공모함 USS 레인저에서 발진해서 프랑스령 폴리네시아의 환초에서 실시된 프랑스의 핵실험을 관측했다. 그 전날 우리 회사 테스트 파일럿 밥 슈미커가 갑판 착륙에 실패해서 추락했지만, 우리는 그 비행기를 수리해서 다음날 아침 비행시킬 수 있었다.

이 작전의 목표는 프랑스령 폴리네시아의 무루로아 환초였다. 우리는 프랑스인들의 핵실험을 모두 관측했지만, 그들은 그 사실을 몰랐다. 비행은 극비였으므로, U-2가 발진하거나 착함할 때 항공모함 승무원들은 갑판 아래로 내려가 대기해야 했다. CIA는 비행기가 프랑스령에 불시착할 경우에 대비해서 수직미익에 '해군연구소'라고 써놓았다. 이 비행으로 촬영한 사진으로 프랑스의 핵무기 양산 체제가 1년 안에 갖춰질 것임을 확인할 수 있었다.

베트남 전쟁 중에는 켈리의 아이디어로 U-2에서 디코이 글라이더를 발진시켰다. 글라이더에는 소형 전파발신기가 실려 있어서 북베트남 방공부대가 B-52나 전폭기가 접근하고 있는 것처럼 오인시킬 수 있었다. 우리는 그렇게 500달러짜리 미끼로 수천 달러짜리 미사일을 발사하도록 만들었다.

***증언 : 제임스 R. 슐레진저** (CIA 국장 1973년, 국방장관 1973~1975)*

내가 국방장관으로 재직하던 1970년대 중반, 내 나름의 쿠바 위기라고 할 수 있는 사태가 발생하여 엄청난 정치적 압력에 직면하게 되었다. 이때 U-2가 나를 구해 주었다. 사태는 1975년 봄, 포드 행정부 때 일어났다. 소련은 소말리아, 앙골라, 우간다 등의 북부 아프리카에 적극적으로 기지를 건설하고 있었다.

당시 국무장관 헨리 키신저는 소련과 적극적으로 데탕트(화해)를 추진하고 있었다. 그와 나는 인도양에 있는 영국령 디에고 가르시아에 미국의 해군기지를 건설하는 문제에 대해 정면으로 대립하고 있었다. 키신저는 기지 건설에 맹렬히 반대했고, 의회에서도 그를 지지하는 강력한 세력이 있었다. 다수파인 민주당의 리

07 항공모함의 짧은 갑판에서 착함할 수 있도록 돕는 어레스팅 후크(Arresting hook)를 뜻한다.

더 마이크 맨스필드는 인도양을 '평화지대'로 유지해야 하며, 미국의 활동도 금지해야 한다고 주장하고 있었다. 이 기지에 대해서 의회에서는 끊임없는 논의가 계속되었다.

소련은 모든 지역에 적극적으로 진출해서 영향력을 확대하고 있었으면서도, 인도양에 미 해군이 진출하는 데 맹렬히 반대했다. 우리는 사실상 그들의 영향권 안에 있었던 소말리아, 우간다에서 벌어지고 있는 활동에 대해 정확한 정보를 갖출 필요가 있었다.

4월에 정찰위성이 찍은 사진이 내 책상에 전달되었다. 이 사진은 소련이 소말리아의 베르베라항에 미사일 기지와 격납 시설을 건설 중임을 보여주었다. 이 항구는 홍해의 입구를 제어하는 전략적인 지점으로, 인도양의 소련 해군이 사용할 대함미사일 스틱스의 저장고로 사용될 예정이었다. 이 사진은 이 지역에서 소련 해군이 증강되고 있다는 사실을 보여주었지만, 일반은 물론 의원들에게조차 일절 제공할 수 없었다. 당시 우리는 정찰위성의 존재를 공개하지 않고 있었기 때문에 사진을 공개하지 못했고, 정치적 논쟁에 사용할 수도 없었다. 그래서 나는 공군에게 명령해서 U-2로 베르베라 시설의 상공을 비행해서 보도진에게 공개할 수 있는 사진을 찍어 오도록 했다.

U-2가 찍어 온 사진은 아주 훌륭했기 때문에 나는 사진을 공개해서 소련이 소말리아에 미사일을 저장하기 시작했다고 발표하기로 했다. 나는 격렬한 비난이 내게 향하리라는 것을 각오하고 있었다. 의회나 일부 언론에서는 데탕트에 대해서 큰 기대를 가지고 있었다. 그들은 국방부를 비난하면서 우리들이 데탕트를 방해하려 하고 있으며 인도양에 미국의 기지를 건설하는 것을 반대하는 의원들을 협박한다고 주장했다.

소련과 소말리아 정부는 내 주장을 단호하게 부인했다. 소련인들은 베르베라항에 육류 포장 공장을 건설 중이며, 그 이상은 아니라고 말했다. 키신저는 내 발표가 데탕트 정책을 방해할 것으로 우려하여 U-2가 찍은 사진을 보도진에 공개하는 일을 찬성하지 않았다. 솔직히 말해서 그는 내가 사진을 상원 군사위원회에 제시하고 뉴욕타임즈에 제공한 데 대해 화를 내고 있었다. 이 신문은 6월 초에 이 사진을 실었다. 소련은 이 사진을 '가짜'라 부르면서 국방부가 예산을 더 많이 타내기 위해 조작한 것이라고 주장했다.

어쨌든 이 U-2의 사진을 공개한 일은 나에게 즐거운 회상거리가 되었다. 쿠바 위기와 마찬가지로 우리는 또 한 번 정찰 비행으로 소련이 비밀리에 미국의 우방 곁에 군사기지를 건설하고 전략적 균형을 무너뜨리려 하는 현장을 포착한 것이다. 여름이 끝나기 전에 U-2는 이 싸움의 종지부를 찍었다. 소말리아 정부는 부인 성명을 철회했다. 이들은 체면을 세우고 원조에 대한 미 의회의 지원을 얻기 위해서 우리에게 베르베라항에 미 해군의 보급 시설을 건설하도록 제의했다.

1970년 8월, 키신저는 이스라엘과 이집트 사이에 설정한 중동 완충지대를 U-2 2대로 감시하도록 했다. 1974년 4월, CIA는 20년에 걸친 항공 정찰 활동을 마치고 20대의 U-2를 모두 공군으로 이관했다.

최근 이 비행기는 산타바바라 해협의 기름 누출, 세인트헬레나 화산의 분화 활동, 홍수, 지형, 지진, 태풍의 피해 관측 등에 사용되고 있다. DEA(마약감시국)는 이 비행기로 전 세계적인 양귀비밭 감시 활동을 하고 있다. DEA는 70년대에 미국과 멕시코 국경지대에서 고공 적외선사진으로 양귀비밭을 감시하는 실험을 했다. 모든 생물은 특유의 적외선을 방사하고 있다. 감시국 요원들은 양귀비가 그 성장기에 따라 달라지는 사진을 입수하기를 바랐다. 분석관들은 그 사진으로 특정한 밭의 직물이 언제 수확될 수 있는지 알아낼 수 있었다.

문제의 양귀비 재배는 DEA의 감독 아래, 애리조나주 유마에서 도피중인 멕시코인 양귀비 재배업자를 투입하여 실시되었다. 각 성장 단계에 따라 U-2가 상공을 비행해서 사진을 찍었다. 수확기가 되자, DEA는 업자와 상의해서 마지막 사진을 찍기로 했다. 그러나 U-2가 그 밭 상공에 도착했을 때, 양귀비는 흔적도 없었다. 업자가 전날 밤 양귀비를 수확해서 멕시코로 도망가 버린 것이다. 아마 그로부터 몇 주일 후, 사상 처음으로 미국 정부의 보조금으로 재배된 헤로인이 거리에 풀렸을 것이다.

NASA는 ER-2라는 이름으로 기상 관측용 U-2를 운용하고 있다. (NASA Photo / 토니 랜디스)

스컹크 웍스에서 처음 U-2를 만들었을 때 우리는 이 비행기의 생산이 18개월이면 끝날 것이라고 생각했지만, 이 비행기는 여전히 현역이다. 사막의 폭풍 작전 중에는 이라크군의 전차를 감시하는 데 사용되었고, 측면감시 레이더가 지뢰지대의 존재와 규모를 알아내는 데 효과적이라는 사실도 확인되었다.

1993년 1월, 퇴임 직전의 부시 대통령이 비행금지구역의 남쪽에 있는 사담 후세인의 미사일부대를 폭격하기로 결정했을 때도 U-2는 폭격 목표의 선명한 사진을 제공했다. 폭격 전날 나는 CIA 직원으로부터 전화를 받았다.

"벤, 방금 대통령 당선자 빌 클린턴의 전화를 받았어. U-2의 비행고도를 알고 싶어 하더군. 여기서는 아무도 모르는데, 본인에게 직접 듣는 편이 좋다고 생각했지."

"대통령 당선자에게 전해 줘. 우리 비행기는 고도 70,000피트로 날아간다고."

나는 자랑스럽게 말했다.

9. 총알보다도 빠른 비행기

60년대에 우리들이 전력을 기울여 만들었던 블랙버드는 20세기 최고의 고성능 항공기였다. 이 항공기를 만드는 데 관련된 것들은 모두 엄청났다. 극복해야 할 기술적인 문제, 자금 염출을 둘러싼 복잡한 정치적 관계, 그리고 이 성층권을 나는 야생마를 다룰 공군의 가장 숙련된 파일럿에 이르기까지 모든 것이 그랬다.

켈리 존슨도 블랙버드를 스컹크 웍스의 업적 중에서 가장 큰 승리로 생각하고 있었다. 이 비행기 제작에 참여했던 모두는 특별한 자부심을 가지고 있었다. 속도, 고도, 효율, 그리고 충격 측면에서 블랙버드를 능가할 수 있는 비행기는 이전에도, 이후에도 없었다. 우리가 이 비행기를 2020년에 만들었더라도 사람들은 경탄했을 것이다. 그러나 CIA를 위해 U-2의 후계기로 만든 이 비행기가 처음 이륙한 시기는 1962년이다. 이 위업은 지금까지도 내게 기적처럼 느껴지고 있다.

실용적인 수소동력 비행기를 개발하다 실패한 켈리 존슨의 실망은 며칠 가지 않았다. 그는 곧 자신감을 회복해서 U-2보다 모든 면에서 비약적으로 발전한 소련 상공 정찰기를 만들기 위해 CIA를 상대로 로비를 시작했다. 그는 수소비행기 개발에 참가했던 우리 팀을 모아 놓고 재래식 엔진과 연료를 사용하면서도 소련의 미사일을 따돌릴 수 있는 새로운 디자인과 방식에 관한 아이디어를 내라고 요구했다. 켈리는 말했다.

"한두 걸음 앞서는 것만으로는 아무런 소용이 없다. 그러면 소련이 곧 따라와서 한두 해 안에 다시 우리를 격추할 수 있기 때문이다. 그런 것은 필요 없다. 내가 원하는 것은 적어도 10년 이상 하늘을 지배할 수 있는 비행기다."

1958년 4월, U-2의 소련 상공 비행은 2년차에 접어들고 있었다. 모든 일이 순조로웠다. 실제로 프랜시스 게리 파워스가 격추된 것은 2년 후였다. 당시에 우리들의 최우선 과제는 U-2의 레이더 반사 면적을 줄이는 레인보우 프로젝트였다. 그러나 켈리는 U-2의 운명이 얼마 남지 않았다고 선언했다. 소련인들은 국가의 위신을 걸고 U-2의 영공 비행을 저지하기 위해 나섰고, 수십억 루블을 투입해서 그런 능력을 가진 미사일을 개발중이었다. 딕 비셀도 U-2의 장래에 대해 켈리와 동일한 견해를 가지고 있었으며, U-2를 대신할 정찰기를 구상하고 있었다. 켈리는 우리에게 말했다.

"새 비행기는 90,000피트(27,500m) 상공을 음속보다 3배는 빠른 속도로 날아간다. 항속 거리는 4,000마일(6,400km)이다. 고도가 높고 속도가 빠를수록 발견될 위험이 적어지니 저지하기도 어려워질 것이다."

CIA의 리처드 비셀은 어떻게 생각하고 있었는지 모르지만, 스컹크 웍스의 일원이었던 나는 켈리의 그런 아이디어를 믿을 수 없었다. U-2보다 4배나 빠르고 5마일(8,000m)이나 더 높은 고도를 나는 비행기를 만들라니…. 당시에 U-2는 고고도 비행 분야의 챔피언이었다.

마하 3급의 항공기는 우리의 최신 제트기가 짧은 시간 동안 낼 수 있는 최대 속도보다 60%는 더 빨랐다. 실험적인 로켓추진 항공기는 강력한 추진체계 덕에 한 차례 비행 중 겨우 2~3분 정도 마하 3의 벽을 넘어설 수 있었지만, 금방 연료가 소진되었다. 그런데 켈리는 음속보다 3배나 빠르게, 미국 동해안에서 서해안까지, 연료 보급 없이 1시간 안에 비행하는 비행기를 만들겠다는 것이다.

만약 켈리가 스컹크 웍스의 책임자가 아니었다면 CIA는 켈리의 제안을 진지하게 생각하지 않았을 것이다. 어쨌든 우리는 1954년에 세계 최초의 마하 2급 전투기 F-104를 만들었다. 따라서 마하 3급 항공기는 우리 기술의 논리적인 연장선상에 있었다.

그러나 F-104를 설계하는 것과 정상적인 속도가 당시 가장 빠른 전투기의 순간최대속도보다 2배 가까이 빠른 비행기를 설계하는 것 사이에는 그랜드 캐년의 골짜기보다 더 넓은 간격이 있었다. F-104는 이륙할 때나 순간 가속을 할 때 애프터버너[01]를 1~2분간 사용한다. 애프터버너는 순항속도로 비행할 때보다 4배나 많은 연료를 소비하기 때문에 전투시 긴급 상황에서나 사용하게 되어 있다. 예를 들면 폭격을 한 후 대공 포화를 피할 때나 미사일을 따돌리고 미그기와 공중전을 하는 경우다. 그런데 이 비행기는 비행 시간 내내 애프터버너를 사용한다.

우리가 직면한 기술적인 과제는 세계 어느 항공업체에서도 다뤄 보지 않은, 마치 달과 다른 먼 행성 사이의 통근용 로켓을 만드는 것이나 다름없는 목표였다. 무엇보다도 그런 고도와 속도를 유지하면서 비행을 하려면 혁신적인 추진 장치를 설계하고 만들어야 했다. 켈리는 나를 돌아보면서 말했다.

"리치, 자네를 이 추진 장치의 책임자로 임명하겠네."

그는 나의 놀란 표정을 무시하고 말을 계속했다.

"비행기가 마하 3으로 계속 비행하면 얼마나 뜨거워지는지 아나?"

"용접 토치와 납땜인두의 중간 정도라고 생각합니다."

나는 겨우 목소리를 내어 대답했다. 그는 고개를 끄덕였다.

"기수의 온도는 화씨 900도(섭씨 480도)쯤 될 거야. 그러니 추력이 얼마나 되겠어. 넌 그래도 행운아야. 최소한 계산을 할 수 있는 물리학 지식이 있으니까. 다른 사람들은 별 짓을 다해서 어떤 것이 도움이 될지 알아내야 할 형편이지. 우린 라이트 형제처럼 처음부터 비행기를 만드는 거야."

내가 좀 더 나이가 들었거나 현명했더라면 당장 그 자리에서 도망쳤을 것이다. 나는 그때까지 개발된 어떤 엔진보다도 효율이 좋은 추진 장치를 만들어 내야 했다. 당시 겨우 32세가 된 풋내기는 많은 선배들 틈에 끼어 추진 및 열역학 엔지니어로서의 능력을 입증해야 하는 입장이 된 것이다. 나는 건방지게도 켈

---

01 Afterburner. 후연기라고도 한다. 제트엔진에서 연소실과 터빈을 통과한 배기에 연료를 추가로 분사해 큰 추력을 얻는 장치다. 구조가 작고 단순하면서도 엔진의 추력을 50% 이상 강화할 수 있지만 연비가 매우 나쁘기 때문에 초음속 비행이나 급가속 능력을 필요로 하는 전투기 등이 짧은 시간만 사용한다.

리의 도전을 받아들이고 마하 3의 비행기를 만들어 보기로 했다. 안 될 이유가 없지 않은가? 켈리는 주위에 '하면 된다'라는 정신을 가진 사람들만 모아 놓고 있었다. 그것이 미국의 항공 우주기술을 세계 최고로 올려놓았다. 그에게는 '불가능'이란 말이 최대의 모욕이었다.

켈리는 CIA에게 세계 최초의 마하 3급 항공기를 계약 체결 후 20개월 안에 인도하겠다고 약속했다. 불쌍할 정도로 순진했던 나는 그것이 가능하다고 믿었다. 어쨌든 우리는 최초의 U-2를 8개월 만에 만들어 내지 않았던가. 하지만 내가 조금 더 신중하게 생각을 했더라면 U-2와 블랙버드가 포장마차와 인디 500의 레이싱카만큼이나 차이가 있다는 사실을 깨달았을 것이다.

비셀이나 켈리와 같은 행동파에게는 아이젠하워 대통령이 지나치게 신중한 사람처럼 여겨질 때가 많았다. 그들은 화가 나서 대통령을 '스피디 곤잘레스'[02]라고 불렀다. U-2의 소련 상공 비행이나 새로운 정찰기 계획의 허가를 받는 데 몇 주일에서 몇 개월씩 기다려야 했기 때문이다.

켈리의 항공기는 개발비가 수백만 달러나 들었으므로 승인을 얻기가 쉽지 않았다. 대통령은 이미 미국 최초의 스파이 위성을 궤도에 올려놓은 아틀라스-아제나 로켓[03] 개발에 10억 달러의 비밀자금을 쓰고 있었다. 비셀은 이 계획의 책임자이기도 했는데, 12회에 걸친 발사 시험은 모두 실패의 연속이었다. 캘리포니아 서니베일에 있는 록히드 미사일 앤드 스페이스가 아틀라스-아제나의 주계약자였으므로, 비셀은 켈리에게 다시 로켓 계획을 평가하고 제안서를 작성해 달라고 요청했다. 켈리는 임시로 소규모 스컹크 웍스풍 조직을 설치해서 그의 요구에 응답했다. 성과가 있었는지 모르겠지만, 아무튼 13번째 시험은 성공했다.

그러나 스파이 위성에는 명백한 한계가 있었다. 당시 위성사진은 별로 선명하지 않았고, 궤도가 고정되어 있었기 때문에 소련인들은 곧 위성의 통과 스케줄

02 워너브라더스의 애니메이션에 등장하는 멕시코풍 쥐 캐릭터. 빠른 속도로 유명한 캐릭터이므로, 본문의 비유는 반어법에 가깝다.

03 Atlas-Agena. SM65 아틀라스 대륙간 탄도미사일을 기반으로 개발된 인공위성 발사용 로켓. 1960년부터 1978년까지 119회나 발사되었다.

에 따라 비밀을 감추는 방법을 터득했다. 대조적으로, 스파이 항공기는 고정된 스케줄에 따라 운영할 필요가 없었다. 관심이 가는 곳 상공에 머물러 있을 수도 있고, 몇 시간 안에 긴장 지역 상공으로 출동할 수도 있었다. 사진도 위성사진보다 훨씬 선명했다.

아이젠하워 대통령은 U-2의 사진을 높이 평가하고 있었지만, 격추될 경우의 결과를 항상 걱정했다. 고공 정보 수집 분야에서 인공위성이 상대적으로 공격적이지 않고 위협적이지도 않은 수단이라 여겼던 대통령은 위성 쪽에 관심을 보였다. 당시 세계 각국은 대체로 스파이 항공기의 비행을 도발이나 영토에 대한 공격적 침범으로 간주해 왔지만, 인공위성에 대해서는 미온적이었다.

그래서 비셀은 머리를 써서 대통령에게 큰 영향력을 가지고 있는 기술고문 두 사람을 끌어들이기로 했다. 한 사람은 MIT 학장 제임스 킬리언 박사, 다른 한 사람은 폴라로이드의 설립자 에드윈 랜드 박사였다. 랜드 박사는 항공첩보에 관한 대통령 자문위원회의 위원장이자 U-2의 대부이기도 했다.

1958년 5월, 켈리는 랜드 박사와 위원회의 사람들을 만나기 위해 케임브리지로 날아갔다. 그 첫 회의에서 켈리는 해군이 독자적인 고공정찰기 루브 골드버그(Rube Goldberg) 계획을 가지고 있다는 것을 알고 놀랐다. 이 정찰기는 램제트 엔진을 사용하며, 기구에 매달려 성층권까지 올라가도록 되어 있었다. 파일럿은 100,000피트(30,000m)에서 기구를 떼어 버리고 부스터 로켓을 점화해 램제트를 시동하여 155,000피트(47,000m)까지 올라간다는 것이다.

한 해군 중령이 이 기발한 아이디어를 위원들에게 설명하는 동안, 켈리는 재빨리 종잇조각에다 계산을 했다. 그는 입을 열었다.

"내 계산에 의하면, 이 램제트를 그 고도까지 올리려면 해군의 기구가 직경이 1마일(1,600m)이상 되어야 합니다. 위원 여러분, 이건 엄청난 허풍입니다."

컨베어(Convair)는 보다 진지한 제안을 했다. 이 역시 비셀이 원하고 있던 고공을 고속으로 비행하는 정찰기 아이디어였다. 그들이 개발한 유명한 마하 2급 폭격기인 B-58 허슬러를 모기로 삼아 폭격기에서 파일럿이 탄 로켓을 발사해 125,000피트(38,000m)의 고도에서 마하 4로 비행한다는 것이었다. 랜드는 이 모기-자기가 조합된 발사 방식에 관심을 가졌으나, 그 후 몇 달에 걸쳐 추가 검토와 시험을 한 결과 동체 아래에 소형기를 달고서는 초음속으로 비행할 수 없음을 알게 되었다. 켈리는 컨베어의 계획이 신뢰성 있는 사진을 찍을 수 없을 것이라고 의심했고, CIA에 있는 친구들에게 적극적으로 그 문제점을 강조했다.

그다음 해, 켈리는 워싱턴을 자주 들락거리면서 비셀과 랜드, 그리고 기타 위원들을 만나 우리들의 새로운 제안과 레이더 시험 성과를 설명했지만, 컨베어의 제안이 우리 것보다 성능이 좋고 레이더 반사 면적도 우수하다는 소문을 듣고 실망해서 돌아오는 경우가 많았다. 우리의 첫 예비 디자인은 아주 훌륭했는데도 말이다.

우리가 A-1이라고 이름을 붙이고 설계한 비행기는 단좌식 쌍발기로, 길고 가느다랗고 총알을 닮은 동체 후방의 2/3지점부터 조그만 델타익이 붙어 있고, 커다란 엔진을 주익 끝에 달아 두었다. 초등학생도 한 번 보면 이 항공기가 엄청난 속도를 낼 수 있도록 설계했음을 눈치챌 것이다. 그러나 대통령은 비행성능보다는 레이더 반사 면적이 작다는 데 더 관심을 표했다. 그는 비행기가 격추되지 않는 것보다는 소련인들이 상공 비행을 알지 못하는 편을 선호했다.

켈리는 우리 비행기의 엄청난 속도와 고도가 탐지를 어렵게 하는 가장 중요한 요소라고 설득했지만, 백악관과 CIA는 납득하지 않았다. 그래서 우리는 군용기로는 최초으로 레이더파 흡수 효과를 발휘하는 페라이트와 플라스틱을 비행기의 모든 앞전 부위(Leading edge)에 도포하기로 했다. 두 개의 미익도 가능한 작게 만들거나 미익 전체를 전파를 투과하는 복합재로 만들 생각도 했다. 그것은 우리가 해낼 수만 있다면 중대한 기술적인 혁명이 될 수 있었다. 그러나 비행기를 '감춘다'는 것은 불가능하다고 생각했다. 초음속 비행을 할 때 생기는 엄청난 열 때문에 어차피 적외선 탐지는 피할 수 없었다. 혜성을 어떻게 감춘단 말인가? 우리 마하 3급 비행기는 불화살처럼 하늘을 돌진할 것이다.

설계를 시작한 지 6개월쯤 되자, 켈리의 얼굴에는 실망의 그림자가 나타났다. 우리들의 설계안은 A-10까지 진행되었는데, 딕 비셀의 말에 의하면 우리 비행기의 레이더 반사 면적이 아직 컨베어 측의 제안보다 크다는 것이다. 그래서

1959년 3월 말, 우리는 24시간 자유토론을 몇 번이나 반복하면서 그때까지 한 작업을 전면적으로 재검토하고 소련의 레이더를 피할 수 있는 디자인을 연구했다. 그러나 성과가 별로 없었으므로 켈리는 비셀과 레이더 전문가 2명을 버뱅크로 초청하여 현황 설명을 했다. 그는 나와 디자인팀의 전문가 2명을 그 자리에 동석시켜 지원을 맡겼다. 그 모임은 긴박하고 진지했다. 켈리는 솔직하게 말했다.

"우리는 6개월 동안 열심히 설계하고 연구했습니다. 우리는 최대한의 노력을 했지만, 대통령이 만족할 만한 결과는 얻을 수 없을 겁니다. 소련의 레이더는 기술이 발전되어 앞으로 3~5년 안에 제작되는 비행기는 모두 탐지할 수 있습니다. 레이더 기술은 레이더 대응 기술보다 훨씬 앞선 상태입니다. 우리는 그 사실을 인정해야 합니다. 우리는 대통령이 바라는 것과 같은 보이지 않는 비행기를 절대로 만들 수 없습니다. 현시점에서 그런 기술은 우리들의 능력을 초월하고 있습니다. 컨베어는 가능할지 몰라도, 우리는 할 수 없습니다."

입을 여는 사람은 별로 없었다. CIA 관계자들이 떠나자, 켈리는 우리에게 말했다.

"이제 우린 끝났어. 아이크는 마술사가 만드는 비행기를 원하고 있으니까."

그러고 나서 그는 나를 한쪽으로 끌고 갔다.

"벤, 일을 계속해. 랜드나 다른 사람이 아이크를 설득할 수 있을 거야."

우리는 계속 일을 했다. 당시 스컹크 웍스는 다른 일이 별로 없어 전에 없이 한가했다.

1959년 5월, 설계 작업이 A-11까지 진행되었을 무렵, 이 비행기의 레이더 반사 면적을 대폭 줄일 수 있는 돌파구가 발견되었다. 구조설계자 한 사람이 총알처럼 생긴 동체에 측면을 따라 차인(Chine)을 붙이는 아이디어를 낸 것이다. 아래쪽으로 기울어진 이 수평 구조물로 인해 A-11의 동체는 마치 코브라처럼 보였다. 이렇게 해서 동체 하부가 평면에 가까워지자, 레이더 반사 면적은 마술처럼 90%나 줄어들었다.

7월이 되자, 우리는 이 새로운 차인 형상을 전면적으로 채택한 최종 도면을 작성하기로 했다. 당시 나는 네 사람과 함께 방 하나를 같이 쓰면서 새 항공기 설계 작업을 하고 있었다. 그 면면은 공력설계를 담당한 딕 풀러, 퍼포먼스와 안정성을 담당한 기사 두 명, 그리고 추진 장치를 담당한 내 친구 데이빗 캠벨 등이었다. 데이빗은 캘리포니아 공과대학을 졸업한 지 얼마 되지 않은 24세의 항공열역학 전문가로, 정말 뛰어난 재능을 가진 사람이었지만, 2년 후 조깅 중에 심장마비를 일으켜 26세의 나이로 사망했다. 복도 건너편에는 4명의 구조 전문가가 초기 설계도를 기초로 구조, 하중, 중량을 계산하고 있었다. 그들의 일은 최초의 디자인에 살과 피부를 붙이는 것이었다.

어느 무더운 여름 오후, 점심을 먹은 다음 우리 방의 공력 엔지니어가 열린 문을 통해서 이웃 방의 구조기사와 동체에 가해지는 압력의 중심에 대해서 이야기를 주고받고 있었다. 그때 나는 한 가지 아이디어가 떠올랐다. 우리는 문을 뜯어내서 책상 두 개 위에 걸쳐 놓고 이제는 테이블이 된 문짝에 긴 종이를 펼쳐 고정해 놓았다. 우리는 모두 달려들어 차인을 전면적으로 활용한 최종적인 설계를 시작했다. 내 목표는 단순했다. 나는 선언했다.

"우리는 이 설계에서 100%의 성과를 얻으려 할 필요가 없습니다. 물론 언제까지나 100%를 목표로 노력을 할 수는 있겠죠. 하지만 지금 우리는 80%면 충분히 목적을 달성할 수 있습니다. 그 정도면 충분합니다."

당시 작업에 참가했던 한 사람의 회상에 따르면, 부서를 초월한 그 작업은 마치 소련군과 미군 병사들이 제2차 세계 대전 말기에 엘베강 강둑에서 악수를 하는 듯한 모습이었던 모양이다. 이 작업은 꼬박 하루 반이 걸렸다. 에드 볼드윈은 기초 디자인을 하고, 에드 마틴이 시스템, 헨리 콤과 레이 맥킨리는 구조를 맡았다. 머브 힐은 중량, 론 캐스는 하중을 계산했다. 댄 주크는 조종체계를 설계하고, 데이브 로버트슨은 연료 계통을 담당했다. 데이브 캠벨과 나는 추진 장치를 설계하고 딕 풀러와 딕 캔트렐은 공력을 맡았다. 모두들 각자가 원래의 설계를 수정하고 개선했다. 이 비행기는 연비를 극대화하고 제작 비용을 최소화하기 위해 연료를 뺀 중량을 96,000파운드(43.6t)로 결정했다. 길이는 108피트(32.9m)였다. 동체에는 아주 얇은 더블 델타익이 달려 있었다. 이 날개의 앞쪽 모서리

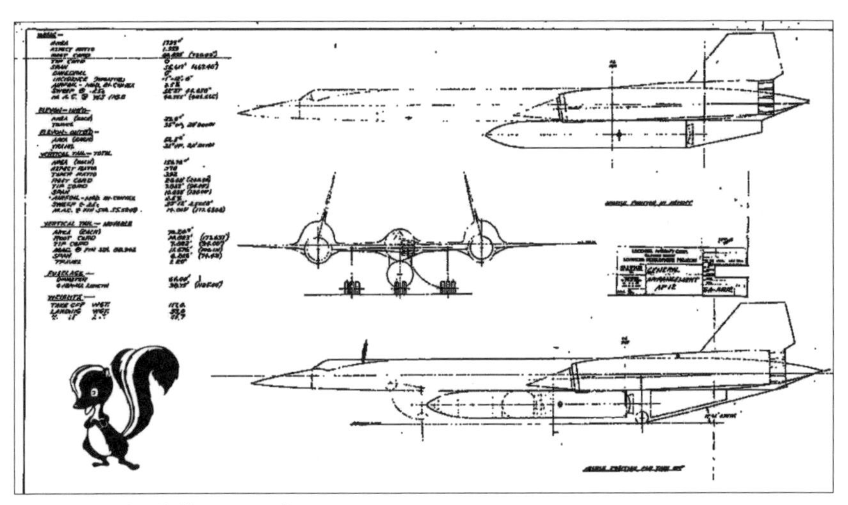

A-12의 초기 도면 중 하나(Skunk Works)

는 마치 면도날과 같아서, 실제로 기계공이 손을 다치기까지 했다. 우리는 이 커다란 종이 설계도를 켈리 존슨에게 가지고 가서 책상 위에 펼쳐 놓았다. 나는 설명했다.

"엔진, 인렛, 수직미익 두 장… 모두 제자리에 배치했습니다. 이게 우리가 만들 수 있는 최선이라고 생각합니다."

그것은 우리들의 12번째 디자인인 A-12였다. 그리고 A-12는 이 CIA 사업의 공식 명칭이 되었다. 켈리는 이 설계도를 가지고 워싱턴으로 날아갔다. 그는 1959년의 한 여름 동안, 버지니아의 랭글리에 있는 CIA 본부를 10여 차례 왕복하면서, 비셀, 랜드, 앨런 덜레스, 그리고 그밖의 사람들을 만났다. 그는 일기에 이렇게 썼다.

"스피디 곤잘레스(아이젠하워)가 취소할 가능성이 크다. 너무 비싸다."

그러나 8월 28일, 결론이 났다.

"비셀을 단독으로 만났다. 그는 우리가 사업을 맡게 되고, 컨베어는 탈락했다고 말했다."

CIA는 U-2와 같은 방식으로 일을 하게 해달라는 우리 요구를 수락했다. 비셀은 이 조건을 수락하기로 약속하고, 작업이 진행되는 동안 자기는 간섭하지 않겠다고 말했다. 그와 덜레스는 다음과 같은 조건을 내걸었다.

1. 레이더 탐지 회피 분야에서 최대한의 창의성을 발휘하고, 진지한 노력을 기울일 것.
2. 보안 체제는 기능하면 U-2 때보다 더 엄격하게 강화할 것.
3. 고액의 지출 계약을 하지 않을 것(여기서 '고액'이란 수백만 달러를 의미함).

우리는 앞으로 2년에 걸쳐 5대의 A-12 스파이 항공기를 제작할 자금을 받게 되었다. 제시된 가격은 9,600만 달러였다. 신의 가호로 우리는 일을 시작하게 되었다. CIA는 이 사업의 암호명을 '옥스카트(Oxcart)'라고 붙였다. 총알보다 빠르게, 마하 3의 속도로 하늘을 돌진할 스파이 항공기의 이름치고는 너무 역설적이었다.

켈리는 열심히 아이디어를 팔아넘겼지만, 막상 물건을 만들어야 하는 사람은 우리 노동자들이었다. 우리들의 가장 큰 강점은 켈리가 옛날부터 데리고 있던, 경험 많고 믿을 수 있는 기술자와 설계자들이었다. 그들의 최대 장점은 걸어다니는 부품 카탈로그라는 것이었다. 그러나 우리들은 어둠 속에서 헤매면서, 마치 고대 크로마뇽인들이 모닥불을 피우면서 최초의 증기기관차를 만들기라도 하는 것처럼 시행착오의 늪에 빠져들었다. 재래식 비행기를 만드는 데 사용되던 예전의 기초 지식들이 단체로 폐기처분되었기 때문이다. 심지어 표준적인 알루미늄 자재조차 사용할 수 없었다. 알루미늄은 화씨 300도(섭씨 150도)를 넘어서면 강도가 떨어지기 시작하지만, 그것은 마하 3으로 비행하는 우리 비행기에게는 겨우 땀이 나기 시작할 온도에 불과했다. 기수 부분은 납땜 온도보다 더 높은 화씨 800도(섭씨 430도), 공기흡입구는 화씨 1200도(섭씨 650도), 조종석의 전방 유리창은 납을 녹일 수 있는 화씨 620도(섭씨 330도)까지 올라갔다. 이런 엄청난 온도에 견딜 수 있는 금속은 스테인리스 스틸뿐이었다.

켈리는 보안상 및 편의상의 이유로 낡은 82동 건물의 한구석에 우리를 몰아넣고 이 비행기를 설계하도록 했다. 이 공장은 제2차 세계대전 때 폭격기를 만들었고, 그 후에는 U-2와 F-104 스타파이터를 만드는 데 사용되었다. 처음에는 4명이 이 프로젝트를 시작했지만 이제는 50명으로 늘어났기 때문에 책상을 바짝 붙일 수밖에 없었고, 결국에는 U-2를 만들던 시절과 다를 것이 없는 환경이 되어 버렸다. 우리는 서로 장난치고, 토론하고, 괴롭혔다. 프라이버시는 아예 없었다. 어떤 작자는 '프라이버시는 엿먹어라!'(Privacy sucks!) 라는 구호를 걸어 놓았다.

내가 거느린 3명의 열역학 기사와 추진체계 그룹은 성능, 조종안정성을 담당한 엔지니어와 한 방을 썼다. 문 건너편에는 8명의 구조설계 그룹이 자리를 잡고 비행기의 강도와 하중을 계산하고 있었다. 그들의 감독은 성질이 급한 헨리 콤이었는데, 그는 제2차 세계 대전 이래 켈리와 함께 쌍발 요격기 P-38 라이트닝을 설계한 경력을 가지고 있었다. 헨리와 나는 문만 열면 만나서 악수를 할 수 있었다. 그는 열역학과 추진체계를 담당한 건방진 애송이에게 따로 부탁도 하지 않은 충고를 건네고 의견을 제시하기를 즐겼다.

"벤 리치, 도대체 이 스테인리스 괴물을 어떻게 마하 3의 속도로 날리겠다는 건가? 공기흡입구가 홀랜드 터널만큼 커야 할 텐데?"

그는 야유하듯 킥킥 웃었다.

물론 헨리는 나와 마찬가지로 스테인리스제 비행기를 만들고 싶지 않았다. 중량이 늘어나면 내부 지지 구조가 더 필요하고, 연료가 더 소모되며, 항속 거리가 줄고 고도가 내려간다.

1951년, 헨리 콤은 켈리에게 초음속 F-104 스타파이터의 새빨갛게 달아오르는 애프터버너에 티타늄을 사용하자고 제의한 일이 있었다. 그래서 그는 세계 최초의 티타늄 비행기를 만들 경우의 장단점을 잘 알고 있었다. 그것은 커다란 도박이었다. 티타늄은 스테인리스와 거의 동등한 강도를 가지고 있으면서도, 중량은 반밖에 안 되고, 용광로 같은 열과 엄청난 압력에도 견뎌 낸다. 인장강도(Tensil Strength)가 충분해서 날개와 동체를 종이처럼 얇게 만들 수도 있었다. 그러나 제대로 증명되지 않은 미지의 재료로 고성능기를 제작한다면 예상치 못한 재난을 초래할 수도 있었다.

"처음부터 끝까지, 아무것도 예상대로 굴러가지 않을 거라는 것 하나는 확실히 예상할 수 있겠구만."

켈리는 마음이 내키지 않는 듯 예언했다. 그의 말은 옳았다. 켈리는 이미 혼자서 티타늄을 생각하고 있었다. 그는 콤에게 말했다.

"어떤 재료라도 중량을 반으로 줄일 수만 있다면, 아무리 비싸더라도 써 보고 싶네."

티타늄을 생산하는 회사는 미국 내에 단 하나뿐이고, 그나마도 영세한 곳이었으며 품질이 일정하지 않은 평판 자재만을 팔고 있었다. 우리는 어떻게 그것을 성형하고, 여러 가지 모양으로 가공하며, 용접을 하거나 리벳을 치고 구멍을 뚫어야 할지 알 수 없었다. 알루미늄용 드릴로 티타늄의 굳은 표면을 뚫어 보면 금방 날이 부러지고 말았다. 이 새로운 합금은 우리 공구뿐만 아니라 우리 정신까지도 부러뜨릴 것만 같았다.

나는 켈리의 방에서 매일 아침 7시에 열리는 회의에 출석해 화씨 550도(섭씨 290도)에서 강도가 떨어지기 시작하는 약간 유연성이 있는 티타늄을 써 보면 어떻겠느냐고 제안했다. 기체도 검게 칠하자고 했다. 대학 시절의 경험에서 나는 열을 잘 흡수하는 물질은 열을 잘 발산하기도 하며, 마찰이 일어나면 실제로 흡수한 열보다 더 많은 열을 발산한다는 것을 알고 있었다. 내 계산으로는 검은 페인트를 사용하면 날개에서 열을 발산해 온도가 35도 가량 내려갔다. 그러나 켈리는 신경질적으로 머리를 흔들면서 쏘아붙였다.

"제기랄, 리치. 중량을 더 늘리라는 말인가? 검은 페인트를 칠하면 적어도 100파운드(45kg)가 늘어난단 말이야. 지금 난 1온스라도 줄이려고 별짓을 다 하고 있어. 네 말대로 검은 페인트를 칠하면 80파운드 가량 연료가 더 들어."

나는 대답했다.

"하지만 유연한 티타늄으로 비행기를 만들면 작업이 훨씬 쉬워지는 이점이 있습니다. 기체 표면의 마찰 온도를 내릴 수만 있다면 말입니다. 그런 이점에 비하면 100파운드 정도는 아무것도 아닙니다."

"알았어. 그런 교과서에 나오는 자네 이론에 이 비행기를 걸고 싶지는 않아.

내 귀가 막히지 않았다면, 자네 제안은 중량을 늘이자는 이야기밖에 안 돼."

그러나 그는 그날 밤 생각을 바꿨거나, 나름대로 교과서를 다시 읽어 본 것 같았다. 다음 날 아침 나를 보자마자 그는 말했다.

"검은 페인트 이야기 말이야. 네 말이 옳았어. 내가 틀렸지." 그는 나에게 25센트 동전을 주었다.

그것은 희귀한 승리였다. 켈리는 비행기를 검게 칠하자는 내 아이디어를 승인했다. 그래서 최초의 시제기가 공개되었을 때, 우리 비행기는 블랙버드(검은 새)로 알려지게 되었다.

티타늄을 공급한 업체인 티타늄 메탈 코퍼레이션(Titanium Metal Corporation)은 이 귀중한 합금을 얼마 가지고 있지 않았다. CIA는 제3자나 위장회사를 통해 비밀리에 온 세계를 뒤져 이 원자재를 세계 최대의 수출국으로부터 입수했다. 세계 최대의 수출국이란 바로 소련이었다. 소련인들은 자기 나라에서 스파이 활동을 할 비행기를 만드는 데 자신들이 공헌을 하고 있다고는 꿈에도 생각하지 못했을 것이다.

최초의 티타늄이 도착하기 전부터 우리들은 스컹크 웍스의 실력으로도 이 특수한 비행기를 만드는 일이 쉽지 않을 것이라며 걱정하고 있었다. 모형을 사용한 풍동 시험에서 마하 3의 엄청난 마찰열 때문에 동체가 2인치(5cm)나 늘어나 우리를 놀라게 했기 때문이다.

구조설계자들은 용접용 토치와 같은 고온도 견딜 수 있는 희귀한 금속을 찾아내기 위해 중세의 연금술사처럼 노력하고 있었다. 그들은 유압파이프에는 스테인리스 스틸, 이젝터 플랩에는 하스텔로이 X(Hastelloy X)라고 부르는 특수한 합금이 적당하다는 것을 발견했다. 그들은 또 컨트롤 케이블에 시계의 태엽에 사용되는 엘질로이(Elgiloy)를 추천했다. 배관에는 금도금을 했다. 금은 은이나 동보다 고온에서 전도성이 높았다. 켈리는 우리들의 자재비가 로켓처럼 성층권을 향해 솟아오르는 것을 보고 한숨만 쉴 뿐이었다.

지름길은 없었다. 당장 갖다 쓸 수 있는 기성 전자 기기가 없었기 때문이다. 항공 업계에서 일반적으로 사용되고 있는 표준적인 전선, 플러그, 트랜스듀서는 우리 비행기가 직면할 높은 온도에서는 제 기능을 발휘하지 못했다. 그런 온도에 견딜 수 있는 탈출용 낙하산, 드래그슈트, 사출좌석용 로켓추진제, 그 밖의 안전장치도 없었다. 높은 온도에서 안전하게 사용할 수 있는 연료도 없었다. 동체의 전도열 때문에 카메라의 렌즈가 왜곡되는 것을 막을 방법도 없었다. 파일럿의 생명유지장치도 그런 적대적이고 위험한 환경에 적합한 것이 없었다. 우리는 티타늄제 나사와 리벳부터 직접 만들기 시작했고, 이 프로젝트가 완료될 때까지 우리가 만든 부품은 1,300만 개나 되었다.

스컹크 웍스는 그간 비행기를 만들면서 다른 비행기를 해체해서 부품을 활용하는 특기를 발휘했다. 우리는 비용을 아끼고 시간에 맞추기 위해 가능하면 다른 비행기에서 뜯어 온 엔진, 전자 기기, 비행조종장치를 교묘하게 고쳐서 우리 비행기에 사용하고 있었다.

그러나 지금 우리는 바퀴조차 문자 그대로 새로 개발해야 했다. 고무 타이어와 접이식 랜딩기어가 비행 중에 축적된 열 때문에 폭발할 우려가 있었다. BF 굿리치는 우리의 요청에 따라 특수한 타이어를 개발했다. 이 타이어에는 알루미늄 입자가 들어 있어서 은빛이 났는데, 그것이 열을 발산시켰다. 이 타이어에는 공기보다 안전한 질소를 넣어 폭발을 예방했다.

우리 비행기는 사실상 85,000파운드의 연료를 운반하는 일종의 비행 연료탱크였다. 15,000갤런(49,000리터)이 넘는 이 연료는 단열되지 않은 동체와 날개 속에 있는 5개의 탱크 속에 채워 두는데, 초음속 비행을 하게 되면 화씨 350도(섭씨 177도)까지 온도가 올라갔다. 우리는 쉘(Shell)에게 발화점이 높아서 엄청난 온도와 압력에도 안전하고, 증발하거나 폭발하지 않은 특수한 연료를 개발해 달라고 부탁했다. 이 연료는 성냥불을 던져도 불이 붙지 않을 정도로 안정적이어서 온도가 아무리 변해도 안전했다. KC-135 급유기가 35,000피트(17,000m) 상공에서 블랙버드에 급유를 할 때는 화씨 영하 90도(섭씨 마이너스 68도)였지만, 그 연료가 엔진에 들어갈 때는 화씨 350도(섭씨 177도)까지 올라갔다. 우리는 안전을 강화하기 위해 연료탱크에 고압 질소를 주입해 폭발 위험이 큰 유증기에 불이 붙지 않도록 했다.

연료는 기체 내부의 냉각제 역할도 했다. 기내에서 발생하는 열은 열교환기를 통해서 연료에 전달되었다. 우리는 온도변화를 감지하는 특수한 밸브를 개발해서 가장 뜨거운 연료를 엔진으로 공급하고, 차가운 연료는 접어 넣은 랜딩기어나 전자 기기를 냉각하는 데 사용했다.

어느 날, 켈리 존슨이 월드시리즈 티켓을 공짜로 얻은 어린아이처럼 기쁜 표정으로 나에게 왔다.

"텍사스에서 화씨 900도(섭씨 480도)의 온도에도 견딜 수 있는 특수한 오일을 개발했다는 사람을 찾아냈어. 오늘 밤에 샘플을 보내주겠다는데."

켈리에게는 안 된 일이지만, 다음 날 도착한 것은 커다란 주머니에 든 결정분말이었다. 이 분말을 900도로 가열하면 윤활유가 되었다. 하지만 용접토치로 가열하면서 엔진에 윤활유를 공급할 수는 없는 노릇이다. 그래서 우리는 펜실베이니아 주립대의 우수한 연구소에 의뢰해서 특수한 윤활유를 개발해 달라고 했다. 그들은 성공했지만, 값이 엄청나서 한 방울도 낭비할 수 없었다. 1쿼트(0.94리터) 값이 최고급 스카치 몰트 위스키보다도 비쌌다. 자동차에는 온도범위가 10~40 정도의 윤활유를 썼지만, 이 윤활유는 10~400에 상당했다.

서서히, 그러나 많은 비용을 쓰면서 우리들은 문제를 해결해 나갔다.

켈리는 10파운드(4.5kg)의 중량을 절약할 수 있는 아이디어에 100달러의 현상금을 걸었지만, 아무도 그 돈을 타내지 못했다. 그는 또 고온에서도 견딜 수 있는 연료탱크 누설 방지용 실란트를 찾아내는 사람에게는 500달러를 주겠다고 했지만, 이 역시 허사였다. 우리 비행기는 활주로에 머물러 있는 동안 여러 곳에서 연료가 계속 샜다. 하지만 다행히도 비행 중에는 초음속 마찰열로 탱크가 팽창해서 저절로 새지 않게 되었다.

최대의 과제는 효율적인 엔진 인렛(Inlet) 구조를 개발하는 것이었다. 이는 엄청난 속도를 내는데 필요한 엔진의 추력과 성능의 열쇠였고, 동시에 우리 프로젝트 중에서 가장 복잡하고 어려운 기술상의 문제였다.

우리 엔진은 효율을 높이려면 엄청난 양의 고압 공기가 필요했다. 데이브 캠벨과 나는 엔진에 들어가는 공기의 속도와 압력을 조정할 수 있는 가동식 콘 구조물을 고안했다. 이 콘은 공기 스로틀처럼 작동하면서, 실제로 엔진 총추력의 70%에 기여했다. 이 콘이 제대로 작동하도록 하기 위해 나는 인생에서 가장 좋은 시절 가운데 20년을 소비했다.[04]

나에게는 3명의 조수가 있었다. 이 인원은 스컹크 웍스의 기준에서 보면 실로 대제국과 같았다. 에어컨디셔너 팀에는 2명의 기술자가 카메라실, 전자 기기, 착륙 장치 등의 냉각장치를 설계하고 있었다. 조종석의 에어컨디셔너에도 어려운 문제가 있었다. 냉각시스템이 제대로 작동하지 않으면 파일럿의 무릎 위가 빵을 구울 수 있을 정도로 달궈지기 때문이다. 나는 열역학 책임자였으므로, 그 모든 문제는 내가 해결해야 했다.

우리는 엔진 컴프레서에서 뽑아낸 공기를 연료냉각장치를 통과시킨 다음, 팽창 터빈에서 화씨 영하 40도까지 온도를 내려서 조종석의 에어컨디셔너로 보냈다. 그러면 화씨 200도의 오븐과 같은 조종석이 남 캘리포니아 해안의 쾌적한 온도가 되는 것이다. 이 장치를 개발하기 위해서 우리는 1년간의 좌절과 시행착오의 시간을 보냈다.

기존 제품을 사용한 것은 엔진뿐이었다. 켈리와 나는 엔진까지 처음부터 개발한다면 최초의 블랙버드를 만드는 일이 엄청나게 늦어지리라는 데 의견을 같이하고 있었다. 우리는 프랫 & 휘트니의 터보제트 엔진인 J-58을 선택했다. 애프터버너가 달린 이 엔진은 1956년에 해군의 마하 2급 요격전투기를 위해서 개발된 것으로, 양산을 시작하기 전에 계획이 취소되었지만, 정부가 개발비를 동결하기 전에 700시간의 시험을 마친 상태였다. 하지만 우리가 사용하려면 대대적인 개조가 필요했다. 엔진은 여객선 퀸 메리호의 거대한 터빈 4개가 내는 총 출력(16만 마력)에 상당하는 추력을 내고, 마하 3에서 애프터버너를 사용하면 화씨 3,400도(섭씨 1,900도)까지 올라가는 배출 가스의 온도를 견뎌야 했다.

이 추진 장치는 일찍이 개발된 어느 것보다도 강력한 공기흡입 엔진이었고,

04 블랙버드의 가장 큰 특징 중 하나인 가동식 쇼크콘은 전진-후퇴 가동을 통해 엔진 나셀 내의 충격파와 공기 흐름을 변화시켜, 블랙버드의 추진체계가 저속에서는 터보제트 엔진으로, 고속에서는 애프터버너 구획을 유사 램제트 엔진처럼 작동하도록 한다.

동시에 시간당 8,000갤런의 연료를 사용하여 지속적으로 애프터버너를 작동시켜 비행할 수 있는 최초의 엔진이었다. 프랫 & 휘트니의 설계 책임자 빌 브라운은 이 시스템을 우리 요구에 맞추기 위해서 플로리다 공장에 이 엔진 개발을 위한 전용 특별 공장을 건설하기로 동의했다. 그는 U-2를 만들 때도 우리와 긴밀히 협력했던 사람이었다.

CIA는 불평하면서도 6억 달러라는 엄청난 개발비를 지출해 주었다. 브라운은 팀워크를 강조하면서 모든 면에서 스컹크 웍스와 일찍이 없었던 협조를 약속했다. 특히 우리가 만든 공기흡입구와 그들의 압축기가 정확히 일치하도록 설계하려면 공조가 절대적으로 필요했다. 엔진 제작자와 항공기 제작자 사이의 이와 같은 긴밀한 제휴 관계는 항공 산업계에서 전례를 찾을 수 없었다. 비행기가 기대한 성능을 내지 못하면 엔진 제작자와 항공기 제작자가 서로 상대방을 비난하는 것이 항공 산업계의 풍토였기 때문이다. 이런 불미스러운 태도를 일소했기 때문에 우리는 전대미문의 속도에서 작동하는 고성능 가변 공기흡입구가 달린 최고의 엔진 시스템을 개발할 수 있었다.

빌 브라운은 또 당시 가장 크고 값비싼 컴퓨터 시스템이었던 IBM-710을 우리들이 사용할 수 있게 해가해 주었다. 그것은 당시로서는 최첨단이었는데, 오늘날에 쓰이는 휴대용 계산기 정도의 능력을 가지고 있었다. 프랫 & 휘트니의 기술자들도 우리와 마찬가지로 켈리가 "나의 미시간 컴퓨터" 라고 농담하던 장비를 사용하고 있었다. 그가 미시간 대학교 시절부터 사용한 그 낡은 계산자 말이다.

이 한 쌍의 엔진은 유례없는 엄청난 추력에도 불구하고, 마하 3으로 비행 중에 필요한 추력의 25%밖에 공급하지 못했다. 빌 브라운은 인정하기를 몹시 꺼렸지만, 대부분의 추력은 최고의 압력 회복율과 최소화된 저항을 보장하는 인렛을 통해 만들어 냈다.[05] 초음속으로 순항할 때, 우리 비행기에 달린 2개의 인

05 쇼크콘의 위치 변화에 따라 인렛 내부의 공기흐름이 변화한다. 저속에서는 엔진에 많은 공기가 공급되지만, 고속에서는 쇼크 콘에서 압축된 램 에어가 엔진을 우회하여 애프터버너에 직접 공급되어 통상적인 애프터버너보다 훨씬 큰 추력을 발휘한다. 이런 램제트 엔진과 유사한 고속 추진구조로 인해 블랙버드의 엔진은 터보 램제트로 구분되기도 한다.

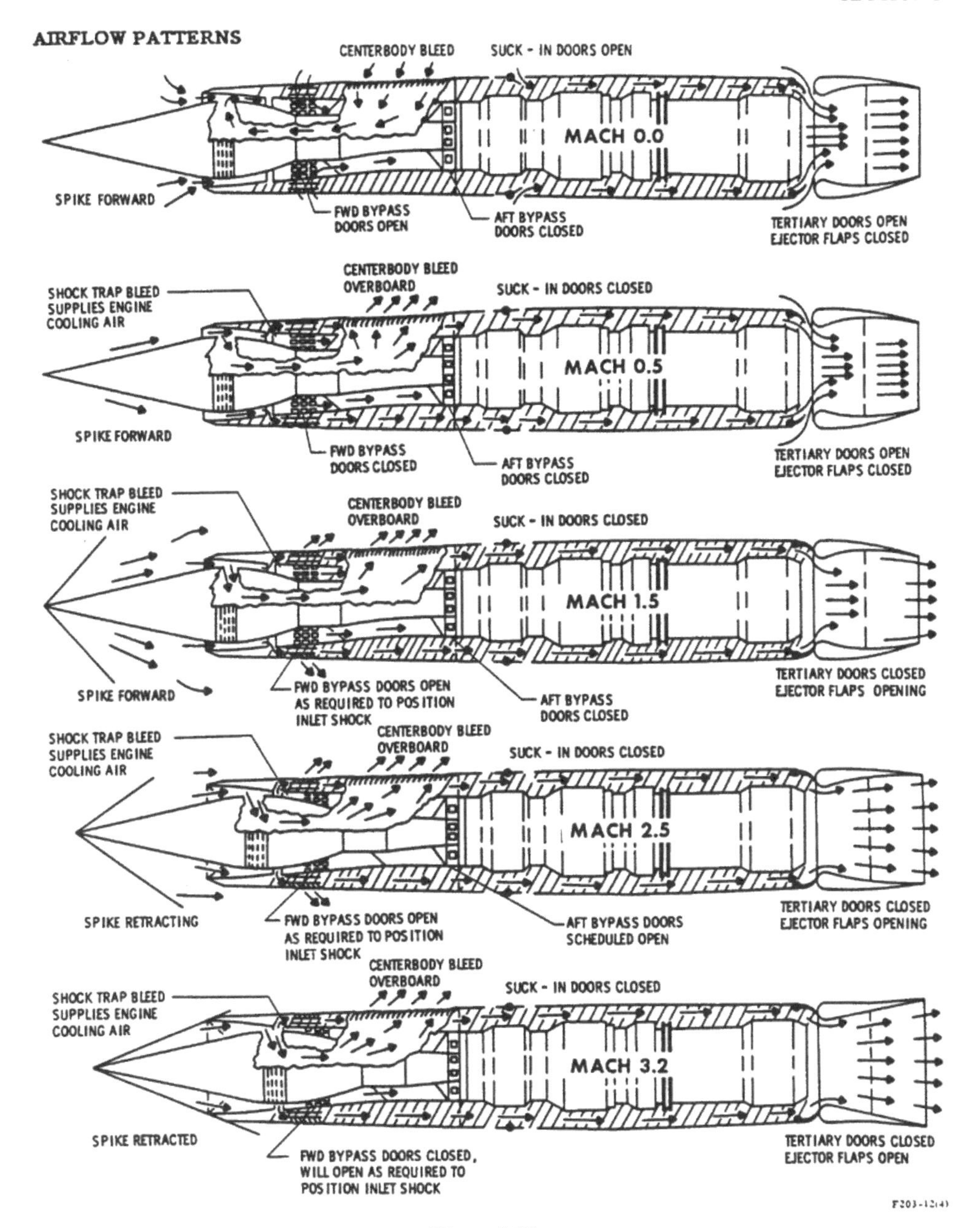

Figure 1-21

SR-71에 사용된 J56 엔진의 공기 흐름 패턴도(미국 정부의 SR-71 플라이트 매뉴얼에서 발췌)

렛 구조물은 매초 10만 입방피트(2,840 입방m)의 공기를 빨아들였다. 이것은 200만 명이 동시에 호흡하는 공기의 양에 필적한다. 케로신과 같은 탄화수소연료는 고압에서 연소되는데, 80,000피트(24,000m) 상공에서는 공기의 밀도가 해발고도의 1/16밖에 되지 않기 때문에 압축기로 압축해야 한다. 여기에 연료와 혼합해서 엔진 안에서 연소시키면 터빈을 통과하면서 급격히 팽창한 고압 가스가 생성되는데, 이 배기 가스를 다시 애프터버너에서 재연소하면 엄청난 추력을 얻을 수 있다.

대기권 내에서 에너지를 얻는 유일한 방법은 압축하거나 연소하는 것이다. 원추처럼 생긴 우리들의 특수한 가동식 콘은 이륙에서 초음속 순항에 이르기까지 모든 속도에서 흡입구로 들어가는 공기의 양을 조절해서 엔진 스로틀 같은 작용을 했다. 혁신적인 전자장치가 속도와 양각을 검출해서 콘의 위치를 조절했다. 이 콘은 이륙할 때에는 8피트(2.4m) 정도 앞으로 돌출되어 있지만, 속도가 올라갈수록 서서히 후퇴하여 최고속도에 달했을 때는 흡입구 안으로 2피트(60cm) 정도 들어갔다.

80,000피트 상공에서는 외기 온도가 마이너스 65도 정도지만, 마하 3으로 비행 중 좁은 공기흡입구를 통해서 흡입된 공기는 압축되는 과정에서 온도가 800도(섭씨 430도)까지 올라간다. 터보제트엔진에서는 40psi로 압축된 이 가열된 공기를 압축기로 다시 압축하는데, 여기서 압축공기의 온도가 1,400도(섭씨 760도)로 상승한다. 이 압축공기에 연료를 분사해서 연소시킬 때 버너의 내부온도는 2,300도(섭씨 1,260도)에 달한다. 이 고압 가스는 터빈 안에서 팽창하며 애프터버너로 가고, 여기서 추가로 분사된 연료가 연소되면서 3,400도(섭씨 1,870도)까지 상승한다. 이 온도는 화석연료에서 얻을 수 있는 이론상의 최고온도보다 겨우 300도가 낮은 것이다.

새빨갛게 달아오른 강철제 노즐에서 분출되는 화염은 다이아몬드 모양의 초음속 충격파를 만들어 낸다. 얼어붙은 대기권 상층부에서도 이 엔진이 통과한 뒤에는 1천 야드(900m) 뒤까지 화씨 200도(섭씨 93도)의 공기 덩어리가 남는다. 이 강력한 추진력으로 블랙버드는 초속 2/3마일(1km) 이라는 믿을 수 없는 속도를

NASA 소속 SR-71 #831의 사진. 특유의 쇼크 다이아몬드(Shock Diamond) 배기 화염을 볼 수 있다.(NASA. EC92-1284)

낼 수 있는 것이다.

6개월간에 걸친 풍동 시험을 한 뒤, 나는 켈리에게 만족할 만한 결과를 보고할 수 있었다. 우리가 설계한 인렛은 비행기가 발휘하는 전체 추력의 64%를 생성했다. 우리는 이 구조물을 정밀하게 제작했으며, 독특한 가동식 에어 스로틀콘을 활용해 마하 3의 속도에서 84%에 달하는 놀라운 효율을 얻을 수 있었다. 이는 당시까지 제작된 어떤 초음속 추진체계보다도 20% 이상 우수한 효율이었다. 이 인렛의 제어 체계 개발은 내가 경험한 업무 가운데 가장 어렵고 신경이 쓰이는 직업이었다. 설계에만 1년 이상 필요했다. 주 공장에서 몇 사람을 빌려오긴 했지만, 대부분의 일은 나와 몇 명 되지 않는 우리 팀이 해냈다.

실제로 블랙버드를 설계한 스컹크 웍스의 설계팀은 모두 합쳐 75명에 불과했다. 이는 정말 놀랄 만한 일이었다. 요즘 전형적인 항공 우주 프로젝트에서는 서류를 다루는 사람만 그 2배가 필요하다. 오늘날의 고속 컴퓨터가 있었다면 설계 절차가 훨씬 빠르게 진행되고 시험도 훨씬 간단했을 것이다. 그러나 스컹크 웍스는 절대로 완벽을 추구하지 않았다. 계산했던 것보다 1파운드나 1도 정도 어긋나는 것을 문제 삼지 않았다. 우리는 메르세데스(벤츠)가 표방하는 완벽성보다는 대중차인 쉐보레의 기능성과 신뢰성을 달성하려 했다. 80% 이상의 성과만 달성할 수 있으면 그것으로 충분하다. 나머지 20%를 위해서 모자라는 자원을 투입하고, 납기를 지키지 않을 이유가 없었다. 그렇게 하려면 잔업과 제작 일정

지연으로 50% 이상의 추가비용이 지출되는데, 그렇게 해 봐야 항공기의 전반적인 성능은 그리 달라지지 않는다. 돌이켜 보면, 우리는 목표의 70%를 개발 첫해가 절반 쯤 지난 시점에서 달성했지만, 목표한 달성률인 80%에 도달하기 위해 14개월을 더 소비했다.

가장 큰 난관은 초음속 충격파가 덕트 내부에 도달하는 위치를 정확히 조절하는 것이었다. 추진체계의 효율을 극대화하는 데 있어 가장 중요한 요소였다. 충격파가 도달하는 위치가 조금이라도 어긋나면 공기의 흐름을 방해해 에너지가 손실되고, 저항이 늘어나며, 최악의 경우 실속을 일으킬 수도 있다. 인렛과 콘의 형태를 결정하기 위해 우리는 북부 캘리포니아의 모펫필드에 있는 NASA 에임즈 연구소의 거대한 고속풍동을 사용하여 몇백 시간 동안 모형시험을 했다. 나는 한 번에 몇 주일씩 머물렀기 때문에 그곳은 제2의 집이나 다름없었다. 이 시설은 세계에서 가장 큰 초음속 풍동으로, 길이가 20피트(6m)에 한 변이 10피트(3m)인 정방형 모양을 하고 있었다. 동력 장치는 대양을 항해하는 여객선을 움직일 수 있을 정도로 거대한 컴프레셔였다. 3층 높이의 냉각탑에는 10,000갤런(38,000리터)의 냉각수가 있었다. 몇 시간씩 마하3의 압력을 내기 위해서는 그 도시의 전력을 엄청나게 사용해야 했기 때문에, 우리는 밤늦게 시작해서 새벽까지 일해야 했다. 풍동 시험에 드는 비용은 시간당 15,000달러나 되었다. 모형에는 모든 마하 속도와 압력에 걸쳐 측정해야 할 곳이 250,000개소나 있었기 때문에 실험 비용도 천문학적이었다.

켈리는 우리들이 사용한 1/8 스케일 축소모형도 실제 크기의 모델과 똑같이 정밀한 측정을 해야 한다고 강조하고 있었다. 우리들의 풍동 시험에 이 비행기의 운명이 걸려 있었다. 몇 명 되지 않는 우리 분석팀이 전날 밤 시험 결과를 완전히 정리하는 것은 항상 해가 뜰 무렵이었다. 오늘날의 슈퍼컴퓨터라면 그런 계산을 순식간에 해낼 수 있었을 것이다.

켈리는 중량을 줄이기 위해 필사적이었다. 그는 10파운드라도 중량을 줄이는 사람에게는 150달러를 주겠다며 현상금을 올렸다. 나는 블랙버드 타이어에 헬륨을 넣고, 비행 전에 파일럿을 관장시키자는 두 가지 제안을 했다. 켈리는 첫 번째 아이디어를 채택했지만, 헬륨은 타이어에서 새어 나가고 말았다. 관장을 하자는 아이디어에 대해서는 내가 파일럿들에게 직접 이야기해 보라고 밀어 버렸다.

이 비행기가 예정대로 비행하지 못한다는 쪽에 내기를 걸었다면 틀림없이 돈을 딸 수 있었을 것이다. 1960년 말, 예산은 30%나 초과되었다. 켈리는 블랙버드의 첫 비행이 최소한 1년은 지연되리라고 인정할 수밖에 없었다.

우리 비행기가 늦어진 최대의 원인은 내가 맡은 분야 때문이었다. 우리는 인렛의 콘 위치를 움직이는 제어 장치 제작을 프랫 & 휘트니의 연료제어시스템을 담당하는 업체인 해밀턴 스탠드에 발주했다. 그러나 그들이 개발한 공압식 구동장치는 응답속도가 충분치 않았다. 우리는 이 장치를 개발하기 위해 1,800만 달러를 투입했는데, 1년이 지나도 문제는 해결되지 않았다. 결국 나는 켈리와 협의를 했다.

"아무래도 여기서 계약을 끊어 버리고, 다른 회사를 찾아야겠습니다."

그는 욕설을 하면서 동의했다. 우리는 에어리서치라는 회사로 갔다. 그들은 1년도 지나기 전에 전기 제어 장치를 개발해서 우리를 구원했다.

한편, 프랫 & 휘트니에서도 잇달아 생기는 문제 때문에 점점 더 엔진 개발 스케줄이 지연되고 있었다. 딕 비셀과 그의 조수 존 패런고스키는 우리 사업의 비용이 늘어나고 일정이 지연되는 것을 초조하게 바라보고 있었다. 화가 난 패런고스키는 프랫 & 휘트니의 엔진을 '메이시 엔진'(macy's engine)[06]이라고 부르기 시작했다. 그는 개발책임자 빌 브라운에게 이렇게 쏘아붙였다.

"이만한 돈을 메이시에 줬으면 크리스마스에 맞춰 엔진을 주문제작해 줬을 거야!"

1960년 중반이 되자, CIA는 결국 실력행사를 하기로 결정했다. 켈리는 CIA에 불려가서, 거기서 파견된 기술자의 감독을 받으라는 지시를 받았다. 그는 화를 냈다. 그는 CIA가 자기들의 잘못만 감추려 하고 있다는 것을 알고 있었다. 그

06 미국의 유명 백화점 체인 업체.

러나 켈리가 좋아하고 신뢰했던 패런고스키가 워싱턴에서 날아와, 만약 켈리가 그 요청을 거절하면 CIA가 계약을 완전히 취소할 가능성이 높다고 경고했다. 켈리는 화를 냈다.

"싫어! 그쪽의 스파이가 내 일에 끼어드는 것을 용납할 수 없어. 비셀은 U-2 때와 마찬가지로 간섭을 하지 않고 내게 모든 일을 맡기겠다고 약속했다고!"

"켈리, 진정해. 자네 일을 방해하려는 게 아니야. 자네와 우리가 모두 믿을 수 있는 사람을 여기 파견하겠다는 것뿐이야."

그는 CIA에서 가장 유능하고 영리한 엔지니어인 노엄 넬슨(Norm nelson)[07]이 어떻겠느냐고 물었다. 켈리는 제2차 세계 대전 때부터 그를 알고 있었고, 둘은 서로 신뢰하고 존경하던 사이였다. 켈리는 불만이었지만 결국 손을 들고 말았다.

"좋아. 노엄 넬슨은 받아들이겠어. 하지만 다른 놈은 절대로 안 돼. 알았어? 그리고 넬슨에게 말해 줘. 책상과 전화를 마련해 주겠지만 의자는 없다고. 우리 공장에 들어올 수는 있지만, 그 넓적한 궁둥이로 앉아 있지는 말란 말이야."

1960년 봄에 도착한 넬슨은 켈리의 영토 안에 들어올 수 있도록 허용된 최초의 외부인이었다. 켈리는 그에게 자유롭게 돌아다닐 수 있게 하고, 실제로 그의 제안을 받아들이기까지 했다. 그는 노엄의 판단을 존중했다. 우리는 모두 그가 비셀에게 직접 보고를 하고 있다는 사실을 알고 있었다. 우리는 그를 모든 회의나 업무에 동석시키지는 않았지만, 노엄의 판단은 매우 예리했다. 1961년에 있었던 어떤 회의에서 켈리는 노엄에게 CIA가 블랙버드의 항속 거리를 연장하기 위해 주익에 장착하는 외장 연료탱크 개발 자금으로 2,000만 달러를 추가로 보내왔다고 말한 적이 있었다. 노엄은 재빨리 계산해 보더니 그 탱크를 달면 항력이 증가해 항속 거리가 8마일(13km) 밖에 늘어나지 않는다고 주장했다.

07 Norman E. Nelson. 전쟁 이전까지 장난감 업체를 운영했지만, 제2차 세계대전이 발발하자 육군항공대에 입대, 한국전쟁을 거치며 항공기술을 배웠다. 퇴역 후 독(Doak)에 입사해 수직 이착륙 기술 실증기인 VZ-4를 개발했고, 이후 CIA에 고용되는 형식으로 A-12/SR-71 개발에 참가했고, 다시 록히드로 직장을 옮겼다. 잠시 민간항공 업계로 건너갔던 노엄은 벤 리치의 스텔스 개발팀에 재합류해 프로그램 매니저가 되었으며, 이후 스컹크웍스의 총책임자까지 승진했다.

"지금 연료 탱크에 시간을 뺏겨 봐야 골칫거리만 늘 뿐이야."

켈리 존슨은 그의 말에 동의하고, 그날 오후에 2,000만 달러를 돌려보냈다.

노엄의 눈으로부터 무언가를 감추는 것은 임신한 코끼리를 깃대 꼭대기에다 감추는 것만큼이나 어려웠다. 노엄 넬슨은 우리가 동체의 조종석 목업을 만들기 시작했을 때도 비행기를 타고 날아왔다. 이 목업에는 오븐 안에서 내열 시험을 하기 위해 6,000개 이상의 부품이 장착되어 있었는데, 우리가 모형에 사용한 티타늄이 유리처럼 깨져 버렸다. 우리 작업원 한 명이 작업대에서 부품을 하나 떨구자 10여 개의 조각으로 부서진 것이다. 문제는 열처리 과정에서 품질 관리에 실패한 공급업체 측에 있었다. 이 문제로 인해 작업이 크게 지연되었지만, 우리는 납품받은 티타늄 부품의 95%를 돌려보내고 엄격한 품질 관리절차를 마련했다.

우리는 복잡한 서류절차를 혐오했지만, 이제는 관료주의적 절차에 휘말리게 되었다. 우리는 수령한 10개의 티타늄 제품마다 3개씩 뽑아서 샘플 검사를 하고, 수백만 개의 티타늄 부품에 대해서 모두 상세한 기록을 보관해야 했다. 그래도 모든 부품을 역추적해서 최초의 공정까지 알아낼 수 있었으므로, 나중에 잘못이 생기면 즉시 같은 공정의 부품 중에서 대체품을 찾아 사고를 예방할 수 있었다.

우리는 또 엄청난 고생한 끝에 티타늄이 염소, 불소, 카드뮴 같은 물질과 전혀 상성이 맞지 않는다는 사실을 알아냈다. 우리 엔지니어 한 사람이 판탈펜으로 티타늄관 위에 줄을 그었더니, 염소계 성분이 든 잉크가 마치 산처럼 티타늄을 부식시켰던 것이다. 엔진을 장착하던 우리 기계공도 볼트를 카드뮴으로 도금한 렌치로 조이려던 와중에 볼트가 급격히 뜨거워지며 머리 부분이 부러져 나가는 모습을 목격했다. 범인이 카드뮴 오염이라는 것을 알게 되기까지는 오랜 조사와 연구가 필요했다. 우리는 즉시 공구상자에서 카드뮴 도금 공구를 모두 없애 버렸다.

간단한 구멍 뚫는 작업조차 좌절의 연속이었다. 보통 알루미늄 작업을 할 때는 드릴날 하나로 100개 가량의 구멍을 뚫을 수 있었다. 그러나 티타늄은 몇 분에 한 번씩 날을 갈아야 했고, 특수한 커팅 각도에 특수한 윤활제를 사용하는 특수한 드릴을 필요로 했다. 결국 우리는 날 교환 없이 하나의 날로 120개의 구멍을 뚫을 수 있게 되었지만, 그렇게 되기까지 몇 달 동안 고통스러운 실험을 해야 했다.

블랙버드같은 규모의 비행기를 제작하려면 몇 마일쯤 압출성형 공정을 사용해야 한다. 그리고 우리는 많은 시간과 수백만 달러의 예산을 쏟아부어 최첨단 정밀 드릴, 절단기, 파워헤드, 윤활유를 개발해야 했다. 하나의 문제가 해결되면, 두세 개의 새로운 문제가 느닷없이 나타났다. 스폿 용접을 한 패널이 예닐곱 주 뒤 갑자기 떨어져 나가는 일도 있었다. 집중적인 조사 결과 그 패널은 버뱅크 수도국에서 녹조를 막기 위해 염소의 농도를 올렸던 7월과 8월 사이에 용접했다는 사실이 판명되었다. 이 패널은 산처리를 한 다음 물로 세척하고 있었다. 우리는 즉시 세척하는 물을 증류수로 교체했다. 열시험을 하는 동안 날개의 패널이 감자칩처럼 휘어버린 경우도 있었다. 우리는 몇 달 동안 연구를 한 끝에 엄청난 마찰열 때문에 팽창이 되어도 휘지 않을 주름진 패널을 사용하기로 했다. 한 번은 화가 난 켈리 존슨이 외쳤다.

“이 빌어먹을 티타늄 때문에 수명이 짧아지겠어. 부품 수명이 아니라 내 수명이 말이야!”

우리는 티타늄을 만질 기계공들을 위한 최초의 훈련 과정을 만들고, 작업을 용이하게 하기 위한 특수 공구를 개발하는 연구계획을 마련했다. 우리 회계책임자는 이 새로운 기계와 훈련으로 생산 계획에서 1,900만 달러가 절약되었다고 계산했다. 그러나 예기치 못했던 일 때문에 계속 비용이 올라갔다.

1960년 11월의 선거로 공화당이 물러가고 민주당의 존 F. 케네디가 선출된 지 며칠 후, 휴가에서 돌아온 켈리는 딕 비셀의 전보를 받았다. 블랙버드 계획을 취소하면 정부에 얼마나 부담이 생길지 묻는 전보였다. 켈리는 일기에 이렇게 썼다.

“케네디가 이 계획에 대해서 어떻게 생각하고 있는지 걱정된다. 모든 분야에

1970년대 중반, 록히드의 생산라인은 매달 한 대 꼴로 블랙버드를 생산했다. (Lockheed)

서 비용은 올라가는데, 우리 소련 친구들은 새로운 고성능 톨 킹[08] 레이더를 도입하고 있다. 이 레이더는 블랙버드의 1/3에 불과한 표적도 탐지할 수 있다고 한다. 이런 상황에서 우리는 레이더의 반사 면적을 줄이는데 큰 성과를 거뒀다. 전문가의 계산에 의하면 우리 비행기가 탐지될 확률은 1/100이라고 하는데, 사실상 추적을 당하지 않는다는 뜻이다."

화학책임자 멜 조지는 철 페라이트에 내열용 석면을 소량 첨가해서 특수한 대레이더 코팅을 개발했다. 석면의 위험성이 알려지기 훨씬 전의 일이었다. 이 도료는 비행기의 전면에 엄청난 마찰로 생기는 열도 견딜 수 있었다. 이 코팅은 비행기 재료의 18%를 차지하고 있었는데, 레이더 반사 면적을 줄이는 데 상당한 효과가 있었다. 사실상 블랙버드는 최초의 스텔스 항공기였고, 이 기체의 레이더 반사 면적은 25년 후에 등장한 B-1B보다 훨씬 더 작았다.

08 Tall King, P-14/5N84A 레이더. SA-5 지대공 미사일 시스템의 추적 레이더

시간과 돈을 절약하는 동시에 품질을 높은 수준으로 유지하기 위해 우리는 단조나 가공 공정을 우리 공장 내에서 직접 진행했다. 이 작업은 꾸준히 개선되어서 부품의 정밀도가 우리 납품 업자들에 필적하는 수준까지 좋아졌다. 우리는 티타늄을 부식시키지 않는 특수한 절삭액까지 개발했다. 용접할 때 산화 현상을 방지하기 위해 불활성 질소를 채운 방안에서 용접하기도 했다. 티타늄은 산화하면 잘 깨졌다.

우리는 총 2,400명의 훈련된 기계공과 작업원을 이 계획에 투입했다. 이들은 모두 특별한 훈련과 감독을 받았다. 1960년대 중반, 가장 생산량이 많았던 시기에는 8,000명이 일을 하고 있었고, 한 달에 한 대 꼴로 블랙버드를 납품했다.

우리가 1호기를 생산하려던 도중에, 노동조합이 켈리에게 연공서열을 무시하고 우수한 작업원을 선발하고 있다고 항의를 한 적이 있었다. 그러자 켈리는 보안 담당관의 허가를 얻어 노조지도자들을 공장에 안내해서 비행기를 보여주었다. 그는 말했다.

“여러분, 이 비행기는 우리나라의 국가안보에 대단히 중요합니다. 대통령도 이 비행기에 기대를 걸고 있습니다. 제발 저를 방해하지 마십시오.”

그들은 조용히 물러갔다. 보안과 그 밖의 이유로 우리 비행기는 공장 단지의 여러 건물에서 분할 조립했다. 많은 시간을 절약할 수 있었던 특이한 공정으로, 동체를 세로로 갈라 좌우를 따로 제작하기도 했다. 이렇게 좌우로 나눠 조립하면 작업원이 작업구역에 접근하기 쉬웠다. 이 작업을 마치고 두 부분을 붙여 리벳을 조이면 비행기가 완성되는 것이다. 이는 항공기 제조 분야에서 최초의 시도였다.

증언 : 케이트 베스웍

니는 1958년 10월, 에드워드 공군기지에서 U-2의 시험 비행 업무를 시작으로 스컹크 웍스에서 일했다. 1960년대에는 블랙버드의 시험 비행 책임자가 되었다. 우리는 아주 어려운 상황에서 일을 했고, 하루에 10여 번이나 임시변통을 해야 할 때도 있었다.

우리는 일찍이 없었던 고약한 시험도 진행해야 했다. 한번은 벤 리치와 그의 일당이 조종석의 에어컨 시스템을 시험한다며 우리 테스트 파일럿을 황소도 미디움 레어로 구워낼 수 있을 정도로 큰 화로 속에 집어넣고, 그 냉각장치가 실제로 작동하는지 알아보려고 했다. 파일럿이 들어 있는 원통은 벤의 에어컨디셔너 시스템 덕에 75도(섭씨 24도) 정도를 유지했지만, 그 원통의 외피는 600도(섭씨 316도)까지 가열되었다. 나는 벤에게 그 장치가 고장나면 어떻게 하느냐고 물었다. 그는 웃으면서 대답했다.

"바로 도망가야지."

우리는 블랙버드의 연료탱크에 설계규격 한계의 1.5배나 되는 압력을 가하는 시험을 한 적이 있었다. 우리는 주위에 사람이 별로 없는 한밤중에 82동 건물 안에서 이 시험을 했다. 그렇게 커다란 티타늄 기체에 압력을 가하다가, 실수로 폭발이라도 일어나면, 엄청난 에너지가 터져 나오기 때문이다. 그러면 버뱅크 시내의 유리창들도 전부 깨져 버릴 것이다. 우리는 충격을 완화하기 위해 동체 안에 수백만 개의 탁구공을 채워 넣고, 두꺼운 유리창이 달린 두꺼운 강철 차폐판 뒤에 숨어서 고압공기가 탱크 안으로 들어가는 광경을 지켜보았다. 우리는 수은주로 12인치(30cm)까지 압력을 올릴 예정이었는데, 10인치 (25cm)까지 올라갔을 무렵 쾅 하는 소리가 났다. 뒷부분의 드래그슈트 격납실이 폭발한 것이다. 구조담당기사 헨리 콤은 부서진 곳을 확인한 다음, 설계실로 돌아가 문제를 수정했다. 며칠 후, 우리는 다시 82동 건물의 차폐판 뒤로 돌아갔다. 이번에는 10.5인치까지 올라갔을 무렵, 커다란 소리와 함께 드래그슈트의 앞쪽 방호판이 부서졌다. 헨리는 기록을 한 다음 설계실로 돌아갔다. 사흘 후, 우리들은 다시 차폐판 뒤에서 실험을 계속했다. 펌프가 돌아가자 기압이 올라가면서 기체 여기저기에서 이상한 소리가 들리기 시작했다. 압력이 올라감에 따라 차폐판 뒤에 숨어 있던 우리들의 긴장도 고조되었다. 수은주가 11.5인치까지 올라가자 비행기는 우지직하는 소리를 내기 시작했다. 헨리는 소리를 질렀다.

"오케이! 스톱! 그만하면 됐어!"

1962년 1월, 우리는 블랙버드를 시험장으로 가져갈 수 있게 되었다. 비행기는 큰 덩어리로 해체해서 폭 35피트(10.7m), 길이 105피트(32m)의 광폭트레일러에 싣고 엄중한 경계 하에 운반하기로 했다. 당시 비행 시험장의 책임자였던 도시 캐머러는 픽업트럭 위에 대나무 장대 2개를 꽂아놓고 비행기를 수송할 코스를 사전에 점검해 보자는 아이디어를 냈다. 장대 하나는 통과해야 할 고속도로나 지하도의 폭에 맞추고, 다른 하나는 운반할 화물의 높이에 맞췄다. 이들은 전 코스를 달리면서, 대나무 장대가 걸리는 교통표지나 속도표지가 있으면 정지해서 쇠톱으로 잘라냈다. 그리고 나서 그들은 브레이스와 볼트로 그 표지판을 제자리에 세워 놓은 다음 마크를 해 놓았다.

이동하는 날, 우리는 포장된 비행기를 트럭으로 운반했다. 앞에 선 콘보이 차량은 마크가 된 표지판이 있으면, 볼트를 풀고 내려서 트럭이 통과할 수 있게 했다. 트럭이 지나가면 그 뒤를 따라가는 콘보이 차량이 표지판을 원상복구하고, 수송단은 전진했다. 이런 식으로, 최대한 효율적인 방법을 사용했음에도 예상 밖의 사고는 피할 수 없었다.

수송단이 경로를 반쯤 지나갈 때였다. 그레이하운드 버스가 우리 차를 너무 가까이 붙어 추월하다가 접촉사고를 내고 말았다. 보안 담당자는 버스운전기사와 한동안 논쟁을 벌이더니, 그 자리에서 현금으로 3,500달러를 지불했다. 미국 최고의 극비수송대에 관련된 보험청구나 사고보고서가 공식으로 제출되는 상황을 막기 위해서였다.

우리는 비행기가 시험장에 도착하고 겨우 13일 후에 시험 비행을 하도록 예정되어 있었다. 그러나 J58 엔진이 그 때까지 준비되지 않았다. 하지만 켈리는 기다릴 수 없었다. 그는 스컹크 웍스식으로 비행기의 엔진마운트를 개조하여 그보다 출력이 약한 J75 엔진을 사용해 비행하기로 했다. 케로신이 주성분인 항공유 JP7은 발화점이 아주 높았기 때문에 시동을 할 때는 테트라에틸 수산화보론이라는 첨가물을 분사해서 점화를 해야 했다. 처음 엔진을 시험하려고 했을 때 아무 일도 일어나지 않았다. 엔진이 꼼짝도 하지 않았던 것이다. 그래서 우리는 뷰익 와일드캣 레이스카에서 사용하는 500마력급 V8 425cu in(6980cc) 엔진 2개를 연결하여 거대한 스타터 샤프트를 돌렸다. 격납고에서는 자동차 경주장처럼 요란한 소리가 났다.

거대한 엔진의 시동을 거는 일은 쉽지 않았다 고온에서 성능을 발휘하도록 만든 엔진오일은 86도 이하에서는 사실상 고체나 다름없었다. 비행을 할 때마다 엔진오일을 가열해야 했는데, 10도를 올리는데 거의 1시간이 걸렸다. 그러나 이 엔진에 시동이 걸려 우렁찬 소리를 내기 시작하면 정말 장관이었다.

블랙버드는 이륙하는데 20초가 걸렸는데, 그동안 이 비행기는 시속 200마일(320km)의 속도를 냈다. 활주로 위에 있는 블랙버드를 볼 때마다 나는 전율을 느꼈다. 그것은 내가 이전에 보지 못했던, 우아하고, 힘이 있으며, 이름다운 비행기였다.

4월 25일에 있었던 고속활주시험 때 나는 관제탑 위에 올라가 있었다. 우리 테스트 파일럿 루 셔크는 활주로로 비행기를 가지고 간 다음, 엔진을 약간 더 회전시켜 비행기가 몇 초 동안 공중에 떠오르도록 했다. 비행기가 앞뒤로 흔들리는 것이 보였다. 나는 루가 공중에서 선회를 한 다음 내려오는 줄 알았다.

그러나 그는 그대로 하강하다 호수 바닥에 큰 소리를 내며 추락했고, 먼지가 솟아올랐다. 순간 내 심장은 멎는 줄 알았다. 추락을 했는지 아닌지도 알 수 없었다. 먼지 속에서 비행기의 기수가 보일 때까지는 마치 영원한 시간처럼 느껴졌다. 무전기로 켈리의 화가 난 목소리가 들렸다.

"루, 도대체 뭘 하는 거야?"

10. 궤도에 오르다

블랙버드는 야생마 같은 비행기였다. 제조, 비행, 판매 등 모든 것이 위협적이고 어려웠다. 이 비행기는 너무나 혁신적이고 경이로웠기 때문에 사람들은 지레 겁을 먹고 접근하려 하지 않았다. 허가를 받아서 이 비행기를 보거나 타고 하늘을 날 수 있었던 사람은 세계가 요란한 소리를 내며 떨어져 나가는 것 같은 광경을 흥분과 공포 속에서 실감할 수 있었다.

당시 CIA국장이었던 리처드 헬름스[01]는 1960년대에 우리 비밀 기지에서 밤중에 이륙하는 블랙버드를 보고 마치 토네이도가 다가오는 것 같았다고 회상했다. 땅이 진도 8의 지진처럼 흔들렸고, 엔진이 쏟아내는 다이아몬드 모양의 충격파에 눈이 멀 것 같았다는 것이다. 헬름스는 이렇게 말했다.

"엄청난 충격을 받았습니다. 내가 블랙버드라는 이름을 지어 주었는데, 이제는 지옥의 해머(Hammers of Hell)라고 불러야겠습니다."

1962년 4월, 첫 비행 후 몇 달 뒤, 테스트 파일럿 빌 파크는 내 사무실로 오더니 플라스틱 비행 헬멧을 내 무릎 위에 내던졌다.

"제기랄, 벤. 그걸 좀 보라고."

그는 헬멧 꼭대기에 움푹 들어간 부분을 가리켰다. 빌의 이야기에 의하면 어느 맑은 날 아침 뉴멕시코 상공을 마하 2.7로 비행하는데, 갑자기 귀를 찢는 듯한 커다란 소리가 나며 안전벨트에 묶인 몸이 앞쪽으로 튕겨 나가서 머리가 조

01 Richard Helms. 1962년부터 1973년 2월까지 CIA의 부국장과 국장으로 재임했다. 기획부국장(Deputy Director for Plans) 시절부터 리처드 비셀과 함께 스컹크웍스를 지지하는 CIA 내 인사로 꼽혔다.

종석 앞창에 부딪치고 거의 의식을 잃을 뻔했다는 것이다.

"L.A. 램즈[02] 선수들에게 태클이라도 당한 것 같았단 말이야."

원인은 '언스타트'(Unstart)라는 현상이었다. 이 현상은 피치나 요 같은 요동으로 기체의 진행 각도가 변하며 한쪽 엔진의 공기 유입에 방해를 받을 때 수천 분의 1초만에 효율이 80%에서 20%로 떨어지면서 발생한다. 흡입구 안의 가동형 콘이 이 문제를 10초 정도면 바로잡을 수 있지만, 그동안 파일럿은 조종석 안에서 이리저리 밀려다니며 타박상을 입게 된다. 빌 피크와 루 셔크뿐만 아니라 다른 파일럿도 이런 무서운 '언스타트' 현상을 10분 동안에 20번이나 경험한 일이 있었다.

특히 문제가 된 것은 어느 쪽 엔진에 문제가 생겼는지 알 수 없어서 파일럿이 재점화를 위해 정상 작동중인 다른 엔진까지 끄는 과정에서 추력을 전부 상실하는 상황이었다. 이런 상황이 실제로 웨스트버지니아 상공을 비행 중이던 블랙버드에서 발생했다. 파일럿은 비행기가 땅으로 곤두박질치고 있는 가운데 두 엔진을 다시 점화하려고 애를 썼다. 결국 그는 3,000피트(9,000m)에서 겨우 엔진을 다시 점화할 수 있었지만, 엄청난 초음속 충격파로 수 마일에 걸쳐 유리창이 깨졌고, 공장의 높은 굴뚝이 하나 무너져 직원 두 명이 깔려 죽었다.

"고쳐! 고치라고!" 파일럿들은 이 문제를 고치라고 아우성이었다. 하지만 말처럼 쉬운 일은 아니었다. 최선을 다했지만, 언스타트 문제는 근본적으로 해결되지 않았다. 내가 할 수 있었던 것은 그저 전자 제어 장치를 개발해서 한쪽 엔진에 언스타트가 발생했을 때 다른 엔진의 출력을 줄인 다음 두 엔진을 자동으로 재점화하는 것뿐이었다. 이전까지는 언스타트가 발생하면 커다란 폭음과 함께 강력한 진동이 발생해서 파일럿을 심장마비 직전까지 몰아붙였지만, 이 개량 이후 그런 일까지는 발생하지 않게 되었다. 새로운 제어 장치가 작동한 뒤로는 파일럿들이 언스타트 현상이 발생해도 눈치채지 못했다.

하지만 이 문제를 해결하기까지 나는 무척 시달렸다. 빌 파크는 내게 비행기

02 LA Rams. 로스엔젤레스를 연고지로 하는 NFL 소속 미식축구팀

를 타고 직접 자기와 다른 파일럿들이 겪었던 일을 경험해 봐야 한다고 고집했다. 켈리는 차가운 눈을 악마처럼 빛내더니 즉시 동의했다.

"제기랄, 리치. 옷을 입고 가서 우리 파일럿들의 빌어먹을 모가지가 다 부러지기 전에 그 빌어먹을 문제를 고쳐!" 그는 소리를 질렀다.

나는 정신없이 비행기를 타겠다고 대답했다. 나는 비행 전 브리핑의 일부로 탈출시의 상황을 시뮬레이션하는 고압실까지 갔다. 90,000피트 상공을 비행하려면, 조종석의 압력이 떨어지거나 긴급 탈출할 때를 대비해서 여압복을 입고 고압실에서 점검을 받아야 했다. 물론 나는 비행 중에 이미 인사불성일게 뻔하니, 그런 참사를 만날 확률은 거의 없었을 것이다. 그럼에도 불구하고 나는 무거운 헬멧을 쓰고 여압복을 입어야 했다.

가압실의 문이 꽝 소리를 내며 닫히자마자 나는 폐소공포증에 휩싸였다. 나는 마라톤 선수처럼 산소를 마시면서 비명을 질렀다.

"날 내보내 줘!"

나를 비겁자라고 불러도 좋다. 희망이 없다고 해도 좋다. 택시라고 불러도 좋다. 나는 도망쳐 나왔다.

증언: 노엄 넬슨

나는 정부 소속으로 유일하게 스컹크 웍스에서 일한 CIA직원이었다. 켈리는 내게 전권을 주었다. 켈리는 스컹크 웍스를 마치 자신의 비행기공장처럼 운영했다. 그는 누구의 지시도 받지 않고 자기 마음대로 했다. 아무도 이 피라미드를 무너뜨릴 수 없었다. 그는 세계 최고의 기술조직을 만들었다. 그는 엔지니어가 조립장에서 50피트(15m) 이상 떨어질 수 없도록 규칙을 제정했다. 하지만 그 덕분에 블랙버드는 2개의 거대한 엔진에서 나오는 64,000파운드(28,800kg)의 추력으로 날아오를 수 있었다.

우리는 그것이 세계 최고의 비행기이며, 세계 최고의 카메라를 탑재한 기체임을 알고 있었다. 그 카메라는 90,000피트(27,000m)상공에서 주차장의 주차선까지 볼 수 있었다. 그 엄청난 해상력이라니! 메인 카메라는 높이가 5피트(1.5m)나

되었다. 스트립 카메라는 연속, 프레이밍 카메라는 한 번에 한 장씩 사진을 찍었다. 이 카메라는 모두 마하 3으로 비행하면서도 완벽한 사진을 찍었다. 믿을 수 없는 기술적인 성공이었다. 카메라의 창은 2중 석영유리로 되어 있는데, 개발 과정의 최대 난관 중 하나였다. 반사 문제나 열 문제, 그리고 그 밖의 모든 문제를 해결해야 했기 때문이다.

엄청난 속도와 초음속 충격파 때문에 우리는 미국 내에서도 훈련 비행을 할 수 있는 곳이 극히 제한되어 있었다. 우리는 인구밀도가 낮은 지역 상공을 비행해야 했다. 존슨 대통령이 1964년 가을에 이 비행기의 정체를 발표한 뒤, 켈리는 지역 사회로부터 블랙버드가 유리창을 깨뜨렸다는 불평이나 소송 위협을 받게 되었다. 우리는 몇 차례 가짜 비행 계획을 발표하고 엉터리 불평 신고가 쏟아져 들어오기를 기다렸던 적도 있었다. 그러나 진짜 신고도 있었다. 우리 파일럿 한 명이 장난으로 산타바바라에 있는 켈리의 목장 상공에서 초음속 소닉붐을 터트린 것이다. 이 장난은 켈리의 별장 조경창을 깨트렸기 때문에 역효과를 냈다. 어느 파일럿은 유타주 상공에서 엔진이 꺼졌다. 블랙버드의 활공 능력은 맨홀 뚜껑 수준이었으므로, 솔트레이크 위로 곤두박질치다 모르몬 교회 바로 위에서 겨우 애프터버너를 가동시켜 가까스로 살아났다. 우리는 엄청난 보상을 할 수밖에 없었다.

우리는 비행 경로에 대해서 FAA의 허가를 받아야 했다. 그렇지 않으면 레이더 스크린에 뜬 블랙버드가 마하 3으로 비행하는 UFO로 오인될 수 있었기 때문이다. 기침을 한 번 하는 동안 축구장 10개의 거리를 날아가는 이 비행기는 제방, 교량, 인디언 보호구역, 또는 대도시 상공 비행을 금지당했다.

특수한 연료를 운반하는 KC-135 급유기 파일럿도 보안 허가를 받은 뒤에 훈련을 시켜야 했다. 공중급유는 아주 까다로웠다. 급유기는 최대속도로 비행을 해야 하는데, 반대로 블랙버드는 연료를 채우는 동안 스로틀을 바짝 당겨 거의 실속 직전까지 속도를 줄여야 했기 때문이다. 통상적인 3~5시간의 훈련비행을 하면 파일럿은 당일 비행 계획에 따라 두 번, 세 번 일출을 보곤 했다.

또 하나 불가사의한 현상은 비행 후 조종석 앞창에 담배꽁초 탄 자리 같은 검은 점이 많이 생긴다는 것이었다. 우리는 왜 그런 것이 생기는지 알 수 없었다. 우리는 그 검은 점을 분석한 결과 유기물이라는 것을 확인했다. 성층권까지 빨려 올라간 곤충이 먼지나 파편과 함께 75,000피트(22,900m) 상공의 제트기류를 타고 지구 주위를 돌고 있었던 것이다. 그 곤충은 도대체 어떻게 그곳까지 올라갔을까? 우리는 소련과 중국에서 원자폭탄 기폭 시험을 했을 때 함께 빨려 올라간 것이라고 결론을 내렸다.

이 비행기를 다루는 사람들은 모두 자신의 능력을 최대한으로 발휘해야 했다. 조종석에 앉은 파일럿은 그전까지 타던 것보다 2.5배나 빠른 비행기를 조종하게 된다는 점 때문에 엄청난 자신감을 지녔다. 켈리는 블랙버드의 기술을 공군에 전파하고, 그들이 이 비행기에 관심을 가지도록 하기 위해 노력했다. 그러나 나는 그럴 기회를 별로 줄 수 없었다. 너무나 혁신적인 비행기여서 블랙버드 비행대나 비행단을 지휘할 수 있는 지휘관이 거의 없다고 생각했기 때문이다. 21세기의 비행기가 1960년대 초에 등장한 것이다. 국방부의 누구도 이 비행기를 어떻게 해야 할지 모르고 있었다. 이 때문에 켈리는 이 비행기를 파는 데 애를 먹었다.

켈리는 세일즈맨이었다. 그는 워싱턴으로 가서 국방부와 의회의 고위관계자를 상대로 설득했다. 그는 CIA의 정보를 가지고 있었기 때문에 국방부의 고위 지도자들이 무엇을 가장 걱정하고 있는지 알고 있었다. 케네디 행정부 초기에는 많은 행정관들이 붉은 광장발 폭풍경보에 위장약을 복용하고 있었다. 소련인들은 우리의 젊은 신임 대통령을 가혹하게 시험해 보려는 것 같았다. 그 호전성은 무시무시한 기세로 진행되는 무기 개발 사업들로 입증되었다.

CIA는 1961년 봄, 시베리아에서 소련의 미사일 실험으로 여겨지는 텔레메트리 데이터를 입수했다. 그들은 이 데이터를 스컹크 웍스로 보내 분석을 의뢰했다. 우리 텔레메트리 전문가는 등골이 서늘한 결과를 확인했다. 미사일 시험이 아니라, 그간 오랫동안 소문으로 나돌던, 초음속 폭격기 백파이어(Backfire)[03]

03 당시 확인된 폭격기는 소련 최초의 양산형 초음속 중거리 폭격기 Tu-22(NATO 식별명 블라인더)다. 하지만 개발 단계부터 이착륙거리와 항속 거리 문제를 지적받아 일단 완성한 후 즉시 개량형 Tu-22M(NATO 식별명 백파이어)를 개발했다. 냉전 중기까지는 정확한 정보의 부족으로 두 폭격기가 명확히 구분되지 않거나, 단순히 백파이어로 불렸다.

의 시제기였던 것이다. 우리는 이 신형 폭격기가 음속의 2배로 고도 60,000피트(18,300m)를 날 수 있으며, 항속 거리는 3,000마일(4,800km)이상일 것이라고 추측했다.[04] 이 추측이 사실이라면 당시의 군사적 균형에 큰 변화가 생길 수도 있었다. 소련은 미국에 침투해서 공격할 수 있는 폭격기를 만들었지만, 콜로라도 스프링스의 방공사령부에 있는 장군들은 하늘을 쳐다보며 주먹이나 휘둘러야 하는 신세가 된 것이다. 우리는 그 비행기를 요격할 비행기나 격추할 미사일을 가지고 있지 않았다.

그러나 82동 건물의 조립장에는 마하 3의 블랙버드가 있었다. CIA 정찰기로 제작되고 있는 이 비행기를 고성능 요격기로 개조하면 소련의 폭격기가 미국 내의 목표에 도달하기 훨씬 전에 저지할 수 있었다. 미국의 조기경보 레이더망이 북미로 향해 날아오고 있는 소련의 폭격기 편대를 탐지하면, 블랙버드가 그들이 미국의 도시를 향해서 핵미사일을 발사하기 전에 북극권 상공에서 요격해 버리는 것이다. 우리 조기경보 레이더는 5,000마일(8,000km) 밖에 있는 야구공 크기의 물체를 추적할 수 있을 만큼 강력했다.

케네디 행정부 초기 켈리 존슨이 펜타곤을 설득한 무기가 바로 이것이었다. 블랙버드는 전투기사령부의 지휘관들이 바라고 있던 바로 그런 비행기였지만, 불행하게도 우리 비행기는 극비였기 때문에 그 존재를 알고 있던 공군 지휘관들은 얼마 되지 않았다. 켈리는 이 극비의 비행기에 대한 정보에 접근할 수 있는 극히 제한된 사람에게만 설명할 수 있었다. 이 보안의 벽은 너무나 높았기 때문에 켈리는 마치 독백을 하는 것 같았다.

우리 비행기를 알고 있던 얼마 안 되는 공군 고위층도 블랙버드의 가격이 대당 2,300만 달러나 된다는 점에 복잡한 반응을 보였다. 기술은 바겐세일을 할 수 없는 법인데, 그들은 재래식 전투기나 폭격기 대편대를 지휘해서 위세를 과시하고 싶어 했다. 그런 면에서 블랙버드는 도입하더라도 정체를 극비로 관리해야 하는 것은 물론, 소수만 장비할 수 있으므로 주목을 받기도 어려웠다.

04 실제 Tu-22의 최대속도는 고도 43000ft에서 마하 1.5, 아음속 항속 거리는 4400km 가량이었다. 개량형인 Tu-22M은 동일한 고도에서 최대속도 마하 2, 아음속 항속 거리 6800km로 성능이 향상되었다.

군대에서는 수가 중요한 법이다. 승진하기 전에 사령부나 국방부에서 3~5년간 사무직으로 근무하게 된 대다수 공군 장교들은 블랙버드처럼 혁명적인 기체를 전투기나 폭격기로 사용하는 문제에 대한 결정을 후임들에게 떠넘기고 싶어 했다. 그들은 가능한 많은 권한을 가능한 신속하게 휘둘러서 고과를 올리고 포상을 받고 진급해 지휘체계의 사다리를 올라가기를 원했다. 켈리 존슨의 기술 승리는 듣기에는 재미있지만, 첫 별을 얻으려는 야망에 불타오르는 대령들에게는 별 도움이 되지 않았던 것이다.

켈리는 자신이 직면한 문제를 잘 알고 있었지만, 추가적인 장비를 더해서 공군의 고객들이 거절할 수 없도록 하는 방법으로 상황을 뒤집어 보기로 했다. 예를 들자면, 그는 나를 책임자로 임명해 블랙버드를 ICBM(대륙간 탄도미사일)의 플랫폼으로 활용하는 방안에 대한 타당성 연구를 지시했다. 미사일을 60,000피트 상공에서 발사하면 지상에서 발사하는 경우에 비해 엄청난 양의 연료를 절약할 수 있다. 따라서 같은 미사일을 쏜다면 사거리도 6,000~8,000마일(9,600~12,800km)까지 늘어나는 것이다. 우리는 폭발물이 없는 운동에너지 폭탄의 개발도 생각해 보았다. 마하 3으로 고도 85,000피트를 비행하면서 2,000파운드(900kg)짜리 관통자를 투하하는 것이다. 이 쇳덩어리는 혜성이 떨어지는 것처럼 100만 풋파운드(135만 5천 줄)의 에너지로 표적에 깊이 130피트(40m)의 구멍을 뚫어 버릴 수 있었다. 공군은 흥미를 표했지만, 정밀 폭격을 하는 데 필요한 유도 장치가 없었기 때문에 그런 시스템을 개발하자는 우리 제의를 거절했다. 신임 국방장관 로버트 맥나마라는 이 폭탄이 지나치게 미래적이라고 생각했다. 그에게는 당장 해결해야 할 일이 너무 많았다.

소련의 군사 작전은 이전보다 훨씬 강화되었다. 핵폭탄을 투하할 수 있는 Tu-95 베어 폭격기의 대륙간 장거리 비행 횟수가 점점 더 증가했다. 이 비행기는 소련 남부의 기지에서 쿠바의 아바나까지 논스톱 비행을 했다. 베어는 우리의 B-52에 해당했다. 이 비행 코스는 6,000마일(9,600km) 정도였는데, 도중에 두 번쯤 공중급유를 했을 것이다. 소련은 단순한 장거리 비행훈련에 지나지 않는다고 주장했다. 그러나 소련의 베어가 아바나까지 비행할 수 있다는 것은 훨씬 가까운 뉴욕이나 워싱턴, 또는 시카고까지 날 수 있다는 무서운 사실을 암시했다. 그 비행은 맥나마라 장관의 사무실 창문에 벽돌을 던진 것이나 다름없었다.

더 걱정스러운 것은, 폴라리스[05]를 닮은 핵미사일을 탑재하고, 미국의 주요 해안도시 인근에서 대담하게 작전을 수행하던 소련의 잠수함이었다. 그들의 주요 목표는 전략공군기지로 추정되고 있었다. 이 위협으로 인해 전략공군의 기지들을 네브라스카나 몬테나 같은 중앙 대평원에 분산시켜야 했고, 미시시피 방면에는 아예 배치하지 않았다. 이런 재배치를 통해 전략공군사령부는 적의 미사일을 맞기 전에 B-52를 이륙시킬 몇 분의 시간을 벌 수 있었다. 그래서 소련의 잠수함이 우리 해안 밖에서 발견될 때마다 모든 미군기지의 폭격기는 경계태세에 들어갔다.

켈리가 맥나마라를 처음 만났을 때, 그는 거만하고 차가운 인물이라는 인상을 받았다. 그는 며칠 후 간부회의에서 말했다

"그 녀석은 자기가 생각해 내지 않은 프로젝트는 전혀 거들떠보지 않는 사람인 것 같더군. 아이젠하워 시대에 시작된 사업은 모두 폐기하려고 할 옹졸한 놈이야. 다른 사람이 두뇌를 가지고 있다는 사실을 믿지 않고, 나 같은 항공 우주업계의 고참에게도 보스 행세를 하려는 것 같았어."

작업이 지연되고, 값비싼 자재와 기술적인 문제로 원래 예산이 거의 2배나 불어 1억 6,100만 달러로 늘어났지만, CIA의 계약은 변동이 없었다. CIA는 이 비용 증가를 보상하기 위해서 구입 규모를 원래의 12대에서 10대로 줄였다. 예산을 마구 잘라냈기 때문에 국방부 한구석에서 '맥 더 나이프'라는 별명으로 불리던 맥나마라가 블랙버드 기반의 초음속 폭격기에 돈을 더 투자하리라고는 생각할 수 없었다.

공군은 이미 노스아메리칸 B-70 개발에 수백만 달러를 투자중이었다. 이 거대한 삼각형 괴물은 마하 2의 속도를 낼 수 있었다. 이 폭격기는 케네디 행정부의 우락부락한 공군참모총장, 커티스 르메이 장군이 선호한 사업이었다. 민간

05 UGM-27 폴라리스. 미국 최초의 잠수함 발사 탄도미사일.

노스아메리칸 XB-70 발키리(NARA)

인 관료도 군 장성도 그에게는 감히 정면으로 대들지 않았기 때문에 르메이는 자기 마음대로 사업을 추진할 수 있었다. 그러나 켈리는 얼마 안 되는 예외였다. 그는 B-70계획을 보자 르메이에게 이 비행기는 제도판을 떠나기도 전에 고물이 될 것이라고 단언했다. 르메이는 화를 냈지만, 공군 장성들은 개인적으로 켈리의 의견에 동조했다. B-70은 엔진이 6개, 블랙버드는 2개였지만 블랙버드가 B-70보다 거의 두 배나 빨랐다. 그러나 르메이는 켈리에게 폭격기에 대해서 아무것도 모를 테니 정찰기나 만들고, 자기 일이나 하라고 말했다. 그러자 딕 비셀이 개입했다. 비셀은 케네디 대통령에게 CIA의 블랙버드 사업을 설명하고, 정찰기가 1년 안에 작전 투입이 가능하다고 말했다. 이 신임 대통령은 이 비행기가 얼마나 높이, 그리고 얼마나 빠르게 나는지 알게 되자 경악했다. 그는 비셀에게 물었다.

"켈리 존슨이 이 정찰기를 장거리 폭격기로 전환할 수 있을까?"

비셀은 켈리가 바로 그 계획을 추진하고 있다고 대답했다.

"그러면 왜 B-70 계획을 추진하고 있는 건가?" 케네디는 물었다.

비셀은 어깨를 움츠렸다.

"각하, 그건 르메이 장군에게 물어보시는 게 좋을 것 같습니다."

대통령은 조용히 고개를 끄덕였다. 그러나 켈리는 비셀의 경솔한 행동 때문에 당황할 수밖에 없었다. 그는 일기에 이렇게 썼다.

"비셀이 대통령과 블랙버드의 폭격기형에 대해서 나눈 이야기를 알려주었다. 그건 실수였다. 대통령은 공군이 그런 계획을 보기도 전에 우리에게 제안을 하도록 요청했다. 나는 워싱턴으로 달려가서 가능한 한 빨리 공군에 있는 친구에게 설명하고, 토머스 화이트(Thomas White) *장군에게 그 제안을 보여줘야겠다고 생각했다. 버나드 슈리버*(Bernard Shriever) *중장도 그 곳에 있었는데, 모두 화를 내고 있었다. 르메이 장군과 마찬가지로, 우리 비행기 때문에 B-70을 잃게 되었다고 생각했던 것이다. 하지만 그들은 최소한 내가 한 일은 아니라는 점은 이해하고 있었다. 그들은 딕 비셀이 대통령에 접근하는 것을 막을 수 없었다."*

하지만 비셀의 운명이 얼마 남지 않았다는 것을 누가 예상할 수 있었을까? 1961년 4월이 되자, 그의 찬란한 경력은 피그만 침공의 참패로 산산조각이 났다. 비셀은 CIA가 플로리다의 비밀 캠프에서 훈련시킨 쿠바 망명자를 동원하여 감행한 침공 작전의 감독이었다. 이 작전은 처음부터 끝까지 어설프게 진행되었다. 우리는 모두 비셀이 그의 보스 앨런 덜레스와 함께 목이 잘리게 된 것을 아쉬워했다.

비셀은 스컹크 웍스의 대부였다. 그는 U-2계획을 출범시켰고, 우리가 일할 수 있도록 도와 주었다. 그러나 그는 조용히 물러났다. 1962년 4월, 켈리는 이미 현직에서 물러난 그를 비밀 기지로 초청해 블랙버드의 첫 비행을 참관하도록 했다. 두 사람은 모두 티타늄처럼 강인한 사람들이었지만, 우리 테스트 파일럿 루 셔크가 두 개의 거대한 엔진을 가동해 구름 한 점 없는 아침 하늘로 솟아오르는 모습을 감개무량한 표정으로 바라보았다. 이 비행기를 만들기 위해서 겪은 고통과 스트레스가 그 요란한 엔진 굉음 속에서 사라져 버리는 듯한 엄숙한 순간이었다.

켈리는 비셀이 떠난 바로 다음에는 '맥 더 나이프'가 대통령을 부추겨서 CIA의 블랙버드 작전에 대한 지출을 전부 중지시키고, 우리가 소련의 변경을 비행하면서 레이더나 대전자정보를 수집하여 그 가치를 증명하기도 전에 계약을 취소하지 않을까 걱정했다. 우리 비행기는 실제로 소련 영내로 침입하지 않고도 높은 고도에서 측면감시 레이더로 수백 마일 너머를 들여다볼 수 있었다.

1961년 6월 신임 대통령은 비엔나에서 흐루쇼프와 최초의 정상회담을 가지고, 베를린의 장래에 관해서 긴장 완화를 시도하려고 했다. 이 회담에서 흐루쇼프가 너무나 노골적으로 적대적인 자세를 취했기 때문에, 케네디는 소련과 전쟁이 임박했다고 확신하게 되었다.

스컹크 웍스에서 일하고 있던 우리들은 르메이 공군참모총장이 직접 스컹크 웍스를 시찰하려 버뱅크에 처음 왔을 때, 고조되어 가는 긴장을 느낄 수 있었다. 켈리와 르메이는 사이가 별로 좋지 않았고, 서로 기피하는 처지였기 때문에 그의 방문은 이례적이라 할 수 있었다. 커티스 르메이의 방문은 의례적인 것이 아니라, 수표를 들고 온 것이라는 소문이 돌았다. 그래도 켈리는 경계심을 풀지 않았다. 르메이는 행정부가 갑자기 B-70계획을 10대에서 겨우 4대로 축소하기로 결정한 것이 켈리 때문이라고 생각하고 있었다. 켈리와 비셀이 작당해서 B-70계획을 폐기하도록 케네디를 설득했다는 것이다. 르메이는 또 우리가 CIA와 밀접한 관계를 가지고 있는 것을 좋지 않게 여겼다. 그는 CIA가 스컹크 웍스가 제공한 비행기로 편성된 독립적인 비행단을 보유할 권리가 없다고 생각했다.

그러나 지금 르메이는 보좌관들과 함께 쇼핑 리스트를 가지고 방문했다! 이 리스트에는 블랙버드를 소련이 저지할 수 없는 초장거리 내륙 침투용 폭격기로 전환하는 계획도 들어 있었다. 르메이는 MAD(대량확증파괴)라 부르는 전략공군사령부의 전략을 만들어 낸 사람이었다. 우리 블랙버드는 그 전략 그대로 소련에 핵공격을 가해서 석기시대로 돌려보낼 수 있었다.

켈리는 르메이에게 직접 브리핑을 했다. 이 비행기의 각 부문 전문가들도 그 자리에 참석해서 장군의 기술적인 질문에 대답했다. 나는 그 정력적인 거구의 장군이 굵직한 시거를 피우며, 날카로운 눈으로 켈리의 설명에 정신을 집중하는 모습을 흥미 깊게 바라보았다. 켈리는 비밀로 분류된 슬라이드를 보여주면서 이 새 비행기의 모든 성능과 특성을 설명했다.

"마하 3으로 비행하면서 공대지 미사일을 발사할 수 있나?" 장군은 켈리에게 물었다.

켈리는 그렇다고 대답했다.

"이 문제에 대해서는 이론적인 검토를 마쳤습니다. 성공적으로 해낼 자신이 있습니다."

"목표에서 200피트(60m) 이내로 미사일을 유도할 수 있을까?"

르메이는 물었다. 켈리는 다시 이론적으로는 가능하다고 대답하고, 미사일이 핵탄두를 장비했다면 그렇게 정밀한 폭격은 필요 없을 것이라고 덧붙였다. 내륙 침투용 전술폭격기로 사용하면 소련은 저지할 수 없을 것이고, 요격기로 사용해도 역시 막을 수 없을 것이다. 하방감시 레이더와 공대공 미사일을 사용하면, 우리 고공 비행 요격기는 레이더 탐지를 피하기 위해 저공으로 침투할 모든 장거리 폭격기로부터 북미를 방위할 수 있었다.

"우리 비행기의 속도라면 북미 전역을 방위하는 데 필요한 요격기의 수를 대폭 줄일 수 있습니다. 우리는 소련 폭격기 편대를 내려다볼 수 있으므로, 어항 속의 금붕어처럼 잡아낼 수 있습니다. 전쟁에서는 고지를 점령하는 쪽이 승리하는 법입니다. 우리 비행기의 속도로 고도를 장악할 수 있습니다. 우리는 산 중의 왕입니다." 켈리는 선언했다.

르메이는 갑자기 손을 들어 이야기를 중지시켰다. 그는 일어서더니 켈리의 팔을 잡고 사무실의 한 구석으로 데리고 가서 거의 10분 동안이나 귀엣말로 이야기를 주고받았다. 우리들은 모두 그 자리에서 꼼짝도 못하고, 두 군사항공 분야의 거인이 무언가 시나리오를 꾸며내고 있는 광경을 바라보고 있을 뿐이었다.

켈리는 나중에 르메이가 블랙버드를 요격기로 사용하는 데는 찬성이었지만, 폭격기로 사용하는 데는 반대했다고 말했다. 그는 아직도 B-70에 대한 미련을 버리지 못하고 있었다.

"켈리, 약속해 주었으면 좋겠어. B-70 반대 로비는 더이상 하지 않겠다고."

켈리는 동의했다. 나중에 그는 이 약속을 무척 후회했다. 르메이는 말했다.

"자네의 요격기를 사도록 하지. 숫자는 말할 수 없지만, 곧 알려 주겠네."

켈리는 물었다.

"CIA를 위해 만들고 있는 정찰기는 어떻습니까? 공군은 그런 비행기를 쓰지 않습니까?"

르메이는 놀란 것 같았다.

"아니, 우리가 아직 한 대도 주문하지 않았단 말인가?"

그는 메모를 하더니, 몇 주일 안에 공군용 2인승 정찰기를 계약하도록 하겠다고 약속했다.

바로 다음 날, 르메이 장군과 같은 비행기로 워싱턴으로 돌아간 어느 대령 참모의 연락이 왔다. 르메이가 생각을 바꿔 참모들에게 한 달에 블랙버드 요격기 10대와 전술폭격기 10대를 제작하는 제안서를 작성하도록 지시했다는 것이다!

한순간 켈리는 말을 잇지 못했다.

"정말 그렇게 된다면 우리들의 모든 작업 개념을 바꿔야 한다. 이틀에 한 대씩 비행기를 만들어야 한다면 엄청난 일이 될 거야. 여기 있는 남 캘리포니아의 록히드 공장 시설을 전부 사용해도 다 만들 수 없지. 내가 잘못 생각하고 있는지도 모르지만, 연구해 보고 무엇을 해야 할지 알아보자."

르메이의 쇼핑 리스트가 엄청났기 때문에 우리는 정부가 조용히, 그러나 신속히 소련과의 군사적 대결을 준비하고 있다는 느낌을 받았다. 이런 확신은 몇 주일 후, 맥나마라 국방장관이 극비리에 우리 공장을 방문해서 켈리의 브리핑을 받고, 우리 사업 추진-관리 방법을 검토한 후, 직접 블랙버드를 시찰한 사건으로 더욱 굳어졌다. 그는 공군장관 조셉 채리크, 국방차관 로즈웰 길패트릭, 그리고 나중에 공군장관이 된 해럴드 브라운 등 최고위 보좌관까지 대동하고 있었다.

켈리가 브리핑을 하는 동안, 맥나마라는 꼼꼼하게 노트 필기를 하고, 비행기의 특이한 항법 시스템에 대해서 몇 가지 질문을 했다. 그것은 최초의 천체-항법 시스템이었는데, 소형컴퓨터로 작동하는 망원경으로 데이터베이스에 들어 있는 60개의 별을 확인하면서 항로를 결정하는 방식이었다. 이 망원경은 비행기

뒤에 있는 조그만 창문을 통해서 관측하게 되어 있는데, 아주 정확하고 신뢰도 높게 별을 확인할 수 있었다. 이 장치는 또 대단히 예민해서, 비행기를 정비하는 동안 실수로 작동시켰더니 지붕에 있는 조그만 리벳 구멍을 추적하기도 했다.

맥나마라는 이 시스템에 관해서 모든 것을 알고 싶어했다. 켈리는 설명했다.

"이것은 가장 정확한 항법 시스템입니다. 우리 비행기는 16인치 포탄의 2배나 되는 속도로 날아간다는 사실을 기억해 주십시오. 그리고 좁은 곳에서 선회를 하는 것도 아닙니다. 급선회를 해도 선회반경이 60에서 100해리(108~180km)나 됩니다. 파일럿이 조금 행동이 늦으면 애틀랜타에서 선회를 시작해도 테네시의 채터누가 상공까지 가게 되는 겁니다."

우리는 수행원을 블랙버드가 대기중인 대형 격납고에 안내했다. 보좌관 중 한 장군이 나를 옆으로 끌고 가더니 물었다.

"왜 이 커다란 원뿔 모양의 장애물을 에어 인테이크 내에 넣어서 공기 흡입을 방해하는 거요? 원리가 뭡니까? 공기를 원활히 흡입해야 한다고 생각하는데."

나는 공군 장군이 그런 소박한 질문을 하리라고는 믿을 수 없었다. 나는 그에게 대답해 주었다.

"이것은 고공에서 압력을 올리기 위한 장치입니다. 수돗물을 뿌릴 때 호스 끝을 엄지손가락으로 막아서 수압을 올렸던 일은 있으시겠죠?"

그 장군은 고개를 끄덕였으나 완전히 이해한 것 같지는 않았다.

맥나마라와 그의 일행이 워싱턴으로 돌아가기 위해 제트기를 탔을 무렵, 켈리는 마치 폴카를 추고 싶은 심경이었다. 브리핑은 완벽했다. 우리는 곧 주문이 쏟아질 것으로 기대했다. 결과는 고무적이었다. 공군의 재무담당차관 루 메이어가 다음 주에 날아와서, CIA가 주문한 10대 이외에, 공군도 10대의 블랙버드 정찰기를 주문하게 될 것이라고 알려 주었다.

공군은 CIA보다 큰 복좌형 블랙버드를 원했다. 공군용 블랙버드는 파일럿이 전방석에, RSO(Reconnaissance Systems Officer)라 불리는 항법-항전관(Navigator-Electronics specialist)이 후방석에 앉아 작전 경로를 확인하고, 적의 레이더파를 수집하고, 전자신호를 방수하는 등 모든 특수전자 기기를 조작하도록 되어 있었다. 우리는 이밖에도 10대의 요격전투기와 25대의 전술폭격기형 블랙버드 주문을 받게 되었다. 이렇게 되면 주문액은 수천만 달러에 이를 것이고, 한 회사에 주문을 집중시키지 않는다는 국방부의 사회주의적 방침을 포기하는 셈이 된다.

일반적으로 군수산업계에서는 수익을 굉범위하게 분산시키는 관행이 있었지만, 이제는 블랙버드의 독무대가 되는 것 같았다. 블랙버드 정찰기, 블랙버드 요격기, 블랙버드 폭격기가 등장하는 것이다. 블랙버드는 속도와 고도에서 세계 최고의 수준을 자랑하고 있었고, 최소한 10년 이상은 하늘을 지배할 것으로 예상되고 있었다.

1962년 말, 켈리는 블랙버드 계획의 확장을 위해 록히드 경영진으로부터 100만 달러의 공장 건축 계획을 승인받았다. 사내 연구에 의하면, 공군에서 주문할 대량의 마하 3급 블랙버드 전투기와 폭격기를 생산하기 위해서는 2,200만 달러를 들여 생산 시설을 확장해야 한다는 결론이 나왔다.

우리들은 수표가 도착하기도 전에 미리 보너스 액수를 계산하기 시작했다. 그러나 우리는 모두 커다란 실망을 맛보게 되었다. 나는 언젠가 프로듀서로 일하는 내 동생이 들려주었던 어느 젊은 영화 작가의 이야기가 생각났다. 그는 큰 영화제작사로부터 교섭을 받았고, 실제로 영화업계 거물로부터 천재라는 찬사까지 받았다. 그가 쓴 대본을 최우선적으로 제작하라는 지시까지 받았다. 그러나 한 달 후, 그 젊은 천재에게는 전화를 받아 주는 사람조차 남지 않았다. 아무런 설명도 없이 이 청년은 신세가 완전히 바뀌고 말았던 것이다.

할리우드에서나 있음직한 이야기가 케네디 행정부 아래서 우리 블랙버드 시나리오에 재현되었다. 켈리는 블랙버드 폭격기와 요격기에 관한 결정을 내리는 주요 행정부 책임자에게 전화를 걸었으나, 받아 주는 사람이 없었다. 장군 몇 명은 켈리를 피하기 시작했다. 국방부에서도 이상한 소문이 흘러나오기 시작했다. 맥나마라의 젊은 보좌관들이 소련이 초음속 백파이어 폭격기를 만들고 있다는 주장은 가격 대 효용 면에서 불가능하다고 이야기했다는 것이다. 그런 위협이 없으므로, 블랙버드는 필요 없다는 논리였다.

맥나마라의 보좌관들은 컨베어 F-106 같은 낡은 전투기로도 충분하다고 주장했다. F-106은 방공군사령부의 주력기 F-102를 개량한 델타익 전투기로, 순간 최대속도가 마하 1.8에 불과하고 연료 탑재량 때문에 초음속 비행은 5분밖에 할 수 없었다.

켈리는 '맥 더 나이프'가 제정신이 아니라고 생각했다. 그러나 그는 정신이 멀쩡했고, 베트남 전쟁 개입을 대비해서 비밀리에 미군의 공중 및 지상군 작전 준비를 하고 있었다. 그 첫 단계로 그는 지상 공격에 사용할 수 있는 새로운 비밀 가변익 전술전투기 TFX(Tactical Fighter eXperimental) 제작을 승인했다. 제너럴 다이내믹스가 제작한 이 비행기는 개발비를 수천만 달러나 초과하고, 가변익 설계의 어려움으로 인해 그 무렵 큰 말썽을 일으키고 있었다. 이 비행기는 이륙할 때는 날개를 펼치고 있지만, 마하 2까지 속도를 내면 날개를 뒤로 접게 설계되었다. 공군은 F-111로 공식 명명된 이 비행기를 원하고 있었다. 이 비행기는 적의 레이더를 피하기 위해 초저공으로 비행할 수 있었으므로, 한창 전투중인 남베트남의 군대를 항공지원하는 임무에 투입되었다. 그러나 베트남에 투입된 첫 F-111기는 엄청난 손실을 입었다. 한밤중에도 나무 높이로 비행할 수 있게 해주는 지형추적레이더가 강력한 비콘의 역할을 해서 적의 레이더에 추적을 허용했기 때문이다. 더 큰 문제도 있었다. 우리들은 룩다운 - 슛다운(하향감지-하향사격) 레이더 화기 제어 장치가 개발되는 순간, F-111 같은 비행기는 고물이 되어 버린다고 생각했다. 고공을 비행하는 미그기 파일럿이 저공을 비행하는 F-111 편대를 발견하면, 순식간에 에이스(적기 5대 이상을 격추한 파일럿)가 될 것이다.

우리는 맥나마라에게 블랙버드의 엄청난 성능을 증명하기 위해 1962년 5월 로스앤젤레스 교외의 에드워드 공군기지에서 플로리다의 올랜도까지 북미를 1시간 28분만에 횡단했다. 그가 관심을 기울이지 않았을지도 모른다는 생각에, 우리는 다시 다른 블랙버드에게 샌디에고에서 동해안의 조지아주 사바나 해변까지 59분 만에 날도록 했다. 우리는 또 초저공을 비행하고 있는 F-111 같은 비행기를 얼마나 쉽게 격추할 수 있는지 보여주기 위한 블랙버드의 무기 체계를 개발하기 시작했다.

이 무기 체계는 룩다운-슛다운 레이더와 공대공 미사일로 구성되었다. 우리는 이 분야에서 다른 곳보다 25년이나 앞서 있었다. 우리는 휴즈에서 해군을 위해 개발한 GAR-9 공대공 미사일[06]과 웨스팅하우스의 ASG-18 레이더 시스템을 우리가 개발한 특수한 화력 통제 체계로 보강했다. 그 결과는 음속의 3배로 나는 비행기에서는 미사일을 발사할 수 없다고 믿던 공군 관계자들을 놀라게 만들었다.

대부분의 공대공 미사일은 같은 고도 또는 약간 높거나 낮은 곳에 있는 목표를 추적해서 5마일이나 10마일, 또는 15마일 정도 비행하게 마련이다. 우리는 100마일(160km)이나 떨어진, 그리고 수천 피트 아래에 있는 목표를 자동추적했다. 그리고 80,000피트(24,400m) 상공에서 고도 1,500피트(460m)를 비행하고 있는 무인표적기를 격추했다. 그리고 87,000피트(26,500m)에서는 40,000피트(12,200m)를 날고 있는 표적기를 명중시켰다.

우리는 투하된 미사일이 다시 항공기에 충돌하지 않도록 특수한 미사일 발사장치를 개발했고, 여기서 이젝션 카트리지를 써서 미사일의 탄두가 아래로 향하도록 투하된 후 로켓을 점화, 음속의 6배로 날아가게 했다.

1965년 3월, 우리는 이 새 장치를 최초로 실험했다. 우리는 시속 2,000마일(시속 3,200km)로 접근하는 표적을 36마일(58km) 앞에서 격추했다. 몇 주 뒤에는 고도 75,000피트(22,900m)를 마하 3.2로 비행하면서 미사일을 발사, 38마일(61km) 떨어진 곳에서 고도 40,000피트로 비행하고 있는 표적기를 격추했다.

몇 달 후, 우리는 공군에게 정말 커다란 충격을 줄 수 있었다. 75,000피트 상공에서 80마일(128km) 떨어진 멕시코만 상공 1,200피트(370m)를 원격조종으로 저공비행하고 있는 B-47을 격추했던 것이다.

켈리는 기뻐서 어쩔 줄 몰랐다. 우리는 모든 고도와 거리에서 13발을 발사해서 12발을 명중시키는 엄청난 성공을 거두었다. 그것은 역사상 가장 화려한 신무기 시험의 성공 사례였다. 우리 미사일은 F-111을 밀고 있는 행정부에 커다란 구멍을 냈다. 우리는 F-111이 비행도 하기 전에 이미 고물이라는 것을 증명

06 AIM-47 팔콘 장거리 공대공 미사일. 초기개발명칭은 GAR-9였다. 개발 초기에는 XB-70 발키리를 호위할 XF-108 레이피어 요격기를 위해 개발되었으나, 이후 블랙버드의 전투기형인 YF-12의 주무장으로 검토되었다.

한 것이다. 우리는 소련이 이런 룩다운-슛다운 시스템을 서둘러 개발하고 있다는 사실을 알고 있었다. 이 장치를 신형 미그 요격기에 장치하면 F-111 같은 저공비행 항공기를 타는 파일럿은 엄청난 고난을 겪을 수밖에 없다.

공군에 대한 우리들의 메시지는 분명했다. 맥나마라에게 그가 잘못된 폭격기를 밀고 있음을 받아들이라는 것이었다. 곧 공군에서 메시지가 왔다. 자기들의 말을 듣지 않으니, 우리가 직접 이야기하라는 것이었다. 켈리는 1966년 겨울 워싱턴으로 날아가 공군장관 해럴드 브라운의 방으로 쳐들어갔다. 그도 역시 뻣뻣했지만, 두 사람은 머리를 맞대고 담판을 지었다.

켈리는 행정부가 미사일에 취약한 F-111을 공군에게 강요한다면 국가적인 스캔들이 될 것이라고 주장했다. 그는 이 비행기가 존슨 대통령의 출신지인 텍사스주 포트워스에서 제작되고 있다는 것만으로는 이 결함투성이 물건을 만들 이유가 되지 않는다고 대들었다.

공정하게 말하자면, 사실 TFX를 민 사람들은 공군이었다. 그들은 베트남 같은 지상전에서 사용할 수 있는 대량의 전술폭격기를 가지고 싶어 했다. 그런 곳에서 사용하기에는 블랙버드가 너무 혁명적이고 값이 비쌌다. 그리고 공군 사령관들은 블랙버드가 격추되었을 때 기밀이 적의 손에 들어갈까 걱정했다. 하지만 르메이 장군이 맥나마라 장관으로부터 약간의 타협을 이끌어 낼 수 있었기 때문에, 우리는 공군용 블랙버드 복좌 정찰기 6대의 주문을 받아 냈다.

이 비행기는 나중에 SR-71로 명명되었다. 이 비행기는 카메라만 장비한 CIA의 단좌형보다 크고 무거웠다. 공군형은 카메라와 극히 정교한 전자정보 수집장치를 장비하고 있었다. 스컹크 웍스는 1990년 겨울, 너무 일찍 은퇴할 때까지 이 공군형 블랙버드를 31대나 만들었다.

그 무렵, 블랙버드는 위험지대나 적대적인 지역의 상공을 마음대로 비행하면서 믿을 수 없을 만치 효과적인 정찰활동을 해내는 전설적인 존재가 되어 있었다. 그러나 이 비행기와 작전 내용은 기밀이었기 때문에 정부 관계자도 알고 있던 사람이 많지 않았다. 하지만 소련인들은 알고 있었다. 북한인, 북베트남인, 그리고 중국인들도 알고 있었다. 하지만 그들은 저지할 수 없었다.

11. '하부'(Habu)를 기리며

블랙버드가 첫 비행을 한 지 30년 이상이 지났는데도 불구하고, 그 기록은 쉽게 깨질 것 같지 않다. 이 비행기는 뉴욕에서 런던까지 1시간 55분, 런던에서 로스앤젤레스까지 1시간 47분, 로스앤젤레스에서 워싱턴까지 64분의 비행 기록을 세웠다. 블랙버드는 7년 후에 비행한 콩코드보다 속도가 40%나 빨랐다. 1964년에 켈리는 이 비행기를 만든 공로로 항공 업계에서 가장 권위가 있는 콜리어 트로피를 재차 수상했다. 그는 첫 콜리어 트로피를 5년 전에 세계 최초의 초음속 전투기 F-104를 제작한 공로로 받았다. 항공 산업계에서 이 상을 두 번 받은 사람은 없다. 이 기록도 아마 깨지지 않을 것이다.

존슨 대통령은 1967년, 켈리에게 민간인으로서는 최고의 명예인 대통령 자유훈장을 수여했다. 그해 5월, 블랙버드의 북베트남 비행을 처음 허가한 지 얼마 지나지 않은 시기의 일이었다. 당시 대통령은 소련이 사이공을 공격할 수 있는 장거리 지대지 탄도미사일을 북베트남에게 제공했다는 소문을 확인하고 싶어 했다.

그해 여름, CIA가 오키나와의 가데나 공군기지에서 운용하고 있던 블랙버드 2대가 대통령 지시에 따라 실정을 확인하기 위해 이륙했다. 이들은 북베트남의 전 지역을 사진으로 촬영하고, 지대지 미사일이 없다는 사실을 확인했다. 켈리는 존슨 대통령이 자신에 대한 감사보다는 걱정을 덜었기 때문에 대통령 자유훈장을 준 것이라고 농담했다.

1968년 5월, 존슨 대통령은 예산상의 이유를 들어 CIA에게 정찰 활동을 중지

미국 공군의 SR-71 (SN 61-7974) (USAF)

하라고 명령했다. 그 이후 블랙버드와 관련된 모든 활동은 공군의 복좌형 SR-71이 전담하게 되었다. 앞자리에 앉은 파일럿을 보조하는 뒷자리의 RSO는 모든 전자 기기와 수동식 카메라를 조작하고, 레이더 주파수 기록 임무를 담당했다.

나는 1972년, 블랙버드의 추진 장치를 설계한 공로로 미국항공 우주학회상을 받았다. 그러나 이 비행기는 공군에서도 극비리에 운영되고 있었고 훈련도 사람이 별로 살지 않는 지역의 고공에서 실시되었기 때문에, 실제로 비행하는 모습을 본 미국인은 거의 없었다. 일반인들은 그저 막연하게 존재를 알고 있었을 뿐이었다.

1964년 존슨 대통령이 블랙버드의 존재를 발표한 뒤, 공군은 1965년부터 폐쇄된 코스에서 공식적으로 속도와 고도기록을 세울 수 있게 되었다. 블랙버드는 시속 2,070마일(시속 3,331km), 고도 80,257피트(24,462m)의 신기록을 수립했다. 이 기록은 25년이 지난 지금까지도 유지되고 있다. 게다가 미사일의 공격을 피하기 위한 급상승이나 급가속 상황에서는 이 기록마저 번번이 깨뜨리곤 했다. 1976년 비행에서는 시속 2,092마일(시속 3,367km), 고도 85,068피트 (25,929m)를 달성했다.

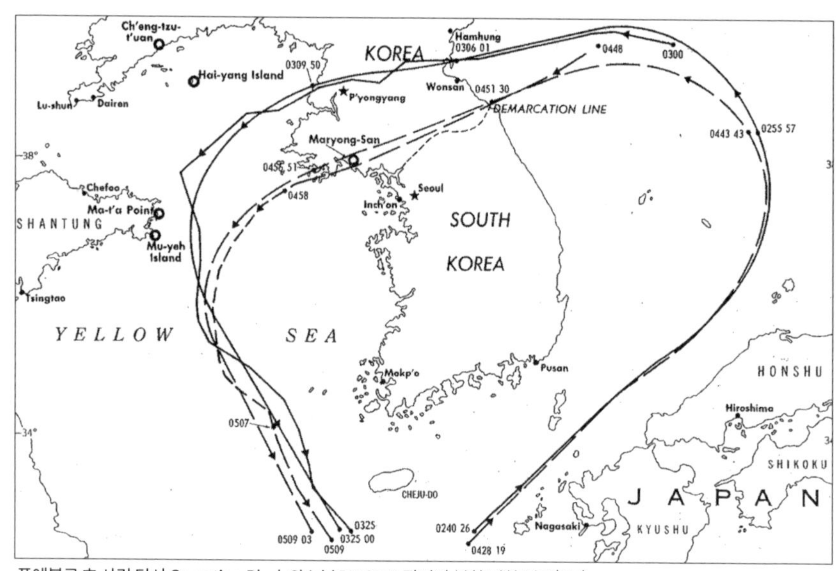

푸에블로 호 사건 당시 Operation Black Shield BX-6853 작전의 북한 정찰 경로(CIA)

오랜 세월이 흐르긴 했지만, 이 비행기가 25년 이상이나 거의 매일 위험하고도 무시무시한 임무를 수행했다는 사실은 막연하게 기억되고 있다. 블랙버드가 북한, 북베트남, 쿠바, 리비아, 그리고 소련과 동유럽권 전체의 국경지대처럼 엄중하게 방어된 지역에 일상적으로 침투했고, 심지어는 북극권의 소련 핵잠수함 기지에도 집중적으로 정찰 비행을 했다는 소문이 아직도 나돌고 있다. 블랙버드는 한국의 비무장지대(DMZ) 전역 또한 매일 정찰 비행했다. 공군참모총장 래리 웰치 장군은 DMZ 근처에서 한국 공군참모총장과 점심을 먹었던 일을 회상했다. 갑자기 블랙버드의 소닉붐에 접시가 덜그럭거리고 방이 흔들렸다. 한국 장군은 웰치에게 미소를 지으며, 만족스러운 표정으로 말했다.

"아, 그 비행기군요."[01]

스컹크 웍스에서 일하고 있던 우리들은 이 비행기의 고도와 속도, 그리고 날개와 꼬리의 주요부분에 사용된 혁신적인 스텔스 복합재가 기체와 파일럿의 안전을 보장해 주고 있다고 믿었지만, 연료에다 특수한 첨가제를 넣어 그 안전성

01 래리 웰치는 1986년 7월부터 1990년 6월까지 공군참모총장으로 재직했다.

을 더욱 강화했다. '표범 오줌'(Panther piss)이라는 별명으로 불린 첨가제는 엔진에서 나오는 고온의 배기가스를 이온화시켜서 적의 적외선 탐지기를 혼란시킬 수 있었다. 우리는 비행기의 꼬리에다 '오스카 시에라'(OS)라는 전자전 장치(ECM)를 탑재했다. 파일럿들은 그것을 'Oh, Shit' 이라고 불렀는데, 적의 미사일 공격으로 이 ECM장치가 작동하면, 입에서 저절로 나오는 말이 그것이었기 때문이다. 이 ECM은 미사일의 레이더를 혼란시켜서 블랙버드를 추적할 수 없도록 만들었다.

블랙버드와 ECM은 북베트남, 쿠바 그리고 소련 북부에서 몇 번이나 그 효과를 발휘했다. 그러나 대부분의 경우, 우리는 어떤 미사일이든지 속도만으로 피할 수 있었다. 고도 16마일(25,600m)을 시속 2,000마일(3,200km) 이상으로 날아가는 블랙버드에 접근하기 위해서는 적어도 30마일(48km) 앞을 조준해야 했다. 대부분의 미사일은 날아가는 SR-71의 2~5마일(3~8km) 뒤에서 폭발해서 아무런 해를 끼치지 못했다. 파일럿이 공격을 당했는지조차 몰랐던 경우도 많았다.

블랙버드는 베트남과 그 밖의 적대국 상공을 3,500회 이상 비행했고, 그동안 100발 이상의 미사일 공격을 받았다. 그리고 1990년에 적의 대공포화로 단 한 대도 격추당하거나 파일럿을 잃은 일 없이 24년간의 봉사를 우아하게 마쳤다. 블랙버드와 그 승무원은 가장 위험한 임무를 수행했기 때문에 이것은 정말 경이적인 기록이었다. 이런 엄청난 속도에서는 판단 착오나 기계적인 고장을 허용할 수 있는 여유가 전혀 없었다.

때로는 승무원들이 오키나와를 이륙해서 페르시아 만까지 지구 둘레의 반에 상당하는 14시간의 왕복비행을 해서 이란 해안의 미사일 포대에 관한 긴급 정보를 수집하기도 했다. 이런 장시간의 복잡한 임무는 상식을 초월하는 것이었다. 블랙버드가 수만 마일의 장거리비행을 하려면, 도중에 10번 이상 공중급유를 해야 했다. 한 번이라도 실수하면 탱크의 기름이 떨어져서 비행기는 추락하고 승무원은 실종된다. 그러나 그런 일은 한 번도 일어나지 않았다. 합계 6,500만 마일(1억km)을, 그것도 대부분 초음속으로 비행했는데 한 번도 문제가 일어나지 않은 것이다.

U-2와 마찬가지로, 블랙버드도 조종하기가 쉬운 비행기는 아니었다. 파일럿은 항상 정신을 집중해야 했고, 사소한 잘못도 용납되지 않았다. 파일럿과 승무원들은 인간의 이해력을 초월하는 초음속 비행에 대한 두려움과 도전을 이야기했다.

그들은 캘리포니아주 새크라멘토에 가까운 빌 공군기지에 있는 제9전략정찰비행단에 소속되어 있었다. 이 비행단에는 9대의 블랙버드에 승무원 32명, 그리고 전 세계에 걸쳐 배치되어 공중급유로 블랙버드의 비행을 긴밀하게 지원하는 25대의 거대한 KC-135급유기로 구성되어 있었다.

이 임무에 종사하는 승무원들은 전략공군사령부가 최고의 정예 대원 중에서 선정했다. 이렇게 선정된 첫 파일럿 10명 중 9명이 나중에 장군으로 승진했다. 정예 블랙버드 부대의 파일럿과 그 뒷자리의 RSO는 공군에서 최고의 경력을 가진 사람으로 존경을 받았다.

증언 : 짐 왓킨스 대령 *(공군 파일럿)*

나는 블랙버드로 600시간을 비행했다. 마지막 비행도 첫 비행과 마찬가지로 스릴로 가득 차 있었다. 85,000피트를 마하 3으로 비행하는 것은 종교적인 체험에 가까웠다. 최초의 비행은 1967년 겨울이었다. 나는 빌 기지를 오후에 이륙해서 이미 어두워진 동쪽으로 향했다. 대낮부터 대륙의 반을 드리우고 있는 어둠의 커튼 속으로 들어가는 순간은 실로 경이 그 자체였다. 그 사이에는 아무것도 없었다. 마치 어둠의 나락 속으로 빨려 들어가는 것처럼 광명으로부터 칠흑 속으로 들어갔다. 지금 생각해도 전율을 느낀다. 우리는 동해안으로 날아갔다가 선회한 다음, 캘리포니아로 돌아와 다시 낮 속으로 들어오면서 서쪽에서 떠오르는 태양을 보았다. 우리는 지구의 자전보다 더 빨리 날았던 것이다!

나는 미처 그렇게 빠르게 날 준비가 되어 있지 않았다. 훈련 비행을 할 때는 빌을 이륙해서 동쪽으로 향했다. 창밖으로는 그레이트 솔트레이크가 보였다. 그것은 훌륭한 표지판이었다. 조종석으로 눈을 돌려 모든 것이 순조롭다는 것을 확인했다. 다시 밖을 보니 그레이트 솔트레이크는 사라지고 없었다. 그 대신 로

키 산맥이 있었다. 비행 계획서에 기입하고 다시 밖을 보았다. 이번에는 미시시피 강이 있었다. 순식간에 엄청난 거리를 비행하고 있는 것이다. 초속 3,000피트(900m)! 우리는 서해안과 동해안, 남북 국경 사이를 도중에 2번 공중급유를 받으며 3시간 59분에 걸쳐 비행했다.

어느 날, 나는 다른 SR-71 파일럿이 앨버커키 관제센터를 부르는 소리를 들었다. 나는 그 목소리를 알고 있었다. 그는 나보다 낮은 고도에서, 멀지 않은 곳을 비행하고 있었다. 나는 그를 불렀다.

"토니, 내가 볼 수 있게 기름을 좀 쏟아 보게."

눈을 몇 번 깜박이는 동안, 내 비행기 아래로 기름의 띠가 보였다. 그는 150마일(240km) 앞을 비행하고 있는 것 같았다.

어느 날 우리 자동항법장치가 고장났다. 이렇게 되면 비행을 자동적으로 중지하도록 되어 있다. 그러나 나는 자동항법장치 없이 비행해 보기로 했다. 나는 FAA에게 통보하고, 우리를 추적해서 길을 잃으면 알려 달라고 부탁했다. 나는 1초만 늦게 선회를 시작해도 항로에서 벗어나게 되고, 뱅크 각도가 정확하지 않으면 멀리 벗어나게 된다는 것을 금방 알게 되었다. 로스앤젤레스 바로 아래서 선회를 시작했는데, 멕시코 상공까지 가 버렸던 것이다! 이런 고속에서는 전처럼 육감으로 조종을 할 수 없다는 사실을 깨달았다.

어느 SR-71 신참 파일럿이 빌 기지를 이륙한 후, 솔트레이크시티 상공에서 긴급조난신호를 보낸 일이 있었다. "메이데이! 메이데이! 기수가 떨어져 나가고 있다!" 우리는 깜짝 놀라 모든 긴급구난차량을 동원했다. 그 파일럿은 비행을 중지하고 빌 기지로 돌아왔다. 조사해 보니 비행기의 기수에 고열로 주름이 생긴 것뿐이었다. 그런 일은 흔히 있었다. 정비사들은 용접 토치로 주름을 폈다. 마치 다리미로 셔츠의 주름을 펴는 것과 마찬가지였다.

내가 좋아한 코스는 이륙 후 태평양 상공에서 공중급유를 받고, 북 캘리포니아 상공에서 초음속으로 들어가, 그랜드포크스 북쪽, 노스다코타를 거쳐 선회해서 시카고를 피해 조지아로 비행하는 것이었다. 여기서 다시 대서양으로 나와서 플로리다 상공에서 다시 공중급유를 받고, 마이애미 서쪽을 통해서 빌 기지로 돌아온다. 비행 시간은 3시간 22분이었다. 아침 9시나 10시에 이륙해서 오후 2시 전에 착륙하면 오후에 테니스를 치고 칵테일을 한 잔 즐길 수 있었다.

시간이 흐름에 따라, 초음속 충격파에 대한 불만이 불거졌기 때문에 우리는 인구가 밀집되어 있지 않은 지역 상공만 날 수 있었다. 닉슨 대통령도 불평했다. 우리 비행기 하나가 산 클레멘테의 집에서 책을 읽고 있는 대통령에게 초음속 충격파 세례를 가했던 것이다. 그는 공군참모총장에게 전화를 걸어 야단쳤다.

"제기랄, 당신들은 사람들을 괴롭하고 있어!"

캘리포니아에 있는 수잔빌이라는 조그만 계곡 속의 마을은 빌 기지로 돌아가는 항로 아래 있었다 초음속 충격파는 산에서 반향을 일으켜 수잔빌의 창과 벽을 깨뜨리곤 했다. 우리는 마을 사람들을 초청해서 비행기를 보여주고, 그들의 애국심에 호소한 다음, 그 충격파는 '자유의 소리'라고 설명했다. 그들은 납득해 주었다.

***증언 : 월트 W. 로스토** (존슨 대통령 안보고문 1966~1968)*

1966년에 시작된 블랙버드의 북베트남 상공 정찰 비행 작전(블랙 실드 작전)은 대통령에게 귀중한 정보를 제공했다. 우리는 미사일과 방공부대의 위치, 항만에서 하역 중인 선박의 상황을 파악하고, 폭격에 필요한 최신 목표 정보를 입수할 수 있었다. 블랙버드가 하이퐁과 하노이 상공을 비행하지 않았더라면 존슨 대통령은 북베트남에 대한 전술항공작전을 허가하지 않았을 것이다.

그는 지나칠 만큼 걱정을 하고 있었다. 잘못해서 하역 작업 중인 중국이나 소련 선박을 폭격하게 될까 우려하고 있었고, 민간인에 대한 손해나 사상자를 최소한으로 줄이려 했다. 그래서 그는 1주마다 2~3회씩 블랙버드를 투입해 최신 정보를 제공하도록 요구했다. 그는 직접 목표를 선정하고, 북베트남을 폭격할 때는 일일이 승인을 받도록 했다. 군에서 폭격 목표의 우선순위 리스트를 제출하면 대통령은 항상 이렇게 질문했다.

"이 목표를 제거하면 어떤 군사적 성과가 있는가? 이 목표를 공격할 때 예상되는 인원과 항공기의 손실은 얼마인가? 부차적인 민간인 손실은 어느 정도로 예

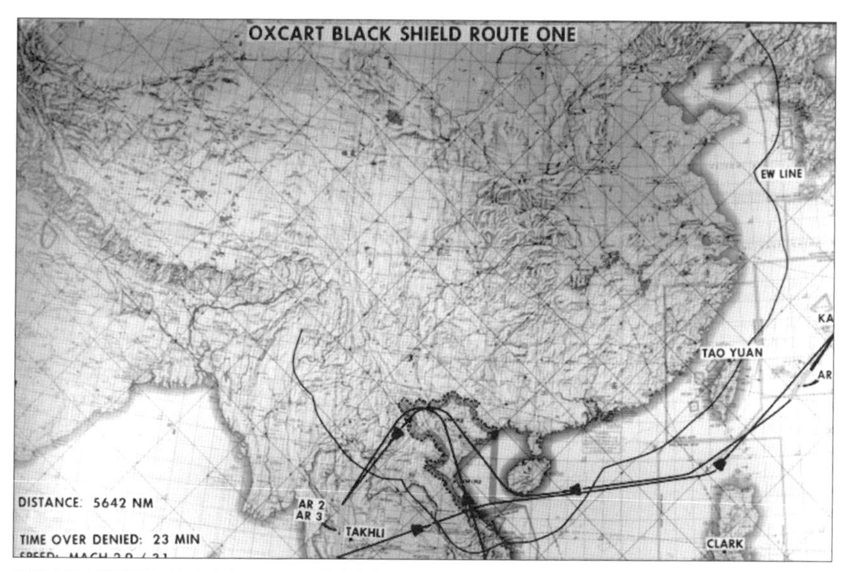

베트남 상공에 침투하던 오키나와 주둔 SR-71의 작전경로 중 하나 (CIA)

상되는가?"

그는 허가 서명을 하기 전에 예상되는 성과를 위해 예상되는 피해를 감수할 가치가 있는지 자기가 직접 계산했다. 블랙버드의 사진은 그가 결심을 하는 데 결정적인 역할을 했다.

1968년 1월 23일, 북한은 국제 수역에 있는 우리 정보 수집함 푸에블로를 기습적으로 나포했다. 선박과 승무원의 운명에 대해서는 아무것도 알 수 없었다. 우리는 당시 남베트남에서 벌어진 구정 공세로부터 우리들의 관심을 이탈시키기 위해 이 사건이 기획되었다고 추측했지만, 그대로 물러설 수는 없었다.

온 나라가 이 사건 때문에 격분했다. 대통령은 공군력으로 타격을 가해 우리 승무원을 찾아올 생각을 했다. 그러나 일단 냉정을 회복하자 분노를 진정하고 상황이 분명해질 때까지 사태를 관망하기로 했다.

CIA국장 딕 헬름스는 실종된 선박의 위치를 확인하기 위해 블랙버드 비행을 허가해 달라고 대통령에게 요청했다. 존슨 대통령은 그렇게 되면 북한에게 미국에 대한 새로운 공격 구실을 제공하여 더 큰 국제적인 긴장 상태를 초래할 것을 우려하며 주저했다. 그러나 우리는 대통령에게 블랙버드가 비무장지대에서 압록강까지 북한 전역을 10분 안에 촬영할 수 있으며, 방공망에도 포착되지 않을 가능성이 높다고 강조했다.

실제로 그랬다. 블랙버드는 북한군에게 나포된 지 24시간이 채 지나기 전에 푸에블로가 원산항에 정박하고 있다는 것을 확인했다. 그래서 우리는 공군력으로 공격을 가하려던 계획을 포기했다. 우리 승무원을 포함해서 많은 사람이 희생될 우려가 있었다. 하지만 블랙버드가 찍은 사진은 우리 배와 승무원이 억류되고 있다는 증거가 되었다. 북한은 거짓말을 할 수 없었고, 우리는 즉시 그들의 송환 협상을 시작했다.

증언 : 노버트 버진스크 대위 (공군 RSO)

우리는 1년 동안 100시간의 훈련비행을 한 후, 1968년 초에 오키나와에 있는 거대한 카데나 공군기지로 날아갔다. 오키나와까지는 SR-71로 6시간 가량 걸렸는데, 급유기로 가면 14시간이 소요되었다.

우리는 실전에 참가했다. 속도가 느리고 고도도 낮은 U-2는 대공미사일로 방어된 북베트남 상공을 비행할 수 없었다. 그래서 그 임무를 우리가 맡았다. 우리는 평균 1주일에 5번 비행을 했다. 북한이나 소련의 해군 시설, 일본 북방 도서 지역에 대한 비행도 했다.

우리는 3대의 SR-71을 운용했다. 우리는 카데나 기지의 중심부에서 멀리 떨어진 곳에서 격리된 채 생활했다. 그곳은 원래 CIA 파일럿과 승무원들을 위해 건설한 시설이었다. 하지만 섬 주민들은 금방 우리들의 존재를 알아채고 언덕에 올라가서 이륙을 할 때 온 섬을 뒤흔드는 우리 비행기의 모습을 구경했다.

그들은 우리 비행기를 검고 맹독을 가진 독사의 이름을 따서 '하부(HABU)'[02]라고 불렀다. 하부는 블랙버드와 마찬가지로 오키나와에서만 볼 수 있는 뱀이었기 때문에 이 이름은 그대로 우리들 사이에서도 통용되었다. 우리는 부대 견장에 하부라는 애칭을 기입했다. 섬 주민들은 오늘까지도 이 언덕을 하부 언덕이라 부르

02 반시뱀, 오키나와에 서식하는 살무사의 일종

고 있다.

우리가 카데나에 도착하자마자 소련의 트롤 어선이 출현했다. 이들은 우리들의 이륙 시간과 위치를 북베트남에 있는 친구들에게 통보해 경계 태세에 들어가도록 했다. 하지만 우리는 상관하지 않았다. 우리에게 필요한 것은 기습 효과가 아니라 사진을 찍기에 가장 적합한 태양의 각도였다. 그러자면 보통 오전 10시에서 정오 사이에 이륙해야 했다. 우리는 이륙 후 크게 선회해서 중국이 하이난섬에 설치한 톨 킹 장거리 탐지 레이더에 측면을 노출시킨 채 하노이로 향했다. 그들은 우리의 목표가 하이퐁과 하노이라는 것을 알고 있었다. 따라서 그들은 우리가 미사일 기지 상공으로 날아올 때까지 기다리면서, 타이밍만 맞추면 격추할 수 있었다.

우리가 비행을 할 때마다 많은 사진과 전자정보를 수집했기 때문에, 정보 분석요원들이 미처 처리하지 못할 지경이었다. 우리는 시간당 100,000 평방마일(256,000평방km)이나 되는 지역을 촬영하고, 그중에서 목표 지점의 사진을 골라서 20배 이상으로 확대할 수 있었다. 그중 어떤 카메라는 뒷자리에 앉은 나 같은 RSO가 조작을 했지만, 자동으로 작동하는 것도 있었다. 이 카메라들은 속도가 매우 빨랐고, 사전에 프로그래밍된 대로 작동했다. 우리는 수평선에서 수평선에 이르는 광각 사진은 물론 파리의 목구멍까지 볼 수 있을 정도의 클로즈업 망원사진도 찍을 수 있었다.

오키나와와 베트남 간의 거리는 엄청났다. 평균비행거리는 6,000마일(9,600km)이고, 비행시간은 4시간 이상 걸렸다. 보급과 지원 업무도 엄청나서, 카데나에서 타이까지 급유기를 배치해야 했다. 그래서 우리는 보통 고장에 대비해 1대를 예비로 하고, 2대가 한 팀이 되어서 임무를 수행했다. 이런 비행기를 모두 하늘에 띄우는 데는 엄청난 비용이 들었다.

보통 우리는 이륙 후 15분 뒤에 최초의 공중급유를 하고 대만과 필리핀 사이를 향해서 캄란만으로 간 다음, 다시 북쪽으로 기수를 돌려 북베트남으로 날아갔다. 북베트남 상공을 통과하는 데는 8분에서 12분이 걸렸다. 우리는 SA-2 미사일이 미치지 않는 고도에서 하이퐁과 하노이 사진을 찍었다. 그리고 다시 크게 선회해서 재차 북베트남 상공을 통과한 후, 타이 상공에서 공중급유를 받았다. 한 번 비행으로 남북베트남, 라오스, 캄보디아 상공은 물론, 남북한의 상공까지 지나간 적도 있었다.

가끔 비행을 끝내고 돌아온 뒤에 우리가 찍어 온 사진이 얼마나 잘 나왔는지 본 적이 있었다. 믿을 수 없을 정도였다! 하이퐁항에서 하역을 하고 있는 화물선의 열린 해치까지 볼 수 있었다. 실제로 사진 해석 전문가들은 그 해치 속에 무엇이 들어있는지도 알 수 있다고 말했다. 85,000피트 상공에서 찍은 사진이 그만큼 선명했다. 그들은 그 사진을 테이블 정도의 크기로 확대했다.

솔직히 말해서, 그것은 감출 필요가 없는 물자가 아닌가 하는 의심도 들었다. 북한의 경우를 예로 들 수 있다. 우리는 10분 동안에 이 지역을 지나간 후 급유기에서 연료를 보급받고 다른 고도에서 다시 촬영을 했다. 이 비행은 최고 수준의 승인을 받아야 했다. 우리는 미사일 기지, 항만시설 그리고 비정상적인 활동을 집중적으로 정찰했다. 그러나 그들은 전혀 미사일 기지를 옮기지 않았다. 그들은 우리가 보고 기록해 주기를 바란 것 같았다. 숨기거나 이동을 해서 긴장을 고조시키거나 오해를 불러일으키고 싶지 않았던 것 같다.

중국도 마찬가지였다. 우리는 대통령의 직접 허가를 받아서 2, 3년간 비행을 했다. 그들은 핵폭탄을 가지고 있다는 사실을 우리가 알기를 원하고 있었다. 틀림없이 그런 것 같았다. 우리는 격추될 가능성이 전혀 없지는 않다는 것을 알고 있었지만, 별로 걱정하지 않았다. 우리 비행기의 고도에서는 SA-2 미사일이 공기역학적인 운동능력을 상실하므로, 회피기동으로 얼마든지 회피할 수 있었기 때문이다. 그래도 조종석에 있는 작은 경고등에 불이 들어와 지상에서 미사일이 발사되었음을 알려주면 긴장하지 않을 수 없었다.

나는 직접 미사일이 올라오는 모습을 본 일이 없었지만, 다른 사람들은 경험했다. 빌 캠벨은 그의 고도에서 미사일 3개가 폭발하는 것을 목격했지만, 2마일 정도 후방이었다. 그는 실제로 미사일이 발사되는 광경을 목격하고 사진을 찍기까지 했다. 그는 발사된 그 미사일이 전봇대처럼 크게 보였다고 말했다.

1970년대 말에는 소련이 강력한 SA-5 지대공미사일을 개발해서 격추될 가능성이 높아졌지만, 그들은 블랙버드에 대해 미사일을 사용하려고 하지 않았다. 이 미사일은 너무나 거대해서 마치 발사대에 있는 중거리 대륙간탄도미사일처럼 보였다. 그것을 망원경으로 내려다보면 기분이 언짢았다.

그러나 나는 상대방도 우리 정찰 비행이 실제로 상황을 안정시키고 있다는 사실을 깨닫고 있었다고 생각한다. 우리는 그들이 보고 있음을 알고 있었고, 그들도 우리가 보고 있음을 알고 있었다. 그들이 우리를 거부하면 우리도 그들을 거부할 수 있었다. 그러면 사람들의 신경이 곤두서게 된다. 이 게임에서는 진정으로 저지할 생각이 없는 한, 접근을 거부하지 않는 것이 규칙이었다.

증언 : 버즈 카펜터 중령 (공군 파일럿)

북베트남을 82,000피트(25,000m)로 날고 있을 때, 나는 날개 끝을 스치는 기상기구를 피하기 위해서 갑자기 선회해야 했다. 바로 그 순간, 왼쪽 엔진이 꺼져서 나와 RSO는 조종석 벽에 몸이 부딪혔다. RSO가 밖을 내다보자 왼쪽 엔진에서 연료가 새고 있었다. 그는 대공미사일에 맞았다고 생각했다. 그는 마이크에 대고 소리를 질렀다. "버즈, 우리가 맞았어!"

나는 강력한 전자장치를 가득 실은 특수한 RC-135 전자정보 수집기가 우리가 아는 것 이상으로 우리들의 비행을 면밀하게 관찰하고 있다고 생각하고 있었다. 그 생각은 틀림없었다. 우리가 북베트남을 다시 통과했을 무렵, 백악관의 상황실에서는 내 SR-71이 히노이 상공에서 미사일에 맞았다는 잘못된 보고를 받았던 것이다.

버치 셰필드 소령 (공군 RSO)

1969년 가을, 카데나 기지에 배치되기 직전, 우리는 북극권으로 비행해서 조그만 소련령 섬에서 일어나고 있는 수상한 활동을 정찰하라는 임무를 받았다. 당시 나는 아내와 빌 공군기지에서 살고 있었다. 우리는 아침을 먹은 다음 이륙해서 알래스카 상공에서 공중급유를 받고 북쪽으로 1,500마일(2,400km)을 비행했다.

세계에서 가장 접근하기 어려운 지역의 상공을 비행한다는 것은 몹시 두려운 일이었다. 비행기에서 탈출을 하더라도 살아남을 확률은 없었다. 어쨌든 우리는 이 섬에 도달해서 기록기와 카메라의 스위치를 넣은 다음, 돌아서 다시 공중급유를 받고, 빌 기지로 돌아왔다. 나는 저녁식사 시간이 되기 전에 집으로 돌아왔다. 아내는 그날 내가 어디에 있었는지 전혀 몰랐다. 아마 평상시처럼 사무실에서 일했다고 생각했을 것이다. 저녁을 먹으면서 내가 오늘 북극권까지 날아갔다가 돌아왔다는 사실을 아내가 알게 되면 어떤 반응을 보일까 하고 생각하니 웃음이 터져나올 뻔했다.

1970년대 초, 카데나에서 근무하고 있을 때, 그와 비슷한 기묘한 임무를 맡은 일이 있었다. 우리 임무는 동해의 블라디보스토크에 건설된 소련의 가공할 신형 SA-5 미사일 기지를 비행하는 것이었다. 당시 소련은 그 해안 근처에서 대규모 해군연습을 하고 있었다. 우리는 이 위험한 곳에 일요일 밤 늦게 찾아갈 예정이었다. 우리는 미숙한 근무장교가 미끼에 걸려 레이더를 작동시키도록 유도하려 했다. 그러면 그 주파수와 펄스 발신 간격, 그리고 그 밖의 많은 중요한 기술적인 자료를 입수해서 그 괴물(SA-5)을 무력하게 만들 전자전 장비를 개발할 수 있는 것이다. 경험이 많은 장교라면 우리의 의도를 알아차리고, 스위치를 넣지 않을 것이다.

NSA(국가안전국)는 이 특별한 임무를 위해 특수한 기록 장치를 비행기에 실었다. 우리는 그 한복판을 향해 돌진해서, 마치 우리가 소련 영공을 침입하는 것처럼 보이게 했다. 우리가 접근하자 훈련중이던 10여 척의 해군 함정에서 일제히 레이더를 켰다. 우리는 마지막 순간에 급선회해서 소련 영공에는 들어가지 않았다. 그러나 그 수확은 엄청났다. 기록된 300개에 가까운 여러 기지 레이더 신호 중에는 최초로 수집된 SA-5의 신호가 들어 있었다. 그러나 안전하게 기지로 돌아오기까지는 여러 가지 문제에 직면했다.

우리는 선회한 후 일본으로 향했다. 크게 선회하는 도중 왼쪽 엔진의 유압이 내려가더니 급격히 제로로 떨어지고 말았다. 우리는 남쪽으로 향한 채 그 엔진은 끄고 한쪽 엔진만으로 강한 맞바람과 싸우면서 15,000피트(4,600m)의 고도로 북한 해안선으로 접근했다.

우리는 그저 고도를 유지하기 위해서 정신을 쏟고 있었기 때문에 북한군이 우리를 향해 전투기를 긴급 발진시켰다는 것, 그리고 한국군 역시 전투기를 발진시켜 그 사이에 끼어들어 우리를 지켜 주었다는 사실을 몰랐다. 우리는 대구에 있는 한국군 공군기지로 갈 수밖에 없었다. 나는 기지를 호출했으나, 착륙 허가를 내주지 않았다. 기지가 폐쇄되었다는 것이다. 나는 착륙할 수밖에 없다고 사정하고 조명을 켜 달라고 부탁했다. 우리가 진입해서 활주로로 들어가자, 검은 옷에 기관총을 든 10여 명의 사람이 둘러쌌다. 파일럿이 내게 물었다.

"비치, 우리가 남쪽 코리아에 착륙한 것 맞아?"

1969년 11월 22일, 나는 처음으로 북한 비행을 했다. 북한은 엄중하게 방어되고 있었다. 우리 비행 임무는 특히 북한 내에 알려진 21개의 SAM 기지를 정찰하는 것이었기 때문에 나는 몹시 긴장했다. 우리는 그 위를 여러 번 횡단했다. 중국 국경지대에서 크게 180도 선회한 뒤 북한의 한복판을 비행하고, 다시 비무장지대에서 180도 선회를 해서 올라갔다. 이 때 우리는 북한을 8번 내지 10번 횡단해서 전 지역을 촬영했다. 임무를 마치고 기지로 돌아가려고 했을 때, 오른쪽 발전기의 고장경고등이 켜졌다. 나는 리셋하려고 했으나 말을 듣지 않았다. 결국 나는 한국 기지에 착륙해야 했고, 이 때문에 큰 소동이 벌어졌다.

1971년, 우리는 3대의 블랙버드로 베트남 상공을 비행하라는 임무를 받았다. 그것은 아주 특별한 상황이었다. 다른 때는 항상 한 번에 1대가 비행했다. 우리는 이륙해서 타이 상공에서 공중급유를 받은 다음, 다른 2대와 함께 북으로 향했다. 계획에 의하면, 하노이 상공을 30초 간격으로, 각각 고도 78,000피트, 76,000피트, 74,000피트로 횡단한다는 것이었다. 우리는 나중에 그 어느 지점인가에 악명 높은 '하노이 힐튼'(미군 포로수용소)이 있고, 그곳에 소닉붐(초음속 충격파)을 들려주기 위해 비행했다는 것을 알았다. 우리 비행대장은 미군 포로에게 메시지를 보내기 위한 것이었다고 설명했다. 몇 년 뒤, 나는 당시에 그 포로수용소에 수용되었던 사람과 이야기를 나눌 기회가 있었다. 그는 30초 간격으로 소닉붐을 들었지만 그것이 무슨 뜻이었는지 전혀 알 수 없었다고 말했다.

블랙버드는 세계 전역에 걸쳐 정찰 임무를 수행했다. (Lockheed)

증언 : 프레드 카모디

나는 1982년에서 89년까지 영국의 서포크주 밀든홀에 있는 영국 공군 기지에서 SR-71을 지원했다. 내가 18명의 스컹크 웍스 정비원과 함께 그곳에 도착하기 전에는 80명의 공군 정비사가 SR-71 2대를 운영하고 있었는데, 계속해서 8번이나 비행 중지 사고가 터졌기 때문에 우리가 파견된 것이다. 우리는 작업을 인수한 후, 즉시 계속해서 8번이나 비행을 성공시켰다. 공군은 겸연쩍어했다.

밀든홀 작전은 우리가 그곳에 도착한 지 2년 후, 대처 수상의 발표로 공개되었다. 우리들의 주요 임무는 매주 두 번 소련 북쪽을 비행해서 콜라 반도의 무르만스크에 있는 소련 해군 기지에서 핵잠수함 계류 부두를 정찰하는 것이었다. 거리가 아주 멀었기 때문에 거기까지 가려면 3번이나 공중급유를 받아야 했다. 하기야 그걸 노리고 소련은 그 구석진 곳에 잠수함 기지를 만들었던 것이다. 그곳은 전투기와 미사일로 엄중하게 방어되었기 때문에 블랙버드만이 안전하게 비행할 수 있었다. 그들은 항상 우리를 탐지했지만, 저지하려고는 하지 않았다. 우리는 바로 그들의 코앞까지 가기는 했지만, 실제로 소련령에 침입하지는 않았다. 대통령은 절대로 소련령에 침입하지 말도록 엄명했다. 엔진 고장 같은 긴급한 사태가 발생하면 노르웨이로 갈 수밖에 없었다. 실제로 그런 일이 3번 있었다.

우리는 부두에 정박 중인 잠수함의 사진을 찍었다. 어디에 잠수함이 있고, 어

새크라멘토 인근 빌 AFB에 배치된 블랙버드 비행대 (Lockheed)

디가 비어 있는지도 확인했다. 이 핵잠수함은 폴라리스 미사일(잠수함 발사 탄도미사일)을 싣고 있어 공해상에서 워싱턴이나 뉴욕을 공격할 수 있기 때문에 우리 본토에 위협이 되고 있었다. 그래서 우리는 항상 그 숫자를 세고, 출항 순간부터 행방을 추적했다. 사진은 아주 선명해서 물속의 잠수함 스크루 크기나 갑판에 있는 미사일 발사관의 수까지도 셀 수 있었다. 우리는 광학 사진과 레이더 화상을 촬영하고, 방공 체제 안으로 침투해서 레이더 주파수를 조사한 다음, 남하하여 동독과 폴란드의 발틱해 연안에서도 같은 일을 했다.

소련은 MiG-25 전투기를 긴급 발진시키기도 했지만, 그 전투기는 60,000피트(18,300m)밖에 상승할 수 없었기 때문에 그대로 내려가고 말았다. 그중 한 대는 마하 3으로 급가속해서 올라왔지만 결국 그냥 내려가 버렸다. MiG-25는 최대 속도가 마하 2.5 내지 2.7이었으므로, SR-71을 잡을 수 없었다. 그들은 가끔 우리에게 미사일을 발사했지만, 우리는 ECM을 효과적으로 사용했다. 발틱해 연안 비행은 레이더와 전자전 정보를 입수하고 동구권 경계 지대의 군사 시설 사진을 촬영하기 위한 것이었다. 우리는 이런 비행 한 번으로 발트해와 바렌츠해 연안에서 50종류의 레이더와 미사일 추적 전파를 수집할 수 있었다.

영국에서 발진한 우리 대원들은 일상적으로 그리스에서 튀니지까지 지중해 상공을 비행했다. 우리가 찍은 사진은 어떤 정찰위성이 찍은 것보다도 뛰어났다.

일요일 오전 10시 1분, 세계 어느 곳의 사진이 필요하다고 하면, 우리는 즉각 찍어서 가져올 수 있었다. 우리는 몇 대 안 되는 비행기로 전 세계의 사진을 찍었다.

증언 : D. 커트 오스터헬드 (공군 RSO)

나는 1985년 12월, 처음으로 소련 발트해에 있는 잠수함 기지 정찰 비행을 했다. 85,000피트(25,900m) 상공에서 본 소련 항만 지역의 겨울 경치는 장관이었다. 육지는 시선이 미치는 곳이 모두 백색이었고, 바다는 단단하게 얼어붙어 있었다. 쇄빙선이 지나간 흔적만이 검은 선으로 길게 뻗어 있었다. 그 선을 따라 잠수함이 대양으로 나가는 모습이 보였다. 극지방의 얼어붙은 기온 때문에 우리 비행기 엔진에서는 비행운이 길게 뻗쳤다. 구름 한 점 없는 하늘에서 그것은 좋은 목표가 되었다. 아래를 내려다보니, 긴급 발진해서 올라오는 소련 전투기의 비행운이 보였다. 그 계절에는 정오에도 태양이 아주 낮아 수평선에 가까웠다. 나는 뒷자리에서 태양광이 눈에 들어오지 않도록 왼쪽 커튼을 내려 놓고 레이더와 방어 장치 계기판을 주시했다. 잠수함 도크에 접근하자, 단파라디오에서 '컨디션 1' 경보가 나왔다. 나는 즉각 주목했다. 곧이어 방어 장치 계기판의 경보등에 불이 켜지기 시작했다. 우리가 추적을 당하고 있고, 대공미사일이 우리를 향해 발사되고 있을지도 모른다는 경고였다.

나는 파일럿에게 최고 속도로 가속하라고 말했다. 실제로 미사일이 발사되었다면 지금쯤 도달했을 것이라고 생각했던 순간, 커튼을 고정해 두었던 벨크로가 떨어져 조종석 안에 햇빛이 쏟아졌다. 갑자기 주위가 환하게 밝아졌다. 순간, 나는 맞았구나, 하고 생각했다. 온몸에 공포가 엄습했다. 공포를 모른다는 비행사가 겨울 태양빛에 놀라다니.

증언 : 윌리엄 버크 주니어 중령(공군 파일럿)

1983년 가을, 레바논에서 일어난 해병대 사령부 폭파 테러 사건 때문에 나는 밀든홀에서 발진했다. 레이건 대통령은 이 지역의 모든 테러리스트 기지를 촬영하라는 명령을 내렸다. 프랑스는 상공 통과를 거부했기 때문에 우리는 영국의 남부 연안에서 공중급유를 받은 다음, 마하 3으로 포르투갈과 스페인의 해안을 남쪽으로 돌아서 지브롤터 해협에서 왼쪽으로 선회, 지중해의 서쪽에서 다시 공중급유를 받고 초음속으로 가속해서 그리스와 터키 해안으로 갔다. 여기서 다시 오른쪽으로 선회해서 레바논으로 들어가 곧장 베이루트 중심가로 향한 다음, 남 지중해 해안으로 빠져나와서 몰타 상공에서 공중급유를 받고 초음속으로 해협을 건너 영국으로 돌아왔다.

우리가 침투하기로 한 다마스커스 서쪽에는 시리아가 소련제 SA-5 미사일 포대를 배치하고 있었다. 이 사건에 대한 시리아의 의도는 명확하지 않았다. 이 고성능 미사일은 우리를 격추할 수 있는 수준의 속도와 사거리를 자랑했기에 안전을 위해 일대를 80,000피트의 고도에서 마하 3의 속도로 통과하기로 했다.

우리가 레바논 영공에 들어갔을 때, 뒷자리의 RSO가 방어 장치 계기판에 SA-5가 추적하고 있다는 경보가 나왔다고 알려 주었다. 15초 가량 지난 후, SA-5의 유도신호가 작동 중이라는 경보가 나왔다. 실제로 미사일이 발사되었는지, 아직 발사대에 있는지 알 수는 없었지만, 유도 시스템이 우리를 추적하고 있는 것만은 확실했다. 나는 주저할 여유가 없었다. 나는 스로틀을 밀고 상승하면서 몇 번 외쳤다.

"하일 켈리!"

우리는 베이루트 상공 비행을 마치고, 몰타 쪽으로 선회했다. 그때, 오른쪽 엔진의 유압경고등에 불이 들어왔다. 엔진은 제대로 돌아가고 있었다. 나는 속도를 줄이고 고도를 내려 영국으로 직행했다.

우리는 우회하는 대신, 허가 없이 프랑스를 횡단하기로 했다. 거의 프랑스 영공에서 빠져나왔을 무렵, 오른쪽 창밖으로 프랑스 공군의 미라지 III 전투기가 왼쪽 날개 끝 10피트 거리에서 따라오고 있는 것이 보였다. 그 파일럿은 우리 무선주파수로 외교허가번호를 물었다. 나는 그가 무엇을 묻고 있는지 몰랐기 때문에 그냥 기다리라고 대답했다.

나는 뒷자리의 RSO에게 물었다. 그는 이미 대답했으므로 걱정하지 말라고 말했다. 그가 준 대답은 가운데 손가락만을 고이 펼쳐 보여주는 것이었다. 나는 애프터버너를 점화해서 단숨에 그 미라지를 멀찌감치 떨어뜨려 버렸다. 2분 후, 우리는 해협을 건너고 있었다.

증언 : 랜디 셀호스 (공군 RSO)

1987년 10월 28일, 나는 오키나와와 이란 간의 왕복 비행을 했다. 페르시아만에 다녀오는 11시간의 임무였다. 목적은 극히 절박한 것이었다. 레이건의 백악관은 이란이 호르무즈 해협을 항해하는 선박을 공격할 수 있는 중국제 실크웜 미사일을 보유하고 있는지 알고 싶어 했다. 이 미사일은 유조선에 명백한 위협이 되고 있었다. 블랙버드는 이란이 그 해안에 따라 실크웜 지대함 미사일을 배치하고 있다는 사실을 확인했다.

그 위치를 정확하게 알 수 있었으므로, 우리는 해군에게 사전 경고를 제공하고 이란에게는 극히 직접적이고 개인적인 경로로 그 미사일을 선박에 발사하면 중대한 사태를 초래할 것이라고 경고했다. 우리 정부는 안전을 보장하기 위해 이 좁은 해협을 항해하는 유조선에게 호위를 붙였다.

우리들의 임무는 '자이언트 익스프레스'라는 암호를 사용했다. 그 이름 그대로, 우리는 지구를 반 바퀴나 돌았다. 오키나와를 이륙한 다음 우리는 남아시아로 향했다. 남인도양 상공에서 우리는 두 번째 급유를 받았다. 이륙 후 5시간이 지난 다음, 우리는 페르시아만에 접근해서, 실제로 해군함정의 호위를 받고 있는 유조선단을 볼 수 있었다. 세 번째 공중급유를 받고 속도를 올리는데, 다음과 같은 무전이 들어왔다.

"40,000피트(12,200m) 상공의 미확인 항공기, 정체를 밝혀라. 밝히지 않으면 공격한다."

나는 즉각 충돌을 피하기 위해 지정된 다른 UHF 주파수로, '공군특수요원'이라고 대답했다. 그 이상 질문은 없었다.

몇 달 후, 이란의 민항기가 페르시아 만 상공에서 미국 해군에게 격추당했다.[03] 나는 그 사건의 신문기사를 읽으면서 그 에어버스가 받은, 다시 말해서 내가 받았던 것과 똑같은 메시지가 그때 그 미사일 프리깃에서 발신된 것인지도 모른다는 생각을 했다. 나는 가끔 내가 그의 정체 확인 요구에 답하지 않고 무전기를 껐더라면 어떤 일이 생겼을까 생각하곤 했다.

위험도가 높은 임무를 수행할 때는 대통령의 직접 허가가 필요했다. 그런 일은 현장 상황이 국제간의 긴장이나 전쟁과 평화의 미묘한 균형에 영향을 줄 가능성이 명백하고, 그 내부 사정을 직접 알 수 있는 수단이 없을 경우였다.

예를 들어 1973년의 제4차 중동전쟁 초기, 아랍군이 이스라엘에 기습을 가해 3개 전선에서 신속한 승리를 거두었을 때, 닉슨 대통령은 소련이 아랍군에게 최신 부대 위치와 배치 정보를 제공하기 위해 코스모스 위성의 궤도를 수정했다는 보고를 받았다. 그것은 엄청난 전술적인 이점이었다.

닉슨은 블랙버드를 출동시켜 같은 리얼타임 전장 정보를 이스라엘에게 제공하여 균형을 잡으라고 명령했다. 그러나 영국 정부는 아랍의 감정을 건드릴까 두려워서 블랙버드가 밀든홀 기지에서 이륙하는 것을 허가하지 않았다. 그래서 우리는 뉴욕 북방의 기지에서 중동까지 논스톱으로 비행해야 했다. 반나절 동안 12,000마일(19,200km)을 왕복하는 비행이었다. 그 다음 날, 블랙버드가 찍은 사진은 이스라엘군 총사령부 책상 위에 전달될 수 있었다.

1982년 1월, 폴란드 정부가 솔리다르노시치 개혁 세력[04]을 잔혹하게 탄압해서 긴장상태가 최고조에 달했을 때, 레이건 대통령은 공군 블랙버드에게 명령하여 폴란드-소련 국경을 따라 깊숙이 비행하도록 했다. 폴란드 공산당 지도자 야루젤스키 장군은 서방과의 통신을 끊고 계엄령을 선포했다. 백악관은 크렘린

03 1988년 7월 3일 발생한 민간항공기 격추사건. 미국 해군의 이지스 방공순양함 빈센스가 이란 공군기로 추정되는 목표를 함대공 미사일로 격추한 사건이다. 당시 빈센스는 공격 대상을 경고무전에 반응하지 않는 이란 공군의 전폭기로 추정했으나, 이후 이란한공의 A300 여객기였던 것으로 확인되었다. 이 사건으로 여객기 탑승자 290명이 전원 사망했다. 이란항공 655편 격추사건, 혹은 빈센스 사건이라고 불린다.

04 폴란드 자유 노조

이 1968년 체코슬로바키아에서 그랬던 것처럼 군대를 투입해서 봉기를 분쇄하려는 것이 아닌가 우려했다. 이 정찰 비행으로 소련군의 움직임은 없었고, 국경에 아무런 군사력 증강도 없다는 사실이 확인되자 레이건 대통령은 안심했다.

블랙버드는 1986년 4월, 엘도라도 계곡 작전 때도 대통령의 직접 명령에 따라 다시 비행했다. 미군 병사들이 자주 드나들었던 베를린의 나이트클럽을 목표로 가해진 테러에 대한 보복으로 리비아의 무아마르 카다피를 공습하는 작전이었다.

블랙버드의 임무는 공습 후 정찰과 전과 확인이었다. 공습 6시간 후에 실시된 이 비행은 리비아의 모든 방공 체제가 최고도의 경계를 하고 있었고, 유명한 블랙버드를 격추해서 공을 세우려고 하고 있었기 때문에 대단히 위험했다.

10여 발의 미사일이 발사되었다. 그러나 접근한 것은 하나도 없었다. 블랙버드가 왕복 6시간, 12,000마일의 비행 끝에 무사히 영국에 복귀하고 1시간 후, 촬영한 사진은 상황실로 전송되었다. 몇 시간이 더 지나자 테이블 크기로 확대된 폭격 상황 사진이 와인버거 국방장관에게 제출되었다. 그 중 하나에는 빗나간 폭탄 한 발이 대통령궁에서 얼마 떨어지지 않은 곳에 있는 지하탄약고에 명중한 상황이 찍혀 있었다. 리비아인들은 우리가 의도적으로 그곳을 폭격한 것으로 착각하고 경악했다.

"미국인들이 어떻게 그런 비밀 저장 시설을 알아낼 수 있었을까?"

나는 이 놀라운 비행기가 아직도 운용 가능하다고 믿고 있다. 공군에서도 많은 사람들이 그렇게 생각하고 있다. 그러나 유감스럽게도 그렇게 되지는 못했다.

스컹크 웍스 역사 중 가장 우울했던 기억의 하나는 1970년 5월 5일, 펜타곤으로부터 블랙버드의 모든 제작 시설과 공구를 파괴하라는 전보를 받았을 때였다. 모든 금형, 지그, 그리고 40,000개의 도구를 파기하고 파운드당 7센트에 팔아 버렸다. 정부는 그런 공구의 보관비를 지불할 생각이 없었을 뿐만 아니라, 다시는 블랙버드를 제작할 수 없게 되었음을 확인하고 싶었던 것이다. 당시 나는 이런 경비 절약 조치가 시간이 흐른 뒤에는 국가 안보의 측면에서 손실이 될 것임을 확신했다. 이 결정으로 이번 세기 끝까지 마하 3을 낼 수 있는 비행기의 생산을 전혀 할 수 없게 되었다. 정말 바보같은 짓이었다.

그러나 공군에서는 최초에 구입한 31대의 SR-71 중에서 20대는 이번 세기 내내 운용하기에 충분하리라고 생각한 것 같았다. 실제로 1984년에 실시된 방위과학위원회의 조사에 의하면 블랙버드의 티타늄제 외피가 비행할 때마다 생기는 열로 담금질이 되어 10년 전 처음 인도되었을 때보다 더 강도가 올라갔기 때문에 앞으로 30년 이상 사용할 수 있다는 결론을 내렸다.

공군은 3억 달러를 투자해서 전자 기기를 최신 디지털 제어 방식으로 바꾸고 기상에 좌우되지 않는 새로운 합성개구 레이더 시스템을 탑재하며 동력 시스템도 개선하기로 결정했다. 그러나 공군참모총장 래리 웰치 장군은 의회에서 혼자 캠페인을 벌여 이 계획을 완전히 폐기하고 말았다.

웰치 장군은 정교한 정찰위성이 있으므로 SR-71은 불필요한 사치품이라고 생각했다. 웰치는 전략공군사령부 사령관 출신이었기 때문에 우선 순위에 대해서 편견을 가지고 있었다. 그는 SR-71 개선 예산을 B-2 폭격기 개발에 쓰고 싶어 했다. 칼럼리스트 롤랜드 에번스의 말에 의하면 그는 '블랙버드는 총을 쏘거나 폭탄을 운반할 수 없다. 그런 비행기는 필요 없다'고 말했다는 것이다.

웰치 장군은 의회에 가서 어느 강력한 위원회 위원장에게 SR-71 한 대의 운용비로 F-15 전폭기 15~20대로 편성된 비행대를 운용할 수 있다고 주장했다. 그 주장은 엉터리였다. 그가 인용한 SR-71의 1년 운용 비용은 4억 달러로 되어 있었는데, 실제는 2억 6,000만 달러였다.

확실히 SR-71의 운용비는 저렴하지 않았다. 이 비행기는 돈이 많이 들고 복잡한 공중급유를 받지 않으면 순항 속도로 1시간 반 이상을 비행할 수 없다. 정작 공군이 화가 난 부분은 SR-71로 입수한 정보가 해군, 국무부, CIA에 제공되고 있는데도 불구하고, 그 어느 곳도 비용을 분담하려 들지 않았다는 사실이었다.

1990년, 딕 체니 국방장관은 이 비행기를 은퇴시키고 이 계획을 끝내기로 결정했다. 2년간이나 그런 결정을 저지하기 위해 싸웠던 존 글렌 상원의원 같은 의회 내 우리 친구들은 이 결정에 불만이 많았다.

글렌 의원은 경고했다.

"SR-71 운용 중단은 중대한 잘못이며, 장차 위기가 발생했을 때 우리 국민을 대단히 불리한 입장에 놓이게 할 것이다."

40명 이상의 의원이 이 프로그램을 유지시키기 위해서 노력했다. 상원군사위원회 위원장 샘 넌 의원 같은 실력자가 앞장섰다. 그러나 체니가 승리했다. 나는 개인적으로는 체니를 좋아하고, 국방장관으로서 훌륭한 사람이라고 생각했다. 그러나 블랙버드에 관해서는 국가안전보장위원회 위원장을 지낸 바비 인멘 제독의 의견이 옳다고 생각했다. 그는 나에게 이렇게 말했다.

"인공위성은 블랙버드의 상실을 완전히 메울 수 없을 것이다. 이것을 대체할 수 있는 비행기도 없다. 우리는 이 때문에 무서운 기습을 당하거나, 엄청난 정보상의 문제에 직면하게 될 것이다."

1990년, 이라크군이 쿠웨이트를 침공한 지 며칠 후, 나는 공군참모차장 마이클 로 장군에게 전화를 걸어 90일 안에 블랙버드 3대를 준비해서 그 지역 상공을 비행할 수 있도록 할 수 있다고 말했다. 유능한 파일럿도 제공할 수 있다고 했다. 그 3대의 블랙버드는 NASA가 고공비행 시험을 위해서 사용하고 있던 기체였다. 나는 비행기, 파일럿, 지상 정비원 등 일체를 1억 달러에 제공하겠다고 했다.

이 비행기는 이라크 상공을 정찰하는 데 불가결했다. 나에게는 또 하나의 생각도 있었다. 나는 말했다.

"장군, 기도 시간에 바그다드 상공을 마하 3으로 초저공비행해서 놈들에게 소닉 붐 세례를 날릴 수도 있습니다. 사담의 사기가 떨어질 겁니다."

로 장군은 나중에 전화를 걸어 주겠다고 말했다. 1주일 후, 딕 체니 국방장관이 결정을 내렸다는 전화가 왔다.

체니 장관은 1회용 블랙버드 임무는 있을 수 없다고 생각했다. 그는 로 장군에게 말했다.

"그 빌어먹을 비행기를 한 번 복귀시켰다가는 다시는 무덤으로 돌려보낼 수 없어.”

증언: 에드 일딩(공군 파일럿)

의회가 SR-71을 은퇴시키기로 승인하자, 스미스소니언 협회가 워싱턴의 항공 우주박물관에 전시할 수 있도록 블랙버드를 보내 달라고 요청했다. 그래서 우리는 캘리포니아로부터 댈러스 공항까지 이 비행기를 운반하는 새로운 대륙 간 횡단기록을 세우게 되었다. 나는 1990년 3월 6일, 로스앤젤레스와 워싱턴 간 2,300마일(3,680km)의 마지막 비행을 조종하는 영예를 얻었다. 나는 로스앤젤레스 교외의 팜데일을 오전 4시 30분에 이륙했다. 뒷자리에는 조 비다 중령이 타고 있었다.

새벽 이른 시각이었는데도 불구하고 많은 사람들이 환송을 나왔다. 우리는 태평양 상공에서 공중급유를 받은 다음 선회해서 동쪽을 향해 고도 60,000피트(18,300m)에서 음속의 2.6배로 속도를 올렸다. 우리 아래로는 수백 마일에 걸쳐 캘리포니아의 해안선이 아침 햇살에 빛나고 있었다. 상공에는 동이 트고 있는 가운데, 금성, 화성, 토성이 반짝였다.

우리는 곧 중앙 캘리포니아 상공에 도달했다 블랙버드에서 계속 나오는 소닉붐이 이 특별한 날, 지상에서 아직 자고 있던 수백만의 주민들에게 이른 아침의 모닝콜이 되었을 것이다. 나는 마하 3.3으로 속도를 올렸다. 캔자스시티에서 동쪽으로 권운 위로 올라가, 마지막으로 둥근 지구를 내려다보았다. 우리 아래에는 수평선 바로 위에서 밝은 청색으로 빛나는 지구 대기의 97%가 있었다. 바로 위에는 대낮인데도 먹물처럼 검은 하늘이 있었다. 제트기류보다 훨씬 위쪽이었기 때문에 풍속은 시속 5마일밖에 되지 않아, 마치 비단 위를 비행하는 것 같았다.

세인트루이스에서 신시내티까지 평균 속도는 시속 2,219마일(3,524km)이었고 소요시간은 8분 32초로, 비행속도 신기록이었다.

고도 84,000피트(25,600m)에서 워싱턴이 옆으로 보이자, 나는 초음속 애프터버너를 끄고 강하하기 시작했다. 우리는 두 개의 신기록을 수립했다. 로스앤젤레스-워싱턴을 64분, 캔자스시티-워싱턴을 26분만에 비행한 것이다. 우리는 또

SR-71 블랙버드가 조지아주 로빈스 공군기지의 항공박물관 영구 전시를 위해 고속도로를 이동중인 모습 (Jay miller)

2,404마일(3,869km)을 67분 54초로 비행해서 대륙 횡단 신기록도 수립했다. 소닉붐이 우리나라의 대륙을 연속해서 횡단한 것도 처음이었다.

안개 너머로 댈러스공항의 관제탑이 보였다. 나는 고도 800피트(240m)로 내려가 마중 나온 사람들 위로 지나갔다. 그대로 활주로로 내려가고도 싶었지만, 댈러스 공항 터미널의 유리창이 우리 비행기의 강력한 엔진 진동으로 깨질 것 같아서 참았다. 나는 커다란 흥분과 함께 엄청난 슬픔을 느꼈다. 우리가 착륙해 비행기에서 내리자, 스컹크 웍스의 수장인 벤 리치가 기다렸다가 악수를 청했다.

나는 그를 전에 만난 일이 있었다. 1989년 12월 20일, 블랙버드 제작 25주년 기념으로 스컹크 웍스 상공을 비행하기 위한 협의 때문이었다.

나는 당시 버뱅크의 스컹크 웍스 격납고와 건물 위를 세 번 저공으로 비행했다. 벤은 모든 직원을 밖으로 내몰아서 자신들이 만든 이 놀라운 비행기가 상공을 비행하는 모습을 구경하고 환호하도록 했다. 수천 명의 작업원들이 나와서 우리에게 손을 흔들고 있었다. 마지막으로 통과할 때, 나는 애프터버너를 점화하여 급상승하면서 날개를 흔들어 경의를 표시했다. 나중에 들은 이야기에 의하면 사람들은 울었다고 한다.

12. 차이나 신드롬

내가 책임자로 있던 동안, 스컹크 웍스에서 가장 엄격하게 보안조치를 취한 프로젝트는 태그보드(Tagboard)라는 암호명으로 진행된 계획이었다. 이 계획은 케네디 정권 때 시작되어 리처드 닉슨 대통령 때 운영되었는데, 스컹크 웍스와 외부를 통틀어 그 정체를 알고 있던 사람은 100명도 되지 않았다. 오늘날까지도 태그보드는 안개 속에 싸여 있는데, 그것은 기본적으로 이 계획이 실패했기 때문이다. 하지만 이 작전은 정말 엄청난 것이었다. 무인정찰기를 중국 깊숙이 침투시켜 비밀 핵실험장의 시설을 촬영하는 계획이었으니 말이다.

나는 무인기에 매료되어 있었다. 나는 원격조종이나 미리 프로그래밍된 무인 비행기가 극단적으로 적대적인 지역을 정찰하는 데 가장 적합하다고 생각했다. 파일럿의 손실이나 프랜시스 게리 파워스의 사례와 같은 정치적 곤경을 걱정할 필요가 없었기 때문이다. 무인기가 충분히 높은 고도와 속도로 비행한다면 적은 저지할 수 없고 발견조차 하기 힘들 것이다.

우리 분석반 중의 몇 사람은 무인기를 적극적으로 밀고 있었고, 가끔 켈리 존슨에게도 우리 팬클럽에 가입하도록 권유했다. 그러나 켈리는 거절했다. 무인기는 성공적으로 운영하려면 규모가 너무 커지고 복잡해져서 경제적으로 타당성이 없다는 것이다. 그러나 세월이 흐르는 동안 그의 마음이 달라졌다. 그는 중국 본토에서 핵무기와 로켓 무기가 급속도로 개발되고 있음을 알고 있었다. 그리고 이 민감한 지역을 촬영하려다 대만의 U-2 4대가 격추당했다.

중국에서 가장 커다란 핵실험 시설은 해안선에서 2,000마일(3,200km)이나 내

륙으로 들어간 위구르 자치구의 로프누르[01]에 있었다. 이곳은 중국과 몽골 국경 근처였는데, 표고 4,000피트(1,200m)인 고원의 주변보다 2,000피트(600m)가량 함몰된 폭 20마일(32km)의 분지였다. 이 황량한 곳에 고립되어 있는 시험장이 미국 정보기관의 주요 목표였다. 당시 중국의 외교 정책은 점점 공격적이고 적대적으로 변화해 갔다. 중국은 모스크바와 결별한 뒤, 인도 및 티베트와 국경 분쟁을 일으켜 세계 모든 주요국의 관심을 끌고 있었다. 로프누르는 2,000마일이나 떨어진 곳에 있었기 때문에 숙련된 U-2 파일럿도 왕복 비행은 힘들었다. 스컹크웍스에서 무인기 아이디어를 밀고 있던 우리들은 켈리에게 로프누르 같은 곳의 상공을 비행하자면 무인기가 가장 적합하다고 설득했다.

우리가 생각하고 있던 시스템은 블랙버드의 동체 상부에 무인기를 싣고 가다가 중국 연안에서 발진시켜 로켓으로 100,000피트(30,000m)까지 상승시킨 다음, 마하 3 이상의 속도로 단숨에 로프누르 상공을 통과하면서 사진을 촬영하고 돌아오게 하는 것이었다. 무인기가 돌아오면 전자신호를 보내서 필름통을 낙하산으로 투하하고, 그것을 대기중이던 해군 호위함이 회수한다. 그리고 나면 무인기는 자폭한다. 필요한 기술은 충분히 있었다. 켈리는 이 계획을 딕 비셀의 CIA 후임자인 존 파라곤스키에게 이야기했지만, 반응은 부정적이었다. 그러나 공군은 어느 정도 흥미를 표했다.

어쨌든 켈리는 공군의 특별계획부장 레오 게어리 준장의 지지를 얻을 수 있었다. 그는 CIA와 공군 간의 조정 업무를 맡고 있었다. 그는 준비 자금으로 '블랙 프로젝트'의 임시비에서 50만 달러를 조달했다. 우리는 소규모 팀을 구성해서 계획과 설계를 시작했다. 나는 추진 체계를 맡았다. 켈리는 우리들에게 말했다.

"이번은 상황이 다르다. CIA가 등을 돌렸기 때문에 록히드가 독자적으로 이 계획을 추진해야 하는 것이다. 워싱턴에서 지시하는 사람은 아무도 없다. 하지만 나는 그들이 원하는 것을 알고 있다. 지상에 있는 6인치(15cm)짜리 물체를 식별할 수 있는 해상도의 사진을 찍는 것이다. 항속 거리는 최소한 3,000해리

01 Lop Nur, 타클라마칸 사막 동쪽에 위치했던 호수. 뤄부포(羅布泊)나 푸창하이(蒲昌海)라고도 불린다.

(5,400km) 이상으로 하고, 카메라의 무게는 400파운드, 유도 체계도 400파운드로 잡는다. 카메라, 필름, 유도 체계가 들어 있는 부분은 분리시켜서 낙하산으로 회수할 수 있게 한다. 다시 사용할 수 있도록 만들어 비용을 절약하는 것이다. 이상. 실시."

우리가 설계한 무인기는 가오리를 닮은 납작한 삼각형 구조였다. 길이는 40피트(12m), 티타늄으로 만든 기체의 무게는 17,000파운드(7.65t), 엔진은 독일 마르카트(Marquardt)의 램제트 엔진으로, 1950년대에 개발된 Bomarc[02]라는 지대공미사일에 사용해 보았던 제품이다. 이 무인기의 레이더 반사 면적은 그때까지 우리가 설계한 모든 기체보다 작았고, 마하 3 이상의 속도로 순항할 수 있었다. 유도 장치는 천체항법시스템을 채용했고, 발진하는 순간까지는 모기의 시스템으로부터 컴퓨터를 통해서 계속 최신 정보로 데이터를 갱신하게 되어 있었다.

이 시스템은 완전자동이었다. 무인기는 미리 프로그램된 명령에 따라 타면을 구동하는 유압 장치를 제어하는 방식으로 조종했다. 복잡한 비행도 가능해서, 목적지로 갈 때 선회와 방향전환을 얼마든지 할 수 있고, 그것을 다시 되풀이하면서 발진된 곳으로 돌아올 수도 있었다. 관측 장치는 임무를 끝낸 뒤 무전 명령에 따라 분리되어 낙하산으로 떨어진다. 그러면 기다리고 있던 수송기가 Y자 모양의 포획 장치로 그것을 잡아 회수한다. 이 기수 부분이 분리되면 무인기는 자폭한다.

1963년 2월, 켈리는 우리가 만든 설계도를 가지고 워싱턴으로 갔다. CIA는 여전히 관심이 없었다. 이미 블랙버드와 스파이 위성 등의 장비 구입으로 방대한 비밀 예산을 써 버렸고, 의회 감독위원회의 눈총을 의식하지 않을 수 없었기 때문이다. 재무부가 CIA 항공부대를 감사하고 완전히 폐지하려 한다는 소문이 나돌기도 했다. 실제로 1966년에 대통령령으로 이 항공 부대는 폐지되었다.

그러나 공군 장관 해럴드 브라운은 무인기 아이디어에 강한 흥미를 가지고 있

02 CIM-10 Bomarc. 미국과 캐나다가 사용했던 사거리 700km급 램제트 추진 지대공 미사일. 전투기급 규모로 유명했다. 2단 엔진으로 마르카트 RJ43-MA 엔진을 사용했다.

었다. 정찰 비행이 가능하다면 핵폭탄을 운반할 수도 있지 않겠느냐는 것이었다. 핵무기를 탑재한 무인기를 3,000마일(4,800km) 밖에서 발진시켜 엄중하게 보호받는 목표에 도달시킬 수 있다면, 그것을 저지할 수단은 없었다. CIA도 공군이 흥미를 갖게 되자, 우리 무인기를 진지하게 검토하게 되었던 것 같다. 그들은 게어리 장군을 내세워 우리 무인기 계획에 참가하게 되었다. 1963년 3월 20일, CIA에서 보낸 계약서에 따르면 자금과 운용 책임을 공군과 CIA가 분담하게 되어 있었다. 결국 1971년에 이 프로젝트가 끝날 때까지 우리는 3,100만 달러에 불과한 예산으로 51대의 무인기를 제작했다.

태그보드는 이제 스컹크 웍스에서 블랙버드 제조보다 극비 취급을 받는 사업이 되었다. 켈리는 이미 포트 녹스(미국 정부 금괴 보관소)만큼이나 엄중한 경비 대상이 된 거대한 블랙버드 조립장의 한 구역을 벽으로 막아 놓고 새로운 무인기를 만들기 시작했다. 벽으로 둘러싸인 이 구역 안으로 들어가려면 특별한 허가가 있어야 했다. 공장 작업원들은 곧 그것을 서방의 베를린 장벽이라고 부르기 시작했다. 불행하게도 나는 예상보다 더 많은 시간을 이 벽 안에서 보내야 했다. 기술적인 문제들이 산적해 있었다. 특히 마하 3의 속도로 비행 중인 모기에서 무인기를 발진시킨다는 것은 쉬운 일이 아니었다. 무인기는 모기의 동체 후상단에 설치된 파일런에 고정하게 되어 있었다. 모기에서 발생하는 마하 3의 충격파 속에서 무인기를 발진시키는 것은 기술적으로 무척 어려운 도전이었다. 그런데도 켈리는 최대 추력으로 발진시켜야 한다고 고집했다.

풍동의 모형 실험으로 충격파와 엔진의 문제점을 해결하는 데 거의 6개월이 소요되었다. 그러나 유도 장치, 카메라, 자폭 장치, 낙하산 장치 같은 것을 개발하는 문제가 마치 사악한 마법사의 던전에서 튀어나오는 몬스터들처럼 연이어 우리를 습격했다. 켈리는 무인기를 안전하게 발진시키는 것을 최대의 과제라고 생각했다. 일찍이 켈리가 그렇게 무섭게 보인 적은 없었다.

“제기랄, 이 시스템 시험에서 파일럿이 한 명이라도 죽으면 안 돼. 내가 지금까지 일해 온 어느 비행기보다도 위험한 조종이야. 이 빌어먹을 무인기가 제어 불능으로 로스앤젤레스나 포틀랜드 시내 한복판에 추락하면 안 된단 말이야.”

D-21을 탑재한 SR-71(NARA)

그는 발사 시험을 계속 연기하다가 결국 1965년 그의 생일인 2월 27일에 실시하기로 결정했다. 그러나 실제 비행 시험은 십여 가지 복잡한 문제를 해결해야 했기 때문에 13개월이 더 지나서야 실시되었다.

결국 빌 파크가 동체 위에 무인기를 탑재한 블랙버드로 비밀 기지에서 이륙했고, 캘리포니아 연안 상공 80,000피트, 마하 3.2에서 무인기를 발사했다. 무인기는 바다 쪽으로 120마일(192km)을 비행한 다음 연료가 떨어져 추락했다. 한 달 후에 실시된 두 번째 실험은 완벽한 성공이었다. 무인기는 마하 3.3의 속도로 1,900해리(3,420km)를 예정된 코스를 따라 끝까지 비행하다가 유압 펌프가 타 버려 추락했다.

1966년 6월 16일, 복좌형의 블랙버드 SR-71을 이용한 세 번째 시험이 있었다. 조종은 빌 파크가 맡았고, 뒷자리에는 무인기 발사를 담당한 레이 토릭이 앉아 있었다. 블랙버드는 이륙해서 로스앤젤레스 바로 북쪽에 있는 캘리포니아의 해안선으로 가서 포인트 무구에 있는 해군 추적 센터 상공에서 무인기를 발진시켰다.

비행은 완벽했다. 무인기는 1,600해리(3,000km)를 비행하는 동안 프로그램에 따라 8번 선회를 했다. 그 사이에 92,000피트(28,000m) 상공에서 시속 4,000마일(6,400km) 이상으로 비행하면서 채널 제도의 산클레멘테 섬과 산타카탈리나 섬을 촬영했다. 전기 계통의 고장으로 필름 사출이 실패한 것을 제외하고는 모든 것이 완벽했다. 전기 고장은 금방 고칠 수 있는 문제였다.

우리는 몇 주일 후인 1966년 7월 30일, 말리부 해안선에서 가까운 포인트 무구에서 똑같은 시험 비행을 다시 했다. 이번에는 마하 3.25에서 발진시켰다. 결과는 대참사였다. 무인기는 블랙버드의 동체에 충돌해서 조종 불능 상태로 마구 회전했다. 파크와 토릭은 모두 탈출했지만, 여압복이 부풀어 올랐다.

빌 파크는 해안에서 150마일(240km) 떨어진 바다에서 구명정에 타고 있다가 구조되었다. 토릭은 그 근처에 떨어졌으나, 바다에서 허우적대면서 서둘러 헬멧의 바이저를 열었기 때문에 해수가 목 부분의 링을 통해 여압복 속으로 쏟아져 들어갔다. 결국 그는 돌덩어리처럼 바닷속으로 가라앉고 말았다. 당시 추적기를 조종하고 있던 우리 비행 책임자 케이스 베스위크는 지방 시신 보관소에 가서 여압복을 잘라내고서야 그의 시신을 꺼내서 매장했다.

우리는 큰 충격을 받았다. 누구보다도 충격을 받은 사람은 켈리였다. 그는 토릭의 죽음으로 마음이 상해서 충동적으로 모든 계획을 취소하고 개발 자금을 공군과 CIA에게 반환하기로 결정했다. 우리들은 재고를 권했다. 사실 그 무인기 계획은 잘 진행되고 있었다. 그러나 켈리는 고집을 굽하지 않았다.

"더 이상 테스트 파일럿과 블랙버드를 위험에 빠뜨릴 수는 없어. 여유가 없단 말이야."

켈리는 블랙버드 대신 전략공군사령부의 B-52 폭격기로 무인기를 운반할 생각을 했다. B-52 폭격기는 아음속이었기 때문에 공중 발진의 위험성이 적었다. 45,000피트(15,700m)의 고도에서 발진시키면 항속 거리도 크게 줄어들지 않았다.

켈리는 1966년의 크리스마스 직후, 워싱턴으로 날아가 존슨 대통령의 국방차관 사이러스 밴스를 만나서 한 시간 이상 이야기를 했다 그는 태그보드에 큰 관심을 가지고, B-52를 모기로 사용할 수 있도록 허가했다. 밴스는 켈리에게 말했다.

"우리 정부는 두 번 다시 프랜시스 게리 파워스 사건 같은 것을 허용할 수 없습니다. 그러니까 이 계획은 성공해야 합니다. 앞으로 위험 지역 상공 비행은 모두 인공위성이나 무인기로 해야 합니다.”

공군은 특수장비용 B-52H 폭격기 2대를 제공했다. 8개의 엔진이 달린 이 폭격기는 양쪽 날개에 무인기 2대를 장착하고도 16시간 반 동안 70,000해리(13,000km) 비행이 가능해서, 중앙 캘리포니아의 빌 공군기지부터 무인기 발진 지점인 필리핀 서방의 남중국해까지 충분히 날아갈 수 있었다.

이 무인기의 임무는 중국 상공을 비행하는 것이었다. 무인기는 고도 40,000피트(12,200m)에서 발사되어, 점화된 고체연료가 연소하는 87초 동안에 고도 80,000피트에 도달해 마하 3.3으로 가속한다. 이후 3,000마일(4,800km)을 비행하는 동안 유도 장치로 조종된다. 임무를 마치고 돌아올 때는 60,000피트(18,300m)로 내려와 마하 1.6까지 감속하도록 프로그래밍되어 있었다. 여기서 자동적으로 필름 카메라, 그리고 고가의 텔레메트리와 비행 제어 장치가 들어 있는 컨테이너를 사출하며, 이 컨테이너를 낙하산으로 회수해서 다시 사용한다.

1968년 겨울이 되자, B-52를 모기로 한 장거리 발사 시험을 위해 스컹크 웍스와 공군이 팀을 구성했다. 거대한 B-52는 양쪽 날개에 2대의 무인기를 장착했는데, 총 탑재 중량이 24t에 달했다. 이 시험은 하와이에서 실시되었다. 무인기는 크리스마스섬이나 미드웨이 제도까지 태평양의 공해상을 수천 마일가량 비행해서, 미리 입력한 프로그램에 따라 이 섬의 목표를 촬영했다. 무인기는 다시 하와이로 돌아와서 해군 함정과 수송기로 구성된 회수팀이 기다리고 있는 지점에서 3,000마일(4,800km)의 비행을 마치게 되어 있었다.

캡틴 후크(Captain Hook)로 명명된 이 시험 비행의 성적은 14개월 동안 5번 성공, 2번 실패였다. 1969년 가을에는 CIA와 공군의 특별위원회가 EXCOM(국가안전보장위원회 집행위위원회)에 실제 비행 허가를 요청했고. EXCOM은 닉슨 대통령에게 승인을 건의했다.

1969년 9월 9일, 최초의 로프누르 핵실험장 정찰 비행 허가가 나왔다. B-52 한 대가 양쪽 날개에 하나씩 2대의 태그보드를 달고 빌 공군기지를 이륙했다. 한 대는 점화에 실패할 경우에 대비한 예비기였다. 12시간 후, B-52는 공중급유

두 대의 D-21을 탑재한 B-52 폭격기 (USAF)

를 한 번 받고 14시간 만에 발사 지점에 도달해 중국의 조기경보 레이더망이 미치지 않는 항로로 태그보드를 발진시켰다.

다음날, 켈리는 우리들에게 말했다.

"그 빌어먹을 놈은 중국에서 빠져나오는 건 성공했지만 실종되어 버렸어. 탐지되거나 격추된 건 아니야. 고장나서 어딘가에 추락한 모양이다."

이 무인기를 추적한 사람들의 이야기에 따르면 중국의 레이더는 무인기를 탐지하지 못했다. 우리는 이 무인기가 항법 장치 고장으로 연료가 떨어질 때까지 비행을 계속하다 중-소 국경을 넘어가 시베리아에 추락했다고 결론을 내렸다.

11개월 가량 지난 후, 닉슨 행정부는 로프누르 비행을 다시 허가했다. 이때는 무인기가 완전히 임무를 수행해서 랑데부 지점으로 돌아왔다. 그러나 카메라와 사진이 든 컨테이너를 사출하기는 했지만 낙하산이 펼쳐지지 않아 바다 깊이 가라앉고 말았다.

1971년 3월, 닉슨 대통령은 같은 지역에 세 번째 비행을 허가했다. 이 무인기도 완전하게 기능을 발휘했다. 무인기는 예정대로 카메라 컨테이너를 분리했고, 해군 호위함이 기다리고 있는 해상으로 투하했다.

그러나 불행하게도 바다가 거칠었기 때문에 해군이 회수에 실패했다. 낙하산

B-52 폭격기의 주익에 장착된 D-21. 램제트 엔진을 가동하기 위한 증설 부스터를 확인할 수 있다 (USAF)

로프에 매달린 용기가 배 밑으로 끌려들어갔고, 해군은 케이블을 걸어 회수하려 했으나 실패했다. 카메라 캡슐은 그대로 가라앉고 말았다.

2주일 후, 마지막 비행이 있었다. 공군은 중국 영공으로 침입한 무인기를 1,900마일(3,040km)까지 추적할 수 있었지만, 그 뒤에는 스크린에서 사라지고 말았다. 이유는 전혀 알 수 없었다. 그 이후에는 비행을 시도하지 않았다. 비행할 때마다 회수함, 랑데부 지점에서 대기하는 비행기 등 지원 작업에 많은 비용이 들었다. 이 계획은 1972년 중반에 취소되었다.

켈리는 언젠가 씁쓸하게 회상했다.

"희생양을 찾으려는 건 아니야. 하지만 중국에서 실패한 이유가 한 가지 있지. 그 무인기는 허가를 얻을 때까지 빌 공군기지에서 9개월 동안이나 보관되고 있었어. 공군은 이 계획에 160명을 배치하고 있었고, 우리가 최종 검사를 마치고 인도한 다음에 월급값을 하겠다며 몇 차례나 무인기를 해체했다가 다시 조립했어. 그래서 일을 망쳐 버린 거야. 스컹크 웍스에서 모든 정비를 맡고, 실제 비행까지 했다면 이런 일은 없었을 거야. 벤, 문제는 바로 그거였어."

1971년 7월 8일, 국방부는 태그보드 계획이 취소되었으므로 모든 공구를 파기하라는 공식 전문을 보냈다. 그러나 우리는 아직도 그렇게 싼 비용으로 그렇게 훌륭한 성과를 올릴 수 있었음을 자랑스럽게 생각하고 있다.

15년 후 2월의 어느 날, CIA 직원이 스컹크 웍스의 내 사무실로 찾아왔다. 그는 가지고 온 패널을 내 책상 위에 올려놓았다.

"이 물건을 아시겠습니까?"

"물론이지. 어디서 얻었나?" 나는 미소를 지었다.

CIA 직원도 웃었다.

"믿지 못하시겠지만 소련 KGB 요원의 크리스마스 선물입니다. 시베리아의 양치기가 발견했다는군요."

그것은 1969년 11월, 최초로 중국을 향해서 발사한 D-12 무인기의 부품이었다. 무인기는 예정 코스를 벗어나 시베리아로 날아가다가 연료가 떨어져 추락했을 것이다. 그 패널은 엔진 외장의 일부로, 레이더파 흡수 효과가 높은 복합재로 만든 것이었다. 마치 어제 만든 것처럼 쌩쌩해 보였다. 소련인은 한 세대나 지난 패널을 우리 최신 스텔스 기술을 발휘해 만든 물건으로 오해한 것 같았다. 그것은 어느 의미로는 태그보드에 대한 최고의 찬사라고 할 수 있었다.

13. 존재하지 않았던 배

1978년 봄, 우리가 최초의 스텔스 모형을 제작하고 있을 때, 우리 프로젝트 카메라맨이 나를 붙잡고 새로 산 폴라로이드 카메라가 고장이 난 것 같다며 불평했다.

"스텔스 모델의 사진을 찍고 있는데 도무지 초점이 맞지 않아요. 렌즈에 뭔가 이상이 있는 것 같은데요."

나는 이마를 쳤다. 우연히 놀라운 발견을 한 것이다.

"잠깐! 자네 카메라에는 전혀 결함이 없어. 폴라로이드는 자동으로 초점을 맞추기 위해서 소나(음파탐지기)와 같은 감지 장치를 쓰고 있지. 우리 모델의 스텔스 코팅과 형태 때문에 감지 장치가 제대로 작동하지 않는 거야."

나는 항상 우리가 개발하고 있는 기술을 확장하거나 활용할 수 있는 새로운 아이디어를 찾고 있었다. 우리들의 목표는 스텔스 항공기였다. 하지만 소나로 탐지할 수 없는 스텔스 잠수함은 어떨까? 폴라로이드 카메라에 내장된 소나를 피할 수 있었다면, 탐지하기 어렵도록 스텔스 형상 설계를 한 잠수함이나 수상함도 소나를 피할 수 있는 것이 아닌가?

나는 엔지니어 두 명에게 조그만 모형 잠수함을 사서 그 위에 다면체 평면을 붙인 다음 음향실 안에서 시험해 보도록 했다. 이런 조잡한 시험 장치로도 모형 잠수함의 소나 반사를 세 자릿수 정도 줄일 수 있다는 사실이 확인되었다. 엔지니어링의 세계에서는 한 자릿수만 개선할 수 있다면 대단히 큰 성과로 간주되어 보너스가 나오거나, 최소한 샴페인 한 병은 터뜨릴 수 있다. 한 자릿수가 개선되었다는 것은 10배의 효과가 있다는 말이니까 3자릿수의 개선은 1,000배나 효과가 있음을 의미한다. 이것은 돈더미나 훈장, 혹은 두 가지를 모두 얻을 수 있다는 뜻이기도 하지만, 천문학자가 새로운 별자리를 발견하는 것과 마찬가지로 희귀한 일이다.

그래서 우리는 스텔스 잠수함을 설계하기로 결정했다. 시가 모양의 선체를 각진 평면으로 둘러싸 음파 신호를 반사하고, 엔진 소음과 선내 인원들이 내는 소리가 밖으로 나가지 않게 했다. 우리는 특수 음향 측정 장치로 여러 번 음향 테스트를 해서 훌륭한 성과를 얻을 수 있었다. 최소한 제2차 세계 대전의 해전 영화에서 흔히 볼 수 있듯 적의 구축함이 소나로 탐지하며 접근하는 위급한 순간에 잠수함 선원이 재채기를 하거나 렌치를 떨어뜨리는 낯익은 장면은 사라지게 될 것이다. 잠수함의 평면 외벽은 사실상 내부 소음의 유출을 전부 없애 버렸다.

희망에 부풀어 오른 나는 그 설계도와 시험 결과를 가지고 펜타곤으로 가서 잠수함 연구 개발 책임자인 해군 대령을 만났다. 그러나 나는 그의 사무실을 나오면서 켈리의 스컹크 웍스 기본 원칙 제15항을 씁쓸하게 되뇌이는 신세가 되었다. 그가 만든 14항의 스컹크 웍스 기본 원칙은 문서화되어 있었지만, 제15항은 입에서 입으로, 한 세대에서 다음 세대로 구전되고 있었다.

15. 빌어먹을 해군과 일하느니 차라리 굶어라. 그 엿같은 놈들은 자신들이 뭘 원하는지도 모르면서 네놈의 심장이나 다른 급소를 박살낼 때까지 그저 밀어붙이기만 할 것이다.

켈리의 그런 현명한 충고를 무시했던 내가 바보였다.

그 잠수함 담당 대령은 전형적인 완고한 해군이었다. 그는 내 설계도를 보더니 얼굴을 찡그리며 그 아이디어를 혹평했다.

"우린 잠수함을 그런 모양으로 만들지 않습니다."

그는 우리 시험 결과가 흥미롭다고 하면서도 속도가 2~3노트 가량 떨어질 것이라고 말했다. 나는 반박했다.

"적에게 탐지되지 않는데, 속도가 3노트 떨어지는 게 무슨 상관입니까?"

그는 내 말을 무시했다.

"이 배는 남북전쟁 때 군함 모니터나 메리맥처럼 생겼군요. 우린 현대식 잠수함을 그런 모양으로 만들지 않습니다."[01]

나는 해군에 대한 경멸감을 다시금 되새기며 버뱅크로 돌아왔다. 그러나 진주만에 출장갔던 우리 엔지니어 한 사람이 해군이 비공식 자금으로 건조한 카타마란(쌍동선)처럼 생긴 실험선을 봤다고 이야기해 주었다. 그것은 SWATH[02] 실험선이었는데, 거친 바다에서도 안정성이 좋았고 재래식 배보다 속도도 빨랐다. 이 카타마란형 SWATH가 스텔스선의 유망한 모델이 될 것 같았다.

나는 국방차관 빌 페리에게 스텔스기의 설계를 설명하기 위해서 위싱턴으로 출장을 갔을 때, 스텔스함 아이디어를 이야기했다. 그는 카터 행정부 내 스텔스분야의 권위자였다. 나는 카타마란이 수상함의 스텔스 형상과 도장을 시험하는 데 가장 적합하다고 설명했다. 우리는 레이더파를 흡수하는 페라이트 코팅이 바다에서 어떤 효과가 있는지 시험해 보고 싶었다. 페리 박사는 동의하며 DARPA에 연구 계약을 허가하도록 지시했다.

나는 이 프로젝트에 스컹크 웍스 최고의 기술자인 우고 코티를 임명했다. DARPA는 10만 달러를 내놓았다. 나는 15만 달러를 더 지출해서 실용적인 카타마란을 만들기로 했다. 당시 미국 해군 수상함의 가장 큰 위협은 강력한 X밴드 레이더를 사용하는 소련의 RORS[03] 위성이었다. 이 레이더를 무력화시킬 수 있는 열쇠는 바로 형상이었다. 레이더 회피에서 코팅의 역할은 10% 가량에 불과했고, 나머지는 엔진을 조용하게 만들고 항적을 최소한으로 줄이는 일이었다.

우고는 엔지니어 4명을 선발해서 팀을 구성한 다음, SWATH선을 개발하기 시작했다. 이 배는 수면 아래 잠긴 한 쌍의 작은 잠수체(Lower hull)가 상부구조물로 연결된 형태였다. 각각 하나씩 스크루가 장착된 잠수체가 이 실험선의 부력

01 독일은 2018년부터 각진 선체로 음파를 반사하는 개념의 잠수함인 Kasse 212CD를 최초로 설계했으며, 미국 해군도 2030년 이전까지 비슷한 형상의 잠수함 건조를 검토하고 있다. 스컹크 웍스의 제안이 40년 이상 일렀던 셈이다.

02 Small Waterplane Area Twin Hull, 최소수선면 쌍동선

03 Radar Ocean Reconnaissance Satellite의 약자. Upravlyaemy Sputnik Aktivnyy, 혹은 US-A라 불리던 소비에트 해군의 강력한 해양감시위성을 뜻한다. 소련은 이 위성의 정보를 바탕으로 장거리 대함미사일을 유도했다.

시 섀도로 명명된 스텔스 함정이 시험항해중인 모습 (Skunk Works)

을 담당했다. 이 실험선은 구조적으로 거친 바다에서도 안정을 유지할 수 있었으며, 항적도 매우 작았다. 특히 항적은 하늘을 비행하는 전투기의 비행운처럼 쉽게 발견되므로 매우 중요했다.

우리 배는 지금까지 설계된 어떤 배와도 다른, 특이한 모양을 하고 있었다. 이 배는 날개만 없을 뿐, 우리 스텔스 전투기와 분명히 닮아 있었다. 이 배는 45도의 각도로 만나는 일련의 단순한 평판으로 구성되었으며, 수면 아래 있는 한 쌍의 잠수체에서 비스듬히 솟아오른 지주와 그대로 연결되었다.

이 배의 동력은 디젤 엔진으로 발전기를 돌려 전동기를 구동하는 디젤-전기 추진식이었는데, 선체에 설치된 발전기에서 나오는 전류를 케이블로 잠수체에 장착된 강력한 전동기에 공급했다. 두 개의 스크루는 서로 반대 방향으로 회전하게 되어 있었다. 잠수체와 스크루는 정교하게 형상을 조정해 소음과 항적을 모두 크게 줄였다.

확실히 고전적인 함정의 형상과 거리가 멀었지만, 나는 이 배가 해군의 방위 작전에서 중요한 부분을 담당할 수 있을 것으로 확신했다. 당시 NATO의 컴퓨터 시뮬레이션 훈련은 해군 장성들에게 아군 항공모함 전단이 적의 항공 공격에 취약하다는 경고를 내놓고 있었다. 이 시뮬레이션은 소련이 서유럽을 공격하고, 미국 해군이 즉각 항공모함 전단을 북대서양으로 출동시킨다는 시나리오로 진행되었는데, 진행 과정에서 소련의 장거리 폭격기가 신형 룩다운-슛다운 기능을 갖춘 레이더 유도 대함미사일로 아군 항공모함과 호위함에 치명적인 손실을 입힌다는 결과가 나왔다. 해군은 이 위협에 대처하기 위해 황급히 척당 10억 달러에 달하는 이지스 구축함을 건조하기 시작했다. 이 구축함에는 대함 미사일을 격추할 수 있는 신형 함대공 미사일이 장비되었다.

나는 생각했다. 왜 화살을 잡으려고 하는 걸까? 그 사수를 잡는 것이 더 쉽다. 이지스 구축함은 한 척에 10억 달러지만, 우리 SWATH 보트는 거우 2억 달러밖에 안 된다. 이 배에 패트리어트 미사일 64발을 장비해서 항공모함 기동부대 앞 300마일(480km) 되는 곳에 보이지 않는 수상 대공미사일 기지를 만들어 놓는 것이다. 우리는 소련의 공격기가 우리 함대의 미사일 사거리 안에 들어오기 전에 격추할 수 있다. 그들은 전자적으로 우리 스텔스함을 볼 수 없기 때문에 무엇이 그들을 공격했는지 전혀 알 수 없을 것이다.

우리가 분석해 본 결과, 대공미사일로 무장한 우리 스텔스함이 18척만 있어도 미국 해군 전체를 보호할 수 있다는 결론이 나왔다. 우리 배가 우리 항공모함 기동함대를 공격하기 위해 접근하는 적의 편대를 대부분 격추할 수 있다면, 이지스 구축함들도 훨씬 쉽게 적의 미사일을 격추할 수 있을 것이다. 한 번에 격추해야 하는 미사일 수가 크게 줄어들기 때문이다.

우리는 이런 주장을 증명할 수 있는 확실한 데이터를 가지고 있었다. 우고 코티는 실제 환경에서 모형 선박의 낮은 레이더 반사 면적을 정확하게 측정하기 위해서 서부 사막에서 가장 외진 구석으로 갔다. 데스밸리에서 얼마 떨어져 있지 않은 곳에 그는 축소형 대양을 만들었다. 에드워드 공군기지에서 그곳에 가려면 나귀나 지프를 타고 험하고 굽이진 길에서 이틀 동안 고생해야 했다.

그곳은 해발 8,500피트(2,590m)의 산록에 있는 옛 호수바닥이었다. 우고는 이 산 꼭대기에 소련의 레이더 위성과 비슷한 레이더 시스템을 설치할 계획을 세웠다. 그가 만든 대양은 세로 100피트(30m), 가로 80피트(24m), 깊이가 8인치(20cm)인 플라스틱 수영장이었다. 선박 모형은 흔들어서 파도와 같은 효과를 낼 수 있는 30피트(4m) 길이의 테이블 위에 올려놓았다. 소련 위성의 대역인 X밴드 레이더는 중고 냉동육 수송차에 실어 산꼭대기에 올려다 놓았다. 이 냉동차는 전자 기기는 물론 그 조작원까지도 이글거리는 태양으로부터 보호해 주었지만, 가파른 길로 트럭을 올려보내기 위해 불도저가 뒤에서 밀어 줘야 했다.

가장 큰 문제는 이 지방의 야생마와 노새들이었다. 이들은 지난 세기에 붕사 광산 광부들이 채굴하면서 짐을 운반하기 위해 부렸던 동물의 후손이었다. 이 야생동물은 축소형 대양에서 나오는 물 냄새를 맡고 몰려와 실험을 방해했다. 이 문제는 한 친구가 소금 한 양동이를 물에 쏟아부었더니 깨끗이 해결되었다.

해군은 이 사막의 사격장에서 미사일 실험을 했기 때문에 소련의 스파이 위성이 매일 한 번 그 상공을 지나갔다. 아마 소련인들은 우리가 데스밸리에서 목이 마른 노새와 말을 위해 물을 주는 모습을 보고 무슨 일인가 의아했을 것이다.

1978년 가을 초, 나는 실험 결과를 가지고 국방부로 빌 페리 차관을 찾아갔다. 나는 그와 함께 실험 결과를 점검하고, 우리가 이룩한 레이더 반사율 감소 실적을 검토했다. 그는 크게 감명을 받고, 해군에게 실험용 스텔스함 제작을 위한 연구 개발비를 마련하라고 지시했다. 이 배는 시 섀도(바다의 그림자)라고 부르게 되었다.

그러나 버뱅크로 돌아가면서도 나는 걱정 때문에 착잡한 심정이었다. 최초의 스텔스 항공기를 제작하느라 정신이 없는 가운데 U-2를 개량하고 SR-71 블랙버드를 생산하면서 새로운 스텔스 프로젝트를 시작해야 했기 때문이다. 우리 공장은 활발하게 돌아가고 있었지만, 북 캘리포니아에 있는 우리 조선소에서는 종업원을 해고하고 있었다. 해양사업부 간부들이 우리가 비밀리에 스텔스함을 개발하고 있다는 소문을 듣자, 록히드 경영진을 향해 스컹크 웍스보다는 자신들에게 그 사업이 절실하게 필요하다고 호소했다. 나는 갑자기 이 스텔스 선박 개발 사업을 북 캘리포니아로 돌리라는 압력을 받게 되었다.

나는 양보하기 싫었지만, 회사의 방침과 기본적인 관리상의 문제 때문에 이 선박 개발 계획을 포기해야 했다. 우리는 그 사업이 없어도 할 일이 너무 많았지만, 조선소의 동료들은 일거리를 찾느라고 필사적이었다. 나는 어쩔 수 없이 그 사업을 양도하기로 했다. 다만, 로이 앤더슨 회장에게서 한 가지 조건을 얻어냈다. 시험 단계에서 이 사업에 종사해 온 우고 코티와 그의 팀을 실제 선박 건조에서도 감독으로 일할 수 있게 한다는 것이었다. 나는 로이 앤더슨에게 말했다.

"그 빌어먹을 조선부 친구들이 헤매지 않도록 하려면 우고가 있어야 합니다. 이 사업에서는 선박 건조 방법보다는 스텔스 기술이 더 중요합니다. 녀석들은 배의 성능을 향상시키기 위해서 스텔스성을 희생하고 싶어 할 겁니다. 하지만 우고는 그렇게 하지 못하게 막을 겁니다. 페리 박사가 증명하고 싶은 것은 스텔스성입니다. 그것이 이 시험의 목적입니다. 배는 그저 떠 있기만 하면 됩니다."

그러나 페리 박사나 내가 이 사업을 조선부에 인계한 첫날부터 우려했던 사태가 현실로 드러나고 말았다. 전문적인 조선 기술자와 스텔스 기술 전문가 사이의 대립이었다. 우고 코티는 최선을 다했지만 힘이 부족했다. 그가 지휘한 6명의 감독팀은 금방 밀려나고, 85명의 관료와 서류 전문가들이 그 사업을 장악하고 말았다.

여기에 해군까지 당당하게 진군해 들어왔다. 그들은 50명의 감독관을 파견해서 조선부의 관료 조직과 감독 그룹에 가세했다. 이들은 자리를 차지하고 앉아서 읽지도 않을 서류 더미를 만들어 냈다. 그들의 주장에 따르면, 용골을 설치하기도 전에 해군의 모든 엄격한 규칙과 기준에 부합되는지 철저한 검사를 받지 않으면 설사 최고 기밀 취급을 받는 실험선이라도 바다로 나갈 수 없었다.

"페인트 로커는 어디 있나?"

한 해군 중령은 청사진을 흔들면서 우고를 윽박질렀다. 존 폴 존스[04]의 시대부터 해군의 모든 선박에는 그 빌어먹을 페인트 로커가 있었다. 그리고 시 섀도는 독립전쟁 이래 유일한 예외가 될 자격이 없었다. 우리는 해상실험을 하기에 앞서, 함교 바로 아래에 페인트 로커를 설치해야만 했다.

비밀을 유지하는 것도 커다란 골칫거리였다. 크기가 160피트(49m)나 되고, 그 기묘하고 이국적인 모양이 비밀의 핵심인 이 배를 조선소의 다른 종업원들로부터 어떻게 감춘다는 말인가. 유일한 방법은 선체를 6~8개의 부분으로 분할해 각 조선소에서 따로 건조한 다음, 캘리포니아주 레드우드시티에 있는 대형 바지선 안에서 거대한 퍼즐처럼 맞추는 것이었다.

시 섀도는 고장력강을 용접해서 만들었다. 무게는 650t, 폭은 70피트(21m)였다. 1981년에 실시한 초기 해상 실험에서는 예상 밖으로 커다란 항적이 생겼기 때문에 레이더나 공중에서 쉽게 발견될 수 있었다. 우리는 한동안 이 때문에 무척 당황했지만, 프로펠러를 거꾸로 붙였기 때문에 발생한 문제임이 확인되어 쉽게 해결했다.

우리 배의 승무원은 함장, 조타수, 항법사, 기관사 등 4명뿐이었다. 이와는 대조적으로 비슷한 임무를 수행하는 호위함에는 300명 이상의 승무원이 타고 있었다. 정면에서 보면 이 배는 스타워즈에 나오는 다스 베이더의 헬멧처럼 보였

04 John Paul Jones (1747~1792) 스코틀랜드 출신의 영국 해군으로, 미국 독립전쟁 당시 13개주 해군에 투신했다.

시 섀도는 격납고 형태의 기밀형 플로팅독 내에서 건조되었다. (Skunk Works)

다. 이 배를 본 어떤 해군 제독은 일찍이 없었던 그 미래적인 모습에 이를 악물었다. 언젠가 대령으로 진급할 어느 장교는 해군이 그 존재조차 인정하지 않고 있는 배에서 4명의 부하밖에 거느릴 수 없다는 데 대해 분개했다.

우리 스텔스함은 소련의 대규모 공중 공격 부대를 격파할 수는 있지만, 장교의 미래와 승진 전망이라는 측면에서는 예인선을 지휘하는 것이나 다름없었다. 해군 상층부에서도 항공모함 기동부대를 방어하는 데 필요한 함정의 수가 얼마 되지 않는다는 사실을 마뜩잖아 했다. 권한이나 위신 등의 측면에서 경력에 도움이 될 만한 것이 너무 없었던 것이다. 항공모함 기동부대 관계자들도 스텔스함을 좋아하지 않았다. 그들의 거창한 배가 실제로 얼마나 취약한지 사람들에게 알려지는 것이 싫었기 때문이다.

그러나 1982년 가을, 영국과 아르헨티나가 포클랜드에서 충돌했을 때, 시 섀도는 국방부의 새로운 관심을 끌게 되었다. 영국이 페라이트로 코팅한 원시적인 그물망을 군함의 마스트와 레이더에 씌워서 레이더 반사를 크게 줄이고, 공중 공격을 피할 수 있었다고 보고했던 것이다.

병력수송선으로 징발된 초대형 여객선 퀸 엘리자베스2 조차도 이 대 레이더 그물망을 사용했다. 영국은 이 그물망으로 레이더 반사를 한 자릿수로 줄일 수 있었다고 주장했다. 하지만 그들이 주장하는 성능은 우리 배의 1/4에 불과했다. 일반적으로 군함의 레이더 반사 면적은 아주 커서 창고 50채에 필적하지만, 우리 배는 고무보트보다도 훨씬 작았다.

1986년 초여름, 우리는 드디어 실물 규모의 실험을 할 수 있게 되었다. 해군은 이 실험선에 그들이 생각해 낼 수 있는 가장 혹독한 레이더 테스트를 해 보고 싶어 했다. 해군 전문가 몇 명은 우리가 풀에서 30피트(9m)짜리 모형을 사용해서 얻은 데이터가 그대로 실제 바다에 떠 있는 실물 선박에서는 실현될 수 없다고 주장했다. 우리는 스텔스 항공기를 개발할 때도 공군으로부터 똑같은 비관론을 들었다. 그러나 스텔스의 놀라운 세계에서는 일단 형상만 제대로 만들면 물체의 크기는 별로 문제가 되지 않았다. 군인들은 그런 기초적인 원리를 이해하기 힘든 것 같았다.

기밀을 유지하기 위해서 우리는 시 섀도를 안에 실은 바지선을 북 캘리포니아의 서니베일에서 롱비치로 예인한 다음, 산타크루즈 섬 연안에서 한밤중에 시험을 시작했다. 이 섬에는 레이더가 설치되어 있었다. 우리는 해군의 최신 대잠초계기를 향해 항해를 시작했다. 그들의 레이더가 제대로 작동하고 있는지 확인하기 위해, 우리는 초계기 레이더의 탐지 범위 안에다 잠망경을 설치해 놓았다. 초계기의 레이더는 완벽하게 작동해서 예상했던 거리에서 그 잠망경을 탐지해낼 수 있었다. 그러고 나서 초계기는 비행을 계속하면서 우리 배를 찾았다. 어느 날 밤의 시험에서 해군의 초계기는 57번이나 우리 배 위를 통과했으나, 겨우 2번밖에 탐지하지 못했다. 탐지에 성공한 경우도 모두 거리가 1.5마일(2.4km)에 불과해서 실전 상황이었다면 우리는 그들이 탐지하기 훨씬 전에 간단히 그 비행기를 격추할 수 있었다. 몇 번은 파일럿에게 정확한 위치를 알려 주기까지 했지만, 그래도 레이더로는 우리를 찾을 수 없었다.

이런 시험은 거의 1년에 걸쳐 계속되었다. 때로는 소련의 트롤어선이 산타바

바라 남서 60마일(96km), 채널 아일랜드 근처의 공해상에서 우리들의 실험을 지켜보았다. 우리는 그 지방 어선이나 호기심이 많은 요트 선원들이 접근하지 못하도록 해안경비대가 마약 밀수 감시를 강화해서 정선 수색을 한다는 소문을 퍼뜨렸다. 그러자 그 일대의 보트가 거짓말처럼 사라져 버렸다.

시험은 일몰 한 시간 후에 시작되어 일출 한 시간 전까지 계속되었다. 실험을 마치면 우리는 시 섀도를 바지선에 다시 싣고 롱비치까지 끌고 갔다. 이 같은 힘든 시험을 오래 계속한 끝에 우리는 당초에 예상했던 스텔스의 성능을 확인할 수 있었다.

우리가 극복해야 했던 가장 큰 문제는 오히려 우리 배의 지나친 스텔스 성능이었다. 대양의 파도는 레이더 스크린에 예광탄처럼 선으로 흔적이 나타났다. 그런데 배가 완전히 보이지 않았으므로 그 부분이 마치 도너츠의 구멍처럼 레이더 스크린에 공백이 생겼던 것이다. 이렇게 되면 자신의 위치가 드러나고 만다. 스텔스의 세계에서는 주변의 노이즈보다 너무 조용해도 안된다. 그것은 마치 적에게 나팔을 불어 위치를 알려 주는 것이나 마찬가지다.

그러나 우리가 이 문제를 해결했을 무렵, 수상함을 지휘하는 해군 제독들은 이미 열의를 잃기 시작했다. 그들은 우리 배의 디자인이 너무 급진적이라고 불평했다.

"형태가 그렇게 혁명적이고 비밀스럽다면, 어떻게 그런 배를 선원 수백 명의 눈을 피해서 운영할 수 있습니까? 너무 지나친 것 같습니다."

제독들에게는 정치적인 득점을 얻을 수 없는 조그만 비밀 함정보다는 좀 더 매력적으로 예산을 쓸 방법이 얼마든지 있었다. 해군은 잠수함 잠망경이나 신형 구축함의 레이더 반사 면적을 감소시키는 데 우리 기술을 사용하기는 했지만, 우리 스텔스함은 드라이도크에 그대로 처박혀 있었다.

결국 나는 단념하고 말았다. 나는 구명정 정도로 레이더에 나타나는 항공모함의 설계를 가지고 있었다. 하지만 나는 이미 해군과의 거래에 관한 켈리의 기본 원칙 제15항을 확인한 바 있었다. 그것을 두 번이나 무시할 이유는 없었다.

14. 영원한 작별

1972년 초여름, 노스롭의 이사인 프레드 로렌스(Fred Lawrence)가 나를 저녁식사에 초청한 자리에서 엄청난 자리를 주겠다고 제의했다.

"벤, 우린 지금 경량 단발 전투기를 계획하고 있어. 아직 단발 제트기를 만들어 본 적이 없는데, 켈리 존슨의 스컹크 웍스 같은 조직을 우리 회사에 만들어 주지 않겠나?"

"왜 하필 접니까?" 나는 너무 놀라서 물었다.

우리 스컹크 웍스에는 나보다 경영이나 실무 경험이 많은 베테랑이 서너 명 있었다. 예를 들면 부책임자인 러스 다니엘 같은 사람은 내가 록히드에 취직하기 전부터 프로젝트 매니저 일을 했고, 연공서열로 따져도 나보다 훨씬 적격이었다. 나는 당시 47세로, 켈리의 수석 엔지니어 보좌로서 공기역학과 항공학 전반에 관한 책임을 지고 있었다. 내 밑에는 45명이 일을 하고 있었다. 연봉은 60,000달러였다. 나는 충분히 만족하고 있었다. 장래에 대한 야심도 없었다. 프레드 로렌스는 미소를 지으며 내 질문을 받았다.

"왜 자네냐고? 자넨 우리가 찾고 있는 성품과 경력을 가지고 있기 때문이지. 자넨 켈리의 기술 부문 해결사야. 그것만으로도 충분한 이유가 되지. 성능을 충분히 발휘할 수 있는 추진 시스템을 만들어 주었으면 해. 그것만 성공하면 80%는 이기고 들어가는 싸움이지. 안 그런가? 엔진 추력이 모자라거나 설계자가 원하는 기준에 맞지 않아서 폐기된 시제기가 얼마나 되는지 알지? 자네라면 그렇지 않을 거야. 자넨 정확하게 일을 하는 사람으로 정평이 나 있고, 고객들도 자네를 좋아하고 있어. 자네만 와 주면 우린 전투기 시장에서 큰일을 할 수 있을 거야."

그는 NATO나 아시아같이 가볍고 값이 싼 전투기를 찾는 시장에 진출하기를 바라고 있지만, 고성능 요격기의 시제기를 만들 계획도 있다고 말했다.

"우리는 그런 전투기 시장에 참여할 생각이야. 자네가 있으면 가능한 일이지. 켈리가 책임자로 있는 한 스컹크 웍스에서는 그런 사업이 불가능하다는 것을 자네도 알 거야. 방공사령부는 그가 오는 것을 보기만 하면 문을 닫아 버리는 형편이지. 너무 거물이 되어서 함께 일할 수 없다는 거야. 내 말이 틀린가? 뛰쳐나와서 우리와 함께 일을 하자구. 독립을 하라는 말이야. 단언하지만 절대로 후회는 하지 않을 거야. 우리는 함께 커다란 일들을 할 수 있어."

나는 로렌스를 믿지 않았지만, 그가 제의한 아이디어는 내가 그동안 개인적으로 도전하고 추구해 왔던 것이기도 했다. 그는 커피를 마시면서 켈리가 지금 주는 봉급이 얼마가 되든, 노스롭에서는 그 위에 연봉으로 10,000달러를 더 붙여 주겠다고 말했다. 나는 1주일 후에 결정을 알려주겠다고 약속했다.

아내 페이는 이 문제에 아무런 도움이 되지 못했다. 아내는 말했다.

"그런 것은 당신만이 결정할 수 있어요. 당신이 결정해야 하는 거예요."

나는 그 제의를 받아들이고 싶었지만, 켈리에게 말을 꺼내기가 무서웠다.

지난 6년 동안, 켈리는 나를 자기 밑에 두고 일을 시켰다. 블랙버드의 혁명적인 가동형 콘 흡입구 같은 내가 개발한 기술에 대해 여러 가지 기술상을 타게 해 주었고, 항공관계 잡지에 기술논문을 발표하도록 해서 업계에 내 이름이 알려지도록 도왔다. 사실, 기밀의 세계 속에서 일을 하게 되면 어떤 사람이 존재한다는 사실조차 알려지기 어려웠다.

나는 또 켈리에게 부탁해서 1969년 여름에 하버드 경영대학원의 15주 경영자 훈련 과정을 다녀올 수 있었다. 그것은 150명 가량의 유능한 경영자를 선발해서 교육시키는 고등과정이있다. 켈리는 훌륭한 추천서를 써서 내가 그 코스에 들어갈 수 있게 도왔고, 록히드가 상당한 액수의 수업료까지 대납하도록 배려했다. 그는 그 과정이 완전한 시간낭비라고 주장하면서도 나를 밀어 주었다.

"난 오후 반나절이면 회사를 운영하는 데 필요한 모든 지식을 너에게 가르쳐줄 수 있어. 그러고 나서 일찍 집으로 가서 한 잔 하는거야. 말하기보다는 듣는 것이 더 중요하다는 것을 하버드까지 가서 배울 필요가 어디 있나? 넌 하버드 교수들로부터 스트레이트 A를 받을 수 있겠지. 하지만 결단력이 없으면 아무런 소용도 없어. 적절한 시간에 내린 잘못된 결정도 안 내린 것보다는 나은 거야. 자네가 마지막으로 알아야 할 것은 마지못해 적당히 문제를 처리해서는 안 된다는 거야. 철저하게 끝내야 해, 그것뿐이야. 그러면 자넨 이 빌어먹을 공장을 운영할 수 있어. 자, 이제 집에 가서 술이나 한 잔 하자."

그러나 나는 고집을 부렸다. 그 후 내가 새빨간 넥타이를 매고 캠브릿지에서 돌아왔을 때, 켈리는 HBS(하버드경영대학원)가 어땠느냐고 물었다. 나는 방정식을 썼다.

2/3HBS=BS (HBS의 2/3는 Bull Shit=멍청이).

그는 폭소를 터뜨리고 그 방정식을 액자에 넣어 크리스마스 때 선물로 내게 돌려주었다.

1969년 가을, 켈리는 길 건너 버뱅크 본부에 있는 록히드 주 공장에서 6개월간 빌려온 기술자와 설계자로 구성된 엘리트 스컹크 웍스 팀의 책임자로 나를 임명해서 내가 하버드에서 받은 훈련을 시험했다.

우리의 임무는 항공모함에서 발진하는 해군의 신형 대잠초계기[01] 시제기 5대를 제작하는 것이었다. 우리에게 그런 임무를 맡길 수 있었던 것은 당시 우리 공장이 이례적으로 한가했기 때문이었다. 공군은 신형 블랙버드와 구형 U-2 등 필요한 정찰기는 전부 갖추고 있었다. 그리고 그것을 우리 공장이 독점하고 있었다.

노스롭의 프레드 로렌스가 한 이야기는 옳았다. 전투기 구매를 담당한 공군 책임자들은 더 이상 우리를 전투기 제작자로 생각하지 않고 있었다. 우리가 만

01 록히드 S-3 바이킹

든 마지막 전투기는 한국전쟁 중 소련의 미그 전투기에 대항하기 위해서 만든 마하 2의 F-104 스타파이터였다. 그러나 지난 10년간 우리는 국방부가 공고한 새 전투기 경쟁에 초청조차 받지 못했다.

록히드 자체는 수송기와 해군용 미사일 덕에 사업이 번창하고 있었다. 그러나 스컹크 웍스에는 1,100명이나 되는 종업원을 일시 해고할 수밖에 없었다. 스컹크 웍스 내부에서 우리들 몇 명은 알고 있으면서도 보스에 대한 충성심 때문에 말할 수 없었던 공개적인 비밀이 있었다. 전투기 구매를 담당하고 있는 공군 관계자들이 켈리 존슨을 배척하고 있으며, 그가 너무 싸우기 좋아하고 구매자를 골탕먹이기 때문에 더 이상 함께 일할 수 없다며 전투기 경쟁에서 우리를 배제하고 있다는 것이다.

결국 전투기 사업을 시작하자는 노스롭의 제의를 켈리에게 이야기할 용기를 짜내게 되었을 때는 정말 참담한 기분이 들었다. 지금까지 그는 내가 문제를 제시할 때마다 항상 그 대안을 준비하고 있었던 점을 높이 평가하고 있었다. 나는 항상 '플랜 A는 이만큼 돈이 듭니다. 플랜 B는 이만큼 시간이 걸립니다. 보스는 당신입니다. 어느 것을 선택하시겠습니까?' 하고 물었다. 다른 사람들은 마치 잘못을 저지른 아이들처럼 그에게 와서 호소했다.

"나쁜 소식이 있습니다. 이 부품이 깨졌습니다."

그러면 그는 화를 내고 소리를 질렀다.

"그걸 나보고 어떻게 하라는 거야?"

하지만 지금은 내가 취하려는 행동의 대안이 없었다. 나는 그저 그에게서 떠나겠다는 것뿐이었다.

주 공장에서 내가 해군의 대잠초계기를 담당하는 동안, 켈리가 심한 장염으로 입원해서 러스 다니엘이 갑자기 그의 자리를 맡았던 일이 있었다. 그러나 1970년, 두 달 동안 스컹크 웍스를 임시로 맡아서 운영했던 것이 러스에게는 오히려 재난을 초래했다. 그가 서명해 공군에 제출한 제안서에 중대한 수치 착오가 발견되었다. 그 착오를 발견한 국방부의 분석관은 우리를 골탕 먹일 기회를 잡았다고 생각했다. 오랫동안 켈리와 버뱅크의 오만한 무리들에게 복수하겠다고 벼

르던 한 소장은 병원에 있는 켈리에게 전화를 걸어서 우리들의 실수를 지적하며 야단법석을 떨었다.

켈리는 화가 나서 나에게 즉각 스컹크 웍스로 돌아가 기술부를 맡으라고 명령했다. 러스 다니엘은 기술적인 문제에 대해서 모두 내 승인을 받아야 하는 신세가 되었다. 그는 부사장이었고 켈리의 후계자로 지목되고 있었기 때문에 불쾌했겠지만, 담담히 이 조처를 받아들였다. 그때부터 켈리의 사무실에서 납품기간이 늦어지거나 문제가 발생해서, 또는 고객의 불만 때문에 중대한 회의가 열리면 내가 불려가 참석했다. 때로는 러스도 참석했지만, 그렇지 않은 경우가 많았다.

켈리와 나는 친한 사이가 되었다. 그의 아내 앨시아는 암과의 오랜 투쟁 끝에 1970년 가을에 죽었다. 앨시아는 그와 동갑이었고, 전에는 그의 비서로 있었다. 앨시아는 죽기 전에 켈리에게 당신은 도저히 혼자 살 수 없는 사람이니 빨리 재혼하라고 말했다. 앨시아는 켈리를 혼자 내버려 두면 술을 마시고 식사도 제대로 하지 않을까 걱정했다. 앨시아는 마리엘렌과 결혼하는 것이 좋겠다고 말했다.

마리엘렌 미드는 켈리의 비서였다. 빨강머리를 한 쾌활한 여자였는데, 켈리보다 25세 연하였고 얼마 전에 불행한 이혼을 했다. 그녀는 그 전에 내 밑에서 비서 일을 하면서 스컹크 웍스에 발을 들여놓았다. 아내와 나는 그녀와 친밀했고, 또 인간적으로도 좋아했다. 그녀는 켈리를 존경하였고, 대단히 헌신적이었다.

앨시아의 장례식을 치르고 6주일 후 켈리가 나를 불렀다. 그는 당황하면서 머뭇거리고 있었다. 자신의 개인적인 문제를 털어놓으며 어쩔 줄 몰라 하는 태도는 평상시의 그답지 않았다. 어쨌든 그는 앨시아가 죽으면서 마리엘렌과 결혼하라고 했는데, 이렇게 빨리 결혼하면 사람들이 어떻게 생각하겠느냐고 물었다. 그는 그녀와의 나이 차에 대해서도 이야기했고, 마리엘렌이 거절하면 어떻게 하느냐며 걱정도 했다.

나는 측은한 생각이 들었다.

"언제부터 다른 사람의 생각을 걱정했어요? 문제는 당신의 생각이죠. 혹시 그런 걱정을 하고 있는지 모르지만, 여기 있는 사람은 아무도 주책없는 늙은이라고 생각하지 않아요. 모두들 질투나 할 겁니다. 마리엘렌은 틀림없이 당신을 행복하게 만들어 줄 겁니다."

켈리는 고맙다고 말했다. 며칠 후, 그는 마리엘렌에게 청혼했다.

1970년 6월, 하와이에서 허니문을 지내고 돌아온 그들은 나와 아내를 저녁에 초대하거나 주말에 캘리포니아의 소나무숲이 내려다보이는 1,200에이커의 목장에 초대하기 시작했다. 근처에는 로널드 레이건의 대저택이 있었다. 켈리는 어쩌다 있는 회사 행사를 제외하고는 어떤 직원들과도 사교적인 활동을 하지 않았다.

아주 드문 일이긴 했지만, 켈리는 몇 사람과 함께 지방 컨트리클럽에서 간단히 골프를 치는 경우도 있었다. 켈리는 6번 아이언 한 개만 들고 18홀을 부리나케 돌았다. 그는 6번 아이언이면 멀든 가깝든 충분하다는 지론을 가지고 있었다. 그는 어렸을 때 벽돌 나르는 일을 했기 때문에 근육질이었지만 골프 스윙은 결코 장타형이 아니었다. 그러나 퍼팅은 기가 막히게 좋았다. 하지만 그가 가장 좋아했던 것은 가끔 뒷주머니에서 작은 술병을 꺼내 마시는 한 잔이었다.

나는 골프는 치지 않았지만 중국 음식을 좋아했다. 켈리 역시 중국 음식을 좋아했으므로 나와 아내는 그들 신혼부부와 주말에 이름 있는 중식당을 찾아다니게 되었다. 켈리는 마리엘렌과의 생활이 정말 행복한 것 같았다. 그는 아내를 무척 자랑하고 싶어했다. 켈리는 아내가 냄새가 싫다고 하자 좋아하던 스카치까지 끊었다. 그 대신 그는 보드카를 마시기 시작했다.

아내와 나는 신혼부부의 초청을 받아 록히드의 임원 전용기를 타고 콜로라도의 보울더에 있는 미 공군사관학교나 다른 경치가 좋은 곳에서 열리는 항공 관계 회의로 주말 여행을 가기도 했다. 거기서 켈리는 연설을 하고는 매력적인 자기 아내를 자랑스럽게 소개했다. 그는 나에게 말했다.

"마리엘렌은 자네 아내 페이를 좋아하고 있어. 그리고 이제는 자네도 이 업계의 유력 인사들을 만날 때가 되었지."

그러나 1972년, 노스롭이 새 자리를 내게 제의했을 무렵, 마리엘렌이 병을 앓기 시작했다. 심각한 중병이었다. 그녀는 당뇨병을 앓고 있었지만 몸을 제대로 돌보지 않았던 것이다. 당뇨병은 마치 괴물처럼 그녀를 엄습했다. 그녀는 이 병에서 헤어나오지 못했다. 신장병도 생기고 시력도 나빠졌다. 켈리는 마음앓이를 했지만 나와 노엄 넬슨 이외에는 직장에서 마리엘렌의 상태를 아는 사람이 없었다.

1980년, 그녀는 내 아내 페이가 갑자기 죽자 큰 타격을 받았다. 그 무렵 그녀의 체중은 80파운드(36kg)밖에 되지 않았다. 그녀는 내게 말했다.

"페이는 나보다 훨씬 튼튼하고 건강했어요. 이젠 나한테 희망이 없어요."

그녀는 몇 주일 후 세상을 떴다. 나이는 겨우 38세였다.

그녀는 죽기 전에 켈리에게 가장 친한 친구인 낸시 호리건과 결혼하라고 권했다. 켈리는 마리엘렌의 장례식을 치른 지 얼마 뒤에 그 유언대로 했다. 이때도 그는 사람들이 어떻게 생각할지에 대해 나와 상담을 했다. 그는 내가 어떤 생각을 하고 있는지 알고 싶어 했다. 나는 그에게 말했다.

"그렇게 하세요. 당신은 생활을 돌봐 줄 훌륭한 여자가 필요합니다. 마리엘렌은 당신이 잘 되기만 바랄 거예요."

나는 켈리가 일찍 퇴근해서 신장 이식 수술을 받아야 할지를 결정하는 최종 검사를 받기 위해 마리엘렌을 데리고 병원으로 가려고 할 때, 노스롭의 제의 이야기를 했다. 나는 타이밍을 잘못 잡았다는 생각이 들자 두려움을 느꼈다. 그는 아내 때문에 근심하고 있었고 다른 생각을 할 여유가 없었지만, 나는 털어놓을 수밖에 없었다.

"당신은 나에게 아버지 같은 존재입니다. 나는 이곳을 좋아했고 일과 사람들도 좋아했습니다. 특이한 환경도 좋아했습니다. 하지만 이건 황금 같은 기회입니다."

나는 노스롭의 제의를 설명했다. 그는 눈을 감고 엄숙하게 머리를 흔들었다.

"제기랄, 벤. 그런 말을 한 녀석은 믿을 수 없어. 노스롭이 스컹크 웍스를 만들 수 없다는 건 내 목장을 걸고 단언할 수 있지. 우리가 너무 잘 하니까 다른 회사들이 그런 말을 하는 것뿐이야. 문제는 대부분의 경영진이 독립된 운영이란 개념을 신뢰하지 않고 있다는 거야. 보안 때문에 비밀로 해야 하고 작업 내용을 알리지 않아야 한다는 것을 그들은 이해할 수 없는 거야. 우리 회사에서도 우리들의 독립성을 싫어하는 사람들이 있다는 걸 자네도 알지 않아? 우리를 잘 알고 존경하는 항공 우주 업계 사람들조차도 프로젝트에서 일하는 인원이 적으면 대형 정부 계약에서 얻을 수 있는 이익이 적고 비용이 초과된다는 사실을 알고 있지. 그리고 사업 규모를 축소하면 승급이나 승진도 어려워지는 거야. 빌어먹을 주 공장에서는 부하가 많을수록 봉급을 올려 주고 있어. 나는 거느린 직원이 적은 사람일수록 더 봉급을 많이 주고 있지. 그런 사람은 일을 더 많이 하고, 더 많은 책임을 지기 때문이야. 하지만 그렇게 생각하는 경영자는 많지 않아. 노스롭의 중역들도 마찬가지야. 그들도 모두 제국을 건설하려 하고 있어. 그렇게 훈련을 받았고, 또 그런 상황에서 일해 왔기 때문이지. 그 녀석들은 모두 다음에 할 일을 투표로 결정하는 식으로 자기 앞가림만 하려 하고 있어. 그들은 절대로 완전히 격리되어 진행되는 비밀 운영은 허용하지 않을 거야. 그들은 통제 없는 경영은 생각하지 못하는 사람이야. 스컹크 웍스가 정말 제대로 운영되려면 통제가 없어야 하는 거야."

그는 웃음을 짓더니 눈을 비볐다.

"잘 생각해 봐. 그들은 그 전투기 설계를 위해서 네 두뇌를 필요로 하고 있을 뿐이야. 그리고 너를 이용해서 내 우수한 기술자를 빼내려고 하는 거지. 하지만 명심해 둬. 너는 이제 10여 명이 넘는 경영진에게 보고를 해야 할 테고, 잠시도 너를 자기들의 감시 밖으로 나가지 못하게 할 거야."

그는 책상에서 일어서더니 내 의자 쪽으로 와서 내려다보았다.

"벤, 노스롭은 잊어. 네가 있을 곳은 여기야. 나는 너를 놓치고 싶지 않아. 내가 제의를 하지. 노스롭과 같은 대우를 한다면 여기 머물겠나?"

나는 깜짝 놀랐다.

"이미 부사장이 있지 않습니까? 러스 다니엘은 어떻게 하시려고요?"

"부사장이 둘이면 안 될 건 뭔데?" 그는 내 어깨를 두드리며 대답했다.

그는 노스롭이 제의한 것처럼 나를 선진계획담당 부사장으로 임명하고, 러스

다니엘은 현재 업무의 부사장 일을 맡기겠다고 했다. 그는 말했다.

"넌 비전과 아이디어를 가지고 있어. 그리고 일을 실현시킬 능력도 있고. 네 상상력은 믿을 수 있어."

그리고 그는 나와 만난 지 처음으로 3년 안에 은퇴할 생각이라는 것, 그리고 나를 후계자로 생각하고 있다는 것을 털어놓았다.

"65세가 되면 이사회에 결정을 맡길 생각이야. 러스와 자네 중 한 사람이지. 하지만 러스는 너무 늙었고, 나보다 2살 어릴 뿐이야. 이사회에 내 의견을 이야기할 것이고, 네 기회가 깨지는 일은 없을 거야. 난 오랫동안 너를 눈여겨 봐 왔어. 너는 일을 해낼 두뇌와 인품을 모두 가지고 있어. 재능이 우수한 엔지니어는 여기도 많이 있지만, 천성적인 지도자는 많지 않지. 난 네가 해 온 방식, 다른 사람들과 솔직하게 거래하는 것, 왕성한 정신과 에너지를 좋아하고 있어. 그러니… 제기랄, 지금부터 내가 은퇴할 때까지 더 이상 말썽을 일으키지 마."

그는 또 노스롭이 제의했던 10,000달러 봉급 인상도 약속했다. 나는 즐겁게 그 제의를 받아들였다.

켈리는 국방부에 갈 때마다 나에게 선진계획담당이라는 새로운 직책을 주어 대동하기 시작했다. 스컹크 웍스에서 일하는 우리들은 켈리 존슨과 함께 지내는 데 필요한 두 가지 원칙을 알고 있었다. 하나는 여기서 만드는 비행기는 모두 켈리 존슨의 작품이라는 것이다. 설사 개인적으로 어떤 긍지를 가진다고 해도 그것을 밖으로 표현해서는 안 되었다. 다른 하나는 별을 단 공군 관계자는 켈리 존슨만이 만나서 거래할 수 있다는 것이었다. 영관급이나 그 이하의 장교들과는 마음대로 접촉할 수 있었다. 물론 켈리가 은퇴할 무렵에는 내가 접촉하고 있던 영관급 장교는 대부분 장군이 되어 사령관이 되어 있고, 켈리와 친하던 사람은 정부의 연금을 받아서 보카 레이턴이나 팜스프링스에서 은퇴 생활을 즐길 것이다.

어쨌든 켈리는 제2차 세계 대전 이후 워싱턴에서 널리 알려진 존재였다. 그는 영국을 위해서 허드슨 폭격기를 만들었고, P-38, P-80, F-104 같은 이름 있는 전투기를 설계했다. 이런 프로젝트에 관한 그의 건의는 이론의 여지도 없이 채택되었다. 장군들은 최대의 외경과 존경을 표시했다. 그들은 대부분 파일럿 출신이었기 때문에 청사진을 읽거나 스파크 플러그를 바꿀 줄도 몰랐다. 하물며 켈리에게 반론을 할 수 있는 지식 같은 것이 있을 리 없었다. 켈리는 계산자를 사용하면서 미국 최고의 비행기를 만들어 낸 천재였다. 켈리가 어떻게 해야 한다고 주장하면, 그들은 공손히 경례하고 그대로 따랐다.

켈리는 프랭크 캐럴이란 장군이 미국 최초의 제트전투기 P-80에 매료되었던 에피소드를 즐겨 이야기했다. 켈리가 이 전투기의 속도와 조종성을 설명하자 열심히 듣고 있던 그는 모든 서류 절차를 생략하고 자기가 직접 구매 서류를 작성했다는 것이다.

"오후 2시에 점심을 먹고 돌아왔지. 그는 내가 5시 30분 비행기를 타고 캘리포니아로 돌아갈 수 있도록 P-80 제작에 필요한 요청서를 작성해서 승인하고 서명까지 한 다음, 봉인까지 해서 내게 주더군."

그는 이 이야기를 할 때는 항상 유쾌하게 웃었다.

같은 일이 F-104 스타파이터를 만들 때도 있었다. 전략공군사령관이었던 브루스 할러웨이 장군은 1950년대에 대령 계급으로 구매 업무를 맡고 있었다. 그는 켈리에게서 초음속 전투기 계획에 대한 설명을 들었다.

그는 그 시제기 계약을 체결하기 위한 첫 단계로 켈리가 제안한 내용에 상응하는 공군의 작전요구서를 얻을 필요가 있었다. 이 전투기에 반한 그는 자신이 직접 서류를 쓰겠다고 나섰다. 켈리가 그 서류 작성을 도와주었다. 두 사람은 그것을 가지고 지휘계통을 따라서 돈 에이츠 장군에게 가지고 가서 서명을 받았다. 소요된 시간은 단 2시간이었다.

그런 시절은 영원히 지나갔다. 지금은 공군이 모든 일을 주도하게 되었다. 콜리어 상을 두 번이나 받고 대통령 자유 훈장까지 받은 켈리 존슨과 같은 거물도 이제는 과거의 업적에 대해서만 존경을 받을 뿐이있다. 공군사관학교를 졸업한 젊고 버릇없는 항공엔지니어들은 켈리가 새 항공기에 도입하려는 아이디어에 아무런 관심을 보이지 않았다.

아이디어는 항공과학 분야의 박사 학위를 가진 공군 기획자들에게서 일방적으로 나오게 되었다. 공군이 제작사의 아이디어를 받아들이는 일은 드물게 되었고, 제작사가 공군에게 스스로 제안을 하는 경우는 더욱 희귀해졌다. 그리고 켈리조차도 항공에 관한 전문 지식이 더 이상 우리들의 전유물이 아니라는 것을 인정하게 되었다. 우리가 접촉한 몇몇 젊은 구매 담당 장교는 스컹크 웍스에 고용해도 손색이 없을 정도로 날카로웠다.

그래도 켈리는 아직 공군장관, 공군참모총장, 공군의 극비 계획 책임자, CIA 국장, 골드워터 상원의원, 그리고 고위 실력자 대여섯 명의 사무실을 드나들 수 있었다. 나도 켈리를 통해 그런 사람들과 만났다. 그러나 켈리는 그 성격상, 고위층에 친구 못지않게 적도 많았다. 구매 문제에서 그와 거래를 했던 공군 관계자 중에는 복수를 벼르고 있는 사람들의 수가 적지 않았다. 켈리는 자기 생각을 솔직하게 털어놓고 실행했으며, 상대방의 사정은 전혀 배려하지 않았다.

나는 1974년 말, 공군 예비역 장군 베리 골드워터에게 상을 주는 공식 모임에 켈리를 따라 참석했던 일을 지금도 잊을 수 없다. 그 모임에는 공군 고위 사령관의 반 정도가 참석하고 있었다. 그 자리에서 켈리는 간단한 연설을 해 달라는 부탁을 받았다. 그는 열변을 토했다.

"나는 기술적인 문제에 대한 연설 때문에 난처한 입장에 빠진 일이 한 번도 없었습니다. 하지만 지난 몇 년간 나는 말해서는 안 되는 것도 있다는 사실을 알게 되었습니다. 이 점에 대해서 나는 무척 서툽니다. 하지만 예를 하나 들겠습니다. 나는 오늘 밤 이 상을 받은 사람의 정책을 채택했더라면, 우리가 당한 베트남 전쟁의 참담한 실패를 겪지 않았으리라고 말하지 않겠습니다. 이 전쟁에서, 우리는 기관포를 떼어낸 전투기에 파일럿을 태워 출격시키고 경비를 아낀다는 훈련 계획으로 공대공 미사일도 몇 발 쏘아 보지 않은 채 적과 싸우게 한 우둔한 짓을 했다고도 말하지 않겠습니다. 그리고 미군과 똑같은 항공기를 사용하는 이스라엘 공군이 우리보다 더 훌륭한 파일럿 훈련과 전술로 같은 종류의 미그기를 4배나 더 격추했다는 이야기도 하지 않겠습니다."

그가 연설을 마치자 참석한 공군 관계자의 반 정도는 박수를 치지 않았다. 그래도 우리는 전투기 사업을 다시 시작하기 위해 노력을 했다. 1972년, 공군은 신형 경전투기 도입 프로그램을 발주했다. 우리는 입찰에 참여할 수 있었다. 그것은 F-4 팬텀의 발전형으로, NATO 가맹국의 방공 능력을 향상시키기 위해 사용할 기동성이 우수한 전술항공기였다. 공군의 요구에 의하면 이 전투기는 무게가 17,000파운드(7.65t)에 연료 탑재량은 5,000파운드(2.25t)이고, 주익 면적은 275평방피트(25.5㎡), 그리고 충분한 여유 추력을 가져야 했다. 나는 공군의 요구대로 설계팀을 시켜 작업을 시작하려고 했으나, 켈리는 반대했다.

"제기랄, 이 정도 항공유 탑재량으로는 안 돼. 애프터버너를 사용하는 전투기는 1분에 1,000파운드(450kg)를 쓴단 말이야. 베트남전에서 연료를 5,000파운드밖에 싣고 가지 않은 전투기는 모두 위급한 상황에서 연료가 떨어졌고, 파일럿이 하노이 힐튼의 손님이 되었어. 이런 전투기는 말도 안 돼. 난 이런 엉터리 계획에는 입찰하지 않는다."

나는 켈리에게 계속하자고 간청했다.

"우선 공군이 원하는 대로 해 주고, 구매 단계에서 필요한 수정과 변경을 하면 됩니다. 아시다시피 지금까지 항상 그래 왔지 않습니까? 시작도 하기 전에 단념할 이유는 없습니다. 그러면 성공할 수 없습니다."

켈리는 화를 냈다.

"한 가지 가르쳐 주마. 자신이 확신을 가지지 못하는 비행기를 만들어서는 안 돼. 돈 때문에 몸을 팔지 말라는 말이야."

결국 그는 입찰을 허가했지만, 공군의 요구서를 자기 식으로 수정하라고 했다. 그래서 우리가 제안한 전투기는 무게가 19,000파운드(8.55t)이고 연료 탑재량은 9,000파운드(4t), 주익면적은 310평방 피트(28.8㎡)나 되었다.[02] 제너럴 다이내미스는 공군의 요구서대로 설계해 이 계약을 따냈다. 그러나 훗날 F-16이라고 명명된 이 전투기는 운용 단계에서 중량은 19,000파운드, 연료 탑재량은

02 LWF 사업에서 YF-16, YF-17 등과 경쟁한 록히드의 CL-1200 랜서 설계안을 뜻한다.

7,400파운드, 주익면적은 310평방 피트로 규모가 크게 증가했다. 나는 켈리에게 말했다.

"보세요, 공군은 내가 예언한 것처럼 도중에 당신의 주장대로 설계를 변경하지 않았습니까?"

제너럴 다이내믹스는 이 빌어먹을 전투기를 수백 대나 팔았다. 우리에게는 엄청난 손실이었다.

공군은 켈리 존슨에게 더이상 끌려다닐 생각이 없었다. 그들은 우리가 선정된다 해도 시제기의 시험은 전부 자기들이 하겠다고 주장했다. 켈리는 화가 나서 절대로 그런 일은 받아들일 수 없다고 선언했다. 그때까지 시제기는 우리가 시험 비행을 하고 고객에게 넘기기 전에 수정과 조정을 해 왔다.

켈리는 오하이오주 데이토나에 있는 라이트 패터슨 공군기지에 있는 항공시스템사령부 책임자인 짐 스튜어트 중장에게 전화를 걸어 스컹크 웍스의 규칙을 읽어 주었다.

"나와 우리 직원 이외에는 아무도 우리 비행기의 시험 비행을 할 수 없습니다. 우리는 처음부터 그렇게 해 왔습니다. 앞으로도 그렇게 할 겁니다. 잊지 마시기 바랍니다."

이 전화를 한 후, 우리 집에 스튜어트 장군의 보좌관으로부터 메시지가 왔다. 스튜어트는 켈리 존슨과 앞으로 거래를 하지 않을 것이며, 전투기사령부도 마찬가지라는 내용이었다. 전술공군사령부에게 폭격기를 팔 수는 없었다. 우리는 전투기 사업에서 완전히 밀려났다.

켈리의 고집 때문에 화를 낸 사람들은 공군의 일부 고위 장성만이 아니었다. 우리 회사 고위 간부 중에도 그런 사람이 있었다. 1974년 가을, 65세 생일이 다가오자 켈리는 나를 불러서 스컹크 웍스의 후계자로 나를 칼 코치언 사장에게 추천했다고 알려 주었다.

"공평하게 하자면 러스 다니엘의 이름도 올렸어야 했지만, 난 네가 이 위대한 스컹크 웍스의 전통을 이을 수 있는 훈련을 내게 직접 받았고, 또 믿을 수 있는 사람이라고 이야기했어."

1975년, U-2 앞에서 기념촬영을 한 벤 리치(좌)와 켈리 존슨(우) (Lockheed)

그는 피곤하고 실의에 빠진 것처럼 보였지만, 일종의 안도감도 표정에 떠올라 있었다. 며칠 후, 코치언 사장이 나를 불렀다. 나는 돌아다니며 중역들과 만났다. 그들은 똑같은 것을 요구했다. 공군 관계자들과 화해해야 하며, 내가 켈리의 후계자로서 능력을 증명할 때까지 면밀하게 주시하겠다는 것이었다. 요컨대 문제를 일으키지 말고 켈리처럼 독재자 노릇을 하지 말라는 이야기였다.

나는 켈리가 유별나게 독립심이 강하기에 어떤 후계자도 그것을 이어받을 수 없다는 사실을 알고 있었다. 켈리도 그 점을 알고 있었다. 좋든 나쁘든 켈리 존슨이 사라진 지금, 새로운 세계가 열리고 있었다. 사람들은 스컹크 웍스에 대해 커다란 성과를 기대하고 있었지만, 전임 보스의 자리에 앉을 사람은 원래 자리의 주인인 걸리버에 비해서 훨씬 작은 사람일 수밖에 없었다.

증언 : 로이 앤더슨 (전 록히드 사장)

켈리가 벤 리치를 후계자로 선정했을 무렵, 나는 26개의 은행과 거래를 하는 록히드의 재무 담당자였다. 당시 록히드는 L-1011 여객기 스캔들 직후에 재정적으로 어려운 형편에 있었기 때문에, 나는 회사의 장래에 대해서 신경을 쓰고 있었다.

그러나 나는 켈리와 친했고, 벤도 잘 알고 있었다. 칼 코치언은 나를 불러서 켈리의 후계자로서 벤 리치가 어떠냐고 물었다. 대안은 러스 다니엘이나 외부 초빙 인사였다. 나는 말했다.

"난 벤을 선택하겠습니다. 그는 켈리가 직접 뽑아서 훈련을 시켰습니다. 창조력이 있고, 엄청난 추진력과 정력을 가지고 있습니다."

칼은 자기도 그렇게 생각한다고 말했다. 켈리가 이렇게 말했다는 것이다.

"나는 벤에게 가장 어려운 과제를 주었는데, 결코 나를 실망시키지 않았습니다. 당신도 실망시키지 않을 겁니다. 그는 미래를 가지고 있습니다. 러스도 훌륭하지만, 벤이 그 자리에는 더 적합합니다."

전통적인 경영 방식에서는 두말없이 러스 다니엘을 선택했을 것이다. 그는 원만하고 사려깊었으며, 내성적이고 신뢰할 만했다. 그러나 벤 리치는 철두철미한 스컹크 웍스였다. 그는 외향적이고 정열적이지만 멍청한 친구는 아니었다. 그는 날카로운 조크를 던져 댔고, 무언가에 흥분하면 기관총보다도 빨리 말했다. 그리고 그의 말은 항상 빨랐다. 문제를 해결하고 추진할 때는 켈리와 다를 것이 없었다. 그들은 두 마리의 테리어처럼 결코 타협하지 않았고 굴복하지도 않았다.

켈리는 어느 날 밤늦게 나에게 전화를 해서 직접 벤을 위한 로비를 했다. 두어 잔 술을 마신 그는 이렇게 말했다.

"제기랄, 로이. 난 벤을 내 이미지대로 키웠어. 그 녀석은 나처럼 새로운 것에 도전하기를 좋아하지만, 돈의 가치를 알고 있고 스크루드라이버처럼 실용적이기도 해. 일을 잘 할 거야. 로이, 내 말을 명심해 둬."

벤은 CIA나 공군 내에서 잘 알려져 있었고, 또 존경을 받았다. 그는 직감적으로 군이나 정보부가 필요로 하는 새로운 기술을 예지하는 능력이 있었다. 그는 켈리보다는 친화력이 있고, 협조적이었으며, 까다로운 고객과 원만하게 관계를 유지할 수 있었다. 벤은 또 정치적인 수완도 있었다. 그는 경영자의 책임을 인정했고,

보안상의 문제가 없으면 프로젝트에 관한 정보를 제공하고 중요한 결정은 우리와 상의했다. 참고로 켈리의 태도는 "제기랄, 그런 걸 이야기하면 끝이야!"였다.

몇 년 후, 내가 록히드의 회장이 되었을 때, 기분이 우울해지면 벤에게 전화를 걸고 스컹크 웍스를 방문했다. 그러고 나면 훨씬 기분이 좋아졌다. 내게 용기를 준 것은 벤의 열의였다. 다른 사람에게도 마찬가지였다. 스컹크 웍스에서는 엔지니어에서 현장 조립공에 이르기까지 모두 일에 집중하고 있었다. 그들은 기한에 맞추어 일을 제대로 수행하고 예산을 초과하지 않기 위해 노력했다. 그런 작업 태도는 록히드의 다른 공장이나 다른 항공 업계 공장에서는 볼 수 없었다. 그것이야말로 스컹크 웍스가 가진 가장 큰 장점이었다. 벤은 자주 내 사무실에 나타나 커다란 미소를 짓고 말했다.

"다음 분기 우리 수익이 얼마나 되는지 아십니까?"

F-16 경쟁에서 패배한 후 스텔스라는 혁신적인 기술을 얻으면서 우리는 1980년대 중반에 전투기 사업으로 복귀할 수 있었다. 물론 나는 그 무렵 스컹크 웍스의 책임자가 되었고, 켈리는 컨설턴트로서 일선 업무에서 물러나고 있었다. 그는 자기 책상에 앉아 내가 운영하는 모습을 지켜보면서, 가능한 한 참견하지 않으려고 했다. 하지만 나는 그가 말을 하지 않아도 불만을 가질 때는 항상 알 수 있었다. 나는 켈리에게 말했다.

"당신 생각은 잘 알고 있습니다. 하지만 지금은 상황이 다릅니다. 우리가 원하는 변경 아이디어를 고객이 떠올린 것처럼 만드는 것이 비결입니다. 그렇게 해야 변경을 쉽게 할 수 있습니다. 하지만 당신은 도저히 그럴 인내심이 없어요." 그러면 그는 웃었다.

"하긴, 아직까지 한 번도 그 멍청이들이 내게 충고를 하도록 내버려 두지 않았지."

그렇지만 켈리의 시대에는 공군이 사사건건 스컹크 웍스의 독립성을 침해하려는 적극적인 시도를 하지 않았다. 항공 우주 산업계에 갑자기 확산된 비용 초과가 널리 신문에 보도되고, 주요 방위 산업체가 관련된 뇌물과 스캔들에 대해서 언론이 비판하게 되자 스컹크 웍스에서 일을 하는 우리들조차도 몰려드는 감사관과 검사관을 피할 수 없게 되었다. 블랙버드 정찰기를 만들 때는 6명이었던 감사관이 해브 블루를 만들 때는 30명으로 늘어나 구석구석 부정이 없는지 냄새를 맡고 돌아다녔다.

감사관과 함께 검사관과 보안감독관도 왔다. 이들은 작업이 끝난 뒤에 쓰레기통을 뒤지거나 책상을 조사해서 혹 자물쇠를 잠그지 않았는지, 기밀 서류를 책상 위에 방치하지 않았는지 확인했다.

이들은 한 프로젝트에 투입할 수 있는 사람의 기밀취급인가를 제한하기까지 했다. 국방부는 각 프로젝트마다 기밀취급인가의 수를 지정했다. 나는 일일이 그 필요성에 대해서 직접 증명해서 공군의 허가를 받아야 하는 처지가 되었다. 일주일에 한 번 나와 협의하기 위해 출근하는 켈리조차도 엄격하게 통제된 상황에서는 보안 허가를 얻기가 어려워졌다. 그가 우리 공장에서 진행되고 있는 일에 대해서 물었을 때, 나는 대답을 할 수 없어 죽을 지경이었다. 그는 더 이상 모든 것을 알아야 할 위치에 있지 않았다.

하지만 우리는 비밀을 나누고 있었다. 1982년 7월, 나는 2년간의 홀아비 생활 끝에 다시 사랑을 하게 되었다고 그에게 고백했다. 나는 힐다 엘리엇이라는 훌륭한 여자를 발견해서 결혼할 생각을 했다. 힐다는 골동품 가게의 매니저였는데, 총명하고 매력적인 여성이었다. 그녀에게는 첫 번째 결혼에서 얻은 아이가 셋이 있었다. 몇 달 동안 데이트를 하는 동안 그녀는 외부 사람들에게는 하나도 재미가 없는 기술적인 이야기가 주제인 항공 업계 행사를 견뎌 낼 수 있는 능력을 보여주었다. 켈리와 그의 세 번째 아내 낸시는 금방 힐다를 좋아하게 되었고, 힐다도 이들과 친해졌다.

켈리는 1983년, 나와 함께 파리 에어쇼에 갔던 힐다의 이야기를 재미있게 들었다. 당시 소련은 우리 C-5와 비슷한 신형 수송기로 우리를 초청했다. CIA는 그 이야기를 듣자 전문 기술자 한 명을 내 친구처럼 가장해서 동행시켜 줄 수 없겠느냐고 물었다. 그 전문가는 매력적인 갈색머리 미인이었다. 힐다는 그녀와 팔짱을 끼고 소련판 C-5로 가서 자기 사촌이라고 소개했다.

1986년, 켈리는 넘어져서 허리를 다치는 바람에 입원했다. 그는 우리 사무실에서 얼마 떨어지지 않은 버뱅크 시내의 세인트 요셉 병원에 입원했다. 그러나 그는 그 병원에서 다시는 나오지 못했다. 그는 그 병원 병실에서 4년 후 숨을 거두었다.

사인은 다친 허리가 아니었다. 허리는 좋아지고 있었지만, 쇠약과 노인성 뇌동맥경화증이 원인이었다. 그는 서서히, 그리고 비참하게 죽어 갔다. 입원 초기에 나와 힐다가 자주 그의 병실에 갔지만, 병세는 악화되고 식사를 하지 못하니 220파운드(99kg)는 나가던 그의 건장한 체구도 130파운드(59kg)로 줄어 뼈와 가죽만 남았다. 피부는 하얗게 말라 양피지처럼 되어 갔고, 심한 욕창으로 고생했다. 눈은 초점을 잃고 생기가 없었고 점점 더 정신이 오락가락했다.

나는 도저히 그를 바라볼 수 없었다. 그가 나를 알아보지 못하는 경우도 많았다. 하지만 낸시를 위해서도 나는 계속 방문했다. 그는 항상 아내가 옆에 있기를 원했다. 그녀가 잠깐 방에서 떠나면, 돌아올 때까지 참지 못하고 불쾌한 표정을 지었다. 그는 소리를 질렀다.

"낸시는 어디 갔어? 시킬 일이 있는데."

언젠가 방문했을 때, 그는 말했다.

"벤, 아주 훌륭한 새 정찰기 아이디어가 있어. 앨런 덜레스를 전화로 불러 줘." 나는 대답했다.

"덜레스는 오래전에 죽었습니다."

그는 화를 냈다.

"무슨 소리를 하는 거야! 이 거짓말쟁이, 이젠 널 안 믿어. 덜레스를 불러 달라니까."

1990년 블랙버드가 마지막 비행을 했을 때, 나는 낸시에게 전화를 해서 그를 예정된 비행 행사 때 공장으로 데리고 올 수 없겠느냐고 물었다. 하지만 우리는 켈리의 옛 친구들에게 처참한 그의 현 상태를 보여 줄 수는 없다는 데 의견이 일치하고 있었다. 우리는 그들이 캘리를 마지막으로 보았을 때의 모습을 간직하도록 하고 싶었다. 그래서 우리는 창에 짙은 코팅을 해서 안이 들여다보이지 않는 리무진에 그를 태워 스컹크 웍스까지 가기로 했다. 켈리는 그날 정신이 없었으므로 병원에서 공장까지 가는 이유를 몰랐을 것이다.

스컹크 웍스의 모든 종업원들은 밖에서 블랙버드의 상공 비행을 기다리고 있었다. 켈리는 차 안에 앉아 있었다. 나는 켈리의 건강이 좋지 않아 아무도 만날 수 없다고 말했다. 모두들 이해하고 차가 도착하자 박수로 맞았다.

그때 SR-71이 저공으로 날아와 경의의 표시로 두 번 커다란 소닉붐을 울렸다. 낸시는 그를 일으키고, 차의 창문을 조금 열었다. 소닉붐은 천둥처럼 소리가 컸다. 켈리는 놀라서 올려다보았다. 나는 물었다.

"저 소리가 뭔지 아십니까? 파일럿이 당신에게 경의를 표시하는 겁니다. 우리 모두가 당신에게 경의를 표하고 있습니다."

그는 대답하지 않았다. 잠이 든 것 같았다. 그러나 내가 다시 켈리를 보았을 때, 그의 눈에는 눈물이 고여 있었다.

켈리 존슨은 1990년 12월 22일, 내가 스컹크 웍스 책임자 자리에서 은퇴하기 전날 사망했다. 80세였다. 우리는 다음 날 로스앤젤레스 타임즈에 전면 부고를 냈다. 그 부고에는 우리 스컹크 웍스의 로고에 나온 스컹크가 눈물을 한 방울 흘리고 있었다.

클래런스 '켈리' 존슨은 진정한 미국의 천재였다. 그는 에디슨이나 포드, 또는 기타 불멸의 기술인들과 마찬가지로 정열과 비전으로 모든 난관을 물리치고 위대한 성공을 이룩했다. 켈리가 팔을 걷어붙이면 아무도 그를 막을 수 없었다. 반대파나 회의주의자들이 있다 해도 무시하거나 밀어붙였다. 그는 자기 의도를 선언하고 밀고 나갔다. 그러면 부하들은 그 뒤를 따라갔다. 그는 강력했기 때문에 그의 계획에 따라 쫓아가기만 하면 우리들도 기적을 만들어 낼 수 있었다. 그와 같은 인물은 다시 나오지 않을 것이다. 그를 좋아하던 사람에게는 훌륭한 보스였다. 그러나 그렇지 않은 경우에는 무서운 보스였다. 그가 어떤 직원을 좋지 않게 보기 시작하면, 대게 상황은 거기에서 끝났다. 우리는 이렇게 농담을 했다.

"켈리의 개집에서 빠져나가는 유일한 방법은 문으로 걸어 나가는 것이다."

불행히도 그것은 사실이었다. 나는 매주마다 적어도 대여섯 번 벌어지는 그런 일 때문에 괴로웠지만 그래도 나는 그를 좋아했다.

그 무렵, 항공 우주 산업계의 고위 경영진에는 유대인이 거의 없었지만, 그는 나를 스컹크 웍스의 후계자로 밀었다. 나는 내 종교 문제를 그에게 털어놓았다.

"벤. 난 네가 어떤 식으로 기도를 하는지 전혀 관심이 없어. 그저 비행기를 어떻게 만드느냐 하는 데만 관심이 있을 뿐이지. 우리 이사들의 관심사도 마찬가지야."

그뿐이었다.

나는 그저 그를 만족시키고 그의 기대에 부응하기 위해 노력한 것만으로 그냥 있었을 때보다 두 배는 더 큰 사람이 되었다. 스컹크 웍스의 다른 사람들과 마찬가지로 나는 그저 그를 따라가기 위해서 전심전력으로 달려 왔다.

켈리, 감사합니다. 우리 모두가 감사하고 있습니다.

15. 20억 달러짜리 폭격기

내가 켈리의 커다란 사무실에 앉아 15년간 스컹크 웍스를 운영하는 동안, 그의 목소리가 망령처럼 끊임없이 내 귓가에서 울리고 있었다. 나는 항상 내가 앉은 자리는 그의 것이라고 생각했다. 그의 인격과 성격이 우리가 하는 모든 일에 낙인처럼 찍혀 있었다. 그가 절대로 허가하지 않았을 일을 할 때마다, 나는 옛날에 채인 엉덩이의 고통이 망치처럼 내 양심을 내려치는 것을 느낄 수 있었다.

켈리는 편법을 최대의 적으로 여겼다. 그의 후계자인 나는 그의 모든 적과 친구를 함께 인수받았다. 켈리가 제정한 14개 항의 스컹크 웍스 룰도 그대로 있었다. 이 규칙은 그와 마찬가지로 나에게도 유효했다.

천사는 하늘에나 있는 것이지, 항공 우주 산업의 치열한 경쟁 사회에는 존재하지 않았다. 그러나 나는 켈리에게 했던 약속을 지켰다. 내가 확신을 가지지 못하는 비행기는 절대로 만들지 않았다. 그와 마찬가지로 나도 잘못 계획된 사업은 거절했다. 나는 절대로 고객에게 거짓말을 하지 않았고, 일이 잘못되었을 때 문제를 회피하려고 하지 않았다. 다른 회사들이 어떻게 운영하고 있는지 알고 있었지만, 우리가 정직하게 일하면 의문이 있는 사업을 거절해서 입는 손해보다 더 많은 일을 할 수 있다고 확신했다. 내 생각은 옳았다.

솔직히 말해서, 이익이 많이 나고 일거리가 충분히 있을 때는 신중하게 제한된 시간과 자원을 배정할 수 있었다. 그러나 나는 경기가 좋지 않을 때도 돈이 되는 일을 거절했다. 예를 들면, 1980년대 중반 불황이 아주 심했을 때, 레이건 행정부가 스컹크 웍스와 마하 5 이상의 극초음속 항공기 개발에 관한 타당성을 조사하는 3년 계약을 체결하려고 한 적이 있었다. 레이건의 과학고문단은 마하

12로 나는 항공기를 건의하고 그것을 실현시킬 수 있는 아이디어를 낸다면 마하 1당 100만 달러의 연구비를 주겠다고 제의했다. 그러나 나는 120억 달러를 준다고 해도 그런 비행기를 설계할 수 없었다. 그 프로젝트는 처음부터 끝까지 너무나 단순한 엉터리였던 것이다.

레이건 대통령은 어느 TV 연설에서 국가적인 극초음속 항공기 프로젝트를 제안했다. 그가 설명한 내용을 바탕으로 추측하자면, 연설문 작성자는 아마 플래시 고든[01]이었던 것 같았다. 이 상업용 여객기는 일반 비행장의 활주로에서 이륙해서 대기권을 지나 우주권까지 상승한 다음, 대륙간 로켓처럼 궤도에 진입했다가 점차 고도를 내려 보통 여객기처럼 멀리 떨어진 목적지의 공항에 착륙한다는 것이었다. 레이건은 이 극초음속 항공기를 '오리엔트 익스프레스'라고 불렀다. 뉴욕과 도쿄 사이를 2시간만에 비행하도록 되어 있었기 때문이다. 레이건은 4년 내지 8년 안에 이 항공기를 만들고 싶어 했지만, 50년 안에 만들 수만 있어도 행운이었을 것이다.

나는 그 연설을 듣고 격분했다. 대통령에 대한 분노가 아니라, 브루클린 다리의 극초음속기 버전이라고 할 수 있는 아이디어를 대통령에게 설득했을 고문들에 대한 분노였다. 나는 레이건 대통령의 수석과학고문 제이 케이워스에게 전화를 걸어 그 아이디어는 황당무계한 것이라고 말했다. 나는 마하 3.2에 불과한 블랙버드를 제작하는 데도 엄청난 난관이 있었다는 이야기도 했다.

"그보다 더 빨리 비행하려고 하면 어떤 일이 생기는지 아십니까? 기체 표면이 마찰열로 떨어져 나갑니다. 티타늄도 녹는단 말입니다. 그보다 더 강한 금속이 있다고 생각하십니까? 그리고 우리 승무원은 우주복을 입고 있습니다. 에어컨디셔너 시스템이 고장나면 산 채로 몸이 끓어오르기 때문입니다. 그런데 당신들은 동체의 표면 온도가 2,500도(섭씨 1,370도)로 올라갈 마하 12의 비행기를 제의하고 있습니다. 게다가 그 안에는 여사와 어린이, 셔츠 차림으로 앉아 있는 비즈니스맨이 타고 있어야 합니다. 내 평생에는 불가능한 이야기입니다. 당신 평

01 Flash Gordon. 1930년대부터 시작된 최초의 스페이스 오페라 작품. 마초풍 주인공의 활약을 강조하기 위해 과학적 현실성이나 개연성을 상당부분 포기한 특유의 연출로 큰 인기를 끌었다.

생에도 불가능할 겁니다. 누가 그런 허황한 대통령 연설을 썼는지 몰라도 파면해야 합니다. 21세기 중반까지도 그런 기술을 개발할 수 없을 겁니다. 그걸 모르고 계신다면, 지금 당신도 잘못된 자리에 앉아 계신 겁니다."

그러나 극초음속 항공기를 만들겠다는 유혹은 좀처럼 사라지지 않았고, 항공우주 산업계 몽상가들의 잘못된 목표가 되었다. 이 아이디어는 아직도 의회 주변에서 서성거리고 있으며, 자금을 얻어 내려는 이 계획 추진자들은 뼈다귀를 찾아 돌아다니는 개처럼 배회하고 있다.

X-30이라 명명된 이 항공기 제작 계획은 NASA와 국방부가 공동으로 추진하도록 되어 있었다. 그러나 첫 자금이 지출되기 훨씬 전에 이 계획의 책임자는 레이건의 '오리엔트 익스프레스'가 로켓과 항공기라는 별개의 개념이 합쳐졌다는 사실을 깨달았어야 했다. 이 두 가지 개념은 절대로 화합할 수 없는 것이다.

과연 고결한 사람들은 그 보상을 받을 수 있을까? 한 마디로 말해서, 정상적인 토대 위에서 국방부와 거래를 하는 한 불가능하다고 할 수 있다. 예를 들어, 나는 스컹크 웍스가 1970년대에 스텔스 F-117A 개발에 놀라운 성공을 거두었으므로 당연히 그 연장선에 있는 스텔스 폭격기에서도 우리가 유리한 입장에 있을 것이라고 생각했다. 나는 한 계획이 크게 성공하면 다음 계획으로 발전하는 것이 논리적인 순서라고 생각했다. 그러나 실제 상황은 그렇지 않았을 뿐만 아니라 국방산업 역사상 최악의 값비싼 재난을 초래하고 말았다.

나는 가장 견고하게 방어되고 있는 목표를 상대로 임무를 수행해야 하는 공군을 위해 최대의 선의를 가지고 일했다. 1978년 어느 봄날, 나는 이 업계의 가장 권위자인 두 사람과 점심을 먹으면서 역설했다. 그 둘은 국방과학위원회의 진 푸비니와 카터 행정부의 연구 개발 책임자이며 우리 스텔스 전투기의 대부이기도 한 국방차관 빌 페리였다. 페리의 보스인 해럴드 브라운 국방장관은 스텔스에 관해서 그에게 전권을 부여했다. 빌과 진은 모두 전략공군사령부의 노후한 B-52를 대체하기 위해 개발된 록웰의 신형 B-1 폭격기가 일정 지연과 예산 초과를 반복하는 데 불만을 품고 있었다. 이 비행기는 불량품이 틀림없었다.

전략공군사령부는 그 대신 제너럴 다이내믹스의 F-111을 개량할 생각을 했다. 이 가변익 전술폭격기는 개발 초기에 정치적인 논쟁에 휘말렸고, 엄청난 비용 초과로 문제가 되었다. 전략공군사령관인 리처드 엘리스 장군은 이 아이디어에 호의적이었다. 공군은 항공기의 무게를 따져 구입했으므로, 엘리스는 값이 덜 드는 소형 폭격기를 사면 국방예산이 줄어도 많은 수량을 확보할 수 있다고 생각했던 것이다. 대형 폭격기를 최신형으로 교체해 전력을 강화하려던 전략공군사령부의 요구와는 거리가 멀었지만, 당시 공군은 B-1폭격기의 대안을 찾기 위해 필사적이었다. B-1은 10년 정도는 문제 해결에 매달려야 작전이 가능할 것으로 예상되었기 때문이다.

"당신들이 소형 폭격기에 관심이 있다면, 우리 스텔스 전투기를 기반으로 하는 확장형 말고 다른 방안을 찾을 필요가 없을 겁니다. 그저 좀 더 크게 만들기만 하면 F-111 정도의 탑재량을 가진 항공기를 가질 수 있고, 게다가 레이더 반사 면적도 최소 1/10 이하로 줄어들 겁니다. 이 비행기로는 가장 강력하게 방어된 목표도 공격할 수 있습니다. F-111로는 절대로 불가능합니다."

페리와 푸비니는 내가 허풍으로 세일즈를 하지 않는다는 사실도, 우리가 초기 전투기 모델에서 달성한 놀라운 스텔스 성능에 대해서도 잘 알고 있었다. 페리는 최근에 우리와 스텔스 해군 함정 설계를 시작하는 계약을 체결하기도 했다. 그는 현실적이며 고집이 세고, 항상 성과를 요구했지만, 우리를 우주 항공 분야에서 새로운 스텔스 기술의 선구자로 인정해 주고 있었다. 그럼에도 페리는 우리에게 스텔스를 독점시킬 생각이 없었다.

그러나 스텔스 때문에 구식화되어 버린 B-1 폭격기의 생산을 취소한다면 엄청난 정치적 소란이 예정되어 있었다. 록웰이 수백만 달러의 손해를 입고, 캘리포니아주 팜데일 공장에 있는 10,000명 이상의 종업원이 직장을 잃게 되며, 캘리포니아의 수많은 국회의원들이 강력한 반대 운동을 벌일 것이 틀림없었다.

그래도 페리는 점심 식사가 끝나기 전에 헤럴드 브리운과 지미 카터에게 손실을 최소한으로 줄이기 위해서는 B-1 계획을 중지해야 한다고 용기 있게 건의할 결심을 한 것 같았다. B-1은 주로 적의 레이더를 회피하기 위해 초저공 비행을 하며 소련에게 핵공격을 가할 수 있도록 설계되었다. 공군이 소련의 최신 지상 및 공중 무기에 대한 이 폭격기의 생존능력을 연구한 결과, B-1 공격대의 60%는 목표에 도달하기도 전에 격추당한다는 참담한 결과가 나왔다. 이런 소모율은 도저히 감당할 수 없었다. 이와는 대조적으로 스컹크 웍스가 독립적인 국방관계 연구기관에 의뢰한 연구 결과에 의하면, 스텔스의 생존율은 가장 견고하게 방어된 목표에 대해서도 80% 이상이었다.

워싱턴에서 푸비니와 점심을 먹은 지 며칠 후, 나는 전략공군사령부 사령관 빌 캠벨 소장으로부터 비밀 전화를 받았다. 그는 스컹크 웍스를 잘 알고 있었다. 그는 SR-71 파일럿 출신으로, 나도 그를 잘 알았다. 그는 말했다.

"벤, 엘리스 장군은 스텔스 폭격기에 큰 호감을 가지고 있네. 우리 최고참 폭격기 파일럿 두 명을 스컹크 웍스에 보낼 테니 함께 엘리스 장군에게 제출해서 승인을 받을 수 있는 형태로 내륙 침투용 스텔스 폭격기 요청서를 작성해 줬으면 하네."

나는 기뻤다. 전략공군사령부의 요구와 우리 기술이 처음 기획 단계부터 완전히 일치했기 때문이다. 최종적인 결정권은 엘리스 장군에게 있었으므로, 나는 그 점을 고려하여 우리 스텔스 폭격기 프로젝트의 별명을 그의 아내 이름을 따서 페기(Senior Peggy)라 붙이고 최소한 우리가 계약서를 손에 쥘 때까지는 행복한 결혼 생활을 유지할 수 있기를 바랐다.

전략공군사령부에서 온 두 대령은 버뱅크에서 2개월간 우리와 함께 일하면서 소형 전술폭격기의 요구서를 작성했다. 이 비행기는 항속 거리가 3,600해리(6,480km)이고 무장 탑재량은 10,000파운드(4.5t) 정도였다. 우리 비행기는 잠재적 경쟁자인 F-111을 대체할 수 있도록 설계되었다. 엘리스 장군은 즉시 이 계획을 승인했고, 우리는 2년 치 연구 개발비를 받았다. 따라서 나는 앞으로 몇 년간 스컹크 웍스가 대단히 바빠질 것이라고 판단했다. 조만간 150대로 추산되는 스텔스 전투기 생산을 시작하고, 거의 동시에 비슷한 수의 스텔스 폭격기를 만들게 되는 것이다. 이쯤 되면 록히드의 주 공장 설비를 총동원해도 다 만들 수 없을 것이라는 생각이 들었다. 폭격기 프로젝트 하나만으로도 규모는 어마어마했다. 나는 빌 페리가 카터 대통령을 설득해서 B-1 계획을 중지시킨 다음에 스텔스 폭격기 계획마저 사라지리라는 상상은 전혀 하지 않았다. 논리적으로도 우리의 스텔스 폭격기가 당연히 B-1의 후계자가 되어야 하는 것이다.

페리는 스텔스 내륙 침투 폭격기가 있으면 앞으로 적어도 10년 이상 소련군에 대해 항공전의 우위를 유지할 수 있다고 확신했다. 그는 브라운 장관과 합동참모본부를 설득했고, 이들은 대통령을 설득했다. 스텔스에 대항하는 기술은 스텔스를 개발하는 것보다 100배 이상 어려웠다. 소련의 취약점인 수퍼컴퓨터 분야에서 혁신적인 기술 발전을 이룩하지 못하는 한은 불가능한 일이었다.

이 시기는 내가 스컹크 웍스 재직 시절 가운데 가장 바빴던 시기였다. 만약 내가 대형 스텔스 프로젝트를 몇 가지 동시에 추진하느라 정신이 팔려 있지 않았다면 빌 페리가 국방부에서 물러났을 경우의 상황을 신중하게 생각해 보았을 것이다. 대통령 선거가 열기를 더하고 투표일이 다가오면서, 카터 대통령은 점점 정치적으로 곤경에 빠졌고, 로널드 레이건이 새로운 통수권자가 될 가능성이 높아졌다. 페리는 민주당원이었으므로 그의 자리는 레이건의 국방팀으로 대체될 것이 분명했다. 페리는 기술 분야에 정통해서 국방부와 의회에서 존경을 받고 있었다. 그가 없으면 스컹크 웍스는 스텔스 기술의 진정한 신봉자를 잃게 되는 동시에, 국방부의 관료 조직을 물리치고 중요한 사업을 추진할 수 없게 될 것이 분명했다.

노스롭은 스텔스 기술에서 우리와 치열한 경쟁을 벌이고 있었다. 비록 스텔스 전투기 싸움에서 우리에게 지긴 했지만, 그들은 우수한 기술을 보유하고 있었다. 그들의 스텔스교 교주는 덥수룩한 수염을 기르고 있는 독불장군 존 캐쉔이었다. 그는 날카롭고 끈질긴 경쟁자였다. 그는 언젠가 나와 맥주를 마시면서 세계 최고의 미인과 잠자리를 함께 하는 것과 계약 경쟁에서 스컹크 웍스를 패배시키는 것 중의 하나를 선택하라고 하면 주저없이 후자를 택하겠다고 말한 적이 있었다. "난 벤 리치를 해치울 거야." 그는 낄낄 웃었다.

존은 우리가 추진하고 있는 극비 폭격기 계획의 소문을 듣고 독자적인 제안을 만들어 경쟁에 뛰어들었다. 어느 공군 장성이 그가 했다는 말을 전해 주었다. "이건 수십억 달러가 걸린 대규모 사업이다. 그걸 고스란히 넘겨 줄 수는 없지!"

노스롭의 참전이 문제였을지도 모른다. 하지만 그것은 진실의 절반밖에 설명할 수 없다. 우리 방위 산업계에서 통용되는 공공연한 비밀은 정부가 주요 무기 제조업자들이 망하지 않고 숙련된 기술자를 유지할 수 있도록 일종의 가부장적 사회주의 정책을 실시하고 있다는 것이다. 특히 항공 우주 산업 분야에는 250,000명 가량의 가장 숙련된 노동력이 필요했다. 이들은 4~5개의 대형 제조사와 수많은 하청업체에서 일하고 있었다. 주요 업체는 모두 자기들의 전문 분야를 가지고 있었기 때문에 계약은 비교적 공평하게 분배될 수 있었다.

당시 가장 큰 업체는 전투기 전문인 맥도넬 더글러스로, 공군의 F-15전투기와 해군의 신형 전투기 F/A-18을 수백 대씩 제작하고 있었다. 그다음이 저렴한 경전투기 F-16을 NATO와 동맹국에 수백 대씩 판매한 제너럴 다이내믹스였다. 이 회사는 잠수함, 탱크, 미사일도 만들고 있었다. 록히드는 3위 자리에서 폴라리스 미사일, 인공위성, 군용 수송기, 정찰기 같은 것을 만들고 있었다. 그다음이 노스롭과 록웰이었다.

공군 관계자가 노스롭이 스텔스 폭격기로 우리와 경쟁할 것이라고 알려 주었을 무렵, 업계에서는 노스롭이 내가 잘 알고 있는 프로젝트에서 입은 손실을 벌충하기 위해 폭격기 사업을 따낼 것이라는 소문이 나돌고 있었다. 나는 웃음을 터뜨릴 수밖에 없었다. 그들이 큰 손해를 보았다는 사업은 나를 데려가서 추진하려 했던 그 경전투기 프로젝트였기 때문이다. 켈리의 예언은 두 가지 측면에서 정확했다. 먼저 노스롭은 결코 스컹크 웍스 같은 시스템을 발족시키려 하지 않았다. 그리고 최고 경영진이 경전투기 사업을 모두 관장하기 위해 모든 업무에 일일이 간섭을 하는 바람에 안 그래도 좋지 않던 상황이 더욱 악화되었던 것이다. 그들은 F-20으로 명명된 단발 엔진 전투기 때문에 1억 달러 이상 손해를 보았다. 정부의 제안에 따라 제작한 이 '비도발성 전투기'(nonprovocative fighter)[02]는 우방국에 판매하는 수출 전용기로, 미국이 보유한 첨단 전투기들을 상대로

02 지미 카터 정부가 '범 세계적 군비 경쟁 구도의 예방'을 목표로 기획했던 수출형 전투기. 비핵심 동맹국에 미국 공군과 동급의 고성능 전투기를 판매하는 대신, 현대적인 공중전이 가능하지만 성능과 확장성이 제한되어 해당 지역의 군비 경쟁을 자극하지 않는 수준의 전투기를 개발해 수출 전용으로 판매한다는 개념이다. 대만과 한국 등이 주 수출 대상으로 언급되었고, 한국 역시 검토했으나 끝내 채택하지 않았다.

는 약점을 보이도록 설계했다. 우방국의 전력 강화를 돕기는 하지만, 그들이 우리의 적이 되었을 때는 쉽게 격추시킬 수 있도록 한다는 교묘한 전략이었다. 이런 종류의 항공기를 개발하려면 행정부의 허가와 협조가 필요했다. 그렇지 않으면 그런 비행기는 판매할 곳이 없다.

노스롭은 대만을 목표로 했다. 이들은 노스롭의 신형 전투기로 항공 전력을 강화할 생각을 하고 있었기 때문에 이 계획에 호의적이었다. 그러나 중국 정부가 F-20 판매 계획에 화를 내며 중대한 도발 행위라고 비난하자 대만 정부는 노스롭의 판매 허가를 취소해 버렸다.

아마 국방부는 이 전투기 사업 실패에 대한 행정부의 책임을 감안하여 노스롭을 스텔스 폭격기 경쟁에 참여시켰던 것 같다. 나는 낙엽 하나로 가을이 온 것을 알듯이, 당시의 징후로 경쟁의 최종 결과를 예측했어야 했다. 그러나 나는 너무 순진했고, 스텔스 기술의 전문성과 경험이 있으므로 이길 수 있다는 자신감에 차 있었다. 우리는 더 우수한 팀을 가지고 있었다. 그러나 노스롭에게는 우리보다 더 절실하게 사업 승리가 필요했다.

록웰은 B-1을 잃었기 때문에 회사의 문을 닫아야 할 형편이었다. 여기에 노스롭마저 상황을 호전시킬 수 있는 일거리를 찾지 못해 큰 손실을 입고 대규모 정리해고를 하게 된다면, 항공 우주 산업계 전체에 영향을 끼치는 것은 물론이고 경제 및 정치적인 대혼란까지 초래할 수 있었다. 카터와 민주당은 녹아 가는 얼음판 위에서 주변으로 균열이 퍼져 나가는 모습을 바라보는 듯한 상황에 처했다.

우리 스컹크 웍스는 스텔스 덕분에 민주당 정권 동안 번창할 수 있었다. 실제로 레이건 행정부가 들어서기 전, 빌 페리는 스컹크 웍스가 스텔스 분야의 사업을 너무 많이 벌여 놓았기 때문에 우리가 폭격기 경쟁에서 이긴다고 해도 시설과 인력이 모자라지 않겠느냐고 걱정해 줄 지경이었다. 레이건 대통령의 취임식이 거행되기 2주일 전, 페리는 내게 전화를 걸어 충고해 주었다.

"벤, 이 프로젝트는 스컹크 웍스가 혼자 하기에는 너무 큰 것 같군. 공군은 한 달에 5대씩 납품해 주기를 바라고 있어. 자네 공장의 10배 정도 공간과 인원이 필요할 거야. 혼자 하기 벅차니 파트너를 구해서 팀을 구성하는 것이 좋겠어."

그의 충고는 충분히 근거가 있었다. 그래서 나는 록웰의 항공사업부장 버즈 헬로[03]에게 전화를 걸었다. 이들은 정부의 B-1 계획 취소로 큰 타격을 받은 상태였다. 버뱅크에서 얼마 떨어지지 않은 팜데일의 수천 평방피트급 조립 공장이 텅 비어 있었다. 나는 헬로와 친했고, 그의 거대한 시설을 활용하면 많은 돈을 절약할 수 있었다. 게다가 그에게는 B-1 사업으로 이미 기밀 취급 허가를 받은 많은 숙련공이 있었다.

헬로는 내 제의를 듣고 무척 기뻐하며 스텔스 폭격기 사업의 파트너가 되기로 동의했다. 내가 전화를 끊은 지 5분 후, 헬로는 노스롭 회장 톰 존스로부터 같은 사업의 파트너가 되어 달라는 전화를 받았다. 존스는 내가 먼저 록웰과 손을 잡은 것을 알고 화가 나서 보잉과 제휴했다. 제휴하면 경비를 절약할 수 있고 재정적인 위험도 줄일 수 있지만, 그 대가로 일은 더 복잡해진다. 오늘의 친구가 내일의 경쟁자가 될 수 있으니 서로 최신 기술이나 고도의 생산 기술은 알려 주지 않으려 하기 때문이다. 나는 헬로가 파견한 30명의 폭격기 설계자를 인계받아 록히드 최고 프로그램 매니저 딕 헤프의 지휘를 받도록 했다. 이 경쟁에서 이기면 B-2 생산을 위해 록웰과 함께 록히드의 주 공장을 사용하게 되리라고 생각했기 때문이었다.

페리가 국방부를 떠난 다음, 이 계획이 크게 뒤틀리기까지는 그리 긴 시간이 걸리지 않았다. 그가 국방부 정문을 나서자마자 공군의 스텔스 계획은 모두 국방부에서 데이턴에 있는 라이트 기지로 이관되어 공군시스템사령부 엘 슬레이 장군의 지휘를 받게 되었다. 슬레이는 새로운 스텔스 기술의 진정한 신봉자였지만, 즉각 스텔스 폭격기의 방침을 수정했다. 그는 우리들이 추진하던 중형 폭격기 개념에 흥미가 없었고, 대신 탑재량이 크고 무장 탑재 능력이 우수하며 6,000마일(9,600km)의 항속 거리를 자랑하는 대형 폭격기를 가지고 싶어 했다. 우리는 그의 요구를 충족시키기 위해 황급히 설계판으로 돌아갔다.

03 Bastian J. 'Buzz' Hello. 글랜 마틴 컴퍼니에서 ICBM용 부품을 개발했으며, 록웰 콜린스에서도 주로 NASA와 함께 작업하며 아폴로 계획과 스페이스 셔틀 계획을 책임졌다.

이 경쟁에 필요한 비용은 공군의 비밀 예산에서 나오고 있었다. 국방부에서 공군의 비밀 프로그램을 맡고 있던 버즈 카펜터라는 젊은 대령이 이 자금의 암호명을 '오로라'라고 정했다. 어떤 경로인지 이 암호명이 의회의 예산 심의 공청회에서 누설되었고, 그것이 스컹크 웍스가 담당한 극비 프로젝트의 이름이라는 소문이 퍼졌다. 우리가 미국 최초의 극초음속 항공기를 만든다는 것이다. 이 소문은 오로라가 B-2의 경쟁 입찰 자금의 암호명이라는 것이 알려진 오늘날까지도 사라지지 않고 있다. 언론에서는 믿지 않을지 모르지만, 극초음속 항공기의 암호명은 없었다. 그런 계획 자체가 없었기 때문이다.

노스롭의 설계팀과 우리는 서로 상대방의 업무를 전혀 알지 못한 채 작업했다. 그러나 물리학의 기초 법칙을 따르다 보니 우리들의 작품은 놀라울 정도로 비슷해졌다. 노스롭의 창설자 잭 노스롭이 1940년대에 개척했던 전익형 비행기가 된 것이다.[04] 불행하게도 당시는 정교한 컴퓨터 제어 체계가 나오기 전이었으므로 공기역학적인 안정성을 얻을 수 없었고, 그의 플라잉 윙 폭격기는 끝내 제대로 날지 못했다. 하지만 우리나 노스롭의 설계자들은 이 전익기를 날리는 데 아무런 문제가 없었다. 우리는 이 특이한 부메랑 모양의 비행기가 정면에서 레이더 반사 면적이 가장 작고 장거리 비행을 위한 연비 향상에 필요한 양항비를 개선하는 데 유리하다는 결론을 내리고 있었다.

나는 우리와 노스롭이 기본적으로 똑같은 형태의 비행기를 설계하고 있다는 사실을 국방과학위원회 위원장 진 푸비니(Gene Fubini)가 스컹크 웍스를 방문하기 전까지는 알지 못했다. 그는 내 책상 위에 놓인 스텔스 폭격기의 모델을 보더니 깜짝 놀랐다.

"도대체 당신들은 어디서 노스롭의 스텔스 폭격기 모델을 구한 겁니까?"

그는 내가 어리둥절하고 있는 모습을 보고서야, 자기가 방금 비밀을 누설했다는 사실을 깨달았다.

두 회사는 1/4 크기의 모델을 만들어 뉴멕시코주의 공군 레이더 시험장에서

04 노스롭 YB-49를 뜻한다. 1만 파운드의 탑재량과 1만 마일의 항속 거리를 목표로 설계된 최초의 전익형 폭격기로, 비행 효율은 뛰어났지만 구조적 문제와 불안정성 등이 문제가 되어 개발을 중단했다.

대결하고 스텔스 성능을 판정하기로 했다. 다음으로 풍동 시험으로 양항비를 측정하고, 그밖의 공기역학적 특성을 알아보게 되어 있었다. 여기서 승리한 쪽이 대형 폭격기 계약을 따서 20년에 걸친 B-52 대체 계획을 추진하는 것이다.

비록 두 디자인은 몹시 흡사했지만, 차이가 없는 것은 아니었다. 노스롭의 존 캐쉔은 국방부의 한 중장에게 들은 이야기에 따라 가능한 기체를 크게 만들고, 항속 거리를 늘렸다. 반대로 나는 오마하 전략공군사령부 쪽 모 중장의 충고에 따라 공군의 기본 요구에 충실하면서도 가능한 기체를 작게 만들었다. 그는 이렇게 말했다.

"벤, 단언하지만, 큰 것보다는 작은 것이 이길 거야. 예산상의 제약 때문에 많은 수량을 구입하자면 싼 비행기를 살 수밖에 없어."

그의 전략은 일리가 있었다. 이 갈림길로 양사의 모델에는 몇 가지 중대한 구조상의 특징이 드러나게 되었다. 우리 비행기는 작게 설계했기 때문에 날개의 타면이 작았다. 그래서 공기역학적 안정성을 위해 조그만 미익을 붙여야 했다. 노스롭의 비행기는 타면이 넓었기 때문에 미익이 전혀 필요 없었다. 그래서 그들은 양항비 측면에서 우리보다 약간 유리했고, 장거리 비행에서는 연비가 우리보다 좋았다.

1981년 5월, 우리와 노스롭이 공군의 레이더 시험장에서 대결했다. 우리 비행기의 결과는 뛰어났다. 비공식 소식통에 의하면 우리 비행기는 모든 주파수대에서 존 캐쉔의 비행기를 압도했다고 한다. 몇 주 뒤 나는 라이트 기지로부터 우리가 주익의 공력 특성에 관해 제출한 수치에 대해 문의하는 비밀 메시지를 받았다. 그 메시지는 노스롭으로 가야 했지만 착오로 우리에게 온 것이다. 그래서 나는 노스롭 팀이 우리 것보다 10%나 높은 효율을 주장하고 있다는 사실을 알았다. 솔직히 말해서 나도 상대쪽의 수치를 묻고 싶었다.

우리가 공군에게 제시한 B-2의 대당 가격은 2억 달러였다. 노스롭은 그보다 훨씬 비싼 가격을 제시했다는 이야기를 들었다. 그래서 1981년 10월, '기술적인 우위' 때문에 노스롭에게 B-2 프로젝트가 낙찰되었다는 공식 통보를 수신하자 큰 충격을 받았다. 나는 너무 화가 나서 전례 없이 이 결정에 항의하기로 결심했다. 록히드의 로이 앤더슨 회장도 내 의견에 동의하며 공군장관 번 오르(Verne Orr)에게 항의하러 달려갔다. 두 사람은 언성을 높이며 싸웠다. 오르는 책상을 두드리며 말했다. "제기랄, 노스롭의 비행기만 너희 것보다 좋은 게 아니라, 사람들도 너희보다 훨씬 좋았단 말이야."

앤더슨이 겨우 이성을 찾고, 오르의 눈을 노려보면서 반박했다.

"알았습니다. 장관님. 누가 옳은지는 시간이 말해 줄 겁니다."

그건 사실이었다. 로이 앤더슨의 말 이상으로 옳은 말은 없었다.

한 공군 장성이 내게 전화를 걸어서 공군이 노스롭의 B-2를 채택한 이유는 탑재량이 크고 항속 거리가 길었기 때문이었다고 설명했다. 노스롭의 B-2가 대부분의 레이더 주파수에서 우리 비행기보다 취약했지만, 더 많은 폭탄을 실을 수 있어서 출격 횟수가 줄어들고, 그 점에서 레이더에 잘 보이지 않는 우리 비행기의 이점과 상쇄될 수 있다는 것이다.

"폭격기가 크면 적지 상공을 비행하는 횟수를 줄일 수 있어요. 그들의 손실률은 당신네보다 나쁘지 않고, 오히려 더 좋을지도 모릅니다."

오르 장관은 로이 앤더슨에게 주장했다. 나는 오르가 궤변 훈련을 받은 것이 틀림없다고 생각했다. 물론 록히드의 경영진은 실망했지만, 아무도 그 실패 때문에 나를 야단치지 않았다. 우리가 그 계약을 딸 자격이 있었다는 것을 모두가 알았다. 그러나 주사위는 우리 손에서 벗어났다. 우리는 역사상 최초로 스컹크 웍스에 수십억 달러의 벌이를 안겨 준 스텔스 기술의 선구자라는 사실에서 위안을 찾을 수밖에 없었다.

결국 정부의 B-2 결정은 납세자에게 수십억 달러의 손실을 끼쳤다. 노스롭은 대당 4억 8000만 달러로 B-2 152대를 제작하기로 계약했다. 우리가 추산한 대당 가격보다 2배나 높았다. 그러나 비용이 급격히 증가했기 때문에 의회는 구매 규모를 75대로 줄였다. 이 때문에 대당 가격은 8억 달러로 뛰었다. 구매 규모가 줄면 비용이 증가한다는 것은 부동의 원칙이었고, 돈이 많이 드는 방위 산업계에서 엄청난 실패를 초래하는 뼈아픈 교훈이기도 했다.

게다가 의회가 최종적으로 B-2의 구매 인가를 20대로 줄였기 때문에 미국의 납세자들은 B-2 한 대에 22억 달러라는 믿을 수 없는 비용을 지불하게 되었다. B-2는 역사상 가장 비싼 비행기가 되어 버렸다. 이 비행기 한 대가 추락하면 그것은 비극임과 동시에 재정적인 파탄이기도 할 것이다. 그리고 비행기란 어쩔 수 없이 언젠가 떨어지기 마련이다.

노스롭의 경영진은 이 항공기의 일정 지연과 비용 초과에 대해서 상당 부분 책임을 져야 한다. 처음부터 이 사업에 떼를 지어 달려든 공군의 관료 조직에게도 책임이 있다. 우리가 스텔스 전투기를 시험하기 시작했을 때, 이 사업에 참여한 록히드와 공군의 인원은 합계 240명이었다. 지금 팜데일에 있는 문제의 B-2 조립장에는 2,000명이 넘는 공군 감사관, 엔지니어, 그리고 공식 참견꾼이 돌아다니고 있다. 그들이 무슨 일을 하고 있을까? 매일 1,000만 장의 서류를 작성했다. 관료 조직 속의 어느 누구도 읽을 시간이 없거나 흥미를 가지지 않는 보고서와 데이터였다.

공군에는 지금 실제로 할 일이 없는 장교가 너무 많다. 이들은 상황판을 들고 생산 현장을 돌아다니며 참견하거나 사사건건 간섭하고 있다. 마약단속국은 1,200명의 요원을 일선에 배치해서 마약 거래 문제와 싸우고 있는데, 국방부는 27,000명의 감사관을 고용하고 있다. 이런 차이는 국방부와 의회가 얼마나 통제 욕구로 왜곡되어 있는가를 잘 보여준다. 현재 생산 협정에 의하면 보잉은 주익을 만들고 노스롭은 조종석을 만들고 있다. LTV는 폭탄창과 B-2의 후방 동체를 제작한다. 그밖에도 4,000개의 하청업체가 그밖의 사소한 부품을 만들고 있다. 기체 가격이 비싸기 때문에 아마 이것이 장차 크고 값비싼 비행기를 만드는 사업의 청사진이 될 것 같다. 좋든 나쁘든, 스컹크 웍스가 채택했던 것과는 다른 부분 조립식 제조 방법이 앞으로 대형 항공 우주 프로젝트의 특징이 될 것이다.

이제는 프로젝트 수가 얼마 되지 않기 때문에 정부는 일거리를 여기저기 나눠줄 수밖에 없을 것이다. 그러면 효율, 품질, 의사 결정은 어떻게 될 것인가? 항공우주 산업계가 허리띠를 최대한으로 졸라매게 된 시기에 이런 것들은 말뿐 아니라 회사의 생존 능력이 걸린 열쇠가 될지도 모른다.

증언 : 즈비그뉴 브레진스키 (카터 대통령 안보담당보좌관)

우리 행정부가 B-1 폭격기 계획을 취소했을 때, 스텔스 기술에 엄청나게 혁신적인 발전이 있다는 사실을 모르는 정치적 반대 세력으로부터 공격을 받으리라는 것을 각오하고 있었다. 이 기술의 등장으로 인해 B-1의 모든 것은 구식이 되어버렸다. 행정부에 있던 우리는 스텔스가 미래를 대표할 기술이며 그만한 가치가 있다는 것, 그리고 스텔스 프로젝트의 진행 상황과 스컹크 웍스의 실적으로 미루어 그들의 주장대로 성능을 발휘할 수 있다는 것을 확신했다.

그러나 안보상의 이유로 우리는 스텔스의 존재나 B-1 폭격기를 취소하게 된 전략적 배경을 공개할 수 없었다. 항공 작전에 혁명을 가져올 새로운 스텔스 폭격기와 전투기의 기획이 이미 시작되고 있었다. 그래서 우리는 그저 조용히 비난을 감수할 수밖에 없었다. 그것은 20년 전 아이젠하워 대통령이 직면했던 것과 비슷한 정치적 문제였다. 그는 1960년의 선거전에서 U-2의 소련 상공 비행을 공개할 수 없었기 때문에 미사일 격차에 대한 비난을 반박할 수 없었다.

스컹크 웍스의 비약적인 기술적 성취는 행정부와 의회 내의 정치적 문제까지 야기했다. 스컹크 웍스라는 놀라운 조직은 세계에서 유례가 없는 기술 개발 능력을 발휘하며 불가능하다고 생각되었던 것을 실현시켰고, 어떤 선진 기술 프로젝트보다도 높은 성공률을 자랑했다.

이제 냉전이 끝나고 우리는 다양한 형태의 분쟁에 말려 들어갈 가능성이 커졌다. 이런 상황에서는 정보 목적이나 군사 작전을 위한 비행 임무가 더욱 중요성을 가지게 된다. 그런 활동은 비밀리에 상대방에게 탐지되지 않도록 수행할 필요가 있다. 이 때문에 스컹크 웍스는 국가 안보를 위해서 앞으로도 더욱 기술을 발전시키도록 요구해야 할 것이다.

그러나 국방비를 축소하고 정보 예산 할당이 감소되고 있는 새로운 상황에서, 스컹크 웍스의 높은 기술 수준을 얼마나 유지할 수 있을지 나는 알 수 없다. 분명한 것은 이런 종류의 특이한 조직을 앞으로도 유지하고 발전시켜야 할 필요가 있다는 것이다. 규모는 축소하더라도, 발전은 계속되어야 한다.

16. 올바른 결론을 위해서

나는 40년간 록히드에서 일하는 동안 27종의 항공기 제작에 참여했다. 요즘의 젊은 엔지니어는 하나만 만들 수 있어도 행운일 것이다. 군용 비행기의 수명은 다른 기계를 개발하고 제조하는 것과 완전히 다르다. 스컹크 웍스처럼 철저한 보안 하에 집중적으로 작업하는 환경이 아니라면 군용기는 등장하자마자 시대에 뒤떨어진 물건이 되어 버린다. 일반적인 군용기는 설계에서부터 생산을 하고 배치하기까지 8~10년은 걸린다.

1991년, 사막의 폭풍 작전에 투입된 군용 항공기는 전장에서 그 진가를 증명할 때까지 최소 10~15년이 걸렸다. 그런데 지금 우리는 군용기의 한 세대가 20~50년이 되는 시대로 접어들고 있다.

우리가 탈냉전 시대에 얼마나 현명한 군사 계획과 지출 정책을 개발할 수 있을지는 미래학자나 정치가들이나 논의할 주제다. 내가 관심을 가지고 있는 것은 스컹크 웍스가 널리 알려지고 그들이 커다란 성공을 거둔 핵심적 비결을 사람들이 알고 있을까 하는 부분이다. 이 시스템의 미래가 과거처럼 밝을 것인가? 업계에서 개발 자금이 사하라 사막의 빗방울처럼 고갈되고 있는 상황에서 여전히 스컹크 웍스의 개념을 받아들일 수 있을 것인가? 나는 오히려 미국 정부의 국방비 지출이 점점 더 축소될수록 스컹크 웍스식의 운영이 더 필요하다고 생각한다. 새로운 기술 개발에 미래를 걸려는 회사는 스컹크 웍스식 운영 체계를 도입해야 할 것이다. 그러나 현재 미국의 각 분야에서 이런 시도를 하고 있는 회사는 55개 정도로, 결코 많다고는 할 수 없다.

록히드의 스컹크 웍스가 그렇게 큰 성공을 거두었는데, 왜 다른 회사들은 이

제도를 도입하지 않으려는 것일까? 그것은 대부분의 회사들이 이 시스템의 개념이나 범위, 그리고 한계를 진정으로 이해하지 못하기 때문이라고 생각한다. 스컹크 웍스식 기업이 성공하는 데 필수적으로 중요한 요소인 관리와 통제로부터의 자유와 독립을 경영진이 허용하기 싫어하는 것도 또 하나의 이유라고 생각할 수 있다. 불행하게도 오늘날의 상황은 감독과 관료주의가 줄기는커녕, 더 강화되는 추세다. 공군참모총장을 지낸 래리 웰치 장군은 얼마 전, 블랙버드 프로젝트를 추진할 때는 공군 장성 2명, 국방부 관계자 3명, 그리고 주요 의회 관계자 네 명밖에 필요하지 않았다고 회상했다.

"내가 어떤 비행기가 필요하다고 하면, 공군 장관이 금방 승인해 주었지. 의회에서는 위원장 네 명하고만 접촉하면 그것으로 끝이었어. 스텔스 전투기 때도 마찬가지로 의회에서 접촉해야 할 사람이 여덟 명으로 충분했지. 하지만 B-2 프로젝트를 추진할 때는 국방부와 의회와 모든 관료 조직과 싸워야 했어. 그러니 스컹크 웍스 같은 방식을 채택하기가 점점 더 어려워지고 있는 거야."

정부 안팎에 있는 거대한 관료 조직의 통제와 싸우려면 엄청난 용기가 필요하다. 수십억 달러의 현금을 만지는 거대한 다국적기업이 판을 치는 시대에 소규모의 예산을 가지고 소규모 시제기에 목표를 한정하는 일은 별로 매력이 없을지도 모른다. 대기업의 경영진 중에 강한 신념을 가지고 신제품 개발을 명령하고, 증명이 되지 않은 기술에 모험적인 투자를 하려는 사람은 거의 없다. 최고경영자의 봉급이 8자리로 올라가고 사장들이 수천만 달러의 가치가 있는 스톡옵션을 받는 상황에서 경영진이 거북이 껍질 밖으로 목을 내밀기에는 모험의 부담이 너무 큰 것이다. 항공 우주 산업계뿐만이 아니라 다른 산업계에서도 다음 분기의 주주 총회 보고 이후의 미래에 관심을 가지는 사람은 극히 희소하다. 그러나 강대국 간에 분쟁이 없는 새로운 세계 질서가 유지된다면 스컹크 웍스와 같이 장점을 가장 잘 발휘할 수 있는 혁신적이고 신속하며, 비교적 비용이 덜 드는 시스템에 대한 요구가 더욱 커질 것이다. 스컹크 웍스의 미래를 내가 낙관하고 있는 것도 그래서이다. 스컹크 웍스는 그 특성상 적은 관리비로도 인기 있는 제품을 신속하게 개발할 수 있다. 고객이 필요하거나 가지고 싶어 하는 첨단 기술의 시제품을 만들 수 있다. 신제품 개발 방식의 이점은 본격적인 투자와 대량 생산에 앞서 제품을 평가하고 용도를 명확히 할 수 있다는 것이다. 스컹크 웍스의 필요성이 더욱 강조되는 것은 이 때문이다.

고도 85,000피트(25,900m), 항속 거리 6,000마일(9,600km)의 정찰기처럼 극히 어렵고 특수한 목표를 추구하기 위해 모험을 하고, 때로는 실패도 할 수 있는 자유가 스컹크 웍스의 핵심 요소다. 그렇게 하려면 시야가 좁은 스페셜리스트보다는 비전통적 접근 방식을 보다 쉽게 받아들일 줄 아는 폭넓은 시야의 제너럴리스트가 필요하다.

스컹크 웍스는 비록 회사 내의 다른 사업부보다 수익이 낮아도 회사의 경영을 위협하지 않는 한 허용될 수 있었다. 생산량도 연간 50대 정도로 제한되었다. 스컹크 웍스는 어느 정도 모험할 수 있는 현실적인 방법이었다. 이 경우 최고경영진은 감독권을 포기하고 독립적인 운영을 허용해야 한다. 물론 스텔스의 경우처럼 기술 혁신으로 회사에 도움을 줄 수도 있어야 한다. 솔직히 말해서, 요즘과 같은 가혹한 사업 환경에서는 특정한 프로젝트를 위해서 주 공장이 시설, 공구, 작업원을 지원하고 사업이 끝나면 철수시키는 등의 도움을 주지 않는다면 스컹크 웍스를 운영하기 어려울 것이다. 그러나 디트로이트의 자동차 업계처럼 경직된 통제를 하고 있는 곳조차도 올바른 프로젝트를 선정하고 동기를 부여하기만 하면 스컹크 웍스식 운영으로 신제품 연구 개발에서 큰 성공을 거둘 수 있다.

포드 자동차가 최근 머스탱의 신형 모델을 개발한 것이 그 예다. 포드의 경영진은 오랫동안 과거에 인기가 있었던 컨셉을 부활시키자는 의견을 비용이 너무 많이 든다는 이유로 거부하고 있었다. 개발 비용에만 10억 달러 이상이 드는 것으로 추산되었기 때문이다. 그러나 1990년, 경영진은 팀 머스탱이라고 부르는 스컹크 웍스풍 임시 조직을 만들었다. 이 조직에는 설계자, 판매부장, 공장 숙련공이 참여했다. 1994년, 회사는 이들에게 비밀 선서를 시킨 다음 신형 머스탱을 설계해서 생산하라고 지시했다. 여기서 가장 중요했던 것은 일을 추진하는 과정에서 경영진이 관리나 간섭을 최소한으로 억제했다는 사실이다. 그 결과 이들은 3년간 7억 달러를 들여 새로운 자동차를 만들어 낼 수 있었다. 이 차는 인기가 아주 높아서 포드의 베스트셀러가 되었다. 이 프로젝트는 동일한 시기에 비슷한 신차종을 개발했을 때보다 시간은 25퍼센트, 비용은 30퍼센트를 절약했다.

제너럴 모터스도 포드의 예를 따라서 미래 사업을 위한 독립 비밀 개발 그룹을 발족시켰다. 항공 우주 업계에서도 4~5개 업체가 스컹크 웍스와 비슷한 조직을 구성했다고 주장한다. 맥도넬 더글러스는 그것을 팬텀 웍스라고 부르고 있는데, 우리 록히드에서 했던 일을 능가하려고 애쓰고 있는 것 같다. 해외에서는 소련과 프랑스가 켈리 존슨의 기본 원칙을 도입하여 가장 정교한 스컹크 웍스식 조직을 운영하고 있다. 프랑스의 항공 우주 업체인 다소-브레게는 아마 유럽에서 가장 훌륭한 스컹크 웍스를 가지고 있는 것 같다. 이 개념은 이제 확산되기 시작했지만 21세기의 기술이 현실화되는데 몇 년밖에 남지 않았으므로, 그 바탕은 비옥하다고 할 수 있다.

우리 스컹크 웍스에서는 지금 수직 이착륙 항공기 기술[01]과 우주정거장을 궤도 위에 올려놓을 극초음속 항공기[02]의 타당성을 연구하고 있다. 일반적인 로켓은 터무니없이 비싸기 때문이다. 우리는 또 대량의 화물 수송을 할 수 있는 궁극적인 수송 수단으로 비행선을 연구하고 있다.[03] 아마 이 비행선은 취약한 유조선보다 더 안전하고 손쉽게 원유를 전세계로 수송할 수 있을 것이다. 우리는 환경 안전을 위해서 이 비행선을 이중 구조로 만들고 기류 변동이 심한 대류층 위를 비행하도록 할 수 있다. 우리는 스텔스 항공기와 선박 시제기에 사용했던 복합재의 새로운 용도를 찾고 있다. 이 소재는 부식되거나 녹슬지 않기 때문에 새로 만드는 교량에 사용할 수 있을 것이다.

군사적인 측면에서 볼 때, 냉전의 종식은 군의 발전과 구매 분야에서 환영할

---

01 이 기술 연구는 ASTOVL(Advanced Short Take Off and Landing) 프로그램과 SSF(STOVL Strike Fighter), CALF(Common Affordable Lightweight Fighter) 등 다양한 과정을 거쳐 JAST(Joint Advanced Strike Technology)에 제안되었고, F-35B의 수직 이착륙 기술 실용화에 기여했다.

02 NASA가 주도하던 SLI(Space Launch Initiative) 계획에 따라 개발되던 록히드 마틴 X-33 우주왕복선을 뜻한다. 에어로스파이크 엔진을 포함해 혁신적 기술을 대거 적용했으나 핵심기술의 개발 지연으로 2001년 개발이 취소되었다.

03 부분적으로 양력을 통해 효율을 향상시키는 하이브리드 비행선 개념을 뜻한다. 2006년 미국 육군이 추진한 LEMV(Long Endurance Multi-intelligence Vehicle) 사업에서 노스롭 그루만의 비행선 모델과 경쟁했다.

수직이착륙 테스트 중인 XF-35B. F-35B는 록히드 마틴, 노스롭 그루먼, BAE의 합작으로 탄생했다(USN)

우주정거장 왕복용으로 개발했던 X-33(NASA)

만한 새로운 인식을 가져왔다. 어느 행정부든 희생자를 줄이는 것을 지상 명제로 삼게 되었다. 그래서 하드웨어는 격파하면서도 병사는 상처를 입지 않도록 하는 새로운 비살상용 공격 무기가 개발되고 있다. 예를 들면 금속을 결정화시키거나 초강력 접착제로 무한궤도를 고착시키는 스프레이로 승무원을 죽이지 않고도 탱크를 무력화시키는 기술이 있다. 일정한 주파수의 강력한 음향 발생기로 인간을 불구로 만들지 않고도 꼼짝하지 못하게 할 수 있는 기술도 개발되고 있다. 이런 음향으로 벽을 쌓으면, 병사들은 차량 안에서 나올 수 없다.

충격을 주는 장치나 비살상용 가스도 개발되고 있다. 레이저 소총으로 광선을 발사하여 10여 개의 플래시보다 밝은 빛으로 일시적으로 눈을 멀게 할 수도 있다. 강력한 에너지를 발사하는 방해 장치로 적의 모든 통신이나 미사일 방어 시스템을 마비시킬 가능성도 있다. 그러나 연구자들은 잠들지 않는다. 그들은 새로운 기술이 나올 때마다 대항 수단을 만들어 낸다. 현재 프랑스와 독일에서는 우리 스텔스 항공기를 격추할 수 있는 미사일을 개발하고 있다. 그것이 성공하자면 20년은 걸리겠지만 그들도 결국 방법을 찾아낼 것이다. 그러면 우리는 그것을 무력화할 수 있는 길을 찾아낼 것이고, 그런 경쟁은 끝이 없이 계속될 것이다.

록히드의 스컹크 웍스는 앞으로도 사업을 계속하기 위해서 유용하고 생산적인 방법을 찾을 것이다. 그러나 스컹크 웍스가 미국 산업계 전반은 물론 특히 방위 산업을 멍들게 하고 있는 모든 병을 고칠 만병통치약은 아니다.

나는 우리나라의 산업 기반이 축소되고 있는 현상, 특히 제2차 세계대전 이후 미국을 독보적인 항공 우주 산업계의 지도자로 만들어 낸 고도의 숙련공이 사라지고 있는 현상을 걱정하고 있다. 감원과 소모 때문에 숙련된 공구 제작자, 용접공, 기계공, 설계사, 풍동 모형 제작자, 금형 제작자가 사라지고 있다. 우리 업계에 너트와 볼트를 공급하고 비행 제어 상치에서 착륙 장치에 이르기까지 부품을 공급하던 가족형 2차 하청업자 역시 사라지고 있다.

늙은 세대가 은퇴하거나 밀려나고 있는 사이에, 운 좋게 항공 우주 산업 분야에 취직한 신세대의 젊은 노동자가 등장하고 있지만, 이들은 열심히 공부를 해서 숙련도를 올리려는 노력은 별로 하지 않고 있다. 나는 얼마 전에 젊은 작업원이 생각 없이 전선 위로 유압 장치를 설치하는 모습을 보았다. 유압 장치에서 누출이 발생하면 전선의 스파크로 화재가 발생할 수 있는 상황이다. 그러나 우리는 작업원들이 실수로부터 무언가를 배울 수 있을 만큼 충분한 비행기를 만들지 못하고 있다.

1980년대 군사 분야에서 무기 도입 비용으로만 2조 달러라는 엄청난 돈이 지출되었다. 그중 새 항공기 구입이 43%로 가장 큰 비중을 차지하고 있고, 그다음이 멀찍이 뒤떨어진 미사일과 전자 기기였다. 전투기 개발비는 1950년대 이래 100배나 증가했고 한 대당 도입 가격은 1963년 이래 매년 11%씩 올라갔다. 그러니 1980년대에 도입된 새 항공기가 7기종밖에 안 되는 것은 당연하다. 1950년대에는 49기종이 도입되었으나, 90년대에 구입된 새 항공기는 3기종밖에 안 된다. 때문에 항공 우주 산업계는 1987년 이래 1/4 이상의 노동력을 상실했다. 새로운 기술은 선반에 올려놓고 있기만 해서는 안 되며, 적극적으로 사용해야 한다. 지금 절실하게 필요한 것은 비용을 대폭 줄여서 극도로 긴축된 국방 예산 범위 안에서도 새로운 세대의 항공기를 개발할 방법을 찾는 일이다. 그것이 국방부와 방위 산업계가 앞으로 직면할 중요한 도전이다. 나는 몇 가지 비용 절감 아이디어를 제안하기에 앞서 항공 우주 업계가 받고 있는 부당한 비판을 일부 해명하고 싶다.

예를 들어, 제너럴 모터스는 새턴이라는 차를 탄생시키는 데 36억 달러를 썼다. 이 차는 초음속이 아니었다. 우리는 스텔스 전투기를 개발하는 데 26억 달러를 썼다. 우리는 제너럴 다이내믹스 F-16의 비행 제어 장치, 맥도넬 더글러스 F-18의 엔진을 사용해서 비용을 낮출 수 있었다. 우리는 제로에서 시작한 것이 아니라 다른 곳에서 개발한 기성품을 개선해서 사용했다. 전자 기기는 엄청나게 비싸서, 새 비행기를 만들 때 들어가는 장비는 1파운드 당 가격이 7,000달러에 달한다.

최근 문제가 되고 있는 우리의 F-22 ATF(Advanced Tactical Fighter)는 1972년 이래 공군의 주력 전투기로 활동중인 F-15를 대체하기 위해 1988년에 스컹크 웍스에서 설계한 것이다. F-22가 필요하기는 하느냐는 질문에 대해 나는 이렇게 반문하고 싶다. 우리 전투기 파일럿의 목숨을 22년이 넘은 낡은 전투기에 걸게 할 수 있느냐고.

F-22는 경이적인 성능을 가지고 있다. 이 비행기는 애프터버너 없이 초음속으로 날 수 있고, 혁명적인 TVC(Thrust Vectoring Control)를 사용해서 고속으로 방향을 바꾸면서 극단적인 받음각으로 날 수 있기 때문에 세계의 모든 전투기를 제압할 수 있다. 그리고 이 모든 성능에 F-117A에서 달성한 스텔스성까지 갖추고 있다. 이런 고도의 성능을 발휘하기 위해, F-22의 전자 기기는 크레이 슈퍼컴퓨터 7대를 합친 것만큼 강력한 성능을 갖추게 되었다!

우리가 이 비행기 경쟁에 입찰했을 때, 700대는 생산할 수 있을 것이라고 예상했다. 그 정도는 생산해야 우리가 그동안 정부와 분담한 엄청난 개발비를 회수할 수 있었다. 미국 정부는 이 사업에 6억 9,000만 달러를 냈고, 우리도 같은 액수를 지출했다. 개발 비용이 너무 엄청났기 때문에 우리는 제너럴 다이내믹스, 보잉과 제휴했다. 우리 경쟁자인 노스롭 역시 6억 9,000만 달러를 내고 맥도넬 더글러스와 제휴했다. 우리는 경쟁에서 이기고, F-22 경쟁에 참가했던 다른 5개 회사는 패배했다.

그러나 우리는 절대로 원래의 투자액을 회수하지 못할 것이다. 현재의 재정 긴축으로 정부가 F-22 구입 계획을 대폭 축소했기 때문이다. 현재 공군은 400대의 새 F-22를 구입할 예산을 짜 놓고 있지만, 그 숫자는 더 줄어들 것이다. 새 항공기의 생산 대수가 줄어들면 대당 가격은 자연히 더 올라간다. F-22는 현재 대당 가격이 6,000만 달러(의회 추산 1억 달러)로 역사상 가장 비싼 전투기가 되었다.[04] 한편 우리와 우리 제휴사는 공작 기구 제작과 인건비로 엄청난 생산 관리비를 지출하고 있다. 우리 주주들은 6억 9,000만 달러를 차라리 은행에 투자했더라면 더 많은 수익을 얻을 수 있었을 것이다. 이것은 슬픈 현상이다.

새로운 선진 기술을 도입한 항공기는 엄청나게 비싼 물건이다. 대당 가격이

04 F-22의 최종 생산량은 195대, 최종 단가는 (2009년 기준)대당 3억 4000만달러를 기록했다.

20억 달러나 되는 B-2 폭격기가 바로 그것을 증명하고 있다. 그러나 우리는 세계 어느 곳이고 12시간 안에 날아가 40개의 재래식 폭탄을 투하할 수 있는 B-2와 같은 스텔스 장거리 폭격기가 필요하다.

엄청나게 부풀어 오른 생산비를 감축할 수 없다면 항공 사업은 겨우 살아남을 한두 개의 업체가 벌이는 곡예가 될 가능성이 크다. 거의 60년 동안 해군의 주력 전투기를 공급해 왔던 그루먼은 최근 부진한 전투기 사업을 완전히 포기했고, 다른 대형 업체도 점점 위험 부담이 높고 수익성이 떨어지는 군용기 생산 사업에서 철수하고 있다. 따라서 긴급한 과제는 F-22와 같은 혁명적인 첨단 항공기를 비교적 저렴한 비용으로 개발하는 방법을 찾는 것이다.

내가 그동안 주장해 왔지만 호응을 받지 못하고 있는 방법은 지금보다 훨씬 혁명적인 접근법이다. F-22에 실린 전자 기기의 엄청난 가격은 전투기의 수직 상승이나 엄청난 중력이 걸리는 급선회처럼 믿기 어려운 항공역학적 기동을 견뎌내기 위한 투자의 결과물이다. 그렇다면, 항공기 자체는 수평 비행이나 하게 놔두고 모든 급기동을 대신할 무기 체계를 개발하면 어떨까? 항공기는 공중전을 하는 동안에도 2G 정도로만 비행하고, 미사일에 목표를 추적하고 12G로 선회하는 목표를 추적할 능력을 부여하는 것이다. 이렇게 발상을 바꾸면 엄청난 전자 기기 비용을 줄일 수 있다.

스컹크 웍스와 마찬가지로 항공 우주 산업계 전체도 새로운 방향으로 생각하기 시작해야 한다. 왜 비행기를 모두 롤스로이스처럼 정교하고 손이 많이 가게 만들어야 한단 말인가? 1970년대 초 켈리 존슨과 나는 백파이어 폭격기를 설계한 소련의 위대한 공학자 알렉산더 투폴레프와 로스앤젤레스에서 점심을 함께 먹은 일이 있었다. 그는 말했다.

"당신들 미국인은 비행기를 롤렉스 시계처럼 만들고 있습니다. 그래서 테이블에서 떨어뜨리면 멈춰 버리죠. 우린 값싼 자명종처럼 비행기를 만듭니다. 테이블에서 떨어져도 아침에 여전히 울립니다."

그의 말은 하나도 틀린 곳이 없었다. 그는 소련에서는 혹독한 기후와 원시적인 활주로에서도 견딜 수 있는 튼튼한 기계를 만들고 있다고 설명했다. 그리고 비용을 줄이기 위해 파일럿의 안전까지 포함한 모든 것을 무자비하게 희생한다는 것이다.

우리는 비용을 줄이기 위해서 그처럼 무자비할 필요는 없지만, 왜 쉐비(Chevrolet)처럼 값싼 소형차로도 충분한 임무를 위한 고급 기종을 개발해야 하는가? 항공기는 처음부터 확실하게 만들어야 하지만, 그 수명이 영구적일 필요는 없다. 왜 모든 비행기를 20,000시간 이상 비행할 수 있도록 하고 1,000번 이착륙할 수 있도록 만들어야 한단 말인가? 왜 기체의 대부분에 쓸데없이 높은 내구성을 요구하는 것일까?

군은 요즘 전쟁이 90일간 계속된다고 상정하여 기획을 짜고 있다. 그 이후에는 탄약 재고가 바닥나기 때문이다. 전투에서 대부분의 항공기는 기껏해야 몇백 시간 투입된다. 그러니 방대한 분량의 대체 부품과 엔진을 저장해 두는 것보다 한 번 전투를 겪고 나면 버리는 것이 더 싸게 먹힐 것이다. 그 대신 소수의 훈련기들만 내구성을 중시해 제작하고, 비교적 짧은 시간 동안 비행하는 대부분의 전투용 항공기는 비교적 값싼 재료로 만들어야 한다.

이런 스컹크 웍스식 경비 절감 방식은 비행기의 타이어나 그밖의 부품에도 적용할 수 있다. 예를 들면, 왜 비행기 타이어는 이착륙을 1,000번씩 할 수 있어야 하는가? 기준을 완화해서 대량 생산을 하면 10번 착륙할 때마다 타이어를 교환해도 더 싸게 먹힐 것이다. 우리는 제품을 완벽하게 만들 수는 없지만 그럴 필요도 없다. 최종적인 결과가 100퍼센트의 완벽성이 요구되는 곳은 안전, 품질, 안보에 관한 부분이다. 대부분의 사업에서는 완전무결을 위한 마지막 10퍼센트를 달성하기 위해서 총 지출의 40퍼센트 이상을 더 써야 한다. 오하이오의 이본데일에 있는 GE의 제트엔진 공장은 민항사에게 공군보다 20% 싼 값으로 같은 제품을 제공한다. 가격 조작 때문이 아니라 공군이 엔진의 생산 라인에 300명 이상의 검사관을 배치할 것을 요구하고 있기 때문이다. 민항사는 생산을 지연시키고 비용을 상승시키는 외부 검사원을 파견하지 않고 있다. 그 대신 민항사는 전적으로 GE사의 보증에 의존한다. 엔진이 제대로 성능을 발휘하지 못하면 위약금을 지불하고 대체품이나 수리, 또는 시간 손실에 대한 비용까지 보상하도록 하는 것이다. 왜 공군은 그와 비슷한 보증 제도로 엔진 가격을 20~30% 절약하고 300명의 불필요한 자리를 없애려고 하지 않는 것일까?

국방 분야에서 가장 돈이 많이 드는 곳은 군수 관리와 정비다. 우리는 부품의 설계를 재검토해서 1회용으로 할 것인가, 유효 기간을 설정할 것인가를 결정할 필요가 있다. 배터리, 브레이크 서보 모듈식 전자 기기는 소모될 때까지 기다릴 것이 아니라 일정한 기간이 되면 교체해야 한다. 그러면 막대한 예비 부품을 거대한 창고에 저장할 필요가 없다. 수리와 정비, 보급을 유지하는 비용도 줄어든다. 이렇게 절약되는 돈이 수억 달러는 될 것이다.

스컹크 웍스가 모범이 될 수 있는 특별한 분야로는 항공기 정비가 있다. 우리는 공군이 민간 업자와 계약해서 그들의 항공기를 정비하면 훨씬 더 효율적이라는 사실을 여러 번 증명한 바 있다. 15년 전, 전 세계의 미군 항공 기지에서 기계적 고장이 너무 많이 발생해 3대 중 1대밖에 비행할 수 없었던 일이 있었다. 그 이유는 정비원의 경험 부족으로 인한 정비 불량이었다.

스컹크 웍스는 지상 정비원을 파견해서 우리가 만든 비행기의 정비와 수리를 완벽하게 해내고 있었다. 예를 들면, 1970년대에 영국의 기지에서 사용하고 있던 2대의 SR-71 블랙버드는 스컹크 웍스가 전담해 정비했다. 우리 정비원은 35명뿐이었다. 이와는 대조적으로 오키나와의 가데나 기지에 배치되었던 2대의 공군 블랙버드는 공군 정비사들이 정비하고 있었는데, 그 수는 600명에 달했다. 민간 계약자는 정비원을 다양한 임무에 맞춰 훈련시키고 한 곳에 오래 배치하지만, 군대는 3년마다 인원을 교대하기 때문에 경험을 쌓을 수 없다.

현재 키프로스에는 2대의 U-2가 12명의 록히드 정비원과 함께 배치되어 있다. 그러나 이라크 내의 UN군 활동을 지원하기 위해 사우디아라비아의 타이프 기지에 배치된 2대의 U-2에는 200명 이상의 공군 요원이 딸려 있다. 그리고 이 U-2를 정기적으로 오버홀할 때는 키프로스로 가지고 가서 우리 정비원의 점검을 받는다.

비용을 절감하는 또 한 가지 방법은 비행기 부품의 좌우대칭성에 대해서 다시 한번 검토해 보는 것이다. 즉 힌지나 날개의 플랩, 또는 다른 조종타면에서 좌우

구별을 없애는 것이다. 조종석의 조종 장치도 마찬가지로 좌우 구별을 없앤다. 그러면 생산할 때 반은 왼쪽, 반은 오른쪽으로 정신을 집중시킬 필요가 없으니 그 제품에 대한 생산 연습 곡선이 두 배는 더 개선될 것이다. 뿐만 아니라 예비 부품과 보관 시설도 크게 줄일 수 있을 것이다.

스컹크 웍스에서도 비용의 낭비는 있었다. 어떤 것은 우스꽝스럽기까지 했다. 그중 하나 잊을 수 없는 일은 1964년, 존슨 대통령의 공군형 복좌 블랙버드 RS-71의 발표였다. 원래는 RS-71이 공식 명칭이었지만, 존슨이 실수로 'SR-71'이라고 발표하고 말았다. 공군은 간단히 수정해 발표하면 될 것을 최고사령관의 사소한 실수를 알리기 싫어 오히려 우리에게 이름을 바꾸도록 지시했다. 우린 29,000장의 청사진과 도면의 'RS-71'을 'SR-71'로 고치려 수천 달러를 써야 했다.

또 하나 분통이 터지는 사건은 공군이 85,000피트(25,500m) 상공을 비행하기 때문에 아무도 볼 수 없을 SR-71 블랙버드의 날개와 동체에 미 공군 라운델을 페인트로 그리라고 고집한 것이다. 우리 화학 책임자 멜 조지는 몇 주 동안 실험을 되풀이하고 수천 달러의 정부 자금을 사용해서 기체 표면의 엄청난 마찰열에도 타지 않고 원래의 적색, 백색, 청색을 유지할 수 있는 에나멜 도료를 개발해야 했다. 우리가 성공하자 공군은 다시 지상에서 검은색 동체에 그린 미 공군 라운델에서 백색이 너무 눈에 띈다고 지적했기 때문에, 우리는 핑크색으로 다시 칠할 수밖에 없었다.

우리는 또 공군의 규정에 따라 애리조나의 먼지 테스트에도 통과해야 했다. 몇 년 전, 애리조나의 사막지대에서 저공비행훈련을 하던 전투기들이 모래먼지 때문에 엔진이 파괴된 일이 있었다. 그래서 모든 기체들이 먼지 테스트를 받게 되었고, 우리는 블랙버드 엔진에 특수한 코팅이 되어 있어서 그런 일이 발생할 우려가 없다는 사실을 증명해야 했다. SR-71은 애리조나 상공 16마일(25,600m)을 비행하는 기체였는데도 말이다.

이런 관료주의적 광태는 아무리 단속해도 사라지지 않을 것이다. 그러나 이제는 기술보다는 가격을 낮춰서 적당한 가격으로 살 수 있게 만드는 일이 더 중요해졌다. 각 군에서도 비용 억제에 최우선적으로 진지한 노력을 할 필요가 있다. 스컹크 웍스의 방식이 미국의 방위 산업에서 진가를 발휘하려면 정부가 반 생산적인 관행을 개선해야 한다. 능률을 올리자면 먼저 불필요한 관료주의적 복잡한 절차와 서류 작업부터 집중적으로 개선해야 할 것이다.

나는 얼마 전, 보스턴에서 올드 아이언사이드[05]를 방문한 적이 있었다. 마침 이 배는 도색 작업 중이었다. 나는 감독 한 사람을 만나서 그 작업에 관한 정부의 시방서가 얼마나 되느냐고 물었다. 그는 200페이지 정도라고 대답했다. 내가 이 배가 1776년에 건조되었을 때 작성된 3페이지밖에 안 되는 시방서가 유리장 안에 전시되어 있으니 한번 보라고 하자 그는 멋쩍은 듯 웃고 말았다.

방위 산업계에 종사하는 사람들은 모두 관료적 규제, 통제, 서류 작업이 위험한 상태에 도달했으며, 그대로 내버려 두면 시스템 전반을 붕괴시킬 상황임을 알고 있다. 국방부의 한 공군 구매 담당 장성은 자기 사무실에서 한 달에 2,300만 장의 서류를 다루고 있다고 말한 적이 있었다. 하루에 100만 장이 넘는 분량이다. 많은 직원을 보유한 그의 사무실조차도 이런 엄청난 양의 서류를 정리하기는 커녕 읽을 엄두도 내지 못하고 있다고 그는 고백했다.

제너럴 다이내믹스는 규정에 따라 F-16 사업 하나에만 92,000상자의 데이터를 보관하고 있다. 이 회사는 50,000평방피트(4,650㎡)의 창고를 빌려 아무도 읽지 않고 쓸데도 없는 상자를 관리하고 경비하고 보관하기 위해 인건비를 지출한 다음, 청구서를 공군에게 보내고 있다. 결국 그것도 여러분과 나의 부담이다. 이것은 전투기 하나의 경우지만, 그와 똑같은 쓸데없는 창고가 이외에도 많이 있다. 어느 연구에 의하면 이렇게 불필요한 행정 절차가 실제 하드웨어 구입 비용의 45%나 된다고 한다. 감독은 아주 중요하다. 그러나 우리는 엄청난 자금과 자원을 쏟아 넣고도 쓸 만한 제품은 얼마 만들어 내지 못하면서 서서히 죽어 가고 있다. 우리 스컹크 웍스에서는 그동안 아주 정말 중요한 경우에만 서류를 작성하고 나머지는 생략했다. 스컹크 웍스가 신형 항공기에 사용될 시스템을 개

05 USS 컨스티튜션의 별칭. 1790년대 미국 해군이 도입한 6척의 대형 프리깃 중 한 척으로, 1812년 전쟁에서 크게 활약했다. 미국 해군 최고 수훈함으로서 현역함으로 지정되어 복원된 후, 현대까지 운항 가능한 상태를 유지하고 있다.

발하기 위해 업자에게 보낸 요구서는 3페이지밖에 안 된다. 업자의 제안서는 개발 중의 시스템 사양을 포함해서 4페이지에 지나지 않았다. 그러나 록히드의 주 공장이나 다른 회사에서는 같은 일을 할 때 구매 요구서가 185페이지나 되고, 업자는 1,200페이지의 제안서에 이 사업에 대한 기술 데이터, 가격, 관리 등에 관한 책을 3권이나 제출해야 한다.

서류와의 전쟁 관점에서 보자면 현재 국방부는 50,000건의 개별 사양서, 12,000개의 특정 구성 요소에 대한 계약 조항, 1,200개의 부서 지침과 300페이지짜리 책으로 선반을 가득 채울 수 있는 양의 구매 규정과 별도로 존재하는 500개의 조달 규정을 갖추고 있다. 서류 작업은 정부가 가장 주의를 기울일 필요가 있는 곳에 국한시켜야 한다. 확실히 그동안 방위 산업체는 다른 곳보다 더 많은 비용 초과, 오직 등의 부정 행위를 일으켰기 때문에 엄격한 감독을 자초했다고 할 수 있다. 그러나 그런 오명에는 부당한 측면도 있다 우리 산업계의 비용 초과는 20%를 넘는 경우가 극히 드물다. 그러나 민간 기업이 전적으로 자기 자금으로 대형 프로젝트를 운영할 때, 때로 비용이 50% 이상으로 초과되는 경우도 드물지 않다.

그럼에도 불구하고 우리 항공 우주 산업은 오랫동안 과대하게 기대를 걸고 안이하게 경영을 했기 때문에, 정부의 과도한 규제를 자초하고 말았다. 아무리 비현실적인 가격으로 사업을 따내도 정부가 증가된 생산비를 추가 자금으로 충당해 준다는 생각을 하고 있다는 것이 방위 산업계의 중요한 문제다. 그렇게 해도 아무런 벌칙이 없었다.

그러나 이제는 예상하지 못했던 인플레이션 때문이든 무과실의 사고에 의한 것이든 비용이 초과되면 회사가 자기 돈으로 고치거나 보상해야 한다. 이제는 고정 가격 계약 시대가 되었다. 모든 생산 라인에 정부의 감사관과 조사관이 배치되어 일일이 감시하고 있기 때문에, 제어할 수 없을 정도로 갑작스러운 비용 초과가 생길 수 없게 되었다.

1958년, 스컹크 웍스는 최초의 쌍발 비즈니스 제트기 제트스타를 만들었다. 우리는 마하 0.8로 40,000피트(12,200m) 고도에서 비행하는 이 비행기를 55명의

1971년에서 1978년 사이에 캘리포니아 버뱅크에 있는 록히드 공장에서 총 187대의 S-3가 생산되었다. (Lockheed)

엔지니어를 동원해서 8개월 만에 만들었다. 1960년대 말 해군은 항공모함에서 운용할 수 있는 대잠 초계기 S-3의 제작을 우리에게 의뢰했다. 이 비행기도 음속 0.8배에 고도 40,000피트급이었다. 제트스타와 똑같은 비행 성능을 가진 비행기였지만, 우리는 S-3 개발에 27개월을 사용했다. 그 이유는 이렇다. 제트스타의 경우 모형 회의에 참석한 사람은 6명뿐이었다. 이것은 생산을 시작하기 전, 베니어판으로 만든 모형을 만들어 놓고 최종 검토를 하는 회의다. S-3의 경우는 해군이 300명을 파견했다. S-3이 제트스타보다는 복잡했겠지만, 30배나 복잡하지는 않았을 것이다. 그러나 우리는 해군이 시키는 대로 할 수밖에 없었다.

정부는 얼마 전까지 치열한 경쟁 입찰을 통해 구입 비용을 절감할 수 있다고 생각했다. 레이건 행정부의 해군장관 존 레먼은 리더-팔로워 경쟁이라 부르는 기묘한 아이디어를 개발했고, 공군과 다른 군도 그 아이디어를 채택했다. 이 규칙에 따르면 입찰 경쟁의 승자가 그 설계를 패자에게 공개하도록 되어 있었다. 패자는 승자의 제품을 생산하는 방법을 배운 다음, 3년 후에 다시 실시되는 입찰 경쟁에 참가한다. 예를 들어 보자. 몇 년 전 휴즈가 패트리어트 미사일을 만든 레이시온을 물리치고 AMRAAM(Advanced Medium-range Air-to-Air Missile) 계약을 따냈다. 정부는 이 미사일을 매년 4,000발씩 구입했다. 1년차에는 휴즈가 전량을 수주했다. 다음 해에는 휴즈의 제품을 연구한 레이시온이 1,000발의 주문을 받았고, 휴즈의 주문량은 3,000발로 떨어졌다. 3년차에는 정부가 입찰을 완전히 공개했다. 이번에는 레이시온이 거의 대부분의 주문량을 획득할 수 있었다. 그들은 연구 개발을 위한 초기 투자가 없었기 때문에 값을 낮출 수 있었고, 60% 이상의 주문을 가져갔던 것이다. 이 리더-팔로워 경쟁은 말도 안 되는 아이디어였고, 파멸적인 결과를 가져왔다. 다행히도 국방부는 비용을 줄이고 경쟁을 자극하면서도 새로운 사업을 승자와 패자에게 공평하게 분배할 수 있는 보다 공정한 방법을 개발할 필요가 있다는 사실을 인정하고 이 방식을 폐지했다.

이른바 신세계 질서의 시대에는 당분간 방위 산업 제품의 구매가 급격히 감소할 것이 틀림없으므로, 그 많은 규정과 수많은 검사관 및 감사관도 유지할 필요가 없을 것이다. 물론 세계가 위험할 정도로 불안정하기 때문에 앞으로도 적절한 방위비를 지출하여 새로운 기술을 개발할 필요는 있다. 그러나 국방부와 산업계는 과거 어느 때보다도 스컹크 웍스가 반세기에 걸쳐 발전시켜 온 독특한 관리 방법을 채택할 필요가 있다고 나는 생각한다. 나는 스컹크 웍스에서 일하면서 시제기를 만드는 것이 얼마나 가치가 있는지를 실감할 수 있었다. 나는 그 원칙의 진정한 신봉자다. 시제기의 장점은 비용이 드는 양산에 들어가기 전에 기체를 평가하고 용도를 명확히 규정할 수 있다는 것이다. 공군은 수십억 달러의 신형 폭격기 부대를 구입하기 전에 4~5대의 시제기로 먼저 평가를 내리고 다양한 임무에 맞춰 어떻게 하면 효과적으로 사용할 수 있으며 탑재한 신기술을 최대한으로 활용할 수 있는지 연구해야 한다. 그러면 이 새 폭격기를 기존의 다른 무기 체계에 연결시켜 최대의 전투 효과를 올릴 수 있을 것이다.

우리 스텔스 전투기가 겪었던 문제 중 하나는 이 항공기가 오랫동안 철저하게 비밀의 장막으로 가려져 있었기 때문에 공군의 전술 기획자들 대부분이 기종의 존재조차 알지 못했고, 따라서 전반적인 전투 계획과 전략에 도입할 수 없었다는 것이다. F-117A가 사막의 폭풍 작전에 참가하기 위해 기지에 도착했을 때, 군 사령부에서는 그 성능과 능력에 대해서 제대로 파악하지 못하고 있었다. 이 전쟁이 끝난 뒤, 공군의 작전을 지휘했던 찰스 호너 중장은 F-117A가 첫 전투 임무를 수행하기 전에는 스텔스의 실전 효과에 대해서 의심하고 있었다고 솔직하게 말했다.

"기술적인 데이터는 많이 가지고 있었습니다. 그러나 이 전쟁의 첫 야간 출격에서 저는 편대를 상실하지 않으리라고 자신할 수 없었습니다. 우리는 그 기술을 증명하는 데이터에 모든 것을 걸고 있었습니다. 그러나 우리는 이 항공기가 포화 속에서 성능을 발휘할 수 있다고 확신할 실질적인 경험을 가지고 있지 않았습니다. 우리는 파일럿을 벌거벗긴 채 혼자 내보낸 것이나 다름없었습니다. 그러나 그 데이터는 정확했던 것으로 판명되었습니다. 첫 공격 전에 그걸 알았다면 훨씬 좋았을 겁니다."

앞으로 이 분야에서 정부가 도입해야 할 것은 새 항공기나 무기 체계를 생산할 때 스컹크 웍스가 채택해서 그 효과를 확인한 단계적 개선 방식이다. 개발 단계를 신중하게 운영하면 새로운 항공기나 무기를 한없는 노력으로 완벽하게 만든 다음 생산을 시작할 필요가 없다. 그러면 B-1이나 B-2 폭격기의 경우처럼 따로 제작된 전자 기기와 무기 체계가 이 비행기의 전략이나 설계와 맞지 않아 혼란이 일어난 것 같은 사태를 피할 수 있다. 일단 문제가 발생하면 그것을 고치는 데는 엄청난 돈이 든다.

단계적 개발 방식의 장점은 올바르게만 수행하면 비용을 절약할 수 있다는 것이다. 우리는 스텔스 전투기를 제작할 때, 한 생산 모델에서 다음 생산 모델로 이행하면서 개선하면 비용을 절약하고 계약상의 예산과 납기를 맞출 수 있다는 사실을 확인했다. 우리가 10번째 스텔스 전투기를 생산했을 무렵, 그동안 개선했던 모든 요소를 이전에 생산한 9대에 신속하게 적용할 수 있었다. 우리는 처음부터 단계적 개발 방식을 계획해서 모든 생산 모델의 부품을 상세하게 기록해 두었고, 모든 기내 전자 기기와 비행 제어 시스템에 나중에 쉽게 접근할 수 있도록 설계했기 때문이다. 구매도 회의, 감독, 심사 보고를 최소한도로 줄여서 신속하게 이뤄지도록 해야 한다. 가능하면 새 비행기의 모든 부품은 시장에서 입수할 수 있는 것을 사용하고, 특별한 군용 규격품을 피해야 한다. 군용 규격은 지나치게 성능이 높고 불필요하게 비싸기 때문이다.

또 하나, 스컹크 웍스의 건전한 경영 원리는 신뢰할 수 있는 업자를 단골로 만든다는 것이다. 일본의 자동차 업계는 오래 전부터 정기적으로 공급자를 바꾸고 최저 입찰제로 새 업자를 선정하면 값비싼 대가를 치르게 된다는 사실을 깨달았다. 새 납품처는 업계에 발을 들여놓기 위해서 원가 이하로 입찰을 하는 경우가 많은데, 그 손실을 메우기 위해서 품질이 나쁜 부품을 납품하여 전반적인 성능을 떨어뜨리기 때문이다. 설사 새 납품처 규격에 맞는 제품을 공급한다고 해도 그것이 반드시 이전 납품처의 제품과 품질이 같다는 보장은 없다. 그들의 공구나 측정 기구가 달라서 생산자가 다른 시스템 부품을 그에 맞추기 위해 비용을 가외로 지출하는 경우도 생긴다. 이런 이유 때문에 일본의 업체들은 보통 확실한 공급자와 장기간 관계를 맺고 있다. 우리 스컹크 웍스도 마찬가지였다. 우리는 오래된 공급처와 원만한 관계를 유지하면 정기적으로 입찰해서 최저 가격을 찾는 경우보다 궁극적으로 우리 제품의 가격을 낮출 수 있다고 믿고 있다.

비용을 줄일 수 있는 또 하나의 분야는 보안이다. 기밀로 분류된 계획은 제작 비용이 25%가량 더 든다. 보안은 공장 주변을 철저하게 경계하며 민감한 자료를 자물쇠로 채워 두면 된다. 직원들이 민감한 서류를 가지고 나갈 수 없게만 하면 그 이상으로 걱정할 필요가 없다. 기술과 무기 시스템은 지켜야 하지만, 잘못을 감추거나 외부 기관의 감독을 막기 위해서 비밀 장막 뒤로 숨을 필요는 없다.

과거에는 정부가 지나치게 보안 규제를 했다. 어떤 계획이 기밀로 분류되면 아무도 그것을 해제하지 않았다. 기밀 분류는 제한해야 하고, 정기적으로 검토해 재분류해야 한다. 1964년에 기밀이었던 것이 1994년에는 알 가치조차 없는 경우도 많다. 나는 기존의 기밀 계획은 2년마다 한 번씩 재검토해서 다시 기밀로 분류하거나 완전히 없애 버려야 한다고 주장하고 싶다. 그러면 수백만 달러는 절약할 수 있을 것이다.

기밀 분류에 대한 문제를 한 가지만 예를 들어 보자. 고도로 민감한 청사진이

나 극비 도장이 찍힌 성능 연구 보고서를 버뱅크에서 워싱턴으로 보내려면 어떻게 하는가? 페덱스라도 부를 것인가? 등기우편으로 보낼 것인가? 아니다. 자물쇠가 잠긴 케이스에 서류를 넣은 다음, 그것을 팔에 수갑으로 연결하고 운반하는 특별 운반 요원을 사용할 것이다. 그 서류가 고도로 극비일 경우에는 정부가 전세를 낸 특별기나 여러 명의 운반 요원을 사용할 것이다. 즉, 기밀 분류는 사소한 일이 아니라 엄청나게 돈이 들고 시간이 소요되는 일이다. 그것이 국가의 이익에 절실하게 필요하다면 그런 비용과 불편은 감수할 수 있을 것이다. 그러나 우리는 무언가를 기밀의 주머니 속에 집어넣기 전에, 그것이 정말 기밀로 분류할 필요가 있는지 다시 한 번 확인해 볼 필요가 있다.

보안규정에 일몰 조항(Sunset laws)을 도입하면 실질적으로 돈을 절약할 수 있는 첫걸음이 될 것이다. 그러나 수십 가지 불필요한 규제에 일몰 규정을 도입하기 위해서는 많은 개혁을 해야 한다. 과거에 훌륭한 실적이 있는 회사에 대해서는 감독을 완화하고 외부 간섭을 줄이는 등 보상해 주고 실적이 불량한 회사는 엄격하게 처벌해야 한다.

현재의 법제도 하에서는 계약사가 당초의 계약보다 훨씬 싼 비용으로 사업을 완수할 경우, 과잉 입찰을 했다는 이유로 벌금을 물게 되어 있다. 그러니 시간과 돈을 절약하려는 마음이 생길 리가 없다. 다년도 계약 제도가 도입된다면, 우리 방위 산업계에 도움이 될 것이다. 현행 법률에서는 모든 구매 조달이 엄격히 1년 단위로 실시되고 있다. 예를 들면, 1970년대 초에 공군이 U-2의 생산을 재개한 일이 있었다. 우리는 7년간에 걸쳐 매년 5대씩, 35대 가량의 U-2를 제조하기로 했지만, 5년간 사용할 수 있는 부품이나 자재를 한꺼번에 준비해 둘 수는 없었다. 그렇게 하면 공군은 그 계획을 취소하고 모든 부품을 처분해 버릴 것이기 때문이다. 동시에 제조업자가 예산 배정이 기획되지 않았던 곳에 돈을 지출하면 법률에 저촉된다. 몇 년 동안 사용할 수 있는 자재와 부품 및 공구를 비축하려고 했다가는 엄청난 벌금을 물거나 계약을 완전히 취소당할 수 있었다. 그러나 만약 1년 단위로 조금씩 구매하는 대신, 한 번에 3년치 도구나 자재를 구입했다면 생산비를 상당히 줄일 수 있었을 것이다.

솔직히 말해 정부가 단년 계약 방식을 선호하는 이유는 상당한 규모의 사측 개발 투자를 이끌어 내고, F-22의 경우처럼 완성 후 구매량을 대폭 줄이려 하기 때문인지도 모른다. 록웰이 비운의 B-1 폭격기 제작에서 배운 교훈은 그들이 고객에게 지나치게 권한과 책임을 양보했다는 것이다. 공군은 록웰에게 이 폭격기의 기체를 제작하도록 허가했지만 가장 중요한 공격용, 방어용 전자 기기는 공군이 장악하고 있었고, 기체 제작자와 아무런 협조 체계를 구축하지 않았다. 결국 이 잘못을 고치기 위해서 수백만 달러의 비용이 들었다. 여기서 얻은 교훈은 어떤 사업이건 통찰력 있는 관리 기술을 대체할 수 있는 것은 없다는 사실이다. 효과적인 관리자가 없으면 복잡한 사업은 해체되고 만다. 그리고 지금, 정부나 산업계에서는 효과적인 지도자보다는 유능한 관리자가 훨씬 더 부족하다.

지도자의 자질은 선천적인 것이지만 관리자는 훈련으로 그 능력을 키울 수 있다. 노아가 대홍수를 피하기 위해 방주를 만들고 가족과 모든 생물을 한 쌍씩 태웠을 때, 그는 자신의 리더십을 보여주었다. 그러나 그가 아내를 향해 "코끼리가 토끼들이 뭘 하는지 보지 못하게 해."[06] 라고 말했을 때의 그는 앞을 내다볼 줄 알고 현실적인 관리자였다.

우리나라의 천문학적인 국방비 지출, 그중에서도 특히 레이건 행정부의 지출이 소련의 붕괴에 어떤 영향을 미쳤는지에 대해서는 역사가들의 논쟁에 맡기고 싶다. 정말 우리 때문에 그들이 과도한 지출을 해서 자멸했을까? 아니면 군비 지출과는 관계없이 자체의 부패와 마비된 경제때문에 그렇게 되었을까? 아니면 현실은 그 사이 어딘가에 있을까?

그러나 우리는 실현이 불가능한 기술 개발에 거액의 자금을 쏟아 넣는 바람에 엄청난 적자를 떠안게 되었고, 자유 기업 체제가 위기에 직면했다. 레이건 행정부의 전략방위계획(SDI)이 바로 그것이다. 소위 '스타워즈 계획'이라 불리는 이 계획은 우리를 향해 발사된 모든 미사일을 파괴할 수 있는 강력한 방어망을 개발한다는 아이디어였다.

06 한 조직에서 발생한 문제가 다른 조직으로 퍼지지 않도록 묶어 두라는 미국의 리스크 관리 비즈니스 격언.

실제로 전면적인 핵전쟁이 벌어지면 수백 개의 미사일이 우리에게 쏟아질 것이고, 그중에는 미끼용 탄두도 많이 섞여 있다. SDI는 이들을 모두 탐지해서 진짜와 미끼를 구분한 다음 인구 밀집 지대에서 멀리 떨어진 고도와 거리에서 파괴하는 것이 목표였다. 수소폭탄의 아버지 에드워드 텔러 박사가 레이건 대통령을 설득한 것으로 알려진 이 SDI를 'Snare and Deception with Imagination(공상에 찬 유혹과 기만)'이라고 비꼰 사람들도 있었다.

문제는 이 시스템을 만들 수 있다고 선전한 기술이 우리 손에 미치지 않는 곳에 있었고, 오랜 세월에 걸쳐 개발한다고 해도 수천조 달러의 비용이 든다는 사실이었다. 정부는 연구 개발을 위해 연간 50억 달러를 배정했으나, 레이저와 미사일 연구에서 약간의 진전을 이룩했을 뿐이다. SDI를 옹호하는 사람들은 소련이 미국의 이런 의도를 심각하게 받아들이고 공포에 질려서 SDI를 무력화시키기 위해 많은 지출을 한 결과 파멸을 자초했다고 주장하고 있다. 그렇다면 우리는 그들을 속이기 위해서 엄청난 돈을 지출하고 가치 있는 기술은 별로 얻지 못한 셈이 된다. 우리가 창조하려는 새로운 기술이 우리 능력이 미치는 범위 밖에 있고 합리적인 지출로도 성취할 수 없다면 결과는 항상 그럴 것이다.

록히드의 스컹크 웍스는 성능과 능력 면에서 다른 회사보다 수십 년이나 앞선 비행기를 만들어 미국의 우주 항공 업계에서 기준을 세우고 뛰어난 모범을 보여주었다. 50년이라는 세월은 조그만 개발 회사가 생존하고 특이한 능력과 사기를 유지하기에는 결코 짧은 기간이 아니다. 그러나 과거와 마찬가지로 불확실하고 격동이 예상되는 미래에도 살아남기 위해서는 제2차 세계 대전 중 스컹크 웍스의 초기 단계에 최초의 전투기 개발을 위해 모였던 사람과 같은 모험가들이 보다 많이 필요하다.

우리는 가장 능력이 있는 사람을 고용하고, 최고의 보수를 지불하고, 다른 곳보다 한두 세대 앞서서 블랙버드와 같은 마하 3의 항공기를 만들 수 있다는 확신과 동기를 부여하여 세계에서 가장 성공한 선진 계획 회사가 되었다. 우리 설계사들은 마음 속의 눈으로 비행기 전체를 그려 볼 수 있는 날카로운 능력을 가지고 있었고, 머리 속에서 공기역학적인 요구와 무기의 요구를 조화시킬 수 있었다.

우리는 엔지니어와 현장 작업원 사이에 실질적이고 공개적인 통로를 마련해서 설계를 하는 기술자가 현장에 나가 그들의 아이디어가 실제 부품으로 탄생하는 상황을 지켜보고, 필요하면 그 자리에서 개선할 수 있도록 만들었다. 우리는 설계자건, 작업원이건, 모두가 품질 관리 책임을 맡도록 했다. 감독이나 부장이 아니라도 누구나 기준에 맞지 않은 부품은 반송할 수 있었다. 이렇게 해서 우리는 재작업을 하지 않아도 되고 폐품 낭비를 줄일 수 있었다. 또한 우리는 종업원들에게 창조적이고 유연하게 일하고 새로운 방법으로 문제를 해결하도록 장려했다. 우리는 가장 상식적인 방법으로 새로운 기술을 개발해서 엄청난 시간과 돈을 절약했다. 우리는 신뢰와 협조의 분위기 속에서 정부 및 고객, 그리고 우리 사무직과 현장 작업원이 일을 할 수 있도록 했다. 결국 록히드의 스컹크 웍스는 이상에 가까운 작업 환경 속에서 자유롭게 일할 수 있도록 해서 미국인들의 창조성이 엄청난 능력을 가지고 있다는 사실을 증명할 수 있었다.

스컹크 웍스가 성공하려면 강력한 지도자와 더불어 사기가 높은 종업원이 지배하는 직장 환경이 필요하다. 이 두 가지 요소가 있으면 스컹크 웍스는 앞으로도 기술 연구 개발 분야에서 독보적인 존재가 될 수 있을 것이다. 나는 미국의 군산복합체가 대폭 축소되더라도 성취할 수 있다고 믿는다. 특히 불안정하고 적대적인 정권의 위협에 대처하기 위해 미국은 새 기술과 무기 체계를 설계하고 개발할 수 있는 국가적인 능력을 보유하고 있어야 한다. 특히 개선된 정찰 시스템이 필요하다. 핵무기 확산의 위협은 증대되고 있다. 북한, 파키스탄, 또는 이란이 핵무기를 보유하게 된다면 세계는 한없이 위험해지기 때문에 치밀한 감시 체제가 있어야 한다. 이 목표는 오직 최신의 기술로만 달성 가능하다.

최신 연구에 의하면 이 세계에는 감시를 해야 할 분쟁 예상 지역이 110군데나 있다. 냉전 후기의 분쟁은 그 규모가 작을지라도 그 잔혹성은 작지 않을 것이다. 정치적, 종교적 또는 이데올로기적 차이에서 발생하는 소규모 분쟁은 적어도 금세기 말까지는 국제적인 긴장과 우려의 주요인이 될 것이다.

점점 더 서유럽의 무책임한 무기 판매국이나, 소련, 중국, 북한에서 구입한 최

U-2는 첫 비행에서 50년 이상 지난 현시점에도 임무를 수행중이다(USAF)

신 무기 기술로 강력하게 무장한, 작지만 적대적인 국가의 위협이 점점 더 늘어날 것이다. 조그만 나라가 발사하는 첨단 무기는 전장에서 강대국 못지 않은 피해를 입힐 수 있다. 소련의 하인드 헬리콥터가 미국 CIA가 제공한 휴대식 스팅어 미사일로 무장한 오합지졸 같은 게릴라에게 아프가니스탄에서 입은 엄청난 손실을 상기해 봐야 할 것이다.

앞으로는 고도의 기동력을 갖춘 타격군이 지상에서 소규모 국지전을 벌일 것이기 때문에 제공권, 항공 감시 체제, 그리고 정밀 유도 무기를 사용하는 외과수술적 폭격이 필요하게 될 것이다. 새로운 기술을 값싸게 개발할 수 있는 스컹크 웍스는 과거와 마찬가지로 미래에서도 국가 안보를 위해 중요한 역할을 하게 될 것이다.

현재와 같이 국방비 지출이 삭감되면 대륙간 탄도 미사일과 같은 대량 파괴 무기는 크게 감축되고 그 대부분이 폐기될 것이다. 나머지 시스템은 최신 기술로 개선해서 정비와 인력이 많이 필요하지 않는 형태로 발전될 것이다. 이는 스컹크 웍스만이 할 수 있는 사업이다.

세계가 점점 더 불안정해지면서, U-2는 정찰기로 재차 개량을 거쳐 50년 이상 현역에 있게 될지도 모른다.[07] 다른 한편으로, 스컹크 웍스의 내 후임은 용도 폐

07 U-2는 RQ-4 글로벌 호크 무인정찰기와 함께 21세기에도 정찰전력의 핵심으로 활동하고 있으며, 2025년 퇴역이 검토되었으나 이마저도 확정되지 않았다.

기된 무기 때문에 발생하는 문제를 해결할 방안을 개발하게 될 것이 틀림없다. 예를 들면 오랫동안 지하기지에 보관해온 미사일의 신뢰성과 효율성을 유지하는 방법 같은 것이다. 이런 미사일의 신뢰성은 50% 이하로 떨어진 경우도 있다.

스컹크 웍스는 또 아군의 오사로 발생하는 전장피해를 줄이는 방법을 연구하게 될지도 모른다. 사막의 폭풍작전에서 전사자의 26%는 아군 오사에 의한 것이었다. 국방부에게는 IFF(Identification Friend or Foe, 피아식별장치)라 불리는, 아군 오사를 예방할 기술이 필요하다. 미 육군은 거의 1억 달러를 들여, 야간에 전장에서 병사들이 특수한 무선주파수를 발사해서 경보를 울릴 수 있는 장치를 개발하고 있다. 적외선 탐지장치를 장비하거나 특수한 페인트를 탱크나 트럭에 칠해서, 특수한 렌즈를 가진 우군만 보이게 하는 방법도 있다.

미국은 초대강국으로서, 국민의 지지가 없거나 우리 자신의 국가안보에 명백한 위협이 없으면 군사적 개입을 하지 않는 것이 현명할 것이다. 호전적인 국민감정을 부추겨 해병대를 투입하는 지도자라 해도, 분쟁이 지속되어 상당한 사상자가 발생하는 상황의 위험성을 깨닫게 될 것이다. 새로운 기술은 점점 더 신뢰성이 있는 무인기, 로봇기술, 자동조종차량 등을 이용하는 무인전투장치를 개발하게 될 것이다. 사막의 폭풍 작전에서 증명한 것처럼, 엄청나게 정확성이 높은 컴퓨터 전투비행 계획을 미리 짤 수 있는 기술이 이미 존재하고 있다. 이 기술로 만든 컴퓨터 프로그램으로 우리 스텔스 전투기들은 이라크 상공에서 정확하게 그 목표까지 비행할 수 있었다.

그 다음 단계로 스텔스 무인기가 등장할 것이 분명하다. 나는 앞으로 전투기가 무인기화 될 것으로 예상한다. 지상이나 바다에서도 원격조종으로 움직이는 탱크와 미사일 발사기, 컴퓨터 프로그램으로 움직이는 무인 잠수함과 미사일 호위함이 가장 창조적이고 신뢰할 만한 전자장치와 항공전자 기기를 보유한 '유인'장비들보다 우위에 서게 될 것이다. 야전사령관들은 수천 마일 떨어진 안전한 통제센터에서 실제로 조준을 하고 무기 체제를 발사할 수 있을 것이다. 목표는 역시 원격 조종으로 비행하는 무인정찰기에 탑재된 고성능 렌즈로 발견할 수 있을 것이다. 이것은 벅 로저스 풍 공상과학 시나리오가 아니다. 이런 기술들

자신의 걸작 중 하나인 F-117과 함께 포즈를 취한 벤 리치. (Denny Lombard and Eric Schulzinger).

은 이미 목전에 다가왔다. 내일의 가장 유익한 군사적 기술 발전은 놀라울 정도로 새롭고 강력한 마이크로칩의 형태로 나타날 것이다.

스컹크 웍스는 지금까지 항상 첨단 기술의 장에서 앞장서 왔다. 지난 냉전 50년 동안 우리는 5~6회 이상 군용기나 무기 체계에서 혁신적인 발전을 이룩해서 10년 또는 그 이상 군사적 균형을 유리하게 이끌어 왔다. 우리의 적이 우리가 만들어 낸 것을 복제하거나 대항할 수 없었기 때문이다. 이미 이룩한 것을 유지하고 예측할 수 없는 위험한 미래의 기회와 위험에 대비하려면 우리들은 다음 세기에서도 같은 역할을 계속해야 할 것으로 나는 믿고 있다.

에필로그: 정부에서 본 스컹크 웍스

증언 : 헤럴드 브라운 *(국방장관 1977-1981)*

U-2가 쿠바 미사일 위기에서 또 한 차례 결정적 역할을 해냈을 때, 나는 국방부에 있었다. 당시 이 비행기는 미국의 정책 결정권자에게 확신을 줄 수 있는 상세한 사진을 제공했고, 우방국에게도 소련이 쿠바에서 하는 일을 알려 줄 수 있게 했다. 당시 미국 정부는 지금보다 훨씬 믿을 만했지만, 케네디 대통령도 U-2가 제공한 증거가 없었더라면 핵전쟁의 위험을 무릅쓰면서까지 봉쇄 정책을 밀고 나갈 수 없었을 것이다.

1960년대 중반이 되자 U-2의 후계기인 SR-71 블랙버드가 사진 및 전자 정보를 가져오기 시작했다. 내가 국방장관으로 있을 때, 우리는 소련과 관련된 중요한 국가 안보 관련 정보를 블랙버드의 쿠바 상공 비행을 통해 입수하고 있었다. 이 비행으로 우리는 소련이 쿠바에 공격적인 무기를 배치하지 않겠다던 1962년의 약속을 어기고 최신 공격기를 수송하고 있음을 확인했다. 우리는 사진 증거가 있었기 때문에 소련으로부터 그 항공기가 방어용이라는 회답을 받아낼 수 있었다.

1979년에는 소련의 군부대와 장갑차량이 쿠바에 배치된 사실이 상공 정찰로 확인되었다. 사진을 촬영당하자 소련은 쿠바 동맹군과 단순히 기동연습을 한 것뿐이라고 주장했다. 이에 대항하기 위해서 우리는 그 근처에서 규모나 강도에서 그들을 압도하는 기동연습을 했다. 블랙버드는 세계 어느 곳에나 신속하게 파견할 수 있다는 점에서 대단한 가치가 있었다.

마지막으로 내 국방장관 임기 말에 개발이 시작된 F-117 스텔스 전투기가 있다. 이 비행기의 성능에 경탄한 작전 기획자들은 이 비행기의 뛰어난 성능과 정밀 유도 폭탄을 조합하여 효과적인 전술과 작전 개념을 개발해 낼 수 있었다. 이 비행기가 사막의 폭풍 작전에서 이룩한 성공은 유례를 찾아볼 수 없는 압도적인 것이었다. 이 새로운 기술을 개발하기 위해 경주한 열의를 높이 평가해 벤 리치의 가슴에 훈장을 달아 주기로 한 내 결정은 충분히 가치가 있었다고 생각한다.

증언 : 캐스퍼 와인버거 (국방장관, 1981-1986)

스컹크 웍스에서 만들어 낸 항공기는 냉전을 승리로 이끄는 데 커다란 공헌을 했다. 다음 세기의 우리 국방력에서도 이런 혁명적인 항공기를 위한 연구 개발에 투자해야 한다. 따라서 나는 스컹크 웍스를 강력히 지지하고 있다.

사실 현 행정부에 대해서 내가 가지고 있는 우려 가운데 하나가 연구 개발비의 삭감이다. 우리가 가지고 있는 위대한 힘은 걸프전의 성공을 가능하게 한 정교한 무기의 다양성과 그 능력이다. 이런 것들은 전쟁이 시작한 다음 날 당장 얻을 수는 없다. 스텔스 전투기의 경우에도 7년이란 세월이 필요했다.

소련은 스텔스 전투기에 대해 커다란 공포를 가지고 있다. 그것은 그들의 대항 전략에서 세 가지 주요 목표 중 하나가 되었다. 그 첫째는 NATO다. 그들은 우리가 유럽에서 철수하도록 하기 위해 노력하고 있다. 둘째는 전력을 다해 스타워즈 방어 전략을 저지하는 것이다. 셋째는 스텔스의 비밀을 알아내는 것이다. 그들은 카터 대통령이 표를 좀 얻어 보려고 1980년의 선거 몇 달 전에 발표를 하는 바람에 우리가 스텔스 항공기를 개발하고 있다는 사실을 알게 되었다. 그때부터 스컹크 웍스에 대한 스파이 활동과 정찰위성 비행은 10배나 늘어났다. 그들은 이 기술에 대항할 방법이 없었기 때문에 공포심을 가지지 않을 수 없었다.

블랙버드가 당시로서는 너무나 앞서 있었고, 오늘날에도 여전히 어떤 비행기보다 성능이 우수한 것처럼, F-117은 적이 절대로 저지할 수 없는 공격체계였다. 이 비행기는 엄중하게 방어되고 있는 목표를 외과수술을 하는 것처럼 정확하게 공격하고 격추당하지 않고 신속하게 침입하며, 귀환할 수 있도록 설계되었다.

나는 이 비행기를 가능한 한 오랫동안 감추어 두려고 단단히 결심을 했다. 나는 카디피를 공격할 때도 너무 성급히 이 비행기를 사용하고 싶지 않았다. 비행기가 추락해서 그 기술이 알려지기를 원치 않았기 때문이다. 우리들의 군사적 강점은 항상 우리가 생산할 수 있던 정밀한 무기 체계, 상대방의 능력을 훨씬 능가하는 수단의 다양성과 성능이었다. 이 점에서 스컹크 웍스는 세계에서 유례가 없는 조직이었다.

이들이 생산한 항공기는 동시기에 존재하던 항공기의 성능을 수십 년이나 앞서 있었다. 오늘날까지도 그들이 만든 놀라운 블랙버드를 능가할 수 있는 비행기는 없다. 그리고 F-117A 스텔스 전투기는 걸프전에서 수백 회의 어려운 전투임무를 수행하면서도 단 한 발도 피탄당하지 않았다.

이 전쟁은 대단히 치열했다. 나는 솔직히 말해서 그 엄청난 전과에 놀라지 않을 수 없었다. 스텔스 전투기는 원래 이런 임무에 사용하도록 설계된 것이 아니었기 때문이다. 스텔스 계획은 연구 개발 계획이 역사적인 성공을 거둔 고전적인 예라고 할 수 있다. 우리는 스텔스 전투기를 사용해서 상대방의 가장 효과적이고 위험한 미사일 기지에 일련의 외과수술적인 공격을 가해서, 우리들의 공격 항공기에게 무방비 상태로 만들 수 있다. 스텔스는 미래의 항공작전에 대한 모든 위상과 공식을 바꿔놓았다.

스컹크 웍스는 오랫동안 눈부신 업적을 이룩했고, 국가 이익을 위해 핵심적 역할을 맡았다. 아이젠하워 이후 모든 행정부가 이 위험한 세계에서 기술적 우위를 유지하기 위해서 그들에게 기대를 걸었다. 우리 방위 산업의 규모를 축소해서 스컹크 웍스가 귀중한 종업원을 해고하고, 위험할 정도로 위축되도록 만들고 있는 상황에 경고를 하지 않을 수 없는 것은 이 때문이다.

냉전은 끝났을지 모른다. 그러나 세계는 아직 조용하지 않다. 우리는 과거 어느 때보다도 스컹크 웍스의 천재들이 만들어 냈던 블랙버드와 U-2를 대체할 새로운 세대의 정찰기를 계속 개발할 필요가 있다.

그것은 지역분쟁에 대비하고 일부 분쟁지역의 의심스러운 군사적 움직임이 전면적인 군사대결의 전주곡이 아닌지 확인하거나 실제로 북한이 무엇을 하려하는지 면밀하게 관찰하기 위해서도 필요하다. 이런 일은 지구궤도의 위성만으로는 효과적으로 수행할 수 없다. 유인이건 지상에서 조종하는 무인기건 정찰기가 필요하다.

그러나 솔직히 말해서, 나는 록히드와 다른 회사들이 방위 산업계에 미래가 없기 때문에 새로운 민간 시장을 찾고 있다는 현실에 우려하고 있다. 제너럴 다이내믹스는 이미 군용기 사업에서 손을 뗐다. 앞으로는 2~3개의 주요 계약자밖에 남지 않게 될 것이다. 이것은 우리들이 숙련된 우수한 항공 우주 산업 기술자와 작업능력을 유지하기가 아주 어려워지고 있다는 사실을 말해주고 있다.

국방비를 대폭 삭감해서 생긴 여유를 정치적으로 인기가 있는 계획에 돌리기보다는 강력한 국방을 위해서 계속 자금을 투입할 수 있는 정치적 용기를 가진 대통령이 나와야 한다. 스컹크 웍스는 우리가 우위를 확보할 수 있도록 해주었다. 미국은 그 우위를 계속 확보해야 한다.

증언 : 윌리엄 J. 페리 (전 클린턴 행정부 국방장관)

스컹크 웍스는 그 무한한 정열과 열의로 항공 우주 산업계에서 우위를 자랑할 수 있었다. 그것이 1970년대에 내가 국방차관으로 벤과 협조하여 스텔스 전투기를 개발하기 위해 스컹크 웍스를 처음 방문했을 때 받은 인상이었다. 그들은 다른 회사가 성공할 수 있는 확률이 낮거나 너무 어렵다는 이유로 회피하는 프로젝트를 남다른 자신감을 바탕으로 추진했다. 동시에 다른 회사가 도저히 따라올 수 없는 뛰어난 기술력을 대단히 현실적인 방법으로 응용했다.

그들은 문제가 해결될 때까지 몇 시간이고 일을 하려는 엄청난 정력을 가지고 있었기 때문에, 고객과 대단히 밀접하고 신뢰성이 있는 관계를 유지할 수 있었다. 정부와 산업계 간에 이런 관계는 대단히 특이한 것이었다.

스텔스 전투기를 개발하기 위해 내가 스컹크 웍스와 협조했던 일은 의심할 여지도 없이 내가 관여한 프로젝트 중 가장 큰 의의를 가지고 있었다. 70년대만 해도 스텔스 기술이 90년대에 어떻게 발전해 나갈 수 있을지, 구체적으로 예상할 수 없었다. 그러나 나는 스컹크 웍스의 작품이 제2차 세계 대전 당시 발명된 레이더 이래, 군사 방면의 항공 우주분야에서 가장 중요한 기술이 되리라고 생각했다. 레이더와 마찬가지로 스텔스는 그 후의 모든 항공전 양식을 바꾸게 되리라는 추측이었다.

당시 나는 우리가 만드는 모든 새 비행기와 미사일에 스텔스 기술을 도입하고, 이를 통해 우리 공군이 항공전에서 압도적 우위를 차지하게 되는 것은 시간문제라고 생각했다.

나는 22년 전에 있었던 일을 생생하게 기억하고 있다. 내가 우리 스텔스 사업의 진정한 의미를 확신하게 된 순간도 기억하고 있다. 그것은 1977년의 어느 여름날, 스컹크 웍스가 만든 스텔스 시제기 해브 블루가 처음으로 레이더 측정 시험장 상공을 비행한 날이었다. 결과는 놀라웠다. 해브 블루는 나무기둥 위에 올려놓은 목업이 보여준 믿을 수 없을 정도로 낮은 레이더 반사 면적을 실제 기체에서도 재현한 것이다. 그것은 나에게 대단히 극적인 순간이었다. 며칠 안에 국방부에서는 스텔스 전투기 계획을 추진하기 시작했다. 우선 우리는 이 계획에 엄중한 보안조처를 취했다. 그리고 이 계획을 추진하는데 필요한 대규모 예산을 획득하기 위한 노력을 시작했다.

내가 1981년에 국방부를 떠났을 때, 이 계획은 본 궤도에 올라 있었다. 우리는 F-117 2개 비행대대에 필요한 자금을 확보했고, 그 결과도 낙관할 수 있었다. 공군이 이 스텔스기의 전술적 이점을 최대한으로 활용할 수 있는 전술과 무장을 개발할 수 있을 것인가 하는 의문에 대해서는 자신있게 답하기 어려웠다. 그러나 공군은 내 우려가 기우였음을 증명했다. 그들은 F-117에 적합한 스마트 폭탄을 개발하는 뛰어난 업적을 이뤄냈고, 많은 시간을 들여 전술을 개발해서 이 비행기가 사막의 폭풍 작전에서 유례없는 성공을 거둘 수 있도록 했다.

F-117은 기본적으로 선도자의 역할을 했다. 이들은 먼저 날아가 이라크군 사령부와 지휘센터를 대부분 파괴하거나 무력화시켜서, F-15나 F-16 같은 비 스텔스 공격기가 마음대로 목표를 공격할 수 있도록 했다. 다른 때 같으면 그런 목표를 공격하면서 상당한 손실을 입었을 것이다.

F-117은 우리 재래식 항공기가 훨씬 안전하고 용이하게 임무를 수행할 수 있도록 해주었다. 그래서 나는 스컹크 웍스가 무엇을 할 수 있고 해낼 수 있는지 알

게 되었다. 국방부에서 다시 일을 하게 된 지금, 나는 처음보다 더 큰 책임을 맡게 되었고 70년대와는 비교가 안 될 정도로 여러 면에서 복잡한 새로운 도전에 직면하게 되었다.

나는 예산이 삭감되고 있는 상황 속에서, 새로운 실험 항공기를 신속하게 개발할 수 있는 능력을 계속 보유하고 있어야 한다는 것을 잘 알고 있다. 그것은 발족 이래 스컹크 웍스의 특기였다. 나는 광범위한 국방예산 삭감 추세 속에서도 이 능력만은 유지할 수 있도록 노력할 것이다. 실제로 그런 연구 개발을 계속 지원하기 위한 자금확보가 나의 가장 큰 관심사 중의 하나가 되어 있다. 그래서 우리는 국방 분야에서 전반적으로 진행되고 있는 감축 추세 속에서도 합리적인 자금 지출 수준을 유지할 수 있었다.

정부는 전투상황에서 소규모이긴 하지만, 실제로 사용할 수 있는 실험항공기나 무기 체계를 개발하기 위한 선진 시제기 제작이나 시험을 계속할 결심을 하고 있다. 이것은 대규모 투자를 하기 전에 자원을 가장 효과적으로 사용하고 개선하는 방법을 배우기 위해서다. 스컹크 웍스는 스텔스 전투기를 만들면서 이런 기술을 많이 개발했다.

스컹크 웍스 이외에도 이런 선진 기술을 위한 소규모 연구 개발조직을 가지고 있는 회사가 3~4곳 가량 존재한다. 예를 들면, 노스롭에는 선진항공기와 미사일을 만들기 위한 그룹이 있다. 마틴 마리에타도 단거리 전술핵미사일 개발을 전문으로 한 조직을 가지고 있다. 스컹크 웍스 자체는 정찰기 개발에 주력하고 있다.

지금 전장에서는 리얼타임으로 정보를 제공할 수 있는 전술항공기의 필요성이 제기되고 있다. 나는 이런 항공기가 무인기가 될 것으로 추측하고 있다. 스컹크 웍스는 오랫동안 무인기에 대해서 상당한 연구를 해 왔다. 나는 무인기가 오래된 U-2나 블랙버드 시리즈보다 경제적이고 군사적인 타당성도 높다고 생각하고 있다. 나는 이런 유인기가 우리들의 미래라고 생각하지 않는다. 무인 인공위성과 무인기 사이에 끼어 유인정찰기는 앞으로 5~10년 사이에 밀려날 것이다.

나는 이런 소규모 연구 개발팀들을 비교할 생각이 없지만, 이들은 모두 알차게 구성되어 있고 하면 된다는 정신을 가지고 있으며, 첨단적이고 복잡한 문제를 해결하기 위해서 노력하는, 고도의 기술그룹이라는 점에서 공통점을 가지고 있다. 이들은 모두 독립적이고 대규모 인원이나 큰 예산이 필요로 하지 않는다. 우리는 이들이 모두 운영을 계속할 수 있는 능력을 가지고 있다고 확신한다. 나는 그들을 무시하거나 경시하면 안 된다고 생각하고 있다. 장기 및 단기 면에서 이들은 국가이익에 필수적인 존재라고 생각하기 때문이다.

스컹크 웍스의 강점은 경영진으로부터의 독립과 긴밀한 팀워크, 그리고 고객과의 제휴관계다. 이것은 항공 우주 업계에서는 특이한 것이다. 나는 그들이 문제를 해결할 때, 기술적 능력을 가장 효과적인 방식으로 집중시키는 능력에 감명받았다.

그들은 한마디로 최고다.

감사를 드리며

이 책을 쓰면서 많은 친구와 회사의 동료, 그리고 옛 회사 동료로부터 도움을 받았다. 그들의 도움으로 이 책의 내용이 충실해질 수 있었다. 다시 한번 여기서 감사의 뜻을 표하고 싶다. 특히 켈리 존슨의 개인적 기록에 관해서는 낸시 존슨과 록히드 회장 댄 텔렙의 큰 협조가 있었다.

옛 동료인 셤 멀린, 잭 고든 레이 패슨, 데니스 톰슨, 윌리스 호킨스, 스티브 쇼버트에게도 원고 정리를 도와준 데 대해 감사하고 싶다. 또 배리 헤네시 대령(퇴역), 피트 이미스, 공군 역사가 리처드 헬리언, CIA의 돈 웰젠비크에게도 감사한다.

많은 스컹크 웍스의 동료들도 기억의 재확인에 도움을 주었다. 다음과 같은 사람들이다. 딕 에이브럼즈, 에드 볼드윈, 앨런 브라운, 버디 브라운, 노브 버진스키, 프레드 카모디, 헨리 콤스, 짐 패그, 밥 피셔, 톰 헌트, 밥 클린저, 앨런 랜드, 토니 레비어, 레드 맥다리스, 밥 머피, 노먼 넬슨, 데니스 오버홀저, 빌 피크, 톰 퍼프, 짐 래그스테일, 버치 셰필드, 스티븐 쇼엔바움, 데이브 영.

현재 및 과거의 공군 및 CIA 파일럿에게도 감사하고 싶다. 밥 벨러, 토니 베바쿠어, 윌리엄 버크 주니어, 짐 처보노, 버즈 카펜터, 론 디크맨, 배리 혼, 조 키네고, 마티 넛슨, 조 매튜스, 마일스 피운드, 랜디 엘호스, 짐 워드킨스, 알 휘틀리, 에드 일딩.

또 현 국방장관 윌리엄 J. 페리와 전 국방장관 도널드 H 럼즈펠드, 제임즈 R 슐레징거, 해럴드 브라운, 캐스퍼 와인버거, 전 합동참모의장 데이비드 존스 장군, 전 공군장관 돈 라이스, CIA의 리처드 헬름스, 리처드 비셀, 존 맥마흔, 앨

휠런, 존 패런고스키, 그리고 레오 기어리, 래리 웰치, 잭 레드포드, 더그 넬슨 장군, 국가안전보장고문 월드 로스토우와 즈비그뉴 브레진스키, 전 대통령 정보 고문 알버트 후스테터의 도움도 컸다.

사진 및 참고 정보의 입수에 관해 록히드의 데니 롬비틀, 에릭 슐레징거, 빌 래크만 및 빌 워컴스, 에어로팩스의 제이 밀러와 토니 랜디스에게도 감사하고 싶다. 참고 문헌에 대해서는 항공작가 크리스 포코크, 폴 크릭모어에도 경의를 표한다.

다이애너 로, 마이러 그루엔버그, 데비 엘리오트, 카렌 리치, 벤 케이트에게는 그들의 의무 범위를 넘는 협력을 얻었다. 특히 아들 마이클 리치는 본문을 읽고 귀중한 제안을 해 주었다. 또 아내 힐다 리치, 마이클의 아내 보니 제이노스의 인내와 지원에도 감사한다.

마지막으로 출판사의 캐시 로빈, 편집자 프레드리카 프리드맨, 리틀 브라운의 편집부장에게도 감사를 드린다.

1994년 1월, 로스앤젤레스에서

벤 R. 리치